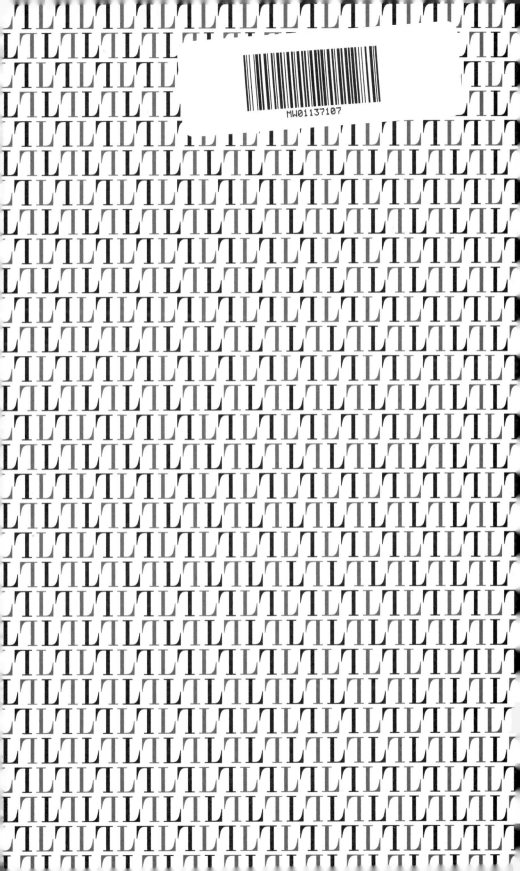

El canto del cisne

El canto del cisne

Kelleigh Greenberg-Jephcott

Traducción del inglés de
Antonia Martín

Lumen

narrativa

Papel certificado por el Forest Stewardship Council®

Título original: *Swan Song*

Primera edición: mayo de 2021

© 2018, Blackwing Titles, Ltd.
© 2021, Penguin Random House Grupo Editorial, S. A. U.
Travessera de Gràcia, 47-49. 08021 Barcelona
© 2021, Antonia Martín Martín, por la traducción

Printed in Spain – Impreso en España

ISBN: 978-84-264-0512-8
Depósito legal: B-4.779-2021

Compuesto en M. I. Maquetación, S. L.
Impreso en Egedsa (Sabadell, Barcelona)

H 4 0 5 1 2 8

A mis padres, Les y Marty,
que alentaron mi amor por las palabras,
sin el cual esto no existiría;

y a Dominic,
que ha puesto voz a cada una
de las sílabas diez veces.

Paradójicamente, me faltan palabras
para expresar mi gratitud.

Nos contamos historias a nosotros mismos para poder vivir. La princesa está enjaulada·en el consulado. El hombre de los caramelos se va a llevar a los niños al mar. La mujer desnuda que está en la cornisa de la ventana del piso dieciséis sufre acedía, o bien es una exhibicionista, y sería «interesante» saber cuál de las dos cosas es cierta. Nos contamos a nosotros mismos que no es lo mismo si la mujer desnuda está a punto de cometer pecado mortal, o bien si se dispone a realizar una protesta política, o bien si está a punto, en la perspectiva aristofánica, de ser devuelta a la fuerza a la condición humana por el bombero vestido de sacerdote que se entrevé en la ventana detrás de ella, el mismo que está sonriendo a la cámara fotográfica. Buscamos el sermón en el suicidio y la lección moral o social en el asesinato de cinco personas. Interpretamos lo que vemos, elegimos la más practicable de las múltiples opciones. Vivimos completamente, sobre todo los escritores, bajo la imposición de la línea narrativa que une las imágenes dispares, de esas «ideas» con las que hemos aprendido a paralizar esa fantasmagoría movediza que es nuestra experiencia real.

O por lo menos lo hacemos durante una temporada.

Joan Didion
El álbum blanco*

---

* Incluido en *Los que sueñan el sueño dorado*, traducción de Javier Calvo, Barcelona, Literatura Random House, 2012. *(N. de la T.)*

1

1974

Tema

Por primera vez en su vida las palabras se niegan a salir.

Está en la cama, recostado sobre un montón de almohadones de cretona cuya asfixiante maraña de rosas de té recuerda vagamente al salón de una gran dama sureña.

En un momento u otro, todas hemos pensado que bajo su apariencia de gnomo cascarrabias se oculta una refinada matrona de Nueva Orleans martirizada por la tosquedad de la forma que la alberga.

Mira con expresión ausente la hoja de papel que tiene delante, con el pensamiento en otra parte. En fechas de entrega que no ha cumplido, en anticipos ya gastados. En el pisapapeles de Fabergé con el que acaba de hacerse en una subasta, en cómo cambia de color cuando la luz lo atraviesa, con tonos de citrino que evocan las hortalizas mini de Babe, las divertidas zanahorias diminutas que no crecen más.

En las ochocientas páginas de mentiras que ha contado o no, según a quién se pregunte. Según lo que haya dicho y a quién.

Aunque alardea de lo contrario, el papel —enroscado en el rodillo de la Smith Corona, que mantiene en equilibrio sobre el abultado vientre— está yermo. Igual de estéril aparece una pila de alegres blocs de hojas pautadas amarillas, donde ha tachado la mayor parte de lo que ha escrito con su letra de trazo fino.

Alarga la mano hacia un cenicero lleno de cigarrillos a medio fumar y coge la cajetilla de True, marca que nos ha jurado que lleva ese nombre en su honor. Tiembla al encender uno, de modo que la llama oscila antes de que la nicotina le llegue a los pulmones. Se atusa el pelo, fino como el papel de seda, un gesto de antaño, cuando una espesa pelambre rubia y sedosa le cubría la frente. El flequillo, al igual que otras muchas cosas, desapareció hace tiempo, y solo ese gesto habitual nos recuerda al muchacho de cabello revuelto al que en el pasado adoramos. Un niño mimado y consentido hasta la edad madura debido a su indiscutible genialidad.

Con los pantalones de pijama de cuadros y la chaqueta de punto rosa raída, el envejecido niño prodigio no parece un literato célebre, y menos aún un traidor avaricioso, imagen que de él tiene la opinión pública. A solas en el dormitorio a oscuras, despojado de toda brillantez, parece lo que es: «Tan solo un mocoso insignificante de Monroeville, Alabama, cagado de miedo, como siempre» (son palabras suyas, no nuestras).

En numerosos aspectos, el Terror Diminuto sigue siendo el muchacho aterrorizado que sollozaba cuando su madre lo dejaba encerrado en moteles de mala muerte para escaparse con sus amantes. Lillie Mae, que cambió su modesto nombre provinciano por el más exótico de Nina, otra forma de desprenderse de un papel que nunca deseó: el de madre del extraño chiquillo liliputiense de pelo blanco como la nieve, cara de sapo y voz de niña; el chiquillo cuya extrañeza la repelía.

Nos ha contado que estaba sentado en la Cama Grande, con sus regordetes dedos pegajosos por el azúcar de la bolsa de buñuelos que le habían regalado para comprar su silencio. Mientras masticaba, con los ojos muy abiertos en su rostro de angelito, la veía desvestirse. Ella misma era poco más que una niña, y de no haber sido porque el chiquillo mordía los pedazos de masa frita, podría haberse creído que era el muñeco de Lillie Mae apoyado sobre los almohadones, en vez de su gran error. Un niño de carne y hueso, que ella nunca había deseado y del que necesitaba escapar unas pocas horas para tratar de salvar su desastrosa vida.

Ella se lo había dicho con su tono más dulce, casi con una nana, y él no había podido por menos que considerarlo algo positivo al ver la sonrisa de su madre mientras lo abrazaba.

Ella era belleza y luz. Todo su diminuto universo.

Observó a su madre, que, sentada ante el tocador con una combinación negra transparente, dominaba con una horquilla un rizo del color de la miel. Observó cómo desenroscaba el lápiz de labios, rojo como el camión de bomberos de hojalata que un hombre llamado Papá le había regalado a él. Ella hizo un mohín a su propio reflejo y chasqueó los labios. En el otro extremo de la habitación, él la imitó y untó unos labios invisibles con el pegajoso azúcar. Ella le sonrió y soltó una risita.

Él sacó otro buñuelo de la bolsa mientras ella se ponía un vestido de seda del tono gris verdoso de las barbas de viejo. Le había contado que así se llamaba lo que colgaba de los árboles, esas patas de arañas agitadas por el viento que lo asustaban y cuyo susurro había llegado a recordarle a su tierra.

Ella se acercó al hornillo que había en un rincón. El muchacho la siguió con la vista, fascinado por las luces de colores que entraban por la ventana y bailaban en la cara de su madre,

destellos rojos, verdes, azules, rojos, verdes, azules, como en un
árbol de Navidad. Por la ventana abierta se colaba un lamento
de trompeta que pugnaba con la estridente pianola que sonaba
en otro cuarto. Ella meneó las caderas al son del ragtime de
esta última mientras removía la leche de un cazo en el que había echado un saludable chorrito de la botella de cristal con
el «zumo de mamá» que siempre tenía en la mesita de noche.
A él le encantaba mirar esa botella, cuyo líquido ambarino
centelleaba a la luz de la lámpara incluso cuando quedaba muy
poca cantidad.

Ella vertió el cóctel de leche caliente y zumo de mamá en
una taza de estaño y se la dio. Le acarició el pelo y le dijo que
era un niño bueno mientras él bebía a sorbitos y notaba que el
fuego le bajaba poco a poco por la garganta. Se acurrucó contra
ella y aspiró su perfume. Le recordaba al aroma a jazmín del
vestíbulo que cruzaban todos los días intentando que no los viera el gordo de detrás del mostrador, que, como un disco rayado,
preguntaba a su madre con voz colérica cuándo pensaba pagar.
Ella lo había convertido en un juego: «¡Corre, corre!», le decía,
y las piernecitas gordezuelas del muchacho se apresuraban para
seguir el ritmo de las de ella.

En la Cama Grande, ella le acarició la mata de cabello rubio
casi blanco, y la calidez de su muslo sería lo último que él recordaría antes de sumirse en un sueño profundo.

La habitación se hallaba a oscuras cuando despertó. Tendió la
mano para tocar a su madre, pero ya no estaba.

Se incorporó aturdido, como si tuviera el cerebro bañado
en almíbar. Los colores de las luces navideñas seguían destellan-
do al otro lado de la ventana. Apenas oía la pianola, pues el estruendo de una banda de música sofocaba su sonido.

Se deslizó hacia el borde de la Cama Grande, donde los pies le quedaron colgando, y se dejó caer al suelo con un ruido sordo. Caminó tambaleante hasta la puerta y alargó la mano hacia el frío pomo de latón. Lo giró..., hacia un lado, hacia el otro. No se movía. Apoyó la mejilla contra la rendija.

—¡¿Mamá...?! —gritó.

No obtuvo respuesta.

Volvió a llamarla.

—¡¿Mamá...?! ¡¡¡Mamá!!!

Solo música y chillidos de alegría que llegaban de abajo.

Vociferó aterrorizado..., desesperado por que alguien lo oyera. Temía que ella se hubiera marchado para siempre y se hubiera olvidado de llevarlo consigo. Golpeó la puerta con sus minúsculos puños, y el ragtime y las risas y sonidos de adultos que él no entendía amortiguaron sus gritos. Se desplomó como un guiñapo en el suelo de madera y sollozó hasta que ya no pudo sollozar más.

Se había quedado dormido llorando cuando ella regresó. Su madre lo levantó del suelo y lo dejó en un sillón raído. Él se revolvió y, pese a la somnolencia y el agotamiento, atisbó al hombre que había entrado con ella en la habitación. Un hombre vestido con un traje blanco elegante, que compartió un baboso trago del zumo de mamá cuando las bocas de ambos chocaron antes de que se tiraran en la Cama Grande y aplastaran la bolsa de buñuelos remetida entre los almohadones.

Evidentemente, a veces los detalles cambian...

El color del vestido de ella. Buñuelos o pastel, ragtime o blues. La posible identidad del hombre. Si el zumo de mamá era incoloro o ambarino. Si ella había indicado al personal del motel que desoyeran los gritos del muchacho. Él siempre se quedaba encerrado con llave en la habitación. Solo. Abandonado. Aterrorizado.

Esa es la parte importante del cuento que relata una y otra vez. Solo. Abandonado. Aterrorizado.

Los detalles, a decir verdad, son intercambiables.

Todas hemos oído sus historias un centenar de veces.

Esas eran las cartas que jugaba Truman. ¿Cómo no iba a despertar nuestra compasión? ¿Cómo no íbamos a corresponder nosotras con nuestros relatos trágicos, cada una convencida de disfrutar de un trato de favor...? Cada una convencida de ser su Favorita.

Al fin y al cabo, le queríamos. Lo acogimos en nuestras casas —nuestras múltiples casas—, nuestras piscinas, nuestros yates y aviones. Lo aceptamos en nuestras célebres familias: los Paley, los Guinness, los Guest y los Keith, los Agnelli y los Bouvier. Todo era vigor y bronceados, flores recién cortadas y cachorros de pura raza. Con nuestro dinero y nuestros modales pagamos sus cuentas y aumentamos su talla. Lo guarnecimos de distinción.

Fuimos las esposas que nunca tuvo. Las madres que habría deseado tener. Lo queríamos igual que a nuestros hijos..., quizá más: no se nos habría ocurrido dejar a Truman con la niñera... Su entusiasmo infantil y su ingenio lascivo componían un cóctel demasiado embriagador. Seducía incluso a los maridos. A esos machos alfa que fundaban imperios y empresas de comunicación, que se sorprendían a sí mismos compartiendo con nuestro duendecillo andrógino confidencias que no nos harían a nosotras.

Nos sedujo con palabras..., y Truman conoce muy bien el poder de las suyas. Son a la vez coraza y arma, lo único de lo que se siente seguro. Las palabras, cuyo lirismo deja entrever la belleza atrapada en su cuerpo raquítico, por no mencionar su alma angustiada, son lo único que nunca le ha fallado.

Sin embargo las musas han enmudecido. Por primera vez desde que instaló un escritorio austero en el dormitorio de su infancia, pertrechado con un cuaderno de tapas jaspeadas en blanco y negro y un vasito de whisky, las musas se niegan a hablar. Se ha vuelto ciego a los hilos tenues y escurridizos con que en el pasado tejía complicadas telas verbales. Sordo al delicado equilibrio de los tonos que utilizaba para impresionar sin esfuerzo. Ha perdido ese don singular para encontrar la palabra acertada que hacía reverberar las frases.

Las palabras acertadas lo eluden, pero las desacertadas son otra cuestión. Con frecuencia creciente salen a borbotones de sus labios, cada vez más finos, sandeces y bilis, pensamientos apenas esbozados, insultos fáciles. Apenas si puede contenerse. ¡Y, Diooooooos, las fanfarronadas!

«Cariño, nací para escribir este libro. Solo yo podría escribirlo. Reconozcámoslo: nadie más tiene las agallas necesarias para decir lo que estoy dispuesto a decir yo. He visto monstruos malcriados con mis propios ojos y, nena, no son nada agradables. Te lo digo yo: esta historia es lo más auténtico que he conocido.»

Le hemos oído predicar esa verdad a quien quisiera escucharlo. A columnistas. A presentadores de programas de entrevistas. A amigos y a desconocidos. A enemigos y a aduladores. Todos son bienvenidos. Lleva años escribiéndolo. Se lo ha contado a todo el mundo. Se ha guaseado soltando algún que otro retazo, a algunas de nosotras nos ha leído fragmentos y a otras les ha citado una cuantas líneas, y ha remachado y machacado el argumento. Truman nos advierte desde hace años que quizá aparezcamos en él. Ha fabricado un ataúd para cada una de nosotras.

«Se titula *Plegarias atendidas*. Y, si todo va bien, atenderá a las mías.»

Ha habido muchos rumores, muchas conversaciones. Pero empiezan a ser conversaciones chabacanas. Picadillo de carne encima de una tostada que se hace pasar por paté sobre plata de Tiffany. «Lo que estoy creando es colosal, no cabe duda. Todas las personas que he tratado... Todo lo que he visto... Estoy montando este libro como si fuera una pistola. Están la culata, el gatillo, el cañón y, por último, la bala. Y cuando se dispare saldrá con una velocidad y una fuerza jamás vistas... ¡¡¡ZAS!!!»

No obstante, las palabras se le escapan. Como copos de nieve en un día templado, se evaporan antes de que pueda atraparlas. Sin sus preciosas palabras no es nada. Lo domina el pánico.

Y cuando Truman se deja llevar por el pánico...

Se endereza sobre los almohadones y echa un vistazo al reloj. Las nueve y media. En otra parte son las cinco. Se quita la máquina de escribir de la panza y arrastra su cuerpo, por lo demás esmirriado, para bajar de la cama mientras se desplaza con cuidado sobre las minas terrestres de sus pensamientos.

Camina descalzo por una gruesa alfombra de tripe, cuyos hilos de lana se le enredan en los dedos. Cruza un salón diáfano, con paredes de cristal que permiten ver un quebradizo paisaje desértico. Se ha puesto un bañador y un albornoz de felpa, que caen holgados alrededor de su minúsculo cuerpo. Sobre los anteojos de montura de concha se ha calzado unas enormes gafas de sol. Oculta el ralo cabello con un panamá y, aparte de la barriga de la edad madura, podría pasar por un niño de diez años envuelto en ropa de adulto.

Abre una puerta corredera transparente, con los ojos entornados porque lo deslumbra la luz.

Tumbada en el patio, catatónica, está Maggie, una bulldog, con la lengua fuera y babeante. Truman pasa por encima de ella y va derecho a un mueble bar con fregadero. Se queda parado ante la mininevera, dudando entre dos opciones. Mira al animal amodorrado y grita:

—¿Qué va a ser, Mag-pie...?* ¿Un bloody-blood o mi bebida de naranja?

Los pliegues de carne canina no logran responder más que con un lánguido resuello ininterrumpido.

—Eso mismo pensaba yo. Que sea un ZN.

Coge un envase de zumo concentrado. Saca de la nevera una botella de Stoli con un cincuenta por ciento de alcohol. Vierte el vodka en un vaso largo, hasta la mitad, y añade una pizca de zumo. Da unos sorbos recatados... y luego le echa más matarratas, por si acaso.

—*Na zdorovie* —dice en un ruso torpe para brindar por la perezosa Mags al pasar por su lado arrastrando los pies.

Camino de una tumbona, Truman coge un teléfono modelo princesa de color albaricoque que, provisto de un cable mucho más largo de lo normal, lo une a la casa como un cordón umbilical en espiral. Se tumba al sol con la bebida de naranja en la mano. Toma un trago y saca una agenda negra del bolsillo del voluminoso albornoz. Encuentra el número que busca.

---

* Capote se dirige a su perra Maggie como Magpie. Ambos términos son sinónimos en inglés y significan «urraca». *(N. de la T.)*

Marca. Y con esa voz quejumbrosa y chillona de jovencita adolescente que hemos llegado a reconocer con solo oír una sílaba,
da órdenes al auricular.

—Hola, querida. Con el señor Don Erickson, *s'il vous plaît.*
—Sorprendido por la evidente ignorancia de la recepcionista,
añade—: Vamos, cariño, que soy el señor Truman Streckfus Persons Capote, por si no lo sabes.

Se coloca el teléfono sobre el hombro y, como un contorsionista, se retuerce y menea el cuerpo para quitarse el albornoz y
recupera su bebida con una destreza asombrosa.

Al otro lado de la línea, una voz nerviosa.

—¿Señor Capote?

—¡Donny! Saludos cordiales.

—Lo mismo digo, señor Capote.

—¡No soy tu padre, por el amor de Dios! Llámame Truman.

—Señor... Truman, quiero darte las gracias por devolvernos
la llamada. Estamos entusiasmadísimos, repito, entusiasmadísimos, ante la perspectiva de publicar tus relatos...

—Capítulos —lo corrige Truman—. Los primeros capítulos
de mi obra magna. Capítulos muy esperados desde hace tieeeem-
po. Llevan quince años cociéndose. Considéralo un pequeño
avance... Unos cuantos capítulos para tenerlos intrigados.

—Sí. Capítulos. En nombre del personal de *Esquire* quiero
expresar...

—Vayamos a lo que interesa. El *New Yorker* me ha ofrecido
veinte mil. ¿Querríais mejorar la oferta...?

Silencio en el teléfono. Truman frunce el ceño y se pasa el
dedo por el charco de sudor del embalse que se le forma entre
el pecho y la barriga. Sus «tetas masculinas», como nos comentó divertido mientras tomábamos el sol a bordo del *Agneta*, sobre las aguas azul cobalto de la costa amalfitana, y embadurna-

ba de la manteca de karité «más divina» la piel de porcelana de su querida Babe.

Por supuesto, le dijimos que era bobo, que no podía tener tetas porque le faltaba mucho para llegar a la pubertad.

—¿Donnn-yyy...? ¿Se te ha comido la lengua el gato? —se aventura a decir Truman, que pasa a utilizar el encanto como táctica ofensiva, con un tono a medio camino entre un ronroneo y un rugido.

Decepción palpable en el otro extremo de la línea.

—Estamos en condiciones de llegar a dieciséis. Lo siento, Truman. Haríamos lo que fuera por seguir en la palestra. Sabemos lo importante que será...

—Aaahí voy, creo que no lo sabéis.

—¡Sí lo sabemos! Lo que pasa es que somos una empresa más modesta que...

—Tesoro, no tenéis ni idea de lo importante que será este libro.

Truman se pone en pie y pasa por delante de Maggie, que levanta la cabeza al notar que el cable kilométrico del teléfono le roza los pliegues del lomo. Se prepara otra bebida de naranja en el mueble bar, donde la botella de vodka, antes helada, transpira con el calor.

—Lo sabemos. Lo supimos con *Desayuno*, ¿no? Lo que pasa es que no tenemos medios para pujar más. Por mucho que queramos, no podemos ofrecer más que el *New Yorker*.

Se sirve un tapón adicional de Stoli y se mete un lingotazo.

—Dame una buena razón por la que deba irme con *Esquire* por cuatro mil menos. Tienes sesenta segundos, Donny Boy. Convénceme.

Una sonora inspiración, seguida de:

—¿Quiénes te gustaría que fueran tus lectores?

Truman se para a pensar.

—Bueno... No querría que la palmaran cuando fueran por la mitad. Creeeeeo que me gustaría tener lectores jóvenes. Lectores a los que les importaran un comino las normas.

—Muy bien. Como dato demográfico, ¿sabes a qué se dedica la mayoría de los suscriptores del *New Yorker*?

—No.

—Son dentistas.

—¿Dentistas?

—Sí, dentistas. Se compra como «literatura de sala de espera»; así se conoce en el negocio. Ese es tu público: gilipollas compungidos con dolor de muelas que aguardan una endodoncia.

Truman lo digiere mientras mastica un cubito de hielo y tamborilea con las uñas sobre el vaso largo.

—Exigiré algunas cosas...

—Lo que sea.

—Quiero dar el visto bueno a la portada.

—Hecho.

—Y no me cambiaréis ni una sola palabra del texto. ¡Hablo en serio! ¡Ni una sola letra!

—De acuerdo...

—Voy a viajar al Yucatán para ver a Lee, ya sabes, a Lee Radziwill. Es verdaderamente divina. Mucho más despampanante que su hermana... Es decir, adoro a Jackie, no me malinterpretes. En su momento era una chica lista, y muy leída, pero a veces es tan adusta..., ¿no te parece? El número ese de la viuda llorosa... ¡Ningún hombre tocaría algo así ni por equivocación! Y reconozcámoslo: en ocasiones, desde ciertos ángulos, recuerda un poco a una drag queen con perlas. Claro que Ari... En fin. No es ningún adonis. Primero se acostó con Lee..., pero esa es otra historia. Buenoooo. Iré a México a ver a Lee y luego a Cayo

Hueso, donde he encontrado un motelucho delicioso junto al mar. Tengo un único ejemplar de mi libro. Solo uno en el ancho mundo. Tendrás que venir a buscar el manuscrito. En persona.

—Hecho.

Truman arroja en el vaso el último cubito de hielo.

—Buuuuuenoooo..., entonces de acuerdo, cielo. Será *Esquire*. Y para celebrarlo voy a echarme un baile y a servirme una última copita...

Un chorrito más de naranja, un(os) chorrito(s) más de alcohol. Truman se dirige tambaleante hacia la piscina con la copa y el teléfono. Maggie, con medio ojo en guardia, se aparta de su camino con aire resentido.

En la línea telefónica el estado de ánimo es ahora triunfal.

—¡Uau! ¡Truman, es genial!

—Estoy encantado, Don. En el séptimo cielo. —Deja el teléfono en el borde de la piscina y sumerge la punta del pie en el agua clorada—. Pero te aviso, Donny... —Truman hace una pausa y, con el agua hasta la cintura, camina saboreando el momento—: Estoy a punto de detonar una bomba.

—Siempre lo haces. Estoy seguro de que esta vez no será una excepción.

—Ahhh, sí lo será. Aún no han visto nada...

—Bien. Te aseguro... No te arrepentirás.

—Noooo. —Truman reflexiona—. Creo que yo no me arrepentiré, pero es posible que tú sí.

Satisfecho, cuelga el auricular.

Débilmente...

¿Crees que no te arrepentirás, Truman?

Truman apura el ZN y deja el vaso al lado del teléfono.

¿A una parte de ti no le preocupa lo que digamos cuando nos enteremos?

Frunce el ceño. Es nuestra voz, no la de Calíope, que es la que desea oír.

Truman pasa a realizar su ejercicio matutino y nada al estilo perrito un largo de piscina manteniendo la cabeza con el sombrero fuera del agua. Al llegar al extremo más hondo estira los brazos para agarrarse al trampolín y sus pies oscilan en las profundidades. Da media vuelta y nada hacia la parte que no cubre.

Ya sabes que solo hay una cosa que no puede perdonarse...

La traición negro sobre blanco.

—¡Basta! —dice Truman en voz alta, sin dirigirse a nadie en particular.

Maggie levanta la cabeza al oír una palabra que reconoce. Él se echa a reír.

—No te lo digo a ti, Mags.

Maledicencia y degollina en tipografía Century Expanded. ¿Estás seguro de que no te arrepentirás...?

Contiene el aliento antes de meter la cabeza en el agua. Serenidad. Paz. Sin embargo, en la gorgoteante soledad amniótica, una voz, la nuestra, persiste...

Por regla general, duele mucho más lo que se lee que lo que se oye.

Truman deja que su cuerpo se sumerja y el panamá se mece suavemente en la superficie cristalina.

Al cabo de una semana, una limusina aparca delante de su modesto refugio del desierto. El chófer recoge el equipaje: un par de maletas Vuitton ajadas, cubiertas de un collage de etiquetas.

«Mis maletas han estado en todas partes —alardea a menudo Truman—. Han viajado el doble que yo. No es culpa mía. ¡Tienen sus propias patitas, con las que van por delante!»

Tiene la precaución de echar la llave de la cerradura de seguridad —nos ha contado que durante sus ausencias han entrado intrusos en la casa—, y mientras tanto el chófer vuelve en busca del último bulto: un grueso paquete rectangular envuelto con esmero en papel de estraza y atado con cordel de cocina. Cuando el chófer se dispone a cogerlo, Truman se abalanza para interponerse en su camino.

—Noooooo, gracias, señor Hauptmann. ¡Esta criatura no se apartará de la vista de papá Tru-bergh!

El chófer, un mediterráneo fornido, retrocede. Truman ríe a carcajadas.

—¡Dios mío! ¡Soy fiero como un perrito guardián! Menos mal que llevas calcetines de algodón... ¿Con quién tengo el placer...?

—Me llamo Vincent, señor.

—Vi-chen-tiii... —Truman se enrosca el nombre en la lengua—. Bien, tienes que contármelo todo sobre ti...

Truman está sentado en la parte trasera de la limusina, con el paquete colocado en un lugar de honor: en el asiento contiguo. Da un golpecito a la mampara y dirige una fugaz sonrisa al espejo retrovisor.

—Dime, Vicente..., no te molestará que descorche esta deliciosa botella de espumoso, ¿verdad que no? No se me ocurre nada más descortés que beber mientras conduces, pero ¿te molestaría muchísimo...?

—No, señor. Adelante.

—Es medicinal, ¿sabes? Tengo que tragarme una pastilla minúúúscula, y las pastillas siempre saben mejor con mi viejo amigo Dominic P.

Truman coge con avidez la botella helada de Dom Pérignon y ríe al oír el estampido del corcho, como un niño con una caja sorpresa. Saca un sedante Quaalude de una cajita de rapé esmaltada victoriana que guarda en el bolsillo. Se mete en la boca un comprimido turquesa y a continuación otro de color jade, que juntos se difuminan hasta formar las tonalidades de la cola de un pavo real.

—¿Vicente qué?

—Angelotti.

—Angelotti. ¡*Quel* divino! Supongo que eres italiano.

—Sí, señor.

—Vaya, no me digas que no es lo más exótico que uno puede ser. ¿Y de dónde has dicho que eres?

—Mi familia es de Sicilia, pero yo me crie en Hoboken.

—¡Qué coincidencia más extraordinaria! Mi amigo Francis nació en Hoboken. Es cantante... A lo mejor lo conoces. —La sonrisa de Truman se estira como un acordeón. Las celebridades no dejan de entusiasmarlo como tema—. Francis... Francis Sinatra. —Observa los ojos como platos del chófer—. Quiso comprar los derechos cinematográficos de mi libro. Ahora bien, por mucho que yo quiera a Francis, tiene fama de tacaño, y mi Big Mama, es decir, mi muy buena amiga Slim...; en aquel entonces era mi agente y me dijo que aguantara y no los vendiera por menos de un millón.

—Sinatra —tartamudea el chófer—. ¿Conoce a Frank Sinatra?

—Conozco a todo el mundo, Vinny. Pues bien, Slim, que estaba casada con Howard Hawks y lo dejó para irse con Leland Hayward, que la dejó a ella para irse con esa furcia de Pam Churchill..., sí, el mismo apellido que Winston, ya que Pam cazó a su hijo Randolph... ¡y a cualquier otra cosa que se moviera! El caso es que conocí a Howard a través de Bogart, que conoció a Betty, su encantadora esposa, a través de Slim, que fue quien literalmente la descubrió..., aunque ese canalla misógino de Hawks no le reconoció el mérito, y...

—¿Conoce también a Bogie?

—¿Que si lo conozco? Me llama Caposey. Echamos un pulso y le gané. Tres veces. Tuvo que pagarme doscientos pavos, que por aquel entonces era un montón de pasta. Pero cuando en una pelea levanté a Bogie y lo tiré al suelo, ¡porque él me desafió!, y lo dejé tres días fuera de servicio, el gran John Huston no quedó muy contento con el pequeño Caposey, ¡te lo digo yo! ¿Por dónde iba? Ah, sí. Volviendo a Slim...

Dos horas después, cuando el coche aparca ante el edificio con forma de Sputnik del aeropuerto de Los Ángeles, Truman le ha referido a Vincent la vida y las aventuras sexuales de casi todos los miembros de nuestro círculo.

El chófer le ha escuchado con incredulidad, sin saber si ese anecdotista canijo cuenta verdades o está como una cabra. Truman, que ha acabado agotado tras un potente cóctel de chismorreos, mujeres guapas y champán, está despatarrado en el asiento, roncando en plena siestecita.

Vincent saca el equipaje del maletero y lo deposita junto al bordillo. Abre la portezuela de atrás y zarandea con delicadeza a su pasajero. Truman consigue despertarse, con los ojos como los de las plumas de un pavo real, la botella de champán en el regazo. Mira con los párpados entornados hacia la portezuela, donde el chófer espera con el sol a la espalda, las facciones en sombra, envuelto en un halo de luz.

—Señor Angel-otti, ¿ya hemos llegado a la Ciudad de tus Congéneres?

—Bienvenido a Los Ángeles, señor Capote.

—Dame el brazo, querido angelito, y ayúdame a volar.

El chófer levanta a Truman hasta ponerlo de pie..., y no es tarea fácil, pues el peso pluma, desmadejado por la fatiga, parece de plomo. Cuando acuden los mozos para arrastrar las maletas al interior, Truman se quita el reloj. Un ostentoso Cartier. Lo pone en la palma de la mano de Vincent, que mira estupefacto el regalo.

—Para ti, Vicente.

—Señor, yo no podría...

—No me ofendas, Ángel. Bogie tenía uno, Francis tiene uno y yo tengo una docena.

Las protestas de Vincent cesan cuando Truman le remanga la americana del uniforme y le ciñe con ternura la correa a la muñeca. Le da unas palmaditas en el brazo.

—*Bellissimo*.

Se baja las gafas de sol de insecto y entra en la terminal detrás de los mozos.

Solo después de avanzar lánguidamente contra la corriente de ajetreo y bullicio en pos de sus maletas, que, en efecto, hoy tienen patitas (siempre hemos afirmado que por lo general hay algo de verdad en las palabras de Truman), y de superar el torrente de viajeros...

Solo después de llegar, despreocupado de todo, como si estuviera paseando, al mostrador de Aeroméxico, donde factura el equipaje y recibe el billete impreso de manos de una señorita de grandes ojos inocentes tocada con un elegantísimo casquete («Igualito al que llevaba Jackie —sabemos que le diría—, hasta ese día terrible en que el casquete rosa, del color de las pastillas contra el dolor de estómago, acabó salpicado de la sangre de Jack»)...

Solo después de balbucir un último «Adiós, amiga» en español y de pararse a pensar en que la versión masculina de esa despedida fueron —como nos contó con lágrimas en los ojos— las últimas palabras de Perry Smith antes de que lo ahorcaran. El asesino avanzó cojeando, le besó en la mejilla y le susurró al oído: «Amigo...». En el frío almacén Truman percibió el aliento que salía de los cálidos labios de Perry y observó las nubecillas de vaho que expelía, con mayor rapidez cuando subió los peldaños del patíbulo, donde le cubrieron los ojos con un delicado antifaz negro. Respiración visible..., al igual que la de los agentes del orden y los periodistas presentes. Al abrirse la trampilla dio la impresión de que flotaba en el aire una última exhalación, y luego ya no hubo aliento. Truman comprendió demasiado tarde que nunca lograría librarse de esas imágenes, ni del ruido de los frágiles cuellos de Perry y Dick al partirse, ni de los tiros de escopeta por los que pagaron: cuatro disparos que en una sola noche sangrienta acabaron con la familia Clutter, gente honrada, a decir de todos. No podría desprenderse de la sensación de que el entierro de aquellos dos era el suyo propio y de que el muchacho del flequillo había muerto con ellos en aquel almacén gélido para dejar en su lugar la sombra de un hombre.

Solo después de permitirse un momento aturdido de autocompasión por cuanto ha perdido, por el precio que le ha costado su arte...

Solo entonces recuerda...

Truman mira alrededor aterrorizado, palpa en busca del grueso paquete marrón y concluye que debe de estar dentro del equipaje. Recupera las maletas, las abre, hurga en sus entrañas y arranca de sus cavidades todos los objetos imaginables. Blocs garrapateados con su letra puntillosa. La pesada Smith Corona, oculta en la funda de cuero. Bañadores con estampado de paramecios. Pijamas de seda negra. Fulares de longitud disparatada. Camisetas. Pantalones de pana. Pieles...

¿Pieles? ¿En el Yucatán? Siempre hemos dicho que no sabe hacer maletas. ¿Cuántas veces una u otra de nosotras le ha preparado con esmero el equipaje para escapadas a destinos lejanos y ha tenido que sacar los artículos del todo inapropiados que siempre consigue colar en el último momento...? Mientras él, el hijo consentido, ovillado a los pies de nuestras camas, en parte pachá y en parte perrito pequinés, observa nuestros esfuerzos diciendo entusiasmado «Querida, es fabuloso», encantado de que trabajemos para él.

Agachado a los pies de las señoritas de Aeroméxico, que lo miran estupefactas, Truman va lanzando sus venerados tesoros mientras busca en vano lo único que le importa.

—Ay-dios-ay-dios-ay-dios, ¡ay, DIOS! —gimotea, y es como el glugluteo de un pavo real, que en sí mismo no difiere de un grito femenino.

(Si funcionara a pleno rendimiento, habría reparado en este detalle, pues en el zoológico de Central Park ha señalado más de una vez que a menudo llaman a la policía de la ciudad de Nueva York para que investigue un chillido del «género *Pavo*» por ese mismo motivo.)

—Es increíble... Quince años de mi vida... ¡Quince AÑOS!

Las señoritas de Aeroméxico intercambian miradas incómodas.

—Es... ¡Jamás podré reproducirlo...!

Al llegar al fondo de la segunda maleta se acuclilla, con su mundo portátil desparramado tristemente alrededor. (Es tan triste que casi casi podríamos compadecernos de él...) Ve que su última posibilidad, una posibilidad minúscula, se reduce a cero, lo que lo aterra aún más que la Nada contra la que ha estado batallando. Se da cuenta de que bien podría significar el final del camino. Le falta la fuerza necesaria para volver a empezar.

Hemingway sí lo hizo cuando le pasó a él, le aseguramos.

«Odio a ese viejo pesado pomposo —decía Truman por norma—. Ese macho de pega cabronazo y homófobo. Un pelma, un pelma, un PELMA.» Las que habíamos conocido a Papa se lo discutíamos, y él extendía las manos e indefectiblemente replicaba: «Bueno, yo era casi un chaval en aquella época... ¡El señor Escopeta para Desayunar no puede hacer mucho ahora!».

El cuerpo de duendecillo se dobla en un gesto de derrota. Los huesudos hombros empiezan a temblar, y con ellos se estremece la columna vertebral, de forma tan clara y ordenada como una sarta de perlas de agua dulce.

Aparece un señor preocupado, el jefe de mostrador, que con amabilidad se ofrece a llamar al hotel «del joven». Truman niega con la cabeza, apoyada en sus manos esqueléticas, consciente de que todo está perdido.

Las voces, las nuestras, solistas que ahora se superponen:

Tendrías que haber sabido, Truman, que no era digno de ti.

Ventilar nuestros vestidores, sacar a relucir nuestros delicados trapos sucios...

¡Airear nuestras sábanas de hilo fino manchadas de sangre, para que todos las vean!

Dejarnos pasmadas al ver que nuestro mayor confidente nos traicionaba de tal modo...

—¡Noooooo! —gimotea Truman.

El señor de Aeroméxico se aparta al creer que la protesta se dirige contra él.

Ya imaginamos los titulares: «Capote mata a sangre fría. Damas en un almuerzo: ¡¿destripadas en el restaurante más chic de Manhattan por su mejor amigo?!».

—No pretendía... No pretendía...

Nuestro mejor amigo.

Aeroméxico ha llamado a los mozos de equipaje.

—¿De dónde venía? —les pregunta el desconcertado jefe de mostrador.

—Una enorme limusina negra lo ha dejado en la entrada, señor.

¡Tú, con quien bebíamos Cristal y vaciábamos nuestra alma! Con quien compartíamos jugosos cotilleos ante espumosos suflés Furstenberg, cuyas yemas se deshacían en la crema lechosa mientras nos contábamos los últimos chismorreos. En achispadas conversaciones íntimas te confiábamos nuestros secretos mejor guardados, empapados en martini, y nos escuchabas con la atención que nuestros maridos no nos prestaban.

¡Tú, enanito ingrato! ¡Trepa de baja estofa!

—¡Siempre os habéis equivocado en eso conmigo! ¡Yo era un artista! ¡Un artista en todo momento!

El *señor* Jefe de Mostrador llama por teléfono a empresas de taxis y alquiler de coches y pide refuerzos. Se ha formado una cola de ricachones. La mayoría hace caso omiso del espectáculo porque no quiere prestar atención a semejantes histrionismos en un lugar público, y menos en uno tan glamuroso como el aeropuerto.

En la cola, una niña agarrada a la mano de su madre observa a Truman con fijeza y ojos atemorizados. Él la mira e implora llorando:

—¿A quién creían que tenían...? ¡¡¡¿Qué creían que era yo...?!!!

—Mamá... —La chiquilla se refugia tras la falda de su madre.

En ese momento, otra voz cruza el recinto:

—¿Señor Capote...? —La voz de un ángel flota hacia él.

Truman mira y ve el destello de un ala dorada: un apéndice ceñido con un Cartier.

Así, sin más, san Vincent Angelotti se planta a su lado y le tiende el objeto sagrado: ochocientas páginas envueltas en papel marrón y atadas primorosamente con un cordel, que bien podrían ser el Niño Jesús envuelto en pañales.

—Lo siento, señor. He venido nada más verlo. Se lo dejó en el asiento de atrás.

Truman Capote alarga la mano para recuperar su sino y lo aprieta contra su hundido pecho.

—¡Ahhhhhh, *grazie*, Ángel! *Grazie!*

Y de pronto comprende que, sean cuales sean las consecuencias, a veces las palabras desacertadas son preferibles a la ausencia de palabras.

2

1975

Variación n.º 1

Lady Slim Keith —antes señora de Leland Hayward, y antes señora de Howard Hawks, y antes la escuálida Nancy Gross de Salinas, California— se sobresalta al sonar el teléfono cuando falta poco para las ocho. Lee en la cama los periódicos de la mañana, un hábito reciente. Es lo que hacen las divorciadas, se ha dicho, incluso las divorciadas a la fuerza, cuando se las obliga a crear rituales. Ella siempre ha madrugado, se despierta con el sol para saborear las horas de indolencia antes de que el resto del mundo se levante. Aun así, la llamada inesperada la inquieta.

Nadie telefonea antes de las diez. Es de mal gusto.

Los pensamientos se agolpan... ¿El manicomio? ¿Habrá tratado Billy de fugarse otra vez de la cárcel? En ese caso, ¿debería ponerse en contacto con Leland o sería mejor esperar...? Él y la puta asquerosa de Pam han desatendido horrores a Billy. Slim ha intentado intervenir pero, como le hemos recordado, no es responsabilidad suya; Billy ya no es su hijo, si es que alguna vez fue su hijastro.

El teléfono enmudece y Slim siente el alivio de la tregua. Seguramente era algún imbécil de Londres que no ha tenido la consideración de mirar la hora.

De pronto..., otra tanda de timbrazos revienta la quietud.

Tiene que ser Billy. ¿O será Bridget? A los hermanos Hayward se les ha ido la chaveta. No sería la primera vez, y Slim duda de que sea la última. Siente una aguda punzada de inquietud, la misma que experimentó cuando, hace años, el teléfono sonó al alba con la triste noticia sobre Papa. Ernest no se encontraba bien. «Estoy harto de todo, señorita Slimsky», le había comentado la última vez que ella estuvo en La Habana, y hablaba en serio. Habían estado cazando torcaces —según nos confirmó Slim más tarde—, con la mismísima escopeta que Ernst usó para...

¡Dios mío! ¿Bill también? No...

Preparándose para lo peor, descuelga el auricular. Antes de que diga nada suena la voz de Babe, crispada..., más aguda que su acostumbrada suave voz, de perfección argéntea.

—¿Lo has leído?

Gracias a Dios..., es Babe.

Con un inmenso alivio, Slim alarga la mano hacia los periódicos.

—¿*The Times* o el *Post*?

Hace ya unas horas que echó un vistazo a las columnas de cotilleos de Suzy y Charlotte, que leyó por encima los dardos y pullas de poca monta. Las habituales famosas de la alta sociedad con cerebro de mosquito empujándose unas a otras para llevarse la palma en actos destinados a ver y dejarse ver. Lo de siempre.

Ningún Paley. Ningún Hayward. Nada que justifique una alarma a las ocho de la mañana.

—El texto de Truman en *Esquire* —dice Babe con un ímpetu impropio de ella—. ¿Lo has leído...?

—¿*Esquire*...? No.

—Bien, cómpralo enseguida. Llámame en cuanto lo leas.

Clic. ¿Clic? ¿De la Reina de los Modales? Impropio de Babe sin la menor duda... ¿Qué habrá...?

Slim llama a la criada, saca del cajón del tocador unas monedas, se las entrega y le ordena que baje corriendo al quiosco de la esquina.

Una hora después, Slim está sentada a la mesa de la cocina con una botella de whisky en la mano y las páginas de *Esquire* desplegadas delante, cara a cara con su doble de ficción.

Lady Slim Keith frente a lady Ina Coolbirth...

Ambas, mujeres despreocupadas de California con tres divorcios a sus espaldas. Ambas, muy bien parecidas, aunque entre los grupos de hombres las aceptan como sus iguales. Vecinas sensuales cuya elegancia serena y relajada consigue que pantalones, chaquetas de ante y zapatos planos resulten seductores. Ambas, modelos de la mujer ideal de los hombres machotes. Una mujer que bebe mucho y vive a lo grande, que pesca, monta a caballo y practica la caza mayor. Que contará una historia fabulosa en cuanto empiecen a correr las copas de cóctel... Lo malo es que las bebidas y la verborrea suelen ir parejas.

Y ahí están. Nuestros valiosos secretos bien guardados. Compartidos a media voz entre los miembros de nuestro grupo, intercambiados como pelotas de tenis en nuestros clubes más exclusivos. Cháchara junto a la cancha, junto a la piscina. Inofensiva. Pero protegida de los de «fuera» con una vigilancia de halcón.

Ahí estamos todas. La puñetera pandilla. Algunas aparecemos con nuestro nombre verdadero —Babe y Betsey, Jackie y Lee—, y otras con un nombre falso bastante transparente.

Cada una sentada a su mesa habitual de La Côte Basque, expuesta sin saberlo a los insultos mordaces de la ficticia lady Ina —Slim a todas luces—, que saca a relucir los trapos sucios más inmundos con un gigoló mariquita llamado Jonesy, que no cabe duda de que es Truman.

Sin embargo, no son los labios del tal Jonesy los que destilan las calumnias, sino los de ella.

Un escalofrío helado recorre el cuerpo de Slim..., el escalofrío ártico del pánico.

«Ay, Truheart. Hijo de puta. ¡¿Qué has hecho?!»

Eso es antes de que lea lo peor de todo... Cuando llega a las sábanas ensangrentadas, descuelga el teléfono con mano temblorosa. Babe responde al primer timbrazo.

—¿Y bien?

—Me siento como si acabaran de pegarme un puñetazo en el estómago.

—Sí, pero ¿qué te ha parecido...?

—Pura bazofia. Porquerías hirientes con mala baba —dice Slim sin rodeos. Intenta hablar con tono desdeñoso, aunque ambas saben que el asunto es mucho más gordo.

Es una declaración de guerra.

—Esa historia... —Babe hace una pausa—. ¿Crees que es cierta?

Slim contiene el aliento. Sabe muy bien a cuál se refiere...

Las Sábanas.

Slim se siente incapaz de contárselo. Con el cáncer que padece Babe..., con los tratamientos. Todas sabemos lo de las mujeres de Bill. Sin embargo, mencionarlo se le antoja de una crueldad extraordinaria ahora que Babe mira a la muerte a la cara.

—Truman es fantasioso. Siempre te lo he dicho.

«No puedo contárselo... No puedo...»

—De todos modos, siempre hay algo de verdad en lo que dice —afirma Babe—. Está claro que Ann Hopkins es Ann Woodward. El supuesto intruso, la muerte del marido...

—De acuerdo, esa parte es cierta. Dios mío, desenterrar todo eso...

—¿Cómo se le habrá ocurrido?

—Dios mío... Espero que Ann esté bien...

Aunque Slim todavía no lo sabe, Ann no está bien. Hace unos días le pasaron de extranjis un adelanto del artículo de Truman. Ni que decir tiene que la pobre Ann Woodward quedó horrorizada por la perspectiva de que regresaran demonios sepultados hacía tiempo; asqueada al pensar que, una vez más, la arrastrarían por el lodo marcada con las palabras BÍGAMA y ASESINA en letras escarlata.

Siempre había admitido que disparó contra su marido al confundirlo con un ladrón. Sin duda, la idea había cimentado, pues los ladrones fueron el único tema de conversación de los Woodward durante la cena en honor de la duquesa de Windsor a la que asistieron la noche de autos, y Ann en particular había remachado el asunto, había ido a tiro hecho (un juego de palabras sarcástico de Truman). Les preocupaban los robos que tenían lugar en su pueblecito de Oyster Bay. Habían adquirido la costumbre de dormir con escopetas junto a la cama. Se abstuvieron de mencionar que tenían dormitorios separados, pues el matrimonio se había roto y a esas alturas estaba prendido con alfileres. Ann había oído a un intruso y disparado sin mirar. No obstante, cuando la policía acudió en respuesta a su llamada desesperada, había algo sospechoso en la posición del cuerpo desnudo de su marido.

Truman disfrutaba con la obscenidad de la historia, y cada vez que la contaba durante un almuerzo, ante una mesa cautivada, disponía de algún detalle nuevo que compartir, como si husmeara con regularidad en los archivos policiales de Oyster Bay.

«Dice que agarró el mosquete, a lo "Annie cogió su fusil", y descargó en la más negra oscuridad ese artilugio hecho a medida. ¡Bang! ¡Bang! —narraba entusiasmado—. A continuación encendió la luz y... ¿a quién diríais que vio? Pues, *quelle surprise*, a su querido marido, el difunto Billy, acribillado a perdigonazos. Solo que el desventurado galán yacía desmadejado en el pasillo, tendido entre su alcoba y la de ella. Cuando llegó el comisario, encontró a la pequeña señorita Oakley encima del cuerpo..., una posición que ocupaba a menudo en la vida —gustaba de añadir con una sonrisita—. Lloraba con lagrimones de cocodrilo, luciendo todavía el camisón manchado, salpicado de sangre como un Jackson Pollock carmesí.

»"¡He sido yo! ¡Lo he matado! Estaba a oscuras... ¡No veía!" ¡¿A seis metros contados?! ¡Ja! En fin, los polis tuvieron al menos una pizca de cerebro para olerse en un periquete que aquello no cuadraba. Lo del pasillo era una buena historia..., muy buena. Pongo a Annie un sobresaliente por el esfuerzo. Si no fuera por un detallito: que no fue donde lo mataron...»

Cuando preguntábamos a Tru cómo podía estar tan seguro, nos revelaba con fervor forense datos jugosos que se habían ocultado a la prensa. «Cariño, la policía encontró el cadáver dentro de la ducha acristalada. Desnudo, ¡por el amor de Dios! El grifo estaba todavía abierto y la puerta hecha añicos por las balas. Ahora dime: ¿cómo murió...?»

A continuación sorbía satisfecho una cucharada de sopa o apuraba un martini.

Tru vio consternado cómo el escándalo se desvanecía con la absolución de Ann, cuya suegra, Elsie, no quiso presentar cargos contra ella. Elsie Woodward era un vestigio de la Edad Dorada de los Astor y los Vanderbilt, cuando las mujeres no mancillaban el apellido de la familia con el oprobio, aunque eso implicara dejar a una asesina en libertad. Opinaba que el nombre de una solo debería aparecer en letras de molde dos veces: la primera cuando nacía y la segunda tras su muerte (ni siquiera el matrimonio merecía tal honor, puesto que su duración era breve).

En cambio, para Truman, cuanta más tinta, mejor. A su parecer, una buena historia nunca moría, y ha aguardado con la paciencia de Job el momento de desenterrar este tesoro. Truman es muy dado a los ajustes de cuentas y Ann ocupó el puesto más alto de su lista negra durante casi veinte años.

«Ahí está Capote, ese asqueroso marica canijo», nos contó que había soltado Ann en una fiesta celebrada en Saint-Moritz a principios de los cincuenta. Otras veces nos decía que se había topado con ella en la atestada pista de El Morocco y que él le había pisoteado sus zapatones bailando un frenético jitterbug embriagado.

—¡Cuidado, maricón...! —había mascullado ella.

—¡Ten cuidado tú, Bang-Bang! —había contraatacado Tru según contaba él.

Fuera cual fuese la versión, malintencionada o no, Ann ha recibido su merecido de mano de la pluma de Truman usada a modo de navaja. Es la atracción principal de esta barraca de feria que ha presentado en *Esquire* y que destila su mala baba característica. Aparece anunciada como «Ann Hopkins», una viuda pelirroja con traje y velo negros de Mainbocher, sentada con un sacerdote que toma grandes tragos de Gibson y la consuela de la muerte de un marido llamado «David».

«Ann era una corista de medio pelo..., más bien una prostituta —cuenta lady Ina a Jonesy en el relato de Truman al tiempo que hunde la cuchara en el suflé Furstenberg—. Deseosa de salir del coro, encontró un protector en David Hopkins padre y se convirtió en su pupila antes de pasar a David Hopkins hijo, que se casó con ella por sus... dotes. Cuando David descubrió que su padre se le había adelantado, el matrimonio no tardó en venirse abajo...

»David quiso romperlo sin pagar un precio alto, así que contrató a un detective privado de primera para averiguar si Ann guardaba otros trapos sucios en el armario. Y en un abrir y cerrar de ojos obtuvo pruebas fotográficas de Ann montada en cada miembro del Piping Rock Polo Club (de uno en uno y luego todos a la vez, *tous ensemble*...). ¡Material suficiente para justificar una detención, por no decir el divorcio! Pero, en un giro inesperado del destino, el inteligente sabueso privado decidió ir a investigar la hacienda familiar de Ann.

»Entrevistó a sus desdentados parientes, que no la conocían en el rimbombante papel de señora de David Hopkins —prosigue lady Ina deleitándose con este detalle en especial—, sino como Angeline Lucille Crumb, una mocosa marimacho, hija de una madame de parada de taxis, que ejercía en el aseo de hombres de un cine de su rústica ciudad natal, en el Medio Oeste. La pequeña "Angie" se casó pronto para irse de casa de su madre... y se convirtió en la esposa menor de edad de un tal Joe-Bob Barnes, un marine paleto, al que de inmediato mandaron a Okinawa. En cuanto zarpó el convoy de Joe-Bob, Angie se largó y apareció en Manhattan como "Ann Eden", con una imagen renovada. Al cabo de unos años el Sabueso Inteligente desenterró los pedacitos de aquel matrimonio y exhumó al citado Joe-Bob Barnes y consiguió que testificara que se había casado con una tal Angeline Crumb, de la que no se había divorciado y quien, por lo que él sabía, seguía siendo su parienta. Billy se plantó al descubrir el vergonzoso secreto de Ann, que invalidaba el matrimonio de ambos. Amenazó con desacreditarla; se llevaría a los hijos. Ella se había esforzado mucho y no estaba dispuesta a volver al escalafón inferior. Debió de ser por eso... Arrinconada, descubierta la bigamia... Su primer peldaño en una escala kilométrica para salir de su arroyo natural. ¿Qué podía hacer Ann sino pegarle un tiro? La prensa la llamó, en español, la Matadora. Un destino que escapaba a su control, pobrecita, determinado por las circunstancias azarosas de su nacimiento: un cóctel letal de pobreza y ambición, una puta desvergonzada que había ascendido gracias a sus encantos...»

«Pero ¡si ni siquiera conozco a Truman Capote, y él tampoco me conoce a mí!», aseguró Ann cuando le hablaron del artículo. Fuera cual fuese la verdad, después de leer en *Esquire* el sórdido relato de Tru anotó la fecha de la publicación en su agenda. Su criada, la señorita Reever, contaría más tarde a las nuestras que Ann se retiró a su cárcel de la Quinta Avenida y corrió las cortinas. Pidió a la señorita Reever que le diera la mano y rezara con ella.

Aquella noche Ann se puso un camisón de flores azules y cogió de la mesita un bloc que llevaba las palabras NO TE OLVIDES DE... impresas como encabezamiento. Escribió «Ann Woodward» y lo dejó al lado del teléfono de baquelita beis. En vez de la mascarilla purificante con la que solía dormir, Ann, que seguía siendo la corista de su juventud, se maquilló: se aplicó una base, colorete rosa y pegotes de rímel verde, como si fuera a realizar una última salida grotesca al escenario para saludar.

Luego, encarando los fantasmas de su turbio pasado, consumida por los remordimientos, se fue a la cama, tomó una dosis mortal de Seconal y ya no despertó. (El mismo barbitúrico que acabó con Lillie Mae «Nina» Capote, como más tarde nos recordaríamos unas a otras, estupefactas ante las ironías de la vida.)

Castigada por un insulto proferido dieciocho años antes, Ann es la primera víctima de Truman.

Silencio en el otro extremo de la línea. La respiración un tanto fatigosa de Babe. Al final, los cuarenta años de L&M le han pasado factura. Cuando vuelve a hablar, se muestra cautelosa...

—Esa historia... Las Sábanas. ¿Quién crees que es...?

—Vete a saber. Podría ser cualquiera —salta Slim, con excesiva rapidez.

Otro silencio, respiración sibilante.

—No tengo ni idea de quién es la mujer, pero me parece que sé quién puede ser el hombre...

Slim bebe un buen trago... Vamos allá.

Babe se interrumpe y a continuación añade con cautela:

—Slim..., ¿crees que podría ser Bill?

—Es ficción, Babe —afirma Slim con una seguridad fingida—. Un relato de ficción chapucero. No pierdas ni un minuto pensando en eso. —Cambia de tema—. ¿Dónde vamos a almorzar? ¿Al Quo Vadis?

—Es que «Sidney Dillon» es judío...

—Igual que la mitad de Manhattan.

Babe aquieta su respiración.

—No es posible. Truman no haría eso... No me lo haría a mí. No nos lo haría. —Ese pensamiento parece tranquilizarla.

En el Saint Pierre, Slim se sirve otro whisky. Desearía estar de acuerdo con Babe.

«Ese cabroncete demente me las pagará. Me las pagará por vender nuestros secretos como si fuera un vulgar chuloputas.»

—Como ya te he dicho, Truman solo piensa en Truman.

—Pero tú le quieres.

—Le quiero, pero nunca he confiado en él.

Ay, pero Slim sí confió en él. No era su intención, pero Truman sabía tirar de la lengua. Animarte a beber y animarte a cotorrear. Slim se devana los sesos para separar la realidad de la ficción. ¿Le contó a Truman el rumor sobre el intento de Bill de acostarse con la esposa del gobernador cuando Babe no estaba en la ciudad, con el único resultado de que la señora en cuestión menstruó cubas de sangre en las sábanas matrimoniales de los Paley? Cuando Babe llamó para anunciar que regresaría antes, Bill, en un giro tétrico propio de las comedias bufas, quitó las sábanas de la cama llevado por el pánico y las echó en la bañera. Imaginar al gran Bill Paley, magnate de la CBS, arrodillado junto al borde de la bañera, frotando los líquidos corporales del elegante algodón egipcio como una lavandera rusa, resultó divertido en su momento, siempre que se le ocultara a Babe. Más divertido aún fue el susto de Bill cuando, después de gastar numerosas pastillas de jabón del hotel, Fleurs des Alpes de Guerlain, cayó en la cuenta de que no se secarían a tiempo. El alabado lavandero las metió en el horno, donde se cocieron hasta que la blancura recuperada adquirió una textura crujiente con aroma a vainilla.

Seguro que fue Tru quien le contó el cuento a Slim..., ¿o fue al revés? Ay, Dios... «Lady Ina» siente la punzada de los remordimientos por no recordarlo.

Los dos habían compartido tanto, se habían contado tantas historias el uno al otro con fervor competitivo, que todo parecía entremezclarse.

Y, santo cielo, lo que habían llegado a hablar... Habían hablado en centenares de almuerzos durante veinte años. Ante platos de picadillo de pollo con coñac en el Oak Bar del Plaza. Ante langostas termidor y *boeuf à la mode* en el Colony. Mientras pasaban por delante de las figuras de jockeys de hierro con sus colores de piedras preciosas para entrar en el 21. Sentados a las mesas envueltas en niebla tóxica del Stork Club. En cenas en casas particulares, comiendo áspics temblorosos. En galas, rechazando lo que se servía en el banquete. Repantigados en tumbonas al lado de piscinas y en toldillas de barcos tomando gimlets. Habían hablado en taxis atrapados en atascos de tráfico. En vespas que zumbaban por Madrid. A nueve mil metros de altura en vuelos transatlánticos, fumando en el bar para pasar el rato. En trenes glaciales que atravesaban los áridos paisajes rusos, abrazados para darse calor.

Después de aquellos días surrealistas en Moscú —tras un viaje ferroviario a Leningrado con mucho vodka, chupito a chupito, durante el cual, arrebujados en múltiples abrigos para conjurar el frío atroz, entonaron las canciones tradicionales que les habían enseñado los lugareños de los que Truman se había hecho amigo, brindaron con un *Na zdorovie* antes de tomar los lingotazos de refuerzo y disfrutaron de la sensación que producía el cristalino zumo de mamá al descender como lava por la garganta—, Truman ladeó la cabeza de repente y se quedó mirando a Slim.

—Nunca me haces confidencias, Big Mama —dijo con tono pensativo y una punzada de pesar.

—Por favor, Truheart. ¡Si no paramos de hablar! ¡Te lo cuento todo!

—Sí... Pero nunca me haces confidencias. Sobre ti.

Slim sonrió.

—No, es cierto, querido, tienes razón.

—¿Por qué no me las haces? —insistió él mientras el Stoli diluía las defensas como un disolvente.

—Es muy sencillo, Truman —farfulló Slim—. No me fío de ti.

Papa siempre le decía: «Señorita Slimsky, tienes un detector de engaños soberbio», y Slim había detectado pronto que Truman era un maestro en ese arte. Enseguida captó lo que casi todas nosotras negábamos: que si Truman iba de aquí para allá contándonos chismes sobre otras personas —«¡En la más estricta confianza, cielo!»—, sin duda sería proclive a contar chismes sobre nosotras a los demás en un interminable círculo de parloteo.

Éramos creaciones suyas, ya nos plasmara de viva voz o por escrito, de modo que las señoritas Golightly no eran menos reales que las señoras Paley, Guinness y Keith, ni las señoras Keith, Guinness y Paley más reales. Los pormenores de nuestra vida le proporcionaban el metal vil para sus cuentos, material que mediante una extraña alquimia él convertía en fulgente oro narrativo de temas y géneros diversos. Habíamos visto en su obra atisbos de nosotras, aunque no rasgos concretos, pues no lo habríamos tolerado. Era nuestra esencia lo que poblaba sus textos. Nos colábamos en ellos con diversos disfraces... Babe flotaba en los cuentos de hadas mortecinos. El pasado secreto de Gloria se agazapaba en los relatos de intriga. La cadencia extranjera de Marella determinaba el ritmo de los libretos. La envidia reprimida durante años de Lee fermentaba en las narraciones de rivalidades. Las bridas y los estampados florales de la vida deportiva del C. Z. dominaban las bucólicas. Slim generaba heroínas en descarnados westerns góticos: la sordidez con tintes de Steinbeck junto con la niñita perdida.

«Big Mama tenía un hermano que era clavado a mí. El pelo rubio como yo, la cara de angelito. Mi viva, viva imagen. Se llamaba Edward (le pusieron el nombre por su padre, un pez gordo, dueño de la mitad de las fábricas de conservas de sardinas de Cannery Row), pero la gente lo llamaba Ed Junior Buddy... Buddy, igual que mi prima Sook me llamaba a mí de niño.»

En más de una ocasión oímos a Truman transformar en leyenda el trauma infantil de Slim, como hizo con cada una de nosotras. «Acabó momificado, como lo oyes, momificado de verdad, igual que esos infelices de Pompeya. Pobrecito Buddy. Fue tristísimo. El pequeñín, con una camisa de dormir de anciano...; nunca crecería para ponerse otra. Las llamas le lamían como un millar de lenguas de serpientes. Slim intentó salvarlo... En aquel entonces se llamaba Nancy, y Nancy era una niña muy valiente que adoraba a su hermanito. Compartían un lenguaje secreto, igual que lo compartimos Slim y yo.»

En este punto hacía una pausa, apesadumbrado, y se quitaba las gafas en un gesto efectista.

«Siempre me he sentido muy unido a Slim..., de una forma inquietante. Desde que nos conocimos en el salón de la señora Vreeland, un salón tan rojo que se oía cómo crepitaban las paredes... Pues bien, me senté al lado de Slim en aquel sofá de estampado carmesí y le dije: "Cariño, sé que nos hemos visto antes..., en una vida pasada". La reconocí, ¿te das cuenta...? Fue como encontrar una parte desaparecida de mi ser perdido. Slim y yo somos almas viejas..., estamos de vuelta de todo. ¡Vaya, quién sabe, yo podría ser la reencarnación de Buddy!» (A casi todas nos parecía un disparate este último comentario, y se lo decíamos..., pero estábamos casi de acuerdo con él en lo demás.)

No está claro si Slim nació como un «alma vieja» o si se vio obligada a crecer de golpe; en cualquier caso, la pena le arrebató la infancia, y su juventud ardió junto con Buddy cuando todavía era la pequeña Nancy de Salinas. Renació como ahora la conocemos en el Valle de la Muerte, adonde la enviaron para que se curara de una enfermedad pulmonar cuando era una chiquilla escuálida de diecisiete años. Un lugar paradójico para empezar una vida, que fue lo que hizo cuando Bill Powell la arrancó de un motel de Mojave y la bautizó como Slim Princess («la Princesa Delgada»); el «Slim» se mantuvo mucho después de que se perdiera la «Princess».

Slim nos ha contado que incluso ahora, décadas después, se despierta bañada en sudor helado tras sentir en pesadillas la bofetada del calor de la chimenea abierta. Se despierta y se revuelve en la cama intentando desesperada sofocar las llamas que prendieron en el borde de la camisa de dormir de Buddy; llamas que avanzaron por las fibras de algodón como por un matorral.

Cuando más tarde los Gross acudieron al cementerio para dar sepultura al pequeño en el panteón que el padre había comprado con sentimiento de amargura, Nancy observó que solamente había lápidas para cuatro de los cinco miembros de la familia. En un día de un frío desacostumbrado en el valle californiano, Nancy se preguntó a cuál de ellos culpaba su padre de la muerte de Buddy y le negaba un lugar en el sepulcro familiar, en un malsano juego de las sillas musicales permanentes. Enseguida concluyó que aquel era el último sitio del mundo donde quería acabar y se juró que cedería su puesto a quienquiera que fuera el desairado.

Los hombres a los que eligió a partir de aquel día fueron, cada uno a su manera, el padre que se le había negado. La sarta de maridos, la noria de amantes: en cada uno de ellos había algo del patriarca. «Big Mama a la caza de un Big Daddy, porque el verdadero no estaba —apuntaba Truman—. Él solo quería a Buddy, y cuando el niño murió, el señor Gross también se fue. Nadie supera que lo abandonen de ese modo... —Era el momento de ponerse las gafas e introducir un cambio de tono muy bien ensayado—. Lo sé porque mis padres tampoco estuvieron conmigo.»

Slim y Truman buscaban a sus padres. Un festín para un loquero, eso eran los dos. El sueño húmedo del viejo obsceno de Freud: Slim en busca de papá y Truman en busca de mamá, con el deseo loco de refundir a Nina en un ser semejante a un cisne, un ser que lo querría con cariño inquebrantable. Truman nos tuvo a todas, en bloque. Y Slim se percató —en Rusia sobre todo— de hasta qué punto él necesitaba el amor que Nina le había negado.

Fue tras un viaje aún más largo a Copenhague, después de que se registraran en el Hotel d'Angleterre y disfrutaran del lujo redescubierto de las comodidades materiales, cuando Slim advirtió que Truman se despojaba de su coraza. Y en aquel momento comprendió a Tru. O creyó comprenderlo...

Habían pasado un día idílico. Se habían regalado con un almuerzo absurdamente sibarita —arenques marinados y aguardiente, seguidos de una bandeja rebosante de *smørrebrød*—, si bien coincidieron en que cualquier cosa habría parecido sibarita tras varias semanas a base de sopa de remolacha helada. Incluso lo que Truman señaló que eran, reconozcámoslo, poco más que sándwiches abiertos con estrambóticos nombres daneses.

De camino al hotel, Slim se detuvo a fotografiar a un grupo de niños de la ciudad que arrojaban monedas en una fuente. Cuando se dio la vuelta, Truman se había esfumado. Se asomó a las tiendas de la calle, miró en cada una de ellas. Ni rastro de Tru. Siguió andando hacia el hotel y de pronto él apareció a su lado y le deslizó en el bolsillo del abrigo una cajita envuelta con papel de regalo.

«Para ti, Big Mama. Porque quiero que tengas cosas tan bonitas como tú.»

Al abrir la caja, Slim encontró un exquisito anillo antiguo: relucientes piedras preciosas amarillas, unidas en un aro delicado. Mientras ella caminaba, Truman había entrado en una tienda y había logrado dar con un obsequio más acorde con los gustos de Slim que sus maridos y amantes juntos. Cuando le apetecía, era el ser más considerado. Truman nos conocía. Era una de los miles de razones por las que lo queríamos. Y Slim, a pesar de su cinismo, no permanecía inmune.

Durante sus viajes, todos los días compartían una última copa antes de irse a la cama, Truman acompañaba a Slim a su habitación, le daba un beso de buenas noches y se retiraba a la suya. El último día que pasaron en Dinamarca repitieron el ritual, con la diferencia de que Truman se detuvo ante la puerta de Slim.

—Voy a arropar a mi Big Mama porque la quiero mucho —dijo, de forma inesperada, a media voz.

Slim abrió la puerta y Truman entró tras ella en la suite. Sentado en el borde de la cama, observó cómo se desvestía y contempló su largo cuerpo con los ojos abiertos de par en par. Ella se dirigió desnuda al cuarto de baño, como lo habría hecho delante de un niño. Con naturalidad, sin timidez. Salió con una bata de seda fina.

—Tú limítate a hacer lo que haces normalmente y luego yo te llevaré a la cama —le dijo él casi canturreando.

Slim se acomodó ante el tocador y siguió paso a paso su ritual de belleza nocturno. Truman observó embelesado cómo se desmaquillaba. Como si contemplara la danza de los siete velos, la vio despojarse de cada capa de cosmético con una promesa tentadora, hasta que quedó al descubierto la piel desnuda. Escudriñó el rostro femenino en su estado natural, con los primeros indicios de arrugas que surgían cual rayos de la comisura de los ojos.

—Qué hermosa —exhaló como un suspiro.

Los rayos se alargaron cuando Slim le sonrió en el espejo, como había hecho Lillie Mae en el pasado, en una vida anterior, mientras él comía buñuelos azucarados.

La contempló fascinado mientras se extendía una capa de crema sobre la piel. Slim se soltó el cabello, que cayó sobre los hombros: una melena de un rubio maduro, más oscura que en el pasado, de la tonalidad del trigo de invierno. Se cepilló cada lado con suaves cerdas naturales, exactamente cincuenta veces.

Por último se levantó, se dirigió hacia la cama y se quitó la bata. Como un amante tierno, un padre benévolo o una mezcla de ambos, Truman apartó las suaves mantas. Slim se deslizó entre ellas y él la arropó con delicadeza.

—Hago esto, Big Mama, porque te quiero. Te quiero mucho. —Sus ojos rezumaban sinceridad cuando los clavó en los de ella.

—Yo también te quiero, Truman.

—No, tú no me quieres. —Frunció el ceño y se dio la vuelta.

—Claro que sí —aseguró Slim, que estiró el brazo para tocarle la espalda encorvada.

—No..., ¡tú NO ME QUIERES! —Truman se apartó con una sacudida.

Slim se incorporó asustada. Le dio la vuelta y vio su rostro enrojecido, del color de las cerezas podridas. Los dientes apretados, regueros de lágrimas en los mofletes encendidos.

—Truman, ¿qué pasa?

—Nadie me quiere.

—No es cierto. Yo te quiero. Babe también te quiere. Y Jack...

—No me queréis. Ninguno de vosotros me quiere. Bueno..., Jack quizá sí... —concedió—. Porque me ve tal como soy.

Slim estiró la mano para cogerle el brazo y él se revolvió. Como un animal salvaje encerrado en una jaula. Protegía lo único que poseía: información.

—¿Crees que no lo sé? ¿Crees que no sé qué aspecto tengo? ¿Que no sé cómo hablo? ¿Crees que no me doy cuenta de que la gente se achica al verme? ¿De que da un respingo al oírme hablar? —Se frotó los ojos—. Soy un bicho raro. Soy un bicho raro monstruoso, todo el mundo lo piensa. —Slim empezó a protestar y Truman la interrumpió—: Ah, claro, la gente se acostumbra a mí. Se adapta. Pero el proceso de adaptación empieza de nuevo cada vez que me ven o me oyen... para ir más allá del espectáculo del fenómeno de feria y llegar a lo que encierra su interior. Sé sincera, Big Mama. No finjas que no sabes a qué me refiero.

Slim permaneció en silencio. Por más que detestara reconocerlo, sí sabía a qué se refería Truman. Había visto cómo ocurría una y otra vez —todas lo habíamos visto—: cómo una sala entera tenía que habituarse al amaneramiento de Truman. Le había sucedido a ella misma, no en una ocasión, sino un poco siempre que lo veía, antes de volver a amoldarse al delicioso trumaneramiento.

Lo sabía, y él era consciente de que lo entendía.

Con la enorme cabeza agachada, Truman hipaba en silencio y reprimía los sollozos.

—Soy detestable. Nadie me querrá nunca como deseo que me quieran.

En un arrebato de cariño, Slim lo estrechó con fuerza entre sus brazos tratando de sofocar las llamas de la tristeza de Truman como en el pasado intentara apagar las que lamían la camisa de dormir de Buddy.

A decir verdad, Truman la había avisado de su bombazo de *Esquire* hacía unas semanas en el Russian Tea Room, donde gustaban de hablar con nostalgia de su aventura moscovita. Se reían de la idea de que los sobrios locales soviéticos donde se habían atrevido a entrar guardaran algún parecido con aquel comedor, que semejaba un joyero de jade y cuyos bajorrelieves de aves fénix de pan de oro se abatían sobre los parlanchines ciudadanos de Manhattan. A Slim se la veía doblemente radiante en aquel espacio, bañada en la cálida luz reflejada en el techo de veintitrés quilates, luz que incluso a Truman le confería un brillo favorecedor, aunque un tanto ictérico.

«Sales tú, Big Mama —le había dicho Truman sonriendo, muy arrimado a ella en un banco circular, mientras tomaban una sopa de remolacha rojísima y una ronda de cócteles rusos negros, a la que seguiría de inmediato otra de rusos blancos—. ¡Prepárate...!» Slim no había vuelto a pensar en ello. Había supuesto que tendría un cameo, ¡no el maldito papel protagonista!

En fin... Esa víbora no saldrá del atolladero gracias a su encanto.

De repente Slim recuerda las dos cobras disecadas que Truman tiene en su apartamento de la United Nations Plaza. Las encontraron juntos en una tienda de antigüedades de Madrid y les parecieron chocantes y divertidas. Los cuerpos escamosos erguidos, alzados en el momento del ataque; las fauces abiertas de par en par, con los pequeños colmillos afilados preparados para hundirse en la carne desprevenida. Truman no paraba de reír como el Hermano Conejo en su zarzal* cuando cada una de nosotras se sobresaltaba al ver por primera vez aquellos reptiles que parecían vivos.

Ay, es la guerra.

Slim oye en el auricular el chasquido del mechero Ronson de Babe y la imagina llevándose a los labios, con las uñas perfectamente pulidas, otro de los L&M que encadena.

Nos parece ver a Babe toqueteándose un mechón rebelde, como suele hacer cuando está nerviosa..., un mechón teñido de plata prematura, por lo general oculto en el impecable cardado.

—Slim. Dímelo con toda franqueza. Como amiga. Si lo sabes, dímelo... ¿Es Bill?

Slim procura no precipitarse ni demorarse en la respuesta.

—No es Bill.

Apura el tercer whisky y ya ha soltado la primera mentira de la mañana.

Aún no son las diez.

---

* El Hermano Conejo (Br'er Rabbit) es el protagonista de los cuentos del Tío Remus, basados en la tradición oral afroamericana sureña, que se hicieron muy populares a finales del siglo XIX. En uno de ellos, el conejo pide al zorro que no lo arroje al zarzal, lo que este hace para «castigarlo», sin saber que el conejo se siente a gusto allí, de modo que escapa riendo. *(N. de la T.)*

3

1932-¿?

Variación n.º 2

Nos dice que el muchacho tiene ocho años, quizá nueve.

En Monroeville hace un día sofocante, de esos en los que las lagartijas se achicharran en el asfalto; de esos en los que los perritos se abrasan las blandas almohadillas de las patas.

Recostado sobre los tablones del porche, observa apático el cubito de hielo que se derrite sobre el hornillo en que se ha convertido su pecho, mientras un reguero traslúcido se desliza entre las prominentes costillas.

Es uno de esos días en que el calor se filtra en el cerebro hasta inflamarlo. En que es preciso provocar algo o salir del cráneo oprimido y recalentado. Se obliga a apartarse de la sombra y sus brazos y piernas de juguete lo obedecen: se abotona la camisa y corre a la casa de al lado, la de Nelle. Golpea con los nudillos el marco de la puerta mosquitera y espera a su amiga.

El señor Lee sale con su habitual traje de mezclilla, un tejido ralo que en teoría permitiría el paso del aire, siempre que el aire accediera a colaborar.

—Hola, qué tal, Truman —dice con su voz de melaza y su timbre de barítono. La voz de un abogado, educada para ganarse a doce hombres justos..., a toda la puñetera ciudad, a decir verdad.

Es la persona con más clase que el muchacho ha conocido, un faro de lo que él entiende por «justicia» cuando la predica gente que no la reconocería ni aunque les diera un beso en los morros. Maestros y predicadores, todos ellos más tontos que hechos de encargo.

—Hola, señor Lee. ¿Puede salir Nellie a jugar?

El pretendiente enano saluda con una inclinación formal y se aparta el flequillo de la frente empapada en sudor.

—Nelle, tesoro... ¡Es Truman! —dice el señor Lee, que deja el portafolios junto a la puerta.

Alcanza un peine y un sombrero de paja y se vuelve hacia el espejo de la cocina mientras el muchacho se acerca al columpio del porche preguntándose cómo sería esperar a una novia sentado en él.

Con los pies colgando, se mece y disfruta del chirrido de las cadenas metálicas, que le recuerda el croar irregular de las ranas toro en la poza donde va a nadar. Por la ventana le llega una voz desde la casa, como el zumbido de un tábano, y supone que habla por teléfono. La voz apenas se detiene en un tema antes de volar al siguiente con su irritante murmullo.

—... ¡Solo le dije que liara los bártulos y se largara! ¿Y crees que me hizo caso? ¿Con un hombre como ese, que va metiéndola en todas las ollas de aquí a Mobile, y eso antes de que el pastel de bodas estuviera en la nevera? Bueno, ¿quién echaría en cara a Itty que se fugara con el pelagatos de Mangram? Pero ¿irse hasta Nueva Orleans? Pues eso hizo..., ¡Esther Reaben los vio registrarse en un hotel! ¡Lo juro sobre una pila de biblias! En el Pontchartrain, de Saint Charles Avenue. Te digo que Esther los vio en el Bayou Bar, ¡con sus propios ojos! Bueno, será mejor que Itty vaya con cuidado, o terminará como esa de al lado: ¡embarazada y sin blanca antes de tener edad para pedir un cóctel, y dejando al mocoso con esa panda de solteronas...! Oye bien lo que te digo: el niño se volverá igual que el hombre ese, el estafador de su padre, si puede llamársele hombre, o llamarse niño a eso...

—¡Nelllllll-eeeeeee! —llama el muchacho, que lanza su alarido más agudo y amanerado.

Quiere que la voz que habla por teléfono se entere. Que la mujer sepa que la ha oído.

Él está escuchando. Siempre está escuchando...

«Escuchando y al acecho», según ha oído decir a esa metomentodo. ¡Vieja señora Metomentodo Lee! ¿Cómo es posible que un hombre tan bueno como el señor Lee eligiera a semejante bruja? ¿Cómo es posible que de esa vieja urraca haya salido la preciosa Nelle...? Hablando del rey de Roma...

La niña que, retozona como una potrilla, sale corriendo al porche dista mucho de ser una novia encantadora, tanto como él de ser un galán. Con el pelo cortado a lo paje, los vaqueros remangados y zapatillas de lona para correr bien, es el complemento masculino del niño femenino. Es su única amiga de verdad, y él, el único verdadero amigo de ella.

Se sienta con el chiquillo en el columpio y juntos aprecian la armonía del chirrido mientras se balancean y se alzan cada más...

De pronto, en una ventana del piso superior, el zumbido de mosca aumenta de volumen hasta convertirse en el sonido de una sierra circular.

—¡Nelle...! ¡No se te ocurrirá salir de casa con ese mariquita!

Cuando sale, el señor Lee les dirige una sonrisa fugaz y cautelosa.

—¡Más vale que os larguéis antes de que os pille!

Detiene el columpio y da un abrazo rápido a la niña-potrilla antes de apresurarse a trocar la ira de la parienta por la inviolabilidad del despacho.

Tras intercambiar una mirada, Nelle y el muchacho saltan del columpio a la par y salen corriendo del porche a la velocidad de un huracán. Justo a tiempo, pues en la puerta aparece una figura —demasiado rechoncha para ser la de un insecto—, cuyo zumbido se ha intensificado hasta transformarse en el aullido de un perro de caza.

—¡Nelle Harper Lee! ¡Vuelve ahora mismo! ¡Tienes una clase de ballet a las dos y media!

Pero ya están lejos, huyendo hacia los campos. A caminos de tierra en las afueras de la ciudad. A cabañas construidas en árboles y a porches donde escucharán conversaciones incautas que luego se repetirán el uno al otro y que más tarde él refundirá en sus textos. En ocasiones el muchacho dicta a Nelle y crea historias hilvanando chismes mientras perora. A veces escribe en la vieja Remington que encontró en el desván de sus primas y cuyas teclas se atascan.

Mientras teclea con frenesí esa misma noche —con la ventana abierta, que proporciona un bienestar más bien escaso en la bochornosa quietud—, saborea su venganza de la vieja señora Metomentodo.

La mujer recibirá su merecido. Él le enseñará a no hablar de ese modo sobre...

Nos dice que el muchacho tiene nueve o diez años..., no más, eso seguro.

En Monroeville hace un día sofocante. Las lagartijas se achicharran en el asfalto. Los perros se abrasan las almohadillas de las patas.

El muchacho y Nelle caminan por los raíles del tren intentando mantener el equilibrio y preguntándose cuánto tardaría el maquinista en vislumbrar un cadáver tendido en la vía y si los frenos lograrían evitar el impacto. En una vieja estación abandonada que se alza junto a la bifurcación de la carretera atisban a dos vagabundos. Vecinos de la zona, que «tenían mujer e hijos —advierten los predicadores— hasta que se dieron a la bebida».

Uno tiene un Stetson sobre la cara y parece dormido..., o tal vez sea un cadáver sacado a rastras de las vías. El otro, que no lleva camisa y es solo hueso y pellejo, da tientos a una botella de Wild Turkey mientras sermonea al hombre recostado, que, si no está ya muerto, sin duda desearía estarlo para no tener que oír toda esa monserga.

El muchacho se lleva un dedo a los labios e indica por señas a Nelle que lo siga a la parte posterior del destartalado edificio. Se tumban sobre las altas hierbas, que están tan calientes que les lamen los tobillos como si fueran llamas. Y escuchan a hurtadillas...

—Aunque los puñeteros predicadores te digan lo contrario, la casa de putas de Faffy Bixter no tiene nada de malo, de eso estoy tan seguro como de que vivo y respiro —le dice Hueso y Pellejo a su amigo inconsciente—. Son muchachas dignas que se ganan un sueldo digno... —Bebe otro trago y el licor le riega las mellas entre los dientes—. Iría con estos viejos huesos míos allí ahora mismo si no hubiera perdido en las peleas de gallos la única moneda de veinticinco centavos que me quedaba... Habría frito en una sartén a ese inútil gallito perdedor y me lo habría zampado yo mismo... ¡Todavía estoy cabreado como un demonio!

Se mete otro trago de Turkey y dirige un glugluteo resentido al pavo de la etiqueta.

El muchacho y Nelle reprimen la risa que les provoca la invectiva empapada en bourbon de Hueso y Pellejo, cuando de pronto...

El muchacho tiene diez años justos. Lo sabe porque hace una semana celebró su cumpleaños.

Le regalaron un traje de espiguilla de color crudo (su madre se lo envió por correo en una caja), un tirachinas (Nelle) y una cinta para la máquina de escribir (el señor Lee). Habría querido un perro, y su padre se lo había prometido... Papá le llevará uno la próxima vez que vaya a verlo.

El muchacho sabe que a los árboles se les caerán las hojas porque es septiembre y solo falta un día para que empiece octubre.

Últimamente hace novillos dos veces por semana, lo máximo que puede saltarse las clases sin que lo manden a un centro para chicos descarriados. Coge una pila de libros de la biblioteca y espera a que los Faulk adultos se hayan ido a trabajar y su prima Sook se quede a solas con él en la casa grande, expuesta al viento. La dulce Sook..., de entre dieciséis y sesenta años; la gente la considera tan rara y corta de luces como a él. Le lleva tazas de chocolate a la cama, donde, recostado en almohadones, se evade de la aburrida ciudad gris con la lectura de las grandes historias del mundo, compartiendo su minúscula habitación con seres como Huck Finn y Oliver Twist, niños que, como él, no tienen a nadie y viven a lo grande en colores primarios esparcidos sobre lienzos enormes.

Sook le lleva también el periódico de la mañana porque es el único de esa casa de primos viejos que muestra una pizca de interés. El muchacho le lee las necrológicas. A ella le gusta enterarse de qué personas han muerto y de quiénes seguirán adelante sin ellas.

Cuando Sook se acomoda en la mecedora, el muchacho pasa las hojas del periódico y echa un vistazo a la Página Sunshine, destinada al público infantil. Por lo general se la salta; al fin y al cabo, es para críos. Sin embargo, le llama la atención la foto de un cachorro de beagle que lleva la palabra CONCURSO impresa encima. Dobla la hoja con cuidado por la sección que le interesa y lee para Sook, quien se balancea con suavidad en la mecedora vieja, que chirría cada vez que se inclina hacia delante. La mujer sonríe y asiente mientras remienda unos calzoncillos largos, ya que disfruta con la Página Sunshine tanto como con las necrológicas. Le encanta la voz aguda y melodiosa del muchacho.

—«El *Mobile Press Register* solicita relatos breves escritos por niños menores de doce años. Tema libre. Quinientas palabras. Primer premio: publicación del cuento y ¡un CACHORRO de beagle!»

Acaba de terminarse *En busca del tiempo perdido* —con diez años, algo de lo que más tarde le gustará presumir—, y curiosamente le ha resultado... familiar. Ha leído que se trata de lo que se conoce como un *roman à clef*, que le parece una expresión francesa recargada para aludir a la difusión de rumores. Cree que podría probar a hacerlo él mismo en el estilo gótico sureño. Aunque en Monroeville no hay gran cosa, no faltan los cotilleos. Sazonan las conversaciones de todos los porches hasta Mobile. ¿Y qué mejor que extraer el oro narrativo de los chismosos de la ciudad y presentar como ficción las habladurías de la señora Lee y de Hueso y Pellejo, igual que hizo el bueno de Marcel? Ya ha escrito la sarta de mentiras de la señora Lee. A esa mujer le estará bien empleado por chismorrear.

Antes de que acabe la tarde, el muchacho mecanografía con esmero en papel blanco una copia de lo que ha titulado «Señora Metomentodo», la introduce en un sobre marrón, se dirige a la oficina de correos y se lo entrega en mano a la señorita Bee McGhee.

—Es muy importante que no se traspapele —le indica con solemnidad, y le da cinco centavos más para que el envío sea prioritario.

Todas las tardes corre a casa a mirar el buzón. Día tras día lee devotamente la Página Sunshine y revuelve las facturas y los sobres de la correspondencia en busca de su nombre. Cuando llega una carta que parece oficial, se la guarda en el bolsillo y no se anima a abrirla hasta un día y medio después.

«Señor Truman Streckfus Persons, es un placer informarle de...»

¡¿«Un placer»?! El muchacho apenas si consigue contener la alegría. Jamás ha ganado nada de nada, y nadie, salvo Sook, le ha dicho nunca que se le dé bien algo (ella le ha dicho que sabe volar muy bien las cometas caseras). Cruza el césped haciendo la rueda y al llegar a la casa de Nelle pregona su victoria en voz tan alta que la señora Lee lo oye.

La alegría durará poco. Según lo cuenta él, el *Mobile Press Register* debía publicar el relato en tres entregas con su nombre, que los periodistas llaman su «firma».

El muchacho y Nelle esperan a que el periódico del domingo vuele por encima de la valla desvencijada de la casa de los Faulk. En cuanto toca el suelo, tras haber sido lanzado sin ceremonias por un crío perezoso montado en una bicicleta roja que pedalea demasiado despacio para el gusto de la pareja, suben corriendo a la habitación del muchacho a disfrutar del cuento, impreso para que todo el mundo lo vea.

El muchacho experimenta por primera vez algo parecido a la sensación de poder.

En ese mismo instante, el señor y la señora Lee, sentados a la mesa ante sendos platos con beicon, sémola de maíz y huevos, leen su ejemplar del *Register* dominical. El señor Lee lo ve antes (informará más tarde Val, la cocinera de los Lee) y se echa a reír con su llaneza y jovialidad características.

—Anda, ¡esta sí que es buena! El pequeño Truman ha conseguido que le publiquen. —Dobla el periódico por la Página Sunshine, se aclara la garganta y lee en voz alta—: «Señora Metomentodo», de Truman Streckfus Persons. La señora Metomentodo zumbaba al teléfono como un tábano y apenas se detenía en un tema antes de volar al siguiente con su irritante murmullo... «Bueno, será mejor que Itty vaya con cuidado», el zumbido de mosca aumentaba de volumen hasta convertirse en el sonido de una sierra circular, «o terminará como esa de al lado: ¡embarazada y sin blanca antes de tener edad para pedir un cóctel!».

La señora Lee, que es lo bastante lista para reconocerse antes de oír la tercera frase, se dirige a casa de los Faulk decidida a decirle al niño de las primas solteronas lo que opina de él. Llama por teléfono al director del periódico y lo exhorta a no publicar bajo ningún concepto las otras dos entregas. Insta a sus amigas a amenazar por carta al diario con anular sus suscripciones.

El muchacho, por su parte, escribe cartas al periódico sobre la belleza del arte y los estragos de la censura, pero no vuelve a ver su firma en el *Mobile Press Register*..., es decir, hasta mucho después de que supere la timidez prepuberal y deje su impronta en el mundo.

Todavía tiene diez años cuando escribe al *Mobile Press Register* reclamando el perro que le prometieron, pero no obtiene respuesta. Les telefonea desde el despacho que el señor Lee tiene en la ciudad, donde Nelle y él se han colado a hurtadillas con ese propósito. Le contestan que «estudiarán» su petición. Ahorra unas cuantas monedas y hace novillos para subir al autobús Greyhound con destino a Mobile, donde se encamina directamente a las oficinas del *Press Register*. Su cabeza apenas asoma por encima del mostrador de recepción, atendido por una empleada con gafas de montura de pasta que finge no saber de qué le habla.

El muchacho ha ganado el concurso con todas las de la ley y no ha visto el beagle prometido. Y tampoco el perro que le prometió su padre. No tendrá uno hasta que sea adulto y se haya mudado a la gran ciudad, donde a nadie le importa un rábano lo que...

El muchacho tiene ocho años, aunque él cree recordar que ya ha cumplido los nueve. Seguimos en otoño, pero no falta mucho para Halloween. Recuerda con toda claridad que está preparando su disfraz, el de Fu Manchú: una túnica larga y un bigote fino de puntas colgantes.

Alardea a menudo de que excavará un hoyo que comunique Monroeville con China, e incluso ha conseguido que algunos muchachotes de la zona caven en el huerto de su prima Jenny prometiendo pagarles con un tesoro oriental cuando lleguen al otro extremo.

Esta vez recuerda que ocultó la identidad de la señora Lee, cuyas palabras puso en boca de Hueso y Pellejo, el vagabundo de las vías del tren.

«... ¡Solo le dije que liara los bártulos y se largara!», despotrica, por obra del muchacho, el Hueso y Pellejo de ficción dirigiéndose a su compañero, que por la borrachera ha perdido el conocimiento en la estación de ferrocarril abandonada. El muchacho ha cambiado la protagonista del chisme, que ahora es la esposa descarriada de Hueso y Pellejo, que se fugó con un viajante de comercio, un hombre que «va metiéndola en todas las ollas de aquí a Mobile, y eso antes de que el pastel de bodas estuviera en la nevera..., irse hasta Nueva Orleans, sin blanca..., embarazada antes de tener edad para pedir un whisky...»

El Hueso y Pellejo de ficción toma un buen trago de Wild Turkey como efecto dramático. El muchacho se siente inteligente por haber tenido la brillante idea de la fusión, una tapadera tan hábil que sin duda impedirá que los adultos sospechen siquiera quién es su fuente de inspiración y den al traste con sus esfuerzos.

Se permite incluso crear una secuela en la que la señora Lee escandaliza a las damas de Monroeville en el salón de belleza soltando el sermón de Hueso y Pellejo sobre las peleas de gallos, las apuestas y las casas de mala fama, cuyas diversas virtudes defiende. Al muchacho le complace muchísimo la perspectiva de ofender dos veces a la señora Lee, primero poniendo sus palabras en labios de un indigente sin porvenir y luego poniendo en su piadosa boca las palabras de aprecio a las putas pronunciadas por el vagabundo.

Antes de que acabe la tarde mecanografía con esmero en papel blanco una copia del primer cuento —ahora titulado «Señor Metomentodo»—, lo introduce en un sobre marrón, va a la oficina de correos y se lo entrega en mano a la señorita Bee McGhee. La apremia con sus graznidos más solemnes a tener un cuidado especial y le paga cinco centavos más para que el envío sea prioritario.

El premio que ofrece el *Mobile Press Register* es un poni de las Shetland que al muchacho le encantaría tener. Cree recordar que su padre le prometió llevarle uno algún día.

Recuerda que ganó el primer premio y que la primera entrega se publicó con su firma. Sin embargo, aquel día su prima

Jenny llega temprano de la tienda de artículos de confección, oye al muchacho leer el relato a Sook y a Nelle en la cocina de la vieja casa expuesta al viento y reconoce el cotilleo de la señora Lee. Llama por teléfono al director del periódico y le prohíbe publicar la segunda y tercera entregas, e incluso obliga al muchacho a escribir una carta de disculpa por las mentiras que ha propagado. Aun así, el muchacho espera en vano conseguir el poni y galopar hacia el horizonte crepuscular, o al menos cabalgar hasta la gran ciudad donde los niños con talento pueden decir todo lo que piensan sin provocar un escándalo.

El poni nunca...

El muchacho tiene doce años. No está seguro de si el sol abrasa o de si se caen las hojas de los árboles, pero intuye que es mayor. Esta vez ha añadido un «viejo» o «vieja» peyorativos al «Metomentodo», pero más tarde olvida si era «Viejo señor» o «Vieja señora» y duda entre uno y otro.

La primera entrega de esta versión se publica con su firma en el *Mobile Press Register* como el cuento ganador del premio del Club Sunshine.

La segunda entrega, ya lista para entrar en prensa la semana siguiente, se retira en el último momento porque la centralita del *Mobile Press Register* se ilumina como un espectáculo pirotécnico debido a la avalancha de llamadas.

Cuantas más veces narra la historia el muchacho, más parece encolerizarse la gente, hasta el punto de que cualquiera diría que Monroeville entero se sublevó a causa de un cuentecito publicado en la Página Sunshine.

El premio es «un beagle y un poni de las Shetland», en ocasiones con una bicicleta de propina, pese a que su prima Jenny nunca lo dejará subirse a una alegando que es de constitución demasiado frágil. Al ver que ni el perro ni el poni aparecen, el muchacho elabora una teoría conspirativa y empieza a escribir a otros ganadores de concursos infantiles de todo el país para preguntarles si han recibido el premio, y consigue que Nelle haga lo mismo. Después de cincuenta misivas y de pegar tantos sellos que acaban con la lengua entumecida y con sabor a cartulina, no logran encontrar un solo caso en el que se hayan entregado el perro, la bicicleta o el poni.

El muchacho es un hombre cuando nos cuenta por primera vez las diversas versiones.

Era pleno invierno —le ha contado a Babe— y los árboles esqueléticos temblaban con el viento gélido. Con solo una chaqueta raída de segunda mano, él tiritaba..., pese a que en Alabama la temperatura media en diciembre es de diez grados.

A Lee, C. Z. y Marella les ha contado que era primavera, cuando las azaleas empezaban a echar flores en las ramas crecidas la temporada anterior, en ese breve periodo de vida que todas sabemos que tienen, entre la Pascua y el Primero de Mayo.

Con Slim y Gloria el relato vuelve al verano sofocante de siempre. Las lagartijas que se achicharran. Los beagles que se abrasan las patas..., y que él habría vendado con ternura al suyo si se lo hubieran regalado.

Obsequia con el ambiente estival a Gloria porque considera que le resultará atractivo por su ardiente temperamento latino, y a Slim porque él no soportaría presentarle ninguna escena que no fuera radiante.

Las dos son demasiado listas para creer una sola palabra de la historia. No obstante, Gloria, que es una luchadora como él, aprecia el dato del calor febril, mientras que Slim lo anota como otro motivo para desconfiar de él.

Solo Nelle —que, provista de mucha información y poca belleza, nunca se ha contado entre nosotras— conoce los hechos. Y por eso mismo él la ha mantenido apartada de nuestra bandada, por temor a que pregone una verdad definitiva.

4

1975/1955

Variación n.º 3

Como es natural, aparentamos no saber nada de Las Sábanas, salvo lo que hemos leído.

Cuando se convierten en el tema principal de conversación en nuestras mesas del Vadis o el Cirque —o incluso de La Côte Basque, que da título al relato—, simulamos la debida consternación. Fingimos no solo —como hizo Slim— ignorar que Sidney Dillon es Bill Paley y que la esposa del gobernador es Marie Harriman, sino incluso desconocer la historia.

Ponemos nuestra expresión de ofensa más convincente y nos mostramos especialmente escandalizadas por detalles que, según hemos acordado, aparentaremos oír por primera vez. Al final aseguraremos que toda la historia resulta absurda, que tiene tantos elementos de comedia bufa que debe de ser ficticia. ¿No es despreciable su autor por haber inventado ese bodrio? ¿Cómo se le ocurrió semejante obscenidad a ese cabroncete demente?

Mientras representamos nuestro papel en el drama y pronunciamos nuestras frases con lo que esperamos que se interprete como naturalidad —calibrando el tono de inquietud y de pasmo; con solo la dosis necesaria de virulencia—, notamos que ella sigue mirándonos desde el otro lado de la mesa cuando pasamos a otro tema. Más tarde, en la sucesión de llamadas telefónicas en las que nos consultamos unas a otras, la mayoría estamos casi seguras de haber salido airosas.

Por supuesto que conocíamos la grotesca historia de Las Sábanas. No solo eso: es probable que supiéramos más del matrimonio Paley que la propia Babe, detalles que durante años nos habían cautivado en los locales donde quedábamos para almorzar. La información secreta nos llegaba por gentileza de quien había sido testigo directo: el hijo predilecto que todas las noches se acomodaba a los pies de sus camas, la de Babe y la de Bill, para intercambiar confidencias, y que bien podría haberse acurrucado entre las sábanas con ellos, tan unido estaba a ellos. Y con «hijo» no nos referimos a Tony Mortimer, fruto del primer matrimonio de Babe, ni a Billy, el que tuvo con Paley, ambos abandonados de pequeños en Kiluna con un séquito de niñeras y más tarde rechazados. Nos referimos al hijo elegido, al que durante veinte años acompañó a los Paley en todos sus viajes, ya fuera a Jamaica, a Venecia o a Lyford Cay, a París, a Londres o a Tombuctú. Empaquetado y envuelto con esmero y llevado en volandas de la pista de despegue al aeroplano, del restaurante a la mansión. Tan indispensable y agradable como unas zapatillas queridas; tan leal y digno de confianza (eso creíamos...) como el animal doméstico más fiel. Confesor, confidente y consejero desde el día fatídico en que conquistó en el cielo a una apenada Babe Paley.

Mientras degustaban *pots de crème*, David les preguntó si Jennifer y él podían llevar a Truman y, por supuesto, ellos aceptaron. En realidad no era una pregunta. Resultaba imposible negarse.

—Que venga, por favor —respondió Babe con su característica sonrisa deslumbrante.

—Sería un placer para nosotros —afirmó Bill, que rebañaba la tarrina y lamía hasta la última partícula de chocolate que quedaba en la cuchara.

«Un placer para nosotros», pensó Babe con una carcajada muda, pues sabía muy bien que los desvelos serían suyos. ¿Qué suponía para Bill un cuerpo más? Sobre todo tratándose de un cuerpo ilustre.

A Bill le encantaban los invitados encumbrados..., cuanto más prominentes, mejor. ¿Podía haber un trofeo mayor que un exjefe de Estado?

Solo faltaban dos días para el viaje a Round Hill. Y de pronto, un cambio de protocolo.

Babe repasó su inventario mental de pequeños detalles.

¿Las tostadas con picadillo de pollo bañado en crema de leche serían demasiado informales? ¿Harry Truman bebería jamaican mule? ¿Acaso bebía algo Harry Truman...?

Para Babe, aquella incorporación no suponía más que otra meticulosa lista de tareas. Otro conjunto de preparativos discurridos con detenimiento que delegar. Planificaba los viajes al Caribe como un general que debe entrar en batalla. Tenía en cuenta todas las contingencias. No pasaba por alto ninguna comodidad. Encargaba delicias gastronómicas a los vendedores de exquisiteces de Nueva York: salmón ahumado; las singulares trufas cubiertas de tierra; guindas en oporto; cinco variedades de tomates tradicionales, y seis si lograba encontrarlos; vino francés, Pouilly-Fumé, empaquetado en hielo y guardado en el avión de la CBS.

Babe era una anfitriona consumada, capaz de organizar un acto de etiqueta en el aire si no había más remedio, y es que podría organizar una reunión inigualable hasta en la luna. Era su profesión: tener contento a Bill.

El personal de Round Hill se ocuparía de los lujos habituales. De deshacer equipajes y de llevarse enseguida la ropa para depositarla planchada y doblada con primor en los vestidores de los invitados antes de que estos la echaran en falta. Se sabía que en los hogares de los Paley se mimaba a los huéspedes gracias al asombroso don de Babe para prever sus necesidades antes de que ellos mismos las conocieran. Hacía tiempo que la atención casi obsesiva que prestaba a los pequeños detalles había consolidado a los Paley como unos anfitriones sin parangón.

Procuraba dejar en las suites de los invitados frutas y flores, pastillas de jabón y aceites de baño envueltos en papel, y adaptaba las decisiones estéticas al ocupante de la habitación. Ella misma escogía libros para cada uno y se aseguraba de que por las mañanas todos los invitados encontraran ante la puerta tres periódicos apilados con esmero y una cafetera de café recién molido.

Todo en los Paley era de primera. Como a Bill le gustaba.

Cualquiera que conozca a los Cushing (¿y quién podría eludirlos?) sabe que Babe aprendió las técnicas del oficio a una edad muy temprana. En su familia, en la que los logros extraordinarios se consideraban corrientes, la habían educado para cultivar la perfección. ¿Quién más tenía un padre catedrático de Harvard y pionero en neurocirugía que en sus ratos libres escribió como si tal cosa una biografía merecedora de un Nobel? ¿Quién más tenía dos rivales permanentes en forma de hermanas mayores casi idénticas? Y menudo trío de bombones: jóvenes despampanantes educadas por una madre ambiciosa y astuta que, como una mutación moderna de una emperatriz viuda, las crio para que emparentaran con la realeza. En efecto,

Gogsie Cushing tenía en mente tronos y dinastías para sus esbeltas hijas..., pero las cortes que deseaba conquistar eran las regidas por los herederos de la industria norteamericana. Los Vanderbilt. Los Astor. Los Whitney y los Roosevelt.

«Conseguir un buen partido» fue el mensaje que metió en la cabeza bien peinada de sus hijas en cuanto tuvieron un poco de uso de razón. Y, como si fueran cortesanas nacionales, las enseñó a complacer. Desde la infancia aprendieron las técnicas del oficio. Cómo preparar un almuerzo impecable: la clásica langosta termidor con hortalizas mini o un suflé de queso esponjoso. Cómo poner una mesa perfecta con la vajilla y los cubiertos adecuados según la ocasión, desde una cena informal a un baile de debutantes. Cómo arreglar una sala con la combinación apropiada de elegancia moderna y decadencia del Viejo Mundo —francesa a poder ser—, de modo que quedara impregnada del aroma de la fortuna familiar y que su rancia distinción confirmara la prosapia de sus moradores. A vestir su cimbreante cuerpo con una gracia natural, a llevar el traje más chic en lugar de que la prenda las llevara a ellas. Recibieron clases de conducta, urbanidad y protocolo. Clases sobre cómo hablar, sentarse, fumar... y complacer.

La pulcritud era la clave del buen vestir. Una joven podía ponerse el mismo traje negro en diez ocasiones y engañar a sus detractores con un leve cambio de accesorios. Era fundamental que se acicalara. Que fuera a la peluquería al menos dos veces por semana. Que se hiciera la manicura con regularidad. Que nunca se acostara sin una gruesa capa de crema limpiadora para conservar la juventud. Y que jamás de los jamases se dejase ver sin la cara puesta.

Desde que Babe Paley —antes Babe Mortimer, y Cushing de soltera— cumplió los quince años, nadie la vio nunca sin los labios y las mejillas pintados de manera sutil, sin las pestañas postizas aplicadas con sumo cuidado para realzar sus incomparables facciones..., aunque eso implicara ponerse la cara en la penumbra silenciosa del tocador y luego deslizarse de nuevo en la cama al lado de una pareja roncadora. O despertarse al alba, antes de que el primero de los múltiples huéspedes de la casa tuviera la desfachatez de levantarse.

Los invitados, el amante..., incluso el marido no debían recibir más que la radiante perfección de una de las Fabulosas Hermanas Cushing.

En favor de Gogs hay que decir que sus maquinaciones se vieron compensadas con creces. Tres hijas, con dos matrimonios por cabeza. Betsey se casó con un Roosevelt y un Astor. Minnie con un Whitney y un Fosburgh. Gogsie se sentía más que satisfecha. En cuanto a Barbara, su Babe, no había límites... Gogsie había depositado sus mayores esperanzas, sus esperanzas más resplandecientes, en la hija menor, bella entre las bellas, la sílfide que había heredado los rasgos delicados y bien definidos de ella y la estatura del padre. Babe, con su aire aristocrático y su discreto encanto, poseía el poder involuntario de atraer todas las miradas en cualquier sala en la que se deslizara por casualidad. Además, era amable e inteligente. Sin duda satisfaría la ambición última de su madre y emparentaría con la realeza. Como es natural, a Gogsie le preocupaba que corriera el riesgo de quedar encasillada como «chica de oficina» al trabajar de redactora en *Vogue*, aunque gracias al puesto le llovían prendas de vestir regaladas por modistos que alentaban su incipiente condición de creadora de tendencias. Si bien no veía con buenos ojos la inminente etiqueta de «arribista», era la primera en valorar las recompensas que la publicidad podría reportar a su glamurosa hija.

Se sintió un tanto decepcionada cuando Babe decidió casarse con Stanley Grafton Mortimer hijo, heredero del magnate del petróleo. Era bastante rico y de buena familia. Gogs pensó que no durarían mucho y que no era un mal enlace para empezar. Tuvieron dos hijos —un niño y una niña— en seis años y luego el matrimonio se rompió (la guerra..., la afición a la bebida de Stan), y Gogsie reanudó su vigilancia. Imaginen su estupor cuando Babe, la purasangre sin igual de su establo de espléndidos ejemplares, eligió como segundo marido a un hombre de clase inferior.

Babe hizo oídos sordos a los comentarios. A los rumores. A las preguntas educadas en que la curiosidad se disfrazaba de interés: «¿A qué club pertenece Bill...? Ah..., ¿tiene demasiado trabajo en la cadena? Caramba, ¡es todo un emprendedor!». No prestaba atención a los murmullos de la gente bien —anglosajones blancos y protestantes— cuando Bill y ella pasaban como una exhalación por delante de sus mesas del Colony: «Es judío...». Peor aún era el desdeñoso «¡Qué... exótico!».

Rehuyó el esnobismo de las familias de linaje y dinero y abrazó a la nueva generación que ejercía el poder, representada por Bill. Una generación en la que la riqueza era fruto del ingenio. En la que un joven ambicioso invertía los beneficios de la empresa tabaquera de su familia inmigrante en la adquisición de una cadena de radio y acababa convertido en un coloso del incipiente ramo de la telecomunicación.

Se enamoró del dinamismo de Bill Paley. El entusiasmo de aquel hombre resultaba contagioso. Tenía tantas ganas de formar parte de las grandes familias de abolengo que se convirtió en un aprendiz tenaz; un chucho que husmeaba y escarbaba alrededor de perros con pedigrí que habían perdido la vitalidad debido a la endogamia. A Babe la atrajo su avidez y la conmovió su pasión por la belleza. Sabía que ella era la adquisición más codiciada de Bill Paley; el objeto perfecto al que había echado su avaricioso ojo; todo cuanto aquel advenedizo, que no había estudiado en buenos colegios ni pertenecía a los clubes adecuados, había deseado en la vida. Y eso resultaba tan halagador como desconcertante. Babe creyó que, una vez que la hubiera conseguido, Bill consideraría que había triunfado. Ella, por su parte, se sentiría a salvo con el amor de un hombre para el cual constituía la llave de acceso a aquel reino de refinamiento. Él disfrutaría sabiendo que su esposa era el retrato más extraordinario de la elegancia, observada y admirada por todos, pero solo suya.

Se convertiría en la mujer perfecta para él. En la obra maestra adquirida. Con su elegancia y el poder de Bill conquistarían imperios. Juntos. Los Paley. La Pareja Perfecta.

Eso fue antes de que se diera cuenta de que Bill no buscaba una única obra maestra...

Quería una colección entera.

—¡Necesitamos ostras! —dijo Bill a los Selznick mirando de reojo a Babe.

Ella contuvo un suspiro con una calada del L&M.

Estaban en Manhattan y era enero. Babe sabía que el comentario de Bill la obligaría a reorganizar la jornada. Había previsto ir al salón de belleza de Kenneth al día siguiente por la mañana. Necesitaba teñirse y pulirse las uñas. ¡Qué se le iba a hacer! Tendría que caminar por la nieve enfangada hasta la pescadería de Chinatown para no decepcionar a Bill.

Dio un golpecito al cigarrillo para tirar la ceniza y colocó bien la larga boquilla de oro, sin la que nunca la veíamos. A Bill le volvía loco el marisco, en especial las ostras; una pasión que no era normal. Su madre solo cocinaba según las normas kosher. Quizá eso explicara en parte el apetito insaciable de Bill Paley, su rebelde entusiasmo por la gastronomía (los crustáceos y los productos porcinos en particular). En un solo día podía tomar ocho comidas. Que siguiera luciendo una figura esbelta y atlética sin levantar ningún objeto más pesado que un tenedor constituía un agravio para quienes hacían régimen.

—Kumamoto —exclamó Bill enfervorizado—. Heladas. Un sabor insuperable. Los japoneses empezaron a exportarlas al terminar la guerra. ¡Son la cosa más firme y dulce que puede llevarse uno a la boca! Ahora que lo pienso, las descubrimos en Los Ángeles. En el restaurante de Dave Chasen. Y hablando del restaurante... —Se inclinó hacia sus compañeros de mesa con creciente entusiasmo—. ¿Habéis probado su chile? —Bill casi se relamió.

—Divino —alabó Jennifer con languidez—. Daría el brazo izquierdo por tomar una cucharada ahora.

Después de la comida de cinco platos que acababan de echarse entre pecho y espalda —áspic de langostinos, ensalada de cangrejos, sopa de maíz, costillitas de cordero y natillas de chocolate—, Babe dudaba de que a Jennifer Jones le apeteciera algo más que sumirse en un profundo sueño comatoso.

En cambio Bill, el querido Bill... Su pasión por la comida —por consumirla y por hablar de ella— no conocía límites.

—¡Se me ocurre algo mejor! Baby, cariño, ¿qué dices? ¿No podría Dave enviar chile a Round Hill en un recipiente con hielo? —preguntó agenciándose el *pot de crème* de Babe, y empezó a comérselo sin pedir permiso.

Ella cogió el bloc mini enmarcado en oro que había dejado junto al plato, a juego con un lapicero mini de oro. Los tenía siempre a mano por si debía tomar notas pormenorizadas de los recados estrambóticos que debería hacer para mantener viva la incomparable leyenda de Paley. Se preguntó si sería posible conseguirlo todo en un tiempo récord y realizar una visita rápida al salón de belleza...

Cuando volvió a concentrarse en la conversación, por suerte Bill había dejado el tema de los platos de Chasen sin que se le hubieran ocurrido más ideas brillantes.

—Es que Truman es increíble —decía David entusiasmado—. Una persona de lo más original.

Babe se permitió visualizar un momento los retratos formales de un soso demócrata liberal sin el carisma de Franklin D. Roosevelt. El pobre Harry Truman parecía tan «original» como un insulso empleado de banca sin labios.

Babe miró a Jennifer, que decía:

—... es encantador, Babe. Fascinante. Lo adorarás.

Babe sonrió con la máscara de neutralidad puesta. Pero la divina señora Paley se había desplazado mentalmente a sus listas y reflexionaba sobre qué frutas, libros y flores le gustarían al expresidente y sobre cómo lograr que en menos de dos días llevaran chile de California a Jamaica.

El señor William S. Paley y su señora no podían estar más deslumbrantes cuando subieron al avión de la CBS aquella mañana glacial de enero. Él con un traje comprado en Savile Row. Ella con un ceñido vestido tubo azul marino, un abrigo del mismo color y un pañuelo Harnais de Hermès que protegía su peinado de los elementos.

Con sus sonrisas superluminosas saludaron al piloto y al resto de la tripulación. Bill ofreció el brazo a Babe y la ayudó galantemente a subir por la escalerilla de embarque. Un gesto innecesario pero considerado. Qué atento era él. Qué complacida parecía ella.

¿Quién hubiera adivinado que los Paley habían reñido?

Babe se acomodó en su asiento y hojeó distraída el *Women's Wear Daily* mientras Bill la castigaba con el silencio. Él casi nunca perdía los estribos; se limitaba a hacerle el vacío para que ella se consumiera de inquietud hasta que recuperaba su favor. Babe habría preferido aguantar la irritación de cualquiera antes que soportar la decepción de su esposo, que la desgarraba.

—¿Qué te apetece? —preguntó él con educada indiferencia.

—Pouilly, por favor —respondió ella sin levantar la mirada de la revista.

El señor Paley llamó a la azafata mientras la señora Paley se concentraba en «La nueva silueta».

Al final Babe había fracasado.

El fracaso era inaceptable, por lo que bajo la apariencia de serenidad estaba de un humor de perros.

Había conseguido el chile, pero había fallado con las ostras kumamoto. Dave Chasen le había asegurado que era imposible obtenerlas. Al parecer los ostricultores habían prohibido la importación de las kumamoto japonesas al descubrir que podían cultivarlas ellos mismos. Y Chasen había jurado que la variedad nacional no era lo mismo. Le había recomendado las ostras planas europeas, las de Belon, de la Bretaña. Le había prometido que tenían un delicioso sabor mineral y a algas. Una textura carnosa, casi crujiente.

Babe había tenido que ir a tres tiendas en busca de la salsa barbacoa favorita de Bill, por lo que había llegado tarde al sa-

lón de belleza de Kenneth. Había podido marcarse pero no teñirse. A los cuarenta años, su cabello castaño empezaba a mostrar las primeras hebras plateadas, y a ella le costaba decidir qué
hacer al respecto. Había planeado tintarse las incipientes canas
en esa última cita en la peluquería, pero entre las ostras, el chile y la salsa...

Mientras estaba sentada bajo el secador de casco le habían
limado las uñas para que mantuvieran su forma redondeada y
se las habían pintado de un rojo oscuro satinado. Se hacía la
manicura dos veces por semana, ya que de lo contrario, con el
desgaste diario, las uñas, como cualquier otra cosa, se estropearían, se astillarían y acabarían rompiéndose.

Bill había apretado los dientes y se había preparado un sándwich al enterarse de que no habría ostras kumamoto. Su decepción era palpable mientras cortaba una rebanada de pan de centeno y depositaba sobre ella varias capas de fiambre.

—Chasen ha dicho que no podemos comprarlas, querido.
Que es imposible conseguirlas —le explicó Babe.

Silencio. Bill sacó de la nevera un tarro de pepinillos.

—Es culpa de los ostricultores... —La voz de Babe fue apagándose. Volvió a intentarlo—. Chasen ha dicho que las ostras
planas europeas son divinas. Que tienen matices minerales y de
algas..., que saben a mar.

—No me gusta el mar.

Babe se derrumbó en una silla junto a la mesa de la cocina.
Se frotó la sien, pues empezaba a tener migraña. Bill cortó el sándwich en dos y se lo comió de pie ante el mostrador, de espaldas
a Babe.

—Querido, lo he intentado —dijo ella derrotada.

—Supongo que los Selznick no conocerán el sabor de las kumamoto hasta que vuelvan a California. —Y sin alterarse añadió—: Habría estado bien que hubiéramos cumplido nuestra promesa.

El coche de los Selznick se detuvo al lado del avión unos minutos después de la hora fijada para el despegue. Sin levantar la vista, Babe intuyó que Bill echaba una ojeada al reloj e intentaba a duras penas ocultar su irritación, ya que no le gustaba salir con retraso.

«Trastoca todo el horario», decía con rabia contenida.

Babe estaba tensa, pues sabía que Bill Paley nunca esperaba a nadie. Ni siquiera a un expresidente. ¿Y dónde estaba el invitado ilustre? No lo vio ni con David ni con Jennifer cuando miró por la ventanilla.

Mientras David sacaba el equipaje del maletero, un hombrecillo muy raro —¿el chófer quizá?— se le acercó y levantó con dificultad una maleta que le doblaba el tamaño. Entorpecía sus esfuerzos una larga bufanda de rayas confeccionada en lana que ondeaba con el viento helado y enredaba a los tres con su extraordinaria longitud. Qué conductor más extraño, pensó Babe al levantarse del asiento para recibir y saludar a los invitados.

Todo fueron besos y sonrisas cuando subieron al avión los joviales Selznick y el hombrecillo raro, que los seguía como un terrier entusiasta.

Dirigió una sonrisa radiante a Babe y fue como si el sol explotara. Abrió la boca para expresar su alegría con la voz estridente de una niña de doce años.

—Vaya, ¿no es usted la criatura más despampanante que haya nacido? Estoy apabullado.

Miró a Bill, cuyas cejas habían formado una arruga permanente ante aquella presencia extravagante e inexplicada. El terrier adelantó su patita humana para estrechar la mano de Bill
en un apretón inesperado. Fuerte. Confiado. Como el de un
protagonista machote en una película de Bogart. Un apretón
que contrastaba con el resto de su persona.

—Señor Paley..., ¿le importa que le llame Bill? Bill, ¡eres el
hombre más afortunado del ancho mucho! Es verdaderamente
exquisita. Una Diosa, ¡con D mayúscula! ¡Debo decir que nunca había conocido a una pareja tan espléndida! —Dirigiéndose
a los Selznick añadió—: Ángeles míos, ¡no es que vosotros seáis
unos mamarrachos!

Jennifer y David se echaron a reír. Bill lo miraba boquiabierto.

El terrier lo apartó con un empujoncito y cogió a Babe del
brazo con aire confidencial, como dos amigos de toda la vida a
punto de compartir una confidencia importantísima.

—Bien, señora P... Te llamaré Babyling. Jenny dice que eres
la perfecta anfitriona que siempre impresiona. ¿Qué te parece si
nos servimos un chorrito de algo y tenemos una conversación
de lo más agradable...?

Babe no pudo reprimir una sonrisa. Ese hombrecillo, ese cachorro, nos bombardeaba con su encanto. Un encanto que de-
sarmaba. Magnético. Babe no había conocido a nadie como él.

En un abrir y cerrar de ojos estaban los dos apretujados en
un rincón del avión, riendo y tomando champán, sin hacer
ningún caso a los demás.

Bill pidió bebidas para David y Jennifer y otro whisky para
él. Volvió a mirar el reloj.

—¿Cuánto tendremos que esperar? —preguntó lacónico a
David.

—¿Mmm...?

—¿Llegará pronto?

—¿Quién ha de llegar pronto?

—¡Harry Truman, por el amor de Dios!

David dirigió una sonrisa a Jennifer, que se echó a reír a carcajadas.

—Bill..., ¡ese es Truman!

Perplejo, Bill estiró el cuello para observar al terrier, que chismorreaba con Babe.

—¡Creía que habíais dicho que Harry Truman...!

—Dijimos «Truman». «Truman Capote.» ¡Supusimos que lo sabías!

Bill frunció el ceño.

—¿Quién demonios es Truman Capote?

A esas alturas, en el otro lado del avión Babe y Truman estaban muy ocupados enamorándose loca y platónicamente.

—Debemos hacer un viaje juntos, querida..., solos tú y yo —le decía él en ese preciso instante—. ¡Ya lo sé! ¡Huyamos a Tánger! Conozco un hotelito de lo más encantador...

Cuando aterrizaron en Jamaica, Truman y Babe habían abordado treinta años de historia en cuatro horas. Antepasados (ilustres los de ella; analfabetos los de él). Estudios, o falta de ellos (ella apenas había estudiado, aparte de normas de etiqueta; él había suspendido todas las asignaturas del instituto, salvo lengua y literatura). Preferencias en arte, música y libros (Renoir, Bach y Proust). Sobrevolando el Atlántico desarrollaron una especie de comunicación en clave que lindaba con la telepatía. Parecía que se conocieran de toda la vida. Aquello iba más allá del número del encanto que Truman tenía en su repertorio. Aquello fue la fusión de dos almas.

—Mira, Babyling —le dijo en el avión, y se inclinó hacia ella—, voy a contarte algo que no le he contado a nadie. Ni a una sola persona. Sé que acabamos de conocernos, pero tengo la sensación de que puedo confiar en ti... ¿Me equivoco? ¿Puedo confiar en ti, querida?

—Por supuesto que sí.

Truman se inclinó aún más.

—Mi madre falleció el año pasado —le susurró al oído.

—¡Cuánto habrás sufrido! Lo siento mucho...

Truman bajó la voz, ya casi un murmullo.

—Sí... La cuestión es que no murió de cáncer ni en un accidente, como digo cuando me preguntan. Mi madre se quitó la vida tomándose un frasco de Seconal, seguido de una botella de whisky.

—¡Oh, Truman! —El semblante de Babe se ensombreció—. Qué horror.

—¿Y sabes qué es lo peor, Babyling?

—¿Qué?

Truman hizo una pausa, cauteloso.

—¿De verdad, de verdad que puedo confiar en ti?

—Sí —respondió ella. Nunca había dicho nada tan en serio—. Sí, por supuesto que puedes confiar en mí.

—Verás, yo la quería mucho, pero sé que ella no me quería a mí. Por eso me abandonaba siempre. Me contó que había abortado una vez porque dijo que no habría soportado tener otro hijo igual yo. Me consideraba grotesco. —Se le saltaron las lágrimas—. Yo creía que me querría si lograba complacerla. Si conseguía escribir bien..., triunfar. Creía que cambiaría de opinión si mis logros la satisfacían. Pero al final nada de eso bastó. Se tragó el frasco de pastillas y fue como si se marchara para siempre por aquel largo camino de tierra. Como había hecho un centenar de veces cuando yo era niño y vivía en Monroeville. Me abandonó una y otra vez... Me dejaba con mis primas solteronas. O encerrado en una habitación de motel. Daba igual que la adorara: nunca me quiso como yo deseaba que me quisiera. —Se enjugó las lágrimas rápidamente con el dorso de la mano y sonrió de oreja a oreja al ver el semblante serio de Babe, que había fruncido el ceño en un gesto de compasión—. Dios mío, qué hermosa eres. Creo que eres la criatura más hermosa que he visto. Y ahora sé que también eres hermosa por dentro..., y eso es lo que de verdad importa.

Mientras escuchaba la confesión, Babe habría deseado abarcarlo con sus brazos y quererlo como no lo había querido su madre. Sumida en un mar de pensamientos, le vio apurar la copa (habían pasado a los dry martinis) y masticar la aceituna.

De repente sintió el impulso de compartir una verdad con él a cambio de aquella confidencia.

—¿Puedo confiar en ti? —le preguntó de improviso, sorprendida de oír las palabras que salían de su boca.

Babe nunca bajaba la guardia. Y menos en asuntos íntimos. Mamá Gogsie había enseñado a sus hijas a ser estoicas. Las mujeres no se quejaban; aguantaban. No revelaban sus penas a sus conquistas masculinas, ya que darían al traste con el «misterio». No mostraban sus cartas a las amigas, por muy estrecha que fuera la relación (tampoco a las hermanas), pues eran rivales. No obstante, sin duda Gogs no había tenido en cuenta a esa especie de duendecillo adorable, fuera lo que fuese. No había prevenido a sus hijas de una persona como esa, que caía entre los intersticios de la clasificación. Ese ser diminuto, que no podía ser una conquista masculina ni una amiga, parecía un refugio seguro. Por primera vez en su vida Babe tuvo la impresión de que podía contar algo, compartir una pieza del rompecabezas, por minúscula que fuera. El muchacho-duende se inclinó aún más hacia ella con una profunda empatía.

—Sí, Babyling, puedes contarme lo que sea. No diré ni media palabra a nadie; lo juro. —(Algo que diría a cada una de nosotras en lo que quizá fuera su interpretación más convincente, porque a todas nos parecía sincero)—. ¡Por estas que son cruces! —añadió con aquel gesto de la infancia que había compartido muchas veces con Nelle.

Babe echó un vistazo a Bill, que se quejaba a David de algo mientras Jennifer hojeaba el *Women's Wear* y lanzaba miradas celosas. Se inclinó hacia el oído de Truman y le susurró una confidencia.

—Creo que mi marido no me quiere.

—¡Imposible! —murmuró a su vez Truman—. Solo hay que verte: ¡eres la perfección! ¿Cómo no va a apreciar alguien semejante belleza?

Babe, de pronto más segura de sí misma al haber verbalizado por primera vez:

—Sé que Bill no me quiere.

—Seguro que te equivocas...

—Le resulto útil. Mejoro su imagen. Me aprecia de lejos..., como a un objeto de la repisa de la chimenea. Pero no me quiere. Tú lo has dicho: no me quiere como deseo que me quiera.

El diablillo asimiló las palabras de Babe, que tuvo la certeza de que la entendía.

—Ay, Babyling. Sé perfectamente lo que es eso. Pobrecilla.

En ese momento extendió su manita para acariciarla por primera vez. Se permitió deslizar los dedos con extrema suavidad por el contorno de la mandíbula cincelada.

Al notar en la piel el roce de la de Truman, Babe se recordó de repente plantada en un salón de baile vacío, en penumbra, hacía años. Después de que los invitados se marcharan, había vuelto a entrar en busca de una estola, una cartera de mano o un pendiente perdido. Había oído un tintineo fantasmal en la araña del techo, que emitía un resplandor tenue. Al mirarla vio una mariposa nocturna atrapada en la jaula que formaban las lágrimas de Baccarat. Las alas, grises y como de papel de seda, golpeaban el cristal. Babe contuvo el aliento mientras miraba la lámpara y oía el débil repiqueteo: la inutilidad del esfuerzo. Detestaba ver un ser atrapado, y sobre todo uno tan frágil. El corazón le dio un brinco cuando la mariposa descendió por debajo de la hilera inferior de piezas de cristal y, libre por fin, atravesó el salón de baile. Tras elegir caprichosamente un lugar donde posarse, voló hacia Babe y le rozó primero la mejilla y luego el cuello.

Ella se quedó muy quieta cuando se le posó en el hombro. Al cabo de un instante la mariposa descendió revoloteando hasta colarse por el escote del vestido de noche.

Babe contuvo la respiración, pues no se atrevía a moverse mientras la mariposa agitaba las delicadas alas sobre su corazón, o sobre su seno, ya no lo recordaba.

Una sensación erótica y casta a la vez.

Una sensación que no experimentaba desde...

Hasta que los dedos temblorosos de Truman le recorrieron el contorno de la mandíbula.

Lo miró a los ojos y tuvo la seguridad de que él también lo experimentaba: un sentimiento que no llevaba otro nombre que el de compenetración. El chiquillo solitario de Alabama y la esposa desengañada del magnate reconocieron algo uno en el otro. Fue como si recuperasen sendos pedacitos perdidos de sí mismos.

Cuando desembarcaron en el calor pegajoso de la isla y caminaron por la pista envueltos en la brisa con aroma a hibisco, Truman enlazó el brazo en el de Babe y le susurró al oído:

—Ahora eres mi amiga. Entre amigos no hace falta terminar las frases.

5

1933/1966

Variación n.º 4

EL SEÑOR TRUMAN STRECKFUS PERSONS
SOLICITA EL PLACER DE SU COMPAÑÍA
EN LA FIESTA DE HALLOWEEN DE DESPEDIDA,
EL SÁBADO 28 DE OCTUBRE DE 1933
A LAS 7 (¡DE LA TARDE!)
PATIO DE LOS FAULK
DISFRAZ OBLIGADO... SI NO, ¡¡¡NO ENTRARÁ!!!

El muchacho está loco de contento. Sentado a la mesa rústica de la cocina expuesta al viento, escribe su primera invitación con la Remington de teclas que se atascan, tras haber colocado con cuidado una cinta nueva para la ocasión.

—Loquito de contento —dice entusiasmado a Nelle, a Sook y a quien quiera escucharlo—. ¡Como unas pascuas!

Piensa ofrecer a la pequeña localidad de Monroeville una noche que tardarán en olvidar. Su leyenda persistirá, enorme como un herrerillo visto a través de un telescopio, aun mucho después de que se haya trasladado a la gran ciudad.

Sí, señor, cuando se haya marchado lo recordarán por lo que tiene en mente. Ha ido ex profeso a la tienda de todo a cinco y diez centavos, donde ha pagado tres por un cuaderno nuevecito de tapas jaspeadas —confetis negros con motas blancas—, que le recuerdan las losas de granito que venden en el taller de labra de piedras.

Durante la mayor parte de las últimas dos semanas ha anotado en él con esmero el nombre de todos los niños de la localidad. Tras reflexionar con atención sobre sus sentimientos hacia ellos, ha ido dibujando una estrella al lado de los nombres o los ha tachado con una raya.

Es a la vez juez y parte. En ocasiones se decanta por la benevolencia: ¿acaso no borró de la lista a Summer Clewett la semana pasada, cuando se negó a dejarle saltar a la comba, y luego la restituyó porque al día siguiente compartió con él el bocadillo de ostras que llevaba en la fiambrera? Otras veces opta por la venganza, y por ese motivo tachó a Chipper Daniels, que se burló de su voz en clase.

El muchacho va a todas partes con el cuaderno de tapas jaspeadas. A los columpios. A la poza, donde se sienta lejos del jaleo, en la orilla elevada, y protege las preciadas páginas de las salpicaduras caprichosas. El cuaderno blanco y negro es su fiel compañero.

Los chiquillos lo observan con curiosidad cuando anota sus secretos en las hojas pautadas. Con su bañador de rayas marineras y la elegante chaqueta de lino, prendas que su madre le envió en una caja, no se parece en nada a ellos. Sin embargo, han descubierto que tiene algo de mago —Nelle dice que es «un Merlín de bolsillo»—, ya que siempre encuentra algo con que entretenerse en los días que resultan más aburridos que contemplar cómo se forma la nata sobre el suero de leche del año anterior. Por ejemplo, construyendo una barraca de feria en el cobertizo de su prima Jenny y encarnando de forma creíble al General Tom Thumb, el Hombre Más Pequeño del Mundo, o pegando con mástique crines de caballo en la barbilla de Nelle para transformarla en La Mujer Barbuda, o incluso convenciendo a un par de labriegos de color, Lucian Cole y John White, de que interpreten a unos hermanos siameses y ocultando sus cuerpos separados detrás de una percha para sombreros cubierta con un traje... El muchacho puede pedir favores porque se lleva bien con todos los de Monroeville, ya sean de piel negra, blanca o roja.

Los chiquillos saben que también gasta mal genio y han aprendido a no acercarse a él cuando busca pelea. El muchacho disfruta viendo el pánico reflejado en sus caritas insulsas cada vez que tacha un nombre y aprieta la página en cuestión contra su pecho.

Cada uno de los chiquillos teme ser el eliminado de la lista, y por eso le regalan barritas de Snickers, chicles y luciérnagas atrapadas en tarros.

—Vaya, gracias, cielo —barbotea efusivo, y anota algo en su libro mayor—. A lo mejor tengo que invitarte a mi fiesta después de todo...

Los adultos afirman que está descontrolado. Aseguran que se le han subido los humos a la cabeza desde que la loca de su madre quiere que vaya a Nueva York.

—Se ha casado con un yanqui, ¡santo Dios!

—Y latino además...

Así discurre la conversación en el club de lectura de la señora Lee, donde se lee poco. Repantigadas en el porche con su mejor galbana dominical, las damas de Monroeville se abanican con su ejemplar plegado de la revista *Forum*, cuyas páginas de «Una rosa para Emily», del señor Faulkner, tienen las esquinas dobladas. Por los fragmentos que han leído por encima, les gusta la protagonista, que vive en una enorme casa expuesta al viento y cuyo prometido «desaparece un día». Les recuerda al menos a una docena de brujas de la localidad. Sobre todo, a las solteronas de al lado.

—Me apuesto cien dólares y a mi hija mayor a que la vieja prima Jenny también tiene un cadáver pudriéndose en esa chabola —comenta con maldad la señora Lee como si cloqueara, y todas cacarean cual gallinas satisfechas.

Al muchacho ya no le importa lo que digan. Ha echado alas y vuela muy por encima de la chabacanería de esas mujeres.

—Seré el primero de Monroeville en cruzar la línea Mason-Dixon —alardea ante los chiquillos junto al embarcadero del río.

Mejor dicho, el primero sin contar a su madre, que ha regresado a buscarlo como prometió, con una vida nueva y otro apellido. Ahora es cubana y ha cambiado el rústico «Faulk» y el sureño «Persons» por uno más exótico: «Capote». El muchacho se ufana de que pronto también él será cubano. Promete que cuando vuelva de visita llevará cajas de cigarros caros, el único producto cubano que conoce.

La gente no le cree. Piensan que se trata de otro cuento chino del muchacho, pero dicen que ven tan eufórico al pequeño cabroncete, pobrecito, que no pueden sino alegrarse por él. El muchacho lo sabe gracias a Nelle, que moviéndose sin ser vista —el que quizá sea su mayor talento— los ha oído.

El muchacho ha estado esperando este momento. Lo ha esperado desde la primera vez que vio a su madre alejarse en un Silver Bullet descapotable que había recorrido marcha atrás el camino de entrada de la casa de los primos Faulk. El coche avanzó a toda velocidad por el largo sendero de tierra y sus ruedas dejaron tras de sí nubes de humo rojo que se hincharon en el aire. El muchacho salió disparado en pos de su madre y sus gritos quedaron sofocados por el estruendo del motor. Le suplicó que lo llevara consigo y le prometió que se portaría tan bien que ella apenas repararía en su presencia. Corrió detrás del vehículo como un pequeño galgo, hasta que las piernas se le doblaron y cayó desmadejado en el suelo, incapaz de seguir corriendo. Un perrito de carreras abandonado, con los músculos doloridos por el esfuerzo. (Para aumentar el impacto, procura informarnos de que a los perros de carreras demasiado lentos los matan de un tiro en la cabeza o los dejan morir de hambre en los campos porque ya no sirven para lo que se les quiere.)

Nos ha contado que lloró hasta quedarse dormido la primera vez que su madre se marchó. La segunda vez le robó un frasco de perfume —Shalimar— y se lo bebió entero como si fuera una botella del zumo de mamá, en parte con la esperanza de ingerir su belleza y guardarla dentro de sí, en parte con la esperanza de tomar una sobredosis del amargo veneno de su madre, complacido al pensar en las lágrimas que derramaría ella al ver el cuerpecito amortajado en la funeraria Johnson's, con las cortas piernas estiradas hasta apenas la mitad del féretro, cubierto con centenares de magníficas calas...

Ahora todo eso ha quedado atrás. Su madre quiere que vaya con ella. A Nueva York.

Eso sí: él ya ha estado en la gran ciudad.

«Me llevaron por mis especiales méritos», nos recuerda a menudo. Lo llevó el equipo de especialistas de la Administración para el Progreso del Trabajo de Mobile, que, vestidos con trajes de algodón rayado, se presentaron en la pequeña escuela rural con una caja de test de inteligencia.

Sacó una puntuación tan alta que aquellos hombres fruncieron el ceño y lo obligaron a repetir la prueba. El muchacho volvió a obtener un extraordinario 215. Nos ha asegurado que ningún niño de Estados Unidos había conseguido nunca una puntuación tan elevada. Los especialistas se quedaron tan asombrados que lo llevaron a Nueva York, donde confirmaron lo que él ya sabía: que era un auténtico genio, considerado así por la ciencia.

Y ahora su madre ha vuelto a buscarlo. Será cubano, como cubana es ella, y quizá se cambie el nombre y adopte el de Juan... Se teñirá de negro el flequillo y empezará una nueva vida como genio en la gran ciudad, donde los niños raros con talento pueden decir lo que piensan sin provocar un escándalo.

Pero antes quiere asegurarse de que Monroeville nunca se olvide de él. Por eso se le ha ocurrido la idea de... organizar una fiesta como jamás se ha visto y a buen seguro no volverá a verse en esa pequeña localidad provinciana. Una fiesta para saborear su genialidad y su buena fortuna. En ocasiones solo desea abrazarse en una llave inmovilizadora de felicidad, pues le cuesta creer la suerte que tiene. Es mejor que un montón de beagles y una manada de ponis de las Shetland (que está seguro de que ganó más que de sobra con sus cuentos).

En una muestra de osadía, se ha empeñado en que la fiesta sea nocturna, pese a que la mayoría de los niños menores de diez años no salen después de ponerse el sol. Se ha decantado por el fin de semana de Halloween para añadir una pizca de teatralidad. Le encantan los bailes de disfraces.

Y es que una persona puede ser casi cualquiera si se oculta detrás de...

EL SEÑOR TRUMAN CAPOTE

SOLICITA EL PLACER DE

SU COMPAÑÍA

EN EL BAILE EN BLANCO Y NEGRO

EL LUNES VEINTIOCHO DE NOVIEMBRE

DE MIL NOVECIENTOS SESENTA Y SEIS

A LAS DIEZ

GRAN SALÓN DE BAILE DEL PLAZA

RSVP: SEÑORITA ELIZABETH DAVIS

PARK AVENUE, 485

ATUENDO:

CABALLEROS: TRAJE DE ETIQUETA, MÁSCARA

SEÑORAS: VESTIDO BLANCO O NEGRO, MÁSCARA

Truman está loco de contento cuando va a Tiffany a recoger la caja de invitaciones con letras en relieve. Loco de contento lee el texto, recién salido de imprenta, y su entusiasmo se apaga.

—Cielo —le dice con tono seco al encargado del departamento de papelería, sin el menor asomo de la simpatía que ha mostrado hace un momento—, por lo que veo ha desaparecido una E del apellido de la señorita Davies, y alguien del cuatro-ocho-cinco se quedará *très* sorprendido al recibir tarjetas de aceptación de quinientos amigos íntimos míos mientras en el cuatro-seis-cinco mi editor, el señor Cerf, oye el canto de los grillos.

El hombre de Tiffany se calza las gafas y examina la invitación. A primera vista es lo que el cliente encargó: una elegante tarjeta blanca con letras en relieve, en el estilo clásico de Emily Post, con el toque festivo de Truman, consistente en un borde de tipo amanecer, con una raya dorada y otra naranja que enmarcan el contorno. Sin embargo, al mirar el apartado RSVP ve que, en efecto, el apellido de la secretaria está mal escrito y que una cifra de la dirección es incorrecta.

—Francamente, con toda la publicidad gratuita que les he proporcionado tendrían que regalarme un desayuno..., ¡además de un juego de plata de Tiffany!

Antes de que el señor encargado se arrastre ante él, Truman coge la caja de tarjetas y sale hecho un basilisco, y se consuela pensando que más tarde aprovechará el error para exigir un descuento. Lo cierto es que ha decidido corregir las invitaciones a mano.

De repente se le ocurre una idea brillante para esta obra maestra suya: una Invitada de Honor. Claro que quienes lo conocemos sabemos que se trata de un mero accesorio. Seamos sinceras: Truman da una fiesta en honor de Truman.

No obstante, escribe nuestros nombres y nos evalúa como candidatas. Babe sería la opción más lógica; si para Tru la fiesta es la versión de una boda, ella es lo más parecido que tiene a una novia. Sin embargo, sabe que no sorprendería a nadie, y eso es lo último que desea. Piensa en Slim, que por desgracia se encuentra en Londres con su tercer marido. En Gloria, que sabemos bien que trataría a Babe con aires de superioridad. Lee desplazaría la atención hacia los Kennedy, algo del todo inaceptable. C. Z., con sus conjuntos de jersey y rebeca de punto, es demasiado informal para lo que Tru tiene en mente, y Marella demasiado europea para un ambiente tan impregnado de la tradición estadounidense.

Como es natural, Truman ha escogido el Plaza como escenario de su espectáculo. Le ha servido de refugio desde su juventud, cuando trabajaba de chico de los recados en el *New Yorker* y a la hora del almuerzo iba al Oak Bar y aspiraba el aroma del picadillo de pollo con coñac, el plato estrella, una versión refinada de la cocina sureña de Sook. Después de esos almuerzos robados echaba un vistazo a la silenciosa opulencia del Gran Salón de Baile antes de regresar corriendo a la redacción, donde sus superiores, exasperados, tomaban nota de sus frecuentes retrasos. Cuando era poco más que un don nadie bocazas había vislumbrado a gente bailando entre esas sombras, apariciones que se balanceaban al ritmo de las big bands que oía en su mente. Siempre había sabido que aquel lugar sería su Shangri-La. «Es el último gran salón de baile que queda en Manhattan», afirma desde entonces. El Plaza, con su eterno glamour y su aureola de la vieja escuela, sigue siendo para Truman el símbolo rutilante de sus ambiciones al estilo Gatsby más queridas.

Al final ninguna de nosotras reúne los requisitos para el papel de homenajeada. Naturalmente, no se nos escapan los verdaderos motivos por los que no nos elige. En primer lugar, somos un «nosotras». Truman conoce a las mujeres y es lo bastante avispado para prever que al escoger a un miembro de su coro ofenderá a las demás. Y lo que es aún más importante: nosotras no necesitamos un cuento de hadas. Nuestra elegancia, ensalzada con creces, impediría que Tru obtuviera el mérito que ansía, le privaría del arte de la creación. Planifica la fiesta con una atención que por lo general reserva a sus obras de ficción. Su heroína de carne y hueso será tan importante para el legado de Tru como la ficticia Holly Golightly. Se da cuenta —como le ocurriría a cualquier dramaturgo con talento— de que necesita la fantasía de la transformación. Un patito feo, a punto para la metamorfosis.

Y Truman ya tiene en mente un pato feo...

—Kay, cielo. Soy Tru-bebé —dice con acento sureño.

Está sentado al escritorio del estudio bermellón de su apartamento nuevo —en la United Nations Plaza, un lugar fascinante sin duda—, comprado con la pasta que ha ganado con el sudor de su frente. Tiene la agenda de direcciones abierta por la G, donde ha dibujado una estrella al lado de GRAHAM, KAY.

—¡Truman! —Kay se alegra al otro lado de la línea.

Con el auricular encajado entre la barbilla y el hombro, Truman corrige con cuidado, usando una estilográfica azul, el número de la calle en la primera invitación del fajo.

—¡He echado de menos a mi querida Kay-Kay!

—Y yo he echado de menos a mi Tru-bebé.

—Mira, tesoro, tenemos que hablar. He llegado a la conclusión de que estás deprimida, así que voy a animarte. Organizaré una fiestecita en tu honor para levantarte la moral.

En el despacho del *Washington Post*, Kay, agobiada por la hora de cierre, se muestra más desconcertada que complacida.

—No estoy deprimida.

—Claro que sí, cielo. Estás deprimida y necesitas que te animen, y seré yo quien lo haga. Mira, he imaginado... un *bal masqué*. Un mar blanco y negro, y tú como la reina del baile.

Kay, que lleva un traje y un corte de pelo cómodos, resopla por lo absurdo de la idea.

Todas conocemos a Kay, por supuesto, unas mejor que otras. Hace un año Babe le presentó a Tru y, como siempre, se inició el proceso de cortejo. Kay es una mujer extraordinariamente desaliñada para el gusto de Tru, pero tiene una mirada bondadosa y una gran inteligencia, cualidades que él admira. Como directora del *Washington Post*, constituye una incorporación impresionante a la bandada de Truman, aunque sus plumas no sean muy suaves.

El pasado agosto la llevó como su «compañera especial» a un crucero por las islas griegas y turcas en el *Agneta*. El viaje parecía maldito desde el principio, ya que Marella y Gianni sufrieron una intoxicación alimentaria: una partida de ostras podridas. No obstante, insistieron en que Kay y Tru embarcaran en el yate según lo previsto.

Truman, que adora la tragedia, había simpatizado enseguida con Kay.

A fin de cuentas, ambos estaban sacudiéndose la muerte de encima. Él había asistido hacía poco al ahorcamiento de Dick Hickock y Perry Smith en Kansas, pues los asesinos habían solicitado que el «amigo Truman» estuviera presente en las ejecuciones. Nosotras percibíamos su dolor y observábamos que el número de martinis que tomaba a la hora del almuerzo se triplicaba con el paso de los meses. En cuanto a Kay, nos sentíamos fatal al pensar en ella. Su marido, Philip Graham, director del *Post* —un hombre espantoso, con psicosis maníaco-depresiva—, había ingresado por voluntad propia en un manicomio de Washington DC y más tarde había convencido a los médicos de que le permitieran pasar fuera un fin de semana. Ya en su granja de Virginia, Phil dio un beso de buenas noches a Kay, salió de la habitación y se voló la tapa de los sesos con un rifle de repetición Winchester de calibre 28. Tras aquel acto innombrable, Kay reprimió la pena y asumió el cargo de directora del periódico con elegancia y dignidad.

Truman le devolvió el don de la alegría durante su aventura en el yate, donde tomaron el sol mientras cruzaban el Egeo hacia aguas turcas. Bebieron retsina frío y comieron pescado recién capturado, frito y servido junto con una *mezze* de queso salado y melón dulce en su punto. Tru leyó a Kay las galeradas de *A sangre fría*. En la última escena el agente Dewey se encuentra en el cementerio a la mejor amiga de Nancy, la hija de los Clutter, la familia asesinada, cuando va a visitar sus tumbas. La joven estudia en la universidad y ha vuelto a casa para pasar unos días. Una muchacha en flor. Le cuenta que Nancy y ella esperaban ir juntas a la Universidad Estatal de Kansas, que tenían pensado compartir habitación. Cuando se despiden, el policía, que observa cómo la joven se aleja, piensa en todo lo que Nancy habría llegado a ser si hubiera tenido en la hermosa cabeza pensamientos sobre libros y chicos en lugar del plomo de la escopeta de Perry. El agente Dewey se da la vuelta y, mientras se encamina a su casa para cenar, imagina que oye las voces de los enmudecidos Clutter en los susurros del trigo mecido por el viento suave.

Tru cerró el libro con la gracia de un dramaturgo y miró expectante a su público.

—Es extraordinario, Truman. Verdaderamente extraordinario —dijo Kay enjugándose las lágrimas.

Tru dudó un instante antes de inclinarse hacia ella.

—¿Te cuento un secreto, Kay-Kay? En el fondo creo que sé... que por fin he escrito mi obra maestra. Y estoy cagado de miedo.

—¿Por qué demonios...?

—¿Qué me queda? —preguntó abatido—. Me muero de miedo al pensar que no seré capaz de volver a escribir nada tan bueno, ni mucho menos, y que esto sea el principio del fin.

Kay dice que tachó de absurda la afirmación. Aun así, Truman sabía en lo más hondo de su ser que no se equivocaba.

Por la noche fumaron una pipa de hachís que les proporcionaron unos isleños con turbante y se echaron mareados sobre los almohadones esparcidos en la cubierta, riendo con ganas por primera vez desde que la muerte los había besado. Contemplaron abrazados el cielo tachonado de estrellas.

En la parte superior de la tarjeta Truman escribe con esmero, en tinta azul: «En honor de la señora Katharine Graham». Se pasa el auricular al otro hombro y la introduce en el sobre.

—Mientras hablamos estoy cerrando el sobre de tu invitación... Es demasiado tarde para decir no.

—Truman, no estoy deprimida. No necesito...

—No quiero oír ni una palabra más, Kay-Kay. Tendrás tu baile y sanseacabó.

Cuelga el teléfono e interrumpe sin más la llamada antes de que la homenajeada tenga ocasión de protestar. Satisfecho, dirige la atención y la estilográfica a la siguiente invitación, dispuesto a reiterar cuatrocientas noventa y nueve veces más en su pulcra caligrafía que el baile no tiene nada que ver con *A sangre fría* ni está pensado para celebrar su Triunfo. A quienes le conocemos, no nos engaña.

Como decimos, Truman da una fiesta en honor de Truman.

Sí, señor, va a ofrecer a la pequeña Manhattan una noche que tardarán en olvidar.

Ha ido ex profeso a Woolworth's a comprarse un cuaderno escolar de diez centavos, de esos que usa para trabajar, con tapas moteadas de confeti blanco y negro que le evocan el suelo de mármol del vestíbulo de los Paley. En la cubierta ha escrito una única palabra (BAILE), y ha dedicado la mayor parte de los últimos tres meses a anotar con esmero el nombre de todas las personas que conoce. Escritores. Estrellas de cine. Políticos. Intelectuales. Tras reflexionar con atención sobre sus sentimientos hacia cada uno de ellos, dibuja una estrella al lado del nombre correspondiente o lo tacha con una raya. Disfruta reuniendo el elenco perfecto, como si jugara a ser Dios en un cóctel organizado en los Campos Elíseos.

Se muestra benevolente: ¿acaso no escuchó con interés compasivo a un conocido que llamó para decirle que su esposa no se levantaba de la cama porque estaba deshecha por no haber sido incluida? Hubo algo en la pena y la dignidad del hombre que lo conmovió; algo en la desesperación de la mujer que le recordó a Lillie Mae «Nina» Capote. Vendó el orgullo herido de la pareja y disfrazó de error la omisión. «¿Cómo, cariño? ¿No os ha llegado la invitación? ¡Dios mío! La habrán perdido en correos. Ahora mismo le digo a mi secretaria que os mande otra. Me encaaaaantaría que vinierais a mi fiesta.»

También ha usado la lista para ajustar cuentas: anotó el nombre de Ann «Bang-Bang» Woodward con el único propósito de darse el placer de borrarla por haberlo llamado «asqueroso marica canijo» en El Morocco hacía años. No es más que un rasguño... Reserva la artillería pesada para más adelante.

Va con el cuaderno a todas partes. Al Colony. A La Côte Basque. Al 21, donde, para proteger de ojos curiosos las preciadas páginas, ha cambiado su excelente mesa habitual por un reservado en un rincón, donde mantiene reuniones discretas. Durante los meses húmedos de verano lo lleva consigo a nuestras piscinas como si se tratara de un animal doméstico muy querido.

«Lee, ¿invitamos a Jackie o piensa hacer de Viuda durante todo noviembre...?»

Sabemos que en ocasiones se comporta como un cabroncete y hemos aprendido a mantener las distancias cuando está trompa. Vemos que juega con nosotras como un gato con un montón de ratones metidos en un cubo de la basura. Que disfruta con el pánico que se refleja en nuestro rostro bien maquillado cuando borra otro nombre de la lista. Como formamos parte de su círculo más íntimo, dudamos de que deba preocuparnos que en efecto nos excluya, aunque con Truman nunca se sabe.

Los conocidos, los de fuera de nuestro grupo, se desviven por congraciarse con él. Le mandan regalos: estilográficas Mont Blanc, entradas para el teatro y cheques de cinco cifras. «Vaya, gracias, cielo —dice sonriente—, pero la fiesta es solo para amigos íntimos... y no pierdo el tiempo con gente a la que no admiro.»

Ahora es un hombre acaudalado. Ya no es un muchacho al que se pueda sobornar.

Los periódicos dicen que está descontrolado. Nueva York sufre la fiebre En Blanco y Negro desde que Truman envió las invitaciones. «¡En un solo día conseguí quinientos amigos y cinco mil enemigos!», gusta de decir a la prensa. La nómina de sus «amigos personales» se considera una nueva aristocracia: Sinatra, Mailer, Warhol, Bacall... EL TRIBUNAL DE CAPOTE: ¡UNA LISTA INTERNACIONAL PARA LA GUILLOTINA! Es el tema que domina en los titulares de seis periódicos, aparte de *Vogue*, *Bazaar* y *Esquire*. Hasta el *New Yorker*, que hace años despidió al chico de los recados amanerado que tenía grandes ideas, quiere participar y sacar tajada.

Truman ha estado esperando este momento. Lo ha esperado desde la primera vez que fue al páramo de Kansas, el estado rico en trigo, y tuvo la paciencia de entablar amistad con policías y asesinos por igual, ya que posee el singular don de saber caminar por las delicadas cuerdas flojas de las lealtades. Ha invitado al baile a sus amigos más íntimos de Kansas —es decir, a los que siguen vivos—, a quienes después de seis largos años inmortalizó como personajes de su obra maestra. Y ahora les ha pedido que vayan a Nueva York.

«La primera vez que vine al Plaza —les contará cuando se hayan registrado en el gran hotel y se hayan acomodado en el Oak Bar—, no me trajeron Nina ni mi padre, sino los hombres trajeados de los test de inteligencia.» Eso fue hace toda una vida, cuando en Monroeville los niños guardaban cola en el patio de los Faulk para jugar con las cajitas chinas y atrapar con la boca las manzanas de los barreños llenos de agua, bajo la batuta de un paria enano oculto tras un bigote de Fu Manchú.

El muchacho convertido en hombre lleva siglos esperando celebrar su éxito desorbitado. Demostrar a los maestros idiotas, a los matones imbéciles, a cuantos no creyeron en él, hasta qué punto se equivocaban.

Se ha metamorfoseado en Truman Capote, el Gran Escritor Estadounidense. Y lo ha conseguido por sus especiales méritos. Su triunfo tan solo confirma lo que ya sabíamos, lo que ha repetido hasta la saciedad a cualquiera que quiera escucharlo: que es un auténtico genio, considerado así por la ciencia desde hace tiempo.

6

1970/1974/1975

Duetos

Al recordarlo ahora nos damos cuenta de que Marella vio fraguarse la tormenta. Por eso dejó de hablar con él unos meses antes. Por suerte para el Cisne Europeo Número Uno, como Truman la bautizó hace tiempo, Manhattan no es su hábitat natural. Va de visita, claro, pero no hay mejor excusa que encontrarse aislada en un yate en medio del océano para eludir las invitaciones a almorzar con que Truman sigue bombardeándonos. Peticiones que, después de lo de *Esquire*, en su mayor parte quedan sin respuesta.

Sucedió en el *Agneta* los últimos días de agosto, mientras tomaban el sol en la cubierta bien abrillantada, tomaban sorbitos de prosecco frío y picaban *antipasti*.

—Uno, tienes que leer el último capítulo que he escrito.

Truman había sacado de su camarote un fajo de hojas. Marella estaba entusiasmada. Había leído la obra de Truman mucho antes de conocerlo en persona y lo consideraba un genio. Era su admiradora antes de ser su amiga; había devorado las traducciones de *Desayuno...* y de *Otras voces...* antes de que él se infiltrara en su esfera. Como a todas nosotras, Truman le había leído fragmentos de *A sangre fría* antes de su publicación, y ella le había escuchado conmovida por la belleza de la prosa.

«*Bellissimo*, Truman. *Sei Michelangelo*», le había dicho, convencida de que era un maestro moderno en su arte. A cualquiera de nosotras nos habría emocionado leer un pedacito de *Plegarias atendidas*, esperadísimo desde hacía tiempo, pero Marella aceptó la responsabilidad con la seriedad de una Médicis que echara un vistazo a la *Pietà* mientras Miguel Ángel la esculpía. Empezó el capítulo, que no estaba ambientado ni en el sur rústico de la infancia de Truman ni en las áridas llanuras de Kansas, sino que se desarrollaba entre las mesas que atestaban La Côte Basque. Tras las primeras diez páginas Marella comenzó a dudar de su competencia lectora. El inglés no era su lengua materna. ¿Acaso no había entendido bien...? Al parecer una tal «lady Ina» lanzaba insultos a todos aquellos a los que veía, personas que conocía. Era como una de las sesiones de chismorreos maliciosos de Truman. Peor, en realidad. (Todas hemos advertido que por lo general Truman se comporta un poco mejor cuando está con Marella. Digamos que se debe al elemento principesco.)

A Marella, tendida boca abajo en una tumbona para que la delicada superficie inclinada de su espalda absorbiera el calor del mediodía, le costaba entender el texto, como si fuera una colegiala con dificultades de aprendizaje, y se esforzaba por captar los matices de una lengua extranjera. Aun así..., ¿seguro que eso era literatura?

Se dirigió al escritor, que mascaba una tira de *prosciutto* mientras leía por encima una novelucha comercial.

—Truman, *stai scherzando*?

—¿Qué significa eso, Uno?

Marella se sentó a la mesa con él.

—¿Se trata de una broma? ¿Dónde está tu novela?

Truman se llevó una aceituna a la boca y su fina sonrisa se ensanchó.

—La tienes delante.

Marella frunció el ceño.

—Bien, tal vez mi inglés no sea muy bueno...

—Ah, sí, claro, cielo... Es *molto* coloquial. Dame. —Se limpió los dedos grasientos en el mantel y extendió ávidamente la mano—. Yo te lo leeré.

Retiró bruscamente las hojas del regazo de Marella. Luego, de manera impulsiva, las dejó a un lado.

—De hecho no las necesito. Está todo aquí, en mi cocorota —dijo dándose unos golpecitos en la cabeza.

A continuación se aclaró la garganta y empezó a contar la historia con aquella voz aguda y melodiosa que la princesa había llegado a adorar, casi tanto como su prima Sook de Monroeville.

—Bill..., ¡uy!, quiero decir Dill... —se corrigió dirigiendo un guiño exagerado a Marella— no lograba correrse. Pese a ser famoso por su vigor y entusiasmo en la cama (ya que compensaba la falta de técnica con su ambición), no se le empinaba. Tenía la sensación de ahogarse en un vacío espeso y resbaladizo. La esposa del gobernador no tenía nada que pudiera describirse, ni de lejos, como «prieto», salvo quizá los labios, que fruncía mientras soportaba los esfuerzos del hombre con una mezcla de desprecio y hastío. ¡Ah, si Dill consiguiera excitar a esa masa cadavérica e insulsa...! Sacó la culebrita fofa del agujero y se deslizó por la cama hacia la almeja de la señora. Eso sí que la excitó, aunque no de la manera que él esperaba. «¡¡¡PARA!!!», le ordenó tirándole de los pelos como si fueran unas riendas endebles.

»"¿Seguro que no te apetecen unos ricos lametazos?", preguntó solícito Dill, como si fuera un vendedor de helados Good Humor ofreciendo un cucurucho. "¡No, por el amor de DIOS!", le espetó ella. Él se tumbó de espaldas y dijo: "Bueno, entonces a lo mejor quieres chupármela antes de que lo demos por acabado...".

Cuando los camareros se acercaron con la comida, Truman había avanzado ya hacia el momento del relato en que la esposa del gobernador se levantaba de la cama para vestirse y dejaba como regalo de despedida —contó con alegría— una mancha de sangre del tamaño de Sumatra en medio del liso mar azul de las sábanas.

—¡Ahhhhhh, es perfecto!... —exclamó entusiasmado cuando los camareros alzaron las campanas de los platos y vio los espaguetis a la *puttanesca*—. ¡Pasta de la puta!

Marella había perdido el apetito hacía rato.

—¿No es para mondarse...? —Truman se echó a reír mientras atacaba la fragante salsa de tomate—. Verás: Dill solo quiere a la bollera de la alta sociedad para demostrar que puede conseguirla. Porque a los judíos no les está permitido participar en los actos benéficos de la gente bien ni entrar en sus clubes de campo... ¡Y no deja de ser paradójico, dado que es el único judío ateo de Manhattan!

Marella observó a Truman con repulsión, según nos ha contado, cuando él le preguntó sin dejar de comer con avidez, entre un bocado y otro:

—Entonces, Uno..., ¿qué te parece mi cancioncilla...?

—Me parece repugnante, Truman. *Pettegolezzo.*

Al oír esas palabras Truman enderezó el espinazo. El Gran Escritor se erizó al sentir el escozor desconocido de la crítica. Marella nos ha contado que fue como si algo restallara y el perrito faldero enseñara sus dientes de rottweiler: que en un abrir y cerrar de ojos Truman dejó de ser un cachorrito de juguete para convertirse en el perro de los carniceros, criado para llevar la carne al mercado.

—Bueno, en realidad no lo entiendes, ¿verdad que no? Qué coño, si ni siquiera sabes hablar la lengua.

—He leído lo que has escrito otras veces, y esto es indigno de ti.

—Qué coño sabrás tú. No eres más que una princesa de pago. Una *principessa puttana*. —Se echó a reír—. Voy a hacer con Estados Unidos lo que Proust hizo con Francia. Es brillante..., es audaz y valiente. Tú no reconocerías la brillantez ni aunque te diera en la *faccia*.

Marella se sentía mareada. Fijó la mirada en el plato para no ver la mueca de Truman.

¿Cómo era posible que hasta entonces no hubiera reparado en los dientes de Truman, en sus encías retraídas, en cómo los colmillos se afilaban hasta acabar en punta? Dejó sobre los espaguetis a la *puttanesca* —ni siquiera los había probado— la servilleta, que cubrió el charco de salsa de tomate, mientras un par de ojos como aceitunas de kalamata la miraban de hito en hito. Las hojas del manuscrito se agitaban con la brisa bajo el cuchillo de la mantequilla.

—¿Qué es lo que no te gusta? —le preguntó él—. Concreta.

Marella cogió una hoja y leyó despacio con su marcado acento italiano.

—«¿Por qué un judío narcisista y nuevo rico con un nabo considerable iba tras una giganta con rebeca, pantalones de pana y zapatos de golf con clavos que apestaba a nardo y a polvos de tal... talco»?

—Polvos de talllll... taaaalll... tallllllco... —Truman se burló del acento de Marella.

Ella no le hizo caso y continuó:

—«Sobre todo teniendo en cuenta que estaba casado con Cleo Dillon, el ejemplar más sublime de perfección femenina que el mundo haya conocido». —Dejó la hoja en la mesa y miró disgustada a Truman—. ¿Qué crees qué dirá Babe...?

Él le sostuvo la mirada un instante y dejó la pregunta en el aire.

—Esto es chismorreo. Cotilleo repulsivo y malintencionado. Truman..., por favor, no lo hagas.

Los ojos de Truman se empañaron y luego se humedecieron. Parpadeó cuando sopló una ráfaga de viento salobre, cuyo hálito enfrió la única lágrima que corrió por su mejilla.

—Cuando escribo, Babe no es Babe. —Se frotó los ojos con desmaña y cogió la botella de prosecco—. Ella lo entenderá.

Marella se inclinó sobre la mesa para agarrarle el brazo e intentó que entrara en razón.

—Truman, dudo que lo entienda.

Él ingirió las palabras antes de soltarse y apurar de un trago la copa.

—Qué sabrás tú. *Non capisci un cazzo.* Eres tonta de remate, joder.

Truman se levantó, cogió el manuscrito y lo deslizó con cuidado debajo de su toalla de playa.

Miró a Gianni, que nadaba alrededor del yate fondeado, moreno como una nuez: el bronceado de los privilegiados.

«*Miele,* Gianni es tan rico que se compra un barco nuevo cada vez que se le moja el viejo», gustaba de decir en broma Truman cuando estaba más animado.

Al parecer, Gianni, heredero del imperio Fiat, no había perdido el tiempo antes de que lo conminaran a sentar cabeza y casarse, pues había paseado en coches de prueba a imbéciles horteras y había hecho de chófer de la mitad de la población femenina de Europa. Vástago de un industrial italiano y una heredera norteamericana, de quien Marella parecía un calco un tanto desvaído, Gianni había obedecido, aunque no sin resistencia.

Él prefería novias más marchosas, y la célebre Pam Churchill le había regalado el oído y tocado la corneta con la pasión de Satchmo durante más de un lustro. El entusiasmo de Pam Churchill era bien conocido: se había abierto camino en la sección de metales de los círculos de hombres con mucho mundo y, si bien todos apreciaban su actuación, ninguno había querido casarse con ella. Sin desanimarse, Pam puso la mira en Gianni: se convirtió al catolicismo, se matriculó en un curso intensivo de una escuela Berlitz y aprendió italiano. (No podíamos acusarla de falta de ambición y tenacidad.)

«¡Joder, si incluso aprendió a dar forma a las albóndigas de la *nonna* de Gianni!», exclamó una vez Truman.

Hasta que la *famiglia* de Gianni lo amenazó con tirarse de algún puente pintoresco del Piamonte si se le ocurría plantearse siquiera semejante plan. Gianni aflojó por fin la marcha tras estrellar su nuevo Fiat Otto Vu de 1953 contra un camión (hay que decir que sucedió después de una pelea acalorada con Pam, que lo había pillado in fraganti con otra de sus muñecas), pues acabó con varios huesos rotos y tuvo que guardar cama. Sus hermanas se aseguraron de que no se permitieran las visitas de Pam, por delante de quien pasaba Marella mientras la otra esperaba a las puertas del hospital. Las tiránicas *sorelle* cerraron filas tras decidir que se diera preeminencia a la princesa vecina, como si arreglaran un matrimonio de proporciones propias de los Borgia.

«Entiendes el porqué, ¿verdad? Marella tiene aspecto de cara. Si Babe y ella estuvieran en un escaparate de Tiffany —analizaba Truman con frecuencia—, Babe sería quizá más elegante, pero Marella más costosa.»

Con su perfil aguileño, aquel cuello interminable y un linaje igual de largo, la princesa Marella Caracciolo di Castagneto demostró ser una opción matrimonial más apropiada que las mujeres libertinas y desenfrenadas que habían calentado los asientos de los coches veloces y aún más desenfrenados de Gianni.

Conviene señalar que a Truman nunca le había interesado la velocidad. El aletargamiento de la niñez sureña persistía en su sangre, que le corría tan despacio por las venas como el alquitrán por una torrentera. Nunca sería tan raudo como el playboy de diestras brazadas que surcaba el océano, ni tan hábil..., salvo con las palabras. En ese aspecto, Tru llevaba tres vueltas de ventaja a los demás, y su rapidez verbal superaba la velocidad de las brazadas de Gianni, de sus coches de carreras y de sus lanchas motoras juntos. Como de costumbre, Truman encontró consuelo en las palabras, que siempre lograban curar su orgullo herido.

Coraza y arma...

Antes de retirarse a su camarote, se permitió un golpe de despedida. Se inclinó hacia Marella.

—Por cierto —le susurró al oído—, respecto a la esposa del gobernador: Gianni también se la folló. —Y se marchó tras rozarle el lóbulo de la oreja con los labios helados por el prosecco.

Como es lógico, pronto advertimos que algo había cambiado entre ellos.

Marella, que había apreciado muchísimo a Truman, que había preferido su compañía a la de todos los demás y que lo había considerado su compañero de viaje especial («¡Querida, Marella y yo somos las únicas personas que han recorrido en barco toda la costa amalfitana, no una ni dos, sino tres veces!»), se volvió muda como una esfinge en lo tocante al tema de su Piccolo Vero.

Más extraño aún: da la impresión de que le tiene verdadero miedo.

«¿Qué pasó? —le preguntamos siempre que la vemos, dispuestas a pescar cualquier detalle como *pescatori* audaces—. ¿Ocurrió algo desagradable?»

—¿Pilló una curda y se comportó como un imbécil? —le pregunta Lee antes de apurar su whisky del almuerzo en una conversación privada. (La tercera ronda de Lee, observamos desde nuestras mesas, cercanas a la de ellas.)

Marella niega con la cabeza y reprime el miedo.

Lo máximo que cuenta es: «Me dijo algo muy hiriente, sobre alguien a quien quiero, con el único propósito de hacerme daño. Algo... imposible de olvidar».

¿Qué? ¡¿Qué dijo Truman?!

Sin duda a esas alturas las flagrantes conquistas de la *dolce vita* de Gianni no escandalizan a nadie, aunque Marella se niegue a reconocerlas.

¿Qué puede ser tan terrible...?

«No me atrevo a contarlo», insiste, y se mantiene en sus trece por temor a que las infames palabras de Truman contengan un atisbo de verdad, o a que se vuelvan realidad si ella las repite.

Al menos nos ha puesto en antecedentes.

Se encontraban en una tienda de antigüedades de Génova, nos cuenta a las que la incitamos a hablar. Era un día de otoño, en temporada baja, y había una niebla espesa como la sopa de guisantes. Era el primer día en que el frío hacía tiritar hasta los huesos. Acababa de empezar a llover.

Marella y Truman entraron encogidos, con el abrigo por encima de la cabeza para protegerse de la gotitas heladas. Era una de las mejores *magasins d'antiquités* de Europa, propiedad de un viejecito cojo. Un local grande y tenebroso con una gruesa capa de polvo y abarrotado de tesoros singulares.

Deambularon por la tienda, llena de altas pilas de espléndidos objetos refinados, cuyas fibras aún conservaban la fascinación de las vidas pasadas.

Como un niño en una juguetería, Truman chilló al atisbar un aparador lacado en rojo y muy ornamentado entre dos sillones de orejas de estilo rococó.

—Uno, mira, ¡esto es canela en rama! ¿No quedaría divino en mi salón, debajo de ese Fosburgh tan soso? ¡Dios sabe que daría un toque de color!

Marella confirmó que, en efecto, el aparador quedaría sublime debajo del retrato que Jimmy, el cuñado de Babe, le había pintado durante aquella fase efímera entre Niño Prodigio y *Enfant Terrible*, y en el que —cosa extraña— Tru aparecía sobrio.

Truman llamó al dueño, que, según él, «se acercó arrastrando los pies con el vigor de un perezoso tridáctilo», y el posible comprador procedió a regatear con verdadero entusiasmo.

Las que hemos oído el relato poníamos los ojos en blanco al llegar a este punto y nos echábamos a reír, pues cada una tiene su propio catálogo de historias de Truman a la caza de gangas. El sofá victoriano que Babe y él consiguieron por cuatro chavos, cuyo relleno asomaba en forma de penachos de algodón y que ella tuvo la amabilidad de ayudarle a tapizar con un exquisito brocado de tono pastel. Los objetos chinos que encontró con Lee cuando recorrieron mercadillos de beneficencia por la Francia rural para lanzar el incipiente negocio de decoración de ella. Las cobras disecadas de Slim, embaladas y enviadas desde España hasta la mismísima puerta de Truman.

Poseía el carácter implacable de los prestamistas de antaño, junto con la habilidad de marcarse faroles y un pico de oro cuando se trataba de rebajar un precio.

—¿Cuánto? —preguntó al anciano de la tienda con una combinación de gestos y lengua macarrónica.

El Perezoso se lo tomó con calma y sacó con suma lentitud unas gafas de culo de vaso, tan empañadas que parecían una reliquia del siglo XVIII. En un dialecto ininteligible dijo el precio, que, fuera el que fuese, Tru consideró inaceptable, aunque solo por una cuestión de principios.

—*Grazie, signore* Perezoso, pero me parece ¡*molto* alto!

El anciano rezongó, se encogió de hombros y no dio su codicioso brazo a torcer.

—Uno, ¿no crees que nuestro amigo es muy avariento? —Truman se puso a cuatro patas para inspeccionar el mueble en busca de defectos—. Lo más escandaloso es que no aprecia la belleza de esta joya como la apreciaríamos tú y yo. Solo quiere ganar *dollari*, dinero rápido.

—*Sì, sì, dollari...* —El viejo entornó los ojos tras las gafas.

—*Sì, sì...* —Truman se burló del acento del hombre, como había hecho con el de Marella—. Mira, *miele...* —prosiguió sin dejar de examinar el aparador y de lanzar cifras al anticuario, aunque sus ofertas fueron cayendo en picado ante la consternación del anciano arrugado como una pasa—, es igual que los hombres europeos, la especie más vil de todas.

Marella observó que Truman casi brincaba de alegría al detectar un defecto minúsculo en el barniz centenario, algo que los entendidos considerarían un detalle de lo más romántico, la prueba incontestable de que el mueble tenía vida e historia. Truman dirigió un gesto al dueño de la tienda y señaló la imperfección.

—¿Qué me dice de eso? —preguntó, y puso en jarras sus americanos brazos. Se volvió hacia Marella para hacer un aparte reflexivo—: Quiero decir que los hombres europeos, como grupo, si lo prefieres, en concreto la especie de los afortunados..., seamos francos: son unos hijos de puta. ¡Unos hijos de puta todos ellos!

El *signore* Perezoso se inclinó entre crujidos para examinar la superficie a través de sus gafas confeccionadas por un vidriero, mientras Truman seguía empleando un lenguaje que, para alivio de Marella, el anciano no entendía.

—O ignoran cuánto vale lo que tienen, o sobrevaloran cualquier horterada. —Tru dio unos golpecitos impacientes con la uña en el brillante tablero del aparador—. *Più economico* —exigió. Y añadió en inglés con brusquedad—: Más barato.

El viejo cedió, aunque solo fuera para quitarse de encima a aquel tacaño descarado y canijo, pensó Marella. Mientras lo seguían hacia la entrada de la tienda para pagar, Truman sacó del bolsillo un fajo de billetes.

—Solo hay otra especie peor —comentó con tono pensativo—, y es la de las mujeres europeas que permiten que las compren y las vendan como a burras con la carne fustigada en una feria de ganado.

«¿Fue eso? ¿Fueron esas palabras lo que te llevó a rechazarlo?», presionamos a Marella tras sonsacarle esa información.

Una vez más, niega con la cabeza.

—Fue peor. Una crueldad, y no diré nada más. Fue algo... mortífero. En aquellos ojos vi a un asesino... Como su *amico* Perry Smith, Truman podría rebanarle el cuello a una de nosotras sin que eso le quitara el sueño.

De nuevo a bordo del *Agneta*, Marella no le dirigió la palabra en tres días; pasó el resto del viaje escondida en su camarote. Al final, poco antes de que llegaran al puerto de destino, al ver con alivio que se acercaban rápidamente a tierra firme, donde estaría a salvo, se sentó al lado de Truman en la proa.

—¿Por qué me dijiste...? —le preguntó, incapaz de contenerse.

Él la miró sin entender a qué se refería.

—¿Por qué dijiste lo que dijiste...?

—Consideré que debías saberlo. Todo el mundo estaba enterado, menos tú... —Y con un atisbo de la ternura de antaño estiró la mano para acariciar la mejilla de alabastro—. Te quiero, y pensé que tenías que saberlo.

Tras estas palabras Marella guarda silencio una vez más, y en sus ojos persiste la expresión de una cervatilla acorralada. Por más que lo intentemos, no logramos convencerla de que se desahogue revelándonos sus temores, de que nos cuente las amenazas o los insultos que Truman le lanzó entre los tesoros de la tienda de antigüedades.

Lo único que sabemos es que ahora Marella se estremece con solo oír el nombre de Truman.

Marella no es la única a la que Truman permite entrever el lodo en el que está a punto de hundirse.

Lee es la siguiente en gozar de ese privilegio.

Lee, su protegida, su querida.

Lee, que se oculta tras un barniz de indiferencia, bajo trajes de Cassini y mechones leonados, y cuya naturaleza malvada rivaliza con la de Tru. Lee, que, tocada por el halo del idílico Camelot, fue catapultada a la fama por su parentesco, no por sus méritos.

La pequeña Lee, que en su alma siniestra —tan solo equiparable quizá a la de Truman— alberga una rabia avivada por los celos de una hermana que la privó de un lugar en la historia y que no le dejó más que los superficiales espacios de la alta sociedad para jugar con su arena.

Lee confía en muy poca gente, y desde luego no en nosotras. Lee, que tiene casi diez años menos que Truman y carece de la seguridad que nosotras poseemos, nunca cuenta nada. Su hermana era su confidente hasta que le arrebató tantas cosas que Lee no aguantó más. Por eso aprecia a Truman.

Claro que él tiene sus propios intereses personales, ya que primero fue amigo de Jackie, en la época en que Jack no era, según Tru, «nada más que un senador perspicaz cuyo padre había echado su ojo de contrabandista de alcohol a la Casa Blanca».

Se enorgullecía de su relación con Jackie; haberse ganado a la primera dama era un gran triunfo, y a Truman le encantaba que la gente supiera lo unidos que estaban. Cuentan que cuando Jackie perdió a su hijo Patrick, fallecido al poco de nacer, Truman le escribió una carta tan atenta que ella la guardó toda su vida.

«Jackie confía en mí —afirmó un día en que a él se le fue la lengua ante la prensa—. Me lo cuenta todo. Absolutamente todo.» En su momento nos preguntamos si Jackie habría sacado alguna vez el tema de Marilyn, «querida amiga» de Truman, la cual, tras consolidarse en la imaginación colectiva como la Otra con un *Happy birthday, mister prezzzident* jadeante y narcotizado, también debió de llorar sobre el hombro de Truman. (Casi nos parece oírle musitar: «Norma Jean, ¿por qué esos muchachos, los Kennedy, no te quieren?».)

«Jackie sabía lo que Jack se traía entre manos..., como digo, no es tonta. Pero no es de esas chicas a las que se les echa un polvo y ya está. Jackie es una purasangre, destinada a la cría y exposición.»

Fue entonces cuando Truman aprendió —o no aprendió— la lección que lo habría salvado.

Primera regla fundamental: no hablar nunca más de la cuenta.

En este caso la transgresión fue bastante anodina: reconocer tan solo el vínculo que compartían. Aun así, en cuanto Truman empezó a largar en público, Jackie dejó de telefonearle; más revelador todavía fue que no atendiera las llamadas que él hacía a Pennsylvania Avenue. Quizá Jackie percibiera el peligro mucho antes que el pelotón y se adelantara retirando su distinguido favor con la misma indiferencia ensimismada con que se lo había otorgado.

Cuando al cabo de unos años Tru conoció a Lee, nos preguntamos si en el fervor de él influía el desaire de la hermana.

Su primer almuerzo juntos —un encuentro de cuatro horas en La Grenouille— no tardó en derivar en un vapuleo a Jackie de proporciones épicas. En cuanto Lee dio rienda suelta a la rabia sofocada durante años, salió todo a raudales.

Ella era la inteligente, le aseguró a él.

Lee era la que poseía estilo, elegancia, buen gusto. Lee era la apasionada de los libros, la que tenía alma de artista. Lee era la que estaba dotada de una gracia especial para la decoración; Lee, con sus pinturas y lápices, había destacado en la expresión plástica de niñas, ¡y no Jackie, siempre con sus caballos! A Lee le hervía la sangre cada vez que veía a su hermana guiar a los equipos de televisión por la Casa Blanca y alardear con su voz de trapo de las reformas que había realizado, ¡como si hubiera inventado ella el neorrococó francés!

Lee era la escritora, la actriz, la *femme fatale*, adorada por los hombres, y no solo de lejos. Lee era la lumbrera, la que debería estar en primer plano, en vez de condenada a una vida a la sombra gélida de Jackie, atada por siempre a un ser inferior.

Y curiosamente en Lee, con toda su virulencia, Truman encontró un alma gemela.

Baja del avión de Aeroméxico en el Yucatán con una convicción renovada.

Ha perdido y encontrado sus valiosas páginas y está seguro de que eso ha ocurrido por algo. Se siente eufórico, como si estuviera colocado, dopado hasta las cejas de gratitud hacia esas fuerzas invisibles. Ese estado de trascendencia demuestra ser un opiáceo más poderoso que los estimulantes y tranquilizantes que lleva en el maletín negro de médico, junto con otras pastillas que no son ni lo uno ni lo otro.

De camino al remoto lugar turístico, el chófer le cuenta que «Yucatán» procede de la palabra con que los mayas denominaban a la lengua. A Truman le parece que un refugio en el país del lenguaje constituye un presagio.

Más aún: le atrae el paisaje de la región, la tierra llana y rocosa donde crecen árboles raquíticos, tan diminutos y fuertes como él se ve a sí mismo. Le gustan las tonalidades ocres y herrumbrosas, las lentas puestas de sol color tequila. Se parece a Palm Springs, aunque sin el sufrimiento. Sin los días de páginas vacías, de soledad..., de terror. Jack había llamado «Hope's End», el fin de la esperanza, al desierto californiano, y fue allí donde la de Truman tocó fondo.

En cambio en la Riviera Maya, tumbado en una playa privada al lado de la encantadora Lee, ambos con gafas de sol de insecto idénticas, oyendo el suave movimiento de las olas que vienen y van con su líquida respiración regular..., se siente feliz. Incluso eufórico. Porque está seguro (o eso cree...) de que las dudas que albergaba no volverán a acosarlo.

Publicar o no publicar, ese era el dilema. Al menos ahora sabe que no tiene elección. Le han quitado ese peso de encima; el destino ha decidido por él.

Mientras toman el sol ante las diáfanas aguas color turquesa y beben sorbitos de piña colada espumosa en cáscaras de coco, Truman pregunta a su compañera:

—Princesa Querida —(así llama a Lee)—, ¿te gustaría oír un delicioso fragmento de mis capítulos...?

—Mmmmmmmmm... —murmura indolente ella, que ni siquiera se molesta en moverse.

—Lo interpretaré como un sí. —Truman se aclara la garganta y empieza a perorar—. La Côte Basque, templo sin igual de la cocina francesa, es un restaurante de Midtown Manhattan, situado en la Cincuenta y cinco Este, enfrente mismo del hotel Saint Regis. Abrió sus puertas en 1940, dirigido por el venerable Henri Soulé, el Leonardo de los almuerzos, famoso por haber fundado Le Pavilion en la Cincuenta y siete con Park, establecimiento frecuentado por su célebre caviar beluga y su champán rosé Louis Roederer. Monsieur Soulé expiró en el servicio de caballeros del Basque (se creía que de una apoplejía, pues el magnífico restaurador estaba muy gordo, y no exagero...) y el equipo de limpieza lo encontró a la mañana sigui...

—Espera —lo interrumpe Lee, que vuelve la cabeza lo justo para tener una vista completa de la tumbona vecina—. No estás leyéndolo...

—Cielo, tengo una capacidad memorística del noventa y seis por ciento. Es un dato científico. —Truman señala su enorme cabeza—. Está todo aquí..., ¡enterito! Tengo las ochocientas páginas grabadas en la testa. ¿Por dónde iba...? Ahhhh, ¡espera! ¡Se me ocurre una idea fabuloooosa! ¡Yo te presento algunos personajes y tú adivinas quiénes son!

Lee permite que el esbozo de una sonrisa se dibuje en las comisuras de sus labios, que es lo más parecido a la alegría que cabe esperar que muestre.

—De acuerdo.

—¡Bravo! ¡Qué divertido! —Truman hace una pausa, ebrio de posibilidades—. Vale. ¿Estás preparada? Dime quién es: «Jane Baxter», la esposa *numéro deux* de un payaso que presenta un programa de entrevistas por la noche, está necesitada de afecto. Dios mío, si hasta sus psicoterapeutas la han despachado porque les entraban ganas de arrancarse las orejas de oírla, con lo que la tía ha dejado una panda de Van Gogh mutilados en la profesión médica. Y «Bobby Baxter», ¡un marqués de Sade moderno oculto en un terno de poliéster! Va por la ciudad acostándose con todo quisqui, y ha endilgado a la pobre Janie una asquerosa sífilis, junto con una buena ronda de palmadas, aunque no en señal de aplauso...

—¡Joanne y Johnny Carson! —Lee ríe por lo bajini—. Truman, eso es chismografía.

—¡Vamos a por otro! Exesposa de un gobernador de Nueva York, por suerte fallecido. Porcina de arriba abajo, con piernas como troncos de árbol. Supongo que llevaba ropa interior de sarga y tenía pinta de ser capaz de aporrearte con su hierro uno de golf.

—¿Marie Harriman? No podría ser nadie más.

—¡Otro acierto! A ver qué dices ahora: la duquesa tiene unas facturas tan altas como su frente, pagadas por su círculo de cortesanas, tipas ricachonas que su desgarbada señora sabe que soltarán la pasta...

—Está chupado: Wallis Simpson.

—¡Famosa por su tacañería! No sé si habrá pagado una cuenta en su vida.

—Mira quién fue a hablar...

Truman sorbe por la pajita la bebida helada tan deprisa que nota una punzada de dolor en la cabeza y se lleva la mano a la frente. Se tumba de lado, de cara a Lee, con un destello en los ojos.

—A lo mejor estos te tocan más de cerca. Lady Ina Coolbirth, que, dicho sea de paso, es Slim, cuenta: ESPACIO EN BLANCO y su hermana ESPACIO EN BLANCO entran en La Côte Basque. Es evidente que esas chicas pescaron unos cuantos peces gordos cuando eran jóvenes. La mayoría de la gente que conozco no traga a ninguna de las dos... —Truman aguarda la reacción de Lee, que le escucha con semblante inexpresivo—. Por lo general, las féminas, y lo entiendo, ya que las dos desprecian a las demás mujeres y nunca tienen una palabra amable que decir sobre ninguna, salvo sobre sí mismas, las Bouvier.

Lee observa a Truman, que se ha interrumpido para sorber tímidamente la piña colada que le queda en la cáscara de coco.

—Vale, está bien —admite, pues le gusta la sinceridad.

—En cambio, ¡qué caramba!, poseen unas habilidades mágicas con los hombres. Embrujan a los tíos como si fueran un par de hechiceras, y se diría que por medio de un extraño conjuro lanzan un maleficio a sus pretendientes ricos a fin de volverse indispensables para ellos.

Al oír eso Lee arquea una ceja.

Truman se encoge de hombros y pasa a lo que de verdad quiere compartir con ella: su alma, una carta de amor puesta en boca de lady Ina.

—Si me gustaran las mujeres, me enamoraría perdidamente de Lee. Tiene unas formas perfectas, como una escultura griega... Una chica esplendorosa, de cabello castaño dorado, con una cálida voz susurrante un tanto trémula...

Los labios de Lee se separan y dibujan una sonrisa auténtica.

—Jackie no está a su altura —prosigue Truman a través de lady Ina—. Queda divina en las fotos, qué duda cabe, pero en carne y hueso ofende a la vista. Tiene unas facciones muy... adustas. Parece una drag queen disfrazada de señora Kennedy. —Truman sale del personaje para hacer un aparte con Lee—: ¿Sabes que es la número uno, a la que más eligen? En The Anvil conocí a un marica fabuloso que se hace llamar «Jackie Uh-Oh»...

La sonrisa de Lee se ensancha de oreja a oreja. No puede sino adorar a Truman cuando ataca a Jackie. Al menos alguien se atreve a meterse con ella. Alguien que, por una puta vez, no la ve como la viuda a la que todos ponen por las nubes, ni como la virgen solemne, sino como la zorra calculadora que le arrebató el amor de su padre..., y también a Ari, hace mucho tiempo, además de perpetrar otro millón de robos.

Truman le devuelve la sonrisa de oreja a oreja en un gesto de complicidad.

—Bueeeno, querida, ¿qué te parece lo que he escrito sobre ti?

Lee se incorpora para beber un poco de piña colada y se echa atrás la melena castaña dorada con indiferencia.

—La verdad es que me trae sin cuidado.

(Sospechamos que es mentira, aunque más tarde le dirá a Marella que era sincera.)

—Buenooo. Esa es la parte más importante del capítulo. Claro que hay algunos fragmentos fabulosos que todavía no conoces: sobre Cole Porter. ¿Te acuerdas de aquella vez que le sacó el miembro a un sumiller portugués y se lo meneó? Y, por supuesto, sobre Ann Woodward... ¿Quién podría resistirse? Y sobre Bill, claro.

—¿Bill?

—Bill Paley.

—¿Paley...? ¿Qué le pasa?

Un sentimiento parecido a la venganza ennegrece el rostro de Tru.

—Debe aprender. Debe valorar lo que tiene...

(Mensaje implícito: todas sabemos que se refiere a Babe.)

Lee se pone la máscara de indiferencia y coge una revista para abanicarse con languidez.

—Truman, me importa un carajo lo que digas de nosotras..., pero ¿te has planteado lo que podrías llegar a perder...?

—Sé lo que podría llegar a ganar.

—¿Has pensado en cómo se van a cabrear? ¿Y qué han hecho para ofenderte?

—Ay, nena... Es arte. Es hermoso... ¡Es Proust! No he escrito sus nombres.

—Has puesto algunos. Y los demás son fáciles de deducir.

—Qué va. Son demasiado bobos. No se reconocerán ni a sí mismos.

Lee se cubre la cara con una pamela de ala muy ancha y habla a través del damero de la urdimbre.

—Ya veremos —dice con voz áspera—. Si al final se reconocen, no se alegrarán mucho.

En una finca de West Palm Beach, Gloria y C. Z. están sentadas en sillones de mimbre idénticos bajo un dosel de hojas de palmas auténticas, con los restos del almuerzo y una jarra de té frío entre ellas.

Son un ejemplo perfecto de extremos.

Gloria con el pelo azabache; C. Z. con el cabello platino más claro. La morena con un vestido recto negro; la rubia con el mismo modelo en marfil. La primera de tez aceitunada; la segunda de piel iridiscente, casi nacarada. La latina ardiente como la lava escucha a la bostoniana fría como el hielo, que le informa de la magnitud del daño mientras lee por encima un ejemplar de *Esquire*.

—Dios míooooo —exclama C. Z., que alarga las vocales al estilo de la clase alta de Nueva Inglaterra—. Describe a la tal «lady Ina» como una beoda envejecida y desesperada... Su marido le da la patada en un vuelo transatlántico, y ahí está ella, atrapada con el cahbrón despiadado durante otras seis puñeteras horahs.

—*¡Dios mío!* —exclama Gloria en español, con los ojos como platos.

—¡Espera! La cosa empeora... —C. Z. se salta unas líneas y asimila la información.

—¿Qué dice? —le pregunta su compañera, que se inclina impaciente hacia delante.

—Ah, es aaaaahtroz...

—¡Sigue!

—No puedo.

—¡Tienes que seguir!

—De ahcuerdo... El autor cuenta que Coolbirth ya ha dejado atrás los mejores años de la vida, ¡con solo cuarenta!, y que se ha divorciado tres veces y que se enfrenta a la condena de la mujer demasiad...

Gloria frunce el ceño, como si no hubiera tenido la necesidad de aprender el significado de ese término.

—¿A qué te refieres con lo de «demasiad»?

—Ay, queridah, ya sabes. La que va sola. La mujer a la que los anfitriones se sienten obligados a buscarle un hombre «de más» adecuado para que le haga compañía en las cenahs. Los anfitriones que se ocupan de esas chorradas... Por eso yo siempre prefiero un bufet.

—¿Por qué la tal Coolbirth no se busca otro marido?

—Los hombres que valen la pena no abundan.

—¿No podría aprovechar el de otra...?

—No todahs son como tú, queridah...

C. Z. sigue informando tras leer unas cuantas líneas más.

—Dios mío... Acaba con Coolbirth sonriendo como una tonta ante el suflé... —Deja la revista, bebe un sorbo de té y emite su dictamen—: Aaaahtroz... pero efectista.

Gloria se ríe y menea la cabeza.

—*Diablito tiene cojones...* —dice en español.

—¿Qué significa, queridah?

—Nuestro Truman tiene huevos.

—Desde luego que sí.

—¿Por qué esos chismes... cuando podría escribir lo que quisiera?

C. Z. se encoge de hombros.

—Los escritores escriben. No debe extrañarnos que escribahn sobre lo que conocen.

—Pobre Bebé. ¡Y Slim!

—Sí, pero la verdad... ¿Cómo se les ocurrió?

Gloria frunce el ceño.

—¿Qué quieres decir?

—Todas sabíamos lo que era Truman. Esas dos tendrían que haber hablado con sus psiquiatras, no con un escritor. ¿Qué creían que iba a hacer él? Era lógico que tarde o temprano aprovechara todo ese mahterial. —C. Z. coge la jarra y rellena los vasos—. Por eso yo nunca le he contado nadah demasiado interesante.

—Mmm... —Gloria guarda silencio para dar a entender que quizá ella no haya sido tan prudente como su amiga.

—No dice a las claras que sean ellas —reconoce C. Z.

—¿Quién más podría ser la tal «Coolbirth»? Las dos sabemos que «Dill» es Bill...

—Truman me contó esa historia hace años..., y casi todas las demás.

Las palmas susurran sobre sus cabezas, acompañadas por el grave estrépito de un trueno.

—*Bueno* —dice en español Gloria con un profundo suspiro—. Estoy preparada.

—¿Parah qué, queridah?

—Busca el fragmento donde habla de nosotras.

Mientras C. Z. lee por encima el artículo, Gloria aguarda con lo que espera que parezca un aire de circunspección, aunque, como observaremos más adelante, lo que siente está más relacionado con el anhelo...

C. Z. levanta la cabeza al llegar al final y arroja la revista sobre la mesa.

—Nada.

—¡¿Qué quieres decir con «nada»?!

—Nada. Ni una línea. Por lo visto nos hemos librado de este follón.

Gloria coge la revista y echa un vistazo a las columnas impresas.

—¿Cómo es posible...?

—Debemos agradecer a nuestra buenaaaah estrella los pequeños favores.

Gloria, escéptica, lee por encima las páginas anteriores.

Empiezan a caer gotas de lluvia, pequeñas y aisladas al principio, que al poco repiquetean con suavidad al rebotar sobre la mesa. C. Z. se levanta para abrir una sombrilla ante el inicio del chaparrón otoñal.

7

1976

Variación n.º 5

—Francamente, a Paley, que lo follen —casi escupe Babe, que disfruta con la sensación de las consonantes fricativas en los labios y las acompaña de una larga calada al cigarrillo.

Las palabrotas son una novedad, algo en lo que se regodea como una adolescente rebelde.

Lo hemos advertido en estos últimos meses lentísimos durante nuestras visitas, en las que bebemos manhattans mientras ella fuma sin parar sus queridos L&M y afirma con tono reflexivo que no pueden perjudicarla porque el daño ya está hecho.

Babe ha cambiado en las últimas semanas. Pese a que está consumida, se muestra sorprendentemente animada.

A quienes la conocemos nos parece que nunca se había comportado con tanta naturalidad.

El cáncer le ha privado de la vanidad que le quedaba, le ha arrebatado el lustroso cabello, la fuerza de niña juguetona. Aun así, pese a todo lo que le quita, le proporciona algo que ella se ha negado a sí misma mucho tiempo.

Una voz. Y no es su voz meliflua, la voz de persona bien educada.

Ha aparecido la versión de Babe no censurada.

Ha descubierto que la muerte dista de ser una invitada simpática. Que, la siente donde la siente, nada fomentará la charla alegre en la mesa. Que no le gustarán los cubiertos ni la vajilla, que ningún manjar saciará su apetito voraz. Y que, como en la peor de las pesadillas en las que aparecen invitados, se niega a marcharse. Incluso ha tenido la audacia de entrar en la habitación de Babe y acomodarse a los pies de su cama cubierta de plumón.

Observa a Babe mientras duerme, en sus sueños inquietos y acosados por el dolor. La saluda cuando se levanta deshecha por la mañana. Babe no tiene intimidad, ni siquiera en su suite regia, entre las paredes revestidas de tela marroquí con estampado de enredaderas que eligió a pesar de las advertencias de que resultarían claustrofóbicas. Últimamente dispone de mucho tiempo para contemplar sus intrincadas líneas serpenteantes. Su complejidad la reconforta.

Las contadas ocasiones en que se aventura a la planta baja para incorporarse al mundo de los vivos, el perfume putrefacto de la visitante indeseada flota en los pasillos. Como una buen anfitriona, Babe ha intentado hacer la vista gorda ante la insolencia de la invitada. Ha adquirido una serenidad inquietante por lo que se refiere a la presencia que la acompaña. Incluso se dirige en voz alta a ella, a la «Otra», aunque enseguida se da cuenta de que habla sola.

Babe habla mucho más que antes. Esa nueva voz ajena que brota de su larga garganta se manifestó con pequeñas rabietas. Berrinches por una comida servida en una bandeja de plata, comida que ella no entiende que pueda apetecer a nadie. Por un enfermero de manos sudorosas que le acribilla el brazo apergaminado en un intento vano de encontrarle una vena, un hombre demasiado lerdo para captar la ironía, como le dice ella. En cuanto Babe comienza a usar su voz —la sincera, áspera, que ya no desea complacer—, descubre que le gusta cómo suena. Se da cuenta de que constituye un ente aparte, independiente de ella. Todos los días reserva una ronda especial de crítica virulenta contra Truman, a quien continúa detestando en la distancia, a quien odia aún más porque sabe que es la única persona que podría animarla.

Sin embargo, destina la mayor parte de su cólera al hombre que le ha privado de su querido Truheart.

—¿Acaso no es cierto? Si Paley no hubiera metido el nabo en todo lo que veía pasar con faldas, ¿Truman se habría tomado la molestia de escribir ese bodrio?

Ahora nunca lo llama «Bill», sino «Paley» o «el Viejo Cabrón». Su marido ha perdido el privilegio de la familiaridad en la misma medida que el escritor.

—Como si me importara un carajo que el Viejo Cabrón de Paley haya comido áspic o mousse. Mantequilla de cacahuete Skippy o Jif. Huevos poco hechos o dorados.

Al pronunciar la palabra «dorados» dirige el láser de su mirada a Slim, a quien casi siempre describen con ese adjetivo. Bronceada. Broncínea. Radiante...

—No seas injusta, Babe. Tú querías complacerle —se atreve a apuntar Slim, que toma un manhattan sentada junto a la cama, pues hoy le toca estar con Babe según la rueda de turnos que hemos establecido para que reciba a diario la visita de alguna de nosotras.

Babe se queda mirándola con una expresión extraña, como si acabara de quitarle el papel de mejor amiga y le hubiera asignado el de villana. ¿Acaso no insistió Slim —igual que Bill— en que jamás de los jamases volviera a dirigirle la palabra a Truman?

Ocurrió en el Quo Vadis seis meses después de la ruptura. Tenemos versiones un tanto distintas del encontronazo. Algunas recordamos que Babe y Slim estaban sentadas a una buena mesa, bien a la vista.

La posición que una persona ocupa en la jerarquía social de Manhattan se deduce del lugar donde se sienta. Los confortables reservados a lo largo del perímetro del Vadis, el Basque o el Cirque, los que ofrecen un mínimo de intimidad, son nefastos. Quienes se acomodan en una acogedora banqueta apartada saben que no son nadie.

Las Jackie y las Lee del mundo, las Babe y las Slim de nuestro círculo, se sitúan en las incomodísimas mesas del centro del restaurante. Cuanto más cerca de la puerta, mejor. No importa el frío glacial que entra cada vez que el portero la abre de par en par al llegar un cliente. No importan las duras sillas de respaldo recto, propias de una escuela primaria puritana. Esas son las mejores mesas, en las que quienes entran o los paparazzi al acecho pueden vernos; o, mejor aún, en las que podemos vernos las unas a las otras. Pero estamos apartándonos del tema.

Habíamos acordado no hablar con él. No volver a dirigirle la palabra nunca más. Cruz y raya. *Persona non grata.* Como es lógico, Slim y Babe, las más ofendidas por el capítulo de *Esquire*, eran quienes mostraban una determinación más férrea. De todos modos, Truman siempre ha avisado de que habrá más. ¿Quién de nosotras puede saber cuándo le tocará? Por eso nos manifestamos en una muestra pública de solidaridad.

En privado cada una juega sus cartas de forma un poco diferente.

Lee continúa viéndolo, pues su condición la exime de la necesidad de seguir al rebaño. Como cuñada de un presidente asesinado y estando emparentada con la realeza por matrimonio, Lee puede bailar al son que prefiera. Ha seguido relacionándose con el pequeño Tru, si bien su entusiasmo por él empieza a decaer.

C. Z. ha apoyado a Truman. Claro que él nunca ha insinuado en su obra nada sobre la fría rubia hitchcockiana de cabello color vainilla. La alegría malévola de Gloria por la humillación de Babe y Slim se ha visto atenuada por la preocupación creciente de que será la siguiente. No ha roto con Tru, aunque ya no lo invita a Gemini; Loel se lo ha prohibido. Pese a echar de menos la compañía de Truman, Loel se mueve en un mundo donde se protege de manera férrea a los titanes a los que uno unta y estrecha la mano. Bill es un amigo demasiado íntimo (o un aliado demasiado importante en los negocios) para arriesgarse a contar con la presencia de Truman.

Marella se vio obligada a sentarse al lado del escritor en una cena en casa de Lee, una cena *à trois*... ¡La mala de Lee! Intentaba propiciar la reconciliación, sin duda porque Truman, avergonzado, se lo había pedido. Fue una velada muy civilizada, con los tres sentados en los pufs de Fez que Lee tiene en su casa mora, donde picotearon sin ganas estofado de cordero con ciruelas pasas servido en tajines. Al acabar la cena, Truman insistió en acompañar a Marella a casa. Ella maldijo a Lee para sus adentros mientras permitía que el gnomo ponzoñoso la ayudara a ponerse el abrigo de zorro y la cogiera del brazo con una familiaridad forzada para salir juntos a los remolinos de nieve.

Según nos ha contado Marella, en el taxi Truman se le arrimó hasta apoyar la barbilla en el hombro cubierto de pieles.

«¿Por qué no nos hemos visto, *miele*? El pequeño Tru ha echado de menos a su Número Uno.»

«No podía decirle que el último día en Génova había visto algo negro y podrido en su alma. Por eso le dije: "Tú vives aquí, Truman, y yo vivo en Europa. Eso dificulta las cosas".» Él le cogió la mano y le dio unas palmaditas.

Cuando el taxi se paró delante del hotel de Marella, Truman tuvo la galantería de apearse y acompañarla hasta la puerta. Le ofreció su rubicunda mejilla, cuya superficie a ella le pareció, según nos contó, más semejante a la piel de un reptil de lo que recordaba. En aquel momento se sintió como una princesa italiana dentro de un retorcido cuento de hadas, en que tenía que besar al sapo de croar reverberante en una escena que un departamento de casting no habría preparado mejor. Los ojos de Truman, abiertos de par en par, escudriñaron los de ella en busca de una señal: de rechazo o de redención. Marella sonrió, cortés, educada. No sabía si la voz de Truman temblaba cuando se lo preguntó, o si fue un detalle que ella se imaginó después, cuando él se volvió para marcharse.

—¿Me llamarás, Uno? ¿Me llamarás para que comamos juntos?

—Sí, Truman. Te llamaré.

Marella apretó el paso para refugiarse en el vestíbulo del Ritz y decidió que no volvería a llamarlo.

Algunas recordamos aquella tarde en el Quo Vadis con Babe sentada a una buena mesa cerca de la puerta, esperando la llegada de Slim, con quien había quedado para almorzar.

Según otras, Babe y Slim ya hacía rato que habían empezado a comer cuando ocurrió. Y otro sector recuerda que Truman llegó primero y fue derecho al bar.

Lee recuerda a Tru sentado a una buena mesa, rodeado de admiradores, y que Babe no tuvo más remedio que pasar por delante de él para reunirse con su compañera de almuerzo.

Como la mayoría manda, la leyenda ha seguido en buena parte la senda de que Slim y Babe ya estaban juntas y de que Truman fue directo al bar, donde pidió un martini doble. Tras unos sonoros sorbos fortificantes se acercó con aire desenvuelto —sobre esta parte no hay duda— a la mesa de Babe y Slim, al parecer con total despreocupación. Slim se negó a levantar la vista de la *langue du bœuf* y la acuchilló con violencia en el plato. Babe tomó un trago de Pouilly-Fumé y se permitió alzar sus ojos de gacela, incapaz de resistir la tentación de lanzarle una mirada rápida. Como si no hubiera ocurrido nada, Truman le dirigió su sonrisa luminosa como una lámpara de araña.

—Hola, Babyling —la saludó.

Con la sorpresa, la costumbre se impuso y los buenos modales de Babe respondieron por ella.

—Hola, Truman.

Babe sintió un dolor agudo cuando Slim le propinó un fuerte puntapié por debajo de la mesa. De inmediato volvió la vista hacia la quiche que estaba comiendo, separó con delicadeza la corteza con el tenedor y echó otra miradita... La actitud de Truman era desenfadada, pero en sus ojos había algo que expresaba la verdad. Esos ojos, ocultos tras las gafas...: los de un niño que aún ansiaba con toda su alma que lo invitaran a jugar.

Sus miradas se encontraron y quedaron trabadas un instante.

A Babe casi le pareció oírle decir: «Por favor. Por favor, perdóname».

Sintió una punzada en el corazón, tan fuerte como el puntapié de Slim. Cómo deseaba que todo aquello acabara. Cómo le habría gustado que Truman apartara una silla para sentarse y que todo volviera a ser igual que antes. Él arrojaría sus polvos mágicos en aquel almuerzo insulso y de pronto los tres quedarían arropados por la conversación, con el acompañamiento de las risas provocadas por las ocurrencias de Truman.

Tenía mucho que contarle. Sobre Kate, que se había unido a una secta religiosa. Sobre la detención de Billy por asuntos de drogas. Sobre el divorcio de Amanda. Todo eran disgustos. (Babe siempre había sospechado que era una madre penosa.) Y, por encima de todo, sobre el renovado interés de Bill...

Después de que le diagnosticaran la enfermedad había ocurrido algo de lo más extraordinario. Bill Paley, mujeriego sin igual, se había enamorado de su esposa. Era como si la amenaza de perderla hubiera abierto las compuertas del cariño negado. Se había visto obligado a reconocer lo que siempre había sentido.

Había tratado de volver a seducirla, de hacer el amor con ella a diario, algo que había acabado años atrás, después de que naciera Billy, por insistencia de Bill, que no había querido mancillar la perfección de Babe con la carnalidad. Para eso había otras mujeres.

Babe se había quedado destrozada cuando su marido se trasladó a otra habitación y dejaron de compartir cama. Una noche recorrió con sigilo el pasillo a oscuras hasta la suite de Bill. Se quitó la bata y se quedó desnuda ante él. Temblorosa. Vulnerable. Él la miró como quien observa una estatua en una galería de arte y experimenta placer estético contemplándola. Sin embargo, cuando ella le cogió la mano, se la llevó a la entrepierna y la pasó por el vello que le cubría los labios, Bill la apartó, le acarició la mejilla y se retiró a su estudio, donde echó un vistazo a los índices de audiencia mientras mordisqueaba un sándwich de restos de carne.

Babe recogió la bata en silencio, regresó a la maraña de enredaderas de las telas marroquíes que cubrían las paredes de su suite y lloró sobre un cojín que tenía bordada una pareja de agapornis de plumas color jade.

Bill la había amado en el pasado. Dejó de quererla en cuanto la hubo marcado a hierro como la señora de Bill Paley. Y ahora, sin previo aviso, volvía a amarla. Y ella lo odiaba a muerte.

Sentada al lado de Slim en el Quo Vadis, Babe deseó contárselo todo a Truman, que le pedía perdón con la mirada.

Era la única persona que entendería que, cuando alguien espera mucho tiempo algo que nunca llega, al final deja de desearlo.

Babe apartó la vista de Truman y la clavó en el plato.

Él centró su atención en Slim con presencia de ánimo y jovialidad.

—Hola, Big Mama... ¿Sabes qué?, he decidido perdonarte.

Slim, muy seria, apuró de un trago el whisky y miró más allá de Truman como si este fuera invisible.

—Dios mío... Me parece que necesito repostar. Vuelvo enseguida.

Logró mostrarse alegre y se dirigió a buen paso hacia el bar sonriendo a aquellas de nosotras con que se cruzaba.

Babe observó la retirada en apariencia desenfadada de Truman y deseó correr hacia él, desahogarse, abrirle su corazón roto, que bien podrían haberle arrancado junto con el pulmón ennegrecido. Pero Bill —y Slim— se lo había prohibido.

8

1970/1962

Marella

Dramma giocoso

Como grupo migramos con frecuencia y celeridad..., en gran medida porque podemos.

Si bien recordamos con vaga nostalgia los placeres de los veranos a bordo de los grandes transatlánticos de la compañía Cunard, que zarpaban de Nueva York y al cabo de una semana anclaban en Europa —en el fondo «el traslado» nos gustaba tanto como el destino—, eso ya forma parte del pasado. Fue antes de que los cielos se abrieran para revelar su potencial. Antes de que la velocidad de las alas metálicas nos proporcionara el lujo de no parar quietos. Antes de que se impusiera el imperativo que nos impulsaba a compensar los años perdidos con la guerra. Antes de que la adrenalina contaminara nuestro reloj biológico y lo tentara con pensamientos de aire puro, de ojos poblados de estrellas y de bebidas exóticas en bares del lejano Bombay. El movimiento nos corrompió con la pasión del viaje.

¿A quién se le ocurriría hoy en día perder una semana, incluso un día, a bordo de un crucero lento como una tortuga, cuando resulta la mar de fácil volar a París para ir de compras por la tarde, o a Venecia a almorzar o cenar? Con amigos que tienen la posibilidad de transportarnos con solo que mostremos el pasaporte, ¿por qué limitar nuestra movilidad?, nos preguntamos la primera vez que se nos presentó esa opción.

«Babe y Bill son un verdadero encanto: iban a Cerdeña y se ofrecieron a dejarme en Roma. Tienen un avión precioso y acogedor... ¿Has volado alguna vez con ellos?»

«Querida, ¿te importaría que cambiáramos de fecha la cita del jueves para comer? Es que Gloria y Loel van a llevarme a Acapulco... Pasaremos unos cuantos días al sol. Necesito con urgencia un bronceado.»

Lo que empezó como una novedad se ha convertido en un estilo de vida. Gracias a una combinación embriagadora de tecnología y medios económicos nos hemos transformado en un grupo migrante. En nómadas. En trotamundos. En internacionalistas. Nuestro impulso es el del movimiento, alentado por el deseo frenético de no ser menos que nuestras iguales, espoleado por la voluntad de llevar una ventaja sustancial a nuestras rivales. Por tanto, pasamos los días en movimiento, en un cómodo desarraigo.

Nuestro círculo se ha ampliado: ha dejado de ser un grupito de amigas para convertirse en un ejército de «conocidas». ¿Cómo asegurarse si no una acogida cálida en cada puerto?

Sabemos de manera instintiva a qué lugar nos llevará la siguiente migración, dónde encontraremos al resto de nuestro grupo, así como los meses más chics de cada escenario, si bien evitamos con estudiado desdén los sitios que se vuelven demasiado populares.

Viajamos para asistir a bodas..., aunque, curiosamente, no a funerales, que nos harían aflojar el ritmo con pensamientos deprimentes sobre la muerte. Viajamos para participar en cacerías, para asistir a carreras y acontecimientos deportivos que no hay que perderse. Para acudir a subastas, exposiciones y presentaciones de artículos de moda. Volamos a las laderas de Saint-Moritz cuando la nieve es buena y a las playas de Saint-Tropez cuando el sol se encuentra en su apogeo. Atravesamos continentes para ir a estrenos en todas las grandes ciudades, lo que resulta aún más gratificante cuando ganamos por la mano a las demás.

Hasta las que carecen de oído musical consideran obligado asistir al Festival de Salzburgo, sobre todo cuando dirige Herbert von Karajan, ya que somos amigas de su tercera esposa, Eliette, la niña bonita de la moda francesa durante un tiempo. E incluso las que pregonan con mayor estridencia su odio por la ópera venderían un pulmón por oír a Maria Callas donde fuera, aunque no pudiéramos por menos que reírnos cuando Gianni Agnelli describió la interpretación de Callas en *Medea* como «dos horas de pura tortura».

De Gianni nos gusta eso: no pierde el tiempo con fingimientos. De hecho, bien podría considerársele el icono cultural de nuestro grupo, ya que personifica la velocidad de esta época. Se sabe que algunos días se despierta en Turín, pasa una hora en su despacho de la Fiat, vuela a Roma para comer y luego a las cumbres nevadas de los Alpes, donde su helicóptero lo deja en el pico de la montaña, porque él no tiene paciencia con los remontes, y termina la jornada en el sur de Francia, donde más de una vez ha saltado del avión a la piscina de su casa. Casi nunca acaba los libros ni las películas, y no soporta alargar las cenas. Le gusta que las conversaciones sean breves y agradables y vayan al grano (y, según sabemos de fuentes fiables, lo mismo cabe decir de su forma de hacer el amor).

Por el contrario, si alguien ofrece un atisbo de unos tiempos más refinados es, paradójicamente, Marella. Aunque tiene nueve años menos que su marido, con su calma inmutable y majestuosa transmite la sensación de un alma de otra época.

Damos vueltas a estos pensamientos en un agradable atardecer estival en Salzburgo mientras nos acomodamos en nuestras butacas. Como es de suponer (dada nuestra presencia), dirige Karajan..., y gracias a Dios nos ha ahorrado a las chillonas valquirias. (Le dijimos a Eliette con toda franqueza que si había otra ronda de *El ocaso de los dioses* era muy posible que la noche del estreno estuviéramos «ocupadas» rebanándonos el pescuezo.) Tal vez como gesto contemporizador ha recuperado un éxito seguro de la temporada pasada: *Don Giovanni.* Es la tercera reposición de este montaje en ocho años, por lo que, con la actitud de «eso ya lo he visto», centramos la atención en el entorno circundante y dejamos que la ópera actúe como una grata música de fondo de los dramas que tienen lugar entre nosotras. Damos suaves codacitos a nuestras compañeras de asiento, carraspeamos con delicadeza mientras señalamos con la cabeza a divorciados recientes y así examinamos los nuevos modelos; vemos a sus exesposas sentadas a unas filas de distancia, del brazo de jóvenes acompañantes entusiastas. Observamos al habitual grupito de aspirantes a estrella de cine, junto a los aspirantes a director de cine. A la previsible cuota de aristócratas y miembros de la buena sociedad que acaban de desembarcar de sus aviones y bostezan y echan cabezadas en los palcos.

Mientras escudriñamos al público, ¿cómo no va a detenerse nuestra mirada al toparse con Marella?

Posada en un palco por encima del escenario, recuerda a un ave exótica. No un cisne, nombre que le da Truman, sino una más angulosa. Tal vez una garza: la esbelta garganta surge del cuello alto de Pucci, que roza sus cortos rizos castaños. Y hay algo de pájaro en la forma en que inclina la cabeza, en equilibrio sobre el largo cuello, y en la nariz aguileña, una especie de pico delicado.

A su lado se encuentra Gianni con un traje de Battistoni de corte perfecto y sus toques distintivos: la corbata floja sobre la camisa de Brooks Brothers y el cuello desabotonado con la despreocupación calculada de un colegial rebelde. Un tobillo encima de la rodilla y botas de montaña que asoman por las perneras del pantalón de lana fina. No para de mover el pie. Su inquietud salta a la vista. Es el paradigma de las imágenes fellinianas de la buena vida. De playboys nerviosos con trajes elegantes que se zambullen en fuentes en escenas románticas, que circulan a gran velocidad en coches raudos para dejar atrás a los paparazzi. De clubes nocturnos con cócteles negroni, de ruinas y pasiones insensatas.

Esto último nos permite establecer el paralelismo hacia la mitad del primer acto: pero ¡si lo tenemos delante de las narices! De haber sido una de las cobras de Truman nos habría mordido. ¡Se diría que Mozart fue profético! ¿Cuánto se parecen el vividor que en el escenario canta la célebre aria del champán y el Vividor de la Costa Azul, el apelativo que Gianni recibió en aquellos tiempos desenfrenados de hedonismo posteriores a la guerra? Hasta la coincidencia del nombre es asombrosa, pues a Gianni le pusieron Giovanni en honor a su abuelo, el gran presidente de la Fiat. De todos modos, a nuestro Gianni lo llamamos «L'Avvocato», un reconocimiento cariñoso de la licenciatura en derecho que dejó a un lado sin haber ejercido ni un solo día. ¿No era un seductor incorregible? Por decirlo de forma más cruda, ¿no eran famosos sus polvos...? Demasiados para llevar la cuenta, un número comparable al de los atribuidos a Mozart.

¡Y claro...! Santo Dios, ¡claro! Acabamos de percatarnos...

¡Donna Elvira! La esposa estoica y leal que sufre las traiciones de Giovanni. ¿Lo habrá captado también Marella? ¿Cómo no va a caer en la cuenta? A partir de ese descubrimiento paulatino del primer acto observamos a donna Marella y a don Gianni como halcones salaces. A los diez minutos de iniciarse el segundo acto —poco después de que Giovanni cante con voz suave «Deh, vieni alla finestra» acompañado (con absoluta eficacia, como se susurrará más tarde junto con los rumores) de una única mandolina— advertimos que Gianni echa ojeadas al Rolex, que, según su costumbre, lleva sobre el puño de la camisa, ya que, como es bien sabido, ha declarado a la prensa que está demasiado atareado para tirar de la manga cada vez que quiere saber la hora.

Contempla la serenata removiéndose en el asiento.

Hemos de reconocer que nos sobresaltamos un poco al ver que de repente Gianni se levanta de la silla en mitad del aria. Observamos fascinadas que se inclina hacia Marella para susurrarle algo al oído. Ella asiente con un gesto levísimo y no aparta la vista de la acción que se desarrolla en el escenario mientras su marido se da la vuelta para salir del palco. Tratamos de ver si la marcha de Gianni causa alguna impresión, pero las facciones de Marella permanecen impasibles, como si estuvieran cinceladas en buen mármol italiano. Una virgen estoica en todo momento.

Tan solo durante la última aria de Elvira, «Mi tradì quell'alma ingrata», en que se expresan sentimientos encontrados, nos parece advertir que el cuello de garza de Marella se estira un poquito con lo que suponemos que es un sentimiento de melancolía y anhelo. Algunas juraríamos haber visto una lágrima deslizarse por su mejilla.

Después de que Truman dijera lo que dijo en el *antiquariato* de Perezoso hacía unos meses, Marella estaba decidida a no revelar a nadie lo sucedido entre ellos.

Prometió que jamás en la vida repetiría las abominables palabras de Truman, ni siquiera para sus adentros.

Francamente, ya no le preocupaba si lo que había dicho era cierto o no...; solo le importaba que lo había dicho, y a partir de entonces Truman dejó de existir para ella.

Recordaba aquel día fatídico de forma fragmentaria. Los abrigos húmedos. El silbido del hornillo en el que el *signore* Perezoso había puesto a hervir una tetera. La piel descolorida de las hileras de libros antiguos, cuyos frágiles lomos Truman recorrió con la yema de los dedos cuando se dirigía a pagar el aparador. Marella observó que se detenía a contemplar anhelante los volúmenes centenarios con una mirada pura que rara vez le veía dedicar a los seres animados. Si bien al principio Truman pareció apreciar sobre todo la colección de obras, al reparar en una en concreto se le iluminaron los ojos. Poco a poco afloró una sonrisa a su rostro..., una sonrisa que traslucía la picardía que a Marella antes le resultaba irresistible y que ahora le provocaba náuseas. Truman lo sacó del estante, donde quedó un hueco en la colección. Corrió hacia el mostrador para enfrentarse al dueño una vez más mientras Marella salía con sigilo de la tienda antes de que se reiniciara el proceso de regateo.

Tomaron un taxi para ir al puerto y Truman rio por lo bajini mientras hacía girar entre sus manos el paquete envuelto. Cuando se acercaban al amarradero se lo entregó.

—Para ti, Uno. *Un regalo.*

Marella observó el obsequio con recelo. Logró esbozar una sonrisa lacónica al tiempo que negaba con la cabeza.

—*Grazie,* Truman, *ma no, grazie.*

—¿Cómooooooo? ¿Gracias pero no gracias? —Abrió la boca fingiendo sentirse ofendido—. ¿Rechazas mi regalito, *miele*?

—*Sì,* Truman. No, gracias.

—Tienes que aceptarlo, Uno. Lo he escogido especialmente para ti. —Dejó el paquete en el regazo de Marella sin hacer caso de su negativa—. No es algo que pueda darle a nadie más. Me gusta elegir los regalos de forma personalizada, y este te va como anillo al dedo. Vamos... Ábrelo.

Su mirada era tan seria que Marella se preguntó si no sería un regalo de reconciliación. Una disculpa por la incomprensible deslealtad de él. Sin despegar los labios retiró el papel y encontró un librito encuadernado en piel, ya agrietada, de color marfil, con las páginas quebradizas por los muchos años.

Repujadas en oro descascarillado, las palabras DON JUAN.

—Es de Byron, *miele*. Claro que tú no entenderías ni cinco sílabas porque no está escrito en i-taliano..., pero creo que Gianni sería el hombre ideal para resumirte el argumento.

Marella deslizó los dedos por las letras y notó en la piel leves restos de oro junto con una capa de polvo.

—Quería comprarte las *Heroidas* de Ovidio, claro. Va sobre heroínas a las que se las trata de forma injusta. Son una serie de poemas epistolares dirigidos a los hombres que las traicionaron. ¿Sabes lo que significa «epistolario»? Lo dudo. Significa «cartas». Son las cartas de esas pobres mujeres a quienes sus maridos abandonaron. La de Penélope a Ulises. La de Medea a Jasón. Quizá L'Avvocato también pueda ilustrarte sobre eso.

Ahí estaba otra vez: la mueca de suficiencia.

—Ulises sí volvió. Con Penélope. Su esposa. —Marella le sostuvo la mirada, con la regia barbilla adelantada de manera tan desafiante como la de él.

Truman se encogió de hombros para dar un aire de despreocupación a su maldad.

—Unas veces vuelven, otras no. Reconozcámoslo: para los muy ricos, el matrimonio es como el viajar en estos tiempos...

Se quedan donde están mientras sienten interés. Luego los ricos (o las ricas, aunque, seamos sinceros, por lo general son los hombres) se dirigen al siguiente puerto. —Y a continuación señaló—: En ocasiones no saben lo cerca que están de perderse.

Guardaron silencio el resto del trayecto. Marella se apeó en cuanto el taxi se detuvo en el muelle, y había recorrido la mitad de la pasarela antes de que su compañero se agachara a recoger sus desvaídos tesoros.

Marella se encerró a cal y canto en su cabina del *Agneta*, donde tenía intención de permanecer el resto del viaje en un exilio voluntario. Paseó arriba y abajo por el camarote regio, que Gianni no compartía con ella porque prefería dormir en uno de invitados para ir y venir a su antojo. Desde luego, se trataba de una celda de lujo, con su chimenea de mármol de Carrara y obras de arte moderno carísimas, de Rothko y Bacon. Aun así, a Marella le dolía que su desleal huésped campara a sus anchas por el barco mientras ella se consumía bajo cubierta.

¡Cómo se atrevía esa bestia canija! ¡Con su fealdad y sus mentiras! Y todo porque... ¿porque qué? ¿Porque ella había osado criticar su obra? Si hubiera sido una sibila y le hubiera vaticinado su fallecimiento, ¿habría desoído el oráculo? Vislumbraba el destino que esperaba a Truman si Babe llegaba a leer la indecencia que había soltado en la cubierta. Entonces empezó a darse cuenta de que, si bien apreciaba a Truman el Artista y aún veneraba su talento, ya no sentía el menor cariño por Truman la Persona. Y se avergonzó de haberlos confundido. Quizá porque le había contado demasiadas cosas. Acerca de su matrimonio. De Gianni. De la despreciable Churchill. De la señora de John Fitzgerald Kennedy, sobre la que todavía albergaba sospechas. Le había confiado a Truman historias acerca de esas personas, junto con otros centenares de cosas. Siempre había compartido sus temores más íntimos con su Piccolo Vero.

Mientras se paseaba por el camarote Marella recordó algo ocurrido hacía siete años, y se estremeció porque de pronto le pareció muy similar. La repetición de un estribillo. Una variación sobre un tema interpretado una y otra vez, con una mezcla operística de farsa y tragedia.

Había sucedido en agosto de 1962, cuando Lee y Stas alquilaron una villa en Ravello.

Lee se esmeró —cuidando en extremo hasta el menor detalle, según confesó a Marella— para recibir a su hermana, Jackie, que se moría de ganas de escapar de la locura de Washington en plena presidencia de Kennedy. Sería la aventura italiana de la señora Kennedy, que comenzaría en Roma junto a Lee y continuaría en la costa amalfitana. Se trataba de un grupo animado, pues los Radziwill habían pedido a amigos comunes que los acompañaran. En la lista de invitados figuraban el fotógrafo Benno Graziani y su esposa, Nicole, así como el abogado Sandro d'Urso y su hijo Mario, agente de Bolsa, conque ¿cómo iban a negarse los Agnelli? De hecho se encontraban en el tramo final de un crucero por la costa amalfitana. Era natural que el *Agneta*, con sus mástiles color sepia, pusiera rumbo al pequeño puerto pesquero.

Resultó ser un lugar mágico. Hasta Gianni aflojó la marcha el tiempo suficiente para percibir el aroma de los limoneros que crecían en los peñascos y el perfume de verbena en la brisa, e hizo comentarios sobre la flora de la región..., algo de lo que Marella apenas le había oído hablar en todos los años que hacía que lo conocía. Por las mañanas el grupito bajaba —trescientos escalones para ser precisas— a la playa del otro lado de la bahía, bajo la mirada atenta del agente del servicio secreto de Kennedy. ¡Qué aspecto más desgarbado tenía aquel joven, el pobre agente Hill, con la pistola en la cinturilla del bañador y las piernas blancas estiradas como mondadientes! Unas piernas que apenas habían visto el sol.

Marella no entendía cómo soportaba Jackie el agobio del séquito. Había admirado su elegancia y discreción cuando la había conocido unos años antes a través de los Roosevelt, y en la esposa del político había reconocido algo de su propia imagen pública. El otoño anterior los Kennedy habían ofrecido una cena de Estado en la Casa Blanca a los Agnelli y los Radziwill, y a Marella le había impresionado el detallismo de la primera dama. La signora Agnelli, con traje negro y diamantes, apenas si advirtió que Jack Kennedy no apartaba los ojos de su largo cuello, ya que estaba concentrada en Gianni, quien a su vez se mostraba a todas luces fascinado por Jackie.

Naturalmente, con el paso de los años Marella había aprendido que en situaciones semejantes debía observar con atención sin perder la calma, pues no había nada que a Gianni le desagradara tanto como «las escenas». Lo habían educado para contener las emociones. Era una cuestión en parte de carácter y en parte de autodisciplina; una autodisciplina que ella imaginaba que se había impuesto tras perder a sus padres a causa de la velocidad cuando contaba catorce años: el avión de su padre se había estrellado contra un risco y su madre se había partido su hermoso cuello en un accidente de coche cuando circulaba a la carrera por las serpenteantes carreteras de la Costa Azul. Para Gianni la expresión de los sentimientos —peor aún, la falta de control— no solo era una señal de debilidad, sino la transgresión más execrable.

No era elegante.

Marella no se engañaba pensando que su marido le era fiel, pero sí lo consideraba un hombre leal. Las fulanas de Gianni, de las que enseguida se deshacía, tal vez giraran durante unos instantes fugaces en el ardor de su mirada, pero era a ella a quien estaba unido.

Sabía de las conquistas de Gianni mucho antes de casarse con él: había leído las crónicas de sus proezas en la prensa sensacionalista. Las hermanas de Gianni la habían prevenido cuando no era más que una colegiala, mucho antes de que se iniciara el flirteo. Después de que le presentaran a L'Avvocato en una fiesta celebrada en Roma, las *sorelle* Agnelli le habían preguntado:

—¿Te ha prestado mucha atención?

—No demasiada —reconoció ella—. De hecho, ninguna.

—¡Entonces corre! ¡Tan rápido como puedas! *Veloce!*

Marella sonrió, con los ojos soñadores y nublados por el enamoramiento de una jovencita de dieciocho años.

—Es que es fantástico, ¿verdad?

Las *sorelle* se rieron con cariño y enumeraron las conquistas de Gianni.

—*Ascolta*, Marella: ¡no eres la primera ni serás la última! Todas las ciudades, todos los barrios, todos los países son testigos de sus líos con mujeres. En Italia a centenares; en Inglaterra, en España y en Francia: ¡creemos que por lo menos un millar en la Costa Azul! En invierno le gustan las gordas, en verano las delgadas. Altas y bajas. Jóvenes y mayores. Da igual que sean ricas o pobres, feas o guapas: ¡si llevan falda, ya puedes imaginarte qué hace él!

Cargaban las tintas para impresionarla..., aunque no exageraban demasiado. Y cuando llegara el momento la animarían a casarse con su querido *fratello*.

Marella decidió hacer caso de sus advertencias. Se trasladó a París para estudiar una temporada en una escuela de arte, y luego a Nueva York, donde le propusieron que trabajara de modelo para *Vogue*, ya que su grácil cuerpo proporcionaba un maniquí ideal que vestir con prendas a la última moda. Fue un escarceo que la aburrió como ningún otro, hasta que el gran Erwin Blumenfeld la animó a colocarse detrás de la cámara.

Le regaló una Rolleiflex de doble objetivo y Marella se sumergió en una imaginería surrealista similar a la de él. Erwin Blumenfeld enseñó a la aplicada aprendiza las técnicas de la doble exposición, la combinación de negativos y la solarización. A desmontar la belleza y a reconstruirla: al final el tema se volvía aún más hermoso porque antes había dejado de serlo.

Marella repasaba los periódicos en busca de noticias sobre Gianni..., en su mayoría chismorreos sobre las parrandas del playboy en Villa Leopolda, su casa de la Costa Azul, con estrellas de cine, aristócratas y desenfrenados revolcones nocturnos. Ella, en su mundo aparte, se contentaba con esperar en el cuarto oscuro a que las imágenes afloraran en esos baños químicos de olor acre.

El amor floreció por fin cuando el clan Agnelli pidió a Marella que acudiera a la cabecera de L'Avvocato, que era incapaz de escapar porque tenía tan mal la pierna que habían estado a punto de amputársela. Aunque habría preferido que fuera de otro modo, Marella no se hizo muchas ilusiones cuando él pidió su mano. Gianni seguía manteniendo sus «costumbres». A Marella siempre le había preocupado en secreto que en el momento del enlace Gianni no la amara a ella, sino a la maquinadora de Pam Churchill, y temía haber obtenido el premio de las nupcias tan solo porque las *sorelle* habían exigido la propuesta de matrimonio. O quizá porque ya llevaba en el vientre al futuro heredero de Gianni.

El día de la boda amaneció lluvioso, lo que Marella se negó a considerar un presagio. Salió de la capilla con un vestido de encaje de Balenciaga, del brazo de Gianni, elegantísimo con un chaqué ajustado y una olorosa gardenia en la solapa. No obstante, las fotografías —de Robert Doisneau, a quien *Vogue* había encargado que inmortalizara el acto— no lograron disimular la molesta presencia de los dos bastones en que el agraciado novio tuvo que apoyarse durante la ceremonia. Se había propuesto dejar las muletas que necesitaba desde el accidente que había sufrido cuando huía de su amante Pam Churchill. Al menos los bastones con contera de oro constituían una muestra de excentricidad indumentaria, si bien a Marella le parecieron unos apéndices grotescos que le recordaban a Pam en el que tendría que haber sido un día especial para la novia. Era como si su rival estuviera presente, un fantasma al acecho.

Aquella primera noche, en una terraza impregnada del perfume de las naranjas sanguinas maduras, reunió el valor necesario para plantear a su marido la pregunta que la atormentaba desde el inicio de su noviazgo formal.

—*Amore mio...*, estás enamorado de mí, ¿verdad que sí?

Mientras esperaba la respuesta, el corazón le repiqueteó como el de un colibrí.

—¿Enamorado...? —contestó Gianni con una de sus carcajadas sonoras y afables—. *Angelo*, ¿no es eso cosa de camareras y mozos de hotel? —Y la besó en la frente como habría besado a una hermana menor.

Nunca le había dicho (ni entonces, ni antes ni después) que estaba enamorado de ella.

Con el tiempo Marella aprendió a barruntar las conquistas de su marido. Intuía cuándo se marcharía a toda prisa para acudir a una cita, y elaboró técnicas que le permitieran hacer notar su presencia en el piso romano de Gianni, que sembraba de suficientes señales para que él perdiera la libido. Una cama enviada al picadero de Gianni, con sábanas que llevaban bordadas las iniciales de ambos. El servicio de habitaciones esperando la llegada de Gianni a la suite del hotel con una comida elegida a propósito para evocar recuerdos de la familia. Una llamada telefónica de lo más oportuna a amigos comunes que ella sospechaba que lo ayudaban y protegían proporcionándole casas francas y platos de espaguetis para las *maggiorate*, las jóvenes curvilíneas que constituían el ideal femenino de los hombres italianos.

Con todo, Marella no se angustiaba. Había llegado a considerar las infidelidades de Gianni como una forma de expresión, a equiparar su deseo de poseer mujeres hermosas con el de conseguir esculturas o cuadros. Una cuestión estética más que afectiva. Hasta las féminas más glamurosas, las sirenas de Cinecittà —como Anita Ekberg—, solían aparecer y desaparecer sin consecuencias. Se consolaba pensando que era a ella a quien había elegido. Ella era donna Marella Agnelli. La esposa de Gianni. Formaban pareja, y con el tiempo casi nadie nombraría a L'Avvocato sin mencionarla a ella a continuación. Se habían fundido en un solo ser a ojos de sus familias y de Dios.

No obstante, hubo un episodio que hizo tambalear esta suposición hasta su mismísima base.

Marella se encontraba en el sexto mes de su segundo embarazo cuando se le ocurrió pensar que Gianni, pese a su peculiar lealtad, era sin duda un ser singular. Tardaría diez años en tratar de verbalizar este pensamiento, y lo haría mientras compartía con Truman un almuerzo lánguido en medio del bullicio de la piazza Navona.

—¿Sabes qué, Vero? —dijo con aire pensativo al tiempo que enroscaba un par de linguine en el tenedor—. Gianni nunca dice «nosotros». Solo dice «yo».

—¿En qué sentido, *miele*?

—No dice ni una sola vez «esquiamos» o «navegamos». Solo dice «yo». En singular. Nunca usa el plural. —Hizo una pausa y dejó el tenedor—. Esquiamos y navegamos juntos, pero cuando se refiere a la derecha o a la izquierda..., a si vamos bien o mal, es evidente que habla de su derecha. ¿Me explico?

A Truman se le iluminó el rostro al comprenderlo.

—¡Claro que sí! Es una cuestión de punto de vista. Sin duda Gianni es un narrador en primera persona del singular.

Marella apoyó la mano en el brazo de Truman, agradecida de que alguien la entendiera. Por eso consideraba tan importante a Truman.

Como contaría entonces a su Piccolo Vero, durante el embarazo empezó a sospechar que ocurría algo raro. Los signos delatores de Gianni no eran los del típico marido mujeriego, cuyas ausencias y nerviosismo suelen constituir pruebas concluyentes. A Gianni le sucedía lo contrario. Hacía lo que nunca había hecho: aflojar la marcha.

Marella jamás lo había visto tan aletargado. Hasta postrado en la cama a causa de la lesión de la pierna había dado muestras de su agitación característica. Ahora, en cambio, se lo tomaba todo con calma. Se pasaba horas sentado en un sitio con cara de satisfacción. Al acabar de comer esperaba a los demás, en lugar de contar con que siguieran su ritmo. Parecía envolverlo la sensación de irrealidad que ella conocía muy bien y que identificó con la que la había consumido cuando se enamoró de él.

No tardó mucho en averiguar la identidad del supuesto objeto del amor de Gianni. Realizó unas cuantas llamadas telefónicas a amigos comunes para preguntarles con quién lo habían visto en los locales nocturnos de alrededor de la via Veneto, el centro de Il Boom, de la actividad social de Roma.

Encontró la prueba que buscaba rastreando las elucubraciones de los periodicuchos sensacionalistas (el *Momento-sera*, para ser precisas). Un paparazzo había fotografiado a Gianni y a una mujer despampanante en el momento en que, sentados a una mesa del tamaño de un dedal, se inclinaban el uno hacia el otro para susurrarse algo al oído. La mujer no era una actriz a quien pudiera apartarse sin más, ni una mocosa nómada con una asignación de papá y mamá que partiría hacia Montecarlo en el siguiente vuelo. Marella conocía a esa mujer, que tenía nombre, y no uno cualquiera. La mujer poseía el mismo título que Marella y recibía tantos elogios como ella: la princesa Laudomia Hercolani. Domietta para los amigos, Dom para los íntimos. La fotografía mostraba un perfil aristocrático. Pelo ceniciento veteado de rubio miel. Con un cigarrillo entre los dedos, increíblemente largos, la princesa Dom era una rival de proporciones míticas. Diseñadora de decorados de Visconti e inspiración del ideal femenino para Ian Fleming. Vehemente, obstinada y tan inquieta como Gianni, la princesa Hercolani era más que una igual para Marella. Representaba una auténtica amenaza.

L'AVVOCATO SE CASARÁ CON HERCOLANI, rezaba el pie de foto. A Marella le pareció que la contundencia de esas palabras le reventaba el corazón. ¿Casarse? ¡Gianni ya estaba casado! Quizá se debiera al estado de gestación, pero el caso es que Marella corrió a coger un abrigo, besó al pequeño Edoardo, a quien dejó al cuidado de la *bambinaia*, subió a un Fiat de la flota que tenía a su disposición y partió a toda velocidad de Turín en dirección a Roma. Mientras conducía, los pensamientos tocaban una especie de rondó en su mente, un tema recurrente de ira y celos. «¿Esas son las tretas a las que ha recurrido para engañarme? ¿Así recompensa mi lealtad y mi amor? Debo detenerlo antes de que escape..., antes de que se largue. Debo detenerlo», se decía una y otra vez para avivar las brasas de su furia.

Los encontró en el tercer club nocturno donde entró. Como no conocía los locales de la via Veneto, se dejó guiar por una horda de fotógrafos.

Ocultó el pelo revuelto por el viento bajo un pañuelo de seda, disimuló la panza de embarazada con un abrigo y se coló en el establecimiento sin que nadie la viera. Cuando los atisbó sentados a una mesa rodeada de un grupo de *amici* de Gianni, fue derecha hacia ellos.

—¿Giovanni? —gritó sin dar crédito a lo que veía. Como si no hubiera contado con estar en lo cierto.

—Marella, querida.

Vio que Gianni apartaba la mano de la de Domietta y se ponía en pie. Que sonreía de oreja a oreja. Que estiraba los brazos para estrecharla como si nada.

—Eres un monstruo. Un criminal...

—Vamos, querida mía, cálmate...

—¡Una sarta de mentiras!

Marella miró a su rival, que la observaba mientras encendía un cigarrillo con fría indiferencia.

—Unos insultos adorables —le pareció que comentaba Domietta a los *amici* de Gianni—. Lo conoce bien. —Expelió un chorro continuo de humo, como si le aburriera el espectáculo.

—*Angelo*, déjame hablar... —probó de nuevo Gianni.

Marella negó con la cabeza y notó que las lágrimas le arrasaban los ojos.

—¿Qué puedes decir después de engañarme de este modo? Lograste seducirme. Te ganaste mi cariño con promesas y embustes... Me enamoré y me convertiste en tu esposa. Di a luz un hijo tuyo y ahora, con otro en camino, ¿me abandonas? ¿Me dejas sola con mis pesares y mis lágrimas? ¿Es este mi castigo por haberte amado tanto?

Su voz dejó de ser melodiosa y se volvió estridente. Las conversaciones de las mesas vecinas enmudecieron, pues todos querían escuchar.

Gianni habló con calma gélida.

—Tengo motivos para estar en Roma.

—¿Y cuáles son, sino engañarme? Gracias a Dios que te he encontrado. Al menos ahora sé...

—Querida, Domietta es una amiga.

—¡Salta a la vista que es más que eso!

—Estás montando una escena. —El tono de Gianni era sereno, pero su mirada lo decía todo—. Siéntate con nosotros si te apetece, pero si no te encuentras bien pediré a Mario que te lleve a casa.

Señaló con la cabeza a un joven de su grupo, un muchacho de pobladas cejas morenas, que al mirar a Marella las frunció en señal de comprensión.

—Después de lo que has hecho, ¿es lo único que tienes que decir?

—Querida mía, ¿no entiendes que deseo divertirme?

—¡¿Divertirte?! ¡Ya sé cómo te «diviertes» tú!

Los espectadores reían por lo bajini.

—Estás volviéndote un incordio —replicó Gianni con calma—. No he hecho nada. Si no me crees a mí, pregunta a estos señores. —Señaló con la cabeza a los miembros de su séquito, cuyas expresiones iban del regocijo al disgusto.

Domietta se colocó un mechón rubio miel detrás de la oreja. Marella la miró.

—¡No te fíes de este corazón infiel! Me ha engañado a mí y también te engañará a ti.

Gianni soltó una carcajada espontánea.

—Amigos míos, mi pobre esposa está cansada. Su estado... la vuelve... impulsiva. A las mujeres en su estado se les permite exaltarse.

Marella cubrió con la gabardina la prueba de su «estado» en un gesto protector.

—Traidor —masculló—. ¡Traidor!

Gianni la agarró del brazo y la llevó aparte.

—*Angelo*, la gente hablará. Ve con cuidado o te convertirás en la comidilla de todos.

Marella se echó a reír con amargura.

—Ni lo sueñes. ¡He perdido el sentido del decoro! Me da igual que toda Roma conozca tu culpa.

Y con un último vistazo a la princesa rival, que tuvo el descaro de mirarla con una vaga expresión de pena, Marella dio media vuelta y salió del club preparándose para el inevitable estallido de luz procedente de los flashes de los paparazzi apostados a la puerta.

Marella era consciente de que se había portado fatal y de que había disgustado a Gianni, pero le traía sin cuidado. Gianni era suyo y estaba dispuesta a luchar por él. Se declaró un armisticio y sobrellevaron los ritos navideños de la familia, con la discordia a punto de estallar bajo la superficie plácida, hasta que en Nochevieja, a las doce, Marella descolgó el teléfono y sorprendió a Gianni hablando con Domietta Hercolani. Montó una gran escena, en la que él se negó a participar. Aguantó en silencio las lágrimas y los lamentos a gritos, componentes esenciales de la tragedia romana. Contribuyó con una única palabra a la trifulca: «Indecoroso».

En los días que siguieron, Marella buscó consejo en las *sorelle* Agnelli. Abrió su alma a cada una de ellas y vio que reaccionaban más o menos del mismo modo.

—*Cara* —le dijo una—, en esta vida ocurre a veces que un cuadrado no es un círculo.

—¿Qué quieres decir? —le preguntó Marella, desconcertada.

—Tan solo que no tendrías que tratar de encajar una pieza cuadrada en un agujero redondo.

Otra dijo:

—L'Avvocato... es leal, no fiel.

Marella había hecho y deshecho las maletas una y otra vez cuando habló con Suni, la mayor, en la terraza de la majestuosa mansión que esta poseía en Argentina. Le explicó llorando la *situazione* y verbalizó su mayor temor:

—Va a casarse con esa mujer.

Suni le cogió las manos y se expresó con una claridad contundente, idéntica a la de Gianni.

—*Ascoltami*: no va a casarse con ella. Ni ahora ni nunca. Tú eres su esposa. No te dejará. ¿Por qué acabar con todo por semejante nimiedad?

Marella la escuchó, y de esa manera aprendió a contener el miedo. Solo era una cuestión de disciplina. Hizo las maletas por última vez y regresó a Turín con una insólita sensación de serenidad, convencida de que, por más que Gianni fuera y viniera, siempre terminaría volviendo a ella.

Así pues, en aquel agosto de 1962 se alegró de pasar unos días con las hermanas Bouvier, casadas como ella con buenos partidos. Conocía a Lee y confiaba en ella, y si bien Jackie, con su voz tenue y sus pausas dubitativas, constituía un enigma, era una compañía agradable, pues desprendía el resplandor del Camelot de los Kennedy.

Como es lógico, hubo molestias que parecían desentonar con aquel somnoliento paraíso isleño: el omnipresente servicio secreto, cuyos agentes vigilaban desde lanchas motoras que cabeceaban a escasa distancia; los ojos fisgones de los paparazzi con sus objetivos telescópicos. No obstante, si se hacía caso omiso de tales intromisiones y se vivía sin más —que al parecer constituía el mayor deseo de Jackie—, los días eran espléndidos.

Con el calor de la tarde flotaban en aguas que semejaban piedras preciosas. Arrancaban erizos de mar de las rocas sumergidas, los abrían y sorbían las mantecosas tripas del caparazón. Exploraban grutas esmeraldas donde siglos antes los romanos adoraran a las ninfas del agua y que, según Sandro, seguían habitadas por espíritus de marineros malhadados, brujas del mar y dioses muertos hacía tiempo. Después de comer espaguetis con calamares recién pescados paseaban hasta la población y se detenían a comprar pareos en tiendas con carteles de ¡BIENVENIDA, JACQUELINE! que ondeaban en la fachada. Esas excursiones, aunque placenteras, despertaban el apetito voraz de los fotógrafos, que perseguían al grupito durante los paseos por el pueblo. Una parada en un café de la piazza Duomo para tomar un aperitivo casi provocaba disturbios porque la turba se peleaba para sacarles fotos.

«Eh, Jackie! *Sorriso*, Jackie!» La animaban a sonreír con sus amplias sonrisas manchadas de nicotina. «*Di "formaggio"*, Jackie!» Marella captaba el terror en aquellos ojos muy separados mientras Jackie lograba esbozar una media sonrisa apagada y se volvía para cerciorarse de que el agente Hill se hallaba cerca.

Tras la docilidad de la señora Kennedy, Marella percibía el pánico del zorro frente a los perros de caza.

El grupo de los Radziwill regresaba aturdido pero ileso y sus componentes se desperdigaban para bañarse, echarse la siesta o leer en la terraza, y hasta pasadas las diez no volvían a reunirse para cenar contemplando las luces de la bahía y oyendo la serenata de los pescadores que cantaban en las barcas fondeadas lejos de la orilla. En ocasiones dormían hasta mediodía porque la víspera se habían acostado mucho después de las tres de la madrugada. Luego retomaban las actividades de su vida ociosa con café y fruta madura servida junto con la prensa internacional, que los Radziwill habían solicitado que les enviaran. El sexto día, las páginas aparecieron repletas de fotografías que los paparazzi habían sacado a la señora Kennedy y sus compañeros durante los paseos por el pueblo..., lo cual era previsible. Sin embargo, se había producido una curiosa desaparición. En las imágenes no se veía a ningún miembro del grupo de la señora Kennedy..., salvo a L'Avvocato.

ESCAPADA ROMÁNTICA DE GIANNI Y JACKIE, rezaban los titulares.

FUSIÓN KENNEDY-FIAT.

Una docena de variantes, en múltiples idiomas. Los fotógrafos habían captado a una Jackie relajada con pantalones pescadores, camiseta de cuello de pico en tonos pastel y un pañuelo sobre el pelo castaño. De paseo con Gianni..., a solas. Sonrientes los dos, con el aspecto de la típica pareja bronceada de veraneo.

Marella escudriñó las imágenes: Jackie mirando a Gianni con anhelo; Gianni sirviendo una copa a Jackie; Gianni con una mano un poco por debajo de la cintura de Jackie, ayudándola a subir a una lancha motora. En una especialmente incitante, Jackie sostenía un bote de aceite bronceador y Gianni la agarraba por la fina muñeca. Tenía la cabeza apoyada en el brazo de ella, y en las sienes se distinguían prematuros mechones canosos que contrastaban con las ondas azabache que rozaban la piel desnuda de Jackie.

Al fondo, una mujer recostada. Con gafas de sol que ocultaban infinidad de secretos. Una mujer que quizá observaba la actitud íntima de la pareja situada en primer plano. O que tal vez estaba distraída. Marella la examinó con atención y pensó que bien podría ser ella, aunque aparecía desenfocada.

Cuando Jackie salió de su alojamiento con un vestido sin mangas sobre el bañador y el sueño incrustado en las comisuras de los ojos, Lee le entregó el fajo de periódicos.

—Deberías llamar a Jack.

Jackie los cogió y los hojeó incrédula.

—Pero... —empezó a decir con su voz aterciopelada. Tras una pausa continuó—: Pero... ¿cómo han conseguido esto?

Fueron pasándose los periódicos por la mesa y los escudriñaron con atención y semblante serio.

El único que parecía divertirse era Gianni, que se reía leyendo los titulares. Satisfecho con su conquista ficticia.

—Qué buena idea han tenido. Kennedy y Agnelli: una fusión fantástica, ¿no? —Y añadió—: Desde el punto de vista comercial, quizá debería hablar con Jack para que nos lo planteemos.

Marella apenas le oyó, pues estaba absorta pensando en la mujer borrosa de la fotografía en que Gianni agarraba a Jackie de la muñeca.

—A los demás nos han recortado para que la gente se lo trague —apuntó Benno Graziani, experto en la materia—. Es un truco muy viejo. Tú ya lo sabes, Jackie.

Ella asintió aturdida. Habían trabado amistad cuando trabajaban como fotoperiodistas para un periódico de Washington

—*The Times Herald*, le parecía recordar a Marella—, antes de que Benno pasara al *Paris Match* y Jackie dejara la profesión.

Por supuesto, también Marella dominaba la manipulación de imágenes gracias a su trabajo con Blumenfeld en *Vogue*. Su cerebro sabía que se trataba de una técnica, pero su instinto...

—Hemos estado todos juntos... ¡siempre! —El tono de Jackie traslucía angustia—. No entiendo cómo lo han conseguido.

—Ángulos —afirmó Benno, y miró por encima del hombro de Jackie.

Lee se acercó a ellos.

—¡Mirad! ¡Aquí se ve el borde de mi camisa!

En una de las versiones del paseo de Jackie por la piazza con Gianni aparecía un pedacito alargado, como una peladura de limón, del blusón rayado de Lee.

—¡Y esta es tu sombra, Marella!

Al lado de Gianni se distinguía la sombra de alguien que desaparecía de la imagen tras un reflejo nebuloso, como si la persona hubiera salido del encuadre en el momento oportuno.

—¿Publica algo *The Times*? —preguntó Jackie.

Stas buscó entre los periódicos.

—Sí. —Miró el siguiente del fajo—. Y el *Post*.

Jackie se hundió en la silla, abatida.

—Tal vez no deberíamos ir al pueblo.

—*Senza senso!* —dijo Gianni con tono burlón—. ¡Rosa! —Se dirigió a la lugareña a la que Lee había contratado como cocinera y que acababa de aparecer para retirar los platos—. Querida mía, ¡tráiganos champán!

Lee se echó a reír.

—¿Champán? ¿En el desayuno?

Marella sonrió. Era otra excentricidad de los Agnelli. El champán y el zumo de piña se habían convertido en el desayuno diario de los hermanos Agnelli en la adolescencia tras la muerte de su padre, cuando su madre, tan indómita como ellos, los había dejado campar a sus anchas. Aquella costumbre solo se combatió cuando la abuela los sorprendió holgazaneando medio desnudos junto a la piscina de la villa que la familia tenía en Cap Martin.

Gianni respondió a la pregunta de Lee como Marella supuso que haría: con las palabras que los jóvenes Agnelli habían dirigido a su *nonna* cuando se enfrentó a ellos: «¿Por qué no? Está bueno».

A Marella le encantaba conocerlo tan bien. Adivinaba lo que iba a decir antes de que las palabras salieran de sus labios. Gianni era su gran amor: su único amor. Tenía algo de sabia en lo tocante a él. Y en aquellos momentos percibía en Gianni algo intensamente vivo que agitó y despertó en ella la duda que creía haber desterrado para siempre. La sensación que había domeñado hacía años, con la salida de Domietta Hercolani. Por primera vez desde entonces sentía temblar el firme pedestal sobre el que se mantenía en equilibrio, lo que le recordó su carácter temporal.

Cuando Rosa apareció con la botella, Gianni se la arrancó de las manos y la descorchó con un gesto pomposo.

—¡No permitiremos que esos buitres nos agüen la fiesta! —decretó, y fue rodeando la mesa para llenar las copas—. ¡Navegaremos hasta Capri! ¡Iremos a Positano... y a todos los lugares intermedios! ¡Beberemos vino hasta que la cabeza nos dé vueltas... y nos mezclaremos con *la bella gente* en las plazas! ¡Iremos con ellos a los clubes nocturnos y nos desmelenaremos! ¡Bailaremos la rumba, el chachachá y el twist! ¡Bailemos y cantemos y flirteemos con todo lo que veamos!

Dio un besito en la mejilla a Jackie, luego a Lee y después a Benno. El ánimo general había pasado de la tristeza a la efervescencia, de modo que reinaban las risas. Acostumbrada a esas transformaciones, Marella sonreía. L'Avvocato era un mago. Aun siendo muy diferente de Truman, se parecía mucho a él. Travieso como un niño. Contagiaba la emoción de lo posible a cuantos lo rodeaban.

Gianni alzó la copa.

—¡Por *la bella vita*!

Los demás lo imitaron.

—*La bella vita!*

Riendo eufórico, llevado por la tendencia al exceso, lanzó la copa hacia atrás, que se estrelló contra las piedras antiguas, donde se rompió en mil gloriosos pedazos.

El *Agneta*, de velas color burdeos que se ondulaban con el viento, era el reino de Gianni. En el barco era *il re* indiscutible, y su credo, el del exceso. Recibió con abrazos a los invitados: los Radziwill, los Graziani, los D'Urso y la única Kennedy, Jacqueline (había dejado a Caroline en Villa Episcopo con los agentes del servicio secreto, que hacían las veces de niñeras).

—Se llama negroni. —Gianni entregó un vaso a Jackie como si le ofreciera el néctar de los dioses.

Sobre bandejas de plata desfilaron vasos con un líquido de color rojo subido, cubitos de hielo y una corteza de naranja.

—¿Qué lleva? —le preguntó ella antes de acercárselo a los labios.

—Campari, que es de Milán, vermut de Turín, que está en el Piamonte, al pie de los Alpes..., y *uno spruzzo di* ginebra. —La sonrisa de Gianni daba a entender que contenía más que «un chorrito»—. El negroni es más que una bebida: es un estilo de vida.

Los pasajeros saborearon la mezcla de licor amargo y hierbas, que los impregnó como un opiáceo suave y los dejó soñolientos. Los Graziani se repantigaron: Nicole apoyó su pálida cabeza sobre el tórax de su marido; luego cambiaron de postura y Benno usó de cojín las esféricas nalgas de ella. Sandro y Mario jugaron al ajedrez durante horas seguidas. Jackie leyó... o se durmió con un libro sobre el pecho, y las páginas por las que estaba abierto quedaron húmedas de aceite bronceador y sudor.

Marella no estaba segura, ni mucho menos, pero ¿no observaba Gianni el atlético cuerpo de Jackie mientras esta tomaba el sol con su púdico bañador (ya que el presidente le había prohibido el biquini por el posible escándalo)? ¿Eran imaginaciones suyas o de verdad Gianni y Jackie, cuyas tumbonas estaban juntas, se rozaban los dedos a propósito, o sin querer, cada vez que cambiaban de postura? Desechó al instante esos pensamientos porque recordaba demasiado bien cierta vez que...

De todos modos, ¿era casual que por lo visto siempre se sentaran y caminaran el uno al lado del otro? Sí, los fotógrafos recurrían a artimañas para producir relatos ficticios, pero no podían crear la proximidad. Una fotografía podía estar manipulada y, no obstante, captar asimismo verdades ocultas.

Lee dibujó hasta que se aburrió o hasta que algo la distrajo, como ocurrió a última hora de la segunda tarde, cuando a lo lejos divisaron una lancha motora que se acercaba. Jackie despertó de su duermevela, temerosa de que fuera una horda de paparazzi que hubieran descubierto su paradero. Marella consideró más probable que se tratara de una de las embarcaciones del servicio secreto que cabeceaban fuera de la vista, pues el agente Hill había ordenado que se mantuvieran a una distancia discreta. El zumbido de avispa del motor aumentó de volumen, pese a que la nave no parecía estar ocupada por insectos, y tampoco por bestias marinas, sino por un ave posada en la proa. Un par de enormes alas negras se agitaban con la brisa: un cuervo que no armonizaba con aquel mar tan verde y aquel cielo tan azul que daban la impresión de fundirse y diluirse en el más exquisito deslumbramiento de los soles. Cuando estuvo más cerca, el cuervo adquirió la forma de un hombre con vestidura sacerdotal agarrado en la parte posterior de una lancha que avanzaba veloz.

—Debe de venir por mí —dijo Lee alborozada—. ¡Stas!

Su marido, que dormía a la sombra, despertó, y los dos se dirigieron hacia la popa, donde saludaron con la mano al hombre que se acercaba.

Marella, que tomaba el sol junto a Jackie, contempló el curioso espectáculo. Jackie se relajó y se dio la vuelta en la tumbona.

—Es un emisario del Vaticano —explicó.

—¿Del Vaticano? —repitió Marella frunciendo el ceño.

—Sí. Lee y yo fuimos a ver al Papa cuando estuvimos en Roma. Oficialmente fui sola, pero en realidad me acompañó mi hermana. —Con la emoción de revelar un secreto, la voz de Jackie se volvió más entrecortada que de costumbre—. Verás, es que Lee quiere la nulidad.

—¿De su matrimonio con Stas?

—¡No, por Dios! —Jackie soltó una risita—. Del primero. Estuvo casada con Michael Canfield. Inglés. Heredero de una editorial. —Y añadió con desdén—: Un matrimonio destinado a no durar. Para escapar al control de nuestra madre... o para adelantárseme. Vete tú a saber. El caso es que quiere casarse con Stas...

—Creía que ya estaban...

—Sí, lo están, por lo civil, pero se mueren de ganas de casarse como es debido. De borrar aquella primera pifia. No debería decirlo, pero pienso además en nuestra... situación. Jack es católico, el primer presidente católico... En fin, hay que mover hilos muy delicados, pero ¿qué va a hacer una? Lee es mi hermana.

Marella observó desde lejos que el sacerdote de la lancha subía a la cubierta del *Agneta* tambaleándose como un borracho que bajara de un bote de remos. Había oído hablar de esas componendas, desde luego. En Italia, donde el divorcio era ilegal, la nulidad era la única forma de deshacerse de un cónyuge para sustituirlo por otro. Le resultaba inquietante la naturalidad con que ocurría, así como su frecuencia. Conocía por lo menos a una docena de mujeres a las que sus maridos habían despachado sin contemplaciones por ese medio para contraer segundas nupcias. No pudo por menos que pensar en los Coupé que salían de la cadena de montaje de la fábrica Fiat de Lingotto: los compradores de coches estaban deseosos de entregar sus viejos modelos como entrada para conseguir uno de esos. ¡Qué insustancial era ese siglo! El cambio constituía el ideal de la época. ¡Qué diferente era la mentalidad de Marella, que abrazaba con mayor ardor lo que había resistido el paso del tiempo! Una antigüedad, un pintura renacentista. Un matrimonio...

Eso era lo que la había aterrorizado del devaneo de Gianni con Domietta Hercolani. Observando cómo Lee, sentada en una butaca, negociaba en biquini los detalles de su acuerdo con el enviado del Vaticano, Marella consideró que se habían alcanzado nuevas cotas de absurdo.

Gianni apareció envuelto en una toalla y con un vaso en la mano. Anfitrión cortés como siempre, entregó un negroni al sudoroso cura. Acto seguido se quitó la toalla sin el menor pudor y, mostrando su cuerpo desnudo, se lanzó al agua desde la popa del yate. Bronceado. Como un dios.

—Vaya... —Nicole Graziani sonrió con picardía y se subió las gafas para examinar la cosa—. El hombre que lo tiene todo en efecto tiene de todo.

Los días se fundían unos con otros, el placer desdibujaba los límites entre una experiencia y la siguiente.

Visitaron las ruinas grecorromanas de Paestum, donde pasearon entre el templo de Hera y el de Poseidón. Gianni dispuso que fondearan el yate a cierta distancia de la costa y que se desplazaran en una lancha motora hasta la playa de Praiano, donde hacía unos meses se había construido un club nocturno, el Africana Famous, en grutas naturales que daban al mar. El grupo de ocho entró en un espacio casi a oscuras, hasta que los ojos se acostumbraron a la luz lila de las lámparas colgadas entre las estalactitas. Se apretujaron en un reservado abierto en la roca, junto a otros miembros de la jet set con trajes oscuros y vestidos anchos que fumaban un cigarrillo tras otro. Y que contemplaban con toda parsimonia un espectáculo vergonzoso: al son de unos tambores primitivos giraban unos bailarines africanos embadurnados de pintura de guerra, uno de los cuales torturaba a una mujer ataviada con un body de piel de leopardo que, sumisa, se despatarraba bajo los escudos y las lanzas. Los clientes miraban el número y bebían champán en la caverna cargada de humo, que vibraba con la percusión y el gemido sensual de un saxofón.

Marella notó que Gianni la atraía hacia sí y la estrechaba mientras bailaban una tierna bossa nova. Ella lo agarró por la chaqueta, que olía un poco a aceite bronceador. El ritmo se aceleró y Marella se encontró girando hacia los brazos de Mario para atacar un chachachá, y luego hasta los de Benno al son de un mambo. Mirando por encima del hombro de sus dos amigos observó que Gianni tenía como pareja a Lee y después a Nicole, y que por último se sentaba a la mesa con Jackie para fumarse un pitillo. Cuando un roquero italiano subió al escenario, Gianni sacó a la pista a la señora Kennedy y bailaron juntos un twist moviendo las caderas con sutil encanto. La pista estaba abarrotada. El ambiente era frenético. La música siguió sonando y ellos continuaron sumidos en el embriagador torbellino de parejas de baile que iban y venían, hasta que se derrumbaron alrededor de una mesa de piedra. A las cuatro y cuarto bajaron los escalones que conducían a la playa, donde se apretujaron en la lancha que los esperaba para llevarlos de vuelta al *Agneta*.

—*Vooolaaare! Uooooooooo! Cantare! Uooo-ooooo-oooo!* —cantaban al claro cielo nocturno.

Un cielo fabuloso, infinito, en el umbral del día.

A la mañana siguiente, uno de los guardacostas les llevó el fajo de periódicos del día.

JACKIE Y L'AVVOCATO: ¡NOCHE DE DESENFRENO EN GUARIDA DE PIRATAS!

—¡Oh, Dios mío! —musitó Jackie.

El club nocturno lleno de humo. El espectáculo africano. Cuerpos apiñados en la pista de baile entre la neblina. El grupo entrando y saliendo del Africana Famous.

—¿Dónde estaban? —preguntó Marella perpleja.

Benno examinó las fotografías.

—Debían de estar en el club. Y en la terraza.

—Yo no los vi.

—Tienen sus recursos. Objetivos telescópicos. Cámaras ocultas. Prendidas en las solapas o en portafolios. E incluso en los moños cardados de sus cómplices femeninas.

—Supongo... —dijo Jackie, que se interrumpió según esa costumbre suya que hacía que nadie estuviera nunca seguro de si había terminado o no las frases— ... que se acabó. Tendríamos que volver a Ravello.

Gianni cogió otro periódico —*GIANNI E JACQUELINE IN AMORE*— y lo estrujó en el puño.

—¡Que se vayan al infierno esos buitres! ¡No cambiaremos nuestros planes! Iremos a Capri como teníamos previsto. —Se dirigió a Jackie—. Todavía quieres ir, ¿verdad?

—Bueno..., tenía muchas ganas de verlo. Y de comprarme quizá uno de esos divinos pantalones palazzo. Me encantan los que tienes, Marella. Me gustaría llevarme unos a casa.

Marella sonrió.

—Estoy segura de que la condesa se sentirá muy complacida.

La condesa era su querida amiga Irene Galitzine. La Chanel rusa. Sus pantalones usados como traje de noche *facevano furore* en toda Europa. La condesa Galitzine vivía en la isla de Capri, en una villa de los Médicis alquilada.

Gianni se puso en pie con determinación.

—Está decidido. ¡Seguimos navegando! ¡Que intenten detenernos!

Cuando se alejaba a zancadas para ocuparse de los preparativos, llegó la lancha del agente Hill. Gianni le indicó con la mano que subiera a bordo.

El agente se encaminó hacia el balcón de popa, donde los otros tomaban café tranquilamente.

—Buenos días, señor Hill. Siéntese con nosotros. ¿Le apetecen unas tostadas?

—Ya he comido, gracias. Señora Kennedy. —Entregó un telegrama a Jackie—. Ha llegado esta mañana. De la Casa Blanca.

Ella sonrió contenta y rasgó el sobre mientras sus compañeros comentaban los planes de la mañana.

—Marella —dijo Benno—, tengo muchas ganas de fotografiar los Faraglioni cuando lleguemos a Capri. ¿Te gustaría venir conmigo?

En la última semana se había creado un vínculo entre ambos, pues Marella había conseguido que Benno recordara cuánto disfrutaba con la fotografía experimental, muy distinta de la de alta sociedad con que se ganaba el pan, y él la había hecho recordar un mundo del que llevaba nueve años desconectada.

Nicole discutía con los Radziwill.

—Ya sé que hemos visto la Gruta Verde, pero ¿no deberíamos intentar entrar en la Azul...?

—Jacks... —dijo Lee al ver la cara de su hermana—. ¿Te encuentras mal...?

Jackie había palidecido. Miró a su hermana y le entregó el telegrama.

—Es de Jack.

Se levantó de la mesa y se marchó. Lee leyó el mensaje, lo soltó y echó a correr tras su hermana. Stas recogió el papel y lo leyó en voz alta.

Cuatro palabras, de claridad cristalina por su parquedad: MÁS CAROLINE. MENOS GIANNI.

Marella preparaba un picnic (terrina de pollo con áspic de limón de Amalfi) mientras Benno reunía el equipo fotográfico, y Nicole, el de buceo con tubo. Cuando salieron a mediodía, los Radziwill ya tomaban el sol. Sandro y Mario se habían sentado ante el tablero de ajedrez para reanudar la partida iniciada la tarde anterior. Faltaba Jackie, que había pasado la mañana en el camarote.

Cuando Marella, Nicole y Benno subieron al bote auxiliar y pusieron en marcha el motor, Gianni, que se encontraba en el agua, no muy lejos del *Agneta*, nadó hasta ellos para decirles adiós.

—¡Última oportunidad, Avvocato!

—No, *grazie*, Benno. No quiero más fotografías por el momento. —Sonrió a Marella—. *Divertiti, angelo.* —Le lanzó un beso y nadó de espaldas hacia el yate.

A medida que avanzaban, los Graziani y Marella se internaban poco a poco en aguas tan azules que el cielo adquiría un tinte violeta en comparación. Ante ellos se alzaron tres esculturales formaciones rocosas dentadas que emergían majestuosas del mar. Los Faraglioni.

—¿Sabéis que tienen nombre? —dijo Marella, para quien aquellos peñascos poseían una magia especial desde que era niña—. El grande se llama Stella, «estrella». El pequeño, Mezzo. Y el intermedio, Fuori. Hay quien dice que desde esas rocas cantaron las sirenas para atraer a Ulises y sus hombres.

Benno lanzó un silbido quedo.

—¡Bueno..., es fácil imaginar cómo tentarían al pobre desgraciado!

En cuanto estuvieron más cerca, Nicole se quitó el vestido de tirantes y se zambulló en el agua; Marella y Benno cogieron las cámaras. Daba la impresión de que Fuori se movía, aunque al observarlo con mayor detenimiento quedaba claro que se debía a las lagartijas de color lapislázuli que trepaban por la escarpada superficie. Marella se colocó la Rolleiflex a la altura de la cintura y miró la imagen encuadrada. Cambió el ángulo de tal forma que la silueta recortada semejara un seno femenino y el fondo líquido pareciera una boca voraz que lo devorara.

Regresaron al yate ya avanzada la tarde —Nicole agotada de tanto nadar, y Marella y Benno saciados con la gratificante excursión artística—, justo a la hora del cóctel.

—Mi reino por un negroni... —exclamó eufórico Benno, que se dejó caer en un banco de la cubierta al lado de Lee.

—Tendrás que prepararlo tú mismo. Gianni no ha vuelto todavía.

Marella se acercó a ellos, se quitó las sandalias de sendos puntapiés y miró hacia el mar.

—¿Ha salido a nadar otra vez? No nos hemos cruzado con él.

Lee bostezó.

—Ha ido a tierra.

—Ah...

—Con Jackie. Y con Mario.

—¿Sin nosotros...?

—Gianni pensó que a Jackie le iría bien salir. Ella quería comprarse unos pantalones palazzo como los tuyos, así que la ha llevado a casa de la condesa Galitzine.

—Creía que habíamos dicho que iríamos todos a Villa Vivara —señaló Marella con una sonrisa forzada—. Prepararé los negronis. —Cuando se dirigía a buscar los ingredientes se dio la vuelta—. ¿Dijeron cuándo regresarían...? —preguntó con calma experimentada—. Supongo que antes de la cena...

La hora del cóctel pasó. Ni rastro de Gianni. Ni de Jackie. Ni de Mario.

Marella sabía que la presencia del tercer miembro de la expedición estaba destinada a proporcionar una apariencia inocente a la salida. Cayó la noche y el trío díscolo aún no había regresado. Los demás invitados empezaron a inquietarse. Tenían planeado ir a cenar a la isla. Y sin embargo..., ¿cómo iban a concertar un encuentro con los otros tres?

—¿Y si cenamos en el yate? —propuso Marella después de que Lee y Nicole se quejaran de que tenían retortijones de hambre, pese a que habían dado buena cuenta de una bandeja de *antipasti*.

La respuesta fue un gemido colectivo.

—¡Nooooooo!

—Quiero ir a tierra. ¿Vamos?

Se barajaron diversos planes. Podían subir al bote auxiliar. Pasar la noche en el Quisisana, el hotel de moda. Seguro que en un lugar tan pequeño encontrarían al trío desaparecido, ¿no? ¿Y si se preparaban para organizar una partida de rescate y bajar a Villa Vivara, la casa de la condesa Galitzine, a la hora del desayuno? El factor sorpresa de este plan los satisfizo sobremanera, en especial a Lee y Benno, que empezaron a cuchichear como dos conspiradores. Cada uno fue a su camarote por el bolso de viaje, menos Marella, que se quedó en la cubierta contemplando las estrellas.

—Marella, querida, ¿no vienes con nosotros? —le preguntaron después de que Stas y Benno mandaran a un tripulante a arrancar el *motoscafo*.

Negó con la cabeza y sonrió con valentía, como había hecho infinidad de veces.

—Creo que me quedaré. Estoy segura de que volverán y no quiero que Gianni se inquiete —respondió para disipar la preocupación de sus amigos—. Además, me duele un poco la cabeza por haber estado al sol todo el día. La verdad es que prefiero quedarme.

—¡No! —protestaron los demás—. ¡Tienes que venir! —la animaron.

Pero no hubo forma de convencerla, por lo que el grupo subió a la pequeña lancha, que avanzó hacia las luces de Capri mientras ella les decía adiós con la mano en la cubierta bien abrillantada del *Agneta*.

Cuando se alejaron, se dirigió a la cocina. Hacía rato que había mandado a los tripulantes a sus literas. Se preparó un plato sencillo de pasta y, sentada sola en el salón, se dio cuenta de que no le apetecía comerlo. Se sirvió una copa del vino que respiraba en el decantador colocado en el centro de la mesa, puesta para siete. Consultó el reloj de pulsera: era bien pasada la medianoche. Cogió la copa, salió para esperar en la cubierta, se echó en una tumbona y al cabo de un rato se sumió en un sueño intranquilo.

Soñó que avanzaba en un bote de remos por aguas negras como la tinta, impulsada por una corriente muy fuerte. Veía la figura de una princesa italiana de cabello rubio miel que la incitaba a ir hacia la primera de tres rocas dentadas. Era una voz suave y melodiosa que arrastraba la embarcación cada vez más cerca. Otra voz surgió del segundo peñasco mientras las lagartijas de color lapislázuli trepaban por la silueta escarpada de una diosa de busto generoso. De la tercera roca brotaba una voz vacilante, entrecortada, ardiente. Las voces se fundían en un canto de sirena que acercaba a Marella cada vez más a las peligrosas rocas...

Despertó sobresaltada. Sola. Con el pánico de siempre clavado como una cuchilla en el pecho. Volvió a mirar la hora: más de las dos de la madrugada. Se paseó por la cubierta mascullando, quejándose a las despiadadas estrellas...

—¡Desdichada Marella! ¿Por qué estos suspiros? ¡Esta angustia! Ha vuelto a engañarme. A tomarme por tonta. La esposa que espera, que perdona. Y aun así...

De pronto recordó las arrugas que se formaban alrededor de los ojos de Gianni cuando sonreía y que parecían surgir como rayos de dos puntos idénticos. Los solitarios mechones de pelo plateado en el mar azabache. La naturalidad con que lucía su piel bronceada, su deliciosa carnalidad. La emoción de lo posible que ella experimentaba cada vez que lo veía entrar en un sitio y que perduraba mucho después de que Gianni lo hubiera abandonado. Y, como siempre, Marella se ablandó. Como de costumbre, volvió el torrente de cariño y amor hacia Gianni, que no podía hacer nada malo.

Se retiró al camarote, donde se desvistió y se deslizó entre las sábanas de fresco algodón egipcio. Con sus iniciales entrelazadas con las de Gianni. Sabía que lo perdonaría. A pesar del zumbido sordo de la angustia, del anhelo secreto de venganza. Porque por encima de todo pesaba una simple verdad: cuando miraba las facciones de Gianni, aún sentía que el corazón se le aceleraba.

Eran más de las cuatro cuando lo oyó. El rugido sordo de una lancha motora, más violento a medida que se aproximaba.

El ruido del regreso de L'Avvocato.

Marella temió que el corazón se le saliera de su pecho de garza, pues le latía al ritmo del motor de la lancha, que se encontraba al otro lado del ojo de buey. Luego... silencio. Pisadas en la cubierta —¿de dos personas?, ¿de tres?—, seguidas del sonido apagado de... ¿un instrumento de cuerda? El punteo barroco de... ¿Era un laúd?

Se puso la bata y subió de puntillas por la escalera. Al llegar a la cubierta se detuvo a observar desde las sombras.

Un músico solitario punteaba una mandolina sentado en la proa.

Y ahí estaban, a unos pasos del hombre: dos formas fundidas a la luz de la luna. Gianni estrechaba a Jackie. Los pies descalzos se arrastraban por la cubierta abrillantada bailando al son de las notas suaves de la mandolina. Jackie vestía unos pantalones palazzo de la condesa Galitzine, cuya seda verde claro destellaba como la cola de una sirena con los reflejos del mar iluminado por la luna.

Marella contuvo el aliento cuando Gianni susurró algo al oído de Jackie, si bien no estaba segura de qué le decía. Le pareció que ella asentía, aunque bien podía ser que solo hubiera agitado su cabello castaño, una costumbre a la que era propensa, al igual que a hablar con voz infantil y de manera entrecortada. Marella tuvo la impresión de que el músico de la mandolina la miraba desde el otro lado con un gesto que creyó que traslucía compasión.

En ese momento, antes del alba, Marella dejó a la pareja bailando bajo las velas color burdeos del *Agneta*, que se hinchaban garbosas con el viento.

Por la mañana encontró a Gianni en la cubierta, engullendo la pasta que ella se había preparado por la noche. Él le sonrió y, al no ver correspondido el gesto, siguió comiendo.

Marella se acercó y se sentó a su lado.

—Supongo que estás enfadada.

Ella negó con la cabeza.

—Llevé a Jackie a casa de la condesa..., para que se comprara uno de esos pantalones tan ridículos.

Ella asintió.

—Luego quiso ver el club nocturno Number Two, así que fuimos todos, la condesa, Mario, Jackie y yo, con la intención de quedarnos solo un ratito, pero ya sabes lo que pasa en esos sitios. Cuando salimos el mar estaba demasiado picado para volver. Era peligroso...

Marella le sostuvo la mirada.

—¡Maldita sea! ¡Di algo!

Marella titubeó antes de inclinarse para apoyar la cabeza un instante en el regazo de él. Gianni deslizó los dedos por los cortos rizos de ella, que alzó la cabeza y lo miró con gesto suplicante.

—Amor mío, ¿puedo pedirte algo?

—¡Lo sabía! Estás enfadada. Vas a montar una escena.

—Ya no estoy enfadada, cariño. Lo que siento es pena. Ya no me importa dónde estuviste ni con quién. Me da igual. Ya no me acuerdo de tus mentiras. Solo quisiera pedirte un favor.

—¿Qué quieres?, ¿una traílla de oro para que no me aleje?

—No te burles de mí.

—¿Burlarme de ti? ¿Por qué? ¿Qué quieres de mí, *angelo*?

—Que cambies de conducta. Que aflojes el ritmo.

Por primera vez le pedía algo con una actitud seria. Sin lágrimas ni gritos. Solo pedía. Gianni se quedó mirándola desconcertado. Después se echó a reír; era una risa estentórea e insolente.

—¡Bien dicho, *mio amore*! ¡Mantenme a raya!

—No te rías, por favor.

—¡Bien dicho! —Gianni echó la cabeza atrás sin dejar de reír.

—Estoy preocupada...

—Estamos muy bien, *angelo*.

—No. Estoy preocupada... por ti.

Gianni se quedó callado, y una sombra proyectada por una de las velas color sangre le cruzó el rostro. Marella se levantó y él —en un gesto inesperado— le cogió la mano. Se la llevó al corazón, donde la mantuvo. Y en aquel momento a Marella le pareció un hombre eternamente joven y viejo a la vez. Le recordó a aquel niño perdido, huérfano por culpa de la velocidad; al sátiro hermoso, besado por los labios de Dionisos; a un hombre muy anciano, para quien el infierno debía de ser morir solo. Con la mano sobre el pecho de su marido, comprendió lo que hacía latir aquel corazón. *Velocità! La bella vita!* ¡La gloria de la humanidad!

En aquel momento se dio cuenta: cambiar a Gianni significaría cercenar lo que más amaba de él. Con una exhalación lanzó un «¡Ah!» apenas audible. Siguió sintiendo el palpitar del corazón bajo la mano, que Gianni aún le aferraba. Al cabo de un ratito él le apretó la palma y la soltó.

—Ahora déjame comer. Si quieres, come conmigo.

Cogió el tenedor, enroscó una cinta de pasta y se lo pasó.

Marella volvió a sentarse a su lado. Tomó el tenedor y sirvió dos copas de vino. Compartieron la comida en silencio, contemplando cómo el sol coronaba el horizonte.

Coda

No tardaron en surgir rumores..., de carácter obsceno.

Rumores que no nos apetece mucho repetir, salvo para desmentirlos, y que desde luego —dejémoslo claro— no reflejan en modo alguno nuestra opinión personal.

El rumor de que un enviado de Agnelli viajó a Washington para recoger el diafragma de Jackie. ¿O de que mandaron este directamente en el Air Force One?

Murmuraciones en verdad atroces, propagadas por liantes insensibles: que John John se parecía más a Gianni que a Jack Kennedy. (Nos sonroja reconocer que cada una de nosotras contó los meses de gestación y que nos tranquilizó constatar que las fechas no cuadraban.)

Los invitados de los Radziwill han negado siempre que ocurriera algo indecoroso.

«Jackie estaba muy unida a Jack —ha asegurado Benno—. Durante aquel viaje se dedicó a Caroline. Practicó esquí acuático. Preparó espaguetis. Hizo lo que hacen las madres.»

«A Gianni no le gustaban las complicaciones —ha comentado Mario, que conocía bien las costumbres de L'Avvocato—. Y eso habría sido complicado.»

«Es absurdo», exclama Lee, que se pone a la defensiva y enciende un cigarrillo cuando le preguntamos durante el almuerzo.

De todos modos, nos consta que en el pasado Lee ha tergiversado la verdad más de una vez, sobre todo en lo referente a su hermana.

Naturalmente, el origen de los rumores más peligrosos fue Truman, el único, además de Lee, que se relacionaba con todas las partes, motivo por el cual afirmaba hablar con conocimiento de causa.

—Ah, creedme —decía tras unos cuantos negronis, el cóctel que por lo general daba paso a tales indiscreciones—. ¡Claro que sé lo que ocurrió aquel agosto en la isla de Capri! No estuve allí..., pero lo sé de muy buena tinta.

Cuando le preguntábamos cuál era su fuente, agitaba sus rubísimas pestañas.

—¡Noooo! Yo no soy un soplón... ¡No revelo mis fuentes!

Cuando cedíamos —«De acuerdo. ¡Cuéntalo y ya está!»—, bajaba la voz hasta convertirla casi en un susurro, ya que la información era confidencial.

—Bueeeeeno. Digamos que el 13 de agosto, pooooooco antes del alba, la señora Kennedy recibió una proposición.

—¿Una proposición de matrimonio? —preguntábamos perplejas.

—Pues claro, cariño. ¡No mancillaría mi relato con una proposición de otro tipo!

—Pero ¡si los dos ya estaban casados!

Truman retiraba la naranja («la parte saludable») del negroni.

—Lee se hallaba en mitad del proceso de nulidad... Ya os he contado que el Papa llegó en una lancha y que Gianni le enseñó un momento el nabo.

—Era un cura, no el Papa.

—A lo mejor había otra Lapa Bouvier que buscaba los servicios del Vaticano.

—¡Jack Kennedy estaba vivo en aquella época! ¡Era el presidente!

Truman sonreía y chupaba la pulpa de naranja que quedaba en la corteza.

—No pienso hacer cábalas. Solo sé lo que he contado.

Pese a los esfuerzos de Truman, el chismorreo con el que más disfrutamos tomó un sesgo asombroso.

Al año siguiente JFK realizó una visita presidencial a Italia.

Como había hecho Jackie, encandiló a los dirigentes locales y a los hombres de a pie; visitó al Papa y revolucionó a los paparazzi. No obstante, de una noche de aquella estancia no se ha dado razón oficialmente. Se sabe que alquiló una lujosa villa al pie de los Alpes, a orillas del lago Como..., a corta distancia de Turín.

Se dice que pidió a su personal que se retirara porque esperaba un invitado cuya identidad no debía trascender.

Los lugareños todavía cuentan en voz baja que un Fiat entró en la finca y que al volante iba una mujer de cuello largo como el de una garza.

Una mujer que guardaba gran parecido con donna Marella Caracciolo di Castagneto Agnelli.

Años más tarde, cuando le preguntaban si era ella, si había llegado a pasar una velada a solas con el presidente Kennedy, Marella se encogía de hombros con actitud misteriosa.

—Quizá sí. Quizá no. La verdad es que no me acuerdo.

9

1975

Variación n.º 6

Más tarde corre la voz de que Tru se ha cuidado de enviar a Babe un ejemplar de *Esquire* la víspera de que la revista se distribuyera en los quioscos.

Llega en un sobre marrón como correo prioritario, pues Truman ha pagado la tarifa adicional. Ha introducido en él una nota manuscrita en papel de Tiffany que Babe lo ayudó a elegir: una tarjeta de color crudo, con un elegante monograma azul marino.

«Para mi hermosa Babyling, siempre mi musa. Tu Tru.»

El sobre queda sin abrir, perdido en el fajo de la correspondencia, pues Babe pasa la mañana en el centro oncológico Sloan Kettering, donde le clavan agujas para inyectarle fármacos, y la mayor parte de la tarde en el salón de Kenneth, en el que solicita un servicio integral de belleza —exfoliación facial, depilación de las cejas y manicura—, en un intento de seguir sintiéndose humana. No pide que le arreglen el pelo; últimamente oculta la pelusa que le queda, fina como plumón de pato, con turbantes de seda de lo más chic o con pelucas confeccionadas a medida y de diseño excelente, que luce con tanta gracia que a un desconocido le costaría percatarse de que no es su cabello.

Al atardecer reúne las fuerzas necesarias para recibir a los Guinness, pero el cansancio la obliga a ir a acostarse antes de que se sirva la cena.

Por tanto, no descubre el sobre hasta la mañana siguiente, cuando repasa la correspondencia olvidada. Lee la breve misiva, contenta por el detalle de Truman, y sonríe con orgullo, como siempre que le manda un texto suyo. Va con la revista al comedor, de paredes revestidas de roble, la abre por la página que él se ha asegurado de marcar con un clip dorado y la lee mientras toma pedacitos de pomelo y un café exprés, lo poco que su estómago tolera.

Al principio se divierte y se ríe con el ingenio que muestra Truman al haberlas colocado a ella y a Bets al lado de Jackie y Lee y de otras caras identificables en un entorno que conocemos como la palma de nuestra mano. La Côte Basque. Nuestro local favorito. ¡Qué gracioso que le haya otorgado un papel de «figurante»!

Sin embargo, a medida que va leyendo siente una opresión cada vez mayor en el pecho... El pomelo no le pasa por la garganta. A partir del segundo párrafo se da cuenta de que el relato pinta mal. Cuando el espectáculo de ventriloquía de Tru empieza en serio, la muñeca lady Ina utiliza los latiguillos de Slim. Reproduce sus cadencias. Se apropia de sus peculiaridades, hasta del plato que suele pedir en los almuerzos: el suflé Furstenberg, con las espinacas, la crema, las yemas sumergidas de un modo especial.

Es evidente que el tal Jonesy, al que lady Ina atrapa y obliga a comer y cotorrear con ella —puesto que la duquesa de Windsor la ha dejado plantada—, es una versión idealizada de Truman.

No cuesta adivinar la identidad de los otros, cuyos endebles disfraces ponen los pelos de punta: caras ocultas con máscaras de tienda de baratijas que podrían partirse de un tijeretazo, como un hilo. Babe considera especialmente perverso el fragmento sobre Ann Woodward, aunque nada es comparable a lo que le parecen ataques descarados contra Slim. ¡Slim, a quien Truman adora!

Slim, en la vida real recién separada de su tercer marido, su señoría Kenneth Keith. Babe sabe cuánto detestaba Slim a aquella panda de ingleses apasionados de los caballos. Poseía demasiada vitalidad para las dentaduras fétidas y las cacerías de zorros. No estaban hechos el uno para el otro. Keith era soso, soso, soso. La antítesis de Slim. «¿Cómo lo soporta?», comentábamos todas. (No decíamos lo que Truman ha señalado de forma tan cruel en letra de imprenta. Teníamos claro por qué Slim aguantó el tiempo que aguantó: al menos no estaba sola.)

Babe se queda estupefacta al ver que Tru ha retratado a «lady Ina» como una piltrafa que antes de acabar el almuerzo con Jonesy trasiega champán, solloza ante el suflé y confiesa su miedo a envejecer y morir sola. Lady Ina tiene la estatura y la vitalidad de Slim. Lleva la polvera de Bulgari de Slim. Nombra a Papa Hemingway, al que todo el mundo sabe que Slim estaba muy unida. El parecido es sobrecogedor. Luego están las indirectas sarcásticas: Coolbirth es una «cuarentona» y se va a México para poner fin a otro matrimonio. Peor aún: los Coolbirth aparecen como un capullo inglés plasta y una tía zafia del Oeste, dos personas que apenas si se soportan y que se separan a instancias de lord Cool, quien rechaza a lady Ina cuando esta se encuentra atrapada a su lado en un vuelo transatlántico, atiborrada de alcohol y Torazina, un antipsicótico. Lo más desgarrador de todo es la vulnerabilidad que Truman atribuye a lady Ina.

Slim debió de revelarle esos temores tras lo ocurrido con Leland..., después de guardar sus secretos durante años (y contar a cambio los nuestros, nos apresuramos a observar permitiéndonos un instante de amargura).

Que Truman haya elegido a Slim tras un divorcio y la haya mostrado como una persona necesitada de afecto, como leche agriada al expirar la fecha de caducidad... A Babe le parece un desmán.

¿Cómo ha podido Truman decir esas cosas?

Babe sigue leyendo y no puede por menos que advertir que el texto es igualmente indecente. Han desaparecido el dulce acento del sur, los chillidos de los animales, el croar de las ranas y el chirriar de las cigarras. Han desaparecido las voces del lugar donde Truman nació, la música que conformaba su prosa.

Truman ha tenido siempre un lado obsceno, pero ese relato es pornográfico. Se menciona a un examante de Ina, de quien esta guarda una fotografía en un ejemplar de *Memorias de África*, de Dinesen, una autora que Babe sabe que fascina a Slim, quien la conoció gracias a Truman en el célebre viaje de ambos a Copenhague. En la imagen el amante posa para la cámara mostrando el pene. Un amante al que Ina se refiere cariñosamente como «Dill» en el reverso de la instantánea.

Y más adelante sale el asunto de Las Sábanas.

En cuanto lo lee, Babe intuye que se trata de Bill. A pesar de la apariencia de Buena Esposa, sabe que Bill es como es. Lo sabe mejor de lo que lo da a entender. Mucho mejor de lo que Bill supone...

Hace unos años encontró pruebas de una aventura amorosa... No se trataba del clásico revolcón rápido, sino de un lío en toda regla. Desde luego, Bill tenía decenas, pero Babe descubrió aquel en particular al buscar algo en el escritorio de su marido. Vio recibos de compra de joyas. Facturas de hotel. Pruebas tan tópicas que parecían sacadas de una película mala de serie B.

También había cartas de la joven, que a todas luces creía su posición más consolidada de lo que en realidad estaba. Cuando la relación terminó —pues Bill temía que se encariñara demasiado con él—, ella se arrojó desde el decimonoveno piso de un hotel de tercera categoría dejándole en la habitación una nota en la que, sin el más leve asomo de ironía, le agradecía su generosidad.

Al leerla Babe sintió que la bilis le subía a la garganta. Sabía de la muchacha por la prensa, que había sacado en primera plana aquella muerte penosa, aunque en los artículos no se mencionaba el nombre del señor Paley, omitido también en los informes del Departamento de Policía de Nueva York. (Corrió el rumor de que se entregaron generosos «donativos» a directores de periódicos y jefes de policía, gentileza de la cadena de televisión.)

Como es natural, Babe llamó enseguida a Truman, que llegó en menos de una hora y la encontró fumando un L&M tras otro mientras guardaba prendas de ropa dobladas con esmero en tres maletas abiertas sobre la cama.

Al verle los ojos enrojecidos adivinó lo que sucedía.

(De hecho Truman lo había sabido todo mucho antes... Había presentado a Bill a la jovencita en cuestión y le había ayudado a reservar los hoteles, e incluso había elegido las joyas. Ese alcahuete canijo y farsante nos lo contó... Babe no sabe nada de esto, desde luego... Se moriría si se enterara.)

—Oh, Babyling..., ¿se puede saber qué haces?

—Me voy. No puedo seguir así. No puedo... Merezco que me traten mejor. Merezco más.

—Bomboncito, te mereces el sol y la luna en una bandeja de oro macizo. ¿Y sabes qué? Los tienes.

Tru señaló con un gesto de bufón renacentista el palacio de Park Avenue donde se encontraban.

Babe negó con la cabeza, dio una calada profunda y lanzó una estola a la maleta más cercana. Un mechón rebelde se escapó de su impecable cardado. Se lo apartó de los ojos con una actitud de desaliento impropia de ella.

—No tengo nada.

—Baby, lo tienes todo. Todo lo que puede tenerse.

—No tengo amor. Y el amor es lo único importante.

—¡Claro que lo tienes, cariño! Me tienes a mí.

Confesor y confidente, Truman abrió sus bracitos y Babe se arrojó a ellos y lloró sobre su hombro. Él le acarició el cabello y devolvió el mechón plateado a su sitio.

—Escúchame: te quiero, Barbara Paley. Te quiero más que a mi vida. —Y se inclinó para besarla en la frente con infinita ternura.

Babe deseó que eso bastara para formar un matrimonio. Deseó querer a Bill la mitad de lo que quería a Truman... y que Bill la amara a ella.

—Babyling, tienes que escucharme con mucha atención. Tú, ángel mío, has ascendido a las nubes del cielo. Y ahí vas a seguir. Contra viento y marea.

La seriedad de Truman cautivó la atención de Babe, que lo escuchaba mirándolo fijamente.

—Eres la señora de William S. Paley, una diosa. A la señora de William S. Paley no la creó Bill. La creaste tú. Eres una obra de arte magnífica. Y te quiero. Te querré siempre.

Babe volvió a lanzarse a sus brazos y permaneció callada mientras él le acariciaba el pelo.

—Cariño, piensa que ser la señora de William S. Paley es como un trabajo. El trabajo más estupendo del ancho mundo. Y recuerda: tienes lo único que es mejor que el amor...

Babe volvió la cabeza para mirarlo a los ojos.

—¿Qué es?

Los finos labios de Truman se torcieron en una sonrisa contagiosa.

—Poder.

Después de la llamada a deshora a Slim (la falta de urbanidad es aceptable en los momentos críticos), Babe telefonea a Bill al despacho, lo que rara vez hace. Saluda por su nombre a la telefonista de la CBS y le pregunta por sus hijos, tras lo cual aguarda la respuesta de Bill soportando una versión anestésica de «Satisfaction» como música de espera.

Bill atiende la llamada con voz seca y cortante.

—Paley.

—Cariño...

—Ah, hola, Baby. ¿Pasa algo?

—No, nada... —Una pausa. Babe toquetea las páginas satinadas.

—Sea lo que sea, ¿no puede esperar hasta la noche? Estoy muy liado tratando de negociar la programación y...

Babe lo interrumpe, algo que casi nunca hace:

—¿No te ha dicho hoy nadie nada... sobre Truman?

No hay respuesta.

Se lo imagina sentado en la silla giratoria de respaldo alto que ella misma eligió para el despacho —modelo Eames de Herman Miller—, leyendo una nota o abriendo un sobre. (O en mitad de una felación realizada por una de las aprendizas de las oficinas, o eso se rumorea...) Típico de Bill. Siempre hace diez cosas a la vez. Casi nunca dedica toda su atención a Babe.

—Truman..., ¿te han dicho algo de él? —insiste, impertérrita.

—¿Qué? No. Baby, ¿no puede esperar?

—¿Te ha preguntado alguien hoy... por las sábanas?

Al otro lado de la línea, un silencio inquietante. Babe oye ruido de papeles, el corte limpio de un abrecartas al rasgar un sobre. Luego:

—No tengo la menor idea de lo que me hablas, Babe. ¿Por qué iba a preguntarme alguien por Truman y por unas sábanas? Me parece poco menos que improbable juntar lo uno y lo otro en la misma frase, ¿no crees? —Se ríe, pero la risa suena hueca.

—¿Y sobre *Esquire*? ¿Nadie te ha hablado de la revista?

—Mira, Babe —replica él, ahora irritado—, me esperan una docena de reuniones. No tengo tiempo para jueguecitos por teléfono. Te veré en casa. Pórtate bien.

La comunicación se corta.

«Pórtate bien», piensa Babe. Le parece que si alguien debe portarse bien es Bill, quien sí merece una amonestación por su conducta.

Por la noche, al ver que Bill llega temprano a casa (un prodigio comparable al Segundo Advenimiento) y con un ramo de flores (un detalle que jamás se le ocurre), Babe deduce no solo que ha leído el artículo de Truman, sino que además es, sin duda, el modelo en que se inspira Sidney Dillon.

Y si Bill es Dill y a todas luces Slim es Ina..., ¿también será cierta esa otra parte? ¿Toda su vida ha sido una farsa? En nueve páginas Babe ha dudado de las tres personas a las que más ha querido y en las que más ha confiado en los últimos veinte años.

Mientras asimila la verdad, no sabe con quién está más enfadada: con Bill por la falta cometida, con Truman por ponerla por escrito o con Slim por saberlo y no habérselo contado.

Más tarde nos enteraremos de que Truman también envió un ejemplar de su relato de *Esquire* al despacho de Bill, con el episodio de Las Sábanas marcado con un clip dorado idéntico al de Babe.

Bill lo abrió y lo leyó por encima mientras tenía a Babe al teléfono, según contará más adelante a Slim en un bar secreto de la calle del Saint Regis, donde se compadecieron juntos compartiendo whiskies.

«Lady Ina» y «Sidney Dillon» son, en efecto, viejos amigos.

Siempre ha habido una buena camaradería entre ellos, y mucho más que eso... Y el asunto de Truman ha renovado un vínculo profundo que durante años no han tenido la oportunidad de cultivar.

—Es increíble que el mierdecilla ese haya tenido huevos para llegar tan lejos —refunfuña Bill en un reservado apartado, en el peor lugar del local, lo que conocemos como «la Siberia exterior».

—Es increíble que ese cabroncete demente me haya usado de vocera.

Bill guarda silencio. Van por la segunda ronda.

—¿Le conté yo la maldita historia o se la contaste tú? —se le ocurre preguntar de repente.

—¿Quién coño lo sabe a estas alturas? —Slim niega con la cabeza, incapaz de recordarlo—. Juro que jamás volveré a dirigirle la palabra.

Una promesa. Firme.

—Pues yo sí —asegura Bill—. Cada maestrillo tiene su manera de despellejar a las víboras.

Slim apura la copa de un trago.

—Mira lo que te digo: si lo empaparan de gasolina y ardiera como mi pobre Buddy, no me pararía a mearle encima. Para mí está muerto.

Desde la Costa Oeste —a una distancia prudente, en Los Ángeles, adonde ha hecho una escapada—, Truman intenta hablar por teléfono con Babe, pero siempre le responden que no está «en casa».

A continuación prueba con Slim, que cuelga en cuanto oye su voz de niña.

Truman se arma de valor para llamar a Bill al despacho, y se queda más que sorprendido cuando le pasan con él.

—Paley.

—Bill... —dice Truman con voz más vacilante de lo que pretendía.

—Truman. —Ni cordial ni airado; era un tono de lo más neutro.

Incapaz de deducir el estado de ánimo de Bill, Truman baraja sus opciones.

—Solo llamaba para decirte holaaaaa y que os echo de menos a los dos.

—Hola, Truman.

Luego, silencio.

—¿Cómo está Babyling...?

—Muy bien.

—Ahhh, me alegro. Estaba preocupado... porque no sé nada de ella...

Silencio.

—Bueeeeeno, no sé si os habrá llegado el relato que os mandé...

—Sí. Creo que sí.

—Bien, os envié uno a los dos..., para que cada uno tuviera su ejemplar.

Silencio.

—¿Ya lo habéis leído?

—No, Truman. Dudo que lleguemos a leerlo.

Truman apenas si da crédito a sus oídos. Es lo último que esperaba. Brinca impaciente por el salón, va de aquí para allá en calcetines: un enano saltarín posmoderno. No tardará —estamos seguras— en ir derecho al carrito de las bebidas.

—Bueno..., ¿cuándo pensáis leerlo? —pregunta, y su voz delata anhelo.

—La verdad, Truman, es que creo que alguien lo tiró al cubo de la basura.

—Bueno, ¡os mandaré otros dos ejemplares... yo mismo!

No para de botar durante la larguísima pausa antes de que Bill le aseste el golpe sin perder la calma.

—Truman, mi esposa es una mujer muy enferma. No tenemos tiempo para esas nimiedades.

¡Pumba! Como una jabalina lanzada al pecho, que hiere con la indiferencia.

—¿Tu esposa? ¡Te refieres a mi Babyling! ¡Bill..., soy yo, por el amor de Dios!

El silencio de Bill es tan sonoro que parece que su satisfacción lance gritos y chillidos de alegría. (Más tarde Slim reconocerá que el plan de Bill fue genial al negar al mierdecilla arrogante la atención que este creía merecer.)

Por último:

—Truman, debo colgar. Tengo que realizar una llamada muy importante.

Clic.

La comunicación se corta y el gran escritor se siente muy pequeñito.

Escribe a pluma una larga carta a Babe en su caravana durante el rodaje de una película de tercera categoría con un reparto de grandes estrellas, rodaje en el que descubre consternado que no sabe interpretarse a sí mismo, que es para lo que lo han contratado. (Meses después, al ver en el cine los bochornosos resultados, todas coincidiremos en que está espantoso.) Con sumo cuidado redacta un alegato donde explica el cuento y lo compara con los textos de Proust, cuya obra dio a conocer a Babe en tiempos más entrañables, pero la misiva queda sin contestar.

Escribe otra para invitarla a cenar. Tampoco recibe respuesta.

La tercera es devuelta al remitente sin abrir, por lo que desconocemos su contenido.

Acobardado tras la llamada a Bill, pide a su querido Jack que telefonee a Babe de su parte.

Babe siempre ha sentido debilidad por Jack, y este por Babe, como Truman bien sabe. Ella admira la serenidad inmutable de Jack, quien mantiene a Truman con los pies en la tierra y desde hace veinte años capea temporales: la angustia, el arte y a otros hombres tóxicos que Babe no veía con buenos ojos. Siempre ha compadecido a Jack, consciente de que ni la pareja más estable del mundo aspiraría a contener la inquietud de Truman. Dios sabe que Jack lo ha intentado...

Por eso Babe acepta la llamada cuando la criada dice: «El señor Dunphy».

—Babe, te lo pido... por mí. Por favor. Por favor, habla con Truman.

—Ay, Jack. —A Babe le tiembla la voz—. Lo siento en el alma. Quiero a Truman. Lo quiero con todo mi ser, pero después de lo que ha hecho... Bill y yo no podemos...

—Él creía que era arte, Babe. Lo mismo que hizo en *A sangre fría*. El reportaje como ficción.

—Estamos hablando de vidas de personas, Jack. De personas que confiaban en él.

—¡Es escritor! Lo sabes. Los escritores escriben sobre lo que conocen. Y a ti te conoce mejor que nadie.

Babe no dice nada. Le parece oír el ruido de otra línea...

—Te lo suplico. —Jack respira hondo y lo intenta por última vez—: Eres el amor de su vida, Babe.

Ella no se molesta en discutirlo. Es consciente de que Jack tiene razón.

—Tú y yo sabemos que esto lo destrozará —añade Jack.

Sigue una pausa larga, durante la cual Babe llora en silencio e intenta sosegarse. No quiere que él advierta su debilidad. «No puedo mostrarla... No puedo...»

Al final logra serenar la voz.

—Ay, Jack, no sé... Hablaré con Bill.

Cuando Babe cuelga, Jack contempla por la ventana cómo las últimas luces del atardecer desaparecen y cae la oscuridad mientras se prepara para informar a Truman del fracaso.

Jack no logra aplacar la ira del muchacho cuando Slim le da de lado.

Así pues, Truman pide a uno de sus anónimos novios tóxicos (... novios con los que hemos rehusado tratar..., incluso en épocas más alegres; novios que han dejado moretones al muchacho y le han hecho sangrar; novios indignos de su talento y de nuestra compañía, con los que nos negamos a relacionarnos) que actúe de intermediario.

Al recibir la llamada del tal caballero, Slim, con su brusquedad habitual, deja muy claro que no servirá de nada.

—Iba a salir ahora mismo. ¿Qué quieres?

—Mira, Slim, Truman ya se imagina que estás muy enfadada.

—Imagina bien.

—Pensó que te parecería divertido.

—Pues no me lo pareció.

—¿De verdad crees que tú eres lady Ina?

—Creo que es justamente quien se supone que es.

De repente Slim lo oye: una respiración en la línea. Un tercero que escucha a hurtadillas.

Se dirige a él:

—Truman...

La respiración se interrumpe porque el culpable contiene el aliento.

Se oye una vocecilla, poco más que un susurro:

—¿Sí, Big Mama?

—No te perdono.

Y con esas tres palabras, las últimas que le dirigirá, Slim cuelga el teléfono a su querido Truheart y lo extirpa de su vida como si se tratara de un cáncer, que es en lo que se ha convertido.

10

1958

Slim

Fandango

Manhattan no se sentía tan cautivada por un escándalo doméstico desde que Billy Woodward fue abatido a tiros por su esposa florero en Oyster Bay.

A fin de cuentas, no surgen dramas de esa magnitud todos los días. Las habituales citas secretas provocan bostezos; las rupturas de la temporada, un encogimiento de hombros. En cambio, un drama con un amplio elenco cuajado de estrellas, que se desarrolla en cinco ciudades y tres países... ¡Y todo ese lío por solo tres personas! La mera desproporción resulta fascinante.

¿Quién podía saber qué tocaría la fibra sensible colectiva? ¿Qué llevaría a los hastiados espectadores de Nueva York a abandonar la pasividad del asiento para ponerse a jalear a un equipo o al otro? Han elegido los bandos, han hecho las apuestas y cada uno defiende con vehemencia a su favorito.

Casi todos nosotros nos declaramos «slimitas», palabra acuñada por Truman, claro está. También ha puesto nombre a la odisea, pues estaba cansado de la expresión genérica empleada en los ambientes refinados, donde hasta entonces se aludía dis-

cretamente a la desafortunada cadena de acontecimientos como
«Tema A».

La denominación de Truman es mucho más original: el Fandango Hayward-Churchill. *¡Olé!* Coincidimos en que es muy ingeniosa, sobre todo porque Slim se encontraba en España, en la inopia, cuando se produjo el robo.

En su ausencia, Tru nombró jefa de los slimitas a Babe, para que encabezara la defensa de la posición de Slim. A fin y al cabo, era la mejor amiga de esta..., y el sentimiento de culpa debe de estar devorándola. La verdad es que el lamentable asunto ha provocado una auténtica crisis entre las hermanas Cushing. Es decir, entre Babe y Betsey, porque Minnie decidió con buen criterio no intervenir en los enredos de sus hermanas menores.

No hay que confundir a Betsey, la hermana de Babe, con la amiga de Slim, Betty Bacall. La estrella de cine, Lauren de nombre artístico. También conocida como señora Bogart. La reciente viuda de Bogart...

Betsey y Betty desencadenaron sin querer la serie de acontecimientos, en ambos casos por peticiones del todo inocentes.

Si Betsey no hubiera prometido su hospitalidad a la divorciada señora Churchill; si no hubiera endosado la responsabilidad a Babe... Diversos factores podrían haber conducido a otro desenlace.

Si Truman se hubiera encontrado en la ciudad aquella noche, no habría sucedido nada indecoroso (¿y cuántas veces podemos decir eso hablando de Truman?).

«¿Sabes —exclamaba con entusiasmo, encantado con su agudeza en la elección del nombre de aquel enredo— que, aparte de ser el baile *du jour* de la clase alta, "fandango" tiene también un sentido figurado? Es sinónimo de: *a*) una riña; *b*) un lío gordo, y *c*) una hazaña extraordinaria. ¡¡No es increíble?! ¿No resumen las tres de maravilla lo que le ha ocurrido a Big Mama...?» Ampliaba su sonrisa de suficiencia y tomaba satisfecho un sorbo ruidoso de sangría. (Hemos de coincidir con él en que las acepciones vienen que ni pintadas, sobre todo la de «lío gordo».)

Si Slim se hubiera centrado en lo que debía centrarse, si hubiera velado por sus intereses en vez de procurar ser una buena amiga... Así es Slim, la sal de la tierra. Dispuesta a ayudar a los amigos sin preguntar nada. Por eso cuando, un año después de la muerte de Bogie, Betty decidió que había llegado la hora de levantar la moral, que tenía por sus suelos de terrazo, y volver a vivir, ¿quién mejor que Slim para organizar su resurrección? A fin de cuentas, Slim había creado la imagen pública de Betty.

—Tienes que ir, Nan —convino Leland, quien, a diferencia de Howard, nunca llamaba Slim a Slim. Para Leland ella era Nan. Un vestigio de la Nancy que Slim había dejado atrás hacía tiempo, en Salinas, en las cenizas de su infancia—. Después de lo mucho que ha sufrido, Betty no pide gran cosa.

Slim le cogió la cara entre las manos y le dio un beso apasionado. Acababa de regresar de un viaje de cuatro semanas por Rusia con Truman. Sin embargo, ahí estaba Leland, contento de que ella diera media vuelta para preparar las maletas otra vez. Leland siempre había sido un encanto para esas cosas. La mayoría de los maridos no concedían tanta libertad.

—Es solo una semana. Luego tú y yo nos reuniremos en París e iremos juntos a Berlín.

Así pues, al empezar el Fandango Slim se encontraba en España con Betty y Papa. Y cuando por fin oyó el rítmico tableteo de las castañuelas y el estertor mortal de la pandereta, los bailarines eran solo una pareja borrosa que daba vueltas fuera de su alcance.

El teléfono sonó a las once menos cinco, en el momento justo.

Slim, con los brazos cargados de prendas de ropa que había sacado del armario para echarles un vistazo, levantó el auricular de la base de baquelita.

—Buenos días, Truheart —saludó sin molestarse en preguntar la identidad de quien llamaba.

Las once menos cinco de la mañana: el momento en que Truman hacía una pausa en el trabajo.

—Hoy almuerzas conmigo, Big Mama.

—Imposible. —Slim sostuvo ante su cuerpo de galgo persa un vestido de tirantes de lino, cuyo color crudo era casi idéntico a la tonalidad del mechón claro de su cabello.

—¿Por qué?

—Estoy haciendo las maletas. —Con tono firme.

—Las chicas tienen que comer.

—Ya he quedado para almorzar.

—¿Con quién?

—Con Shipwreck Kelly.

—Pues anula la cita.

—No puedo. La concertamos hace semanas.

—Claro que puedes, Big Mama. Y lo harás.

Slim se rio a su pesar. Por extraño que pareciera, en ocasiones el autoritarismo de Truman le resultaba enternecedor. Se había acostumbrado a ese rasgo de su carácter en las largas semanas a bordo de los trenes siberianos, donde habían adquirido los hábitos de una pareja casada desde hacía años.

—¿Y por qué iba a hacer esa canallada? —preguntó ella.

—La anularás porque tu Truheart necesita ver tu radiante cara. Además, ¡sabes que conmigo te lo pasarás mucho mejor que con ese sosaina de Ship-plasta Kelly!

—Eres un demonio.

—¡Con cuernos y tridente, cariño! Ahora en serio, Big Mama, sabes que tengo razón. Un pelmazo o un diablo..., ¿qué prefieres?

Slim cedió.

—¿Dónde?

—En el 21. Tengo antojo de una de esas empanadas que están de rechupete. Iremos de incógnito... Un reservado de la zona del bar, en un rincón bien apartado. Nadie sabrá que hemos ido.

—Perfecto.

—¡Bravo!

A Slim casi le pareció oírle sonreír.

—Canalla.

Colgó el auricular. Con cierto sentimiento de culpa cogió la agenda de teléfonos que tenía en el tocador, pasó las páginas hasta la K, buscó el número del pobre Shipwreck y, preparándose para sufrir una indisposición, empezó a toser.

Cuando se acomodó al lado de Truman en un reservado del bar del 21, Slim no podía estar más contenta de haber cambiado de planes. Atacaron las empanadas y bebieron mojitos con pajita mientras cuchicheaban bajo el batiburrillo de juguetes antiguos que colgaban peligrosamente del techo.

—Conque propuse ir a Madrid. Necesita una buena dosis de diversión.

—¿Y quizá un par de toreros...?

—Big Mama aconseja agarrar al toro por los cuernos.

—O por cualquier otro apéndice que esté a mano...

—¡Salud y adentro!

—Ay, ya me gustaría a mí... —Truman esbozó una sonrisa lúbrica. A continuación levantó el vaso y con un gesto pidió otra ronda a un camarero viejo—. Señor Weisssss...

Antes que Weiss, cuyo paso de tortuga era una característica aceptada del local, llegó a la mesa Babe, que se había dirigido hacia el bar vestida con una gabardina fina tras sacudir las gotitas del paraguas.

—¡Hola, Babyling! —Truman sonrió de oreja a oreja y llamó al camarero—. ¡Que sean tres, señor Weiss!

Siguió una ronda de besos mientras Babe se quitaba el fular, que ató distraída al asa del bolso. Se sentó al lado de Slim y la miró con expresión suplicante.

—Slim, querida, estoy metida en un buen lío... y eres la única que puede ayudarme. Ya sé que es mucho pedir, pero ¿te importaría prestarme a tu marido solo por una noche...?

—¿Qué? —Slim apenas disimuló su regocijo.

En el momento oportuno, Weiss llevó en equilibrio una ronda de mojitos a la mesa. Truman cogió un vaso de la bandeja y tomó un sorbo largo por la pajita.

—Bien, bien. ¡El almuerzo se pone mucho más interesante! —Guiñó un ojo a Slim—. Dime, ¿acaso Shipwreck Kelly te habría proporcionado esto? ¿Qué tienes en mente, Babyling? ¿Un *ménage à trois* o un intercambio...?

Babe atizó a Truman con la carta del bar.

—No es para mí. Bueno, supongo que en cierto modo es para mí... y para Betsey. —Puso los ojos en blanco, un gesto que solía acompañar a la mención de su hermana.

—¡¿Un incesto por añadidura?! Baby, ¡no creía que te diera por eso! Y debo decir que no habría pensado que Betsey fuera tu tipo.

—Por favor, Truman, deja de decir obscenidades. —Babe se volvió hacia Slim—. En sentido estricto es para Pam. Pam Churchill.

—¿Para Pam Churchill? —Perpleja, Slim frunció el ceño.

—Por lo visto era muy amiga de Jock en Londres durante la guerra...

—Claro que lo era —intervino exultante Tru—. Igual que de los señores Onassis y Agnelli... y de los señores Harriman, Kahn y Rothschild... Ah, y de Eddie R. Murrow...

—Lo de Ed no es más que un rumor —se apresuró a corregirle Babe.

(De todos modos, Tru y Slim se miraron con expresión de saber la verdad.)

—¿Y qué narices tiene que ver esa con nosotros?

—Al parecer han renovado su vieja amistad desde que Betsey y Jock ejercen de embajadores al otro lado del charco. Por lo visto durante una cena salió a colación que a Pam le encantaría disfrutar de unas vacaciones en Nueva York.

—Cómo no.

—Y Betsey ofreció a Pam su hospitalidad sabiendo muy bien que ella no tenía la menor intención de estar aquí. Así que adivinad a quién le toca...

—A la hermanita Baby. Joder, vaya rollo.

Babe jugueteó mohína con las hojas de menta de su mojito.

—Sí, es un lío, sobre todo en el caso de los europeos. Los últimos que tuvimos querían que les plancharan las sábanas. ¡A mano! En fin... Le dije a Bets que lo haría, ¿qué otra cosa podía decir?

—¡Que NO! —exclamaron al unísono Slim y Tru.

Babe sonrió.

—Pero ya sabemos que yo nunca diría eso. —Sacó la pitillera, encendió dos L&M y pasó uno a Slim—. Accedí a hacer lo mínimo. Daré una cena en su honor el viernes en Kiluna y conseguiré entradas de teatro para el sábado, que es donde espero que intervengas tú —añadió señalando con la cabeza a Slim—. El domingo lo pasará sola.

—Pediré a Leland que se haga con las entradas. ¿*El rey y yo* o *Al sur del Pacífico*?

—Cualquiera de las dos. Lo más importante es que, como tú estarás en España con Betty, y Tru en Verbier con Jack, a lo mejor a Leland no le molestaría mucho venir con nosotros como acompañante de Pam. Solo para la obra del sábado..., ¡ni se me ocurriría obligarle a sufrir esa cena espantosa! Ya sé que eso significa que tendrá que dedicar su tiempo de ocio a lo mismo que hace en el trabajo, pero he de encontrar a alguien dispuesto a pasar con ella las dos horas que van desde que sube el telón hasta que baja. Luego podremos enviarla al lugar de donde quiera que venga.

—A Leland no le importaría.

—¿Estás segura? Sé que será un tostón.

—Lo que haga falta por un amigo —afirmó Slim, como era de esperar.

—¿Cuándo se marcha Leland para reunirse contigo?

—Betty y yo hemos quedado en Madrid con Papa, que estará *avec* su novia *número cuatro*... —Dijo esto último en español.

—¡Por favooooooor! —exclamó Truman—. ¡Uno de los grandes maricas no declarados de nuestro tiempo!

—Luego saldremos hacia París —prosiguió Slim sin hacerle caso—. Betty se irá a rodar a Londres, y Leland y yo viajaremos a Munich para ver a la baronesa.

—¿Qué baronesa?

—Von Trapp. La novicia que se convirtió en niñera, conquistó al papá y huyó de los nazis. Ha escrito un libro sobre la prole que cantaba con pantalones de cuero bávaros. Leland cree que en su historia late un musical. Vamos a negociar los derechos de su biografía.

—Siempre he pensado que con unos cuantos latigazos podría obligarse a esos muchachos de las SS a formar un cuerpo de baile maravilloso —apuntó Truman, que pinchó un bollo de pan con el cuchillo y otro con el tenedor para representar su versión del baile de los panecillos de Chaplin. Movió los esponjosos «pies» levantándolos muy alto de manera que ejecutaran el paso de la oca al ritmo de una interpretación animada del «Deutschland über alles».

—Oh, Tru. —Slim negó con la cabeza y soltó una risilla ante la ocurrencia de Truman.

—Eres terrible —dijo Babe tapándose los ojos con la mano.

Se bebieron los mojitos tras prorrumpir en risas avergonzadas.

Slim notó que la inundaba una sensación de bienestar al entrar en la suite del hotel Ritz de Madrid.

Lo más curioso fue que esa sensación le evocó la sorpresa que experimentaba al deslizarse en el rompiente de Matador Beach, al dejar la piel expuesta a una ola grande y deliciosamente salada. Un «recuerdo involuntario», como le habría dicho Truman antes de iniciar su típica disertación sobre Proust y las magdalenas.

Fuera cual fuese el desencadenante, la mezcla de sorpresa y placer la transportó un instante del Ritz de Madrid a una playa de Malibú: el grato hormigueo que sabía que perduraría en la piel, la cual conservaría un sabor íntimo y carnal a sal mucho después de haberse secado; el leve aroma salobre a mar bajo el vestido de noche.

El sabor salobre era como Leland, que persistía en su piel como un secreto seductor. Quizá fuera el perfume lo que la llevó a pensar en su marido, lo cual provocó una sucesión interminable de recuerdos.

Porque el aroma las atrajo a Betty y a ella aun antes de que entraran en la habitación. No era la secreta fragancia oceánica del recuerdo, sino un olor dulce, a flores, que salía por la finísima rendija de la puerta. Slim la abrió de par en par y descubrió una estancia repleta de flores blancas. Escultóricas orquídeas. Fresias. Magnolias pequeña gema, las favoritas de Truman: el Sur entero en siete pétalos céreos.

Fue Truman quien se las había mostrado por primera vez a Leland en la floristería Petrov de la Sexta Avenida.

—Big Daddy, tienes que comprarle una a Big Mama —le había dicho entusiasmado—. Son la *crème de la crème*. Huélelas...

Leland se inclinó a aspirar con criterio de sumiller el perfume de la flor blanca con forma de platillo. Un aroma lechoso. Intenso. Celestial.

Truman, a quien le encantaba entrometerse en el proceso de seducción, era famoso por su buen gusto, apreciado sobre todo por hombres que también lo poseían.

—¡Y compra un montón de hojas de esas! ¡Parecen flores! —Tocó la superficie rígida y verdísima de una—. Coriácea y brillante: la mezcla más divina de lo recio y lo suave. Igual que Big Mama. —Acarició con gesto nostálgico el velloso envés color bronce—. ¿Sabes por casualidad que los magnolios pequeña gema se cuentan entre los primeros árboles que se desprenden del velo invernal? Nina los tenía siempre allí donde vivía, en macetas pequeñas, incluso en aquel sórdido apartamento de la escalera de incendios cuando todavía era Lillie Mae, antes de que conociera a Joe. Le gustaban porque sus flores eran lo primero que embellecía las ramas desnudas de la primavera —añadió con una sonrisa triste—. Al principio son esmirriados, pero al final crecen hasta volverse del tamaño de los grandifloras..., tan solo tardan un poco más.

Leland, siempre fácil de convencer por vendedores con labia, hizo una seña al florista y pidió una docena.

—Noooo, Big Daddy..., solo necesitas una —intervino Truman—. Así de preciosas son. Big Mama puede prendérsela en el pelo... ¿No quedará hermosa esta blancura como de papel en contraste con el dorado? Luego que la deje flotar en un cuenco con agua hasta la mitad. Confía en mí, Big Daddy: cuando se mojan, sucede algo mágico. No hay nada comparable a la fragancia de la magnolia mojada.

Leland repitió estas palabras a Slim cuando se la entregó aquella noche metida en su ataúd de plástico. También le contó que había percibido un destello en los ojos de Tru y que había sacado la cartera soltando una carcajada.

—Truman..., basta. Vendido.

La habitación de hotel estaba llena de cuencos de flores que se disputaban el espacio en medio de la miríada de pétalos blancos.

Slim y Betty soltaron los bolsos en el sofá que había junto a la puerta y contemplaron el decorado con la satisfacción que aquel despliegue pretendía. Sobre una consola oval taraceada había una tarjeta. Betty la cogió y se sacó del bolsillo las gafas de montura negra y cristales gruesos. Slim siempre pensaba que chocaba ver a la diosa de la pantalla con anteojos de ratón de biblioteca; eliminaban la frialdad de celuloide que ocultaba su verdadera calidez, y a quienes la conocían desde hacía tiempo les recordaba a la desgarbada Betty Joan Perske antes de que le crearan una imagen perfecta como Lauren Bacall (Betty era demasiado sencillo y Perske, demasiado judío).

Había sido Slim quien se había fijado en ella un día mientras guardaba cola en un colmado de Santa Mónica en marzo de 1943. Le había llamado la atención la imagen de una joven no muy distinta de ella. Larguirucha y rubia. De mirada seria, adusta, directa, que, aunada a una belleza natural, sin adornos, podía amedrentar. La joven la observaba desde el expositor de revistas. Y esperaba...

Aparecía en el primer plano del encuadre con un elegante traje azul marino y la palabra BAZAAR estampada encima. A su espalda se alzaba una puerta de vidrio esmerilado con una cruz escarlata, por detrás de la cual pasaba una enfermera como si cruzara un velo de gasa. La joven parecía aguardar en el vestíbulo de un hospital. El mensaje era claro: Done sangre, ayude a la Cruz Roja, es un acto patriótico...

«Sí, sí —pensó Slim, incapaz de apartar la vista de la muchacha, que, para ser sinceras, atraía la atención de todos—. Nadie piensa en la sangre ni en la guerra..., solo en esos ojos, que no revelan su edad. Penetrantes. Sin concesiones. Despiden un resplandor de pulcritud y salud, pero por debajo se vislumbra la peligrosa sombra de una pantera.»

Slim tuvo la sensación de verse en un espejo.

—He descubierto a tu chica —le dijo a Hawks aquella noche durante la cena.

—¿Qué chica...? —preguntó él inquieto.

Pese a que no llevaban mucho tiempo casados, los líos de faldas de Howard no habían menguado. Slim supuso que temía que hubiera descubierto a la muchacha de la cafetería de los estudios de cine, de cuya existencia ella sabía desde hacía meses. O a Dolores Moran, la actriz despampanante y boba a quien Howard había decidido dar un papel indeterminado en una película indeterminada. A Slim no le había costado imaginar cuál sería el papel y, cuando la ciudad entera se enteró de la aventura amorosa, la mayoría de los que estaban sentados a una mesa atestada del Derby lloraron de risa al verla imitar a la amante de su marido, a la que cambió el nombre para convertirla en «Dollar-ass Moron», la Dolores-Dólar-Doblemente Idiota. Así era Slim: hacer reír a los demás, por mucho que una llore.

—A tu chica. Para la película de Bogart.

Sacó del bolso la revista de modas doblada y se la tendió a Hawks al final de una comida agriada —como otras tantas— por las mentiras de él. Si bien Howard no reaccionó con demasiado entusiasmo al principio, en cuanto vio aquellos ojos cogió la revista y la examinó con atención. Slim encendió un cigarrillo, contenta con su propia sagacidad.

—He llamado a la señora Vreeland. He averiguado quién es. Una tal Betty Joan Perske.

Howard arrugó su nariz de halcón.

—Bueno, eso habrá que eliminarlo.

—No sé... A mí casi me gusta.

Tras sacudir con un golpecito la ceniza del cigarrillo y rellenar su copa de manhattan, observó que Howard reparaba en lo que ella misma había advertido.

—¡Dios mío! ¡Si eres tú!

—¿A quién creías que había descubierto?

Howard levantó la vista de la página satinada y se puso en guardia.

—Mira, Slim, no tengo ni idea de lo que...

Harta, ella se inclinó con un gesto depredador y le besó en los labios, aunque solo fuera para acallar las mentiras.

Howard se echó hacia atrás sorprendido. Hacía mucho que no se besaban así. Hacía mucho que no lo trataba con aspereza. Slim había aprendido pronto lo que excitaba a Howard: la violencia. Una pelea y luego a follar. Lo erotizaba. ¿Acaso no era evidente en sus películas? ¿No debería haber visto Slim unas cuantas más antes de unirse a él? Réplicas mordaces, un bofetón, un puñetazo, y los protagonistas se lanzan a la cama. Era la idea que Howard tenía de la seducción.

Bien, hay que darles aquello por lo que pagan.

INTERIOR CASA HAWKS. COMEDOR. DÍA

(Slim le mete la lengua en la boca aún más hondo y después de sacarla le da un buen mordisco en el labio inferior. Howard se echa atrás, se lleva la servilleta a los labios y la sangre impregna el pulcro lino blanco.)

> HAWKS
> ¿Por qué has hecho eso?
> SLIM
> Quería saber si me gustaría.
> HAWKS
> ¿Y cuál es la conclusión?
> SLIM
> Todavía no lo sé...
> (Se besan otra vez.)
> Es aún mejor cuando colaboras.

(Ella se aleja unos pasos, coge el cigarrillo encendido y da una honda calada para borrar el sabor de la chuleta muy hecha que Howard se ha zampado en la cena.)

> SLIM (SIGUE)
> Estaré aquí al lado. Si me necesitas,
> solo tienes que silbar.
> HAWKS
> Slim...

SLIM

Sabes silbar, ¿no, Hawks?

(Una sonrisa traviesa asoma en las comisuras de su boca.)

Solo tienes que juntar los labios...
y soplar.

Antes de darse la vuelta para salir casi le pareció ver a Hawks convirtiendo la conversación en una escena entre Bogie y la joven de mirada acerada, la señorita Perske, que en su edificio sin ascensor del Bronx se comía un sándwich gomoso de pastrami sentada con su madre a una mesa de formica, sin saber que su vida estaba a punto de cambiar.

Slim abrió la puerta trasera de la impecable casa colonial que ella misma había diseñado basándose en el decorado de *La fiera de mi niña*. Santo cielo, ¡cómo le había gustado a Hawks aquella vivienda de mentira! Y en aquellos primeros días ilusorios de su matrimonio ella había pensado que una reproducción transportada a los cañones de Bel Air crearía el escenario propicio para una felicidad por siempre jamás. Sobre todo una casa en honor a la vanidad de Howard, reconstruida por sus escenógrafos, que hasta tuvieron la osadía de incorporar la prometedora valla blanca, símbolo de una vida convencional.

Slim echó un vistazo a la fachada agobiantemente tradicional del hogar que había llegado a adorar sobre todo desde que sabía que era temporal. Conocía muy bien la siguiente trama de su guion. Y la desarrollaría mientras, según lo planeado, Howard estuviera enfrascado en *Tener y no tener*, un relato de Papa. Ayudaría a Hawks a convencer al escritor de que vendiera los derechos.

Ernest había protestado y había propuesto el libro sobre España, *Por quién doblan las campanas*. Hawks no lo había entendido.

«Dame tu peor obra, el mayor bodrio. ¡Reescribiéndola y poniendo a Bogart la convertiré en un exitazo!», se había jactado aquella vez que fueron a Sun Valley a cazar faisanes.

Sentados ante la fogata, Slim y Papa se miraron. Ella puso los ojos en blanco y él se echó a reír. Slim opinaba que *Por quién doblan...* era la mejor obra de Papa, y así se lo dijo a Howard. Sin embargo, él casi nunca la escuchaba.

No ocurriría lo mismo con Leland...

Leland, al que Slim llama Hay. El héroe de su segundo acto, que esperaba entre bastidores para salir al escenario y ofrecerle montones de flores blancas.

Sí, Slim sabía que el momento era perfecto. Howard estaría obsesionado con su doble, la señorita Perske, que ella había tenido la generosidad de buscarle. Sin duda Hawks la seduciría con el pretexto, siempre a punto, del director dispuesto a enseñar a una actriz principiante cómo interpretar una escena.

Slim no podía saber que había elegido por casualidad a una mujer de carácter muy parecido al suyo. Al final Betty no se prestaría al juego de acostarse con Howard para conseguir el papel y tendría el valor de enamorarse perdidamente del coprotagonista. De haberlo adivinado, Howard habría escogido a otra actriz para el papel de ingenua.

Slim no podía saber que del expositor del colmado de Santa Mónica había sacado una amiga para toda la vida. Ignoraba que Betty Perske, una vez transformada en Bacall, se convertiría en la Nena de Bogie, a cuyos hijos ella vería nacer y cuya mano sostendría diez años después cuando el actor tuviera la más valerosa de las muertes. Durante meses Bogart bajaría todas las noches en el montaplatos (ya sin fuerzas para utilizar la escalera) a tomar cócteles con Leland y Slim, y con Kate y Spence (ella antigua novia de Leland, y él el mejor amigo de Bogie). Su círculo íntimo. Los amigos a quienes se permitiría presenciar el angustioso proceso de la decadencia de Bogie. Slim no podía saber que apretaría el brazo de Betty unos instantes después de que cesara la fatigosa respiración del actor; un único apretón que transmitiría cuanto habían compartido.

Aquel atardecer Slim tan solo pensaba que no encontraría un momento mejor para renunciar al papel de señora de Howard Hawks.

Al apagar el cigarrillo con el tacón de la alpargata sobre una losa se sorprendió pensando que solo lamentaría que no se le reconociera la autoría de aquel diálogo.

«Para mis dos flores exóticas. Besos, Leland.»

Betty leyó en voz alta la tarjeta en el invernadero del Ritz de Madrid.

—Qué tierno es Hay. —Slim sonrió orgullosa.

—Un encanto —apuntó Betty.

—Un encanto —convino Slim.

Entró en su habitación a deshacer la maleta y, después de llamar a Papa y citarse con él para tomar una sangría antes de asistir a la corrida de toros —la pasión *du jour* del escritor—, se reunió con Betty en la salita.

La encontró sentada junto a la ventana en una butaca, al lado de otra vacía; la luz declinante incidía en su adusto perfil en el ángulo adecuado.

Betty tenía en la mano un ramo de azucenas y la mirada perdida.

Slim se acercó a ella, le dio un puntapié suave en la pantorrilla y se dejó caer en la otra butaca.

Betty sonrió, con los ojos arrasados en lágrimas, y apretó las azucenas contra su pecho.

—Estaban en mi habitación.

Slim miró las hermosas flores sin que se le escapara su significado.

—Casablancas... ¿Lo captas? ¿No es Leland un amor?

Y al oír esas palabras Betty se derrumbó y lloró cubriéndose los ojos con la manga de la gabardina, que aún no se había quitado.

Slim la abrazó, la estrechó y no la soltó hasta que cesó el llanto.

Slim le aseguró que una copa lo arreglaría todo.

Bueno, tal vez un par de copas...

A fin de cuentas, estaban de vacaciones, y no eran unas vacaciones cualesquiera. Se trataba de una resurrección. Cuando Papa llegó, ya llevaban una buena curda tras haber trasegado una jarra de sangría ante una plaza de arena. La fruta estaba magullada y el vino era fuerte, pero la bebida las había animado.

Slim pensó que Betty le recordaba a la joven de diecinueve años que era cuando se conocieron..., que quizá parecía incluso más joven con el pelo color caramelo recogido en una coleta de niña, el rostro sin maquillar y la nariz pecosa por el sol. Se la veía feliz por primera vez desde que su mundo se había hecho pedazos. Betty llevaba siglos sin reír por el mero placer de reír.

Papa apareció seguido de un séquito de toreros y pronunció a gritos el nombre de Slim desde el otro lado de la plaza.

—¡SEÑORITA SLIMMMMSKY!

Ella sonrió cuando él se acercó a cogerle la mano y se la besó. La barba le cosquilleó en la piel como un erizo blanco de púas suaves.

—¿Qué tal estás, Pap...?

—Mi Slimsky.

Ernest acarició con codicia el cabello dorado de Slim. Ella señaló con la cabeza a Betty, que estaba detrás.

—Te presento a mi amiga.

Papa fijó sus ojos velados en Betty Bacall, a quien el sol había quemado, y por primera vez desde que se conocían, hacía casi veinte años, Slim lo vio apartar la vista de ella para posarla en otra mujer. Ernest miró a Betty y se enamoró perdidamente, como solo él sabía enamorarse. Y, para ser sinceras, durante la mayor parte de la tarde la amó con una entrega incondicional.

—Señora Bogart.

—Señor Hemingway. Llámeme Betty. —La voz ronca creaba un curioso contraste con el aspecto aniñado.

—Ernesto —dijo él, y entre los pliegues de su piel curtida surgió una grotesca sonrisa de niño—. Por fin nos conocemos.

—Tenía que ocurrir. Tu librito me cambió la vida. Ya he tenido tus palabras en mi boca. —Como siempre sucedía con aquella voz, hasta en el comentario más inocente parecía palpitar una insinuación.

Slim observó complacida el desarrollo de la escena y vio que Betty se abría y resplandecía como una azucena casablanca.

Papa rio.

—Aunque me encantaran mis palabras en esa boca suya, me temo que no fue mérito mío, sino de la señorita Slimsky. Enteramente suyo. —Miró a Slim y le guiñó un ojo en un gesto de complicidad—. Slimsky, perdóname. Tú y yo sabemos que estamos destinados a terminar juntos...

—Ya estoy casada.

Slim levantó la mano izquierda, donde lucía la delicada sortija que Leland le había deslizado en el dedo hacía casi diez años durante una ceremonia sencilla celebrada en el jardín trasero de Kiluna, la segunda residencia de los Paley. Babe había preparado una magnífica mesa para ocho con gazpacho, ensalada de cangrejo y carne de ternera curada. El pequeño grupo había comido al aire libre y brindado por los recién casados con cócteles de champán muy fríos.

En respuesta Papa enseñó su anillo de boda, como si quisiera invalidar el argumento de Slim.

—No lo estarás mucho más tiempo... Los matrimonios te duran unos diez años, ¿no?

—Menos duran los tuyos —replicó Slim, y le dio un empujón en broma.

Él la atrajo hacia sí y le dio un beso fraternal que se alargó un poco más de la cuenta. Slim lo apartó con suma delicadeza y Papa carraspeó.

—Como iba diciendo, tú y yo envejeceremos y moriremos juntos..., aunque tú todavía no lo sabes. Mientras tanto sé que perdonarás mi infidelidad, ya que esta criatura voraz está muy necesitada de atención. —Se volvió hacia Betty—. Señora Bogart, ¿se ha enfrentado alguna vez a la embestida de un toro?

Betty sonrió.

—Que yo recuerde, no.

—Pues yo sí. Deje que le cuente lo que es mirar a la muerte a los ojos...

Y cogiéndola del brazo inició una compleja disertación sobre las corridas de toros y sus ritos, y sobre el *mano a mano* entre Luis Miguel Dominguín y Antonio Ordóñez, los grandes diestros del momento, acerca de los que estaba escribiendo..., con lo cual, por supuesto —reflexionó Slim—, Papa volvía al punto de partida, es decir, a sí mismo.

«Joder, *quelle surprise*», le pareció que oía mascullar a Truman, y sonrió.

En la *plaza de toros* se les unió la señora Hemingway *número cuatro*, Mary, que nunca había tragado a Slim. Parecía no perdonarle que, ya fuera como señora Hawks o como señora Hayward, se le hubiera adelantado y hubiera durado más que esposas y amantes, y que por eso ocupara un lugar especial en el corazón de Ernest. Estrechó la mano de Slim con actitud fría fijándose en su estatura, en su esbeltez y en su cabello aclarado por el sol, del mismo color que Ernest la había obligado a teñirse a ella.

Papa no mejoró la situación al empeñarse en tomar asiento entre Slim y Betty, envuelto en esa rubiez, como si lo flanquearan dos trofeos exóticos de caza: sendas panteras de color caramelo acurrucadas a cada lado de aquellos muslos gruesos de oso. La señorita Mary, nada contenta, trató de apretujarse entre Slim y él.

—¿Se puede saber qué haces, mujer? —bramó el escritor.

Mary explicó con voz entrecortada que no veía bien desde su asiento y parpadeó para contener las lágrimas al saberse desterrada al extremo de la grada. Una vez sentada, con la boquita apretada y trémula de una mártir, lanzó una mirada acusadora a Slim; una mirada tan penetrante como las garrochas con que los picadores atravesaban en el ruedo la carne del toro y dejaban orificios que semejaban bocas abiertas.

Slim había querido que Betty bebiera de lo lindo, y bebieron mucho y a lo grande: trasegaron el licor de cereza contenido en un recipiente de cuero que se pasaban entre sí y que apretaban para que saliera un chorrito del potente líquido. Slim observó que cuanto más circulaba el licor, más se relajaba Betty, quien, aturdida, se apoyaba en el fuerte brazo de Papa. Entretanto la señorita Mary estaba tan rígida que Slim temió que la cuarta señora Hemingway se resquebrajara y se rompiera en un millar de fragmentos letales.

Estuvieron un rato en la cantina, donde comieron platos de paella humeante en que el aroma a azafrán se mezclaba con el olor a mar de los crustáceos. Slim observó complacida que Papa pasaba la mayor parte de la comida inclinado y susurrando al oído de Betty, que se reía con carcajadas roncas de los esfuerzos del escritor.

Luis Miguel Dominguín había acorralado a Slim e intentaba desahogar su alma atribulada en un híbrido de español e inglés; le hablaba de una desafortunada relación con Ava Gardner, a quien había conocido cuando le dieron el papel del diestro Romeo en la película *Fiesta*. Repitió en ambos idiomas las palabras «tormentosa» y «apasionada», lo que no sorprendió a Slim lo más mínimo. Luis Miguel no había sido el primer torero de Ava, pero fue el primero de Ava como señora Sinatra.

Slim lo sabía de buena tinta: el mismo Frank se lo había contado mientras compartían un cigarrillo bajo las sábanas revueltas en un hotel durante un fin de semana que habían pasado juntos en el desierto aprovechando que Leland estaba de viaje. Tres noches robabas, sudorosas... Slim no se sentía orgullosa de lo ocurrido, pero ya estaba hecho. No se repetiría. Seguro que en los diez años que llevaban casados Leland había hecho lo mismo alguna vez, ¿no?

Entre las menciones a Ava y los *tempestuosas* y *ardientes* Slim advirtió que la señorita Mary, relegada de nuevo a un extremo del banco de la mesa, se levantaba al ver que Papa se alejaba con pasos pesados para ir a orinar o a enzarzarse en una pelea, o para ambas cosas.

Mary se acercó con calma a Betty y se sentó a su lado en el sitio que había dejado libre el escritor. Achispada, aturdida, enamorada del mundo otra vez, Betty le sonrió. La señorita Mary esbozó una sonrisa seca y adelantó los dos puños.

—Señora Bogart, tengo algo para usted.

—Ah, Mary. —Betty ronroneó—. ¡Qué amable!

La señorita Mary señaló los puños.

—Vamos —la exhortó—. Elija una. ¿La izquierda o la derecha?

Un resplandor de alegría infantil iluminó el rostro de Betty. Tras vacilar un momento indicó la mano derecha y aguardó expectante.

Los labios de la señorita Mary esbozaron una luna creciente cuando extendió los dedos y mostró en la palma una lustrosa bala de plata. Slim y Betty miraron el proyectil, tan estupefactas que se les pasó la borrachera. Mary se inclinó.

—Será lo que se lleve si llega a poner la mano encima de mi marido.

—Betty... —Slim se levantó con actitud protectora.

La señorita Mary se dio la vuelta.

—¿Quiere probar con la otra mano, señorita Slimsky...? —preguntó con retintín.

Del puño izquierdo cayó otra bala idéntica a la anterior en el plato de Slim, donde produjo un tintineo apagado sobre el montón de caparazones de gambas.

Cuando Slim y Betty cruzaron el umbral del Ritz —esta vez el de París—, ya estaban cansadas de beber botas de licor maloliente. Cansadas de la caza mayor y de las actividades masculinas, de los rabos de toro cortados y de las *tormentas* y los *incendios*. Se alegraban de mudar la piel de pantera para cubrirse con una envoltura femenina; agradecían las perlas, las sales de baño y beber en vasos y copas.

Así pues, cruzaron el vestíbulo de mármol con el placer que produce lo conocido y entregaron una propina a los botones de gorra escarlata que les llevaron el equipaje. Cuando cogieron las llaves y se encaminaron hacia el ascensor —riéndose todavía del despropósito de que la señorita Mary hubiera estado a punto de pegarles un tiro, despellejarlas y asarlas en un espetón, un relato que habían adornado durante el vuelo a París—, se les acercó un conserje con monóculo agitando un papelillo.

—*Pardon...* ¿Madame 'Ayward? —dijo, y entregó a Slim una nota rosa con un mensaje—. Solo quería informarle de que el coche de madame Churchill espera en la entrada.

Slim frunció el ceño.

—Debe de tratarse de un error. Nosotras no hemos alquilado ningún coche.

—*Oui*, pero madame Churchill pone el suyo a disposición de madame 'Ayward.

El conserje se alejó tras el obligado intercambio de *mercis*. Slim y Betty se miraron perplejas.

—¿Pam Churchill? —Betty arqueó una ceja—. ¿La Pam Churchill de Aly Khan, Stavros Nicharos, Élie de Rothschild y Averell Harriman?

Slim asintió con gesto de hastío.

—Y la de Ari Onassis, Jock Whitney, Gianni Agnelli...

—No sabía que Leland y tú la conocierais.

—Coincidimos un día en casa de Babe. Reconozco que no me pareció que fuera para tanto.

—Me sorprende que Babe la invitara. Ya sabes..., por lo de Bill.

—Pam lo intentó con Paley hace años —dijo Slim, rechazando la idea. Luego lo pensó mejor...

—Truman conoce a Pam.

—Truman conoce a todo el mundo. Almuerza con ella alguna vez... Creo que para enterarse de los chismes más atroces.

—¿Por ejemplo?

—La semana pasada contó un cotilleo en una mesa atestada del Colony. —Slim sonrió al recordarlo—. Reveló lo de la histerectomía de Pam y aseguró que el médico la había planteado como una forma de anticoncepción.

—¡No!

—¡Sí! Naturalmente, Tru imitó al doctor Útero, que, según él, al acabar la intervención dijo: «Bueno, señorita, le hemos quitado el cochecito de bebé..., pero le hemos dejado el parque».

—Vaya con Truman —dijo Betty entre risas—. ¡Pobre Pam!

—¡Pobre Pam! —coincidió Slim, con toda la preocupación que era capaz de sentir por ella.

Por la noche, Slim y Betty se acomodaron en la barra curva del bar del Ritz que daba a la rue Cambon y pidieron un par de gimlets.

De inmediato apareció otro conserje con un fajo de avisos de mensaje del mismo tono rosa pintalabios desvaído que el que les habían entregado horas antes. El hombre se retiró con una levísima inclinación.

—¿Qué narices...? —Slim sonrió, los arrojó sobre la barra y tomó un sorbo del cóctel verdoso.

Betty sacó las gafas de su bolso de noche y miró el primer papelito rosado.

—«La señora Churchill pide a la señora Hayward que la llame al número indicado.» —Pasó al siguiente—. «A la señora Churchill le complacería invitar a la señora Hayward y su convidada», supongo que soy yo, «a su residencia parisina, donde tiene previsto ofrecerles una cena tranquila.»

—¡Madre del amor hermoso! Lee la última...

—«La señora Churchill desea muchísimo recibir a la señora Hayward y su convidada para cenar. Se solicita respuesta.» —Betty se quitó las gafas y tomó un trago del gimlet—. Por lo visto alguien tiene una admiradora...

—¿A qué viene tanto interés por la «señora Hayward»? ¡Apenas conozco a esa mujer! —Slim se echó a reír—. Bueno, supongo que estará agradecida de que le prestara a Leland aquella noche...

—¡¿Que qué?!

—Babe me preguntó si Leland podía conseguirle entradas para *Al sur del Pacífico* y acompañarlos una noche para pasear a esa inútil por Nueva York. Tru se encontraba en Verbier con Jack y Babe estaba en un aprieto... Leland aceptó como un favor a mí, y yo acepté como un favor a Babe, que había aceptado como un favor a Betsey...

Betty se rio.

—Un montón de favores.

—En fin, ¿qué se puede hacer con una mujer que está sola, de más? —Slim indicó al camarero con una seña que les sirviera otra ronda—. Es un coñazo, a menos que esté Tru para hacer los honores.

Betty apuró la copa sin decir nada. Slim le tocó el brazo.

—Betty... ¿Qué pasa?

—Nada que no supiera ya. —Sus ojos grises se humedecieron mientras sacaba un Lucky Strike de la pitillera y daba unos golpecitos con él en la superficie metálica—. He estado en pareja desde que tenía diecinueve años. Ahora que Bogie no está, ¿soy una mujer de más...? —Encendió el cigarrillo, sujeto entre dos dedos curvos, al estilo de Bogie, y le dio una calada honda.

—No seas tonta. Serás siempre la Nena de Bogie. Y cuando estés preparada reharás tu vida y te convertirás en la señora de Fulano de Tal. Y, si quieres, en la señora de Cómo Se Llama Él.

—No seré la señora de nadie salvo de Bogart.

—Porque elegiste a Bogie y él te eligió a ti. Yo estaba presente, ¿te acuerdas? —Sonrieron con expresión nostálgica. Slim reflexionó—. El horror de ser una mujer sola es que nadie la ha elegido.

—Como le ocurre a Pam Churchill.

—Exacto. —Slim sacó un cigarrillo de la pitillera de Betty y lo encendió—. Se divierten con ella. La mantienen. Pero, óyeme bien: nadie se casa con Pam Churchill.

El camarero depositó otros dos gimlets en la barra, junto con un teléfono que estaba unido a la pared por un cable largo como un ovillo de cordel desenrollado.

—Disculpen, *mesdames*. Madame Churchill está al aparato y pregunta por madame 'Ayward.

Slim sonrió a Betty.

—Esto empieza a ser grotesco.

La noche siguiente Slim y Betty llegaron puntuales al apartamento de madame Churchill, en la Rive Gauche, para cenar con ella, como les había pedido. Las panteras de color caramelo estaban bellísimas, Slim con un vestido de punto color marfil, del taller de madame Grès, y Betty con uno negro de Dior.

Pam Churchill abrió la puerta para recibir a sus invitadas, y a Slim le pareció el equivalente humano de la carne expuesta en el escaparate de una carnicería: un tanto pasada. Tenía el aspecto de una matrona prematura, un aire rancio y anticuado. El cardado que lucía podría haberlo llevado una mujer que le doblara la edad, y el soso vestido de noche de crepé evocaba la época de austeridad del Londres bombardeado por la aviación alemana en la Segunda Guerra Mundial. Resultaba difícil imaginar a esa mujer entrañable y sonrosada como la seductora de quien se hablaba, pero a saber qué deseos satisfacía tras las puertas cerradas. Tal vez Pam se pusiera un sostén cómodo y un delantal para representar el papel de institutriz y azotar a los hombres más poderosos del mundo en castigo a sus pensamientos perversos. A Slim le costaba mirarla sin echarse a reír; no podía sostenerle la mirada.

—¡Señora Hayward! —exclamó eufórica Pam antes de estrecharla en un abrazo inesperado.

—Señora Churchill... —Slim la abrazó a su vez, aunque solo por cortesía. Advirtió que Pam tenía las manos cálidas y un poco húmedas—. Le presento a mi querida amiga Betty Bac...

—Sí, claro, la señora Bogart —la interrumpió Pam, que, solícita, cogió a Betty del brazo—. La acompaño en el sentimiento. Pase y cuéntemelo todo.

Pam las condujo al otro lado del vestíbulo, para el que se había cuidado de encargar un enorme ramo de flores blancas. En contraste con la chabacana decoración de falso rococó, las flores, sencillas y sobrias, eran lo único que daba respiro a la vista en aquel burdel recargado.

Cuando se hubieron acomodado en una mesa para tres, una *femme de ménage* cariacontecida sirvió el primer plato, *vichyssoise*, una elección insólita en otoño y que apenas se podía comer. La conversación pasó de los conocidos comunes a temas generales: París, Londres y Nueva York. Resultó que a Pam le había entusiasmado la obra de Leland. Que le había encantado Mary Mar-

tin, y que Leland había tenido la amabilidad de llevarla a los ca-
merinos. El grupo había ido después al Sardi's, y Leland, siempre
tan considerado, le había presentado a los señores Rodgers y
Hammerstein..., ¡y a Yul Brynner! Tenía que ver *El rey y yo* la
próxima vez que fuera a Nueva York.

—Me alegro de que lo pasara tan bien —dijo Slim mientras
la asistenta doméstica le retiraba la *vichyssoise*, que no había probado, y dejaba en su lugar una rodaja fina de *saumon au gratin*.

Nada más ver el pescado advirtió que estaba achicharrado...
¡Cómo le habría molestado eso a Leland! Cuando salían a comer
casi nunca pedían salmón, conscientes de lo común de ese error.

Leland era un cocinero excelente, mejor que la mayoría de
los chefs de restaurante, algo de lo que a ella le gustaba presumir. Solía preparar un resopón para los dos tras las copas de
rigor en el Sardi's, El Morocco, el Stork y cualquier otro lugar
al que fueran después de que bajara el telón. Al volver a casa,
muchas veces a las tres de la madrugada, Leland se ponía el
delantal y se entregaba a su pasión por las comidas preparadas
con esmero y servidas en sobrios platos blancos, con sobrias
servilletas blancas y sobrias velas blancas sobre la mesa. Slim
echaba de menos la sencillez de los platos de Leland cada vez
que miraba la porcelana de Rothschild de Pam, donde aves,
insectos y una maraña de plantas se disputaban el espacio entre
los pedacitos de comida.

En la habitación contigua sonó un teléfono... y siguió sonando. Sin pausa. Al final, tras la pantomima de no hacer caso de la
interrupción, Pam miró a sus invitadas con gesto de lamento.

—¿Son tan amables de disculparme, señoras? Espero una llamada transatlántica.

—Por supuesto —respondió Slim.

—Tardaré solo un momento.

—Tranquila, no se apure —dijo Betty.

En cuanto la anfitriona salió del comedor, Slim miró a Betty y les entró un ataque de risa. Lo acallaron tras las servilletas de lino, que tenían un feo estampado de paramecios.

—¿Quién será? ¿Gianni?

—¡No! Está en Roma con Marella.

—Vale... ¿Élie de Rothschild?

—Es posible. Muy posible.

En voz baja, como colegialas indisciplinadas, Slim y Betty repasaron la lista de candidatos, que habían reducido a tres magnates cuando Pam regresó al cabo de unos minutos con las mejillas coloradas y un aire de satisfacción que la envolvía como una crisálida.

—Disculpen.

—No hay de qué —dijeron al unísono Slim y Betty.

—¡Parece mentira —comentó Pam mientras se enjugaba con la servilleta las gotitas que le perlaban el labio superior— la claridad de las llamadas telefónicas hoy en día! ¡Se oye a una persona que está en Nueva York, por poner un ejemplo, como si se hallara en la habitación de al lado!

Betty miró complacida a Slim, pues había apostado a que quien llamaba era el heredero de algún banquero de Wall Street.

—¿Por dónde íbamos...? —dijo Pam—. ¡Ah, sí! Babe. Babe es una maravilla. Un ser encantador. Frágil... pero encantadora. En cambio Bill... —Se rio con aire de saber un poco más de la cuenta—. Bueno, no cabe duda de que Bill da mucha guerra... ¡Dudo que sea un matrimonio tranquilo!

Se expresó en un tono que a Slim no le gustó. No sabía exactamente por qué, pero le indujo a preguntarse si, a fin de cuentas, la emprendedora señora Churchill no lo habría intentado por segunda vez con Bill Paley. Quizá Babe lo hubiera intuido y por eso había querido que Leland los acompañara: ¿buscaba refuerzos contra una invasión en toda regla de Churchill?

Siempre dispuesta a apoyar a sus amigos, Slim dirigió una sonrisa cortés a Pam y defendió a Babe desviando la conversación hacia el matrimonio en general.

—Supongo que todas las parejas casadas tienen problemas.

—¿Y usted es feliz en su matrimonio? —le preguntó Pam, que se inclinó hacia ella con actitud de sumo interés.

Slim bebió vino y reflexionó. ¿Por qué iba a hablarle a una desconocida sobre las tensiones de lo que había empezado hacía diez años con un «hasta que la muerte nos separe»? ¿Sobre la vida de la esposa de un empresario teatral que todas las noches llegaba a casa a las tantas de la madrugada? ¿Cómo iba a contarle que, aunque saliera con él de fiesta, nunca estaban a solas? Salvo en algún que otro resopón a la tres de la madrugada, la única hora en que se le presentaba la oportunidad de retener la atención de su marido. E incluso entonces la conversación se centraba en el trabajo, el trabajo y el trabajo. Hablaban de este actor. De aquel compositor. De las devoluciones de entradas, de los fiascos. Sin duda la superficie era resplandeciente, pero el fantasma del fracaso era tangible.

¿Por qué iba a contarle a una desconocida que le habían endosado aquellos tres hijastros chiflados y que a menudo tenía la impresión de ser una niñera mal pagada? Cada vez que sonaba el teléfono sentía una puñalada en las entrañas y se preguntaba si llamarían del manicomio por algo que había hecho Billy, o del hospital para informarle de un nuevo intento de suicidio de Bridget, para quien la vida era insoportable debido a los ataques que sufría. ¿Por qué contarle a una desconocida —pensó Slim— que su útero envenenado expulsaba un feto tras otro, como el argumento de un guion de terror de tercera categoría que sus dos maridos hubieran prohibido producir...? Ella solo deseaba dar un hijo a Leland; darle un hijo «normal» para resarcirlo de los otros, que no habían salido bien y a los que él ya no soportaba mirar a los ojos. Slim no contaría todas esas verdades complejas a Pam Churchill, con sus platos chabacanos y aquel pelo que parecía un profiterol de crema pasada.

—Supongo que no hay matrimonios perfectos —se limitó a decir.

Pam la observó con curiosidad, como si viera una interpretación fascinante de la que esperara deducir algo.

—¿Qué quiere decir...?

Slim oyó su propia voz; una voz distante, opaca...

—Bueno, supongo que alguien podría esgrimir argumentos a favor de vivir sola. Sin responsabilidades. Sin lo que implica la relación de pareja.

Pam sonrió.

—Sí —dijo con un tono que traslucía comprensión—. Ser una mujer sola tiene sus ventajas.

Durante la hora siguiente Slim y Betty mantuvieron el tipo mientras tomaban el postre (tarta Tatin comprada, no casera) y, una vez servido el coñac, fingieron la cantidad adecuada de bostezos elegantes (con el pretexto del jet lag) para poner un misericordioso punto final a la cena. Se levantaron y dieron efusivamente las gracias a la anfitriona tratando de disimular el aburrimiento. Pam hizo lo mismo y se dirigió primero a Betty con la sonrisa especial que se reserva para las viudas, una exasperante combinación de condolencia y superioridad.

—Señora Bogart, *bon courage!* Si puedo hacer algo más por usted durante su estancia en París, no dude en decírmelo. Las mujeres solas debemos estar unidas.

—Gracias, pero mañana me voy a Londres.

—¡Vaya! ¿Un viaje de trabajo o de placer?

—A rodar una película.

—¡Caramba, qué glamuroso!

—Las chicas tenemos que trabajar.

—Es una pena que no podamos vernos más —dijo Pam.

—La próxima vez será —prometió Betty.

Slim la conocía lo bastante bien para saber que no existía ni la más remota posibilidad de que hubiera una próxima vez. Pam clavó su ávida mirada en ella y, cogiéndola del brazo con aire de complicidad, la condujo al vestíbulo.

—¿Y puedo hacer algo por usted, señora Hayward?

Slim se apartó con delicadeza, aunque no con la suficiente para impedir que Pam lo advirtiera.

—No, gracias, es muy amable. Leland llega mañana.

Pam asintió como si ya conociera el dato.

—Sí, claro. Espero que no le importe, señora Hayward, pero me he tomado la libertad de organizar una cena discreta en honor de usted y de su marido... Espero que me dé permiso. Vendrán solo unos pocos buenos amigos. Los más íntimos.

Slim se obligó a levantar las comisuras de la boca, que se alzaron en una sonrisa educada como si unos hilos invisibles tiraran de ellas. Sin embargo, aunque la sonrisa se avino a colaborar, las palabras se negaron a salir.

—Y tengo entradas para ir después a ver una obra que creo que a Leland le gustará. —Antes de que Slim pudiera decir algo, Pam se apresuró a añadir—: Como muestra de agradecimiento por lo generoso que se mostró conmigo en Nueva York. ¡Todavía sueño con *Al sur del Pacífico*! —Y tarareó unos compases desafinados de «Some Enchanted Evening» mientras Slim la miraba estupefacta.

—Tendré que consultar con Leland, claro.

—Por supuesto. Estoy en deuda con él..., y con Bill... y con Babe —añadió Pam como si acabara de pensar en los dos últimos—. Y con usted, desde luego, por prestarme a su marido.

—Sí. Bueno. No hay de qué —dijo Slim mientras Betty y ella avanzaban paso a paso hacia la puerta.

La solícita madame Churchill les entregó los abrigos, y poco faltó para que las ayudara a ponérselos.

Solo cuando se despidieron y se desearon buenas noches reparó Slim en lo que había encima de una mesa situada a un lado de la puerta...

Una magnolia pequeña gema en un cuenco con agua, fragante como, hacía casi diez años, Truman había prometido a Leland que eran esas flores.

—¡Ese maldito hijo de puta embustero de Hay...! ¡Maldito hijo de puta adúltero! —Al subir al taxi Slim prorrumpió en una diatriba cuajada de palabrotas, un torrente ardoroso de temores e insultos.

Betty se echó a reír.

—¿Leland? ¡¿Con esa maruja sosa y anticuada?! ¿Teniéndote a ti?

—¿Y qué me dices de la magnolia de los cojones? —farfulló Slim.

—Una casualidad.

—¿De veras?

Betty reflexionó y descartó una explicación más siniestra.

—Desde luego. Yo creo que, si acaso, Pam intentaba impresionarte. ¡Ha organizado toda la puñetera velada teniendo en cuenta tus gustos! Flores blancas, velas blancas...

—Los platos no eran blancos. —Slim no pudo resistir la tentación de decirlo—. Santo cielo, ¿no era horrorosa la vajilla?

—De mal gusto.

—¡Me ha quitado las ganas de probar bocado!

—Como si la sola comida no hubiera bastado para quitarlas...

Se rieron de la insípida *vichyssoise*, que no estaba lo bastante fría. También del salmón, que no estaba caliente pese a haber pasado más tiempo de la cuenta en el horno, hasta quedar convertido en un conjunto de láminas secas como la madera de balsa.

—Santo cielo, ¡a Leland le habría repugnado!

—Exactamente. A Leland le repugnaría Pam..., ¡con esas maneras anticuadas y pomposas de damisela inglesa mustia! Nueva York debió de ser un horror con esa yendo de aquí para allá.

—¿Lo dices en serio?

—Leland es un caballero. Un hombre con buen gusto..., un hombre de teatro. Contigo lo tiene todo. La juerga y el glamour.

Slim le dirigió una sonrisa de gratitud.

—¡Pam Churchill —continuó Betty— no sabría lo que es el glamour ni aunque se lo encontrara de frente y le quitara los mocasines de un manotazo!

Se rieron al pensarlo y por primera desde hacía unas horas Slim respiró tranquila.

A la mañana siguiente, cuando Leland llegó una hora después de que Betty se hubiera marchado para tomar el avión, Slim se sintió aliviada al verlo tan estupendo como siempre. Tan adorable que desterró las dudas que aún pudiera albergar sobre la magnolia pequeña gema.

Los ojos risueños de Leland, límpidos y azules como el cielo en verano. Las arrugas que cual riachuelos partían de sus comisuras. El corte de pelo a cepillo de universitario, que pese a las canas que lo salpicaban le daba un aspecto juvenil. La sonrisa de oreja a oreja y tres docenas de rosas blancas —su otro clásico en materia de flores— entre los brazos.

Y no unas rosas cualesquiera, sino una variedad especial: las *bourbon boule de neige*.

Cuando se habían ido a vivir juntos a Manhasset, un pueblo de la costa septentrional de Long Island, habían plantado arriates de esas rosas delante de todas las ventanas. Les encantaba verlas crecer desde que asomaban los juguetones bordes sombreados hasta que reventaban como increíbles bolas de nieve en plena canícula de agosto. En cada tallo salían dos flores que se abrían a la vez.

—¡Oh, Hay! —dijo Slim, con lágrimas en los ojos.

Aplastó las rosas al arrimarse a Leland para acercar los labios a los de él.

—No me digas que mi Nan se me está poniendo sentimental —dijo Leland con su voz cálida y cascada por infinidad de cigarrillos. Le besó los regueros mojados de las mejillas y las gotas que pendían de las pestañas—. ¿A qué viene esta llantina?

Slim rio sin dejar de llorar, con la alegría pura de tenerlo delante. Entre sus brazos se sentía a gusto, como en casa; parecía que las paredes de la suite del hotel se hubieran evaporado y, con ellas, los meses (años, a decir verdad) de zozobra. Desaparecieron los psiquiátricos donde se atrofiaban Billy y Bridget Hayward, que habían perdido la infancia en un inacabable ciclo de pastillas, electrochoques y ataques. Desaparecieron las salas de hospital que constituían una parte integrante de su matrimonio, y en las que durante años ella había llorado la pérdida de hijos a medio formar, una hemorragia interminable de sangre, tejidos y esperanzas.

¡Cuánto sufrimiento! Slim había sobrellevado esos disgustos mientras Leland afrontaba los suyos. Bajo la fachada imperturbable del excombatiente fermentaba la inseguridad. Al cumplir los cincuenta, Leland se había enfrentado a algo inusitado en su carrera profesional: el fracaso.

Antes de la serie de éxitos recientes había habido una sucesión idéntica de fiascos, seguida de una época tan seca como una sequía en el desierto de Mojave.

«Uno vale tanto como su último éxito, Nan», le decía Leland cuando ella intentaba reforzarle la autoestima. Había tratado de apoyarlo, de estar a su lado, pero la actitud instintiva de él consistía en retirarse a su guarida a lamerse a solas las heridas, y Slim no tenía paciencia para eso, según ella misma reconoció. Lo había cuidado de forma somera..., y la situación la había irritado, como admitía cuando se sinceraba. De ahí el fin de semana con Frank... y quizá alguno que otro parecido. No siempre había sido «glamurosa», como Betty la había calificado con generosidad. Los casi seis meses que había pasado alejada de Leland —primero en la gélida estepa rusa con Tru, luego en París y en Madrid con Betty— la habían hecho reflexionar. ¿Qué sería ella sin Hay? ¿No habían soportado juntos las peores tormentas y las habían superado? ¿No pendían aún del mismo tallo, maltrechos, aletargados incluso, pero preparados para florecer una y otra vez? No le quedaba nada salvo Leland. Después del periodo de infortunio tendrían un segundo acto..., y un tercero, si la suerte así lo quería.

Alzó sonriente el rostro bañado en lágrimas para mirar a Leland.

—Lo que pasa es que me alegro mucho de verte.

Lo besó y se arrojaron al sofá tras apartar los tallos y las flores blancas, y no fueron más que manos, brazos y bocas mientras se devoraban el uno al otro como cuando tenían diez años menos y eran diez años más ávidos.

Después descansaron juntos, con las piernas entrelazadas y albornoces idénticos del Ritz para cubrir su desnudez. Mientras bebían whisky, Leland se rio del relato de la curiosa velada con la atenta madame Churchill. Slim hizo una imitación, espléndida como siempre, de la obsequiosa anfitriona, tras lo cual le informó de que había una segunda invitación y se sorprendió un poco de que Leland no protestara más. Con la segunda ronda de whiskies él afirmó que quizá fuera divertido asistir.

—¿Divertido en qué sentido...?

—Ya sabes... Por lo menos montará un número.

—¿Qué te pareció cuando estuvo en Nueva York.

—Es todo un personaje —respondió Leland, como si contara un chiste que solo ellos podían entender.

Slim soltó un suspiro que expresaba un sentimiento parecido al alivio. Tenía la cabeza apoyada sobre el ancho pecho desnudo de Leland y alisaba con los dedos el vello canoso que lo salpicaba.

—¿Fue terrible, querido...?

—Un verdadero horror.

Leland extendió el brazo para coger el vaso. Ella le echó un puñado de cubitos que sacó de la cubitera y tomó un trago después que él. Volvieron a fundir los labios para deslizar entre ellos el whisky helado y compartir su quemazón. Él le apartó de la cara un mechón rebelde y se lo colocó detrás de la oreja.

—Ya sabes que solo lo hice por ti.

—Sí, lo sé. Eres un encanto.

Slim se acurrucó entre los brazos de Leland y aspiró su perfume, con sus primeras notas de malagueta y tabaco..., un aroma más embriagador para ella que el de un millar de rosas *boule de neige* y magnolias pequeña gema juntas.

Cuando aquella noche llegaron al apartamento parisino de la Churchill, Slim se sorprendió al ver que la «cena íntima» no era tal. Sentados a mesas de diez, con la chabacana vajilla de Rothschild y, junto a cada cubierto, una tarjeta con el nombre del comensal sujeto en el pico de un ánade real bañado en oro, veinte invitados esperaban a los famosos Hayward.

Slim acompañó a su marido hasta la mesa de la anfitriona, que intervino para conducirla con actitud jovial hacia la otra.

—Aunque me encantaría tenerla conmigo, no debo negar a mis amigos el placer de su compañía. ¿Le importaría presidir nuestra segunda mesa?

¿Cómo no iba a aceptar Slim? Pam le presentó a un poeta francés, a un pintor francés, a un político francés, cada uno con su esposa francesa, mujeres que parecían una versión afrancesada de madame Churchill. Después, mientras se las veía y se las deseaba para comerse un suflé amazacotado, al que siguió —la cosa iba de mal en peor— un tournedó de ternera grisácea muy hecha, Slim, con la sonrisa de marioneta bien arriba, atribuyó a la barrera lingüística el indecible aburrimiento que le causó la conversación.

—Bien, madame 'Aaaaayward... —empezó diciendo el poeta, que, como observó Slim, se cargaba la hache de Hay aún más que la mayoría de los franceses—, Pamela cuenta que usted es..., ¿cómo se dice?, *une femme indépendante.*

Slim captó más o menos el sentido.

—Bueno, sí... Creo que sí —respondió.

—¿Y qué opina de eso monsieur 'Ayward? —preguntó con tono despectivo la esposa del político, que lucía un traje de *bouclé* y, como peinado, un profiterol de crema más cuidado que el de Pam—. *Il dois se sentir seul, n'est-ce pas?*

Slim entendió más o menos la frase y esbozó una sonrisa educada mientras serraba el enorme pedazo de carne.

—El señor 'Ayward está *très heureux*... Como unas pascuas. —Se inclinó hacia el político y el pintor, sentados uno al lado del otro—. *Je suce sa queue* —les dijo con dulzura.

Al ver que mesdames Pâte-à-Choux se escandalizaban, Slim rio para sus adentros, pues había aprendido esa frase subida de tono en todos los idiomas para pronunciarla en momentos como aquel. Su querido Truheart le había enseñado —si acaso ella no lo sabía ya— lo práctico que resultaba hacer o decir algo impactante.

«Big Mama —le había dicho Truman en más de una ocasión—, tienes que saber cómo se dice "chupar la polla" en todas las lenguas. En francés, en alemán, en castellano, en italiano... Créeme, cariño. ¡Es una frase muy útil! Repasémoslo otra vez. Repite conmigo: *Je suce sa queue... Ich seinen Schwanz lutschen... Le chupo la polla...*»

Cuando las matronas francesas se recuperaron de la impresión, Slim volvió la vista hacia el otro lado del comedor con la esperanza de dirigir a Leland la mirada de «tengo algo para contarte luego» que utilizaban.

Pero Leland parecía absorto en la historia con que madame Churchill obsequiaba al sector masculino de la mesa mientras las esposas, ceñudas, picoteaban sin ganas las verduras recocidas.

Slim aseguraría más tarde que había superado la cena de fábula.

Sin duda impidió que se hablara más de «los 'Ayward», aunque tuvo la sensación de que sus compañeros de mesa conocían sus asuntos domésticos mejor de lo que hubiera imaginado. Tras una mousse de chocolate que poseía la ligereza de un zepelín, fueron al teatro. Slim quedó consternada al saber que a la representación del Théâtre Hébertot no asistirían tan solo los Hayward y madame Churchill...

Asistiría toda la maldita pandilla. Los veinte amigos íntimos. *Vingt amis.*

Pam explicó con tono de disculpa que, naturalmente, debían dividirse en parejas, «pues ha sido imposible conseguir una cantidad tan grande de entradas juntas».

«Un buen montón, eso es —pensó Slim—, nada de una "reunión íntima", ¿verdad, señora Sabandija?»

Cuando entraron en el vestíbulo, a Slim se le cayó el alma a los pies al ver cuál era la obra: *Largo viaje hacia la noche.* Y *en français.*

¡La hostia en bicicleta! ¡Ya había sido un plomazo en inglés!

Se preparó para *quatre heures* de aburrimiento, con el consuelo de que al menos podría descalzarse y recorrer la pierna de Leland con la punta de los pies embutidos en las medias. Cogerle la mano por debajo del programa de la obra y notar cómo los largos dedos de Leland le acariciaban la palma en la oscuridad.

—Bien, Slim, sin duda necesitará un traductor, y Pierre ha insistido en hacer los honores.

El periodista de la mesa de Slim —el comensal que después del impacto de la *queue* la miraba con un aprecio que antes no mostraba— le sonrió enseñando una hilera de dientes amarillentos de fumador.

—Y yo seré la intérprete de Leland —decretó Pam—. Leland, te fascinará ver cómo se ha traducido.

Lo cogió del brazo (casi lo aferró) mientras Pierre ofrecía el suyo a Slim. Esta miró a su marido cuando la señora Churchill se lo llevaba, y él se encogió de hombros y le guiñó un ojo. Muy poco con que consolarse durante las cuatro horas de la obra de O'Neill en régimen de separación impuesta, pero se conformaría con eso.

Las luces del teatro parpadearon. Las acomodadoras guiaban con una linterna a los espectadores hasta sus asientos. Slim siguió a la suya hasta su fila y observó que un haz de luz paralelo indicaba las butacas de la señora Churchill y del señor 'Ayward tres filas más arriba. Se sentó y esperó a que se apagaran las luces oyendo en el aire la risa de Pam, un eco rancio y resonante, como el alarido de una sirena. Ya no le cabía la menor duda de que la Churchill era una sirena. Mitad mujer, mitad buitre, acechaba a empresarios teatrales incautos para llevarlos a la perdición con interpretaciones desafinadas de «Some Enchanted Evening», cuyo único propósito era halagar el frágil ego de los hombres que habían producido la cancioncilla.

Una vez identificada la fiera con la que tenía que habérselas, Slim se prometió que no volvería a bajar la guardia. Aturdida, se obligó al mirar al frente y no desvió la vista en ningún momento. Y con cada respiración era consciente del robo que se perpetraba tres filas más arriba.

Con un Pulitzer o sin él, *Largo viaje hacia la noche* agotaba a cualquiera.

Slim confiaba en marcharse a toda prisa en cuanto se reuniera con Leland. Sin embargo, cuando la anfitriona propuso pasar «un momentito» por un club nocturno, él apretó la mano a Slim en señal de conmiseración y aceptó educadamente. Al subir al taxi Pam se apretujó entre los dos con el argumento de que así cada uno tendría una ventanilla por la que contemplar las luces de París. Slim empezaba a darse cuenta de cómo actuaba la ladina señora Churchill.

Se fijó en que Pam, siempre atenta, tocaba el codo de Leland para indicarle teatros cuyos rótulos luminosos anunciaban espectáculos interesantes. La voz de la mujer era un sonsonete monótono con el lustre inglés de una buena educación, salpicado con una frecuencia sorprendente por estallidos de risa tintineante. A un hombre le parecería musical, pero a una mujer le sonaba a falsa.

Slim no podía apartar la vista del labio superior de Pam, que tropezaba con los lamentables colmillos, pues le preocupaba el peligro de que quedara pegado para siempre al esmalte. No obstante, después de cada frase el tenaz labio lograba liberarse a tiempo para la siguiente. Entre tantas sonrisas obsequiosas la pobre mujer acabaría exhausta al final de la velada. Había que reconocer que sabía ingeniárselas para que la miraran. Tal vez ese fuera el truco de la señora Churchill: conseguir que centraran la atención en la boca antes de zampárselos.

Acurrucados en una mesa de un rincón del club nocturno, Leland y Slim contemplaban a la bailarina de burlesque. A Slim le gustaba notar los fuertes dedos de su marido en torno a los suyos y percibir su aliento en el cuello cada vez que le susurraba algo al oído..., comentarios, como era de prever, sobre la puesta en escena más que sobre lo excitante del número. Entre el aturdimiento provocado por el alcohol y la cercanía de Leland, Slim se sentía generosa con sus *compagnons* de copas franceses. Hasta que el espectáculo acabó y se abrió la pista de baile... A las tres horas empezó a impacientarse. Ansiaba el bienestar de las sábanas de seda del Ritz, echaba de menos el placer de deslizarse entre ellas con Leland, de sentir en los pies desnudos las cosquillas que él le hacía con los suyos, de dormirse poco a poco mientras comentaban con voz pastosa la velada. Y de despertar a la mañana siguiente con las bandejas del desayuno para retomar la conversación en el punto donde la habían dejado.

Leland la convenció de que bailara un chachachá con él. Luego Slim se retiró a la barra. La obra de O'Neill le pasaba factura y, si se le negaba la cama, tenía intención de emborracharse tanto como los beodos Tyrone que la protagonizaban. Los *amis* franceses poseían un caudal inagotable de entusiasmo por las sambas y las rumbas. Cuando Leland le tendió la mano para que se marcara otro chachachá con él, negó con la cabeza.

—Lo siento, chico. Estoy fuera de combate. —Se quitó los zapatos de tacón, apoyó los pies en la silla de enfrente y movió los dedos para desentumecerlos—. ¡¿Por qué no pedimos un taxi, por Dios?!

—Cariño, no queremos parecer desagradecidos.

—¡Qué coño! —murmuró Slim—. ¿Cuánto agradecimiento tenemos que...?

En el momento oportuno, madame Churchill se acercó solícita con un par de martinis. En un movimiento de coreografía perfecta, depositó con una mano las copas en la mesa de Slim y tendió la otra a Leland.

—Señor Hayward, como su esposa está descansando, ¿me permite que lo invite a salir a la pista? —preguntó, y tiró de él con suavidad para animarlo.

Leland dio un besito en la mejilla a Slim antes de dirigirse con Pam hacia el mar de cuerpos.

«Ah, claro —pensó Slim—. ¿Qué va a hacer sino complacerla?» De pronto le acudió a la mente un recuerdo, borroso por el vodka, de algo que Truman le había contado la primavera anterior después de almorzar un día en La Côte Basque con Pamela. Truman dijo que le había preguntado cuál era su secreto, si era especialmente buena en la cama.

—Querida —había dicho Tru, según él mismo contó—, ¿qué les haces a todos esos hombres? ¿Acaso sabes algo que yo no sepa...?

Con aires de entendida, Pam había negado con la cabeza.

—No. Conozco a un hombre. Me quedo a su lado. Le escucho. Y al día siguiente, si me parece que está predispuesto, voy a Cartier y mando grabar unas palabras personales en el interior de una pitillera, algo basado en nuestra conversación. Se la envío y... ¿qué hace él? No le queda más remedio que responder.

Sin excesivo interés por la anécdota, Slim la había almacenado en los recovecos polvorientos de su mente. Tal vez debería haber prestado más atención... Recordó que Truman se había mostrado menos impresionado por el hecho en sí que por el precio. «¡Cartier, Big Mama! —había exclamado entusiasmado—. ¿Quién crees que corre con los gastos?»

Envuelta en la densa neblina del humo de los cigarrillos Gitane y en la vibrante samba, Slim pensó que al día siguiente debía acordarse de mirar en los bolsillos de Leland por si encontraba alguna pitillera con la inscripción «Some Enchanted Evening». Tras beberse otra copa de un trago, escrutó al gentío en busca del oscilante profiterol de crema. No fue difícil localizar a Pam, quien, con actitud fogosa y aspecto de matrona al mismo tiempo, estiraba la papada para mirar a Leland.

El Hay de Slim sujetaba la robusta espalda de madame Churchill, que bailaba con desmaña un tango y soltaba su risa de sirena entre los blancos incisivos, sobre los cuales el labio superior descansaba con una alegría peligrosa.

Cuando los Hayward llegaron a Munich, todo se había difuminado hasta convertirse en un sueño un tanto angustioso.

Esperaban impacientes el encuentro con la baronesa Von Trapp, en cuya historia habían vislumbrado un filón narrativo. Slim se había convertido en una experta involuntaria, lo que quizá empezara con Hawks hacía ya años: con dos maridos metidos en el mundo del espectáculo, había analizado decenas de guiones y estudiado un sinfín de decorados, vestuarios y presupuestos. Se había revelado aún más valiosa porque no obedecía a otro mandato que al de su gusto; sus opiniones las dictaba el instinto. Había considerado que la historia de los Von Trapp serviría para relanzar la carrera de Leland (antes de que se le adelantaran *Al sur del Pacífico* y *El rey y yo*). Ahora parecía todo un lujo estar en lo más alto y querer aún más. Otro éxito significaría el final de sus preocupaciones y el principio de la jubilación. Claro que Leland nunca se jubilaría, el retiro no iba con él, pero podría trabajar por gusto y no por necesidad. Ahora que ya no tenía que demostrar nada, ahora que sus hijos eran mayores, él y ella podían dedicarse por fin al negocio de hacerse feliz el uno al otro, algo a lo que Slim había decidido dar prioridad.

Con la perspectiva de ese Valhalla, se propuso mostrarse el doble de encantadora con la baronesa Von Trapp, que en ese momento les servía té y *stollen*.

Cuando Leland planteó a la aristócrata una nueva oferta de un diez por ciento de las ganancias que obtuviera el musical, la baronesa salió de la sala. Leland arqueó una ceja canosa y miró a Slim, que mordisqueaba tan tranquila una porción de bollo.

La mujer regresó y desapareció varias veces más, y la última Leland se inclinó hacia Slim.

—¿Tendrá un equipo de abogados ahí al lado —susurró— o es que llama por teléfono a cada uno de los siete Von Trapp?

Slim reprimió una carcajada al ver que la baronesa volvía con expresión muy seria. Leland se levantó, sacó del portafolio los contratos y se sentó a su lado.

—Baronesa, ¿por dónde íbamos...?

—¿Quiere más té, frau Hayward? —preguntó la mujer.

Leland y Slim esperaron pacientemente mientras la baronesa les llenaba las tazas tarareando un lied de Schubert con un tono límpido y melodioso. Cuando les sirvió otro plato de *stollen*, Leland reanudó su discurso persuasivo.

—Los señores Rodgers y Hammerstein participarán en el proyecto. Lindsay y Crouse escribirán el libreto, y Mary Martin, una de nuestras mejores artistas de comedia musical, desea que le comuniquemos que se sentiría muy honrada de interpretarla a usted. Mary...

Se interrumpió al ver que la baronesa levantaba con calma una mano. Leland y Slim aguardaron como niños obedientes a los que la hermana María hubiera mandado guardar silencio en la iglesia.

—Herr Hayward, como ya le dije, no hago nada sin consultar antes con el Espíritu Santo.

Slim aguardó expectante y con ganas de reír mientras Leland mantenía una expresión neutra.

—¿Y...?

—Bien, he hablado con él y dice que quiere un diez por ciento.

Slim observó que en las comisuras de los labios de Leland afloraba una sonrisa. El Espíritu Santo recibiría su porcentaje y los Hayward conseguirían su gran éxito. Más tarde Slim reconocería que admiraba la valentía de la táctica del Espíritu Santo, para añadir que de hecho este superaba en el arte de la negociación a la mayoría de los profesionales veteranos del teatro.

Regresaron victoriosos a Estados Unidos y, en cuanto el avión aterrizó en la pista de Idlewild, el querido Jerry Robbins los asedió para que se embarcaran en otro proyecto que se sumaría a su palmarés de éxitos: *Gypsy*, basada en las memorias de la stripper Gypsy Rose Lee. Leland no podía negarse. Estaría muy atareado, desde luego, pero era un trabajador infatigable y se crecía en el caos.

Los Hayward reanudaron su vida habitual: trabajaban, recibían invitados e invitaciones. La noche de los sábados era de Babe: reuniones formales; vestidos de fiesta y esmóquines; música suave y banquetes de cuatro platos. Los domingos eran de Slim: barbacoas y parrilladas de pescado; antorchas hawaianas, discos de música lounge, vestidos de tirantes y pantalones pescadores; tardes de alcohol jugando al strip croquet (había que entregar una prenda de ropa por cada tiro errado).

Hacía tiempo que Slim y Babe lo habían acordado así para evitar el problema de la coincidencia de invitaciones, y de ese modo habían reforzado su amistad.

Después del viaje, con Leland enfrascado en el trabajo, Slim reservó una semana en su calendario para escabullirse a Tempe, al balneario Maine Chance, a adelgazar unos kilos. Los excesos navideños, sumados a la sustanciosa comida europea, empezaban a pasarle factura. No podía mantener el apodo de «Slim» sin satisfacer la promesa de delgadez.

Leland le mordió el muslo y agarró con entusiasmo los centímetros adicionales.

—Te aceptaré vengas como vengas, Nan Hayward.

—Quieres una esposa gorda, ¿verdad que sí?

—Yo solo sé que eres mi sol, mi luna y mis estrellas.

Mientras Slim estaba en Maine Chance tomando baños de vapor y muriéndose de hambre, Leland la llamaba tres veces al día. Le decía lo mucho que la echaba de menos y que la casa no era un hogar sin ella. Slim sonreía y le respondía que pronto se verían. Tumbada bajo el infinito cielo del desierto en aquel lugar aislado, comprendió hasta qué punto Leland era el centro de su pequeño universo. Quiso decirle cara a cara, mirando aquellos bondadosos ojos azules, que él era su sol, su luna y sus estrellas, la constelación en torno a la que ella giraba.

El día que regresó a Manhasset anuló la acostumbrada barbacoa del domingo.

Por muy informales que fueran sus fiestas, habría resultado difícil organizarla estando en Tempe. Además, tenía ganas de pasar una noche en casa con Hay. Descorcharían una botella de Château d'Yquem, «el vino que siempre consigue que un hombre folle», decía a menudo Leland entre risas. Prepararían una bandeja con una baguette y queso, pepinillos y jamón curado de Parma..., ¡Dios mío, qué maravilla volver a comer! Atacarían la cena fría y el vino helado, charlarían, se besarían y reirían, y ella le diría de qué se había dado cuenta estando sola en el desierto. Le diría que, ahora que volvían a estar juntos, no pensaba ir a ninguna parte. Ni con Tru, ni con Papa, ni con Betty. Que ella era de Hay. Que nunca más quería un «yo» sin un «nosotros». Que ellos, los magníficos Hayward, constituían un «nosotros» hermoso y resplandeciente.

Llamó a Leland nada más cruzar la puerta y soltar las maletas. Recorrió el pasillo hasta el dormitorio de matrimonio desabotonándose la blusa de seda y quitándose la falda al mismo tiempo. Lo encontró sentado en la cama, al teléfono. Él la miró sonriendo y le indicó con un gesto que se acercara. «Mi lindo Hay», pensó Slim enternecida por el cariño a lo conocido. Gateó por la colcha como una pantera y se ovilló en el regazo de Leland. Observó su rostro y estiró la mano para acariciarle la mandíbula.

—Sí, perfecto —dijo él poniendo fin a la llamada—. Sí. A las siete. Hasta luego.

Tras colgar el auricular apartó el teléfono y se inclinó para besar a Slim. Ella cerró los ojos y ronroneó contenta. Leland le dio un codazo suave.

—Nena, ¿qué has hecho con la ropa?

Slim señaló hacia el pasillo con gesto lánguido.

—Durante unos días no la necesitaré. No pienso moverme de donde estoy..., salvo para ir a buscar algo a la cocina. Y tal vez, si tengo muchas ganas, me aventure a salir al jardín para tumbarme en cueros en él.

Acercó la cara de Leland a la suya. Él le besó en la mejilla y tiró de Slim con suavidad.

—Aunque me encantaría que así fuera, tenemos que ponernos en marcha.

—¿Para qué?

—Vamos a cenar a la ciudad.

—¿Cómo...? ¿Por qué?

Leland se levantó.

—Te prepararé un baño.

Slim se incorporó refunfuñando.

—¡Pero si acabo de llegar! ¡Y es domingo! ¡Somos nosotros los que invitamos los domingos! ¿Qué cuatrero se atrevería a pisar nuestro terreno?

Leland se había dirigido hacia el armario de Slim.

—¿El Mainbocher blanco o el amarillo?

—Ninguno de los dos.

—¡Vamos, Nan!

—¿De qué se trata? ¿De los Von Trapp o de *Gypsy?* —Slim lo siguió hasta el vestidor.

—¿De qué se trata el qué?

—Supongo que si estamos obligados a asistir a una cena en Manhattan se debe a alguna crisis en el teatro. ¿Son las escurridizas strippers o los pantalones de cuero bávaros holgados? —preguntó en broma Slim mientras metía en el agua la punta de un pie.

—Ni lo uno ni lo otro. Se trata de Pam... Churchill.

Slim lo miró sin comprender.

—¿Qué...?

—Pam Churchill está en Nueva York, en el Carlyle, y nos ha invitado a cenar.

—¿Por qué?

—Quizá para celebrar tu regreso...

—Más bien para celebrarse a sí misma.

Slim sintió un repentino escalofrío y alcanzó una bata para cubrirse. No se le había escapado que Leland no había dicho nada de los cuatro kilos y medio que había adelgazado.

—Llama para decirle que no vamos.

—No.

—¿Por qué no?

—Porque nos ha invitado y asistirá poca gente y he dicho que iríamos —afirmó Leland.

—¡No tengo la menor intención de ir a la ciudad a cenar con Pam Churchill! —le espetó Slim perdiendo su famosa serenidad—. Acabo de llegar... Llevo días sin probar bocado. ¡No me apetecen nada su carne grisácea ni su suflé gomoso! Quiero quedarme aquí, contigo, pasear por nuestro jardín, comer lo que tú cocines.

Leland titubeó antes de retirarse hacia su armario, del que volvió con una corbata. Slim frunció el ceño al ver que se la anudaba ante el espejo.

—¿Qué haces?

—Si no quieres venir, supongo que tendré que ir solo.

Slim comprendió que no tenía elección.

Desapareció en el interior de su armario y al cabo de unos minutos salió con un traje pantalón negro y ancho, el pelo bien estirado hacia atrás y recogido en un moño, vestida para un entierro más que para una cena de fiesta. Pasó por delante de Leland aplicándose unos toques de perfume detrás de las orejas, sin haber utilizado el agua humeante de la bañera, en la que caían gotas del grifo.

Mientras esperaba con Leland a que les abrieran la puerta del ático de la Churchill en el Carlyle, Slim se preguntaba cuál de los múltiples benefactores de Pam pagaría aquella factura en concreto. (Se rumoreaba que había vuelto a probar suerte con Élie de Rothschild, quien, según dicen, le proporcionó aquel malsano apartamento parisino tras su primera ruptura…, si bien otros aseguran que fue Gianni. Se cuenta que ambos la dejaron en cuanto ella lanzó su ultimátum. Todos pensábamos siempre en estos dos, pero el ático podrían haberlo alquilado muchos otros hombres desconocidos.)

Slim se había negado a dirigir la palabra a Leland en el taxi, dolida porque hubiera permitido que se desbaratara su reencuentro. Ni siquiera había tenido la oportunidad de darle la gran sorpresa que tenía preparada. En Tempe había llegado a la conclusión de que necesitaban una segunda luna de miel, de que se la merecían. No una peregrinación con un grupo de amigos ni una aventura empresarial; no una visita al psiquiátrico para ver a los retoños Hayward ni una al hospital para perder uno. Solo un mes, los dos solos. Slim y Hay. Sin interrupciones. Ya había pensado en los problemas logísticos. Una vez contratado el reparto de *Gypsy*, no les ataría ningún compromiso. Podían viajar primero a París, realizar una breve escala en Madrid y pasar el resto del verano en Venecia. Incluso había enviado un telegrama para alquilar un apartamento del Gritti Palace durante un mes. El gran anuncio tendría que esperar por culpa de...

Slim casi se estremeció cuando se abrió la puerta y vio la cara entusiasta de la señora Churchill. En su nuevo hábitat, Pam presentaba casi el mismo aspecto que la matrona a la que Slim había visitado en París, aunque quizá estuviera un poco más rellenita, un poco más sonrosada; la gordura de los brazos se plegaba en torno a la sisa de un vestido recto sin mangas que no debería haberse puesto.

—¡Slim! ¡Deje que la mire!

Retrocedió unos pasos y la escudriñó como quien contempla a una niña que acaba de regresar de un campamento de verano.

Atrapada en un abrazo asfixiante, Slim lo vio por encima del hombro de Pam: el vestíbulo estaba casi atestado de rosas blancas.

Y no eran una rosas blancas cualesquiera...

Eran unas rosas especiales. Singulares.

Eran «sus» rosas.

Al menos quinientos dólares de rosas *bourbon boule de neige*.

Slim se acercó a tocar una, solo para asegurarse de que los pétalos aterciopelados eran de verdad y no el fruto de una alucinación espeluznante provocada por los siete días de hambre que había pasado en la seca llanura desértica.

Se volvió hacia Pam y clavó la vista en sus opacos ojos bovinos.

—¿De dónde las has sacado?

Pam sonrió, y el labio superior le serpenteó de satisfacción.

—Ah, no lo sé... Me las enviaría alguien...

Slim miró a Leland, que sonrió con aire inocente.

Pam adoptó la actitud de anfitriona.

—Slim, ¿me permite que le ofrezca un cóctel después de los días de abstinencia? Leland me ha dicho que lo ha pasado usted fatal. —Al entrar en la suite deslizó la mano por la solapa de Hay y añadió de paso, con su tono repipi de damisela inglesa, ahora revestido de familiaridad—: Leland, ya sabes dónde está la cubitera. Sé bueno y llénala, por favor.

Slim miró a su marido negando con la cabeza. Él dio un paso hacia ella.

—Nan...

—Eres un hijo de puta.

Luego, como una profesional curtida, entró en el comedor e hizo una magnífica interpretación.

Durante el resto de la noche no miró a Leland.

Se comportó con absoluta cortesía, con absoluta educación. Su conducta fue intachable. Al final de una cena que, por más que sorprenda, transcurrió sin incidentes y en la que se sirvió redondo de pollo con arroz —unos rollitos pasables e insulsos—, Slim dio las gracias a la anfitriona y se dirigió con Leland al ascensor.

Pararon un taxi delante del Carlyle, y cuando llevaban más de media hora callados dentro del vehículo Leland carraspeó.

INTERIOR TAXI. NOCHE
(La voz de Leland rompe el silencio.)

LELAND

Nan, creo que es mejor que te lo diga yo
antes de que te lo cuente Truman o algún
otro maldito chismoso...
(Una pausa.)
Mientras estabas en el balneario he salido
unas cuantas veces con Pam Churchill. No
ha sido gran cosa.

SLIM

Menos mal.
(Una sonrisa amarga.)
Esa es la primera frase que tendrías que
haber dicho.

LELAND

Vamos, Nan. Sabes que eres la única mujer
a la que he querido de verdad...

(Intenta cogerle la mano, pero ella se aparta. Con rostro inexpresivo Slim mira por la ventanilla cómo las luces de Manhattan se deslizan veloces convertidas en una
bruma.)

Al cabo de cuarenta y ocho minutos y cincuenta y siete segundos, el taxi se detuvo ante la vivienda de los Hayward en Manhasset. Slim esperó a que Leland pagara al taxista y entró con él

en la casa. Recorrió aturdida el pasillo, se quitó el traje pantalón negro y lo dejó inánime sobre la alfombra como la piel
mudada de un cadáver desaparecido.

Se metió en la bañera que Leland había llenado horas antes,
con el agua ya helada como la del estanque que había más allá
del jardín.

Tal como ella preveía, Leland anunció desde el otro lado de
la puerta que iba a «salir a tomar el aire». Sospechó que iría al
teléfono público de la tienda de la esquina a llamar a la ladrona
Churchill. Solo entonces, tumbada en el agua helada, Slim
rompió en sollozos. En silencio para que nadie la oyera, pese a
que no había nadie en la casa.

Al cabo de una hora salió de la bañera, arrugada, enrojeci-
da, preparada para cubrir la herida abierta que era su futuro.

Coda

Naturalmente, vimos a Pam en varias tiendas mirando con total desvergüenza vajillas para la lista de boda.

Un día almorzamos en Le Petit Jardin sentadas en un compartimento circular. Observamos al maître flamear nuestra ensalada de espinacas en un carrito colocado junto a la mesa y
aplaudimos cuando el coñac ardió con una llamarada impo-
nente.

El comedor recreaba de manera encantadora un jardín mediterráneo, con una iluminación que cambiaba de matiz e intensidad para reproducir el transcurso de un día en un espacio cerrado con plantas. En un almuerzo temprano el cielo era de un azul
claro, que con el paso de las horas se oscurecía poco a poco hasta
la penumbra del ocaso. Reconocíamos que el espectáculo era im-

presionante, y por eso alargábamos las comidas con numerosos platos, solo para disfrutar de los cambios de ambiente.

En ese momento vimos a Pam, que cruzaba el comedor cargada con una sombrerera grande de Bergdorf's. Y con varias bolsas de Tiffany. Como es lógico, sospechamos qué contenían...

—¡Parece mentira! ¡Qué descaro!

—¿No estará preparando la lista de boda antes de que el cadáver se haya enfriado siquiera?

—Seguro que a Leland ni se le ocurriría... No le haría eso a Slim...

—Ya sabemos cómo es la tal señora Churchill...

—Y cómo son ellos.

(Mensaje implícito: los maridos.)

—Ya sabemos que con cada uno busca llevarse el premio del anillo.

—Les encanta ese papel de la inglesa con cutis de seda...

—Les erotiza el número de la institutriz...

—Quizá Leland esté demasiado obsesionado con *Sonrisas y lágrimas.*

—Seguro que es el de Balenciaga... El blanco. El del escaparate de la calle Cincuenta y ocho. Es el único que necesitaría una sombrerera tan grande como esa.

—¿Os acordáis de cómo era antes, de la pinta que tenía? Por el amor de Dios, ¡si no habría distinguido un Balenciaga de una prenda campestre de Barbour!

—Recuerdo que la vi en Capri al poco de acabar la guerra, y en vez de ponerse lo normal, es decir, pantalones y alpargatas, llevaba unos zapatos de piel de lagarto horrorosos y una falda acampanada de lo más hortera... ¡Esa no tenía ni idea...! Después conoció a Gianni y antes de un año ya lucía prendas de Chanel y de Dior, además de joyas increíbles.

—¡Pues claro! Es la única mujer en la que Gianni se ha gastado el dinero.

—Por no hablar de los regalos de «despedida»: aquel exorbitante apartamento de París... ¡Ni se os ocurra decírselo a Marella!

—Y no te olvides del Bentley.

—¡Ya podría haberle endilgado un Fiat de serie!

Nos reímos del comentario. La risa fue demasiado estridente. Fue demasiado... colectiva. Pam volvió la cabeza y miró hacia nuestra mesa con cara de curiosidad.

—Dios mío..., nos ha visto.

—Pues claro que nos ha visto.

—Mierda. Nos está saludando con la mano.

—Sonriamos, saludémosla y ya está...

Así pues, agitamos la mano al tiempo que, no sin esfuerzo, sonreíamos a la mujer a la que odiábamos. Alguna de nosotras incluso tentó a la suerte lanzándole un beso hipócrita.

—Zorra. —Pronunciado con los dientes apretados y una sonrisa en los labios.

—No se le ocurrirá venir... No hay sitio.

—A ver si acerca una silla...

—Sí, necesitamos otro carrito para cerrarle el paso.

Miramos al maître, que servía la ensalada en los platos y los colocaba sobre la mesa dirigiendo una inclinación y un «Que aproveche, señora» a cada una.

—Y seis platos de fettuccine a la carbonara..., raciones pequeñas.

—¡Con lo que engordan! ¡No debemos!

—Es para tener un carrito ahí...

—He oído decir que ha pedido a los de Christie's que tasen la colección de los Hayward.

—¡No puede ser! Si todavía no hay nada cerrado... La verdad es que estuvo más cerca de conseguirlo con Gianni.

—Aunque Leland fuera tan idiota, esa no puede empezar a llevarse las cosas de Slim.

—En el estado de Nueva York hay separación de bienes.

—Mi cocinera se lo oyó contar a la de Slim, y Delores, que es amiga de Brooke, lo confirmó. Dicen que Pam vive en Manhasset desde que Slim se fue.

—¡No! ¿Cuándo empezaron?

—Con aquella maldita función de *Al sur del Pacífico* a la que fueron con Bill y Babe.

—¿Y Slim lo sabe?

—¡Desde luego que no! ¿Crees que se lo callaría? ¡Pamela Churchill... viviendo en su casa!

—No tendría que haberse ido a Europa para ayudar a Betty.

—¿Qué dices? ¡Se comportó como una amiga!

—La querida Slim.

—La sal de la tierra.

—Siempre dispuesta a echar una mano a los amigos.

—¿Sabéis lo más gordo?

—¡Cuenta!

—Tenéis que prometer que no se lo diréis a nadie.

Lo juramos solemnemente. (Mantendríamos la promesa hasta el siguiente almuerzo, en el que pediríamos a otras que prometieran lo mismo. Nos engañábamos pensando que sabíamos guardar secretos. Por más que nos esforzáramos, siempre encontrábamos a alguien con quien no nos quedaba más remedio que compartirlos.)

—La cocinera dice que Pam ha recorrido la casa con unas láminas de pegatinas rojas en la mano... ¿Habéis visto esos círculos de «vendido» que ponen en las subastas benéficas? Pues bien, la cocinera de los Hayward dice que Pam los ha pegado en todo aquello que quiere que Leland consiga con el divorcio.

—¡No!

—Muebles, cuadros, todito.

—No me digáis que no es despreciable.

—¡Es mala!

—¡Pobre Slim!

—¡Me gustaría propinarle un buen puñetazo a Leland en toda la mandíbula!

—A mí siempre me ha caído bien él...

—Pues a mí ya no me cae bien.

—A mí tampoco.

—De todos modos... El asunto aún no acabado. —Unas palabras optimistas que todas suscribíamos.

—A fin de cuentas, nadie se casa con Pam Churchill.

Cuando el maître volvió para servir los fettuccine a la carbonara que no queríamos, que solo habíamos pedido para impedir que la repugnante señora Churchill acercara una silla, observamos que en los jardines falsos de Le Petit Jardin la luz adquiría una tonalidad más oscura, nos preguntamos a qué clase de mujer se le ocurriría poner pegatinas rojas en los tesoros de otra y suspiramos aliviadas, conscientes de hasta qué punto nuestras pertenencias habían estado cerca de sufrir el mismo destino picado de viruelas.

11

1960

Septeto

El Fandango tuvo un último giro inesperado en el que participamos todas.

Slim estaba en la cama, sin ganas de levantarse. Echaba de menos a Leland, esa es la verdad. Era casi al principio y no había aceptado por completo que la relación había acabado.

El teléfono sonó poco antes de la nueve, algo que, como ya hemos dicho, no solía suceder. El corazón le dio un vuelco y se apresuró a descolgar. ¿Sería Leland?

—Holaaaaaa, Big Mama —dijo una voz aguda.

La de Truman, a quien se alegró de oír. Si no era su querido Hay, prefería que fuera Tru antes que cualquier otra persona.

—Buenos días, Truheart. ¿Por qué llamas tan temprano?

—Buuueeenooooo, te he organizado un almuerzo muuuy especial y tenía que hablar contigo para asegurarme de que podrás asistir.

—¿Dónde?

—En el Colony. Confía en mí. No puedo decirte más, pero creo que se me ha ocurrido algo estupendo y muy especial.

Más tarde nos enteramos de que a cada una le indicó una hora distinta a fin de escalonar las llegadas.

Slim fue la primera, como Truman había dispuesto.

Entró en el vestíbulo, donde los dueños la saludaron con cariño, primero Gene y después George. De todos nuestros locales favoritos para almorzar, el Colony se llevaba la palma en el servicio y, si bien era un establecimiento frecuentado por hombres para las comidas de negocios, George y Gene sabían muy bien qué les convenía. A partir de la una el restaurante era conocido como el Enjambre, pues imperaban las «abejas reinas».

—Hola, señorita Slim. Lleva un Dior precioso.

George la besó en las dos mejillas, al estilo europeo. En efecto, Slim estaba espléndida: lucía un traje pantalón de crepé blanco y escote pronunciado.

—Gracias, George. He quedado con...

—Con el señor Truman. Sí, está esperándola. Ha organizado algo muy especial. Creo que a todas les gustará mucho.

—¿Quiénes son «todas»?

—El señor Truman dice que es para sus Cisnes.

—Ah. ¿Y cuántos Cisnes espera que acudan?

—No puedo decírselo. Esa es la sorpresa del señor Truman. La aguarda en el bar.

George señaló la puerta morisca de la izquierda. Gene la abrió para que pasara Slim y le dirigió una leve inclinación, ya que no seguía tanto las costumbres de la Europa continental como George.

—Buenas tardes, señora Hayward.

A Slim aún le dolía oír ese apellido, que ya no le pertenecía.

Se dirigieron al bar, donde Truman, que se relamía de gusto, sonrió de oreja a oreja al verla acercarse.

—Querida, ya te he pedido algo. Marco te ha preparado un especial del Colony... —Deslizó un martini por la barra hasta ella.

—Muy bien, Truheart, ¿qué pasa? —Slim se sentó en el taburete de al lado y escrutó el rostro de su amigo—. Sé que tramas algo. Se te ve demasiado ufano.

Truman pestañeó y habló con un marcado acento sureño.

—Vaya, señora Slimsky, no tengo ni la más remota idea de por qué insinúa tal cosa.

—¿Quién va a venir? George ya se ha ido de la lengua y me ha dicho que no estaremos solos tú y yo..., lo que, por cierto, me fastidia bastante. Me he levantado de la cama como he podido para estar contigo. No me apetece ver a un montón de gente.

—Vendrá Babe.

—Ah, bueno, está bien. Si no es más que Babe...

—Y a lo mejor unas cuantas más...

—Mmm... ¿Vamos a comer aquí?

Slim señaló el bar, que disponía de una veintena de mesas y que hacía furor desde que el duque de Windsor había declarado que prefería comer en él.

—¡No, por Dios! Tengo una mesa preparada. En el salón principal. Es un almuerzo de gala. —Truman consultó el Cartier que lucía en la muñeca—. ¡Dios mío, ya es la hora! Coge la copa. Creo que seguiremos dentro. No queremos perdernos nada...

Tomó a Slim del brazo y se arrimó a ella mientras la conducía de nuevo al vestíbulo.

George abrió una puerta que daba a una larga sala rectangular de tonos burdeos y crudo, iluminada por arañas de cristal tallado y candelabros con velas parpadeantes. El comedor era un barullo de conversaciones.

No obstante, se hizo el silencio en cuanto Slim y Truman entraron. Todos volvieron la vista para observar a los recién llegados. Los cubiertos y las conversaciones quedaron suspendidos, y el tiempo pareció detenerse una milésima de segundo; un ritual que se repetiría en diversos grados con cada recién llegado. Los comensales miraron con interés añadido a Slim y a Truman cuando George los condujo a una mesa circular emplazada en un lugar destacado. Y puesta para doce, como advirtió consternada ella.

—Mira, cariño —dijo Tru con entusiasmo—. El mejor sitio. El sanctasanctórum.

—¡Me cago en diez, Truman! ¿Acaso conocemos a tanta gente?

—Vamos, Big Mama, te conviene relacionarte.

Truman apartó una silla para Slim al lado de la suya. La mesa estaba preparada con un gusto exquisito, con la mantelería más fina, sobrios platos blancos y cubiertos de plata antigua. Junto a cada servicio había un menú, y en seis de ellos, un cuenco pequeñito con agua en la que flotaba una gardenia recién cortada.

Slim arqueó una ceja y miró a Truman.

—¿Hoy no hay magnolias pequeña gema?

—No. He decidido variar un poco. Lady Day, la señorita Billie Holliday, llevaba gardenias en el pelo y, créeme, huelen a gloria.

En el momento previsto apareció Babe. Se repitió el ritual: silencio entre los otros comensales, examen y murmullos de aprobación.

Al llegar a la mesa, Babe besó distraída a Slim en la mejilla y luego a Tru.

—Oh, Tru, es precioso. —Miró con atención los menús—. ¡Uau, codornices a la Colony! Mi plato favorito. ¡Y mira esto, Slim! ¡Tu sopa de cangrejo!

—¿Por qué crees que están ahí, Babyling? He elegido las comidas que más os gustan. Big Mama, ¿quieres que te prenda la gardenia en el pelo? El sobrio blanco siempre queda bien sobre el dorado.

En ese instante la puerta volvió a abrirse de par en par y apareció Marella.

—¡*Benvenuta*, Uno! —gritó Truman desde el otro lado del comedor.

Marella se mostró perpleja al ver a Slim y Babe, pues a todas luces había entendido que Truman la invitaba a un almuerzo para dos. Durante los diez minutos siguientes el grupo se amplió con la llegada de Gloria y de C. Z. Truman disfrutó con la aparición de cada una.

Empezaron a charlar. Tru les habló a Marella y Gloria de su estancia en Verbier, de las jóvenes atractivas que había visto esquiar fuera de pista en Mont Fort junto a monitores fornidos. Babe parloteó sobre un abono especial que había comprado para los parterres de Kiluna. C. Z. le propuso una alternativa: los excrementos de elefante. A ella se los habían proporcionado los cuidadores de los animales del circo Barnum & Bailey a su paso por la ciudad. Slim era la única que permanecía en silencio, incapaz de quitarse a Leland de la cabeza. Al cabo de un rato Marella se inclinó hacia Truman.

—Vero, ¿por qué estamos en una mesa para doce si somos seis? —le preguntó.

—*Pazienza*, Uno...! *Pazienza!* —Dicho esto, Truman consultó el reloj de pulsera y miró con interés hacia la puerta—. No falta mucho...

—¿No falta mucho para qué?

—Para que lleguen nuestros invitados de honor...

—Creía que yo era la invitada de honor —apuntó Slim.

—Pues no. Tú eres la más importante, pero no la «de honor». Digamos que en este caso se trata más bien de un honor «dudoso»...

Al igual que Slim, primero miramos las sillas desocupadas y luego hacia la entrada.

En ese momento vimos que la amplia sonrisa maliciosa de Truman se ensanchaba aún más al abrirse la puerta de par en par. Se interrumpieron las conversaciones y el movimiento de tenedores y cuchillos, y los comensales se prepararon para escudriñar a quien llegara.

Y ahí estaba. Nada más y nada menos que la señora Churchill. La infame Pam Churchill. Recién casada con Leland Hayward. La señora Hayward que no era Slim. Pamela Digby Churchill Hayward, que se había acostado con nuestros maridos, apareció con su sombrero de ala ancha de Balenciaga.

—¡Oh, Truman! —murmuró una de nosotras, aunque no recordamos cuál.

—¿Cómo has podido? —Tampoco nos acordamos de quién lo dijo.

Marella maldijo en italiano a media voz.

Sí recordamos que Slim se irguió y lanzó a Pam una mirada que habría helado el Sáhara. Nos mostramos serenas y resueltas: un grupo fuerte. Unido y solidario. Babe apretó una mano a Slim por debajo de la mesa.

Recordamos de forma borrosa el rostro de Truman encendido de placer: como un espectador de un partido de tenis, volvía la cabeza a derecha e izquierda hacia las esposas agraviadas y hacia la cazamaridos.

Lo que mejor recordamos es la expresión de Pam al verse obligada —delante no solo de nosotras, sino de otras cincuenta mesas con las personalidades más poderosas de Manhattan—

a batirse en retirada o a iniciar el recorrido ignominioso por el atestado comedor, donde se habría oído hasta una pluma que cayera al suelo.

Cuando llegó a nuestra mesa y tomó asiento, vimos que se le habían formado gotas de sudor en la frente, cerca de aquel pelo que parecía algodón de azúcar, y encima del labio superior, encharcado sobre aquellos colmillos que todas convinimos en calificar de lamentables.

La mayoría de los cizañeros se habrían conformado con aquello pero, dado el talento de Truman para la humillación pública, nadie se sorprendió (salvo quizá Marella) cuando se presentaron los últimos invitados.

Nuestros maridos. Los cómplices de la señora Churchill.

Llegaron de uno en uno —Loel Guinness, Bill Paley y Gianni Agnelli— y, al igual que a Pam, no les quedó más remedio que realizar el interminable recorrido bajo la mirada atenta de todo el Colony. Por el camino se detenían a estrechar la mano de hombres importantes. Avanzaban con aire arrogante, conscientes de que todos los observaban. Besaron a la mayoría de los comensales de nuestra mesa, con las notables excepciones de Truman y Pam, a quienes se cuidaron de no mirar. Se rieron con carcajadas exageradas y hablaron con un entusiasmo desmesurado, todo ello sin dejar de consultar el reloj y maquinar la huida. No aguantaron más de cinco minutos antes de disculparse por tener que regresar al despacho.

Truman, que siguió desempeñando el papel de anfitrión dicharachero, hablaba de todo y de nada en un intento poco convincente de disimular lo que en realidad pretendía: exponer a Pam Churchill a la mirada de la flor y nata de Manhattan y marcarla con una gran A escarlata de ladrona de maridos en la plaza pública del Colony.

Al final, después de que nuestros maridos pidieran que les excusáramos y se marcharan uno tras otro —observamos que la espalda de sus trajes se alejaba con aire avergonzado, por más que ellos trataran de fingir lo contrario—, Slim le preguntó a Pam con calma:

—Bueno. ¿Es que Leland no vendrá...?

—Oh, Big Mama, créeme: lo he invitado —intervino Tru con sarcasmo.

—Leland decidió no venir —respondió con voz cortante Pam, que rezumaba sudor bajo nuestra mirada.

—Bien —dijo Slim con aquel tono socarrón de Betty Bacall, el tono que Betty había aprendido de Slim—. Al parecer es la única decisión juiciosa que ha tomado últimamente.

Como cabía esperar, Pam fue la primera en irse. Las demás nos dividimos en parejas. Babe y Marella se dirigieron a la Cincuenta y cuatro Este, al salón de belleza de Kenneth, y C. Z. y Gloria al Instituto Erno Laszlo, en West Broadway, con la esperanza de que las atendieran aunque no tuvieran cita. En el bar del Colony, Slim y Truman disfrutaron analizando lo ocurrido mientras tomaban un par de martinis especiales de Marco, de modo que el parloteo se vio estimulado por la absenta, la ginebra y la sensación de triunfo. Se desternillaron al describir la cara de cada uno de los maridos descarriados, y hasta reflexionaron sobre lo que habría hecho Leland... y sobre lo que diría al enterarse del incidente.

—Truheart —dijo Slim entre lágrimas de risa—, en el infierno hay reservado un lugar especial para las almas como la tuya...

—Pues sí, pero lo importantes es: ¿no te lo has pasado bomba viéndola sudar?

Y Slim se dio cuenta de que se había divertido por primera vez desde hacía semanas.

Animados por los martinis y el regocijo, se rieron tanto que Slim casi se olvidó de que la infame señora Churchill tenía lo que ella más quería y nunca recuperaría.

A su querido y tierno Hay, a quien jamás dejaría de amar.

Mientras que a las demás aquel incidente menor del Colony solo nos pareció una travesura graciosa —una diablura para reforzar el alicaído ego de Slim, para poner fin a la batalla que se libraba en Nueva York desde el inicio del ridículo Fandango Hayward-Churchill—, Marella lo consideró desagradable.

—Quizá sea debido a mi inglés, pero todos estos años, cuando Truman me decía que era su cisne Número Uno…, no sabía que nos llamaba a todas así.

—¿A qué te refieres, querida? —le preguntó Babe mientras esperaban un taxi.

—Me dijo que era por mi cuello…, porque lo tenía muy largo. Creía que solo me llamaba de ese modo a mí. No me había dado cuenta de que aplicaba esa palabra… a todas nosotras.

—Me parece que eso no significa nada.

—*Cigni… Troppi cigni.* Demasiados cisnes.

12

1954

Lamento

El muchacho tiene veintinueve años cuando su madre lo abandona para siempre. Nina ha intentado esfumarse con anterioridad, se ha marchado y ha regresado tantas veces que al enterarse de que en esta ocasión se ha ido de verdad, el muchacho cree que se trata de otro ardid, de otra falsa alarma.

El Año Nuevo se celebró hace cuatro días y los barrenderos acaban de retirar el confeti de las alcantarillas de los húmedos Campos Elíseos, donde las serpentinas pisoteadas se adhieren a los tacones de aguja como algas empapadas.

El muchacho está en París, con Jack.

Con su Jack.

Está enamorado..., perdidamente.

Y pensar que, después de tanto buscar, el amor era algo tan fácil, tan constante...

Le cuesta creer la suerte que ha tenido y le dan ganas de pellizcarse para cerciorarse de que no es un sueño. Lo refrena el temor de que al hacerlo cambien las circunstancias..., de que la perfección se volatilice de repente.

Acaban de llegar de Sicilia, donde tenían alquilada una casa en un acantilado escarpado. Por la mañana escribían y luego bajaban a nadar al mar, cada uno por su lado la mayoría de las veces. Se turnaban para ir a comprar; mientras uno iba al mercado, el otro se quedado tumbado en la playa. Se reunían a mediodía y preparaban una comida sencilla a base de olivas, tomates maduros y escorpina recién asada.

«Cuando dos personas están tan unidas como nosotros —dirá más tarde el muchacho—, no necesitan pasar todo el tiempo juntas. Están juntas incluso cuando no lo están.»

Dedicaban las tardes a la escritura: Jack trabajaba en una obra de teatro y el muchacho en las primeras fases de invención de una joven llamada Holiday Golightly, que en parte es Nina y en parte Bang-Bang Woodward..., una amalgama de una decena de chicas que conoce. Quizá se ajuste más a la verdad decir que Holly es la hermana siamesa de su creador. A quienes lo conocemos nos resultará imposible leer los diálogos de Holly, esa palurda caprichosa, sin oír la voz aguda y el acento sureño de Truman. Es una farsante, un quiero y no puedo, vive en los márgenes y, al igual que el autor, acude a Tiffany para escapar de lo que ambos denominan la «malea».

La malea es muchísimo peor que la tristeza, y el muchacho la conoce bien..., aunque Jack lo ha curado casi por completo de esa enfermedad. La voz grave de Jack, su pecho desnudo y la seguridad de sus pasos arrastrados han sido el medicamento que ha sustituido a los juegos de desayuno de plata y los billeteros de piel de caimán.

El muchacho vuelve a escribir ficción después de haber acabado el guion de *La burla del diablo*, la película de Bogart..., de salvarla, mejor dicho, puesto que sigue siendo el Merlín de bolsillo, como lo apodó Nelle, que vislumbró hace mucho tiempo el que quizá sea el mayor talento de Truman. El gran John Huston le había pedido que obrara su magia en una película sin nada que al final logró superar la fase de producción. Todas las noches el escritor de cabello rubio se encerraba en su dormitorio monástico para crear desde cero las escenas del día siguiente. Y lo conseguía «por los pelos de su barba», aunque más tarde le diremos que la frase suena a falsa porque faltaba mucho para que llegara a la pubertad y le saliera vello en la cara.

No pudo rechazar el trabajo porque el sueldo le permitía costear los gastos de Nina y Joe, algo que desea con todas sus fuerzas.

Tras conocer y cautivar a los galanes de la pantalla a los que había idolatrado en su juventud, el muchacho se alegró de infiltrarse en la esfera incandescente de esos astros. Se convirtió en la mascota de la película y obsequió con historias escandalosas a los actores y al equipo técnico, que dudaban de su veracidad pero que admiraban la inventiva de Truman. Logró ganarse la renuente aceptación de Bogie y Huston, quienes llegaron a respetar al escritor bajito por su capacidad de beber más que todos ellos, así como por sus increíbles proezas físicas.

Tras haber echado un pulso con Bogie y haberlo derrotado, el muchacho siente que es el hombre que su madre siempre quiso que fuera. Con su metro sesenta, derribó al gran Bogart en una pelea y lo obligó a guardar cama durante una semana.

A su madre le encantaría el dato... Al fin y al cabo, era una hazaña de macho.

Piensa alardear ante ella. «Nina —le dirá—, he aplastado a Bogart. Tumbé a ese pobre hombre en una apuesta. A pesar de ese aspecto de tipo duro, es tan inofensivo como un cordero.» (Naturalmente, le hemos oído varias sumas; la media es de doscientos, pero la indiferencia de su madre exige inflar la cifra de la apuesta para impresionarla.)

Unos días antes de Navidad la telefonea para contárselo, pero no logra hablar con ella. Las fiestas navideñas pasan sin que se produzca ninguna llamada, lo que no tiene nada de raro. El muchacho ha vivido más navidades sin ella que a su lado. Por lo general Nina le envía a donde él esté un regalo en una caja envuelta en papel metalizado —trajes de tweed, pajaritas o bañadores elegantes—, aunque este año el muchacho no espera nada.

Ahora es él quien le manda cajas a ella, o sobres con dinero. Nina necesita ese dinero para mantener su simulacro de vida, para continuar aferrada al último peldaño de la escala del mundillo elegante después de que los otros se hayan roto.

Los textos de Truman, rechazados en el pasado por el *New Yorker*, son desde hace tiempo objeto de disputa entre las publicaciones.

Lo mejor de todo es que ha encontrado el amor en un hombre bueno. Un hombre que está tan presente como ausente ha estado siempre Nina. Jack, un machote. La clase de hombre que la madre de Truman siempre ha querido que él sea.

«Jack era *tout droit* cuando nos conocimos..., hetero a carta cabal, cielo. Estaba casado con una chica encantadora..., que se llamaba Joanie. Actuaron juntos en *Oklahoma*..., en el cuerpo de baile, ¡nada menos! Eran inseparables, hasta que ella se largó con otro bailarín mientras Jack combatía contra los alemanes al otro lado del Atlántico. Y a Jack se le rompió en mil pedazos ese enorme corazón que tiene. Creía que nunca más se enamoraría..., hasta que me conoció.»

Incluso a la madre del muchacho le cae bien Jack, es decir, en sí mismo. La primera vez que se vieron coqueteó con él de forma desvergonzada, igual que había flirteado con todos los amantes de Truman. A sus ojos, Jack es el ejemplar perfecto. Apuesto y varonil, un hombre corriente. Con piel de irlandés pecoso. Cabello color caoba. Mandíbula esculpida, sonora voz de barítono. Además, a Nina le encantan los hombres que saben bailar.

Solo le encuentra una pega: que haya llegado a interesarse por su hijo en ese aspecto. Se niega a creer que Jack sea algo más que un «buen amigo» del muchacho. Cuando sus amistades le llevan la contraria, se apresura a afirmar: «¡Por el amor Dios, si Jack estaba casado! Y en cuanto a Truman, solo necesita encontrar a la chica adecuada y sentar la cabeza». Si insisten, Nina —después de un par de whiskies— admite arrastrando las palabras: «Mira, sé lo que es mi hijo... De todos modos, hay muchos mariquitas que se casan con una buena chica».

En la habitación del Hôtel de France et de Choiseul, situado en la rue Saint-Honoré, el teléfono suena al alba.

El muchacho y Jack duermen con las piernas entrelazadas.

Jack estira el brazo por encima del muchacho, que desaparece bajo la ropa de cama, y descuelga a tientas el auricular. Sin pronunciar palabra, se lo pasa al muchacho en cuanto oye los gritos con marcado acento cubano de Joe Capote. Ya cuesta entenderlo en circunstancias normales, pero ahora parece que Joe ha perdido el juicio con la borrachera.

—Joe..., más despacio. —Jack oye la voz que suplica bajo las mantas—. No puedo... ¿Qué dices de Nina...? Joe... Escúchame... Que se ponga al teléfono. Lo arreglaré... ¿Cómo dices? ¿Que se ha ido? ¿Cuándo volverá? —Luego—: ¿Qué quieres decir con que se ha «ido»?

En ese momento Jack nota que el cuerpo del muchacho empieza a temblar sobre su pecho...

Jack recuerda que cuando llega la llamada él está con un torno en la boca: un gilipollas compungido que necesita una endodoncia.

Al volver de la consulta del dentista encuentra al muchacho sentado en la Cama Grande. Ve que cuelga el teléfono y que lo mira con los ojos muy abiertos. Asustado.

—Mi madre se ha ido, Jack.

Solloza, aunque las lágrimas se niegan a brotar. Jack se sienta a su lado y estrecha con sus musculosos brazos al chiquillo conmocionado.

—No te preocupes —le asegura atónito el muchacho—. No pasa nada. Ya lo ha hecho otras veces y siempre vuelve, tarde o...

En un relato alternativo, el muchacho recuerda que regresa al hotel tras dar un paseo por los Jardines de Luxemburgo, de cuyos árboles cuelgan carámbanos que semejan esquirlas de cristal de Baccarat. En el Hôtel de France et de Choiseul le espera un telegrama de Joe Capote.

Al volver de la consulta del dentista, Jack encuentra al muchacho hecho un ovillo sobre el colchón, con el abrigo de invierno puesto. Ha estado llorando, pero ahora se ha calmado.

—Nina se ha ido. —Es lo único que dice al principio.

Jack se tumba a su lado y lo abraza. Luego le oye repetir en voz baja un ensalmo, casi una nana:

—Tengo dinero. Nina no tenía por qué hacerlo... Tengo el...

Hay aún otro relato con varias llamadas de Joe, que vuelve a telefonear nada más colgar. Le cuesta entender que Nina se haya ido para siempre y necesita oír la voz aguda y melodiosa del muchacho, su cadencia sureña, aunque solo sea para recordar a Nina, para llenar el vacío que le ha dejado.

—Tú solo habla —le pide Joe en una llamada transatlántica.

El muchacho se quita las gafas para frotarse los ojos anegados en lágrimas, que de ese modo se desbordan y le mojan las mejillas.

—¿Qué quieres que diga, Joe?

—Da igual. Cualquier cosa. Cuéntame algo... Cuéntame algún chismorreo de los antiguos vecinos. No me importa lo que digas... Solo quiero oír tu voz.

—De acuerdo.

—Truman...

—Dime.

—No pares de hablar. No pares de hablar, porque creo que me hundiré si te callas aunque solo sea un segundo.

Y el muchacho, con la voz quebrada, empieza a contarle a Joe Capote la historia de una joven pueblerina llamada Lillie Mae, de Monroeville, que luchó y ahorró para salir de su pueblo y que en un prodigioso acto de voluntad y autocreación se transformó en la exótica Nina de Joe.

Fuera cual fuese la fecha, lo cierto es que sucedió en los primeros días del nuevo año, cuando llaman al muchacho para que vaya a ver a su madre por última vez.

Jack se indigna con Nina a más no poder. Es muy propio de ella obligar al muchacho a volver atrás, y justo ahora que empezaba a volar con sus propias alas.

Han comprado un billete de avión, y el muchacho ha preparado el equipaje. Un autobús lo recogerá en el Hôtel de France et de Choiseul y lo llevará al aeropuerto. Junto a la puerta aguarda la maleta Vuitton, con una etiqueta atada al asa donde se especifica que su destino es Nueva York.

El muchacho espera sentado en el borde de la cama con la mirada perdida y su perro abrazado contra el pecho..., el perro que se compró en cuanto se convirtió en un escritor de éxito. Puesto que nadie cumplía nunca lo prometido, tuvo que encargarse él mismo del asunto. Es su primer bulldog, un cachorro al que ha puesto el nombre de Charlie J. Fatburger.

—Te portarás como un niño bueno con Jack, ¿verdad que sí, Charlie? —le susurra al oído.

Charlie no responde más que con un lánguido resuello ininterrumpido.

Jack está en el dormitorio cuando la camarera de noche entra y tropieza con la maleta de la puerta. Oye a la mujer preguntar al muchacho en un inglés con un acento muy marcado: «*Alors!* Monsieur, ¿quién se va Nueva York?».

Y oye la vocecilla del muchacho, tenue, apenada: «Yo. Me voy yo».

Por la voz parece más menudo, más diminuto incluso de lo que es. La imagen que transmite suele superar a su persona física, por lo que la gente olvida lo pequeño que es.

Cuando el conserje llama para anunciar que ha llegado el autobús, Jack baja la maleta del muchacho.

En París hace un frío glacial, la temperatura ha descendido hasta los tres grados. El muchacho tiembla bajo la chaqueta de segunda mano y sigue abrazado al cachorrillo, al que con voz dulce le dice que es muy bueno.

El chófer coge la maleta y deja que el muchacho se despida de Jack, que, con su impasibilidad característica, asiente con la cabeza como si quisiera transmitir a su amigo el valor que le falta. El muchacho hunde la nariz en los pliegues del cuello de Charlie Fatburger antes de depositarlo con cuidado en los brazos de Jack. Y sin más palabras sube al vehículo y elige un asiento.

En cuanto el autobús se aparta del bordillo, empieza a nevar y sopla un viento helado que impulsa al muchacho hacia el aeropuerto, hasta el avión que lo llevará al otro lado del mundo, de vuelta a Nueva York.

Más tarde comentaremos que este es uno de esos detalles caprichosos y mágicos que al muchacho le gusta añadir para impresionar y dudaremos de que sucediera de ese modo..., aunque Jack, nada inclinado a adornar la realidad, ha jurado que así fue a aquellas de nosotras con las que se digna conversar.

Por una vez el muchacho no necesita recurrir a la ficción para que nos compadezcamos de él.

Duda de la noticia hasta el momento en que ve a Nina.

Está seguro de que se han equivocado y se imagina que en cuanto entre en el número 1060 de Park Avenue con su traje italiano nuevo, el chaleco de seda color morado y brillantes zapatos de charol, con toda la pinta de un dandi, Nina (con unos cuantos whiskies entre pecho y espalda) le dirigirá una mirada desdeñosa y le mandará cambiarse de ropa.

«¿Quién te crees que eres, el puto Oscar Wilde? —supone que le dirá para provocarlo—. Sé bueno, ve a tu habitación y vístete como Dios manda. Tienes planchado y colgado el traje de Brooks Brothers.»

Entra en el apartamento vacío (en su ausencia, un cambio de circunstancias ha obligado a Nina y a Joe a vender sus pertenencias para pagar a los acreedores). Se pone el convencional traje azul de Brooks Brothers que a ella siempre le ha gustado («Eeeeeso es clásico», decía Nina arrastrando las palabras, con una dulzura desagradable por lo exagerada, cada vez que el muchacho se lo ponía bajo coacción). La ve en la funeraria de

Frank Campbell, en la esquina de Madison con la Ochenta y una, la mejor de Manhattan, cuya factura ha pagado él..., la ve en el ataúd, vestida con su único traje auténtico de Chanel, el que se compró con los ahorros de muchos meses.

Y entonces, solo entonces, la noticia cobra realidad.

El muchacho se arma de valor al acercarse al féretro, se prepara para ver las facciones que durante toda su vida ha observado con atención. El rostro alargado, el cutis de porcelana. Los rizos del color de la miel, que en el salón de belleza colocaban alrededor de la cara, aparecen como una aureola tirada de cualquier manera.

Cuando se obliga a darle un beso, se sobresalta al constatar que no es su madre, sino una mujer mucho mayor que la Nina con la que se peleó por última vez hace unos meses. El cabello, que Nina se esmeraba en mantener rubio, muestra mechas canas. Más tarde, el muchacho se enterará de que no tuvo más remedio que renunciar a las visitas al salón de belleza, un lujo que Joe y ella ya no podían permitirse. Aunque todavía es joven, pues no ha cumplido aún los cuarenta y nueve, con el pelo canoso aparenta sesenta años o más.

«¿Por qué no me lo dijisteis? —preguntará el muchacho a Joe mientras, encorvados en un antro cercano a la Cincuenta y seis Este, toman unos bourbons (la cuarta o quinta ronda) en la nebulosa de los días siguientes—. Nina adoraba su pelo... Yo lo habría pagado.»

Joe, que llevará varios días sumido en una burbuja de embriaguez y pena, se encogerá de hombros.

En el ataúd se la ve serena, como nunca lo estuvo en vida, con la tez protegida por la gruesa capa de maquillaje que le han aplicado los de la funeraria y que proporciona al rostro un lustre terso aunque un tanto céreo. (A ella le habría encantado el detalle y habría dicho que era un «brillo húmedo», expresión que había leído en una revista.) Tiene los labios —más finos de lo que el muchacho recuerda debido a la angustia provocada por los problemas— pintados con el rojo que siempre usaba, si bien ahora parece un churrete de un color nada natural.

Una inerte línea colorada.

El muchacho mira fijamente a Nina como si observara a una desconocida.

Más tarde, cuando intente reconstruir los últimos días de su madre, el relato de Eleanor Friede, la amiga con quien Nina almorzó una semana antes de morir, casi desgarrará su doliente corazón. Eleanor recordará que se vieron cerca del día de Acción de Gracias, no por el de Año Nuevo, aunque en el informe del juez de instrucción del condado consta lo contrario. Quedaron en el Plaza, el local que a Nina (al igual que al muchacho) más le gustaba. Se sentaron a una mesa apartada del Oak Bar, casi en la cocina. Nina pidió poco, una ración pequeña de ensalada y una única rebanada de pan, en lugar de las exquisiteces de las que antes disfrutaba en el almuerzo. El picadillo de coñac del Plaza fue otro lujo del que tuvo que privarse. Además, el mero olor del alcohol habría dado al traste con su abstinencia. No pidió siquiera una copita de vino, pues llevaba casi seis meses sin beber. Fumó un True tras otro y se tomó un montón de cafés.

«Una tragedia, la verdad —susurrará Eleanor—. A las dos nos pirraban los almuerzos con tres martinis. Caramba, si empezábamos ya antes de mediodía sabiendo que seguiríamos tan campantes. Y aquel último día Nina solo bebió un café tras otro, uno tras otro. Tenía temblores..., no sé si por el trémens ese, por toda aquella cafeína o por los nervios. El caso es que no era la de siempre, te lo aseguro. Yo debería haber sabido... Ojalá le hubiera dicho algo... Ojalá hubiera intervenido...»

Nina le habló de su reciente viaje a Cuba, donde Joe había albergado la esperanza de ganar la pasta suficiente para salvar el pellejo. Las autoridades lo tenían cercado, daban vueltas como una bandada de buitres alrededor de su causa pendiente por apropiación indebida. Lo habían declarado culpable en tres condados y se enfrentaba a una pena de catorce años en Sing Sing si no devolvía a sus empleadores los cien mil dólares que se había llevado. Cuba supuso un último esfuerzo desesperado por conseguir la cantidad reclamada y, como todo lo demás, terminó en fracaso. Nina había comentado que el viaje los llevaría al éxito o los hundiría, y por lo visto sucedió lo segundo.

Unos meses antes había organizado una última juerga y se había jactado de que Park Ave nunca olvidaría esa noche. Confeccionó una lista con todos sus amigos de la alta sociedad y fue rodeando los nombres con un círculo o tachándolos con una cruz tras reflexionar sobre las faltas cometidas por cada uno. Decidió que el tema central de la fiesta sería el Mardi Gras, de modo que preparó sopa de quingombó, bocadillos y buñuelos rellenos de queso. Sin embargo, cuando corrió la voz de que Joe acabaría en Sing Sing, no se presentó ningún invitado. Sentada en una silla alquilada, en medio de aquel espacioso apartamento vacío, con la cabeza entre las manos, Nina lloró todo lo que había perdido. Casi había conseguido roer aquel destellante hueso duro que constituía el objetivo de su vida; casi había logrado convertirse en una señora de la buena sociedad. Por desgracia, el destino se interpuso y lanzó a Lillie Mae de vuelta al arroyo de la indigencia del que había intentado con denuedo salir durante toda su vida.

Eleanor contará que, después de que retiraran los platos de aquel último almuerzo en el Plaza, Nina sacó del bolso una polvera y un pintalabios rojo, el color que siempre usaba y que el muchacho asocia invariablemente a los besos azucarados y a los camiones de bomberos de hojalata comprados por un timador llamado Papá.

Contará que Nina extrajo del neceser un minúsculo pincel con el que rebañó hasta la última partícula de carmín de la barra, las migajas de las migajas. Se pintó los labios con mano temblorosa y se echó a reír.

—En fin, se terminó —dijo con tristeza—. Se fundió con todo lo demás. *Kaput.*

—Pues cómprate otro... Pasaremos por delante de Bendel's.

—No puedo.

Truman escuchará a Eleanor recordar la escena. «Le dije: "Nina, por el amor de Dios, es solo un pintalabios... ¡Todo el mundo puede comprarse uno...!". Me miró de una manera curiosa, como si no me viera, y dijo: "Yo no puedo. Se acabó".»

El muchacho negará con la cabeza sin comprender todavía lo ocurrido. ¿Cómo es posible que no se enterara? De haberlo sabido le habría mandado cajas llenas de pintalabios —escarlata, del color de las cerezas y de las sabrosas manzanas de caramelo— desde París pagando la tarifa adicional de correo prioritario.

En la funeraria de Frank Campbell llora al ver el cuerpo de su madre —parece el de un pajarito— cubierto con centenares de magníficas calas...

—Pero ¿qué ocurrió? —pregunta el muchacho a Joe tras el funeral.

Se turnan para sentarse en las pocas sillas que quedan en el apartamento del 1060 de Park Avenue, en cuyo espacio vacío se han reunido todos después de la incineración, después de que hayan achicharrado a Nina, lo que ha consternado a los escasos parientes que les quedan y que siempre tienen la Biblia en la boca.

—Me dijo que me largara y me largué. —Es la única respuesta que da Joe. Parece incapaz de asimilar la pérdida, y la responsabilidad de explicarla supone una tarea ingente para él.

Según los datos que el muchacho recaba preguntando durante el velatorio, en las últimas semanas su madre había vuelto a beber. La angustia de su ruina era excesiva para soportarla estando sobria, de modo que empezó a empinar el codo una vez más. Le gustaba tanto el sabor del zumo de mamá, prohibido desde hacía tiempo, que lo tomaba igual que si fuera agua. Como le ocurría siempre que le daba a la bebida, pimplaba más de la cuenta y acababa buscando pelea con quien tuviera más a mano.

Con Joe, a quien seguía amando con una pasión ardiente como la lava, la furia de Nina se centraba en aquel pene inquieto: entre el temperamento latino de él y los ataques de celos de ella, ambos formaban un cóctel letal cuando se agitaban.

La noche de los hechos Seabon, el hermano de Nina, iba a quedarse a dormir porque su esposa estaba ingresada en el hospital Bellevue por una extracción de amígdalas. Los dos hermanos llevaban bebiendo desde la tarde, cuando habían empezado de manera inocente con los boody-bloods del almuerzo antes de adentrarse en los reinos más inciertos del whisky.

—Cuando llegó Joe —cuenta Seabon, a quien Truman aborda en el velatorio—, a Nina le pareció que el cuello de la camisa le olía a perfume. Él se había inclinado para besarla. Nina le dijo que era un canalla de mala estofa como ella ya sabía, un maldito cabrón infiel.

Joe ondeó la bandera blanca, es decir, su camisa de empresario fracasado, que se arrancó de la panza mientras se retiraba al antiguo dormitorio del muchacho. Nina, que buscaba pelea, fue tras él, y Seabon, a su vez, fue tras ella.

—A mí no me engañas, Joe Capote —masculló Nina según Seabon. Se subió a la antigua cama de Truman y se inclinó sobre Joe—. ¡Sé adónde fuiste anoche, repugnante hispano putero! Mandé que te siguieran. Sí, eso es: mandé que te siguiera un detective privado de verdad. ¡Y me ha dicho que tu nabo no estuvo haciendo nada bueno!

Joe se apartó y se tapó los oídos con la almohada. Nina se la arrancó de las manos (cuenta Seabon), rabiosa con toda su maldita vida.

—Eres idiota, ni siquiera tienes dos dedos de frente para ocultar las pruebas... ¡Encontré manchas de semen en los calzoncillos, por el amor de Dios!

Joe se incorpora, espabilado, temblando de rabia.

—Nina, es inmoral hurgar en los objetos personales de un hombre. ¡Eres una víbora, una zorra fisgona!

—¡Y tú eres un penco infiel que no sirve para nada!

—Yo nunca metería la nariz en tus cosas —contraatacó Joe.

—Tenía mis motivos —afirmó ella, incapaz de recordar si era cierto o no.

Más tarde Seabon contará al muchacho que llevó a Joe al albergue West Side YMCA, el único hospedaje que su cuñado podía permitirse, y que él se fue a su despacho de Queens para dormir en un sofá cama. Mientras estaba sola, Nina se bebió media botella de whisky para acompañar un puñado de pastillas Seconal.

Hay pruebas de que cambió de idea antes del final. Junto al cuerpo sin vida, que Joe descubrió al volver poco antes del alba, había un teléfono modelo princesa descolgado, y por la posición de la mano de Nina parecía que hubiera intentado alcanzar el auricular.

—¿A quién querría llamar? —musita Truman.

¿Con quién quiso ponerse en contacto y no pudo en aquellos últimos momentos exánimes? ¿Con un médico para que reparara el mal que ella misma se había causado? ¿Con Joe para disculparse? ¿O con su hijo, al que amaba y detestaba en la misma medida, un hijo que no había deseado y cuya imagen le producía tanta vergüenza como orgullo le inspiraba su talento? ¿Había estirado la mano para pedirles ayuda? ¿O para mandarlos al infierno por dar al traste con la vida que había imaginado y que ellos le habían negado? ¿O acaso el teléfono se cayó cuando se desplomó inconsciente y chocó sin querer contra un objeto que no tenía intención de coger?

Ni el muchacho ni Joe conocerán nunca la respuesta, que Lillie-Mae-Nina-Faulk-Persons-Capote se llevó consigo a la tumba.

En algún momento del velatorio suena el teléfono en el apartamento del 1060 de Park Avenue. Joe, que ha estado bebiendo sin pausa y apenas se tiene en pie, se dirige con paso vacilante a descolgarlo.

—Capote al apa... —farfulla—. ¿Herald qué...? No sssssssé... ¿Circunsssstancias...? Ninguna sossssssspecha... ¿Sí? Pero, bueno, ¿qué sssabrás tú?

El muchacho deduce el motivo de la llamada al oír que Joe alza la voz.

Los buitres sobrevuelan en círculo.

—Mira, gacetillero rassstrero..., hay que tener valor para llamar e interrumpir un... Ssssí, de Truman Capote...

El muchacho se apresura a intervenir.

—¡Cuelga, por Dios! ¡¡¡Que cuelgues!!! —ordena a gritos a Joe, que suelta el auricular como si fuera una patata caliente.

Más tarde, después de que la mayoría de los invitados se haya marchado, el muchacho está sentado en la cama de su madre, vestido todavía con el traje de Brooks Brothers, cuya americana se niega a quitarse, como si creyera que llevando algo que a ella le gustaba conseguirá que vuelva por arte de magia. Pone una y otra vez los discos de ragtime favoritos de Nina en el viejo tocadiscos, que tiene la aguja rota.

Los parientes entran de puntillas a consolarlo y le hablan de la última vez que la vieron. Uno recuerda a Nina mirando el escaparate de Tiffany al amanecer con un vestido de noche de hacía muchos años y bebiendo café frío en un vulgar vaso de plástico.

—Faltaban horas para que abrieran... No sé qué hacía allí plantada —reflexiona.

Pese al dolor, el muchacho sonríe para sus adentros.

Por fin un detalle de la Nina que conoce...

—Huía de la malea —dice.

Todavía no se ha publicado el libro donde aparece ese término, de modo que es algo que comparte solo con su madre, y resulta que ella no está para entender la alusión.

Cuando más adelante le preguntemos qué le ocurrió a su madre, la respuesta típica del muchacho será «una neumonía». En ocasiones, «un cáncer fulminante». Otras veces se la llevó un infarto o un ataque al corazón.

Nelle es la única que adivina que el muchacho miente, pues lo conoce muy bien, y se compromete a averiguar algún día la verdad del fallecimiento de Nina.

Él elige con cuidado a quién revela el secreto de la muerte de su madre, que se ha convertido en su baza más valiosa.

Hasta un año después, cuando conozca a la mujer que «debería» haber sido su madre, o su amante, o ambas cosas, no contará la historia verdadera. (Nos referimos a Babe, cuya entrada se vio allanada por la desaparición de Nina.)

Ante quienes no tienen manera de comprobar la veracidad de lo que dice, el muchacho tantea el terreno con una mentira más audaz: «A mi madre la asesinaron». Según la reacción, lo deja ahí o precisa: «La mataron las personas que la marginaban. La liquidaron brutalmente, a sangre fría».

Con la perspectiva del tiempo, es evidente que fue entonces cuando decidió culparnos..., pese a que ni siquiera lo conocíamos aún. Pese a que jamás habíamos visto a Lillie Mae «Nina» Capote.

Busca un chivo expiatorio, un criminal al que condenar, y ha decidido que seamos nosotros. Todos nosotros, los privilegiados, le arrebatamos a su madre.

Y quizá en aquel momento se le ocurriera su gran idea: buscarnos; convertirse en nuestro amigo; castigarnos por un crimen que ni siquiera sospechábamos que hubiéramos cometido.

Hacer que toda nuestra maldita clase pagara el tener dinero, modales y apellidos célebres, ya fuera por nacimiento o por matrimonio.

Hacernos lamentar —sin importar el tiempo que tardara— que le quitáramos a su madre para siempre.

13

1975

Gloria

Corrido

Quizá la persona más indignada por la escabechina que ha perpetrado Truman en *Esquire* sea la menos agraviada. No podemos sino señalar que Gloria está que se sube por las paredes desde que «La Côte Basque» llegó a los quioscos. Gloria, que se ha librado de la ofensa. Gloria, a quien no se menciona ni una sola vez.

No acertamos a entender su reacción..., claro que nunca hemos sido capaces de entender la mayor parte de sus opiniones y sentimientos.

Percibimos su ira por primera vez durante un almuerzo en ese mismo local no mucho después del revuelo. Sentadas a nuestra mesa buena, a la que no se nos ocurriría renunciar por culpa de un relato de ficción chapucero. (Si Truman esperaba intimidarnos hasta el punto de que nos priváramos del mejor almuerzo de la ciudad, estaba muy equivocado...) Preparadas para disfrutar de una sesión larga, repasamos los hechos una vez más.

—Lo digo en serio. ¿No os parece mentira lo que contó sobre Paley? —despotrica Babe mientras empuja con el tenedor las espinacas rehogadas—. ¡Y sobre Slim, por el amor de Dios!

Mira a la segunda ofendida, Slim, que bebe con calma un martini.

Gloria escucha imperturbable, digiriendo los datos junto con la langosta termidor.

Babe es la primera en advertir el color que aflora poco a poco a las mejillas de Gloria, casi idéntico al del crustáceo que tiene en el plato. Al interpretarlo erróneamente como una señal de solidaridad, le pone una mano en el brazo.

—Ay, querida, sabía que lo entenderías. Y, créeme, si te lo hubiera hecho a ti, yo también me sulfuraría.

Gloria aparta el brazo de la mano de Babe y con la cuchara arranca del caparazón los últimos trozos de langosta.

—¿Quién sabe si no seré la siguiente...?

—Espero que no. Da gracias por haberte librado de este desastre.

—Habrá más —dice Gloria—. Mucho más. Seiscientas páginas por lo menos.

Murmullos de asentimiento.

—¡Sí! Yo las he visto...

—A mí me las ha leído...

—A mí me leyó fragmentos...

—Un paquete envuelto en papel marrón...

— ... atado primorosamente con un cordel —dice Gloria, que acaba la frase con una curiosa sensación de alivio—. No me cabe duda de que seré la siguiente. Me tiene reservado el papel protagonista de la próxima entrega. Esa tal Kate McCloud de la que habla... me temo que soy yo.

La miramos de hito en hito, y más de una percibe algo en sus oscuros ojos de gacela. Gloria finge tener miedo, finge estar preocupada. Sin embargo, tras esos sentimientos se agazapa otro. Ira.

Enciende un cigarrillo, un Sobranie Black Russian.

—Estoy segura de que seré la siguiente. Lo sé. Tengo que serlo...

Mientras tomamos la sopa, asentimos pronunciando palabras de consuelo y tratamos de comprender por qué desearía alguien convertirse en el objeto de la cruel calumnia de Truman.

No conocemos a Gloria. Y es probable que nunca la conozcamos.

La conocemos en el sentido de que la tratamos, claro, porque es de las nuestras.

Los martes almorzamos con ella en el Colony y los jueves, en el Basque.

Los lunes y los viernes coincidimos a las once en el salón de belleza de Kenneth, donde vamos a arreglarnos el pelo y a la sauna.

Hemos navegado por el Adriático en el *Seraphina*, el yate de trescientas toneladas de los Guinness, que alternamos con el *Agneta* de los Agnelli, un velero en comparación, ya que dividimos los veranos entre ambas embarcaciones.

Cuando vamos a Palm Beach solemos hospedarnos en Artemis, la finca de C. Z., o en Gemini, la mansión de Gloria, con un terreno tan extenso que una carretera interestatal lo parte en dos mitades, una que linda con el mar y otra que da al lago. Hemos recorrido el túnel subterráneo que las une y admirado los muebles de estilo rococó que Gloria eligió para que la gente se olvidara del zumbido del flujo incesante de vehículos que circulan por encima.

Hemos cenado en su residencia parisina de la avenue Matignon y en su apartamento de las torres Waldorf de Nueva York, donde procura servir hortalizas aún más diminutas que las de Babe. «Casi microscópicas», como diría Tru.

Marella ve a Gloria cuando coinciden en Suiza, donde cada una posee un chalet. El de los Guinness es Villa Zanroc, «solo una casita rústica» —o eso asegura su dueña—, que no puede compararse con el castillo que tienen en Normandía y que pocas de nosotras hemos visto.

Quizá sea en la casa de Acapulco donde más cerca hayamos estado de vislumbrar a la verdadera Gloria. La vivienda refleja su austera sencillez, su porte elegante. Revestida de estuco, diáfana y blanca, es fresca en los días húmedos del verano. Nos repantigamos bajo las techumbres de palapas que evocan los cobertizos indígenas, y solo nos levantamos para darnos el capricho de degustar la comida exótica que nos encanta: los tamales, con su envoltorio de hojas de mazorca; el cebiche, con su sabor intenso, a mar.

El tequila corre a raudales, con la misma fluidez que las conversaciones, y advertimos que la voz de Gloria recupera el acento cuando vuelve a ponerse la piel de la joven que fue en el pasado. Aunque no sabemos bien quién es, vemos atisbos de su persona a la luz de las velas colocadas sobre mesas sembradas de flores de papel, un estallido de colores primarios.

«Es más cómodo tener seis casas que una —se jacta, sobre todo ante la prensa—. Te subes al avión y ¡hecho!: allí encuentras tu vida; sin necesidad de hacer maletas.» (Se rumorea que Loel y ella tienen armarios llenos de ropa en todos esos lugares, desde pieles para el invierno hasta vestidos de noche y trajes de baño con los que darse chapuzones en el mar.) «Me cuesta imaginar lo duro que debe de ser tener un solo hogar. ¿Quién soportaría pasar doce meses en el mismo sitio?»

Nos consta que es un farol. No es el tedio lo que lleva a los Guinness de un lado para otro, sino el deseo de burlar a Hacienda. Se lo oímos decir muchas veces a nuestros maridos, y Bill,

Gianni y Winston en concreto deben de saber de eso porque se encuentran en la misma órbita que Loel como pilares del comercio y la industria.

Truman nos lo ha dicho a las claras: «Cielo, tienen que fugarse o se arriesgan a apoquinar una porrada de pasta. Gloria anota en su diario cuándo llegan al límite en tal sitio y tienen que huir a tal otro. Yo no diría que sea un fraude..., ¡pero son una pareja de *bandidos* de clase alta!». ¿Quién sino la Guinness podría conseguir que la evasión fiscal parezca una aventura...?

Sí, la conocemos porque es de las nuestras, pero nunca la hemos conocido más allá de lo que nos ha permitido. Hemos tenido que alimentarnos de rumores, de los que siempre ha habido cantidad suficiente para atiborrarse hasta la náusea.

Nació en México; eso es cierto. Su habla entrecortada está aderezada con una pizca de *picante*. Las vocales voluptuosas. La tenue vibración de las erres, que retumban con languidez en la lengua. Camina con un levísimo contoneo de las esbeltas caderas, lo que sugiere la promesa de curvas sensuales, por si aquellas fueran insuficientes. Envidiamos su melena, tan negra que reluce con matices azul marino; un color más negro que el que aspiraríamos a conseguir con los expertos en tinte de Kenneth. La lleva recogida en un moño inmaculado..., que resultaría demasiado adusto si lo luciera cualquiera de nosotras.

Hemos reunido otros datos:

Que cuando nació le pusieron el nombre de Gloria Rubio..., Alatorre a veces.

El cuándo vino al mundo es otra cuestión. Es la mayor de nosotras, sospechamos que nos saca al menos diez años, aunque ha logrado recortar la diferencia a solo cinco o seis.

Que se crio en Guadalajara..., o en la bulliciosa Ciudad de México. O en la costa de Veracruz.

Que su padre era periodista y su madre costurera, si bien siempre han corrido rumores sobre orígenes menos favorables.

Babe, que aprecia y odia a Gloria a partes iguales —la prensa las ha unido describiéndolas como «las diosas» de esta época—, es la primera en defenderla siempre que alguien la ataca. No obstante, en momentos de cólera, después de una demostración de superioridad de Gloria, quien practica ese arte con fervor, todas la hemos oído murmurar: «¿Sabéis que empezó como gancho, como señuelo, en un club nocturno mexicano...?».

Truman, que solía presenciar esos arrebatos, se limitaba a reír contento.

—Querida Babyling, ¡iba mucho más allá! ¡Era una *compañera de baile pagá*! —decía en español. Al ver que lo mirábamos sin entender, nos traducía la expresión y añadía—: ¡Los tíos pagaban la tarifa y allá que iban!

—Exacto —decía satisfecha Babe—. Poco menos que una prostituta.

—¿Tienes algo en contra de las prostitutas?

—Francamente, me trae sin cuidado lo que haga con sus partes pudendas, pero ¿por qué no es sincera? ¿Por qué no cuenta la verdad?

—Ah, ¿acaso lo que contamos no es nuestra verdad particular...?

Babe lo miraba a los ojos y sonreía. Slim, menos convencida, daba una calada al cigarrillo.

—Una mentirosa consumada.

—Una narradora —la corregía Truman. Se inclinaba hacia ellas con aires de conspirador—: ¿Sabéis lo que es un corrido?

—¿Un qué?

—Un corrido, querida. Es la vida de Gloria resumida.

—¿Una corrid-aaa...? —apuntaba Slim recordando las proezas de Hemingway.

—Un corrid-oooooo. Una canción *en la tradición mexicana* —explicaba en español—. Un homenaje a las hazañas heroicas. Una composición épica. Lírica... Narrativa. —Esta última característica era la que más le satisfacía.

—En otras palabras, una mentirosa consumada —confirmaba Slim.

—O algo más sutil —decía Truman, entusiasmado—. Mucho más singular. —Mordisqueaba pensativo una cebollita en vinagre—. Para quien sepa apreciar la forma.

Naturalmente, a Truman le parecía oírlo: el rasgueo de las guitarras, las trompetas de los mariachis que pugnaban por imponerse. Y, sobre todo, la voz gutural que se elevaba por encima del coro. Sonora y estridente, un contralto más masculino que femenino, que había madurado envuelto en madera, humo y turba.

Un alarido primitivo de Gloria, que afirmaba su identidad.

EL CORRIDO DE GLORIA GUINNESS

Escucha, querido Diablito,
escucha, amado mío,
el corrido de Gloria Rubio,
antes de que la Guinness hubiera nacido.

Humilde hija
de un periodista izquierdista,
hijo de la Revolución,
y de una lavandera lista.

Tenía diecinueve años (¿o veinte?)
aquel día de junio de 1933.
Cambió las trenzas azabache por ondas
y acortó sus faldas en un dos por tres.

Vivía en una casa de vecinos,
con un patio fétido en el centro,
en un cuarto para los cinco de la familia,
con otros clanes compartiendo el aposento.

Una noche sofocante de verano,
en un arrabal portuario de Veracruz,
se pintó los labios de rojo cereza
y se reinventó para ser de los hombres luz.

Ante un espejo de cristal resquebrajado
se dio colorete en las caleidoscópicas mejillas,
mientras por la raja de una ventana sin aire
se colaban suburbiales pestilencias.

Pero bajo la mierda y el sudor
percibió una fragancia sutil:
el aroma de una buganvilla en flor,
que reforzó su decisión de partir.

Se puso su vestido más vaporoso,
uno blanco, del más fino cendal...
Se prendió en el pelo una flor
y con paso veloz cruzó el portal.

«¿Adónde vas?», oyó Gloria gritar a su madre
en el momento en que trasponía el portón.
«Al baile, a ganar unos pesos pa largarme...
¡Soy una delicia de pareja en el salón!»

En la quietud bochornosa avanzó
por las calles sucias en dirección al baile,
entre los silbidos de los haraganes
apoyados en las farolas de luz parpadeante.

«Ven conmigo, ángel del cielo...»
(Había otras proposiciones más lascivas.)
Pero no iba a perder el tiempo con esos zafios
y pasó por delante sin detenerse, altiva.

Entró en el salón lleno de humo,
en el papel de mujer de mundo;
viéndola nadie habría pensado
nunca que Veracruz había abandonado.

Pasó por delante de la taquilla,
donde los hombres compraban entradas
y recibían un taco de boletos
para bailar con las mujeres de las gradas.

Las jóvenes esperaban a que las sacaran
en los lados del destartalado salón,
unas apáticas, otras entusiastas,
con ganas de aprovechar su ocasión.

En la barra, los hombres —de todos los tamaños, edades y credos—,
nerviosos, despacio sus copas bebían.
Pagaban por el placer de la suerte asegurada...
Solo dependía de la moza que elegían...

Cuando Gloria Rubio salió a la pista,
el salón entero pareció contener el aliento...
Observaron cómo se movía, de las caderas el contoneo,
mientras sola bailaba con arrobamiento.

Los sacó de la inmovilidad y los puso en pie
con el encanto de una seductora de hombres.
Los peces gordos esperaron en fila, diez pesos por baile,
todos deseosos de ser el siguiente en asirla del talle.

Había impetuosos jóvenes fornidos, orgullosos de sus músculos,
que se pegaban a ella y con fuerza la estrechaban.
Había tipos callados y tímidos con ásperas manos callosas,
tipos a quienes los ojos de Gloria intimidaban.

Había hombres muy bajos que le llegaban a los pechos,
hombres demasiado altos o a los que costaba abrazar,
hombres que tartamudeaban y hombres que cojeaban,
hombres que tenían secretos que ocultar.

Hartas, las otras bailarinas la miraban enfurruñadas
y aceptaban a los que ella rechazaba...
Y cuando los boletos de la noche canjearan
sin duda los de Gloria embargar pensaban.

Ya bien entrada la noche, en un gringo
apartado de los demás Gloria reparó.
Era atildado y enjuto, que ella varios lustros mayor,
y con su indiferencia el corazón le desbocó.

En ese momento decidió que sería suyo,
cruzó la pista y a los ojos lo miró.
Rodeó al hombre, que no se movió,
y con los muslos lo rozó.

«¿Cómo se llama?, ¿señor Guapo?»
Él la miró y ella volvió a preguntarle cómo se llamaba.
«Scholtens —respondió—. Soy holandés. Recién llegado.»
Y le contó que a la caña de azúcar se dedicaba.

Sonriendo, Gloria lo llevó a la pista,
donde permanecieron inmóviles y abrazados,
rodeados de los que bailaban y del estruendo de los boleros,
y ella supo que el primer peldaño había alcanzado.

—¡Cariño...! *¡Dios mío!* ¿Un cultivador de caña de azúcar? —exclamó Truman con voz aguda la primera vez que oyó la historia.

Estaba arrellanado frente a Gloria en un reservado de un local *muy propio* al que acudían para estar a solas. Para compartir secretos sin temor a que algún conocido pudiera encontrarse en una mesa cercana. Sin oídos finos que captaran las invectivas más ofensivas.

Era el restaurante Howard Johnson's, situado en Queens. A veces acudían a uno de Jericho Turnpike, por la carretera estatal 25 de Nueva York. Cuando realizaban esas excursiones decían que se iban «con los pobres», porque a nadie que ellos conocieran —incluidas sus parejas— se le ocurriría pisar esos barrios.

En aquella ocasión en concreto habían elegido el local de Turnpike, ya que Gloria deseaba máxima discreción. Nunca mencionaba al señor Scholtens, ni que había sido su esposa. Sin embargo, Truman había dicho algo que propició la confesión. Algo sobre su madre y su ambición de casarse para salir de Aldeorrio, en Alabama. Sobre un tal Arch, que llevaba un traje elegante y que con sus buenas palabras la conquistó hablándole de Nueva Orleans.

—Enseguida se percató de que mi padre no tenía ni *un peso*. Durante la luna de miel él se quedó sin *dinero* y tuvo que pedirle a mi madre que pagara. Dios mío, ¡ella tenía apenas dieciséis años! Así que hizo lo que habría hecho cualquier mujer luchadora: se puso a buscar un pez más gordo, búsqueda que acabó con ella. —Y como si hiciera una declaración de la forma de amor más pura, él añadió—: Serás mi nueva madre, ya que he perdido a la mía. Mi mamá adoptiva *latina*.

Gloria sonrió.

—*Tu madre adoptiva* —dijo en español.

—*Mamacita*. Mi madre lo habría dado todo por ser como tú... Se esforzó por ser cubana, por convertirse en Nina, pero no consiguió dejar atrás a la escuálida Lillie Mae de su pasado de palurda provinciana.

Fue entonces cuando Gloria decidió contarle el romance del salón de baile.

Le habló de la boda con el *señor* Scholtens, el marido al que se había esforzado por borrar.

Un hombre con el que se había casado en menos de un mes y al que había dejado en apenas seis meses. Truman había hecho bien al preguntar por la caña de azúcar, aunque se había equivocado al suponer que el holandés la cultivaba.

—No era un agricultor, Diablito, sino que dirigía el ingenio.

—¡Eso no es mucho mejor!

Ella asintió. De hecho, todavía la perseguía...

Aquel hedor siempre la acompañaba. El hedor que le recordaba lo que era sentirse atrapada. Había supuesto que solo necesitaba tener una casa. Una vivienda donde escapar de los *patios de vecindad* con chabolas en recintos atestados; diez personas en un cuartucho inmundo. Gloria Rubio pensó que cualquier cosa era mejor que vivir con vecinos encima —*vecinos asfixia-vecinos*—, doscientas almas en un patio con moscas, alboroto y desperdicios. No había contado con la fetidez de la caña.

Resultó que la caña de azúcar no tenía nada de dulce. La plantación olía a inexorable podredumbre. Aquella peste llegó a simbolizar para la reciente *señora* Scholtens el mismísimo aroma de la muerte. Se veía quitándose la vida: echaba veneno en una botella de algo, se la bebía y se dormía, quizá en la bañera. La refrenaba el temor a que tardaran días o incluso semanas en descubrir el cuerpo, que quedaría envuelto en la podredumbre de la plantación.

En cuanto los efluvios nocivos de la caña de azúcar penetraron en su nariz, Gloria solo captaba ese tufo en el *señor* Scholtens, por más que él se rociara de loción para después del afeitado. Percibía el olor acre de la descomposición bajo las uñas bien limpias y cepilladas de su marido, en los folículos de su bigote, en los poros empapados de colonia.

Comprendió que debía huir antes de que la impregnara a ella.

Una noche, mientras él dormía, la señora Gloria Scholtens, con el perfume hediondo de su marido todavía en la piel, se sentó en silencio ante el tocador y se aplicó colorete. Se pintó los labios del color de la *sangre*. Se levantó sin hacer ruido y se enfundó un vestido de noche como si fuera una segunda piel. Se marchó a hurtadillas, atraída por el sensual ritmo ternario de los boleros y por las fragancias sutiles del aire nocturno.

Sabía que buscaría un cabaret. Sabía que avanzaría despacio hacia una mesa disfrutando de las miradas del sexo opuesto. Sabía que se sentaría sola, con su espléndido perfil alzado. Sabía que al rato un hombre bien vestido reuniría el valor necesario para invitarla a una copa y que ella aceptaría con una sonrisa y con la sensación de haber recuperado su poder.

Gloria sintió que el ritmo de la música se aceleraba en su interior, con un tono cada vez más animado, hasta estallar en el siguiente movimiento:

¡Escucha, Diablito! ¡La Ciudad de la Luz!
¡Un frío atardecer de invierno en París!
Gloria Rubio, de nuevo sola,
demostró cuánto puede conseguir una joven aprendiz.

Mientras sus rivales lucían joyas y galas,
ella mostraba un porte majestuoso.
«Sea sombrerera o chica de alterne,
se casará con un hombre poderoso.»

—¡Espera, Mamacita! ¿En qué año estamos? —la interrumpió Truman, que esta vez flotaba en el bar acuático circular de la piscina del Villa Vera Racquet Club. Lamió la sal del borde del margarita que tomaba, teniendo la magnífica extensión de la bahía de Acapulco como telón de fondo.

A su lado, encaramada en un taburete sumergido en el agua clorada, se encontraba Gloria, que se protegía del sol con unas gafas oscuras y una pamela roja.

—*¡Paciencia!* —dijo en español—. Ya voy...

—¿Y no estabas casada con el señor Caña de Azúcar?

—Tal vez sí —respondió ella toqueteando la flor que decoraba la infusión fría de hibisco que bebía—. Tal vez no. Hace tanto tiempo que no me acuerdo.

—¿Y cómo hemos ido de Veracruz a Francia?

—¿Pasando por Ciudad de México? ¿O fue por Nueva York? No recuerdo cuál de las dos.

—Eres una narradora poco fiable.

—Mira quién habla, señor Metomentodo.

Truman sonrió al captar la alusión.

—*Touché*, Mamacita. *Touché*.

—Escucha, *pequeño niñato* —dijo en broma la briosa corridista antes de que la narración pasara a su siguiente desarrollo, y la heroína, a su siguiente encarnación.

Diciembre del treinta y cinco,
un día después de cumplir los veinte,
demasiado madura y curtida para su edad,
como si hubiera vivido intensamente.

En todas partes se debatía
sobre la inescrutable Gloria Rubio:
¿en Francia como estudiante elegante
o exponiéndose a un destino más turbio?

Unos aseguraban que huía,
como mexicana izquierdista,
de quienes asesinaron a su padre
por una calumnia del periodista.

Ahora es natural de Guadalajara
(Veracruz del mapa ha desaparecido),
sin pasado, envuelta en el misterio,
la perfecta candidata para un buen partido.

Algunos decían que en secreto tenía un dineral,
que oro en bancos suizos había escondido;
otros no lo creían, e hicieron la vista gorda
cuando al conde Von Fürstenberg tomó por marido.

Se mudaron a Berlín a finales del treinta y seis,
y en este punto la historia pierde nitidez...
Arreciaron los rumores de «amigos» peligrosos,
aunque «la condesa» tachaba los chismes de sandez.

Fuera cual fuese la verdad, durante la guerra
corrió un rumor en las altas esferas:
«Gloria Fürstenberg... ¡Espía y traicionera!».
La condesa no era más que una...

—¿Ramera? —aventuró Truman mientras chupaba una papaya y escupía las semillas.

Gloria le lanzó agua con la mano.

—¡Vamos, cielo, ve al grano! ¿Trabajabas o no para los nazis?

Gloria dio unos sorbos a la infusión fría y no respondió.

—Porque durante la guerra Aline, ahora condesa de Romanones, que es amiga de Slim, espió para los aliados en Madrid, y ella dice que te conocía muy bien... y que trabajabas para el otro bando.

Ella lo miró de hito en hito con rostro inexpresivo.

—*Chismoso* —le espetó en español, y nadó hacia la escalera.

Su compañero la siguió al estilo perrito y le mordisqueó los talones.

—¡Claro que lo soy! ¡Pero ese no es el motivo de mi interés!

Gloria salió de la piscina como si fuera una reluciente diosa azteca.

—Entonces, ¿por qué te interesa, si no es para ir corriendo a contárselo a Slim, a Babe y a las otras *tipas*...? —Tras envolverse en una toalla, se echó en una tumbona a la sombra de una palmera y se bajó el ala de la pamela a fin de que Truman no le viera los ojos.

—Porque me interesa tu historia, Mamacita. —Se tendió en la tumbona de al lado para secarse al sol y ella lo miró con recelo—. Eres la mujer más intrigante que conozco. Pareces una heroína épica..., aunque mejor, porque tú has vivido de verdad.

Esas palabras parecieron tranquilizarla.

—Yo, Truman García Capote —(él solo usaba el apellido «García» con Gloria)—, juro solemnemente que no se lo contaré a nadie. Y si lo hago, que caiga fulminado.

—No me lo creo.

De repente, Truman bajó el tono de voz y abandonó su habla afectada:

—Por favor. Alguien tiene que saber... lo que has pasado. Y me sentiría honrado si ese alguien fuera yo.

Gloria lo miró con fijeza y luego observó con cautela a los clientes del Racquet Club. Como si temiera que hubiese un topo entre las bañistas con biquini y bronceado dorado y los potentados que trasegaban daiquiris.

—De acuerdo —dijo—. Pero no ahora. Ni aquí.

Se lo contó por la noche, cuando ella quiso, en la intimidad de su casa con vistas a la bahía, bajo la palapa que imitaba las chozas de Veracruz. Con un tono velado y lírico reanudó el relato de su siguiente encarnación.

Su romance más mítico: el del vals de la guerra.

> *Con dos hijos a cuestas, al neutral Madrid*
> *la condesa Von Fürstenberg se trasladó.*
> *Con el conde en el gélido frente ruso,*
> *el matrimonio se desintegró.*

—¿Por qué se desintegró? —susurró Truman, con tono reverente.

Gloria calló. Unos instantes de silencio, con el apacible coro de las cigarras que la brisa transportaba.

—Yo amaba a Fürstenberg... Quería de verdad a Franz-Egon. Creía que era el hombre que había estado buscando. En aquellos bares y salones de baile, infinidad de noches, tantas horas que los pies me sangraban del esfuerzo. Yo guiaba. Incitaba. Tantos cuerpos... Ninguno que se amoldara. En cuanto conocí a Franz, en París, en el Bal des Petits Lits Blancs, me guio él. ¡Casi me levantó del suelo! Pensé: «Ya está. ¡Es el último pez gordo que tendré que pescar!».

—¿Y luego?

—Nos casamos en Londres, nos mudamos a Berlín, tuvimos hijos... Estábamos muy enamorados. Era tan perfecto que parecía que no podía durar. Y así fue.

—¿Qué pasó?

—La guerra. —Gloria se encendió un Sobranie y se recostó en la silla—. Lo destinaron a Rusia con la Cuarta División Panzer. Y en cuanto partió me consumí de preocupación. Temía que lo mataran o que me informaran de que lo daban por desaparecido. Que perdiera esas piernas o esos brazos tan hermosos que tenía. Que no volviera... Durante un año le escribí todos los días.

—¿Y él?

—Al principio, de vez en cuando; después... *silencio* —respondió Gloria. Los ojos enormes. Angustiados.

—Querida...

—Empecé a imaginarme que Franz había fallecido. Imaginaba que era viuda para sobrellevar los días. Saber era mejor que no saber, aunque me inventara su muerte. Creo que empecé a volverme loca sin que nadie se diera cuenta. Pensé en acabar con todo, incluso quizá en matar... —Se le quebró la voz—. Tenía que encontrar un pedacito de mi persona..., recuperar siquiera el rescoldo de lo que había ardido en mi interior. Tenía que hacer algo para obligarme a vivir otra vez.

—¿Y qué hiciste?

Un esbozo de sonrisa en la penumbra.

—Lo único que sabía hacer.

La noche de San Juan del cuarenta y dos,
la condesa Fürstenberg sobre su salud mental
reflexionó sentada ante el tocador
frente a su reflejo borroso y espectral.

Se pintó los labios de rojo vivo
y se enfundó un vestido negro de raso;
se adornó el cuello con una sarta de perlas
y se fue a la ciudad con el ocaso.

Tomó un taxi para ir a las calles de Berlín
en busca de un palacio de placer.
Clausurados los clubes de Charlottenburg,
aún había locales del Partido que recorrer.

Por las noches salía hecha un pincel,
para bailar al borde de las llamas.
Alegre como una loca, en plena vorágine,
hizo buenas migas con gente de fama...

¿Por qué no iba a relacionarse con los gerifaltes del Partido,
si favores podían concederle?
Con cada pequeño avance, con cada libertad ganada,
la condesa Fürstenberg sus deudas pagaba.

Celebraciones frenéticas, fiestas desmadradas,
con el champán y los bailes disfrutaba;
se divertían y cantaban, coqueteaban y bebían
para olvidar que el mundo se desmoronaba;

nada impedía los excesos que anhelaban,
ni siquiera las bombas que caían.
La explosión interrumpía el baile un instante...,
y luego el frenesí de la juerga seguía.

Así fue como nuestra Gloria conoció a los peces gordos
que le facilitaron la huida.
A cambio de sus favores, le dieron pasajes y visados,
y ella de su influencia se aprovechó enseguida.

Por todo el Reich tenía fama de ser una mujer de fiar.
Cenó con Himmler y Goering,

hasta a herr Hitler con su encanto llegó a cautivar,
y...

—¿Hitler? —Truman no pudo por menos que interrumpirla—. Mamacita, ¿me estás diciendo que cenaste con el mismísimo führer?

—Alguna vez.

—Admiro el estilo narrativo como el que más..., pero me muero por saberlo: ¿fuiste de verdad una espía nazi?

Gloria dio una última calada al Sobranie antes de aplastarlo en el cenicero.

—Hice lo que tuve que hacer. Escapar. Sacar a mis hijos del país. Berlín se había convertido en un lugar peligroso. No podíamos quedarnos. Por eso hice lo que siempre he hecho. Arreglarme para resultar atractiva. Cautivar a los hombres que convenía. Dejar que se enamoraran de mí.

—¿Para quién trabajaste?

—Para todos ellos. El general Wolff, de las SS, me proporcionó el permiso de salida; el embajador de España, el visado.

—¿Y los otros...? ¿Qué te dieron los otros?

—Seguridad.

—¿A cambio de...?

—De un baile unas veces, de algo más otras. Como en los viejos tiempos.

—¿Pasaste información confidencial?

—Supongo que sí, aunque nunca supe qué secretos transmití. Me cedieron una boutique. Diseños exclusivos; las clientas pedían cita. Seré franca: no era una boutique. Habían instalado un transmisor en la trastienda. Cuando recibía un mensaje cifrado, lo enviaba a Berlín.

—¿A la Gestapo?

Gloria asintió ensimismada. Estaba recordando noches tranquilas en la plaza de Colón, en mesas colocadas en las aceras, con copas de vermut dulce. Calles adoquinadas por las que los amantes paseaban con los dedos entrelazados. Una boutique pequeñita en la calle de Hermosilla, con un salón donde se exponían vestidos elegantes. Con rollos de la mejor seda y encajes confeccionados a mano, cuyo precio prohibitivo solo podía servir para disuadir a los posibles clientes. La desvencijada escalera de la trastienda, que conducía a un cuarto clandestino con cables, tablas de claves y un enorme radiotransmisor para comunicarse con el cuartel general de las SS. Los fascinantes círculos en los que se había movido, las celebraciones, los bailes y los cruceros. A los hombres a los que había deslumbrado —y a menudo seducido— para enterarse de sus secretos.

—Mamacita... —Truman la sacó de su ensimismamiento.

—Dime, Diablito.

—¿Mataste a alguien?

—Que yo sepa, no. Lo que no significa que no ocurriera.

Truman se levantó para sentarse a su lado y le dio unas palmaditas en el brazo. Gloria sirvió dos vasos de mezcal y bebieron en silencio, con el rasgueo incesante de las cigarras.

Lo que sucedió después es de dominio público. Gloria había revelado con orgullo su historia tras la guerra a quienquiera que le preguntara, puesto que hasta sus fracasos corroboraban su ascenso. Había subido tan alto que no volvería abajo, y no le importaba quién lo supiera. Ya había contado a Truman esos hechos más recientes en innumerables almuerzos compartidos en diversos lugares, desde restaurantes baratos hasta Le Cirque. Desde las cubiertas del *Seraphina* hasta las laderas de Saint-Moritz. Junto a la piscina de las residencias de Gloria. Fumando y charlando ante el ring donde Cassius Clay boxeó con Sonny Liston en seis asaltos de coraje y belleza. Allí donde se encontrara Gloria estaba también su discípulo, que se nutría de lo que ella le contaba.

Y así, Diablito, llegó la paz
el 8 de mayo del cuarenta y cinco.
El conde volvió y no encontró a su esposa,
que había sobrevivido gracias a su ahínco.

Había conocido a un egipcio ocho años menor,
un príncipe sin blanca con el que se quiso casar,
pero apretarse el cinturón en El Cairo
durante tres años fue difícil de soportar.

Pasaron dos años hasta que pescó al último tipo,
heredero de un imperio banquero y cervecero,
casado ya con una de sus «amigas»,
lo que a ella le importó tanto como cero.

«A mi marido le gusta navegar y yo lo detesto
—cometió el error de confesarle su amiga—.
Gloria, querida, sé buena y acompáñalo.»
(¡Sin imaginar que así él empezaría una nueva vida!)

La condesa convertida en princesa ascendió una vez más,
y en lo sucesivo el brazo de Loel Guinness adornó.
Él le compró un pasaporte y el expediente de espía,
y así fue como Gloria en la famosa Guinness se tornó.

Coda

Gloria espera en un reservado del Howard Johnson's.

El restaurante de carretera de New Jersey Turnpike. Un lugar disparatado por lo lejos que está, pero no quiere correr riesgos. Se ha tomado la libertad de pedir. Sabe lo que él querrá, ya que es un hombre de costumbres. Además, desea que el encuentro sea rápido.

Decir lo que hay que decir. Cortar por lo sano.

La camarera se acerca con la bandeja y va depositando los platos en la mesa.

—A ver, guapa, dos sopas de almejas, una ensalada variada para usted, y para su amigo... —Echa un vistazo a la mitad desocupada del compartimento, al asiento de escay turquesa vacío.

—Una ración grande de almejas rebozadas —confirma Gloria.

—¿Quiere que la deje en el calientaplatos?

—No, gracias. Seguro que no tardará.

—Que aproveche.

Cuando la camarera se aleja, el tintineo de la campanilla sujeta a la puerta, que parece la de una capilla, anuncia la llegada de alguien. A Gloria le impresiona lo mucho que ha engordado..., el abotagamiento. Demasiado para ese cuerpo de enano. Él levanta la mano al verla, y la esperanza le ilumina el rostro. Sin embargo, agacha la cabeza al observar la expresión impasible de ella.

Se sienta en el compartimento y al deslizarse por la superficie de vinilo brillante produce un ruido como el de una ventosidad. Ella se ríe a su pesar.

A Babe no se le habría ocurrido reírse de algo así. Se habría sonrojado por la grosería. Sin duda Marella no habría establecido la asociación. Slim y C. Z. son lo bastante campechanas para haberla captado, aunque ellas prefieren el humor cáustico (Slim) y el locuaz (C. Z.). Como es marca de la casa Bouvier, Lee carece de sentido del humor, al igual que su hermana (aunque ambas asegurarían que no es cierto).

Truman se desliza un poco más en el asiento, con lo que el sonido se repite y los dos se ríen. Gracias a Dios eso rompe el hielo.

—Hola, Mamacita —dice él, y se fija en todos los detalles de la cara de Gloria, como si la viera por primera vez. Esboza una sonrisa cauta como gesto de contrición..., tantea el terreno.

—Hola, Diablito.

Silencio.

Él apenas se atreve a albergar esperanzas.

—¿Me estás hablando?

—Estoy aquí.

—¿Me hablarías en todos los sitios?

—No.

—Entiendo. —Truman disimula su desilusión y se centra en la comida—. ¡Anda! ¡Mis favoritos! ¡Almejas de dos formas!

—Y un dry martini. Supuse que era lo que querrías.

—Porque me conoces.

—Desde hace mucho. Han sido *demasiadas comidas...* —dice en español.

—Nunca hay demasiadas comidas. —Truman bebe un trago mirando a Gloria—. ¿Estás enfadada conmigo, Mamacita?

—Sí. —Lo mira de hito en hito con expresión fría y rencorosa.

Él frunce el ceño.

—Pero ¿por qué? ¡No he escrito nada sobre ti! ¡Ni una sola palabra!

—¡Exacto!

La mira estupefacto.

—Pero...

—¡Conoces todas mis historias! ¡Mis historias! Habrías podido tener heroicidad. Peligros. El relato de una muchacha
pobre que llega a ser millonaria. En cambio, va y te preocupa
qué *puta arrogante* menstruó en la sábanas de Bill Paley...

—Creía... creía que te hacía un favor.

—Pues muchas gracias.

—Quería darle una lección a Bill. Por Babe...

—¿Y te parece que ella estará contenta con todo esto? Diablito, es evidente que no conoces a Babe.

—Creía que sí la conocía.

Comen la sopa en silencio.

—Querida, ¿te acuerdas del combate entre Clay y Liston?
—pregunta Truman, absorto en sus pensamientos—. ¿Del sexto asalto?

—Claro que sí. —Gloria se ablanda un poco con el recuerdo de una época de despreocupación..., una época en la que la
vida aún tenía la capacidad de sorprenderla.

—Todo el mundo decía que era imposible que aquel peque-
ñajo descarado y bocazas consiguiera algo más que acabar machacado después de tanta palabrería. Y no fue así —dice Truman con una sonrisa anhelante.

Gloria lo mira y niega con la cabeza.

—¡Ay, Truman! *¡Pequeño bastardo!* —exclama en español—.
¿De veras creías que seguirías tan campante después de escribir
eso...?

—Suponía que se llevarían un berrinche —responde él tras
un breve silencio—, pero me imaginaba que se les pasaría.

—Pues no se les va a pasar.

—Ahora ya lo sé. Me doy cuenta. —Con ojos aterrados, Truman añade—: *Se me fue la mano.* —En parte es una confesión y en parte una súplica.

Gloria asiente.

—Sí, Truman. Te pasaste de la raya.

—Mamacita... —Con tono implorante.

—¿Sí?

—Perdóname. —Y repite en voz más baja y en español—: *Perdóname.*

Conmovida por su solemnidad, ella titubea.

—Me gustaría perdonarte, Diablito..., pero no puedo. —Se le saltan las lágrimas. Se da unos toquecitos con la servilleta en el ojo como si tuviera algo en él—. Es por Loel; está tan unido a Bill y Babe que...

Truman asiente.

—Lo entiendo.

—Es que... He bregado mucho para llegar donde estoy. No puedo retroceder...

Cuando la voz de Gloria se apaga, Truman estira su manita por encima de la mesa para posarla sobre la larga mano de ella.

—Escúchame, cariño: lo entiendo. Los dos somos unos luchadores. Haces lo que tienes que hacer para sobrevivir.

Ella le cubre la mano con la otra y acoge los dedos trémulos de Truman bajo los suyos. Permanecen así media hora, y al cabo se levantan, él la besa con ternura en la mejilla y salen por el chapitel del restaurante Howard Johnson's.

Se detienen en el aparcamiento, en medio de un mar de rancheras. Él la mira un rato como si quisiera conservar el recuerdo de su cara para la posteridad. Asiente con la cabeza y se aleja en dirección a la cabina de teléfono, cabe suponer que para pedir un taxi.

De repente, ella lo llama:

—Truman...

—¿Sí, Mamacita?

—¿Por qué no aprovechaste mis historias?

—Porque te prometí que no lo haría.

—Ah.

—Pero no te preocupes, cariño —añade Truman con una sonrisa de diablillo—. Aún queda mucho por contar. «Escribiré como una mariposa y picaré como una abeja...» —Le guiña un ojo y al hacerlo le cae una lágrima.

Se separan en el aparcamiento atestado y cada uno sigue su camino.

14

1978

Variación n.º 7

Está echado en horizontal en un sofá cama espartano, con un lapicero en la mano, reflexionando sin demasiado interés sobre por qué la unión de «echarse» y «horizontal» constituye una tautología, cuando esas palabras suenan tan bien juntas.

A menudo su mente aprecia el ritmo por encima de la lógica, la cadencia más que la corrección. No obstante, en este caso podría argumentarse que la redundancia tiene sentido, pues sin duda es doblemente culpable de echarse, ya que no solo está tumbado, sino que además se echa faroles.

El lápiz es uno de sus fieles Blackwing..., armas que en su mayor parte siempre le han prestado un buen servicio.

Tiene sobre el pecho un bloc de hojas pautadas del color de la salsa holandesa bien elaborada. No del mazacote amarillo que sirven en el restaurante de la esquina, sino de la que preparan de maravilla en el Oscar's American Bistro del Waldorf: una salsa sedosa con el tono claro de las natillas.

Tiene ante sí la amarillez inmaculada de la página, que, radiante como un sol implacable, se burla de él con su alegría.

Se pregunta por qué sus extremidades no se mueven. Se pregunta quién le ha echado el veneno en la bebida de naranja.

Quiere que el brazo y el Blackwing se agiten, se concentra con todo su ser en ese único movimiento. Siempre ha afirmado que una persona puede conseguir que ocurra cualquier cosa con solo concentrarse en sus deseos más preciados.

Sin embargo, por más que se esfuerza, el lapicero sigue inerte y la mano que lo sostiene, paralizada.

La mente está mucho más viva, vuela; los pensamientos se atropellan unos a otros en una carrera inútil por imponerse. Giran en violentas tarantelas de sustantivos y verbos, en una nebulosa de imágenes, atrapados en un remolino de adjetivos con color de piedras preciosas.

«Por supuesto que las palabras tienen color, cielo —nos explicaba exasperado por nuestra ignorancia—. Igual que la paleta de un pintor. Algunas hierven en el rojo más rojo. Otras ofrecen una bocanada de azul celeste, como un río cristalino...»

Un río... ¿o era un arroyo? ¿Acaso existe alguna diferencia? Cree recordar que no; la diferencia viene determinada por el desgraciado que les pusiera nombre, si es que se les puso. No... Los arroyos se cruzan a pie. En los ríos se nada.

De pronto lo asalta un recuerdo de un arroyo cristalino: él atraviesa la corriente apacible con los pantalones de espiguilla remangados hasta las rodillas, los de color crudo que su madre le mandó hacía dos cumpleaños y que todavía le quedaban bien porque sus cortas patitas no crecen ni a la de tres.

Ahora tiene doce años pero, con gran desconsuelo por su parte, aún aparenta diez.

Camina descalzo por el lecho de piedras del arroyo. Ve que más adelante Nelle sube corriendo por el talud de la orilla, pero él no se apresura, sino que disfruta sintiendo la resbaladiza superficie en la planta de los pies.

—¡Va, Truman! —oye que grita entre las cañas de un kiló-
metro y medio de alto.

La distingue antes de que pueda responder a su amiga: una
forma sinuosa que se mueve como una cinta por las aguas poco
profundas.

Se detiene al instante, como sabe que debe hacer. Ha aprendido trucos como ese leyendo historias de jóvenes guerreros in-
dios que han de valerse por sí mismos en la naturaleza. O quizá
ese consejo sabio se lo diera su padre aquella vez que se presentó para llevarlo a pescar. Repantigados en la ribera, comiendo
sándwiches de queso y pimiento, habían observado los barcos
fluviales que pasaban y habían imaginado que viajaban en ellos de
polizones, él como bailarín de claqué y el padre como un campeón del póquer.

Tal vez su padre adoptara una actitud de entendido y le dijera con voz firme pero cariñosa: «Hijo, si alguna vez ves una
serpiente mocasín, quédate quieto. Si te haces el muerto, enga-
ñarás al pobre bicho de tal modo que hasta podrás birlarle las
escamas». A continuación tal vez se zampara el sándwich y ayudara a bajar el último bocado con una cerveza helada, de la que
habría dejado tomar un trago a su hijo porque beber es propio
de hombres. El muchacho quizá asintiera y archivara la información para utilizarla en momentos como aquel.

O tal vez esa conversación tan anhelada no llegara a produ-
cirse... Tal vez no fuera más que un castillo en el aire, igual que
las vacaciones en las playas del sur del país que su padre le había
prometido, con imágenes tentadoras de cubos plateados llenos
de gambas recién pescadas que los dos pelarían y se comerían tras
mojarlas en tarros de salsa de mayonesa y mostaza. Visitarían
lugares de nombre exótico: Pensacola, Panama City, Galveston
y Naples, que recordaba al de la ciudad italiana, Nápoles. Su

padre era capaz de vender cualquier cosa, hasta la piel de una serpiente de cascabel, y sus historias del paraíso a orillas del mar enardecieron al muchacho. El pequeño casi brincaba de alegría con su bañador nuevo cuando corrió al porche para aguardar la llegada del Cadillac de su padre. Había metido en la mochila las palas de jardinería, que irían de perlas para construir castillos de arena. También un par de libros de tema adecuado. Se imaginaba que su padre y él leerían por turnos *La isla del tesoro* mientras tomaban el sol para adquirir el color de las nueces. Tardó tres largos días —esperando en el porche hasta que su prima Jenny insistía en que entrara a comer— en comprender que debía considerar esas excursiones a la playa como meras ficciones.

A fin de cuentas, tal vez lo aprendiera en los relatos sobre los guerreros mohawks... El caso es que sabe que las serpientes mocasines solo atacan si se sienten amenazadas. Obliga a su cuerpo a permanecer quieto, se esfuerza por adoptar la inmovilidad y la expresión impasible de un tótem pese a que el corazón le late con tanta fuerza que suena como un tamtam. Se da cuenta de que su padre o el jefe Hiawatha —quienquiera que fuera el responsable de ese consejo desatinado— se equivocó de medio a medio. Tendrían que haberle exhortado a correr, ¡a correr!, tan deprisa como lo llevaran sus piernecitas, lo que seguramente lo habría ayudado, pues era el corredor más rápido de su clase. En cambio, se queda parado, con la planta de los pies pegada al lecho del río, observando cómo la mocasín de agua más larga que ha visto en su vida nada hacia él con las fauces abiertas de par en par, de modo que muestra su interior blanco como el algodón..., tan blanco como la gasa que un día envolverá la cabeza de los cuatro Clutter tendidos en sus ataúdes para ocultar el rostro destrozado con un fino sudario vaporoso.

Ay, la serpiente sabe que está vivo y va derecha hacia él para clavar sus colmillos hipodérmicos en la carne temblorosa.

Luego todo se desdibuja. Oye su propio grito: un alarido que no parece salir de su cuerpo.

Nelle..., o quizá sean sus primos Faulk Carter, unos muchachotes de campo mayores que él, que se han criado fuertes comiendo berzas y suero de leche, levantan el cuerpecito con sus recios brazos y escalan el talud de la orilla con él a hombros. Corren por el bosque de cedros hasta la granja más cercana dejando tras de sí un reguero de sangre.

Igual que le sucede a su doble adulto tumbado en un sofá cama de la casa de Sagaponack, que no es capaz de asir ni el lapicero ni la bebida de naranja, las diminutas extremidades del muchacho han perdido hasta el último resto de sensibilidad. Nota cómo el veneno que le corre por las venas le arrebata la capacidad de moverse.

Los Faulk lo suben por los escalones del porche y lo meten en la casa, donde lo arrojan sobre la larga mesa rústica como si fuera un saco de patatas. La señora Walter aparta el asado que ha estado rociando con su jugo y examina la herida con la eficiencia de una mujer de campo. Observa con atención las pupilas dilatadas del muchacho. Sin perder ni un segundo sale por la puerta del porche y se dirige a zancadas al gallinero. En medio de un revuelo de plumas agarra a un pollo por el flaco cuello y vuelve a la cocina, donde coge la cuchilla de carnicero que tiene sobre la tabla de cortar, acerca la frenética ave a las piernas del paciente y levanta la hoja de acero. Incapaz de alzar la cabeza, el muchacho se estremece, aunque sus facciones no reflejan nada debido al choque séptico (o eso dice él...).

Mientras se prepara para recibir el tajo imagina los cambios que experimentará su vida con la amputación del pie. Se pregunta cómo será no correr ni saltar nunca más..., si necesitará una muleta o una silla de ruedas para ir al colegio, o si se quedará por siempre en la cama, como el bueno de Marcel.

La cuchilla desciende hasta el borde de la mesa y decapita al pollo. La señora Walter le aprieta el cuello partido y con la sangre espesa y caliente embadurna los dos orificios del tobillo, que se ha hinchado hasta quintuplicar su tamaño.

Entretanto, el señor Walter ha ido a buscar el botiquín para las mordeduras de serpiente que guardan en un rincón del armario del recibidor, pero la señora lo rechaza con un gesto de la mano, ya que confía en la sabiduría transmitida por las mujeres de generación en generación más que en la ciencia moderna.

—Ese maletín de médico tan bonito no ayudará a este chico —le dice a su marido—. Nada mejor que la sangre fresca de pollo para sacar el veneno.

«Aquel día casi me muero, nena —asegura Truman cada vez que se explaya en ese cuento—. La mujer de aquel granjero me salvó la vida con su remedio. El señor Walter nos llevó a casa en la ranchera; yo iba tumbado detrás, sin fuerzas, con mis primos, que para que aguantara cortaron el cuello a otros tres gallos que llevábamos en jaulas de alambre.» Se nos antojaba bastante increíble desde el punto de vista médico y logístico, pero ¿quiénes éramos nosotras para discutírselo? La primera vez que nos contó la historia advertimos esa «deformación de la verdad», como llegaríamos a denominarla. Como el mismo Truman decía, no eran mentiras exactamente..., tan solo verdades que él volvía más interesantes con el ánimo de entretener. Se lo perdonábamos porque sus mentiras poseían un carácter novelesco peculiar. Eran en parte pompa y en parte poesía. Cautivadoras.

«Me quedé paralítico..., paralítico del todo. Durante varios meses no pude levantarme de la cama. Te aseguro, porque lo sé por experiencia, que no hay nada más atroz que querer moverse y no poder.»

De vuelta en el sofá cama, con el Blackwing en la mano, Truman quiere moverse..., al menos hasta llegar a la mesita de noche para tomar un trago de su bebida de naranja.

Siente que el veneno le corre por las venas. En esta ocasión la serpiente es invisible. Ni ojos lechosos ni encías revestidas de gasa.

¡Oh, creador venerado! ¡Destructor vilipendiado! ¡Muéstrate!

A base de fuerza de voluntad logra mover la cabeza. Ve su reflejo en la puerta corredera del armario. Recubierta de espejo, entreabierta. La imagen queda partida por la juntura, fragmentada como en un caleidoscopio. Se mira con fijeza, intrigado y, al mismo tiempo, con repulsión. Se acuerda de Lucian Cole y John White, los labriegos de color de la barraca de feria que construyó en Monroeville. Los «hermanos siameses», cuyos cuerpos separados quedaban ocultos por una percha para sombreros tapada con un traje... Lo más probable es que Cole y White lleven mucho tiempo muertos, puesto que el muchacho ya tiene cincuenta y tres años por lo menos. Mientras reflexiona sobre este dato, la lengua le cuelga inerte de un lado de la boca, que en el espejo de la puerta se ve quebrada y forma dos pares de colmillos.

De repente se da cuenta...

Él es el bicho del veneno..., un mutante, una serpiente bicéfala. Un único cuerpo vestido con un caftán de suave seda que en el espejo brilla como escamas mojadas.

Es el caftán que Yves le pidió que se llevara de Marrakech como recuerdo de su estancia en Villa Oasis, para que conservara un vestigio del estilo bohemio de Saint Laurent. Aquellos días fumamos hachís y nos tumbamos en otomanas bajo las estrellas. Bebimos cantidades ingentes de té moruno y de champán con un chorrito de agua de rosas. Picamos frutas y pistachos y nos alimentamos con el sonido de nuestras risas. Yves llevaba un caftán, al igual que Marella, Lee y Gloria, aunque esta se empeñaba en decir que el suyo era una chilaba mexicana de rayas. C. Z. y Slim se abstuvieron de usar dicha prenda, la primera por considerarla poco práctica y la segunda porque le parecía cursi.

Tru y su querida Babe tenían caftanes idénticos: a él se lo prestó Yves y ella se compró otro igual en el zoco. Un atardecer se mecieron juntos en una hamaca bajo la luz del crepúsculo susurrándose confidencias al oído.

—Ya sabes, Babyling, que eres mi único amor verdadero —dijo él aspirando con placer soñoliento la fragancia del cuero cabelludo de Babe, una mezcla de jazmín y humo de los cigarrillos turcos que habían comprado por diversión en un mercado.

Ella sonrió y se arrimó más. Vestidos con túnicas idénticas, sus cuerpos parecían fundirse. Otra Hidra como la mitológica...; quizá eso sea lo que ha avivado el recuerdo.

Y a continuación Truman repitió lo que le había dicho veinte años antes en el avión de los Paley, el día que se conocieron.

—Dos personas saben que están enamoradas de verdad cuando no tienen necesidad de terminar las frases del otro.

A esas alturas su relación iba más allá de la amistad. Más allá de lo que comparten los amantes y las parejas casadas.

Ella asintió. Se balancearon un ratito más paladeando esa verdad.

Tras un largo silencio reparador Babe se apartó de él. Como una tímida ingenua adulta, habló con la seriedad que impone el peso de la verdad.

—Creo... que eres la única persona del mundo que podría hacerme daño.

Sorprendido, Truman la miró a los ojos.

—Yo nunca te haría daño, jamás —prometió (y creemos que lo decía de corazón).

Ella reflexionó sobre esas palabras, con su precioso mentón inclinado hacia un lado, y recorrió la marcada mandíbula de Truman con las uñas, almendradas y perfectamente pulidas como siempre. Sabíamos que adoraba el rostro de Tru, su tosca angulosidad, sus extrañas facciones de duende. Adoraba los vestigios del muñeco hermoso que había sido mucho antes de que ella lo conociera. Adoraba sus expresiones fervorosas, nacidas de las ganas de triunfar, con los ojos ávidos y la sonrisa deslumbrante que caldeaba los salones gélidos. Truman había infundido vida a la monotonía mortecina de los actos sociales. A diferencia de Marella, a quien molestaba ser una más del grupo de aves de alto copete, y de Lee, con su necesidad de exclusividad, Babe admiraba la capacidad que Truman poseía de amarnos a cada una de un modo distinto. De llenar los enormes huecos de nuestra vida, originados por nuestros propios errores. De sofocar nuestros temores particulares y de reforzar nuestro ego singular. Para Babe, este interés constituía el detalle definitivo: que se acercara a nosotras, a quienes la vida había agrupado y que éramos percibidas —ya se nos idolatrara, se nos vilipendiara o se nos tratara con indiferencia— como una unidad, y descubriera lo que cada una teníamos de extraordinario. Todas aceptábamos en silencio que Babe fuera su favorita, por más que hubiéramos deseado serlo nosotras y que compitiéramos y nos empujáramos por conseguir la supremacía.

—Te quiero más que a nadie en el mundo. Nunca te haría daño, jamás —repitió cuando ella acabó de recorrer la mandíbula con la yema de los dedos.

Babe volvió la cara hacia el sol declinante y exhaló un levísimo suspiro..., o contuvo el aliento, no está claro.

—Eres el único que podría hacerlo. No podrían herirme ni Bill ni las otras... —(Ignoramos si con ese «otras» se refería a las amantes de Bill o a nosotras)—. Solo tú.

Truman respondió con las palabras que continúa recitando en confidencias sensibleras durante almuerzos de seis horas con esporádicos compañeros que no tienen más remedio que escucharlo, testimonios renuentes del catecismo del muchacho acerca de su pasión por Barbara Cushing Mortimer Paley. Manifiesta sus intenciones más devotas, que en su fuero interno espera que algún día permitan absolverlo.

—Se te hiciera daño, me moriría. Juro que nunca lo haré.

Ella le sonrió y se acurrucó en sus brazos.

—Lo sé, querido, pero podrías hacerlo.

Se mecieron media hora más, hasta que los envolvió la oscuridad.

Al otro lado del patio se encendieron uno a uno los faroles, cuyos cristales de colores destellaron como luciérnagas polícromas. Babe rompió el silencio tras aspirar el fragante aire nocturno, el olor dulce que transportaba la brisa.

—Heliotropo —musitó en aquel momento de alegría—. ¿Sabes que es mi favorita? —Unos instantes de reflexión—. ¿El heliotropo se cría en Marruecos?

—Ni idea, Babyling. No tengo ni idea.

—Heliotropo —repitió ella con cierta nostalgia al evocar (no nos cabe la menor duda) su jardín de Kiluna—. Supongo que me lo habré imaginado.

Truman oye su propia voz a lo lejos, aunque en la hamaca sus labios ya no se mueven.

—¡BASTA!

Le parece ver que en el desierto del Final de la Sed, Maggie levanta la cabeza al oír una palabra que reconoce. Sabe que la imagen no es real porque a Maggie la sacrificaron el año pasado. La perra no podía mover las patas traseras, del mismo modo que él no podía mover las piernas antes de que le echaran la sangre de pollo. Pidió a Jack que la llevara al veterinario porque él no se veía capaz de hacerlo. ¡Cómo lloró tras la muerte de la perra! Se arrojó al suelo y lo golpeó con los puños sollozando hasta que no pudo sollozar más. Todavía se le saltan las lágrimas cada vez que en la playa se cruza con un perro que pasea con su amo. Durante toda su vida adulta ha tenido bulldogs, pero ahora ni se le pasa por la cabeza comprarse uno. No soportaría perder otro ser vivo al que ame.

—Juro que nunca te haré daño...

Pero se lo hiciste, Truman..., ¿o no es así?

En ocasiones le parecer oír a Maggie ladrar en las dunas cercanas a la casa de Sagaponack, aullar a la luna en la loma donde esparcieron sus cenizas.

Juro que nunca te haré daño. Juro que nunca...

—¡¡¡Basta de una puta vez!!!

Se incorpora de repente y se da cuenta de que está chillando.

No grita a Babe, quien desde hace unos años no le dirige la palabra y que ha quedado convertida tan solo en un hermoso recuerdo. Ni a nosotras... porque, pese a que nos oye, no logra vernos ni identificarnos.

Empieza a decir algo más y de pronto se ríe de su propia necedad. ¿De qué serviría hablar? Los recuerdos no responden. Y tampoco las voces invisibles si se niegan a colaborar.

Siente que sus extremidades recobran el impulso vital, sanadas por una rebeldía involuntaria. Por muy perezoso que sea, correría una maratón si así se librara de vivir en los recuerdos.

Se levanta de la cama de un salto, con energía renovada aunque frenética. Un último intento desesperado por salvarse de las ruinas de sus pensamientos, de los escombros provocados por sus bombas caseras.

Se calza unos mocasines y se dirige a la escalera de caracol de acero para bajar al salón, que ocupa toda la planta inferior. Es una escalera flotante y está pintada de azul cobalto, al igual que el suelo, de modo que cuando ha bebido más de la cuenta tiene la grata impresión de caminar por el agua.

Él mismo derribó los tabiques de la segunda planta para crear un mundo de elevación y luz. A ambos lados de la chimenea de ladrillo blanco se alzan de manera peligrosa estanterías de dos pisos de altura. Un ventanal igual de alto que ocupa toda una pared ofrece una panorámica de las dunas. En los estantes, entre los valiosos pisapapeles y marcos de fotos con recuerdos de antiguos aliados, vemos más ejemplares de sus libros que obras de otros autores. Tras mirar con mayor atención nos percatamos de que son traducciones de textos suyos a diversos idiomas, por lo que su producción parece mayor de lo que en realidad es. Hay que decir que no habíamos tenido muchas oportunidades de darnos cuenta de eso, pues Truman se reservaba Sagaponack para sí y prefería recibir a las visitas en su apartamento de la United Nations Plaza, su salón del cielo. Mantiene su refugio de los Hamptons como su otro mundo, el que comparte con Jack, para quien compró el chalet de al lado, que está cubierto de rosas y parras. Entregó a Jack las escrituras de ambas viviendas, que introdujo en las ranuras de una casita para mariposas. Jack le dijo a Babe que fue el acto más generoso que había visto en su vida: Truman le regaló la seguridad.

Esas dos casas aisladas estaban destinadas a ser un templo al arte que comparten, aunque la obra de Jack, admirable y regular, queda eclipsada por la brillantez de Truman, de modo que los libritos de aquel apenas llaman la atención.

No obstante, según cuentan los vecinos, últimamente Truman pasa la mayor parte del tiempo yendo y viniendo de la licorería de la localidad. O pasa horas sentado en el restaurante Bobby Van's de Bridgehampton, una aldea tan pequeña que solo tiene una calle. Las camareras saben que deben servirle sándwiches de queso a la plancha o de beicon, lechuga y tomate, y sopa de almejas los jueves, cuando es la sopa del día, e ir rellenándole el vaso de naranja con hielo y fingir que no se percatan de que le añade un chorrito de la botella de alcohol malo que esconde de manera chapucera en una bolsa de papel marrón. Nunca sale sin su maletín negro de médico, de cuyos recovecos saca pastillas que coloca en hilera sobre la mesa de formica. Sus «vitaminas», las llama él, con la idea errónea de que el personal del local nunca ha visto un Quaalude.

Miran para otro lado porque, al igual que nos ocurrió a nosotras, han sucumbido al encanto de Truman. Como hizo con cada una de nosotras, halaga la voraz vanidad de las empleadas. «Gladys, ¡esos aros de oro son una maravilla! ¿Dónde te los has comprado?»; o: «Madge, ¿has pensado alguna vez en hacerte la permanente? Una aureola botticelliana alrededor de ese rostro hermoso»; o: «Dios mío, Ruthie, ¡tienes una figura espléndida! Mi bueeeeena amiga la señora Vreeland debería sacarte en su revista». (Hace casi diez años que despidieron a Diana de *Vogue* pero, por supuesto, esas Galateas de Long Island no lo saben, y además les trae sin cuidado. Se contentan con que las haga sentirse atractivas con sus uniformes poco favorecedores después de una jornada de ocho horas.)

En la casa de las dunas camina por los tablones azules para entrar en la cocina, desde donde, por la ventana del fregadero, se puede ver el mar, que se extiende a solo unos pasos. Abre el frigorífico y observa su contenido sin saber qué elegir. Ve los restos de una patata asada rellena de caviar que cocinó hace unos días y que luego no le apeteció. Podría prepararse un huevo revuelto, pero decide no hacer el esfuerzo. Atisba un tarro de salsa de rábanos picantes: una inspiración. Como no tiene con quien consultar, puesto que Jack se encuentra en Verbier y Mags en el cielo canino, imagina que un desayuno líquido reconstituyente a media mañana recibe el visto bueno.

—Eso mismo pensaba yo —dice—. Que sea un bloody-blood.

(Para quienes juzguen a Truman: podría ser peor... En los días de moral baja recurre a su batido energético: un plátano, un chorrito de leche y media botella de bourbon; se pasa todo por la licuadora y se bebe con una pajita.) Saca del armario una jarra en la que escancia una porción generosa de Stoli, que tiene a punto en el mostrador, le añade salsa Worcestershire, la de rábanos picantes y las últimas gotas de zumo de verduras que quedan en el envase. Por último echa unos cubitos de hielo y remueve la mezcla.

Abre su armario especial, donde guarda los tesoros secretos que ha ido adquiriendo a lo largo de los años. Un par de ceniceros de Hermès por los que regateó en la venta de bienes de un difunto mucho antes de que tuviera un ochavo. Una sopera de Dodie Thayer con forma de lechuga iceberg. Un juego de copas de Baccarat, sus favoritas, que solo saca en ocasiones especiales. Alza una hacia la luz para admirar su perfección estética y con aire resuelto sirve en ella el bloody de la jarra tras decidir que hoy es una de esas ocasiones.

Tiene un plan que se propone llevar a cabo, lo que ya es motivo suficiente de celebración.

—*Na zdorovie* —dice brindando por los fantasmas del éter.

Se dirige al salón con la copa en la mano y coge el teléfono modelo princesa que tiene en la escalera. Arrastra el cable, más largo de lo normal, hasta el sillón situado junto a la chimenea, rescatado de una tienda del Ejército de Salvación. Babe lo ayudó a tapizarlo con terciopelo color caléndula y ahora ya se ve viejo, pero Truman no quiere cambiarlo porque le recuerda a ella.

Deposita la copa con cuidado en el hogar de la chimenea, y de una caja de madera saca su ajada agenda negra, que contiene centenares de nombres y direcciones anotados con su letra de trazo fino: una constelación de contactos cosechados a lo largo de los lustros por un cazaestrellas de lo más diligente. Paraderos distribuidos por toda la faz de la tierra, desde Kansas a California, a lo ancho del continente. Desde Manhattan a Mallorca y Monroeville. Pasa con ternura las páginas y recorre con los dedos la tinta desvaída deteniéndose en el nombre de varias personas a las que echa especialmente de menos.

Después de que rompiéramos con él realizó una visita especial a Tiffany para comprarse una agenda de direcciones de fina piel de caimán, cuyas blancas hojas resultaban prometedoras. Disfrutó pensando en los nombres que añadiría: los de amigos nuevos que sin duda haría para compensar la pérdida de los viejos. Incluso pidió a la dependienta que la envolviera en un papel especial, de color azul pastel, y que la atara con un lazo de satén blanco. Le pareció que le animaría abrirlo como si fuera un obsequio, imaginar que alguien había decidido regalárselo. Cuando por la noche lo desenvolvió en su apartamento de la United Nations Plaza, sentado en el suelo con las piernas cruzadas, le extrañó la escasa alegría que le proporcionó. La piel de caimán ya no lo cautivaba como en su entorno anterior. Su aroma masculino ya no excitaba con la novedad. Y sus páginas blancas tampoco parecían el nuevo principio que habían evocado en el santuario de Tiffany. Estaban vacías y nada más. Colocó la agenda en la caja y a la mañana siguiente fue a la tienda a devolverla intacta.

Obsoleta o no, la agenda vieja lo reconforta. No importa que muchos de sus astros luminosos estén desvaneciéndose o hayan parpadeado hasta apagarse. No importa que muchos de los que todavía brillan no se dignen devolverle las llamadas ni responder a sus notas y cartas...

¿Cuántas de nosotras aún pensamos en ti? ¿Cuántas personas de esa agenda te aprecian todavía?

—¿Sabéis que «estrella» en chino se dice *xīng*? —pregunta sin dirigirse a nadie—. Las estrellas tienen un universo propio, que se divide en mansiones.

¿Un tercio...? ¿Un quinto? ¿Menos aún...?

Se tapa las orejas con las manos y sigue perorando.

—Se agrupan en cuatro símbolos, que son animales míticos. El dragón azul del este, el tigre blanco del oeste...

¿A cuántas personas de esa agenda les importa un comino lo que te ocurra ahora?

— ... la tortuga negra del norte y el pájaro rojo del sur...

Al menos antes nos dabas miedo. Ahora solo tienes nuestra indiferencia.

—El pájaro rojo, el sureño, es más fuerte de lo que la gente cree. Un ave fénix impetuosa con un plumaje de cinco tonalidades, cubierta por siempre de llamas, que se eleva de...

No te engañes, T. No eres un ave fénix ni una serpiente bicéfala. Como mucho eres una diminuta culebra común de alcantarilla. Un mocoso insignificante de Monroeville, cagado de miedo como siempre.

—¡Ah, pichoncitas, ni os imagináis qué más os tengo reservado! ¡Ni os imagináis lo que me he guardado...! —Ojea las direcciones con aire de rebeldía—. Creedme..., ¡estoy calentando motores!

Encuentra el número que buscaba. Lo marca. Y con ese silbido reptiliano que con el tiempo llegamos a aborrecer se enfrenta al auricular.

—Con el sssseñor Clay Felker, *s'il vous plaît*. —Le complace que al parecer la recepcionista lo reconozca—. Sssssííí, soy el sssseñor Truman Capote... ¿Cómo estásss, cielo?

(Suponemos que es una joven deseosa de ascender..., tal vez recién salida de Vassar College. Con ganas de adular a quien sea para salir del departamento de secretarias. Dudamos que haya leído lo que Truman ha escrito...)

Él prosigue.

—Vaya, es estupendo. ¿Me harías el favor de preguntar si el señor Felker dispone de un momentito...? Sí, por supuesto que esperaré.

Se levanta y cruza con brío el salón haciendo una ronda entre posibles asientos...; precisamente puso el cable kilométrico para facilitar esos paseos. Prueba una butaca de mimbre, cambia de parecer y se acomoda en el blando sofá de piel colocado frente al ventanal. Mientras observa una gaviota que pasa volando, se oye una voz en el teléfono.

—¡Truman! ¡Qué sorpresa! —Una voz de bajo resonante, como el retumbo cálido de truenos que anuncian la tormenta.

—Hola, Clay.

—¿Cómo va todo?

—Bien, bien. ¿Qué tal te va desde que has vuelto a *Esquire*?

—No puedo quejarme. ¿Cómo sigue la obra maestra? —Una carcajada tan recia como lo es Clay Felker—. ¿Ya la has acabado?

—Buuuuuueeeennnnno, yo no diría que esté acabada. A fin de cuentas, es un proyecto colosal. Lo que sí tengo... —se interrumpe no solo como efecto dramático, sino también para tomar un trago del bloody, y luego dice—: es el último capítulo.

—Ah, ¿sí? —Curiosidad moderada del profesional curtido.

—Sí... Ahora trabajo al revés. Empiezo por el último capítulo. ¡Y es impactante!

—No me digas.

—Querido Clay, te llamo para hacerte una pequeña propuesta comercial.

—¿Qué quieres ofrecerme?

—He decidido que ya es hora de sacar otro anticipo..., de darles más munición, para que sigan en danza.

Clay guarda silencio, impasible.

Truman, que empieza a divertirse, se levanta del sofá y reanuda la ronda por el salón.

—Dado el impacto explosivo de mi última publicación en *Esquire*, no me gustaría ofrecer esta parte nueva a nadie más. Por eso te llamo yo mismo. —(El silencio continúa)—. ¿Hola...? ¿Clay...? ¿Se te ha comido la lengua el gato?

Suponemos que se trata de un silencio estratégico porque hasta el gran Clay Felker, patrono del nuevo periodismo, debe de sentir interés.

Si para Truman los chismorreos eran arte, para Clay eran noticia: el tema de la Gran Historia, la que conseguía que los lectores se removieran ante la incomodidad del enfoque y aun así no pudieran dejar de leerla. Si alguien vislumbró el arte en la locura de Truman en lo referente a *Plegarias atendidas*, debió de ser Clay. Si bien en apariencia eran antitéticos en todos los aspectos —uno, con apenas un metro sesenta de estatura, miraba el mundo desde abajo, mientras que el otro, con su metro ochenta y tres, descollaba en él—, formaban parte de la misma raza. Ambos eran advenedizos, idealistas al estilo Gatsby.

Ah, sí. La intuición le dice a Truman (pese a que le falla en otros casos) que el audaz y poderoso Felker podría ser su última esperanza.

—¿Y...? ¿Qué te parece lo que te ofrezco? —Truman, nada acostumbrado al silencio en las conversaciones, regresa al sofá—. ¿Tengo que recordarte cuánto tieeeeeempo hace que el público espera este capítulo..., el último capítulo de mi obra magna, que llevo veinte años...?

Al otro lado de la línea, una inspiración sonora.

—Bueno, Truman, como es lógico, nos haría mucha ilusión la perspectiva de publicar el capítulo. Mucha ilusión, la verdad.

—Estupendo. Lo suponía. Estoy encantado, Clay. Como unas...

—Pero ya sabes que pondremos ciertas condiciones.

Truman endereza la espalda. El Gran Escritor se eriza al sentir la punzada desconocida de la palabra «condiciones».

—¿Cuáles?

—Quiero leerlo antes.

—¿Y...?

—Nada más. Solo quiero leerlo.

Esta vez es Truman quien guarda silencio.

—No es que dude de que sea magnífico —continúa Clay—. Tú siempre cumples, cuando cumples. Es que han corrido muchos rumores. Se ha hablado un montón... Acerca de entregas no realizadas en la fecha indicada. De adelantos ya gastados... Caramba, si Random House ya te ha entregado acciones principales por valor de setecientos mil dólares. Y la Fox trescientos cincuenta mil por los derechos cinematográficos y aún no han recuperado el primer anticipo.

—¿Y...?

—Mira, Truman, sabes tan bien como yo lo gordo que será esto..., pero si vamos a saltar a la palestra quiero asegurarme de que saldremos bien parados.

—De acuerdo...

—Pasaré el fin de semana en los Hamptons. Gail y yo tenemos una casa a unos tres kilómetros de la tuya..., en Wainscott. El sábado cogeré la bici e iré a verte.

—Lo primero es lo primero. ¿Cuánta pasta estáis dispuestos a aflojar en *Esquire*?

—¿Cuánto pides?

—Cuarenta y cinco mil.

—¿Cuántas palabras?

—Yo no las cuento.

—Una cifra aproximada.

—Treinta mil, más o menos.

—¿Más o menos?

—Un dólar cincuenta por palabra...

—Un dólar.

—Treinta y cinco mil. En total. —Truman se mantiene firme.

—Hecho —dice Clay.

Truman remoja el gaznate con el resto del bloody y tritura con los dientes el último pedacito de hielo.

—Fantááááástico. Estoy echándome un baile mientras hablamos.

(En realidad está tumbado en el sofá como un gandul.)

—Hasta el sábado, pues. A las diez.

—Desayuno con *Esquire*.

Truman cuelga el teléfono y se dirige a la cocina para celebrarlo sirviéndose otra dosis de la jarra.

El fin de semana Clay recorre en bicicleta los tres kilómetros que lo separan de Sagaponack, que queda al oeste. Mientras avanza por esa franja de South Fork, observa lo mucho que esos campos remotos y esos densos cañaverales evocan la sobriedad de la prosa de Truman al describir Kansas, y se pregunta si el escritor se siente a gusto allí por ese motivo.

Una vez en su destino, empuja la bicicleta por el camino sinuoso que conduce a la casa de tablones maltratados por la intemperie. La apoya en el portón y se dirige hacia la puerta trasera, tal como se le ha indicado.

Más tarde admitirá ante sus confidentes que el corazón le latía muy deprisa y que le faltaba el aliento al pensar que iba a ver una parte de la legendaria *Plegarias atendidas*. Como es lógico, quería el maldito capítulo. Llevaba años intentando evitar el desastre. Los tres fragmentos publicados con otros directores fueron lo más importante que le había ocurrido a *Esquire* desde hacía siglos..., prácticamente desde su creación. Apenas si se había atrevido a imaginar una forma mejor de estrenarse como director de la revista.

Llama a la puerta de Truman. Espera. Consulta el reloj y vuelve a llamar. Solo se oye el silbido del fresco viento de septiembre entre la maleza de la marisma.

Rodea la casa hasta el ventanal de la entrada y mira por el cristal. Distingue la silueta de Truman tumbado en el sofá con un albornoz de felpa azul y un antifaz negro, y observa cómo la panza le sube y le baja. Da un golpecito en el cristal con sumo cuidado. Al ver que no surte efecto llama varias veces más, hasta que al final aporrea el ventanal y llama a gritos a Truman. Sobresaltada por la aparición, la ballena varada se remueve y se quita el antifaz.

El Truman que por fin entreabre la puerta tiene los ojos velados. Está aturdido. Al borde de la catatonia.

—Buenos días, Truman. —Clay apoya la mano en el picaporte de la puerta mosquitera y la abre con delicadeza—. ¿Me permites...?

Al quedar expuesto a la luz del sol, aunque sea más bien suave, Truman retrocede como un Nosferatu enano.

—Claaaaay. Tengo una migraña atroz. De veras. Es como si estuvieran pinchándome el ojo con un picahielos. He tomado un montón de analgésicos, cantidad suficiente para derribar un muro... Un mulo, quiero decir. ¿Te das cuenta? Ahora mismo no puedo pensar. Tengo que acostarme...

Se dispone a cerrar la puerta, pero Felker la bloquea con un pie.

—Mira, Truman, ya veo que no te encuentras bien, y podemos posponer la conversación, desde luego. ¿Y si me llevo el texto para leerlo durante el fin de semana y el lunes hablamos? ¿Qué te parece?

—Me temo que no es posible. —Truman se aprieta las sienes con los dedos—. Primero he de mecanografiarlo. Siempre escribo a mano los primeros borradores, soooooolo a mano, y tengo tan mala letra que no la entiendo más que yo.

—Truman, habíamos...

—Sssssssí, pero... el dolor de cabeza. Nos vemos mañana.

Tras estas palabras Truman cierra la puerta y Clay Felker regresa en bicicleta a Wainscott con las manos vacías.

Ese podría haber sido el final.

Como contará Clay a los oídos atentos de los bares más elegantes de Manhattan, no albergaba esperanzas de volver a saber de Truman..., ni al día siguiente, ni al cabo de una semana, ni nunca más.

Así pues, menuda sorpresa se lleva cuando a la mañana siguiente alguien llama a la puerta de su chalet. Son las diez en punto. Clay, Gail —su pareja— y Maura —su hijastra— desayunan leyendo los periódicos del domingo. Gail mira hacia la puerta trasera, que queda a la espalda de Clay.

—Diría que tienes una visita.

Clay se da la vuelta y ve en el cristal la cara de querubín avejentado de Truman, que contempla la escena familiar con fascinación melancólica. Un jersey rosa con cuello de pico, a juego con las mejillas sonrosadas. Una imagen de (relativa) salud. Sonríe al ver que Clay se dirige a abrirle la puerta.

—¡Saludos cordiales! —exclama con entusiasmo. Y sonriendo con aire de pillo, añade—: No pongas esa cara de sorpresa, Clay. ¿Acaso no te dije «Nos vemos mañana»?

Lleva en la mano una bolsa de papel marrón, de la que asoma un envase de plástico con bollos dulces.

—«Oh, qué hermosa mañana, oh, qué hermoso día...» —Cantando un fragmento de un tema de Rodgers y Hammerstein pasa por delante de Clay y deja la bolsa sobre la mesa.

—Truman, te presento a Maura, mi hijastra.

Él sonríe de oreja a oreja a la guapa jovencita de doce años, que le dirige una sonrisa tímida mientras lee una página de tiras cómicas.

—Vaya, eres una auténtica preciosidad. Encantado de conocerte, Maura.

—Y seguro que te acuerdas de Gail...

—¡Por supuesto! ¡La brillante señora Sheehy! Soy un gran admirador tuyo. Me encantó aquel artículo del *New York* sobre las prostitutas... ¿Se titulaba «Redpants and Sugarman»? Te atreviste a hablar con un par de chicas de esas que llevan pantalones cortísimos y les sacaste sus historias... ¡A eso lo llamo yo infiltrarse! Antes veía a esas trabajadoras tomando copas de brandy Alexander en el Bear and Bull, o deambulando por Lexington con esos shorts minúsculos..., ¡algunos tan cortos, cariño, que sin duda eran ginecológicos! ¡Se metían nada menos que en el Waldorf...! ¡Y escribir sobre ellas como lo hiciste, plasmar su fragilidad, su desesperación muda...! —Se interrumpe con un destello de lo que solo puede definirse como reconocimiento—. Era algo muy profundo.

Gail sonríe.

—Ahora estás más que invitado a desayunar —dice.

—¿Qué te pongo, Truman? ¿Una taza de café? ¿Zumo de pomelo? ¿Una tostada con huevos?

—El zumo de pomelo sería ideal..., pero solo medio vaso. —Abre la bolsa de papel marrón y entrega el envase de bollos dulces como un regalo—. Lo he traído para vosotros. Recién horneados en Bobby Van's. Saben casi como los buñuelos.

Mientras Clay le sirve el zumo, Truman introduce la mano en la bolsa y saca una botella de vodka. Como si fuera lo más natural del mundo llevar un litro de licor cuando se va a desayunar con la familia del director de una revista.

—*Molte grazie.*

Rompe el precinto del tapón y, tras llenar de Stoli el espacio que queda en el vaso de zumo, guarda la botella en la bolsa y bebe un trago larguísimo.

Maura abre los ojos como platos. Clay y Gail intercambian miradas recelosas.

—¿Seguro que no preferirías un café? ¿O algo de comer? —Gail desliza el envase de bollos dulces hacia Truman.

—No, gracias —responde él, y se da unas palmadas en la panza—. Quiero cuidar mi figura de jovencita. Esto me vendrá bien. De hecho, me alegro de dejar mi bebida de naranja para variar. Hace años que no tomo un greyhound. Ahhhhh, ¿sabéis qué podéis darme? Un poco de sal.

Maura se levanta de un salto para coger el salero y se lo entrega al poco fiable invitado.

—Gracias, Maura. ¿Sabes que si añades sal a un greyhound se convierte en un salty dog? A mis padres les encantaban los salty dogs. Se tomaban un par todas las noches, a las cuatro en punto. Sacaban unas tumbonas al patio de nuestra casa de Monroeville y se imaginaban que viajaban en un crucero de placer que los llevaría a lugares exóticos.

(Es posible que lo hicieran... pero no juntos, eso por descontado.)

—Hablando de historias —lo interrumpe Clay, que con su voz estentórea pone fin al monólogo de Truman—. Espero que junto con todo lo demás en esa bolsa hayas traído el manuscrito.

—Ya te dije, niño, que es un capítulo. El último capítulo...

—... de tu obra magna. Sí, eso. ¿Me permites leerlo?

—Claro.

Truman mete la mano en la bolsa y saca tan solo la botella de Stoli para rellenar el vaso. El gesto es tan característico de él que sin duda lo ha hecho a modo de efecto dramático. Como un prestidigitador que hurga entusiasmado en un sombrero de copa y provoca al público sacando cualquier cosa menos el conejo prometido.

—El caso es que no he tenido tiempo de acabar de mecanografiarlo. No tienes ni idea de lo fuera de combate que estaba ayer... Solo podía concentrarme en mantenerme con vida.

—Ah.

—No obstante, ya sabes que tengo una capacidad memorística del noventa y cuatro por ciento. —Una muestra de modestia, pues Truman suele decir que es del noventa y seis—.

Así que he decidido presentarme para entregarte el capítulo de viva voz.

—De viva voz —repite Clay con una cara de póquer que habría puesto nervioso al mismísimo Nick el Griego.

Sin embargo, Truman no se planta y continúa sin inmutarse.

—Todos los personajes. Todos los episodios. Todito. Cuando haya acabado ya no te hará falta leerlo. Porque lo habrás vivido.

Añade otra pizca de sal al cóctel y toma un trago para darse fuerzas. Deja el vaso en la mesa y se anima. Los ojos le brillan con la adrenalina. Truman está hecho para momentos como este.

Como siempre ha dicho, le encanta hablar...

—Bueeeeno... Empieza y acaba con Kate McCloud. Si lo recordáis, ya la conocimos en el primer capítulo, «Monstruos perfectos», y en el que lleva su nombre. —Suelta una risita de regocijo—. Dios mío, ¡bastó para que todas se mordieran sus uñas tan bien cuidadas! Les aterrorizaba que Kate se basara en alguien real (y así es), y que ese alguien fuera una de ellas. Bien, volvamos a Kate y a P. B. Jones, que, como recordaréis, es el narrador.

—O sea, tú.

—Nunca he dicho que P. B. sea yo.

—Me parece que después de «La Côte Basque» cuesta imaginar que sea otra persona. Blanco y en botella... Si incluso ha escrito un libro titulado *Plegarias atendidas*.

—Ah, claro. P. B. tiene una parte que soy yo..., pero hay otra parte que no soy yo. Las cosas que le han pasado, las que ha hecho... Gracias a Dios, nunca las he vivido. De todos modos, no es muy distinto de mí. Es quien habría sido yo si una pieza del rompecabezas hubiera sido diferente. —Una pausa para quitarse las gafas y frotarse los ojos—. P. B. soy yo..., pero es alguien más. Un muchacho hermoso y terrible que nunca tuvo la posibilidad de salir adelante.

Cuando Truman recurre a la ayuda del Stoli, Clay comprende a quién se refiere. A la única persona cuya desaparición lo ha atormentado y con la que carga como si fuera un lastre dorado. El hombre cuyos crímenes y muerte impulsaron el talento de Truman hasta alturas inimaginables. La desaparición que no puede soslayar.

—O sea, que P. B. es una mezcla de ti y de Perry Smith... —aventura Clay con cuidado para halagarlo y no asustarlo.

Se hace el silencio en la mesa. Al cabo de un instante Truman lo mira. Asiente.

—Escritor y asesino. Gemelos con dos caras. Los otros somos nosotros. —Se pone las gafas y tras tomar aire vuelve a empezar—. Así puesssssss, si Jonesy es nuestros ojos y nuestros oídos, Kate McCloud es nuestra musa. Conocimos a Kate al mismo tiempo que P. B., en París, en el Ritz...

—¿Y el capítulo nuevo...?

—Ahora voy...

—Truman, ya me he leído «Kate McCloud».

—Maura no lo ha leído.

—¡Tienes que venderme el capítulo a mí, no a ella!

Ante la impaciencia de Felker, Truman abrevia.

—Cariño —le dice a Maura en un aparte—, solo necesitas saber que vivirán felices y comerán perdices. Las pasarán canutas, viajarán al centro de la tierra, lucharán con monstruos de todas las especies, pero tendrán un final feliz. —Con tono reflexivo añade—: El primero y el único que escriba. Un final tan fresco y cristalino como un río estival. Un niño..., una playa. Un perro que da brincos en las dunas. Un hombre y una mujer que se mecen con suavidad en una hamaca. Así es como siempre he querido terminar un libro, con una ráfaga de imágenes cinematográficas. Así será este, y te prometo que es divino —afirma con voz melancólica—. Sin embargo, al empezar no sabemos que es ahí adonde nos dirigimos... —Una pausa. Luego el tono cambia y pasa al de la fanfarria. Lo que nos lleva a mi ÚLTIMO capítulo: «Café Kosher Marica Negrata del padre Flanagan abierto toda la noche» —anuncia, y disfruta al ver la conmoción reflejada en sus caras.

—¡Dios mío, santo cielo! —Clay niega con la cabeza—. Habrá que cambiarlo.

—Es una metáfora, tesoro.

—¿Una metáfora de qué?

—Del final de la línea. De la última parada del tren. De la última estación... Todos conocemos un café del padre Flanagan, aunque sea por otro nombre. Es donde nos deja el taxi cuando no queda ningún sitio al que ir. Parece el infierno, pero descubriremos que es todo lo contrario.

—Muy bien —dice Clay, que empieza a perder los papeles—, cuando tengas algo escrito...

—Ya te he dicho que lo tengo escrito en la cabeza. Deja que te describa la primera escena.

Clay mira a Gail y se arrellana en la silla.

—De acuerdo, Truman. Tienes la palabra. Convénceme.

Truman se levanta con gestos teatrales y una sonrisa traviesa que le estira las comisuras de los labios.

T. C.: Es un mediodía bochornoso de agosto. Empezamos en una dirección ilustre del 550 de Park Avenue, en un apartamento del decimotercer piso, donde vive Kate McCloud, nuestra protagonista. Está echada en horizontal en la cama, boca arriba, recostada sobre un montón de almohadones, en cuya superficie se desparraman sus ondas caoba. Se sobresalta cuando, poco antes de las doce, suena el teléfono. Eso no se hace.

Su amante está dándole placer. El caballero le lame el coño con la pasión de un husky con un hueso relleno de mantequilla de cacahuete...

CLAY: Vaaaaale. Maura..., largo de aquí.

MAURA: Ya sé lo que es el sexo oral.

CLAY: ¿Cómo?

MAURA: Por el colegio.

CLAY *(a Gail)*: ¿Para esto pagamos?

T. C.: Es un detalle menor. Y no es tan subido de tono como...

CLAY: ¿De qué va lo demás?

T. C.: De la desesperación muda, como la de las chicas del Waldorf sobre las que escribió Gail. Y del amor. Y, al final, del cielo.

CLAY: De acuerdo. Continúa.

T. C.: Bien. Prosigo:

En la mesita de noche, el teléfono empieza a sonar. ¡Rrrrrrrrring! ¡Rrrrrrrrrringg!

Como una contorsionista, Kate se retuerce y se estira contoneándose hacia la mesita de noche y descuelga el auricular con destreza asombrosa.

Antes de que le dé tiempo a decir algo, se oye una voz:

—¿Kate? Katie, guapa..., ¿estás ahí?

Enfrascada en las sensaciones de su cimbreante carne, Kate se limita a responder con una serie de jadeos lánguidos.

—¡Kate! ¡Soy yo, Zip! —Al teléfono está Jerry Zipkin, una babosa social desvergonzada con el aspecto y la voz de un bidé humano.

Pese a los servicios del amante, Kate logra sosegar su voz hasta darle un timbre de tedio.

—Hola, Jerry.

—Gracias a Dios que has contestado. Estaba a punto de colgar. Estoy en la costa, muñeca, en California, y tengo que pedirte un favor. Quiero que vayas a ver cómo está Maggie.

—¿Quién?

—Maggie... Margaret Case. Tu vecina de arriba.

—Mmmmmmmmm..., quizá sería mejor que la llamaras. Me pillas ocupada.

Kate mira la cabeza de su amante, que sube, baja y se mueve hacia los lados. El chico se esfuerza tanto que a Kate le parece descortés interrumpirlo.

—Ya, pero ahora estoy hablando contigo y quiero que vayas a llamar a su puerta.

—¿Qué puerta? —pregunta Kate sofocando un gemido.

—¡La de Maggie, Kate! ¡La de tu vecina!

—Jerry, no conozco a la señorita Case —le dice inquieta a Zip.

—Vamos, guapa, llámala Maggie. Tendrías que conocerla. Es una mujer maravillosa. Y me tiene preocupado. No he conseguido ponerme en contacto con ella en todo el fin de semana.

—Quizá está de vacaciones, Jerry. La gente se va en agosto.

—Sí —dice Zip, impaciente por soltar la información—, pero tú no sabes lo que sé yo... A finales de la semana pasada me llamó Diana, que está en París. Conoces a la señora Vreeland, ¿verdad? Todo el mundo conoce a la señora Vreeland. Pues bien, me contó algo horrible...

Silencio, interrumpido tan solo por el retumbo de truenos y el repiqueteo suave de la lluvia. Kate mira hacia la ventana situada detrás de su amante y se alegra de que se haya desatado un chaparrón de verano.

—Pues bien, Maggie ha trabajado en *Vogue* durante medio siglo. La llamaban el «Terror de metro y medio». Daba miedo a todo el mundo. El caso es que, según Diana, el pasado jueves Maggie acudió al trabajo, como había hecho seis días por semana durante cuarenta y cinco años. Entró en el vestíbulo de mármol y subió en el ascensor como siempre. Cuando se sentó al escritorio, el escritorio que había ocupado más de cuarenta años, alguien llamó a la puerta. Maggie levantó la vista de las hojas de contactos fotográficos y vio a dos jóvenes vestidos con mono de trabajo.

»"¿Es usted la señorita Case? Hemos venido por el escritorio."

»En fin, ya te imaginarás lo perpleja que se quedó Maggie.

»"Es mi escritorio", dijo. "Debe de tratarse de un error."

»"Lo sentimos, señorita Case." Rehuyendo la mirada de la mujer. "No se trata de ningún error."

»Los hombres apartaron el escritorio y arrojaron el contenido de los cajones en una caja de cartón. Descolgaron los cuadros de las paredes, donde quedaron cuadrados de un blanco inmaculado porque con el tiempo el sol había descolorido la pintura alrededor de los marcos. Maggie permaneció sentada en la silla sin despegar los labios, con la taza de café en la mano, que se había enfriado hacía rato.

»"Disculpe, señorita Case", dijo uno cuando terminaron. "También necesitaremos la silla."

»¿Puedes imaginarte algo más cruel? ¿Hacerle eso a una mujer de ochenta años, que ya trabajaba en esas oficinas mucho antes de que los otros hubieran venido al mundo?

—Dios mío —le dice Kate a Zip, porque no hay nada más que decir.

—Así que ya ves por qué estoy preocupado por la pobre Maggie. La he llamado una y otra vez. El portero me ha confirmado que se han entregado al menos media docena de cajas de mudanzas en el 16A. También me ha dicho que desde el jueves la asistenta doméstica de Maggie ha entrado y salido dos veces del apartamento, pero que no ha visto salir del edificio a la señorita Case. —Jerry hace una pausa—. Escucha, Katie, ya sé que no te gusta relacionarte con la gente ni meterte en los asuntos ajenos..., pero ¿tendrías la bondad de llamar a la puerta de Maggie para ver si se encuentra bien?

Y en ese preciso instante, como para añadir una nota morbosa, Kate la ve.

Una forma que desciende al otro lado de su ventana, que desciende con las cortinas de lluvia menuda, durante lo que parece un segundo y un siglo al mismo tiempo. Por encima de lo que semeja un maniquí, una gabardina se hincha con el aire como un paracaídas.

Un cuerpo suspendido durante un instante brevísimo, recortado contra el cielo encapotado, con alas caquis que lo mantienen a flote.

Un destello de gris platino. Una chispa dorada.

Después... nada. Solo la lluvia.

Kate hunde los dedos en el pelo de su amante para detener con delicadeza sus movimientos. Se levanta de la cama y va desnuda hasta la ventana armándose de valor para enfrentarse a lo fabuloso o a lo macabro, no está segura de a cuál de los dos.

Reprime el reflejo de mirar hacia abajo y mira hacia arriba, al cielo tormentoso. Con la esperanza de ver un pájaro caqui que se eleva hacia los reinos celestiales tras invertir su trayectoria. Durante un fugaz instante trémulo, Kate cree que es posible. Al no ver más que nubes oscuras mira hacia el suelo del patio, donde yace el cuerpo sin vida de la señorita Margaret Case rodeado de jardines bien cuidados para cuyo mantenimiento los residentes del 550 de Park Avenue pagan sesenta dólares al mes. Con una gabardina Burberry puesta y un pañuelo fino en la mano.

Destrozado, pero como una patena.

La lluvia limpia el cuerpo inmóvil.

Kate lo mira fijamente un momento antes de regresar hacia el teléfono. Coge el auricular, donde oye a Zip berrear:

—¿Hola? ¿Kate? ¿Katie? ¿Estás ahí?

Se sienta en la cama. Enciende un cigarrillo. Se pasa una mano por su cabello color caoba.

—Jerry..., he encontrado a Maggie.

Truman calla y mira a su público. Los tres pares de ojos embelesados le proporcionan la seguridad necesaria para exprimir el silencio.

—¿De veras se tiró por la ventana? —pregunta Maura.

—Sí. En sentido estricto fue un suicidio, pero murió de pena. Verás, pienso en las personas que por casualidad miraban por la ventana en el momento en que se precipitó. En lo que estarían haciendo... En lo que les provocaría verlo. Si Babe Paley, que estaba en el Saint Regis, a solo unas calles de distancia, hubiera visto caer un cuerpo, ¿se habría acordado de la desgraciada joven que había hecho lo mismo años antes, después de que Bill la abandonara? Y Slim Keith, que se encontraba unas travesías más allá, en el Pierre, ¿habría levantado la vista del periódico y del whisky? Le he dado a Maggie un testigo, Kate McCloud, pero ¿y si nadie la vio caer? ¿Y si nadie vio cómo el aire le hinchaba la gabardina en ese instante fugaz de ingravidez antes del impacto de la realidad y de que el gesto poético pasara a ser tan solo un error morboso?

»Pienso en quien la encontró en el patio del 550 de Park Avenue... Dicen que fue un jardinero que acudió a podar los setos, aunque la señora Vreeland jura que fue su asistenta doméstica. Pienso en quien limpió el destrozo que una gabardina bien abotonada no logró ocultar.

»Y por último pienso en lo que le pasaría a Maggie por la cabeza durante la caída. ¿Qué le cruzaría la mente mientras descendía con la lluvia hacia la nada? ¿Recordó su adolescencia, cuando bailaba el charlestón? ¿Los primeros amores y los últimos besos, o los singapore slings que se había bebido?

»¿O acaso Maggie Case pensó en Azurest, donde terminará *Plegarias atendidas*? Un lugar tranquilo de Long Island, con barcos de pesca de almejas y vieiras balanceándose en el agua. En las playas, familias de rostro negro o atezado disfrutando de su paraíso particular. ¿O pensó en el café del padre Flanagan abierto toda la noche, donde cada uno de nosotros acabará yendo a parar? —Sonríe a los Felker—. Doy vueltas a todo eso. —Y acto seguido apura la botella echando en el vaso lo que queda de Stoli.

—Es muy bueno, Truman. —Clay va al grano—: ¿Cuándo podremos contar con el texto? Lo sacaré en portada.

—Pronto... —responde Truman con concisión enigmática, y muerde un pedacito de un bollo dulce—. Tengo que apretar algunas tuercas. ¿Sigues de acuerdo con los treinta y cinco mil?

—Treinta y cinco mil, sí —confirma Clay.

Truman le dedica su sonrisa más radiante, contento como unas pascuas con el resultado.

Más tarde, apuradas ya las últimas gotas de pomelo y Stoli, le piden un taxi y observan cómo desciende tambaleante hacia la carretera por el camino de arena. Se detiene en seco y mira con incredulidad el nombre de la compañía de taxis estampado en un lado del vehículo, «Hedge End Cabs», aunque él lee «Hope's End» porque tiene la vista nublada. Vacila, como si reflexionara sobre si desea subir o no.

En el porche, los Felker ven que el taxista le coge la bolsa de papel y lo ayuda a acomodarse en el asiento trasero; ven que Truman se despide sacando la mano por la ventanilla, y ellos agitan la suya a su vez. Entran en casa y empiezan a quitar la mesa, los platos con la yema seca pegada cuatro horas después de que se hayan comido los huevos. (Tal como prometió, Truman relató el resto del capítulo mientras pimplaba, además de ofrecer un «avance» de otros dos.)

Y ante un fregadero lleno de agua jabonosa, mientras Gail lava y Clay seca, este confiesa:

—¿Sabes qué?, podría haberme pedido una suma de seis cifras por el maldito capítulo, y creo que me lo habría pensado.

—¿De veras?

—Sí. Treinta y cinco mil es una ganga...

—... si es que existe —completa la frase Gail.

Acaban de fregar los platos, cada uno absorto en sus pensamientos, en sus imágenes sagradas de Azurest.

15

1978

Babe

Elegía

Después de ejercer de anfitriona toda la vida, organiza el *summum* de los almuerzos, la guinda de una trayectoria de hospitalidad infatigable.

Babe está y no está. Percibimos su presencia en el más minúsculo de los detalles mientras nos acercamos a la hilera de camareros con uniforme y guantes blancos que llevan bandejas de Pouilly-Fumé de Ladoucette, el favorito de Babe. Aparece otro grupo de sirvientes con copas de flauta llenas de champán y se adelantan unos a otros como si bailaran una primorosa pavana, las criadas con platos de áspic tembloroso. Observamos los pasos coreografiados del servicio con una sonrisa apenada y el corazón resquebrajado, pues no esperábamos menos de ella.

Durante el largo preludio de este día comentó con nosotras cada una de las decisiones cuando íbamos a verla —juntas y por separado— y nos sentábamos al lado de la cama en aquellos últimos meses lentísimos. Como siempre, bebíamos gimlets, vespers y whiskies y nos reponíamos de la resaca mientras Babe fumaba sin parar sus queridos L&M, de los que extraía el último placer que pudieran proporcionarle; igual que una polilla que se expone al peligro mortal de la llama.

Planificó su despedida definitiva sin salir de su habitación.

«¿Dos menús?», exclamaba cada una de nosotras al ver la pila de listas, los bocetos y recortes, las recetas escritas con su pulcra caligrafía.

Ella nos miraba de hito en hito, como si nos considerara unos seres poco previsores, y contestaba sin el menor indicio de sentimentalismo: «¡Por supuesto! Uno por si muero en invierno y otro por si muero en verano. No puedo ofrecer el mismo banquete».

Al final falleció en verano. La mañana del 6 de julio, un día después de cumplir sesenta y tres años, vestida con una mañanita de encaje y un elegante turbante de satén para ocultar la cabeza calva. Con la máscara de perfección intacta.

Ella misma se ocupó de eso: su último esfuerzo consistió en ponerse con esmero su cara. Con mano temblorosa se oscureció las pestañas y se pintó los labios del color rojo subido de la preciada consola de su colección. Depositó por última vez el estuche de maquillaje sobre la superficie barnizada y, sumiéndose en una fantasía inducida por la morfina, avanzó —igual que avanzamos nosotras ahora— por las imágenes del almuerzo al aire libre del que deseaba que disfrutáramos. Al darse cuenta de que era probable que su partida se produjera en junio, retocó el menú y la decoración de las mesas para que reflejaran la época del año. Centros de mesa de porcelana china en forma de cuenco llenos de cerezas. Camareros con bandejas de ensalada de langosta servida en vasitos de pepino. Mientras paseamos por los jardines bien cuidados de su amada Kiluna, por delante de la hondonada frondosa y de los arriates inmaculados, casi nos parece ver a Babe, con la amplia pamela de paja y los guantes sucios, remover la tierra y plantar las semillas de azalea para la próxima temporada. Podar, cavar y domeñar las enredaderas y flores como no logró domeñar a sus ingratos hijos. Dar forma a los arbustos y setos con las tijeras y observar complacida que se plegaban a sus deseos como nunca lo hizo el mujeriego de Bill.

Evocamos el placer con el que paseaba con nosotras entre las flores y el orgullo con que nos señalaba su favorita, el *Heliotropium arborescens* lila, cuyo delicado aroma de vainilla aspiramos ahora mientras bebemos champán y nos colmamos de la belleza del edén que Babe creó durante lustros. Con setos y árboles florales elegidos y plantados con esmero en la pendiente que desciende hacia el tranquilo estanque oval, junto al que pasaba horas sentada.

La última vez que se sintió con fuerzas para caminar sola por la hondonada se topó con un hombre que admiraba la finca. Con frecuencia, algún paseante entraba en ese vallecito boscoso y se desorientaba. Según nos contó, sonrió al hombre, que le devolvió la sonrisa. Se saludaron y hablaron unos instantes sobre los terrenos. Cuando se despidieron él sacó del bolsillo una tarjeta de visita y se la entregó. Babe reconoció el nombre: un tiburón inmobiliario de la zona, conocido por comprar tierras en Manhasset para construir urbanizaciones de casas idénticas en aquella vegetación inmaculada.

«¡Lárguese ahora mismo, señor Constructor, porque me sacarán de aquí con los pies por delante!» (Babe se percató de que para expulsar al intruso había empleado el tono sureño de Truman.)

Percibimos a Babe en la suave brisa, nos parece captar su risa argentina en el rumor de las hojas de los dos tilos mientras oímos sin querer cómo más de una de las atildadas asistentes al funeral susurra dirigiendo una mirada a Bill: «Pobrecito. Qué solo se sentirá...». Sin disimular apenas sus intenciones.

La casa está llena de flores, como si los jardines se hubieran extendido hasta el interior. En el famoso comedor lacado en rojo (del que Truman sacó la idea para el suyo), de los jarrones de *cloisonné* surgen infinidad de tallos de todas las variedades que Babe seleccionó con esmero en la floristería Petrov de la Sexta Avenida. Como será su última escena, deseaba sorprender con las especies elegidas. Opciones insólitas. Inolvidables. Ranúnculos de un rojo oscuro, casi idéntico al de su pintaúñas favorito, una flor que le encantaba porque se vuelve más compleja a medida que se abre y despliega una capa delicada de pétalos tras otra.

Siempre le gustó el carácter arquitectónico de las flores de cerezo, pero Bill protestaba cuando se caían. «¿Qué es toda esta mierda rosa?», refunfuñaba al ver los pétalos esparcidos sobre una mesa o un aparador. Babe las eligió con un regocijo siniestro pensando que ya no estaría presente para oír las quejas de su marido ni para correr a recogerlos.

Por supuesto, es Slim, la lugarteniente de Babe, quien ha llevado a la práctica el plan de batalla, hasta el último detalle. Y teniendo en cuenta su lealtad y los años de amistad no debería sorprender a nadie que Bill haya decidido apoyarse en su brazo. Hemos comentado otras veces la naturalidad con que parecen relacionarse Slim y Bill, pero en esta ocasión se les ve tan vulnerables que hasta la más cínica de nosotras se abstiene de formular la menor conjetura. Sabemos lo mucho que ambos la querían, hasta qué punto —pese a ser los más agobiados por el perfeccionismo de Babe, a menudo exasperante— la consideraban una pieza fundamental de su alma. Deben de sentirse angustiados pensando en cómo lograrán pasar un día entero sin tenerla para que dulcifique sus asperezas. Están sentados juntos, con la mirada perdida, y sus muslos se rozan. Apenas han probado el pollo al estragón, bañado en vino y crema de leche.

En días más felices, cuando Babe se enamoró de ese plato en los bistrós de Montmartre, Slim decía en broma que el nombre sonaba como «pollo al estrógeno». Comoquiera que lo llamaran, encontraron la mejor versión en un restaurante modesto, Le Moulin Joyeux, al que regresaron una y otra vez. Concluyeron que la clave del plato era el leve sabor anisado del estragón, aunque Babe suponía que tenía mucho que ver con la variedad del vino. Para confirmarlo, convenció al cocinero del bistró en cuestión de que les diera la receta. Cautivado por la belleza de *les femmes américaines*, el enamoradizo chef anotó los ingredientes y las indicaciones en el dorso de una postal que Babe sacó del bolso: la fotografía de una gárgola de lo alto del Sacré-Coeur, una criatura alada de cuello larguísimo y expresión adusta. Babe nos mandó una a cada una de nosotras y escribió que sus rasgos ampliados le recordaban los nuestros. Slim, que fumaba sentada a su lado a la mesa del café, le quitó el bolígrafo y añadió un «Besos, S & B» en cada una. Babe reservó una gárgola para sí y otra para Slim, y guardó la receta durante años en un libro de cocina francesa. Esa postal con las esquinas dobladas es la que Slim enseñó al batallón de cocineros de este almuerzo para que prepararan un pollo al estragón de «muerte». (El juego de palabras es de Babe y, sí, fue intencionado.)

De vez en cuando Bill busca a tientas la mano de Slim y se la aprieta como si necesitara asegurarse de que siguen formando parte del mundo físico. Babe debió de notar lo unidos que están, e incluso debió de suponer que la relación de ambos se estrecharía en su ausencia; que unos días después de que ella estirara la pata, Slim ocuparía su lugar como si nada e incorporaría al señor Paley en el cuarto puesto de su lista de maridos. De hecho, sospechó que ya estaban manos a la obra. Los dos se han ganado su mala reputación con los años. ¿Por qué iba a darse ahora una excepción? En los últimos meses la vimos perder los estribos con Slim como nunca antes; nos fijamos en que, tumbada en el colchón de plumas, entornaba los ojos como si tratara de averiguar de qué sería o no culpable Slim. Cuando sacábamos el tema, Slim restaba importancia a esos episodios con entereza y despreocupación.

«No es Babe. Es la morfina que habla por ella», decía.

Aun así, pese a su amistad, Babe debió de tener algún presentimiento, pues dejó un mensaje revelador en los objetos, elegidos con esmero, que nos legó y que detalló con sumo cuidado. Confeccionó una lista con datos obvios por temor a que se le fueran de la cabeza. Anotó el nombre de todas las personas de las que no debía olvidarse de recordar: sus parientes, sus mejores amigos, su secretaria y el personal de servicio de la(s) casa(s). Su séquito de dioses de la belleza, desde sus peluqueros del salón de Kenneth (que al final le cortaban y teñían las pelucas) hasta sus manicuros, especialistas en tratamientos faciales y estilistas de Bendel's y Bergdorf's. Sus monitores de pilates, sus asesores de decoración y sus sobreexplotados cocineros, a los que dejó algo más porque sabía la herencia que se llevarían con Bill cuando ella ya no estuviera presente para mediar.

En los meses anteriores a su defunción enumeró su infinidad de pertenencias y asignó un destinatario a cada una de ellas. Anotó nombres, regalos y el valor de estos en fichas pautadas que clasificó por orden alfabético para facilitar las consultas.

A algunas de nosotras nos preguntó dubitativa si había alguna joya que nos gustaría tener, alguna pieza de su amplio surtido que nos llamara especialmente la atención. Unas cuantas no nos dimos por enteradas, pues nos incomodaba hablar de su inevitable fallecimiento y de la perspectiva de quedarnos sus pertenencias. Otras respondieron sin rodeos con el argumento de que con su franqueza satisfacían los deseos de Babe. Gloria dejó bien claro que codiciaba el joyero de marfil y carey. (¡Cómo no iba a quererlo, si valía tres mil quinientos dólares!)

En otros casos Babe nos preguntó de manera confidencial qué creíamos que podría gustarles a las demás. Reservó para C. Z. una caja de porcelana china adornada con enredaderas pintadas en colores primarios (valorada en mil dólares por lo menos); nos alegró la idea porque sabíamos que a C. Z. le recordaría la pasión que ambas sentían por la jardinería. La señora Vreeland recibió la polvera de oro y esmalte blanco de Fabergé que Truman admiró durante mucho tiempo. Jugaba con ella sentado al lado de Babe ante el tocador contemplando cómo esta se ponía su cara brochazo a brochazo, fascinado como si viera maquillarse a una geisha.

Babe no ha dejado a Tru ni el recuerdo más minúsculo, e incluso ha dado órdenes expresas de que no le comuniquen su fallecimiento —ya se enterará por la prensa como el resto de la plebe— ni lo inviten al almuerzo que ha planificado con tanta meticulosidad. Le preocupaba que el cabroncete utilizara alguna artimaña para colarse; que suplicara a Bill o Slim en un momento de debilidad, que pidiera a C. Z. que intercediera por él..., que dijera que siempre la había querido, que se sentiría «abandonado sin su Babyling», que no soportaría la idea de «no despedirse de ella por última vez», patrañas, patrañas, patrañas. Truman se siente a sus anchas en los momentos de exaltación dramática, y Babe ha procurado asegurarse, como último acto de rebeldía, de que no le robará el protagonismo en el que será su definitivo y glorioso mutis. Aturdida por la morfina, llegó a amenazar a Slim y al Viejo Cabrón de Paley diciéndoles que más valía que siguieran sus indicaciones porque estaría «vigilándolos»...

Como decimos, quizá pretendiera afirmar su omnipresencia duradera en más de un ámbito, pues es evidente que, ya fuera debido al opiáceo, ya fuera por intuición, sospechaba que Slim y Bill coqueteaban desde hacía años. Lo dejó claro en el regalo destinado a Slim: un par de soperas de cerámica japonesa con forma de cangrejo que cuestan doscientos míseros dólares. ¡¿Para quien fue su amiga más querida durante treinta años?! Nos preguntamos si con esa elección deseaba transmitir algo más importante que la idea de la infidelidad; un referencia velada más allá del inocente crustáceo. Aun así, Slim se quedó tan pancha, y de hecho disfrutaría utilizando las soperas de cangrejo en más de una cena y recordando a Babe con todo su afecto al servir la sopa con el cazo.

Es la primavera de 1978. Lo sabemos porque la semana anterior se celebró la Pascua.

Puesto que nos encontramos en abril, Babe todavía está viva, aunque no lo está del todo ni lo estará durante mucho tiempo.

Ha tomado la extravagante decisión de trasladarse a su armario vestidor, donde se halla reclinada en una cama de campaña estilo imperio que ha mandado colocar en ese espacio, en el que se encuentra a gusto rodeada de sus cosas. Al otro lado del cuarto hay un tocador e infinidad de estantes que albergan de todo, desde su vestuario hasta bolsos y pilas de paquetes muy bien envueltos y dispuestos como en un bodegón. Los paquetes han sido su proyecto en estas últimas semanas; después de que llegaran las alhajas que tenía en el Chase Manhattan Bank, se ha dedicado a personalizar sus obsequios. Las joyas de valor incalculable que guardaba bajo llave en cámaras acorazadas se las entregaron en su vestidor-guarida, donde lleva días envolviéndolas de forma meticulosa —con pausas para aspirar el humo de sus cigarrillos o el oxígeno de la bombona cuando lo necesita— con la intención de dispersarlas por el mundo, un destino que ella considera más agradable.

Ha tasado su patrimonio: las joyas, las obras de arte y los muebles, las pieles, los vestidos, etcétera, por no mencionar las numerosas acciones y bonos que posee; una cantidad importante de acciones de la CBS, compradas antes de que adquirieran valor. Ha calculado que el total rondará los ocho millones. Ocho millones de dólares. ¿Es lo que vale una vida que ella teme haber vivido solo a medias? ¿Es posible poner precio a las decisiones?

Esas son las preguntas que se formula mientras rellena las fichas en las que determina qué será del valor de su vida cuando ella ya no esté.

Luchando contra el dolor del cuerpo que la traiciona, envuelve con primor los regalos tras elegir el papel del color que sabe que nos gusta o que identifica con nosotras. El de Slim es el amarillo: oro, sol. El de C. Z., el azul..., ¿por asociación de ideas con la clase alta, la «sangre azul», de Boston? No recuerda el porqué, pero el de C. Z. es el azul claro, mientras que a Marella le corresponde el cobalto, que evoca imágenes del Adriático. Para Gloria, cualquier tono de la gama de verdes: el de las hojas de palmera, el de las limas y el de los aguacates maduros. El de la audaz Diana Vreeland es el rojo carmesí. Para Truman habría sido el naranja, un intenso tono Hermès, un poco más oscuro que su bebida de naranja. Pero Truman que se vaya a hacer puñetas. No recibirá ningún regalo, como ella ha dejado dicho con toda claridad. Para cada regalo se toma la molestia de redactar una carta de despedida que escribe en sus tarjetas con membrete. Anota el nombre de la destinataria en el sobre, lo cierra y lo ata a la caja con una cinta en que hace varios nudos al lazo, por si acaso.

Logra reunir las fuerzas necesarias para sacar de la cama de campaña su cuerpo consumido y emprende lo que le parece una larga peregrinación hasta el tocador. Se sienta y toquetea con cariño los objetos esparcidos sobre la superficie hasta que los dedos se desvían hacia un cepillo de plata, una reliquia familiar que tiene de adorno. Entre las finas cerdas de jabalí encuentra algunos cabellos castaños canosos de la última vez que lo usó. Arranca unos cuantos y los hace girar para observarlos como si fueran un objeto curioso de una barraca de feria. Mirándose al espejo se quita el pañuelo de piel de ángel que se había enrollado con habilidad a modo de turbante. La seda le provoca un singular placer sensorial al deslizarse por la cabeza pelada.

—Es muy fácil —le parece oír que dice alguien con tono persuasivo—. Solo tienes que inclinarte hacia delante, cubrirte la cabeza con una toalla, quitarte el gorro y enrollar entonces las dos puntas hasta que se quede en su sitio..., ¡así!

Es su voz. A continuación se oye otra, una octava más aguda: una voz infantil.

—No quiero nadar.

—Tienes que querer nadar, cielo. A todos los niños les gusta nadar.

Babe retrocede en el tiempo hasta una caseta de playa del Hôtel du Palais, en Biarritz. Está con Kate, una niña de ocho años, que lleva un bañador de rayas. Tiene los rasgos de Bill y el pelo cortado a lo paje, al estilo de Buster Brown, con el flequillo hasta los ojos.

De pie ante la niña, Babe tiene un aspecto espléndido con su mono corto de playa blanco sin tirantes. Se la ve tan glamurosa como feúcha es la chiquilla. Para enseñarle cómo se hace, se envuelve el pelo con la toalla y se quita por debajo de esta el gorro de baño rojo.

—¿Ves qué fácil? Ahora prueba tú.

—No, gracias.

—Va... —Babe la anima mientras le entrega la toalla y el gorro.

—¡NO! —La niña, rebelde, se los tira.

—Cariño... —Babe se recompone y habla despacio, con la paciencia exagerada con que a menudo los adultos castigan a los niños—, sé que no quieres nadar porque te da miedo que todos lo vean... Pero te prometo que no lo verán. Llevarás el gorro de baño, luego te cubrirás la cabeza con la toalla... y volveremos aquí para arreglarte. Te lo prometo.

La niña niega con un gesto.

Babe recurre al soborno.

—¿Te acuerdas de aquella muñeca de Madame Alexander a la que tenías echado el ojo? Pues bien, te prometo que te la compraremos si pruebas a hacer lo que te digo solo esta vez...

Ahora la niña sí la escucha. (Al fin y al cabo, es hija de su padre.)

—¿Me lo prometes?

—Por estas que son cruces.

La niña coge de mala gana el gorro de baño que le tiende su madre.

Se lleva las manos al pelo para quitárselo y deja a la vista la cabeza calva. Sobre los ojos, hasta donde llegaba el flequillo, ni rastro de cejas. Se apresura a ponerse el gorro de baño e intenta bajarlo todo lo posible. Babe saca un lápiz del neceser de maquillaje que guarda en el capazo de playa. Se inclina y restituye lo que falta dibujándole a Kate un par de cejas que parecen de verdad si no se miran con demasiada atención.

—Ya está —dice con una sonrisa.

La niña arruga sus nuevas cejas, preocupada.

—Es resistente al agua —la tranquiliza su madre como si le hubiera leído el pensamiento.

Alza el espejo de la polvera para que la chiquilla mire cómo ha quedado. La niña se muestra complacida e incluso concede a su madre el honor de encogerse de hombros.

—Creo que está bien.

—Estás preciosa. —(Ambas deben de saber que es una exageración)—. Ahora disfruta del día. Luego harás el truco de la toalla y vendremos aquí para volver a ponerte el pelo…, perfecto.

Mete la peluca infantil en el fondo del capazo de playa, para que no se vea, mientras abren la puerta de la caseta a una impresionante vista del mar.

Babe nunca dejó de culparse por la enfermedad de Kate.

Hacía tres años, durante una *vacance en famille* —algo excepcional— en Cap d'Antibes, una noche, mientras desenredaba los rizos de Kate antes de que fuera a acostarse, Babe observó la cantidad de pelo que se quedaba en el cepillo. A la mañana siguiente miró la almohada de la niña y el desagüe de la bañera y encontró lo mismo: un montón de cabellos castaños de la melena hasta los hombros de Kate.

El pelo siguió cayéndosele día tras día. Primero a mechones, después a puñados. Antes de que terminaran las vacaciones, la niña estaba completamente calva.

Presas del pánico, los Paley la llevaron a todos los especialistas de Manhattan.

«Alopecia universal», les dijeron. Incurable. De causa desconocida, aunque se sospechaba que estaba asociada al exceso de estrés.

«¿Estrés? —gritó Babe—. ¡Si tiene cinco años!»

Los especialistas no estaban seguros de si había influido la tensión de que hubieran despedido con cajas destempladas a su niñera favorita (porque, si bien adoraba a la pequeña, pegaba a los hermanos mayores de esta), o si las frecuentes ausencias de los padres habían contribuido a la enfermedad.

Pese a que nadie nos haya pedido nuestra opinión, diremos que siempre nos pareció un poco raro que Babe y Bill instalaran a su prole —los dos hijos de ella, los dos de él y los dos que tuvieron juntos— en una casa aparte de los terrenos de Kiluna, en lugar de tenerlos consigo en la residencia principal. Desde luego que todas coincidimos en que es más agradable ver a los niños que oírlos..., y hasta eso cansa en ocasiones. Pero meter a esas criaturas en una casa aparte, para que casi vivieran en su propio mundo... Nunca se nos ocurriría decírselo a Babe, pero nos preguntamos si acaso la pequeña de los Paley no pudo soportar la tensión.

Aunque buscaron tratamiento y contrataron a psiquiatras que los ayudaran a sobrellevar la situación, no pudo hacerse nada por curarla.

Babe encargó para Kate las mejores pelucas que podían comprarse y la llevaba al salón de belleza de Kenneth para que se las cortaran y peinaran en una sala privada, como si fuera lo más natural del mundo.

Ahora es Babe quien va con sus pelucas al salón de Kenneth para que le peinen un pelo que no es suyo, para que le corten mechones que en realidad no le han crecido, aunque solo sea por seguir con el ritual.

En su armario vestidor del Saint Regis, Babe deja el pañuelo sobre el tocador. Cuando mira su reflejo con detenimiento, por primera vez capta en su expresión cansada una sombra de su hija menor. Por primera vez desde hace años experimenta un sentimiento de empatía (si es que lo ha experimentado alguna vez). Algo parecido a la identificación.

Se levanta con dificultad agarrándose al borde del tocador. Regresa a la cama de campaña, a las fichas y los catálogos, y abre la agenda por la lista definitiva de legados. Destapa la estilográfica y añade un nombre al final:

> Kate Paley: el collar turquesa de Schlumberger con seiscientos diamantes; la gargantilla de oro y coral de Panos; el cuadro pintado por su tío Jimmy Fosburgh titulado *Manoplas*.
> Total: 30.500 dólares.

Agrega esta anotación debajo de donde antes había tachado a Kate, a quien perdona así el resentimiento y los actos de rebeldía.

En sus días y horas finales Babe reflexiona mucho sobre la última vez que se aventuró a salir al mundo, antes de que se iniciara la prolongada vigilia en el Saint Regis. Se trata de un recuerdo significativo porque fue la última vez que se sintió verdaderamente bien..., que recobró la salud, lo cual significa que fue la última vez que tuvimos razones para albergar esperanzas de una recuperación completa.

Fue el pasado junio, en el yate de los Guinness, donde Babe se empapaba de sol durante horas. Que ella recordara, era la primera ocasión en que no se sentía abatida desde aquella neumonía inicial que había conducido al diagnóstico. Nadie esperaba que hiciera nada. Nadie le incordiaba para que participara en las excursiones a las diversas ruinas que antes Gloria obligaba a realizar a sus invitados. Sin el agobio de tener que leer algún libro, ya que los tiempos de «mejorar» con la cultura habían quedado atrás. Sin más exigencias que el deseo colectivo de los otros pasajeros de que se sintiera un poco más fuerte cada día, aunque hasta eso dejó de ser un requisito.

Podía quedarse en una tumbona de la cubierta desde el alba al atardecer sin hacer otra cosa que contemplar el mar y el cielo. Admirar el brillo turquesa del Mediterráneo. Notar la caricia de la brisa en la piel. Oír la cadencia extranjera de los marineros de los barcos en los puertos en los que anclaban y preguntarse cómo sería su vida. ¿Disfrutarían de un matrimonio feliz? ¿Tendrían hijos? ¿Se sentirían satisfechos con su trabajo? ¿Valdría su vida más que el valor monetario que ellos tenían?

Observaba cómo la luz del cielo se intensificaba o apagaba, cómo pasaba por toda la gama, desde el naranja al azabache. Por las noches contemplaba las estrellas sin preocuparse ya de buscar las constelaciones conocidas.

De pronto le interesaba lo desconocido.

Aunque era verano, ocultaba su cuerpo esquelético con prendas de punto muy holgadas para no asustar a sus compañeros. Al menos, por suerte la cara apenas le había cambiado, de modo que, mientras el resto de su persona se consumía, de cuello para arriba seguía pareciéndose a Babe. Llevaba cinco días seguidos el mismo jersey de cachemira de Valentino porque se sentía a gusto con él. Le traía sin cuidado lo que pensaran los demás. Se reía al recordar una época en que sí le importaba. Los momentos culminantes de la rivalidad tácita entre Gloria y ella. Recordaba como si fuera el día anterior aquellos famosos veranos consecutivos de hacía varias décadas en los que Gloria la había engañado.

—¿Cómo hay que vestir? —le había preguntado Babe por teléfono mientras preparaba el equipaje para el crucero anual organizado por los Guinness: diez días en el Adriático.

—Oh, Bebé, es una reunión íntima, muy sencilla. Solo unos cuantos amigos entrañables. *Relajada* —añadió en español.

Babe se presentó con varias maletas llenas de pantalones de algodón de estilo informal y palazzo, camisas blancas y algún vestido camisero que añadió por si acaso.

Mientras esperaba los cócteles ataviada con unos vaqueros oscuros, una camiseta marinera de rayas y una chaqueta con botones de motivo náutico, se quedó perpleja al ver que, una tras otra, las demás invitadas salían del camarote con trajes de noche. Observó patidifusa a la Guinness cuando apareció en la cubierta abrillantada —«Vaya, soy la última»— con un vestido de Balenciaga sin tirantes y con un bajo de estilo flamenco que arrastraba por detrás. Ceñido al cuerpo como una segunda piel.

A Truman, que apreciaba como nadie los malos rollos, le encantó la travesura.

—Bueno, Babyling, ¡no cabe duda de que te ha superado! —dijo entusiasmado inclinándose hacia ella sin dejar de masticar la aceituna de su martini.

El verano siguiente Babe no se arriesgó. Llevó tres maletas repletas de conjuntos elegidos a conciencia. Vestidos de noche, trajes elegantes, modelos confeccionados a medida que realzaban su esbelta figura. La primera noche, echó el resto y apareció como una diosa: un extraordinario Dior en dos tonos de rosa, con falda frambuesa hasta los pies, escote pronunciado y parte superior de color carne, que creaba la impresión de desnudez. De los lóbulos le colgaban pendientes de morganita y una sortija con un pedrusco enorme, un diamante negro, casi le tapaba la mano. Era falso, claro, de Kenneth Jay Lane, el rey de la bisutería. El anillo constituía un chiste privado de Babe, para ver si la Guinness se daba cuenta de que no era auténtico. Sin embargo, cuando salió a la cubierta hecha un pincel, encontró a Gloria & Co. repantigadas en almohadones con vaqueros y camisetas, descalzas. Para colmo, descubrió que iban a cenar costillas de cerdo, que se comían con las manos, de manera que todo acabaría cubierto de la pegajosa salsa rojiza. Así emperejilada, se sintió un tanto un ridícula, y echaba humo por dentro cuando se sentó.

—¡Caramba, Bebé, qué vestido más bonito te has puesto! —le dijo Gloria con tono amable, pero lo bastante alto para que se la oyera en toda la cubierta—. ¡Viéndote desearía haberme arreglado yo también! Pero me moriría de vergüenza si te cayera salsa en ese crepé de China... —Una sonrisa maliciosa asomó a las comisuras de sus labios—. ¿Quieres un babero, cariño? Seguro que podemos improvisar uno.

—¡Superada otra vez, Baby! ¡Guinness, dos; Paley, cero! —exclamó Truman tras darle un beso en la mejilla.

En el último crucero hasta Saint-Tropez no hubo la menor traza de la anterior batalla librada en silencio por la supremacía. Gloria no pudo mostrarse más solícita y llevaba a Babe lo que sabía que más le gustaba. Té moruno en una bandeja con una delicia turca al lado. Un margarita con hielo y sal en el borde de la copa. Una única ostra en un plato, sobre un lecho de hielo picado..., solo un bocado, pues Gloria sabía que Babe no tenía apetito para más. Babe paladeó el persistente sabor mineral, como si tuviera un penique de plata en la lengua.

Cuando Gloria volvió para recoger el plato, Babe le agarró la mano y no se la soltó.

Gloria se sentó en la tumbona de al lado.

Babe la miró. Sonrió..., y Gloria asintió con la cabeza.

Así permanecieron la mayor parte de la tarde, hasta observar cómo el sol se hundía en el horizonte.

Los días en los que Babe puede valerse (y cada vez son menos), se obliga a vestirse para visitar a su hermana mayor. Pese a estar enferma, considera que Minnie se encuentra en peor situación y que el deber de la hermana pequeña es cuidar de la mayor.

Minnie ha pasado una época espantosa, ya que acaba de perder a su marido, Jimmy, a causa de un cáncer. Si no supiéramos que es imposible, diríamos que las enfermedades de las Cushing se contagian, aunque Betsey goza de una irritante buena salud y la exhibe como si se tratara de un trofeo ganado en un concurso. Con el apartamento vacío y los días contados, Minnie confiesa que la aterra enfrentarse al mismo final que Babe, y sola además.

Tienen el pacto tácito de no mencionar a Truman, al que Minnie se niega a dar la espalda. A las dos hermanas les queda tan poco tiempo que no soportan la idea de desperdiciarlo discutiendo. Podrían haber seguido así, sin que el nombre de Truman saliera de sus labios...

De no ser por una tarde lluviosa en la que Babe y Bill llaman al timbre del apartamento de Minnie, en la calle Sesenta y cuatro Este. Los Paley apenas si se hablan... Babe se las ha arreglado para echar un rapapolvo a Bill en el taxi por alguna falta cometida. Mientras esperan él intenta cogerla del brazo para hacer las paces después de la desavenencia.

—Cariño, solo decía que no entiendo por qué no te planteas hablar con el doctor Berman sobre...

—Vete a la mierda, Paley.

Babe le aparta las manos. Vuelve a pulsar el timbre y, cada vez más preocupada al no obtener respuesta, llama con la mano.

—¡Minnie! —dice arrimándose a la puerta. Se tranquiliza al oír al otro lado un «¡Ya voy!» sorprendentemente jovial.

Al cabo de un instante se abre la puerta y aparece Minnie, una versión menos estilosa de Babe, con una peluca menos lograda que la de su hermana, más parecida al postizo estilo Buster Brown que llevaba Kate Paley en su infancia. Sonríe como Babe no la ha visto sonreír desde hace siglos. En la mano lleva un vaso largo de lo que parece tan solo un inocuo zumo de naranja.

—¡Babe! ¡Billy! ¡Qué sorpresa...! —Suelta una risita nerviosa y los abraza a los dos—. Pasad... Estábamos en medio de una conversación deliciosa...

Babe se pone en guardia.

—¿«Estábamos»?

Temblorosa, Minnie abre la puerta de par en par y conduce a los Paley por el vestíbulo, lleno de cuadros de Jimmy, hasta la sala de estar.

Allí, sentado en un sillón de orejas, con un jersey de rayas y una gorra, se encuentra Truman.

Babe se detiene en seco. Bill le pone una mano protectora en la cintura.

—Hola, Bill —dice Tru como si tal cosa.

—Truman. —Es Bill. Cortante.

Tru mira a Babe.

—Hola, Babyling —dice con voz más dulce.

Truman logra esbozar una sonrisa y por un instante se permite albergar esperanzas. Se comunican sin palabras mirándose a los ojos, como hacían antes.

Por favor. Por favor, perdóname.

Babe no dice nada. Se limita a mirarlo fijamente.

Minnie sonríe de oreja a oreja, a todas luces con varias bebidas de naranja entre pecho y espalda. Encantada con un reencuentro que, desde su punto de vista, tendría que haberse producido hace tiempo.

—Bueno..., ¡estamos todos juntos! Ven a sentarte, Babe.

Da unas palmaditas en el sofá para que tome asiento a su lado, enfrente de Truman..., que está apoltronado como un pachá en el sillón de orejas de Jim.

Babe se dice que no ha visto a Minnie tan feliz desde la muerte de Jimmy. El dulce rostro de su hermana —por más que parezca un perrito faldero por culpa de ese tipo— la conmueve más de lo que esperaba. Aunque haya afirmado repetidas veces que, después de lo que Truman le hizo, preferiría morir en la hoguera antes que sentarse en la misma habitación que él, ahora que se encuentra en esa tesitura se da cuenta de que no desea negar a su hermana enferma ese momento de felicidad solo porque ella se sienta desengañada. Así pues, pensando en Minnie se acomoda en el sofá, muy tiesa.

Truman la mira con fervor.

—¿Te sirvo algo, Babyling?

—No, gracias —contesta educada ella.

—¿Seguro...? ¿Una taza de café? ¿Té? ¿Una bebida de naranja? —Truman arquea una ceja traviesa.

—No, gracias.

—¿Qué tal un bloody-blood? Sé cuánto te gustan mis bloodys...

Bill interviene.

—Truman, mi esposa...

Ahí está otra vez: «mi esposa». Como si Truman no la hubiera conocido mejor de lo que jamás la conocerá Paley. Bill finge que necesita aclararse la garganta, solo para darse el gusto de repetirlo.

—Mi esposa toma muchos medicamentos debido a su enfermedad, que es muy grave. Los médicos le han advertido de que no los mezcle con alcohol.

Minnie, que a buen seguro recibe la misma medicación, da tranquilamente unos sorbos a su bebida de naranja.

Truman mira a Babe. Con los ojos muy abiertos. Preocupado.

—¿Cómo te encuentras, Babyling?

—Bien, gracias.

Gélida como el hielo. No puede evitarlo. No ha querido y aborrecido tanto a nadie en toda su vida. Le duele en el alma mostrarse distante, pero no puede confiar en él como en el pasado. No tendría fuerzas para volver a levantarse si sufriera otro...

De improviso Babe nota que le falta el aliento. El corazón... Lo siente como si fuera alguien que la aporreara en el centro del pecho.

No puedo... respirar...

Oh, Dios..., ¿es el final? ¿Será así, después de todo lo que ella ha...?

—Babe... —dice preocupado Bill. Se acerca—. ¡Babe!

Babe tiene la cara roja. Las lágrimas le corren por las mejillas mientras tose. Y tose... Joder, ese dolor... *¡Truman...!*, grita en silencio.

Se miran a los ojos.

Él la oye. La telepatía de ataño sigue funcionando.

Truman se levanta de un salto, pero Bill está junto a Babe, frotándole la espalda.

—Barbara, ¿qué podemos darte? —exclama Bill.

Él no sabe cómo ayudarte, dice Truman en silencio.

—¡Babe! —Minnie también se levanta. El miedo la ha sacado de la nebulosa de la bebida de naranja.

Babe ve la bombona de oxígeno de su hermana al otro lado de la sala. Mira a los ojos a Truman y desvía la vista hacia la bombona. Truman cruza la estancia en dos zancadas y regresa para darle el aire en lo que parece un suspiro.

Babe se ahoga con el oxígeno, toma boqueadas aterrada, entre toses.

En todo momento mantiene los ojos clavados en los de Truman, que la tranquiliza en silencio.

Poco a poco recupera la respiración, que al principio es superficial, luego más profunda.

Inspira, espira..., inspira..., sssssssssppppppp..., y espira... hhhhhhhsssiiu..., ssssssssssppppp..., hhhhhhhhhhhhhsssii..., durante varios minutos, hasta que la respiración recobra el ritmo acompasado.

Él se percata: a medida que la respiración se apacigua, la mirada de Babe se enfría.

Nota que se aleja.

Babyling... —imploran sus ojos—. *¿Todavía me oyes?*

La expresión de Babe le indica que sí lo oye.

Claro que te oigo, Truman..., pero prefiero no escucharte.

Se recuesta en el sofá y Bill le lleva un vaso de agua.

—¿Te encuentras bien...? —le pregunta él.

Cuando Babe le responde, no se expresa con su voz, sino que se impone a ella.

—Estoy bien. Gracias por el interés.

Conmigo estás a salvo..., con él, no. Yo te cuidaré.

Truman..., eres la última persona del mundo con la que estoy a salvo.

No lo mira al fondo de los ojos, y él comprende que la ha perdido.

Charlan el resto de la hora que dura la visita. William S. Paley y su esposa, la mayor y la menor de las hermanas Cushing y su angelito retorcido..., caído del paraíso.

Ninguno de los presentes en la sala sabrá qué responder cuando más tarde les pregunten de qué hablaron aquel día. Los visitantes se levantan para marcharse y Minnie los acompaña hasta la puerta. Bill, Babe y Truman salen y se vuelven sonrientes para despedirse con la mano de Minnie, que los mira mientras van hacia los ascensores. El triunvirato de antaño.

En cuanto se acercan a las puertas cerradas y Bill aprieta el botón de llamada, las sonrisas se esfuman. Los tres miran al frente. Absortos en sus pensamientos. Temiendo con cada fibra de su ser el descenso de treinta y nueve pisos hasta el vestíbulo en la claustrofóbica cabina.

¿Y si me desmorono? ¿Y si me desmorono delante de vosotros?, dice en silencio el mierdecilla ese deseando que Babe lo oiga. La mira..., pero el hermoso perfil no se mueve. Babe no se vuelve a mirarlo. Decide no hacerlo. Una de las últimas decisiones que toma.

Sigue mirando al frente, aguardando a que se abran las puertas.

Tras lo que parece una espera interminable, las puertas de un ascensor se abren con un tilín y el pánico se apodera de Truman. Los Paley avanzan pero él se queda inmóvil. Tiene los pies pegados a la moqueta. La pareja entra en el ascensor y se da la vuelta con calma... Ellos están dentro; él, fuera.

—¡Dios mío! —Finge sorpresa—. Vaya, acabo de darme cuenta de que me he dejado la billetera en casa de Min. Voy corriendo a recogerla.

Con un suspiro de irritación Bill aprieta el botón que mantiene las puertas abiertas.

—No, no, Bill. No hace falta que me esperes... ¡No quiero entretenerte! Tienes que llevar a nuestra guapetona a casa para que descanse. —De nuevo la confianza del pasado, la camaradería. Dirigiéndoles una sonrisa ultraluminosa les indica con la mano que se marchen.

Babe lo mira con cara inexpresiva.

—De acuerdo, Truman. —Bill levanta el dedo del botón—. Cuídate.

Truman mira desazonado a Babe.

Por favor, Baby. Por favor...

Eres el único que podía hacerme daño.

Y en esa fracción de un suspiro antes de que se cierren las puertas, un músculo palpita en torno a uno de los ojos color bourbon de Babe. A Truman le parece ver que una lágrima se forma y se desliza por la mejilla inexpresiva, pues ella lleva puesta la máscara de neutralidad. Las puertas se cierran y Babe desaparece para siempre de su vista.

Poco después de Pascua, cuando Babe ya se ha trasladado a su vestidor, empiezan los sueños con Kiluna. Cuanto más se aleja del mundo exterior, en mayor medida se obsesiona con la casa y sus terrenos... y, según nos ha dicho durante nuestras visitas, tiene la sensación de que los jardines la llaman.

Da la impresión de que su vida se reduce cada vez más a imperativos absolutos como ese, que nadie que la conoce se atreve a contradecir. Parece relajada sabiendo que se aproxima el final de su vida, y segura de las últimas cosas que quiere conseguir de ella.

Al acercarse el verano empieza a manifestar el deseo de ver Kiluna por última vez. De realizar una última peregrinación.

Temíamos que llegara este día, conscientes de que anuncia la irrevocabilidad en la que procurábamos no pensar. Bill se niega a tomar en consideración cualquier indicio de un final definitivo y sigue telefoneando a especialistas de todo el mundo en pos de tratamientos experimentales, dando palos de ciego que tal vez todavía permitan salvarla.

Aun así, Babe insiste, y Bill no puede negárselo.

Emprende el viaje de despedida en junio, cuando las flores todavía conservan la novedad de la primavera pero aún no han tenido tiempo de alcanzar su gloriosa plenitud.

El césped de la hondonada de Kiluna resulta ser tan mágico como lo recordaba, y con la hierba recién cortada nota que le pica la nariz. Agradece la fiebre del heno, los ojos llorosos y el moqueo porque la ayudan a disimular las lágrimas. Disfruta con los estornudos, que antes le habrían parecido un fastidio y que ahora sirven para recordarle que continúa viva.

Consiguen un carrito de golf para que Babe realice una última inspección de la verdeante hondonada. Cuando llegan al estanque, Tony, el hijo mayor, la levanta del vehículo y la lleva hasta la orilla, donde ella permanece sentada largo rato.

Tras absorber durante varias horas todos los detalles, con los sonidos y los aromas realzados, con colores que han adquirido una saturación aún más pronunciada que de costumbre, una viveza casi cegadora por su intensidad, Babe se vuelve hacia sus hijos y asiente con la cabeza. Incluso da un apretón en el brazo al Cabrón de Paley en señal de gratitud: un resto del cariño que aún le queda.

Conducen el carrito de golf a la casa y tras cenar unos simples sándwiches, que Babe rehúsa probar, emprenden el largo viaje de regreso a la ciudad.

Ya en el Saint Regis, Babe abandona su armario-guarida especial y vuelve a su dormitorio, con la maraña de enredaderas de las telas marroquíes y cojines con agapornis de plumas color jade.

Y durante las semanas de espera de lo inevitable recuerda que en sus jardines el heliotropo, cuyas inflorescencias lilas vuelven las hileras de delicadas flores hacia el sol, sigue siendo tan fragante como siempre.

Coda

Tras sentarnos para tomar el último almuerzo de Babe, servido en el pórtico de Kiluna, cogemos las servilletas dobladas en forma de cala, que armonizan con los escultóricos centros florales colocados sobre las mesas de picnic cubiertas con manteles largos (su único guiño a la tradición), y nos acordamos del estilizado ramo que llevaba cuando se casó con Bill Paley en una ceremonia discreta, para no llamar la atención sobre el hecho de que ella era anglosajona, blanca y protestante, y él, judío, o de que ambos eran divorciados.

El pollo al estragón nos transporta al París de la década de los cincuenta, cuando teníamos treinta años menos y nos encontrábamos en la cima de nuestra belleza y nuestro vigor.

Coincidimos con Babe en que la variedad del vino empleado en la salsa es tan determinante como el estragón. Creemos detectar las notas de cítricos y vainilla de la uva viognier del valle del Ródano.

Para el último postre que servirá ha seleccionado un suflé de cacao amargo regado con Grand Marnier. Presentado con mucho gusto, bien caliente, en moldes individuales, con una jarrita con nata al lado.

«No a todo el mundo le gusta la nata —nos habría dicho con autoridad—. Es mejor servirla aparte, para que cada cual elija.»

Y cuando sacamos la cuchara del recipiente de esponjoso suflé de chocolate y paladeamos su perfección, en su ligereza casi percibimos el sabor de la soledad de Babe, cuyo desengaño persiste en nuestra lengua.

16

1978

Variación n.º 8

Tumbado en el sofá y sudoroso por el calor estival, disfruta hojeando *The Times* del domingo.

Truman ha sido siempre un poco adicto a la prensa.

Ha ampliado el abanico hasta incluir todos los periódicos de Nueva York, además del *Washington Post* de su querida Kay-Kay, ya que, si bien le importa un rábano la política, le gusta apoyar a los amigos. Compra el *Garden City Telegram* para mantenerse al corriente de lo que le ocurre en el Medio Oeste a la pandilla de Kansas y, a su pesar, el *LA Times*, escrito, según él, por «zombis tarados con el propósito de sorberles las últimas neuronas a otros zombis tarados». Más vale prepararse para el apocalipsis.

Las veces que ha pasado temporadas largas en Europa, la prensa ha sido un cordón umbilical que lo ha unido al mundo que ha dejado atrás. Cuando estuvo casi un año en Taormina con Jack, todas las tardes iba hasta la pequeña papelería de la ciudad adonde había pedido que le enviasen a diario *The New York Times*.

En Sagaponack y en Verbier recibe en casa la prensa, cuya entrega suspende al marcharse. En el apartamento de la United Nations Plaza, Sidney, el portero, le sube por las mañanas los periódicos a los que está suscrito y se los deja apilados en el felpudo.

Es capaz de poner la cabeza como un bombo a cualquiera perorando sobre qué periodista ha trabajado para qué director, en qué publicación y cuándo. Se fija en los tipos de letra y en la composición tipográfica. Es puntilloso con la maquetación de sus textos... ¡y más vale que no empiece a hablar de titulares! Huele a la legua los engañosos y desprecia en especial los «ocurrentes». Porque, aunque Truman es el primero en dejar volar la imaginación cuando habla —y en fabular en sus obras de ficción—, es algo purista en lo que se refiere al periodismo.

Creemos que tiene un vínculo especial con el mundo de los rotativos porque, de una manera extraña, está en deuda con él. A fin de cuentas, fue *The New York Times* el que le proporcionó el tema de su obra maestra. Estaba leyéndolo tumbado en la cama, como siempre, cuando lo vio:

HOLCOMB, KANSAS, 15 DE NOV. [1959] Un acaudalado cultivador de trigo, su esposa y sus dos hijos menores han sido encontrados muertos hoy en su casa. Les dispararon a quemarropa después de atarlos y amordazarlos... No se apreciaban señales de lucha y no se robó nada. Los cables de los teléfonos estaban cortados.

Dejo de leer. Durante una fracción de segundo le costó respirar. En ese breve fragmento percibió algo: el germen de una historia.

Había más en aquella nota, aunque no demasiado. Trescientas palabras en total. En cualquier caso, suficiente. Truman tenía intuición para esos asuntos. Llevaba algún tiempo buscando el tema adecuado para aplicar las técnicas sobre las que había estado meditando: el periodismo como arte; la realidad como ficción.

De todos modos, esto no viene al caso... Lo importante es que sin aquel recorte de periódico no existiría *A sangre fría* y que sin *A sangre fría* básicamente no existiría Truman.

Mientras lee tumbado *The Times*, estira la mano para encender un ventilador de pie, cuya cabeza oscilante le echa aire frío en la piel húmeda y hace susurrar los periódicos.

Truman sabe que es julio porque acaba de celebrarse el día de la Independencia. Y nadie que viva al lado del mar puede olvidarlo debido a los cohetes que se lanzan sin parar desde los barcos. Cada vez que oye uno, esboza una sonrisa apenada al recordar que Maggie aullaba y corría en círculo por las dunas convencida de que sucedía algo. La pobre Mags no pudo oír el ¡pum!, ¡pum! de las explosiones de hace tres días... Fue el primer Cuatro de Julio que ha pasado sin ella.

Como se sentía demasiado disgustado para quedarse solo, sin Jack ni Mags en la casa, llamó a la compañía Hope's End para que le mandaran un taxi que lo llevara a Azurest. Fue a comer a Ouisie's, uno de sus restaurantes habituales, donde pidió fritura de gambas y quingombó, además de crujientes buñuelos de maíz. Todo empapado en harina y echado al aceite caliente. Truman sabe que no le conviene..., claro que últimamente hace muchas cosas que no le convienen. A Jack no le gusta que coma tantas fritangas —«Se te obstruirán las arterias, Truman. ¡Es un ataque al corazón servido en bandeja!»—, pero Truman se dice que es un día de fiesta y que Jack, que pasa cada vez más tiempo en Verbier, no está a su lado para ver lo que come.

Sentado a solas en la playa, reflexiona sobre la naturaleza de los fuegos artificiales mientras escucha una banda de jazz que, un poco más allá, interpreta con un swing en tempo moderado versiones de canciones patrióticas a las que infunden el alma que tanto necesitan. Oyendo las voces roncas recuerda con melancolía a Lady Day..., con la gardenia que se prendía en el pelo para ocultar la calva que le había quedado tras quemarse el cuero cabelludo con un rizador, o «varita para rizar», como lo llaman las chicas sureñas, expresión que Truman asocia a ellas («varita», como si le atribuyeran el poder mágico de un brujo; las jóvenes yanquis lo reducen a unas «tenacillas», como si acicalarse fuera un trabajo). Al pensar en las chicas sureñas siente añoranza de su tierra. Se acuerda de cuando leía sus relatos a Nelle y a Sook en la cocina de la casa vieja y de que en ocasiones se los inventaba sobre la marcha y se los dictaba a Nelle. Recuerda cómo le gustaba a Sook su aguda voz melodiosa y lo contenta que se ponía oyéndole leer cualquier cosa. Mientras el ventilador le echa aire fresco en la cara, evoca una imagen de la amable Sook sentada en la mecedora con la costura, a la espera de que él empiece a leer las necrológicas. Casi le parece oír los chirridos de la vieja silla cada vez que se inclina hacia delante mientras Sook sonríe, asiente y remienda unos calzoncillos largos. De pronto pasa las hojas hasta la página de las necrológicas preguntándose si no debería leer una en voz alta por los viejos tiempos...

Entonces la ve.

Primero la cara. El rostro de belleza inefable.

Por un momento cree que se ha equivocado, que sin querer ha ido a parar a la sección de sociedad. Siempre pensó que con el tiempo se volvía más hermosa, pues, si bien cualquier muchacha guapa puede llamar la atención con la mera exhibición de su juventud, Babe alcanzó un estado de plenitud y sazón —o de sazón y plenitud— con los años. Como siempre, se queda embelesado mirando la imagen, sin fijarse en nada más.

Luego se toma la molestia de leer el titular:

MUERE BARBARA CUSHING PALEY A LOS 63 AÑOS
DESAPARECE QUIEN MARCÓ ESTILO DURANTE TRES DÉCADAS

Phasen de Trauer

Dicen que la primera fase del duelo es la negación.

Nos referimos en sentido estricto a Kübler-Ross, la doctora Elisabeth, cuya guía de cinco fases para hacer frente a la cosecha de la Descarnada con su guadaña se convirtió en el centro de interés de nuestras cenas y comidas hace diez años. La mayoría le echamos al menos un vistazo..., suficiente para fingir que hablábamos con conocimiento de causa. Así descubrimos las famosas cinco fases: negación, ira, negociación, depresión y aceptación.

Phase Eins: Verweigerung (Negación)

Truman mira fijamente las palabras, que no pueden ser ciertas.

Sabe que los cajistas se equivocan y se ven obligados a imprimir una fe de erratas en una página especial del número del día siguiente. Si no es una broma, seguro que se trata de un error...

Nervioso, abre los otros periódicos con la esperanza de no encontrar en sus páginas el menor rastro de Barbara Cushing Mortimer Paley con su sonrisa serena.

Tiene que buscar a toda prisa en el *Post*, el *Journal* y el *LA Times* —el diario zombi—, pasar histérico las hojas agitadas por el ventilador hasta las necrológicas y ver otras tres veces la mirada fotográfica de Babe para comprender que tal vez sea cierto.

Phase Zwei: Zorn (Ira)

—Hola, cielo... Querría hablar con el señor William S. Paley, *s'il vous plaît.*

Apenas si damos crédito. ¡¿Tiene el atrevimiento —¡el desvergonzado atrevimiento!— de llamar a Bill a su despacho de la CBS?! ¡Y nada menos que hoy!

—¿De parte de quién, por favor? —Una recepcionista, con voz monocorde de cordial indiferencia.

Truman titubea antes de responder, pues se pregunta si no sería mejor dar un nombre falso ingenioso con la esperanza de que así pasen la llamada. (Aunque no podría disimular esa voz de mequetrefe que tiene..., de modo que no es un plan factible.)

—Soy Truman Capote —contesta con un punto de insolencia.

—Lo siento, señor Capote. El señor Paley no ha venido a trabajar.

¿Son imaginaciones suyas o de verdad la voz de la recepcionista se ha vuelto un poco más fría?

—Bien, ¿saben cuándo irá?

—No lo sé, señor Capote. El señor Paley se ha tomado unos días de permiso por asuntos personales... Para ocuparse de una cuestión familiar. —Ha hablado la señorita Inexpugnable.

—Eso ya lo sé, cariño. Por eso mismo llamo.

Silencio.

—Llamo por la cuestión familiar.

Silencio todavía.

—Soy amigo de la familia. Un amigo íntimo...

Hasta la secretaria debe de leer los periódicos, Truman. Hasta la secretaria sabrá que eso ya no es cierto...

—Llamo para preguntar por las exequias de la señora Barbara Paley. ¿Te importaría decirme cuándo y dónde tendrán lugar?

—Lo siento, señor Capote. No puedo revelarle esa información.

—¿Qué significa «no puedo revelarle»?

—Se trata de información de carácter privado. Le corresponde a la familia facilitar esos datos.

—Bien, ¿podrías darme la dirección del lugar donde se oficiará ese acto secreto, para saber al menos adónde debo decirle a mi florista que mande...? —Advierte que la recepcionista titubea—. Mira, cariño, yo era el mejor amigo de la señora Barbara Paley. —(«*ERA» es la palabra clave*)—. Solo quiero que me digas si serán en el Saint Regis o en Kiluna.

—Lo siento mucho, señor Capote, pero no puedo revelarle...

—¿No puedes... o no quieres?

—Señor...

—Seeñoorrrrr —exclama remedando la forma de arrastrar las palabras de la recepcionista—. ¿Seeñoorrrrr? ¡No soy tu padre, por el amor de Dios!

—Señor, me temo que su tono...

—¿Mi tono? ¡¿Mi tono?! Escucha, putita engreída: quiero saber cuándo y dónde tendrán lugar las exequias de la señora Paley. Bien, ¿vas a decirme lo que quiero saber, a proporcionarme la información que busco, o tendré que hablar con tu superior?

—Lo siento, señor Capote, pero no hay nadie más con quien hablar.

—Ah, ¿nooooo? Me cuesta creerlo. ¿Quieres decir que no hay nadie por encima de ti? ¿Ningún director? ¿Ningún jefe? ¿Ningún superior a cuyas órdenes estés?

—Me temo que no.

—Me te-temo que no —repite Truman imitando el acento de la mujer—. O sea, ¿quieres decir que tú, *mademoiselle secrétaire*, eres la única persona al mando de Columbia Broadcasting System en este día bochornoso de verano...?

—Eso es, señor Capote.

Ooooh. Le planta cara. Bien por usted, señorita Vassar College.

—«Eso es...» Escucha, gatita, me cuesta mucho creer lo que me dices. Me parece que eres una hija de puta integral. ¡Así que os den por el culo a ti y al caballo que montas..., que, conociéndolo como lo conozco, seguro que se llama señor Bill Paley...!

Y cuelga el teléfono hecho una furia.

Phase Drei: Verhandeln (Negociación)

C. Z. lo ha intentado. Dios sabe que lo ha intentado.

Habló con Babe directamente, tomando el té junto a su cama, y después con Slim durante un almuerzo en el Vadis. Desde luego, fue en vano. Babe se lo veía venir. Conocía muy bien a Truman.

Y cuando Truman telefonea a C. Z. tras colgarle a la secretaria de Bill y le pide que interceda por él, quejándose de que no consiguió arreglar las cosas en vida de Babe y de que al menos podrían permitirle despedirse, ella escucha en silencio la diatriba.

Que Bill lo apartó de Babe. Bill, que seguía resentido con él por el asunto de Las Sábanas. Que él solo había escrito aquel maldito texto para apoyar a Babe, para defender su honor y avergonzar al marido que no había sabido apreciar lo que ella valía.

Tru le dice a C. Z. que probablemente Slim también. Slim, a quien echa de menos y adora, pero que, como nadie ignora, es rencorosa..., y Dios sabe que lo sabemos. Slim rechazó todos sus intentos de hacer las paces y lo mantuvo alejado de Babe en una especie de acto vengativo...

No le cabe duda de que Babe habría deseado tenerlo a su lado. Ella misma se lo dijo con la mirada el otro día. No pudieron hablar, claro, porque estaban los otros, pero él lo oyó claramente. Babe habría querido que la ayudara a planificar su despedida...

Por cierto, ¿sabe C. Z. dónde será? ¿Y cuándo?

Él podría escribir un elogio fúnebre... o un poema tal vez. Un poema titulado «Heliotropo», la flor favorita de Babe... ¿Le importaría a C. Z. hablar con Bill y Slim? Él se portaría bien..., haría lo que le pidieran. Sería un observador discreto si le dejaban asistir...

A C. Z. le duele percibir la desesperación en la voz de Truman. Le pareció mal lo que hizo en *Esquire*, pero ella nos acusó de ser tan culpables como él.

«¿Cómo puedes pensar eso? ¡Nosotras somos las víctimas!»

«Sabíamos que era escritor —nos recuerda sin apearse nunca de su postura—. No tendríais que haberle contado esas historias. ¿Qué creíais que iba a hacer con ellas?» Oyendo ahora a Truman desesperado por ver a Babe por última vez, incluso después de su muerte, C. Z. no puede por menos que considerarlo otro damnificado.

La negociación empieza en serio. Ya no hay confabulaciones. Ni recriminaciones. Solo sencillas súplicas desesperadas.

—Por favor, cariño, ¿puedo asistir al funeral? ¿Te importaría preguntárselo a Bill, por favor? Prometo que no causaré ningún problema. Juro que no beberé. Juro que no tomaré nada. Ni alcohol ni pastillas. Solo quiero asistir. Creo que Babyling habría deseado...

Y al final C. Z., incapaz de soportarlo, incapaz de seguir protegiéndolo, grita:

—¡TRUMAN..., BASTA!

Una orden severa, por el propio bien del desdichado.

Interrumpe el discurso y él calla asustado.

Un largo silencio de C. Z., durante el cual Truman espera temblando.

—No fue Bill. No fue Slim. —Una respiración honda—. Era Babe quien no quería que asistieras.

Y al oír esas palabras Truman siente que la tierra se abre bajo sus pies y que se rompen los últimos hilos de esperanza.

Phase Vier: Gedrückt (Depresión)

John Richardson, el experto en arte, nos proporciona la siguiente curiosidad.

Nos cuenta que hace unas semanas caminaba por Westbury a media tarde sin haber almorzado.

Acababa de evaluar las obras de la colección de la señora X, tarea que le había llevado una hora más de lo previsto. La señora X no tenía intención de vender, pero los expertos en arte sienten el interés profesional de saber quién posee qué piezas y cuánto valen, por si necesitaran la información en el futuro. Por supuesto, era lo bastante listo para referirse a los coleccionistas como «señora X» o «señor Y» cuando contaba sus historias, algo que a Truman no se le habría pasado por la cabeza. Inglés refinado y desenvuelto, antiguo jefe de Christie's, autor de una biografía de Picasso que prevé que tendrá cuatro volúmenes..., ¿cómo no va a caer bien Richardson?

En el restaurante reinaba una calma sobrecogedora, con ese silencio que se instala entre las horas de las comidas, cuando la del almuerzo ya ha terminado y aún no han empezado los preparativos de la cena. Los compartimentos de madera oscura, con el cuero típico de los clubes masculinos, estaban desiertos. No había nadie en el comedor, salvo en una mesa ocupada por una figura solitaria encorvada ante un vaso. Frágil, con la boca abierta, como un pájaro muerto de sed que necesitara beber. Richardson nos cuenta que por la postura y el pelo ralo dedujo a primera vista que era una persona muy anciana. Un viejecito... ¿o una viejecita? Sentado en un reservado oscuro de un rincón. Al ver que cabeceaba se preguntó si estaría dormido.

Richardson se dirigió hacia una mesa contigua y reconoció algo en el perfil de aquella persona al observarla de cerca, y de pronto el aparecido levantó la cabeza y lo miró a los ojos. Richardson se quedó boquiabierto al reconocer al espectro...

—¡Ah! ¡Hola, Truman! Qué sorpresa verte aquí.

Procuró disimular la impresión que le causó constatar que la figura no parecía más joven vista de frente.

«No hacía tanto tiempo que no lo veía... —nos cuenta en las semanas siguientes, cuando acude a nuestras imponentes casas a elogiar nuestras pinturas—. Unos meses a lo sumo: coincidimos a principios de mayo en la subasta de piezas de Fabergé. En ese momento estábamos en julio y parecía diez años mayor.»

La boca un poco ladeada. Los ojos en blanco. Por un instante Richardson se preguntó si Truman no acabaría de sufrir una embolia. Pero de repente las pupilas se centraron entre los párpados entornados. Truman cogió el vaso, que contenía los restos de lo que parecía whisky con hielo. Lo alzó y lo inclinó de forma desmañada para apurar las últimas gotas.

—Holllllaaaa... —dijo, y se devanó los sesos en busca del nombre—, John.

Consiguió esbozar una sonrisa confusa. Llamó con la mano a una camarera, que se acercó con cara de asustada. Ese no era Truman el Encantador..., ni siquiera Truman el Beodo Encantador, que echa piropos simpáticos (aunque con lengua de trapo) a Gladys, Madge y Ruthie en el restaurante Bobby Van's de Bridgehampton. Era un lado más oscuro, señalará Richardson después.

El personal del local no estaba atemorizado por lo que pudiera hacerles, pues con ellos se mostraba de lo más cortés, de lo más educado. Estaban muertos de miedo por lo que Truman parecía tener en mente para sí mismo. La camarera le llevó amedrentada otro doble doble y entregó la carta a Richardson.

—¡Dios mío, qué hambre tengo! Llevo todo el día sin probar bocado. Me he entretenido con una colección bastante grande... —Richardson sonrió. El espectro se limitó a mirarlo—. Lo siento..., no quería molestar. Me alegro de verte, Truman. Tenemos que almorzar juntos un día de estos, ¿de acuerdo?

La última frase no era sincera, pero ¿qué otra cosa podía decir...?

Se acomodó en otro reservado y enseguida se decantó por una tortilla y una ensalada porque quería pedir, comer y marcharse cuanto antes.

Entonces...

—John... ¿Por quééééé no ahora?

—¿Cómo dices? —Richardson esbozó una sonrisa forzada.

—¿Por qué no te sientassss aquííí?, ¿nooooo almorzamos ahora?

¡Vaya! Lo único que nadie puede declinar: una invitación directa, y de un genio nada menos. Un genio que se hallaba al borde de Dios sabía qué.

Disimulando su malestar, Richardson se levantó y fue a sentarse en el reservado del rincón, enfrente de Tru, que se pimplaba el whisky a una velocidad inquietante.

—Bien, Truman, cuéntame: ¿en qué trabajas últimamente?

Un intento de conversación. Dadas las circunstancias, era mejor evitar a toda costa los temas personales.

—Heeeeeee... liiiiiiiiioooo... —respondió Truman alargando las sílabas—. ¡TROPO! —soltó de golpe.

—¿Estás trabajando con tropos? —Richardson frunció el ceño esforzándose en vano por entenderle.

—NO. —Truman lo intentó de nuevo... A saber cuántos whiskies llevaba encima—. Heeeeeee-leo-tropo.

—¿Heliotropo? ¿La flor?

El espectro asintió con un gesto, satisfecho por haber abierto brecha, y los rasgos se le suavizaron cuando añadió una única palabra:

—Babe.

—Babe... ¿Babe Paley?

Parecía una especie de concurso *Password* disparatado.

Truman asintió con brío.

—La heeeeermosa Babe... Escribo sobre... Babe: Heeeelioooootropo. Será una... —No daba con la palabra que buscaba.

—¿Una novela?

—No... Más corto...

—¿Un cuento?

—Más largo.

—¿Una *nouvelle*?

—SSSSSSSSííí.

—Una *nouvelle* sobre Babe Paley —aclaró Richardson.

El espectro asintió.

—Heliotropo.

—Qué interesante.

—Yo la amaaaaaba. Estaba enamorado de ella... Todavía estoy enamorado de Babe.

—Entiendo.

—Ha quedado para almorzar hoy.

Richardson frunció el ceño, pues sabía que Babe había fallecido la semana anterior. Como es lógico, supuso que Truman se
confundía. De todos modos, como siempre hemos dicho, suele
haber algo de verdad en lo que cuenta Tru.

—Ni Bill... Ni Slimmmmm... Babe no quiere que vaya. Es la
única persona que podía haceeerme daño. Y meeeee lo ha hecho.

—¿No le hiciste tú daño a ella, Truman, al escribir lo que
escribiste? —se permite apuntar el compañero de almuerzo involuntario de Tru.

—Le hice daño, sí..., pero sin queeeerer. Quería hacerle daño
a él... Al que la engañaba... Caaaaabrón. La otredad... —Se interrumpió, como si se enfrascara en sus pensamientos.

—Ah.

Luego...

—John..., ¿sabes qué son las inflooor-esencias? Una inflooor-esencia es un conjunto de florezzz, un solo tallo... rama.
Florezzz aisladas..., todas únicas... Pero sssssse juntan en el mismo tallo..., pedúnculo. Siempre en grupo. Impossssible esssca-
par de las demás. ¿Lo captas? —Se inclinó sobre la mesa, deseo-
so de que Richardson le entendiera—. Heliotropozzz separados
y aun así unidos. Como hermanos siameses... o como una serpiente bicéfala...

Por un momento (cuenta Richardson) pareció que a Truman
se le iba la cabeza.

—John —prosiguió después, como si volviera a empezar—, ¿sabes que el nombre de «heeeliotropo» viene de una idea
muuuuuuuyyy antigua según la cual esa inflooor-esencia vuelve la hilera de florezzzz hacia el sol?

—No, Truman, no lo sabía.

Y, como si quisiera demostrárselo, Truman volvió el rostro
hacia el cielo, en dirección a unos rayos imaginarios en el inte-

rior del restaurante en penumbra, y pareció que sintiera el calor en sus carrillos de sapo.

Los ojos cerrados. Una expresión extasiada.

Richardson dice que pagó su parte de la cuenta y que se dirigió al aseo de caballeros.

Cuando volvió, Truman estaba encorvado como antes, murmurando ante el vaso, una y otra vez: «Heliotropo... Heliotropo».

Apenas audible.

«Heliotropo.»

Phase Fünf: Annahme (Aceptación)

Truman sale en televisión diez días después del fallecimiento de Babe. Es curioso que, por lo que recordamos, «dar rienda suelta a los demonios personales en un foro nacional» no figure en el modelo de Kübler-Ross.

Por sorprendente que resulte, su aparición en *The Stanley Siegel Show* se programó hace meses. Más tiempo en antena reservado para promocionar la todavía inacabada *Plegarias atendidas* y avivar el fervor de las masas, porque, aunque parezca extraño, en efecto hay fervor. Si bien no vivimos en una época con excesivo interés por la literatura, vivimos tiempos obscenos, y la gente habló de lo lindo sobre el bodrio aquel.

Alguien tendría que haberle parado los pies, pero seamos sinceras: no quedaba nadie que pudiera hacerlo.

Según nuestras fuentes, nada más llegar a los estudios se traga un puñado de barbitúricos Tuinal (aunque hay quien dice que era Torazina) antes de que las cámaras empiecen a rodar.

Lo colocan en la silla giratoria de Siegel, de un neutro color beis, como suelen serlo los platós. Tiene los ojos en blanco y la lengua fuera: un esperpento enfermo con un jersey de punto azul turquesa y un sombrero marrón de fieltro ladeado, que espera a que las cámaras empiecen a filmar. Con los ojos desorbitados y la lengua fuera, parece una de las gárgolas del Sacré-Coeur de las postales que compró Babe..., o la mitad de una serpiente bicéfala.

El despreciable Siegel debió de prever la vergüenza que supondría, la humillación. Cualquier presentador con conciencia habría anulado la entrevista.

La intervención de Truman empieza con un chiste, del que ha olvidado tanto la introducción como el final. A continuación balbucea algo sobre *Plegarias atendidas* y sobre Babe y confunde las dos...

—Y McCloud, Kate, no ezzz quien usted... No fui a su funeral... No al de McCloud, no es real, ¿entiendeeee?... El otro... No me dejaron ir al almuerzo... Pero estoy escribiendo... mmm... sobre el heliotropo, ¿entiende?

—Sí, lo entiendo.

Siegel intuye que ha llegado su momento y, como un tiburón sediento de sangre, da vueltas en el agua preparándose para entrar a matar.

—Truman, entre bastidores me ha comentado que lleva cuarenta y ocho horas sin meterse en la cama. ¿Es cierto?

—Buuueno, me he metido en la cama, pero no para dormir... —Suelta unas carcajadas lascivas, riéndose de sus pensamientos—. O sea, varias personas... —Se interrumpe porque el pensamiento se le va a otra parte—. O sea, mi vida es muy extraña. No soy como los demás.

—Sí, no me cabe duda... ¿Me permite que le haga preguntas serias?

—Claaaro —responde—. Adelante. Me siento de maravilla.

—Truman, tengo que preguntárselo: ¿es alcohólico?

Truman guarda silencio, asimilándolo.

—Ohhhh, Dios mío —dice con aire desdeñoso, como si desechara el tema por considerarlo insustancial—. O sea, el allllcohol es lo de menos. —Pone los ojos en blanco, como un alma poseída por el demonio—. O sea, ezzzz la gran incógnita...

Se toca los ojos con los dedos colocados como ganchos. Se rasca para quitarse un picor que no encuentra alivio. Vuelve a reír y el público se ríe con él. Un reflejo pavloviano, un síntoma de malestar. En cualquier caso, se trata de una reacción colectiva, lo que permite a Truman creer que se encuentra entre amigos.

—¿Ha tomado algo, Truman? ¿Marihuana? ¿Cocaína? ¿Pastillas?

—¿Hooooy?

—Sí, Truman..., esta mañana. —Siegel finge preocupación.

«Qué hijo de puta», pensamos sintiendo que se aviva nuestra lealtad sepultada. Por mucho que odiemos a Truman por lo que hizo, todavía nos mostramos protectoras cuando alguien se aprovecha. Da pena lo confiado que es el pobre mierdecilla; en momentos como este su ignorancia nos inspira ternura. Supone que todos quieren saber lo que el niño prodigio tiene que decir.

Francamente, reconocemos a un oportunista con solo verlo.

Siegel, en el papel de médico preocupado, continúa. Le da la soga para que se ahorque él mismo.

—¿Qué pasará, Truman, si no resuelve el problema que tiene con las drogas y el alcohol? ¿Qué. Será. De. Truman? —Siegel remata cada palabra con un punto para recalcarlas.

Truman piensa unos instantes, como si reflexionara sobre un acertijo especialmente interesante.

—Bueeeeeeenooooo..., suponnnnnngo que al final... me mataré.

—Síííííí... —Siegel lo anima, entusiasmado, consciente de que suben los índices de audiencia.

—Me mataré... sin querer —añade Tru como una idea nebulosa que acabara de ocurrírsele.

Es lo más certero que ha dicho en los últimos tiempos.

Aunque no soportamos a la persona en que se ha convertido, verlo desintegrarse en un programa de entrevistas matutino de tercera categoría nos parte el corazón.

Más tarde no recuerda nada.

Le pasan una grabación de la entrevista y le asombra su comportamiento. Es como si viera a otra persona..., a alguien a quien no reconoce.

Está tan consternado, tan avergonzado, que desde lejos nos inquieta su seguridad.

Recordamos que en el apartamento de la United Nations Plaza guarda un arma cargada en el cajón del tocador. Es algo de lo que siempre alardeaba; le parecía muy varonil.

Varias personas preocupadas, entre las que destaca C. Z., se han puesto en contacto con Sidney, el portero, para encomendarle la misión de que se incaute con sigilo del revólver que el agente Dewey le dio a modo de recuerdo a Truman tras la publicación de *A sangre fría* («Con cariño de sus amigos del Departamento de Investigación de Kansas»), ya que temen que lo use.

Truman huye a la casa maltratada por la intemperie de Sagaponack con la excusa de que necesita escribir.

A fin de cuentas, es lo único que le queda. Su deshilachada cuerda de salvamento.

Si logra sacar adelante ese capítulo, ese último capítulo..., escribirá siete volúmenes y superará incluso a Marcel.

Y si... Y si...

Jack, que se hallaba en su solitario refugio de Verbier, acude de mala gana. Regresa a las dos viviendas queridas en el pasado y cuyas escrituras todavía guarda dentro de la casita para mariposas de Truman. Regresa al viento que silba en las dunas. Llega con una maleta baqueteada, y sobre el césped encuentra una pila de periódicos que mete en la casa.

—¡Truman! —llama al abrir la puerta de la cocina.

Las encimeras están cubiertas de los restos de los últimos empeños del muchacho: tarros de caviar abiertos. Igual que los botes de salsa de rábanos picantes y los de aceitunas. Unos huevos revueltos poco hechos y abandonados; una salsa holandesa solidificada que ha intentado preparar, de un amarillo vomitivo, como las que rechaza en los restaurantes. Una olla con sopa de tomate Campbell —igual que la que pintaba Andy, sabemos que Truman diría a Jack— y de otra con sopa de almejas, ambas con una capa dura en la superficie. E infinidad de botellas y frascos colocados con cuidado sobre el mostrador: los frascos de pastillas se alternan con las botellas de vodka y con la bebida de naranja.

Jack lo encuentra en el altillo, en la cama, de la que lleva días sin levantarse.

—Truman...

El muchacho abre los ojos y mira al hombre pecoso y alto, que en ese momento le parece el desconocido más apuesto del mundo. Al instante comprende que debe comportarse lo mejor posible para ganarse su cariño.

—Hola —dice.

—Hola —responde Jack tras arrodillarse al lado de la cama.

El muchacho lo mira con ojos legañosos y una sonrisa alela-da. Se siente tímido en esa etapa del cortejo. Aunque no es propio de él, decide dejar que el desconocido dé el primer paso.

—¿Cómo estás, Truman?

—De maravilla, guapetón. ¿Cómo estás túúúúúúúúú?

—Bien.

—¿Solo bien?

El muchacho no puede resistir la tentación y estira la mano para acariciar la mejilla pecosa del hombre. Dios, qué atractivo le parece.

—Esto es lo que me indica cómo estás.

Los dedos huesudos del muchacho se deslizan por la piel del desconocido y le recorren la mandíbula, como unas uñas almendradas recorrieron las suyas en una hamaca según cree recordar vagamente... ¿O eran uñas rojas, del color de los camiones de bomberos, de alguien que lo acunaba en una Cama Grande?

—Truman..., me parece que no estás bien.

—¿No?

—No. Y me asusta que no lo estés.

—Gracias a Dios..., ¡a mí también! —Con el alivio de que por fin alguien se haya dado cuenta.

Se acerca más al rostro masculino para susurrar su temor más íntimo..., el que no ha contado a nadie.

—El terror empieza en el pecho y se abre paso hasta la garganta... A veces apenas si puedo respirar. Pienso mucho en poner fin al dolor. ¿Me entiendes...? —Sonríe al desconocido, contento y aliviado por haberse sincerado.

Qué guapo es ese hombre... y qué interesado se muestra. Qué amable.

Y... está llorando. Por las mejillas pecosas se deslizan lágrimas mudas... Es como si lo hubiera sorprendido un aguacero.

—¿Qué te pasa? ¿Qué te pasa, guapetón mío?

—Truman, no sabes quién soy, ¿verdad?

El muchacho centra toda su energía en el rostro del apuesto desconocido. ¿Dónde lo ha visto...? Sabe que le suena de algo. Escruta el campo de pecas y se concentra con todo su ser: un esfuerzo verdaderamente hercúleo.

De repente cae en la cuenta. Satisfecho de sí mismo por conocer la respuesta, toma entre las manos el rostro y clava la mirada en unos ojos verdísimos...

—Claro que sé quién eres. Eres Jack.

Así de sencillo. Como si fuera lo más evidente del mundo.

El apuesto Jack llora en silencio. El muchacho le coge la mano. Al bajar la cabeza ve que ha manchado la cama y de repente se siente avergonzado.

—Jack... Lo lamento, Jack. —Aunque no sabe qué lamenta en concreto.

—¿Por qué, Truman? ¿Por qué haces esto? ¡Con el maldito talento que tienes...! ¿Por qué desperdiciarlo? ¿Por qué destrozarnos a los dos?

—Lo hago —responde el muchacho en un excepcional momento de lucidez— porque, si no, no soportaría el dolor.

El hombre lo estrecha entre sus fuertes brazos pecosos. Se abrazan en silencio porque, sinceramente, no queda nada que decir.

Jack bajará más tarde a arreglar y asear la cocina después de cambiar las sábanas y quitar la ropa manchada al muchacho. Lo bañará, le lavará bien la cabeza y le pondrá un pijama limpio. Le preparará té y caldo y se los dará con una cuchara de plata. Sentado en la mecedora junto a la cama, esperará a que el muchacho se duerma, y este se sentirá confortado con el balanceo.

Truman lo mirará sonriente y, antes de cerrar los ojos, también las verá a ellas sentadas al otro lado de la habitación, velándolo.

Una con rizos del color de la miel y labios pintados del rojo más rojo; la otra de pelo castaño canoso y ojos del color del bourbon, que lo observan mientras al muchacho se le van cerrando los párpados.

Cuando Jack cree que se ha dormido, se embute en la cama individual y curva el cuerpo alrededor de la figura debilitada, procurando no despertarlo.

«Estaba cansado —dirá más tarde Jack a quienes se interesen—. Muy cansado. Como si se hubiera quedado demasiado tiempo en la fiesta y solo quisiera dormir.»

17

1978

C. Z.

Las follies de la rehabilitación

Sabemos que C. Z. (que Dios la bendiga) siente una pasión irracional por los ganadores.

La necesidad de alcanzar el éxito, de ayudar a triunfar a cuantos la rodean, domina todos los ámbitos de su vida. Ya sea con una potranca perezosa en la que vislumbra una campeona de carreras, ya sea con un chucho con solo tres patas rescatado de la perrera, el ánimo inquebrantable de C. Z. difícilmente decae, ni siquiera en los casos más lastimosos..., lo que sin duda explica su actitud hacia Truman. Su negativa a abandonar al mierdecilla ese se halla en perfecta consonancia con lo que siempre hemos sabido que es la base de su personalidad: la aversión a arrojar la toalla. Una capacidad de resistencia mayor que la nuestra.

Quizá se deba al fervor competitivo de la deportista que hay en ella. El partido de tenis que disputa todos los sábados por la mañana se juega por puntos, mientras las demás nos divertimos echándonos unas risas junto a la red, cuchicheamos sobre quienes se acercan demasiado a su pareja de dobles unas pistas más allá y nos preguntamos si las doce menos cuarto es un poco pronto para tomar un Tom Collins.

Es una rival temible ya sea pujando por un escritorio antiguo en Christie's o por un semental que añadir a las caballerizas de Templeton. No se trata de una mera afición: las cuadras cuentan con diecisiete casillas, y los Guest se toman en serio la cría y el adiestramiento de campeones.

«Siempre he querido ganar», dice entre risas vigorosas cuando la provocamos. O más bien: «Sieee-mpre he queeeh-ido gan-aaah», estirando las vocales con esa imposibilidad patricia de abrir la boca, como un ave elegante con un graznido un tanto melódico; un alargamiento que oídos inexpertos podrían confundir con el dejo sureño, pero que para los acostumbrados a él sin duda anuncia las vocales crepitantes tan características de la élite de Boston.

Antes de la hora del desayuno ya se ha puesto el traje de equitación completo y está entrenando a los caballos. Es probable que haya realizado el programa de ejercicios de toda la jornada antes de que las demás hayamos salido siquiera por la puerta para ir a almorzar. Ese es otro detalle que nos resulta curioso: cuando está en Nueva York, viviendo en Sutton Place, es muy maniática respecto al almuerzo. Evita por igual los locales de moda y los clásicos, y tiene su propia lista de favoritos. Coincidimos en el gusto por algunos. Le encanta el 21, por supuesto, aunque creemos que cualquier sitio de ambientación ecuestre ocuparía un lugar muy especial en su corazón.

No deja de extrañarnos que prefiera el Four Seasons a nuestros establecimientos habituales. Nos sorprende su gusto por ese restaurante construido alrededor de un sobrio estanque geométrico dentro de una estructura de cristal, dado que en el entorno de C. Z. impera la estética de las casas solariegas inglesas: alfombras estampadas que ocultan las huellas de jaurías de perros. Licoreras sobre bandejas de plata expuestas en bibliotecas repletas de libros. Mazas de polo, podaderas y botas de agua embarradas.

Cuando le preguntamos por qué le atraen las líneas adustas del comedor del Four Seasons, sus ojos parecen tan brillantes y claros como el cristal en que está construido.

«Ahhh, queeeeh-idas, ¡es muy mah-derno!»

De hecho C. Z. captó de inmediato cuál era el objetivo de los propietarios: el progresismo. Ganarse a los poderosos e influyentes. Rebelarse contra la moda francesa de los restaurantes de Manhattan dando un giro enérgico hacia la nueva cocina estadounidense. De todos modos, la comida era lo de menos. Lo importante era la laboriosidad. La gente iba al Four Seasons para que la vieran enfrascada en los negocios.

Mientras nosotras nos sentíamos la mar de contentas siendo el centro de nuestros *petits univers* del Vadis, el Basque y el Cirque, C. Z. detestaba la rigidez de la rutina.

«Nadie hace nada aquí —se lamentaba siempre que comía con nosotras—. ¡Nadie sigue el ritmo de la vida!»

A ver —comentábamos más tarde—, *¿qué ritmo de la vida hay que seguir durante un almuerzo?*

A partir de esas observaciones de C. Z. descubrimos poco a poco que parecía fascinarla justo lo que nosotras detestábamos del Four Seasons. En nuestras infrecuentes visitas enseguida nos dábamos cuenta de que entre los poderosos e influyentes resultábamos irrelevantes. Nadie sabía que Babe era alérgica a los cacahuetes y que Slim aborrecía la nata agria. Nadie aflojaba el paso al llegar a nuestra mesa con la esperanza de tener la suerte de oír un fragmento de nuestra conversación.

—Diaaaaas mío —exclamaba entusiasmada C. Z. al percibir la energía que bullía en aquel espacio y que a nosotras nos crispaba—. ¡Laaaah vida continúa entre estas paredes!

—¿Qué paredes? —le preguntábamos malhumoradas, pues el restaurante no era más que una enorme caja transparente donde nos sentíamos invisibles.

Pese a su estilo tradicionalista, de todas nosotras, C. Z. quizá sea la de mentalidad más moderna. Adopta por completo cualquier estética o moda nuevas, como si fuera una viajera procedente de otra época y estuviera acostumbrada a los cambios y a aceptarlos. No siente nostalgia.

«La fría dama vainilla.» Así llamaba Truman a C. Z., cuya actitud denota en efecto cierta gelidez majestuosa. No obstante, bajo la frialdad hierve la calidez. Porque, del mismo modo que no conoce la nostalgia, tampoco es veleidosa. Sus amigos lo son para toda la vida..., por muy lejos que hayan ido a parar. Una vez que se compromete con alguien, se vuelca en esa persona como si fuera uno de sus purasangres campeones. C. Z. quiere que gaaaahne.

Ya sabíamos que lo apoyaría. No nos sorprendió en absoluto. Y no se lo reprochamos. A ojos de C. Z., Truman tiene siempre, incluso en sus momentos más negros, la posibilidad de enderezar su desastrosa vida..., de superar al pelotón y salir victorioso. Por eso cuando arrancamos a Truman de nuestra vida supusimos que C. Z. seguiría con él. Que le vendaría sus cortas patitas y reforzaría su orgullo herido. Almuerza con Truman cuando nadie más lo hace. Lo invita a sus cenas. Lo acompaña al teatro como siempre ha hecho desde la noche en que se conocieron, décadas atrás. Hemos pensado que quizá ese arrojo de quien ha pisado las tablas esté detrás de la capacidad de resistencia de C. Z. Que el espíritu deportivo haya conformado su manera de enfocar las cosas tanto como su breve temporada en los escenarios (algo que, conociéndola en su actual encarnación, todavía nos cuesta creer). Una actitud del tipo «¡Que siga el espectáculo!» que Truman entiende mejor que nadie. Porque él es un showman hasta la médula. Con la teatralidad de un viejo artista de revista musical.

«De niño me gané el sustento durante una temporada bailando en barcos teatro con mi padre. Mientras él jugaba a las cartas, ¡yo les daba lo mejor de mí! Me ponía un traje de gala pequeñito que me había regalado mi madre... Me llamaban Clac y Frac.»

No juzgamos a C. Z. por tratar de salvar a Truman tras el desastre del *Siegel Show*, pero nos proponemos observar desde lejos, como críticas ecuánimes, los intentos de la antigua corista por conseguir que el señor Clac y Frac vuelva a los escenarios. Por obligarlo a regresar al gran teatro de la vida.

Fue una intervención de salud.

Una semana después de la muerte de Babe, tras el desaire del funeral, los Guest vieron horrorizados las imágenes del *Siegel Show*.

—Esto tiene que acabar —exclamó C. Z. volviéndose hacia su marido.

Winston, que había librado sus propias batallas (con la botella en su caso), le dio la razón.

—Si sigue por ese camino no aguantará vivo un año —dijo.

—Todo ese tahhh-lento... Tenemos que ayudahlo, cariño. Alguien ha de intentarlo.

En consecuencia, raptaron a Truman delante de la casa de Sagaponack cuando volvía tambaleándose del restaurante Bobby Van's y lo metieron en el coche. Truman fue víctima de un secuestro. Y acabó sentado en el jardín de Templeton, en Oyster Bay, oyendo las regañinas de una rubia hitchcockiana con unas piernas exquisitas y una boca divina.

Lo acomodaron a la sombra de los cinco tejos del jardín de Templeton, en una silla Adirondack que habían sacado expresamente para él. Truman creía recordar que en la cultura antigua los tejos tenían un significado especial, que redujo a un símbolo de vida o de muerte, con lo que le pareció que tenía un cincuenta por ciento de posibilidades de acertar. Admiró sus formas escultóricas, modeladas al principio por el paisajista Russell Page, al que C. Z. había compartido con Babe y con los duques de Windsor. Aunque se diseñaron como obras abstractas abigarradas, hacía tiempo que Truman había asegurado ver siluetas en las formas que creaban las hojas, y mientras tomaba el té de menta con naranja que C. Z. servía en jarras, inventaba historias sobre los personajes que acechaban en ellas. Los relatos eran aún mejores cuando bebía bullshots, el cóctel de vodka, zumo de lima, Tabasco y caldo de carne que C. Z. servía religiosamente a los invitados que los viernes por la noche se quedaban a dormir en la caseta de la piscina, la antigua casa de juegos de los hijos de los Guest convertida en albergue de hedonistas. Los sábados por la mañana, antes de salir a la carrera hacia el Piping Rock Club para jugar su partida de tenis semanal, C. Z. acostumbraba a dejar una jarra llena de ese brebaje incomparable para los rezagados.

Esa mañana, mientras Truman recordaba aquellos tiempos con cariño y nostalgia, su anfitriona, en una demostración inusitada de fuerza, no le servía nada más que té.

—Debo decir, Sissssszzy —se quejaba Truman, que disfrutaba con el juego de devolver el apodo de C. Z. a sus orígenes, cuando su hermano pequeño pronunciaba las iniciales hoy ya famosas al intentar decir *sister*—, que en mi opinión la señora se comporta como una anfitriona bastante tacaña con su invitado.

Arrodillada ante un arriate de flores, C. Z. hundió los dedos en la tierra. Percibió su fresca humedad, el cieno de la vida que se agitaba en ella. Era así, con el mantillo y las lombrices, las plántulas y las plantas, como se sentía más feliz. La atraía la sencillez de la tarea de ensuciarse las manos para obtener resultados. Era una labor tan lisa y llana como su carácter. Había que trabajar, cuidar con diligencia la parcela, y el esfuerzo daba sus frutos.

Tras arrancar un puñado de hierbajos se levantó y se sacudió la tierra de su atuendo de jardinería: una camiseta y unos pantalones cortos muy cortos que dejaban a la vista sus fabulosas piernas. Se sentó en el borde de la silla de Truman, entre los tejos.

—Esto es un secuestro —le dijo—, no una visita de cortesía. Es una intervención de salud con vistas a la desintoxicación, y el sujeto de dicha intervención no tiene derecho a pedir nada. ¿Me oyes?

—Sí, jefa.

—Bien. ¿Qué te apetecería paaha tu última cena?

No podía sino mimarlo, al menos desde una perspectiva culinaria. Truman iba a dejar las drogas y el alcohol, quisiera o no. Se quitaría de encima esos kilos de más en cuanto dejara la bebida, que provocaba el abotagamiento. Las pastillas, que le hacían perder la cuenta de las comidas que tomaba al día. Las fritangas que se zampaba para aliviar la ansiedad en almuerzos nada secretos en Ouisie's Azurest Diner. La dieta del centro de rehabilitación y la abstinencia —definitiva, si el programa daba resultado— lo harían entrar en vereda. C. Z. podía concederle un último capricho.

Las pupilas de Truman se dilataron con desvergonzada glotonería.

—¡Ah, Sissy! ¿No tendrás por casualidad uno de esos deliciosos jamones asados tuyos ...? De esos glaseados con miel que llevan pedazos de piña arriba... ¿Y esos macarrones con queso divinos que sirves en los bufés?

—Creo que podría improvisaaaah algo parecido.

—¡Querida Sis! Me mimas demasiado.

—En fin... Disfruta mientras dure, chaval, porque mañana empiezas un nuevo régimen de vida.

—La señora de Templeton ha hablado.

—¡Ya lo creo! Y ahora ven conmigo.

—¿Adónde?

—Bueno, puedo ir a mi huerto a recoger pimientos o cambiarme de ropa para salir a cabalgar. ¿Qué prefieres?

—¡Cariño! ¡Ni lo uno ni lo otro!

—¡No me fío ni un pelo de ti! Al volver me enteraría de que te has tragado una docena de bebidas de naranja... Por tanto, ¿qué prefieres: un agradable paseo a caballo o ayudarme en el huerto?

—Sissy, ¿por qué no te liberas un ratito de mí? Solo quiero tumbarme al calor del sol junto a la piscina. Cerraré los ojos e imaginaré que estoy disfrutando de unas vacaciones exóticas. ¡Y te prometo que no me llevaré a los labios nada más que una botella de agua!

C. Z. cedió, aunque se pasó por la cocina para pedir al personal que vigilara al señor Capote, tras lo cual se puso las botas y los pantalones de montar y se encaminó a los establos.

Cuando regresó al cabo de una hora, encontró a Truman dormitando en una tumbona como un angelito, abrazado a un chal con estampado de paramecios como si así se sintiera más protegido. En el suelo, a su lado, había una casta botella de Perrier. Hasta la tarde, cuando C. Z. reparó en su habla pastosa y en que contaba historias cada vez más animadas, así como en su nueva pasión por el líquido elemento, no se le ocurrió mirar las botellas grandes de Perrier que Truman había estado bebiendo. Entonces descubrió que había reemplazado astutamente su contenido por vodka, del que tomaba dosis de setenta centilitros a palo seco.

Así pues, damas y caballejos, tenemos el placer de ofrecerles, presentadas por la señora de Winston Guest, de los Guest de Oyster Bay y Palm Beach:

LAS FOLLIES DE LA REHABILITACIÓN

PRÓLOGO

CAMINO DE HAZELDEN

EL PACIENTE .... TRUMAN CAPOTE

LA ACOMPAÑANTE .... C. Z. GUEST

ALTURA: 2.743 METROS

VELOCIDAD: 482 KM/H (260 NUDOS)

TIEMPO APROXIMADO DE LLEGADA: 2 H Y 55 MIN

Habían viajado infinidad de veces juntos en los muchos años que hacía que se conocían. Entre el aeropuerto llamado Idlewild al principio y después JFK y el Palm Beach International. Habían volado a México para visitar a Gloria. A Turín para ver a Marella. Al Caribe para estar con la querida Babe.

A Truman le gustaba volar. Pese a que habían disfrutado en numerosas ocasiones de la privacidad del avión de la CBS en el que se desplazaban los Paley y del lujo del avión de los Guinness, con sus muebles estilo Luis XIV, los vuelos comerciales tenían algo que siempre animaba a Truman.

«Me encantan esas chicas monas con su faldita corta, su capa y su estiloso casquete que empujan el precioso carrito...»

Y hablando de carritos...

Volvió la cabeza para seguir el avance de uno por el pasillo. C. Z. le propinó un codazo en las costillas.

—Ni lo sueñes, amigo. Estás castigado. Por lo de anoche.

—Sissy, ¡te dije que solo me llevaría a los labios botellas de agua! No prometí nada sobre su contenido —añadió sonriéndole de soslayo.

Ella no le devolvió la sonrisa.

—¡No tiene gracia, Truman!

—No he dicho que la tenga.

—Te guste o no, te llevaré a Hazelden. Y no te quitaré los ojos de encima hasta que te deje en manos de un médico.

—Bueno, querida, ¿y por qué no nos corremos una juerga mientras podamos? —Sin parar de mover la pierna, con gotas de sudor que empezaban a perlarle las sienes.

—Ah, nooooooo. Te entregaré completamente sobrio.

—Vaya tontería.

—¿Por qué?

—Porque si me entregas completamente sobrio no tendrán nada que arreglar —respondió él con una sonrisa ufana, en la que ella atisbó una sombra del Truman de antaño.

—Tru, tienes que dejarlo, en serio. Acabarás... Te pasará algo terrible si no lo dejas.

Las advertencias de C. Z. cesaron cuando llegó el carrito de las bebidas.

—¿Qué les apetece tomar? —les preguntó con indiferencia una azafata con corbata y chaleco de un rojo herrumbre.

—Dos cafés —respondió C. Z. por ambos—. Solos.

Truman le apretó la mano con pulso trémulo.

—Por favor, querida. Solo esta vez. No me encuentro muy bien... Es el corazón... Creo que se me está rompiendo.

C. Z. le escrutó la cara y percibió el terror en sus ojos.

—Por favor, Sissy... Solo una para calmar los nervios.

Ella se ablandó.

—De acuerdo.

Truman se volvió hacia la azafata.

—Cielo, ¿tendrías la bondad de ponernos dos bourbons con eso?

—¿Con soda?

—Perfecto.

La azafata sirvió dos vasos y los depositó en la bandeja. Avanzó para atender de manera funcional a los dos pasajeros siguientes sin que Truman tuviera tiempo de darle las gracias ni de decirle lo mucho que le gustaba la corbata que llevaba, muy parecida a la de *Annie Hall*, que seguía haciendo furor.

—En fin... Supongo que no cabe esperar demasiada distinción en un avión con destino a Minnesota.

C. Z. advirtió la avidez con que cogía el vaso y lo levantaba con ambas manos para acercárselo a los labios. Observó consternada cómo los dientes le repiqueteaban contra el borde.

Truman lo apuró de un trago, sin parar siquiera un momento a respirar, y ella vio que el cuerpo se le relajaba.

—Gracias, querida —murmuró.

Se reclinó en la butaca y cerró los ojos satisfecho. Se quedó tan inmóvil que por un instante C. Z. temió que no respirara.

—Truman...

—Cuéntame una historia, Sissy.

—Esa es tu especialidad.

—No. Todos tenemos historias, querida, y tú tienes una fabulosa. Una historia espectacular... en cinco actos de acción trepidante.

—¿Sí...?

—Por supuesto que sí. —Truman abrió los ojos. Estiró la mano hacia el vaso de C. Z.—. ¿Me permites? —Al ver que asentía, bebió un sorbo recatado y lo paladeó despacio—. Háblame de Lucy.

—¿De Lucy?

—Sí, querida. Háblame de la hermosa Lucy Cochrane, debutante extraordinaria. Cuéntamelo todo.

C. Z. adivinó adónde los llevaría aquello.

—Ya conoces esa historia, Truman.

—Sí, pero quiero que me la cuentes tú —repuso él adelantándose al suspiro de C. Z.—. Por favor... Pronto estaré encerrado en el Alcatraz de las clínicas, aguantando esas horrorosas conversaciones grupales donde mindundis del Medio Oeste peroran sobre lo bestias que son sus maridos y sus hijos y explican que no les queda más remedio que tragarse un puñado de pastillas para soportar los días... Esta noche, mientras tomamos esta copa, cuéntame algo que me apetezca oír.

Empleó un tono tan implorante que C. Z. se ablandó. Como siempre, Truman la tenía en su manita.

—Yo empezaré por ti. Se alza el telón y aparece Lucy Cochrane, la glacial debutante vainilla. Es la mejor debutante que se ha visto en Boston, si no fuera por un problemilla...

C. Z. sonrió.

—A Lucy Cochrane le importaba un cahhhhajo que la presentaran en sociedad. La mayor ambición de Lucy Cochrane era conseguir que de una vez por todaaaas la tacharan de la lista de miembros de la alta sociedad. —Y por su expresión pareció que C. Z. encarnara a su yo de diecinueve años y recordara el deseo de escapar.

PRIMER ACTO
La debutante rebelde

Todo empezó con pequeños actos de insubordinación.

Pese a haber sido coronada como la debutante incuestionable de la temporada 1937-1938, Lucy —o C. Z., como la llamaban los íntimos— pasaba la mayor parte de las fiestas bebiendo cócteles de una petaca metida a escondidas en el salón para complementar los sorbitos de champán y contando las horas que faltaban para regresar a las cuadras y volver a cabalgar. De hecho, los únicos jóvenes de Boston por los que mostraba interés eran los bateadores más destacados de los Red Sox, a los que apoyaba como una forofa fiel, y los jugadores de los Bruins, el equipo de hockey sobre hielo. Cuando era sincera, reconocía que Jack Kennedy y la pandilla de Harvard le daban sueño con sus sosas vocales flojas (no muy distintas de las suyas, aunque mucho menos musicales) y sus sosas conversaciones (algo que nadie podía reprocharle a ella). Tenía algo muy claro: ambicionaba traspasar los límites de su Nueva Inglaterra natal.

Empezó a salir con un joven apuesto al que había conocido en la playa, un guardacostas destinado en Boston. Antes de la guerra el muchacho había trabajado en un par de películas en California. Era un ídolo de la pantalla llamado Victor Mature. Ella lo había visto en tres cintas: de galán en la nueva versión de *No, No, Nanette*; de cavernícola vestido con pieles en *Hace un millón de años*, y de espadachín intrépido en *El capitán Cautela*. Una noche que paseaban por Ocean Pier, Victor se detuvo y le cogió la barbilla con su mano de gigante. Ella pensó que le levantaría el rostro para acercárselo al suyo y besarla a la luz de la luna; en cambio, el actor se limitó a escrutar sus rasgos y a volverle la cara a un lado y a otro para evaluar todos los ángulos.

Ella esperó observando los ojos de párpados caídos de Victor (no acababa de saber si los encontraba atractivos o desagradables) y sus labios, carnosos como los de una ingenua (o como los de un fletán haciendo un puchero).

«Tienes un rostro ideal para el mundo del espectáculo —le dijo por fin Victor con la voz grave y ronca de los ídolos de la pantalla—. La mandíbula es cuadrada y la nariz, corta. Eso es importante para evitar que con la iluminación se creen sombras. De todos modos, tú no necesitas que te iluminen... Eres como la luna... Tienes una luz interior.»

Fue Victor quien le dio la idea. No quería ser actriz porque le gustara actuar, sino que quería actuar para mancillar su reputación a fin de convertirse en una «manzana podrida» a ojos de los «buenos partidos», de los jóvenes de «buena» familia.

Al cabo de un mes había convencido a su hermana y a unas cuantas debutantes más para que trabajaran en el cabaret de la azotea del Ritz de Boston. Ella cantaba «Blue Skies», de Irving Berlin..., desafinando un poco, aunque despampanante con un vestido claro de noche ceñido a su atlético cuerpo y una raja hasta el muslo que mostraba lo que quienes la veían en bañador y con pantalones de tenis siempre le habían dicho que eran unas piernas espléndidas. Al parecer todo Boston acabó yendo al local a ver las travesuras de las Debutantes Rebeldes del Ritz, y Lucy sintió una enorme satisfacción cuando la pandilla de Harvard comenzó a tratarla como a una perdida... o al menos como a una joven que se había descarriado de manera temporal. Recorría Boston a toda velocidad en el Chevrolet descapotable de Victor Mature, besándolo en público y bebiendo el martini que llevaba en un termo.

Su madre se sintió debidamente escandalizada.

Una noche Victor llevó un invitado al Ritz. Un hombre moreno y delgado de mirada ávida con el pelo engominado. Se sentó a una mesa junto al escenario y examinó a cada una de las jóvenes con ojo experto. Su concentración puso nerviosas a las otras chicas, como le comentarían más tarde a Lucy, que, por su parte, le sostuvo la mirada sin pestañear.

Acabada la canción, las sirenas se sentaron con los clientes. Lucy se colocó un mechón platino suelto detrás de la oreja y tomó un sorbo de la copa de brandy Alexander. Victor le tocó el brazo.

—El señor Shubert es productor, Luce. De Broadway. Dirige la Shubert Organization...

Lucy asintió con la cabeza y sonrió, aunque bien podría haberse encogido de hombros, pues no sabía de qué le hablaba Victor.

—¿Cómo te llamas, tesoro? Dime tu nombre de pila —le pidió el hombre con un leve acento eslavo que se captaba pese al barullo de las conversaciones y el swing de la orquesta.

—Lucy.

—¿Quieres ser actriz, Lucy?

—No especialmente. Me gustahia ser alguien.

—Tengo experiencia, así que escúchame: no sabes cantar y, por lo que veo, tampoco bailar..., lo que nunca ha detenido a ninguna dama del mundo del espectáculo. Lo que quiero decir es que careces de talento, pero en cambio tienes una cara. Reconozco una cara a la legua y, tesoro, tú tienes una. Una cara que tira de espaldas.

Lucy notó que se le ruborizaban las mejillas, siempre pálidas, y cogió la tarjeta del hombre.

—Gracias —le dijo.

—Llámame.

—Lo haré.

Y lo hizo.

CUADRO

ALTURA: 8.534 METROS

VELOCIDAD: 740 KM/H (399 NUDOS)

TIEMPO APROXIMADO DE LLEGADA: 2 H Y 12 MIN

—¡Mi pobre bobita...! ¿De verdad no sabías quiénes eran los Shubert?

—No tenía ni la más remota idea.

—¿Acaso no conocen todas las aspirantes a actriz la Shubert Organization?

—Querido, como actriz tan solo aspiraba a ser lo bastante buena para que me destehharan de Boston.

—¿Y lo lograste?

—¡Ya lo creo!

C. Z. sonrió de oreja a oreja y le quitó el vaso de la mano para beber un trago. Truman la miró implorante al ver que Annie Hall volvía sobre sus pasos con el carrito. C. Z. cedió y soltó un suspiro.

—A partir de mañana ni una gota, chaval.

—Por estas que son cruces, cielo. —Hizo señas a la azafata para que se detuviera—. Señorita...

—Dígame, señor.

—*Le même encore, s'il vous plaît.*

La joven miró a C. Z., que asintió con la cabeza. Sirvió las bebidas y las entregó, y C. Z. dejó la de Truman delante de él.

—¿No fue maravilloso, querida?

—¿El qué?

—Las *Follies*, por supuesto. Pisar las tablas. La Gran Vía Blanca. Casi en cueros con todos aquellos mirones observándote con lujuria, envidia y absoluto deseo.

—Desde luego, a los de Boston les decía que era fabuloso.

—¿Y en realidad...? —Truman sorbió con fruición un poco de bourbon.

C. Z. guardó silencio para permitir que sus brazos recordaran lo que era aguantar el peso de una enorme estructura parecida a una jaula con mangas murciélago de un metro y medio de largo cubiertas de cuentas que caían como lágrimas de una lámpara de araña recargada. Recordó lo que era llevar sobre la cabeza un cúmulo de rizos, un tocado como una erupción de la escala de la del Vesubio. Todo con una sonrisa superluminosa, de modo que los músculos de las mejillas sufrían espasmos por el esfuerzo.

—¡La verdad es que estaba hasta las narices! Harta de los trajes. Harta de los focos. Harta de caminar y de quedarme quieta en una postura hasta que parecía iban a rompérseme los brazos.

—Pero seguro que te picó, aunque solo fuera un poquitín, el gusanillo de la farándula.

—Pues no, en absoluto.

SEGUNDO ACTO
Chica Ziegfeld

El contrato lo especificaba claramente: era una corista, no una bailarina.

Como había observado el señor Shubert, no sabía bailar ni cantar, pero resplandecía en el escenario. Su nombre aparecía el último en el cartel, en letra muy pequeña. No tenía un papel destacado; era la tercera rubia de la izquierda. Aun así, llamaba la atención.

«La rubísima», decía la gente.

«La chica de la alta sociedad», murmuraban.

Sus trajes eran blancos por regla general. Blancos como su cabello platino, tan claro que bajo los focos del escenario daba la impresión de ser albina. Perlas blancas que, colocadas en lugares estratégicos para ocultar las partes escandalosas, dejaban poco a la imaginación.

Para ella, el momento culminante de la noche era aquel en que se desprendía del peso de la jaula. En que se quitaba de los labios el rojo chillón y recuperaba su cómoda segunda piel de tweed y mocasines para tomar con el resto del elenco unos brandy Alexanders en el bar de la calle Cuarenta y cinco Oeste. Menudeaban las invitaciones a fiestas, pobladas por personajes mucho más pintorescos que las organizadas en Boston por la asociación benéfica Junior League; ni un collar de perlas a la vista. Fue en una fiesta de inauguración donde entró en escena el hombre que la dirigiría en el segundo acto.

Ocurrió en el punto más alto de la ciudad, en el Rainbow Room del Rockefeller Plaza, en la planta sesenta y cinco. Al adentrarse en la esfera de cristal rodeada de nubes se sintió tan ligera y efervescente como una burbuja humana de champán: el cabello monocromo y el vestido de noche contribuían a crear esa impresión.

Había oído hablar de la pista de baile giratoria conectada de forma ingeniosa a un órgano Wurlitzer, que indicaba cuándo las luces debían cambiar de color según el estilo y el tono de cada canción.

La orquesta se hallaba en plena apoteosis del brillante resplandor de un foxtrot dorado de ritmo sincopado. Siguieron una rumba rosada y un chachachá de un rojo vivo, tras el cual el tono adquirió el matiz frío de un vals azul celeste. En ese momento se acercó el hombre. Guapísimo, de pómulos marcados y facciones cinceladas, con un bigote castaño claro bien cuidado. Los interrumpió de manera educada y la rodeó con el brazo. Ella le dirigió una sonrisa distante, formal, y posó sus largos dedos sobre los anchos hombros.

—Buenas noches —dijo.

—Buenas noches —respondió él sin apenas mover los labios.

—Maravilloso, ¿vehdad?

—¿El qué, concretamente?

—Este es el primer baile de color frío.

Y, en efecto, estaban envueltos en una luminiscencia azul pálido, como si los bañara la luz de la luna.

—Yo prefiero los colores fríos. ¿Usted no?

—¿Y cómo es eso? —le preguntó el hombre. Las comisuras de sus labios coquetearon con una leve sonrisa, que dejó entrever unos hoyuelos hondos bajo los pómulos prominentes.

—Supongo que concuerdan con mi forma de ser. A fin de cuentas, después de cierta cantidad de calor una muchacha necesita un buen vaso de agua.

En ese momento el hombre sonrió de verdad y Lucy vio lo que su expresión adusta había ocultado hasta entonces. Entre las facciones marcadas y elegantes aparecieron unos dientes salidos, como los de un conejo de dibujos animados. El misterio quedó reemplazado al instante por la dulzura. Por la afabilidad.

—La creo. Se aprecia algo en usted..., incluso desde lejos. Supongo que es cierta frialdad. Una actitud distante...

—Santo cielo, ¿hasta ese extremo...?

La sonrisa del hombre se ensanchó a ambos lados de los dientes salidos.

—No, no. Hay algo más... Matices cálidos que destellan bajo la superficie. Es positivo. Es bueno crear un poco de intriga.

El vals llegó a su fin y la orquesta cambió de tono con una interpretación de «Mood Indigo». La joven retrocedió y el hombre volvió a tenderle los brazos.

—¿Me permite...?

Ella sonrió y los aceptó. Le gustaba la sonrisa de conejo. Era encantadora. Se movieron al ritmo del quejumbroso solo de clarinete.

—Por cierto, me llamo Darryl.

—Encantada. Yo soy Lucy.

—¿Me permite, Lucy, el atrevimiento de preguntarle a qué se dedica?

—Desde luego que es una grosería preguntahh por su profesión a una señorita —respondió ella adoptando su más esmerado acento de muchacha de clase alta—. Tan horroroso como preguntarme la edad o si soy una mujer divorciada o madre.

—¿Lo es?

—No. No. Veinticuatro. Indeterminada. En orden inverso.

—A riesgo de parecer poco original, ¿le han dicho alguna vez que tiene una cara ideal para el cine?

—Sí.

El hombre se rio de la indiferencia de Lucy.

—¿Y quién se lo ha dicho, si me permite preguntarlo? ¿Un profesor? ¿Un amigo...?

—Victor Mature.

—¡No me diga! —Los dientes salidos quedaron a la vista bajo las luces, que en ese momento eran lilas—. Compramos los cuatro años que le quedaban de contrato con Hal Roach. Pagamos ochenta mil por él. En cuanto acabe la guerra...

—¿Usted compró el contrato de Victor? Creía que había sido un estudio...

—Eso es. La Twentieth Century Fox.

—¿Usted es Fox?

—No, querida Lucy. Aunque bien podría serlo. Soy Zanuck.

—Ahhh, entiendo. Sí, he oído hablar de usted. A Victor.

—Siempre he dicho que ese muchacho es como Midas. El público lo adora... Convierte en oro cualquier cosa en la que trabaje. Los directores no se han dado cuenta... todavía. No ven más allá de su atractivo. Mucho músculo y poco cerebro, suponen. Sin embargo, tengo planes para él.

—Me alegro, señor Zanuck.

—Darryl.

—Darryl.

—Reconozco una estrella a la legua. O al menos una estrella en potencia.

—Imagino que hace falta un talento especial.

—Sí, en efecto, Lucy, y tengo que ser sincero: ahora mismo veo una estrella en usted.

—¡Vaya! —Perpleja.

—Sí. ¿Le gustaría que le concertara una prueba cinematográfica?

—Bueno.

—¿Qué significa «bueno»?

—Para empezar, no tengo nada de talento. Ni gota.

—¿De veras?

—No sé cantar ni bailar... Es muy probable que tampoco sepa actuar.

—¿Quién le ha dicho eso?

—El señor Shubert. De la Shubert Organization.

—Entiendo. ¿Cuál de los Shubert?

—Todos.

—Bien, ¿qué le parece, Lucy...? ¿Lucy qué más?

—Cochrane.

—Bien, a ver qué le parece esto, señorita Lucy Cochrane: va a California, hace la prueba y así sabemos a quién no le falla la intuición. Me ocuparé de que Victor esté presente, para que se sienta usted a gusto. ¿Qué me dice? ¿Acaso no quieren todas las jóvenes trabajar en el cine?

Ella alzó un pálido hombro.

—¿Sería demasiado precipitado el próximo viernes?

—Me es imposible. Tengo función.

—¿Función? Pero ha dicho que no trabajaba en esto.

—He dicho profesión «indeterminada» porque estoy indecisa.

—¿En qué espectáculo?

—Las Ziegfeld Follies.

—¿Un papel destacado?

—Tercera rubia de la izquierda.

—Bueno —dijo Zanuck tras reírse por lo bajini ante la sinceridad de la muchacha, a la que sacó de la pista y condujo hacia la barra—. En realidad no es ningún problema, ¿verdad que no? Irá usted a Hollywood, donde seguro que la convertiremos en una estrella. Igual que a su amigo. —Tras estas palabras cogió de una bandeja dos copas de flauta con champán y le tendió una a Lucy—. ¡Por nuestro futuro!

—Vaya, es una oferta muy tentadora, Darryl, pero, como le he dicho, tengo un compromiso anterior. Quizá me lo piense. ¿Le importaría darme su tarjeta?

Zanuck sacó una del tarjetero de plata que llevaba en el bolsillo del chaleco.

—Tenga, Lucy Cochrane. Me llamará... tarde o temprano.

Ella tomó unos sorbos de champán y escondió sus pensamientos bajo su fría cortesía. No obstante, después de cargar otras dos semanas con las armazones cubiertas de cuentas por el escenario del Imperial, consideró que una prueba de cualquier tipo supondría un reto estimulante.

Cuando descolgó el teléfono de su habitación del Ritz y marcó el número de las oficinas de Zanuck, este respondió con cinco escuetas palabras:

—Lucy Cochrane... Sabía que llamaría.

TERCER ACTO
Aspirante a estrella de Zanuck

—De acuerdo, Lucy, probemos otra vez —oyó decir a Zanuck fuera de cámara.

Se detuvo incómoda y miró al vacío. A la nada. Oía un frufrú detrás de la cámara, alguna que otra tos. Y, por supuesto, los susurros de quienes estaba convencida de que criticaban su interpretación (si podía denominarse así, lo que ella dudaba).

Estaban haciéndole una prueba para un papel concreto en una película determinada; era la vigésima que realizaba en los ocho meses que llevaba en Hollywood. En las diecinueve anteriores había fracasado.

Había superado la primera prueba cinematográfica (por su belleza). Había firmado en el acto un contrato por siete años, tan largo como el de Victor Mature..., a quien, según se había enterado desde que estaba en Hollywood, la mitad de los actores contratados llamaban «Manure» («estiércol»). Y así empezaron las semanas de aprendizaje. Clases de voz y dicción. De movimiento. De estudio de escenas. Se sumó a la masa de chicas que caminaban con libros sobre la cabeza, si bien ellas se lo tomaban muy en serio. Habría querido recurrir a Zanuck presentándole una fotografía de sí misma con un tocado de Ziegfeld de metro y medio, con una nota adjunta que rezara: «¡MÁS QUE LIBROS...!». La invitaban a todas las fiestas y los estrenos, se dejaba fotografiar por los del departamento de publicidad, que ponían de relieve la faceta de Debutante Rebelde y redactaban crónicas de sus citas concertadas con jóvenes actores fornidos bajo contrato que la llevaban a cenar a Musso & Frank.

—Solo es cuestión de tiempo..., de encontrar el guion ffideal —le dijo Zanuck, al que la palabra se le trabó en los dientes de conejo—. Ya lo verás. Reconozco a una estrella nada más verla. Paciencia, querida.

Pero Lucy sabía que era imposible. Oía su propia voz: inexpresiva. Sin la dulce languidez que poseía en su estado natural. Notaba que los músculos se le agarrotaban para formar una coraza protectora cada vez que le pedían que caminara hacia aquí o hacia allá. Cuando descolgaba un teléfono y fingía saludar, las acciones le parecían inconexas. Empezó a temer que la llamaran para una prueba. Tener que leer el aburrido guion, por no hablar de aprenderse los diálogos. No le apetecía elegir la ropa, vestirse y presentarse para que las planchas de esa ridícula claqueta con sus rayas de cebra chocaran delante de su cara, tras lo cual disponía de cuatro minutos —si acaso— para hacer lo que le mandaran, como una especie de foca sorda.

Prefería leer libros antes que guiones o, mejor dicho, anhelaba estar al aire libre. Galopar por un campo abierto a lomos de un purasangre, como había hecho toda su vida en Boston. Tras nueve meses de fracasos, estaba harta.

Una mañana de agosto, con un calor tan denso que habría podido cortarse con el cuchillo de la mantequilla, Lucy Cochrane no acudió a la clase de dicción. También le pusieron falta en estudio de escenas, donde dejó sin pareja a un joven de rostro curtido, un pobre hombre del tipo Victor Mature. A la hora del almuerzo ya habían avisado al señor Zanuck, quien, como consideraba a Lucy una causa personal, tomó cartas en el asunto. Le dejó cuatro recados, que no recibieron respuesta. La llamó al bungalow de Doheny Drive, donde el teléfono sonó y sonó, pues no había nadie para descolgarlo.

Aquel día Lucy se había despertado con una determinación. La quietud del aire aportaba claridad con su estancamiento. Fue como si comprendiera que no había vida en aquel lugar extraño..., en aquel templo de sueños sintéticos. Suponía que a quienes lo deseaban con todas sus fuerzas les resultaba tolerable. Podían permitirse tener paciencia. Podían esperar otros siete años viendo cómo su potencial se marchitaba en aquel aire inerte. En la quietud se dio cuenta de que era un lugar tórrido..., un lugar de deseos ardientes y anhelos en tonos rojos y naranjas requemados. Ella era una criatura azul pálido. Distinta. Nunca había querido eso. Nunca había sido su sueño; por tanto, ¿por qué desperdiciar más momentos de su vida en aquel sitio? Con contrato o sin él, no era una esclava y no podían obligarla a seguir allí. Como si fuera la decisión más fácil del mundo se levantó, sacó de los cajones un montón de conjuntos de rebeca y jersey de punto, faldas y trajes de pantalón corto y chaqueta, y fue colocándolos con esmero en la maleta abierta sobre la cama supletoria. Salió de la casa a la luz deslumbrante y no volvió la vista atrás.

—¿Qué quieres decir con que te vas? —bramó Zanuck por teléfono aquella tarde cuando lo llamó desde una cabina de la Union Station—. ¿Adónde te vas?

—Todavía no estoy segura.

—¿Qué quieres decir con que todavía no estás segura?

—Que no he decidido dónde quiero estar.

—¿Estar? ¿Dónde quieres estar? Estarás en el estudio mañana a las nueve.

—Lo siento mucho, Darryl, pero mañana ya me habré ido.

—¿Tengo que recordarte que estás sujeta a un contrato?

—Lo sé, es una pena... y lo lamento de veras.

—Si sigues adelante no volverás a trabajar.

—Y daré gracias a Diaaaaas.

—Lucy, cariño, escucha...

—Hasta pronto, Darryl. En cuanto llegue a donde vaya, te lo haré saber.

Y con una sonrisa ufana colgó el auricular, salió de la cabina y fue en busca de una libación para celebrar su liberación.

CUADRO

ALTURA: 11.277 METROS

VELOCIDAD: 901 KM/H (486 NUDOS)

TIEMPO APROXIMADO DE LLEGADA: 55 MIN

Truman volvió la cabeza para localizar a la azafata, a la que no vio por ninguna parte. No le quedó más remedio que deslizar la mano en el bolsillo interior de la chaqueta de lino para sacar la petaca de plata.

C. Z. arqueó una ceja con expresión severa.

—¡Pero bueno...!

—A ver, vida mía, ¿qué se supone que debo hacer?, ¿mantenerla escondida y que nos muramos de sed? Además, me la decomisarán mañana cuando me desnuden para registrarme, conque ¿por qué no nos divertimos ahora?

—La última. Vez. ¿Me oyes?

A C. Z. le costaba oponerse cuando era el Truman de siempre. Alegre y parlanchín. En los últimos tiempos casi nunca se mostraba así.

—Lo que diga, jefa. Hasta entonces, ¿le apetecería un pequeño refresco?

C. Z. empujó el vaso por la bandeja hasta Truman, que abrió la petaca esforzándose por mantener firme el pulso.

—Escucha, amigo: pronto serás un hombre distinto. Tienes que serlo.

Él se encogió de hombros y bebió un trago con avidez.

—¿Tengo que serlo? ¿Por qué?

—Truman, quehido, aún tienes que escribir grandes obras. Eres un campeón. —Y con rabioso convencimiento añadió—: Eres un triunfadohhh.

Él la miró con los ojos como platos.

—Sis, vida mía, ¿de veras crees...? ¿Después de lo...? —La vocecilla se apagó.

Ella dejó el vaso, agarró a Truman por los brazos y lo zarandeó con energía.

—Tú, Truman Streckfus Persons Capote, eres el mejor escritor que he conocido, y aún queda mucho dentro de ti. Demuéstrales..., demuéstrales que se equivocan. Crea la obra de ahhhhhrte más hermosa que hayan visto.

—A nadie le interesa, Sissy. Ya no. Es demasiado tarde.

—Escúchame bien: nuncah es demasiado tarde para superar la desventaja y ganar la maldita carrera. —Lo miró a los ojos hasta que las pestañas de Truman se agitaron como mariposas.

—Menos Truman y más Lucy —dijo él con la vista clavada en el vaso.

—A la mierda Lucy —replicó la que lo había sido.

—Sissy..., me lo has prometido.

—Ah, Truman, ha pasado mucho tiempo. Soy... Lucy pertenece a una vida anterior.

—Las dos sois mis heroínas. Ella no es menos real que tú. Ni menos real que Nina y Slim, o que Holly Golightly y Babe... —Al pronunciar el nombre de Babe se le empañaron los ojos—. Por favor, Sissy, quiero más Lucy. Ella es tú y os quiero mucho a las dos...

—De acuerdo, Truman, pero solo esta vez.

—Sí. ¿Adónde va una chica después de abandonar Hollywood?

—Elige un lugar al azar.

—¿Y en el caso de Lucy?

—A México.

CUARTO ACTO
In vino veritas

Estaba sentada en el bar Ciro's, del hotel Reforma. Eso sí lo recordaba.

Había elegido México por la única razón de que nunca había estado en el país. Había visto un anuncio en una revista mientras tomaba un brandy Alexander en la Union Station y le había parecido un sitio alegre. Cielo y playas de arena blanca en abundancia. Fotos de turistas practicando esquí acuático y paracaidismo acrobático. Montañas cubiertas de vegetación exuberante. Flores de todo tipo. Compró un billete para Ciudad de México tan solo porque el lugar le había llamado la atención y, como no tenía que rendir cuentas a nadie salvo a sí misma, envió un telegrama a casa nada más instalarse en el hotel Reforma.

Fue allí donde una tarde, mientras tomaba un daiquiri y hojeaba los programas de carreras del hipódromo de las Américas, dio con su siguiente papel. Se le presentó de la forma más increíble: un hombre grande y robusto como un toro con un mono de trabajo lleno de salpicaduras de colores.

—*Buenas tardes, señorita* —dijo en español.

Lucy levantó la vista del programa de carreras.

—*Buenas tardes, señor.*

Era una hora tranquila, de modo que el bar se encontraba casi vacío.

—*¿Es americana?*

—*Sí.*

—*¿Cómo se llama?*

—*Mi nombre es* Lucy..., Lucy Cochrane. —Le sonrió con un aire de leve disculpa—. Me temo que hasta ahí llega mi español.

Él le dirigió a su vez una sonrisa franca y confiada.

—Pues a ver cómo nos las arreglamos con mi inglés. ¿Le importa que me siente?

Su cara habría resultado cómica si su mirada hubiera sido menos sincera. Asombraba lo separados que tenía los ojos. Debajo de ellos, surcos..., bolsas permanentes, demasiado asentadas para desaparecer.

Lucy vaciló. Solo quería leer en paz los programas de carreras; aun así, asintió y dobló las hojas. El hombre llamó al camarero.

—*Una botella de vino y dos copas.*

Ella señaló el daiquiri.

—No quiero nada más, gracias.

—No.

El hombre se acomodó en la butaca de cuero de enfrente de tal modo que la panza le llegó casi hasta la barbilla. No parecía preocuparle lo más mínimo que eso menguara su encanto. Sus ojos oscuros destellaron con alborozo. Disfrutaba con esa demostración patriarcal.

—¿No? —se rebeló ella—. Estoy acostumbrada a pedir lo que bebo, señor...

—Rivera.

—Estoy acostumbrada a pedir yo misma, señor Rivera, y, como ve, me apetecía un daiquiri frío.

—Sí, pero hoy beberemos vino juntos.

—¿Y por qué tendría que cambiar mis planes de esta tarde?

—Porque soy muy interesante. Y veo que usted también lo es.

Mientras ella se reía, un camarero con chaleco dorado les llevó dos copas y una botella de tinto.

—¿Por qué vino?

El hombretón se inclinó, descorchó la botella y sirvió. A Lucy le pareció que aquella enorme barriga abultada iba a reventar.

—Hay una frase latina que creo acertada: *In vino veritas.*

—Estudié latín en el colegio, pero no le presté demasiada atención.

—Significa: «En el vino está la verdad».

—En ese caso... —repuso ella alzando la copa hacia él—, *a su salud.*

—A la belleza de usted. Porque seguro que alguien tan radiante ya posee salud. —Rivera apuró su copa de un trago largo y lento—. Entonces, señorita Cochrane, es usted americana. ¿De dónde viene?

—De Los Ángeles, supongo..., tras pasar por Boston y Manhattan.

—Ah..., yo también he estado en Manhattan. Una temporada corta.

—¿Y cuáles fueron sus impresiones?

—*¡Lo odio!* Manhattan está lleno de cerdos capitalistas. ¿Conoce al hijo de Rockefeller, a Nelson? Me encargó una obra para su edificio.

—Deduzco que es usted pintor. —Lucy señaló con la cabeza el mono cubierto de salpicaduras.

—Muralista. Me encargó un mural para el vestíbulo del treinta de Rockefeller Plaza.

—Lo conozco. —Lucy se animó al evocar la magia de la pista que giraba como un tiovivo y la gama de colores. Recordó vagamente haber leído en la prensa algo sobre un escándalo...—. Siga.

—Conocía mi obra..., había visto lo que pinto. Obra política. Obra *con conciencia*... La obra del pueblo. Y contrató mis servicios.

—¿Y...?

—Se arredró ante la verdad. Quería que pintara al hombre corriente. Un retrato de la lucha del hombre... Iba a titularse *El hombre en la encrucijada*. Era una exaltación de la tecnología. Del esfuerzo humano. La lucha de clases. Le ofrecí el cosmos..., el universo. Pues bien, esa *puta rica* era demasiado gallina. Huyó asustado en cuanto Lenin apareció en el mural.

—¿Apareció?

—Me dijo que quería estar ahí.

—¿Y el señor Rockefeller?

—Me exigió que lo cambiara. Me negué.

—¿Y qué dijo usted?

—¡Le dije que prefería ver el mural destruido antes que mutilado por un capitalista *conejillo de pollo*! Conque machacó mi obra con sus cinceles y sus martillos. La rompieron en mil pedazos.

—Le pido disculpas por mi compatriota.

—*Gracias, señorita.* Volví a pintarlo aquí, en el palacio de Bellas Artes, al año siguiente. Le cambié el título y lo llamé *El hombre controlador del universo.* Porque el universo volvía a estar en mis manos. —Las levantó para que ella las admirara. En efecto parecían unas manos muy capaces—. Prefiero el mural nuevo. Es atrevido, como debe ser. Plasma el caos del mundo moderno. —Su cara gordezuela se arrugó en una expresión de satisfacción perversa—. Añadí otro retrato que exigía su inclusión...

—A ver si lo adivino. ¿El señor Rockefeller?

—Lo pinté con un joven *pedazo de culo...*, un portaobjetos con bacterias de la sífilis suspendido encima de su cabeza.

Rio feliz, contento consigo mismo.

—Me encantaría ver su obra, señor Rivera.

El pintor se sirvió otra copa de vino y de paso acabó de llenar la de ella.

—Dígame, señorita Cochrane, ¿qué opina de los retratos de estas paredes?

Lucy miró alrededor. De las paredes del bar colgaban a intervalos regulares retratos de mujeres. Cuadros sensuales. Desnudos. Cuerpos femeninos idealizados, rodeados en su mayor parte de envolturas florales. Lirios tan grandes como la cabeza de las modelos, algunos cubriéndoles con discreción la cara para ocultar su identidad y otros colocados sobre el sexo. Algunas mostraban el cuerpo con las manos hundidas en el pelo, los senos apuntando con orgullo al observador. Llamaba la atención la sencillez del estilo. Arte popular... y aun así atractivo.

—Son muy sensuales —dijo—. Ensalzan el cuerpo femenino de una forma única.

—¿En qué sentido es única?

—Bueno, el estilo es uniforme..., por lo que a primera vista las mujeres parecen intercambiables, pero...

—Pero...

—Cuando se las mira con atención se advierte que se rinde culto a cada mujer de una manera singular. La actitud de cada una respecto a la desnudez se trasluce en su postura..., en su relación con las flores.

—Bien, señorita Lucy, acaba usted de evaluar mi obra.

—¿Su obra? Pero si ha dicho que era un muralista político.

—También soy un admirador del cuerpo femenino.

—¡Menos mal que me han gustado!

—Señorita Cochrane, un crítico honrado vale más que cien falsos aduladores.

—Son muy hermosos.

—¿Querría uno?

—¿Que si querría uno? ¡Dios mío, me encantaría! Pero en estos momentos no tengo casa donde colgarlo...

—No. No me he expresado bien. ¿Querría uno... suyo?

Lucy se quedó mirándolo.

—¿Está pidiéndome que pose para usted, señor Rivera? —le preguntó lentamente.

—Llámeme Diego. —Intentó inclinarse hacia ella en un gesto de súplica, pero la barriga redonda como un globo se lo impidió—. La veo en su forma más pura, como vi a las mujeres de estas paredes.

—O sea, desnuda.

—Verá: enseguida sé cuándo tengo que pintar a una mujer. Cuándo posee algo que deseo inmortalizar. Conozco el cuerpo femenino... y sé a quién hay que plasmar para la posteridad.

Observó a Lucy, que cogió la botella de vino y llenó hasta arriba las dos copas.

—¿La he ofendido, señorita?

En la expresión inescrutable de Lucy se abrió paso una sonrisa.

—En absoluto. —Tomó un trago largo de vino—. Bueno, Diego, creo que debería llamarme Lucy.

Rivera la vio, según dijo él, como una odalisca..., una concubina de un harén.

Mientras que sus otros retratos del Ciro's eran verticales, mujeres de pie sobre un fondo surrealista de ramos de sencillas calas, de flores autóctonas, Lucy aparecería tumbada y a una escala cinco veces mayor. El cuadro reproduciría las dimensiones del bar del Reforma, donde lo colgarían en un lugar destacado. Tras ver a la *bonita* señorita Cochrane, los de la dirección del establecimiento dieron su conformidad, pues todos convinieron en que poseía un rostro hermosísimo. Y aunque eran adultos, y muchos tenían esposa e hijos, se ruborizaron al pensar en la belleza que ocultaría la ropa de la señorita Cochrane.

El retrato de Lucy se apartaría de la tradición del arte popular que había caracterizado los desnudos anteriores de Diego. Sería una oda a los retratos renacentistas: una Venus reclinada. Al estilo de la *Venus de Urbino* de Tiziano, con su elegancia clásica. De la *Olympia* de Manet, con su radical falta de recato. Incluso intentó conseguir una pluma de pavo real para imitar la postura de *La gran odalisca* de Ingres, pero al final la sustituyó por un espejo de mano, para que Lucy se mirara mientras posaba y así disfrutara de las sesiones.

Así pues, se dirigió al estudio del pintor en San Ángel: dos casas unidas por un puente. Estructuras vanguardistas, una imagen singular entre viviendas de adobe y haciendas. Una blanca y rosa (para Diego), la otra azul cobalto (para Frida, su esposa), con un seto de cactus y, entre estos, un portón compartido.

En el estudio de Diego, las líneas racionalistas de la estructura desaparecían con el fárrago de piezas tradicionales mexicanas. Los judas, demonios de papel maché de todas las formas y tamaños, abarrotaban el espacio. Se alzaban trajes de gigantones enormes..., «mojigangas», dijo que se llamaban. El peso de sus colosales extremidades soportadas por la fuerza de quienes cargaban con ellos le evocó a C. Z. imágenes del tormento de las armazones como jaulas de Ziegfeld, y así se lo dijo estremecida al pintor. Él prorrumpió en estentóreas carcajadas que bambolearon su voluminosa barriga.

—Señorita Lucy, le aseguro que posar para mí será mucho menos duro. Lo contrario de una jaula.

Señaló una sábana de seda blanca que cubría un diván. Dos almohadones de plumón esperaban los rizos platinos como un lecho digno de una princesa, o de una cortesana, o de una combinación de ambas. Cuando se reunió con él después de quitarse el jersey y la falda, las medias y la ropa interior, vio una copa de vino sobre la mesa situada detrás del diván. Vino blanco esta vez, como su cabello, según le explicaría él más tarde. El pintor tenía otra en la mano y la alzó hacia Lucy.

—*In vino veritas.*

Ella sonrió antes de tomar unos sorbos y disfrutó sintiendo cómo el líquido frío se deslizaba por su garganta.

—¿Cómo le gustaría que...?

Él señaló el diván con la cabeza.

—Me gustaría que se sintiera libre.

Lucy se quitó la bata y se tumbó de lado, sobre el izquierdo, medio vuelta hacia el pintor. Sintió el calor del sol que entraba a raudales por los ventanales y observó las partículas de polvo suspendidas en los haces de luz.

—La perfección, *señora* Lucy...

—¿«Señora»?

—Sí... —entonó él con actitud reverencial—, pues ha venido al estudio como una joven y ahora la veo como a una mujer.

Lucy notó que se ruborizaba.

—¿Ve ese espejo de ahí?

Ella asintió.

—Cójalo y mírese. Véase como yo la veo. Vestida tan solo de belleza.

Ella cogió el espejo y lo levantó para examinar su reflejo. No era la debutante díscola ni la actriz pintarrajeada. Observando su rostro pensó que quizá esa fuera Lucy, la mujer. Libre de expectativas, de ambiciones. Solo cuerpo, mente y alma.

—Lucy... —la llamó el pintor casi en un susurro.

Sin moverse, volvió la vista hacia los ojos de Diego y no la apartó hasta que él se levantó y, estirando su gigantesco contorno, le anunció que tenían tamales para comer.

Y a la mirada de Lucy —a la imagen que colgaría en el bar del hotel Reforma y que se encararía a los clientes que pidieran copas con la sexualidad que bullía bajo la fría fachada de la odalisca reclinada— Rivera le puso el nombre de *Veritas*.

CUADRO

ALTURA: 6.400 METROS

VELOCIDAD: 748 KM/H (403 NUDOS)

TIEMPO APROXIMADO DE LLEGADA: 32 MIN

—¡¿Es el retrato que estuvo colgado durante años en Templeton..., en la casa de la piscina?!

—Sí, quehido mío. El mismo. Si te soy sincera, no entendí a qué vino tanto alboroto por el cuadro.

—Estabas en cueros, cariño. ¡Las doncellas del *Mayflower* se revolverán en la tumba!

—No había nada que no hubieran visto ya... Un par de huevos fritos con la yema hacia arriba.

—La parte inferior es muy atrevida... Si la memoria no me engaña, ¿no estaba el coño cubierto decorosamente con una guirnalda de flores?

—Azucenas. De rosa Renoir. De hecho se añadieron más tarde.

—¿Y cómo pasó ese retrato escandaloso del hotel Reforma a la casa de la piscina de una residencia particular...? ¿Detecto la intervención de un marido celoso...? ¿Es en este punto donde hace su entrada el fornido señor Guest?

La expresión de C. Z. se suavizó.

—A Winston no le molestaba..., al menos eso dijo. No quería que su familia quedara aún más traumatizada de lo que lo estaría al enterarse de mi pasado rebelde planificado a conciencia. No quería que las familias Phipps y Churchill se alzaran en armas porque su novia fuera una ramera descarada.

—¿Cuánto tuvo que apoquinar? —preguntó Truman.

—Quince mil pesos. Unos tres mil dólares.

—¡Una ganga!

—Tres mil para devolverme la reputación que me había esforzado tanto en mancillar. Qué paradoja, ¿no?

—Bueno, Sis, seamos francos: no estuviste muy acertada en ese aspecto. Acabaste donde habías empezado... ¡Diez veces peor! La clase alta de Boston casi habría llorado de envidia al ver a esos banqueros ingleses de los Guest.

—Mmm...

—Conque realizaste todo ese viaje para acabar convertida en paradigma de la alta sociedad.

Ella sonrió.

—No. Realicé todo es viaje para encontrar mi hogar.

QUINTO ACTO
Señora Guest

Más tarde diría que tendría que haber supuesto que serían los caballos los que le devolverían la vida.

Harta de sus actos de rebeldía, C. Z., que se había despojado de «Lucy» para recuperar el apodo de su infancia, regresó a Boston. Una vez más encontró un sentido en el deporte, en la disciplina del entrenamiento. Adoraba el olor fuerte del cuero de las riendas y el suave tintineo de las piezas metálicas. Para ella no había sensación más deliciosa que la de acariciar a una potranca con el pelaje recién mudado. Se metió a fondo en los círculos ecuestres, tanto en la doma clásica como en el salto. Le apasionaba la caza del zorro y le gustaban sus rituales ceremoniosos. Solían invitarla a Middleburg, donde su camino se cruzó con el de quien entonces era Jacqueline Bouvier, aunque no le cayó demasiado bien porque la señorita Bouvier estaba más concentrada en la caza de un marido que en la de zorros. C. Z. acudía por la actividad cinegética en sí. En torno a las mesas a las que inevitablemente se sentaban tras las cacerías prefería dejar de lado la cháchara social y hablar de números y estadísticas: las probabilidades en los programas de carreras. El pedigrí de un caballo cuarto de milla. La puntuación en el tablero de polo.

Gracias a este último deporte, la atención de la inquieta C. Z. Cochrane se dirigió hacia un «ganadoh» como ella. Lo vio en el campo de juego durante un partido benéfico disputado en Palm Beach. Habrá quien diga que no, que en realidad empezó mucho antes. C. Z. había oído hablar de un tal señor Winston Frederick Churchill Guest (primo segundo del viejo Bulldog, el primer ministro inglés), estrella del equipo de polo estadounidense, considerado uno de los mejores jugadores del mundo.

Durante el partido C. Z. se fijó en un jugador montado en una espléndida yegua torda y deseó que fuera el legendario señor Guest. Jamás había visto un jinete tan diestro. Si bien la fuerza del hombre era evidente —la pelota volaba con los golpes de su mazo—, lo que llamó la atención de C. Z. fue la ternura con que trataba a la yegua, su delicadeza. Bajó de las gradas para sentarse en la banda y gozar de mejor vista. En el último tiempo el jugador se apoderó de la bola cuando iba dirigida hacia la línea de fondo, maniobró para desmarcarse, la lanzó hacia los postes desde veintisiete metros de distancia, en posición reglamentaria, y marcó el gol de la victoria. El público prorrumpió en gritos y aplausos.

Cuando sonó la campanada final, volvió el hocico de su montura en dirección a C. Z., que se sorprendió al ver que la miraba directamente, no por casualidad, sino a propósito. Como si ya la conociera.

Más tarde se enteraría de que Winston había aguardado el momento adecuado. En los periódicos había visto fotografías de la debutante convertida en corista y desde entonces esperaba conocerla. Según los rumores, al ver su retrato había afirmado que se casaría con esa mujer si se le presentaba la oportunidad. Esas ideas tan románticas incomodaron a C. Z., que sin embargo vio en él un alma gemela. Alguien con ganas de competir. Un campeón.

Cuando Winston desmontó y avanzó hacia ella quitándose el casco, con la camiseta, por lo demás de un blanco inmaculado, empapada en sudor y las botas embarradas, C. Z. no experimentó un tímido temblor: fue un potente terremoto.

Él se acercó a zancadas, con su metro noventa y tres y la mano extendida.

—Lucy Cochrane. He estado buscándote.

—Oh. Yo... —Ella aceptó la mano y se la estrechó con firmeza—. Todos me llaman C. Z.

Él sonrió sin soltarla en lo que iba un poco más allá de un apretón de manos.

—Bien. Te llamaré Lucy.

Antes de que transcurriera un año se casaron en una villa cubana, entre palmeras y mariposas: la Finca Vigía, propiedad preciada de un viejo compañero de cacería de Winston que actuó como padrino.

—Te presento a mi luminosa Lucy —dijo con orgullo Winston.

—*Encantado* —dijo en español el bigotudo anfitrión antes de besar la mano de la novia, cuya piel crispó como si fuera un erizo de púas blancas.

Lucy sonrió.

—Me alegro de conocerlo por fin. Winston me ha contado todas las aventuras que han vivido juntos.

—¿Le ha hablado Wolfie de la vez que disparamos contra una manada de rinocerontes?

Se embarcó en una detallada crónica de gloria cinegética y, mientras los acompañaba al interior de la casa alardeando de cuernos y colmillos como prueba de veracidad, C. Z. se fijó en una mujer que los observaba plantada a un lado. Una rubia de bote cuyos ojos lanzaban dagas. Como si ya hubiera presenciado esa misma escena.

El anfitrión los condujo a un pórtico con el aire perfumado por el aroma de la lima y el dulce hibisco. Cuando se enfrascó en la preparación de una ronda de floriditas en el carrito bar, C. Z. se volvió hacia la rubia suponiendo que era la anfitriona.

—Qué hibiscos más bonitos. Yo no he tenido mucha suerte con ellos.

La rubia de bote esbozó una sonrisita tensa.

—Papa siempre dice...

CUADRO

ALTURA: 2.743 METROS

VELOCIDAD: 434 KM/H (234 NUDOS)

TIEMPO APROXIMADO DE LLEGADA: 11 MIN

—¡No...! ¡Otra vez ese capullo!

—A ver, Truman, querías oír la historia de Lucy. ¿Qué culpa tengo yo de que se casara en la villa de Hemingway...?

—¿Hay alguien en vuestro grupo que no lo conozca? Creía que nos lo habíamos quitado de encima y resulta que sale hasta en la sopa.

—¿Quieres o no quieres oírlo?

—Esa parte no, cielo. Y menos ahora que voy a enfrentarme a un suplicio. ¿No podríamos saltarnos la boda y seguir con el resto? —Sorbió un poco de whisky.

—Claro, querido, pero el resto es feliz y de lo más corriente.

—Yo diría que tu vida no ha sido precisamente corriente.

—Desde la aparición de Winston sí lo ha sido, y de las formas más maravillosas. Tuve mi momento de rebeldía. Viví los otros actos de mi vida y al final encontré el papel que estaba destinada a representar. Fue cuestión de aguantar hasta el final de la carrera.

—Querida Sis, ¿me permites contar la última parte?

—Creía que nuncah me lo pediríahs.

Truman apartó la copa y reflexionó unos minutos antes de comenzar a hablar con la voz aguda y melodiosa que C. Z., uniéndose a las filas de Sook, Babe, Marella e incluso Slim, había llegado a adorar.

—Había una vez una fría dama vainilla que se casó con un apuesto caballero. Lo amaba, y continuó amándolo muchos años. Construyeron su vida en torno a sus caballos y perros, de los que tenían una cuadra y una jauría. Tuvieron un hijo y una hija en perfecta simetría. Pasaban los inviernos en Palm Beach, los veranos en Templeton, y entre medias viajaban por todo el mundo. En su corte se mezclaban gentes de todos los linajes, desde los invitados con pedigrí como el duque y la duquesa de Windsor, el marajá y la maharaní de Jaipur, hasta los ejemplares exóticos como Warhol y Dalí, y los bobos redomados como ese odioso Truman Capote.

—Tú no eres odioso, Truman...

—Chisss. Meneando la cola como una gran jauría feliz, se ponían en fila para que les dieran jamón asado y macarrones con queso. Cuando los ingresos de la pareja no alcanzaron para mantener su tren de vida y se vieron obligados a hacer recortes, lo que no ocurrió solo una vez, sino dos, la dama abordó las mudanzas con el pragmatismo que la caracterizaba. Consideraron suyo cualquier hogar, ya fuera una mansión fabulosa o unos aposentos modestos.

»Se ponía la ropa vieja y se ensuciaba las manos removiendo la tierra. Plantó su propio huerto. Tenía flores de todo tipo. En sus invernaderos crecían las orquídeas más espléndidas.

»A los dos les gustaban las orquídeas. Las trataban como si fueran joyas valiosas..., más vitales que estas, pues siendo seres vivos necesitaban cuidados. Al igual que los niños y los caballos, los perros y los amigos que no sabían valerse por sí mismos...

—Quehido, tú sí sabes valerte por ti mismo. Solo tienes que intentarlo.

—Se compraban orquídeas el uno al otro como expresión de amor. Se sorprendían mutuamente con las variedades más singulares. Pasaron los años y la dama seguía teniendo el aspecto de un personaje de Raymond Chandler. Mantenía intacta la circunspección platino acerada y aquello que bullía bajo...

—Y un día —lo interrumpió C. Z. para retomar el relato— que la dama salió a cabalgar por un campo de Oyster Bay, se acercó a una valla rota. Espoleó a su caballo para que la saltara y de pronto atisbó dos clavos oxidados que sobresalían de un poste. Cuando pasaban por encima de la valla, los clavos le atravesaron los zahones y casi le desgarraron la pierna. Al mirársela vio que la sangre que manaba de la herida dejaba una estela roja. «Diahhhs mío», pensó mientras galopaba en busca de ayuda, «lo que he hecho es terrible.» El mozo de cuadra le vendó la herida pero, como la hemorragia no cesaba, llevaron corriendo a la dama al hospital. Le informaron de que por poco no se había rebanado una arteria y cortado una vena. Después de veinticuatro puntos de sutura y de dos cirujanos plásticos...

—Fue espeluznante, cielo... Gracias a Dios todopoderoso no te quedó cicatriz.

—Sí, pero no tienes en cuenta lo más importante. La dama estuvo meses y meses en cama, incapaz de montar a caballo..., sin saber si volvería a andar. Incapaz de caminar, de correr y de jugar al tenis. Sin salir de casa. No había nada más que ese espantoooso Watergate en la televisión. Estaba a punto de enloquecer. Deprimida como nunca lo había estado. Creía que estaba acabada. Que el telón había bajado. ¿Y quién intervino para recordarle su valía?

Truman ocultó una sonrisa con la manga de la chaqueta.

—Oh, Sis. No hice nada.

—¡Claro que sí! Cuando se me ocurrió la idea de escribir sobre jardinería y temí no saber hacerlo, me dijiste: «Querida Sissy, puedes hacer lo que sea, cualquier cosa que te propongas». Me diste valor para escribir aquel primer libro. Me diste otro acto en la obra.

—Nadie sabe más que tú sobre cómo conseguir que las cosas crezcan.

—Sé mucho más que eso, chaval, así que escúchame: vas a hacer lo mismo. Vas a ofrecer el bis más espectacular que esas zorras hayan visto. Vas a luchar y vas a ganar.

—Si tú lo dices, Sis. —Se arrimó más a ella—. Pero antes, ¿qué tal otra rondita por los viejos tiempos?

BIS

ALTURA: 0 METROS

VELOCIDAD: 0 KM/H (0 NUDOS)

TIEMPO APROXIMADO DE LLEGADA: EN TIERRA

C. Z. no quería correr ningún riesgo.

En el aeropuerto los esperaría un coche.

Dos mozos recogieron el equipaje: el bolso de viaje de C. Z. y las maletas Vuitton de Truman adornadas con un collage de etiquetas. Ella insistió en adelantarse a los mozos, de modo que Truman tuvo que apresurarse para seguir el paso rápido de su compañera.

Lo condujo hacia un Lincoln Continental negro junto al que un chófer sostenía un cartel que rezaba CAPOTE. Truman quiso dar media vuelta, pero estaba acorralado.

—Sissy, creo que me he dejado algo en el avión —dijo con tono de súplica solemne—. Voy en un salto a ver si la azafata lo ha encontrado. —Se volvió para regresar a la terminal, pero los gorilas de C. Z. le cerraron el paso.

—Ni lo sueñes, chaval. Te meterías en el bar más cercano en un abrir y cerrar de ojos.

Ella lo cogió del brazo —notó cómo le temblaba— y lo llevó hacia la portezuela abierta.

—O en el siguiente avión con destino a casa —se quejó él mansamente al subir al coche.

C. Z. se acomodó a su lado y advirtió que la pierna de Truman brincaba a la velocidad de un saltamontes. Le puso una mano en la rodilla para tranquilizarlo y la pierna se calmó, aunque empezó a moverse de nuevo cuando el chófer se sentó al volante y arrancó el motor.

—Buenas tardes —dijo el hombre mirando por el retrovisor.

—Buenahhhs. —C. Z. le sonrió—. A Hazelden Lodge, por favor. En el centro de la ciudad. El número 15251 de Pleasant Valley Road.

—Sí, señora. Ya lo tengo.

—Pleasant... —susurró Tru con tono burlón—. Tan placentero como una endodoncia. —Se inclinó hacia delante—. Señor..., ¿con quién tenemos el gusto?

—Me llamo Louis, señor.

—Bien, Louis, ¿no tendrá por casualidad una botella de champán en este coche fúnebre?

Truman sacó del bolsillo de la chaqueta la cajita de rapé y eligió dos pastillas al azar.

—No, señor, pero hay una botella de Perrier fría.

—¿Está seguro de que no tiene nada ahí delante? Debo beber algo para tomarme estas pastillitas, que siempre saben mucho mejor con mi viejo amigo... ¡EH! —gritó cuando C. Z. se las quitó de la mano.

C. Z. bajó la ventanilla y Tru vio consternado que las tiraba a la carretera.

—Se acabó la fiesta, quehido —dijo ella guardándose la preciada cajita en el bolsillo.

Truman se hundió en el asiento, malhumorado. La pierna reanudó sus brincos de saltamontes. Permanecieron en silencio hasta que él se atrevió a hablar.

—Sissy...

—¿Mmm...?

—¿Te acuerdas de cuando nos conocimos?

—Claro que sí. Fue en el teahhhtro..., en el Mark Hellinger. La noche del estreno de *My Fair Lady*. ¿Cuándo fue...? ¿En marzo de 1956? ¿O era mayo?

—No, Sissy.

—Por marzo... ¿o era mayo?

—En cuanto al lugar, no fue el teatro Mark Hellinger. Fue el bar de enfrente, adonde me dirigí en el entreacto. Y allí te encontré con Cecil...

—El divino Cecil... No cabe duda de que supuso su mayor logro. En particulah, la escena de Ascot.

—Ahí estabais, envueltos en la niebla acerada del humo de tabaco, ¡una verdadera visión! ¿Te acuerdas de qué ropa llevabas?

—Desde luego que no, quehido. Seguramente lo primero que encontré en el armario.

—Pues yo te lo diré, porque superaste incluso al grupo de Ascot de Cecil. Llevabas un sencillo vestido de tubo blanco. Sin una sola joya que desluciera su límpida perfección.

—De Main. —C. Z. sonrió al recordarlo—. El señor Bocher diseñó ese vestido. Consideró que debía ser blanco para que no rivalizara con las flores.

—Llevabas la cara limpia como una niña, con solo un levísimo toque de pintalabios, y tu pelo era del mismo color del champán de tu copa, un brut de añada, que bebías con muuuuuucha frialdad cuando me acerqué.

—Truman, estoy segura de que la memoria te engaña.

—¡Es verdad, Sissy! ¡Con una gelidez que habría helado el Gobi! Pero cuando Cecil dijo «Te presento a mi amigo Truman» y me estrechaste la mano con un apretón de guerrera, adiviné que nos llevaríamos bien. ¿Y no tenía razón?

—La tenías, quehido.

Truman se volvió hacia la ventanilla. Un paisaje muy placentero desfilaba borroso. Con susurrantes hojas de color esmeralda en los árboles. Lagos desperdigados. El rielar del agua.

—Bueno, Truman, he de decir que esto parece muy tranquilo. Mira cuánto verde. —C. Z. sacó la mano por la ventanilla—. ¡Respira este aire fresco!

Truman sonrió y asintió al tiempo que le daba unas palmaditas en la mano. Permanecieron en silencio sintiendo la brisa que entraba en el coche.

Luego, en voz baja...

—Sissy..., estoy asustado.

—No hay nada que temer, Truman... Van a ayudarte.

—Me aterroriza que... —Tru calló de repente.

—¿Qué te aterroriza?

Él negó con la cabeza y contuvo el terror.

—Truman...

Antes de que C. Z. pudiera decir algo más, Truman se enjugó los ojos con la manga y empezó a tararear. Una canción alegre y desenfadada a la que añadió la letra.

—«Sacudirse la tristeza, las malas noticias... Si estás deprimido, no te costará quitarte de encima cuitas y problemas...»

C. Z. se dio cuenta al instante de que era una vieja canción del *Follies*. Sonrió.

—¿Irving Berlin?

Truman asintió. En su ritmo sincopado a C. Z. le pareció oír el sonido metálico de un banjo. El vibrato de un trombón.

—«Si le ordenas a la tristeza que se vaya, quizá no quiera irse, / pero por regla general se va si te la sacudes...» —Como si quisiera convencerse a sí mismo, atacó con entusiasmo el interludio—: «¡Haz lo que hace la gente que escucha a los predicadores allá en el sur! Sacuden sus cuerpos de un lado a otro, / y con cada sacudida, un golpe de suerte...».

Hizo una pausa, como si por primera vez reflexionara sobre lo inverosímil de la letra. La canción se desinfló.

—«Lo que demuestra que hay una forma...» —le apuntó C. Z.

Al ver que Truman no retomaba el tema, ella entonó con brío el estribillo en un contralto alegre, desafinando un poco. (Los señores Shubert dijeron siempre que no sabía cantar.)

—«Si quieres deshacerte de la cansina tristeza, sacúdetelaaaa.» —Le aguijoneó propinándole un fuerte codazo—. Te toca.

Truman obedeció recuperando una energía dicharachera (aunque frenética) solo por complacerla.

—«Si quieres deshacerte de la cansina tristeza...»

—«¡Sacúdetelaaaaaaaaaaaaa!» —cantó con él C. Z. en un crescendo disonante.

El coche se detuvo delante de una casa agradable. Con un pórtico arqueado. Columnas blancas. Siete escalones con barandillas de hierro que conducían a la entrada.

—Vaya, este lugar parece de lo más encantador. No entiendo qué te preocupaba. Vamos. Tienes que registrarte.

—No, Sissy. Quédate aquí y despídete de mí con la mano..., como si me fuera en un crucero.

—No digas tonterías, Truman. He venido hasta...

—Sis, no tienes por qué entregarme en mano. Ya no puedo escapar.

—Conociéndote, no me extrañahría que...

—Puedo hacerlo solo. Te lo prometo. —Truman sacó la petaca del bolsillo más recóndito de la chaqueta y sonrió avergonzado a C. Z. mientras la vaciaba hasta la última gota. Luego enroscó el tapón y se la entregó para que se la guardara—. Te prometo... que lo intentaré.

La besó en la mejilla cuando el chófer abrió la portezuela del pasajero.

Bajó del coche y, mientras recorría el camino de grava, C. Z. se asomó por la ventanilla.

—¡Recuerda, Truman Streckfus Capote, que eres un GA-NADOH! —le dijo a voces.

Como si en su mente oyera el sonido vibrante de banjos y optimistas instrumentos de metal, Truman subió los escalones de puntillas bailando un cakewalk. Al llegar al último se detuvo para inclinar hacia C. Z. un sombrero de copa imaginario antes de iniciar un número de claqué con *time-steps* y *shuffles off to Buffalo* a las puertas del purgatorio.

18

1966

Variación n.º 9

Composición en blanco y negro

Ardíamos en deseos de destacar.

De que se nos viera como seres únicos. Singulares.

En una noche como la del baile de Truman no podíamos imaginar nada peor que fundirnos en la masa, ya fuera la de nuestro pequeño círculo o la de un grupo mayor. Solo pensar que nos metieran en el mismo saco que a otra persona, fuera quien fuese, nos irritaba. Ni siquiera queríamos que se nos mencionara junto a aquellas a quienes estábamos más unidas y con las que, por tanto, más a menudo se nos emparejaba: Babe y Slim, la dama y la tía campechana; Marella y Lee, realeza por nacimiento y ascenso por matrimonio; Gloria y C. Z., cuervo y paloma. Nos parecía espantoso que nos compararan. Peor aún era salir perdiendo en la comparación.

No solía importarnos que nos mencionaran junto a las otras. Aceptábamos que formábamos parte de la élite y, si bien nos esforzábamos por existir por nosotras mismas, en determinados aspectos nos reconfortaba saber que pertenecíamos al grupo. Pero otras veces anhelábamos ser tan excepcionales que nadie —ni siquiera Truman— nos considerara una más del rebaño.

Hablando claro: queríamos superar a las demás.

Lo de la máscara resultó ser un problema peliagudo, por el riesgo de que nos tapara la cara; de que ocultara nuestra identidad. «¡De eso se trata, cielo!», decía Truman entre risas.

Tuvimos que reconocer que constituía un toque teatral, y habría quien agradeciera el espíritu igualitario que prometía fomentar —«Así el portero podría bailar con la duquesa», decía entusiasmado él—, pero ¿de qué servía que nos esforzáramos para que se nos reconociera si íbamos a escondernos detrás de las dichosas máscaras? ¿No nos volverían intercambiables..., algo que tratábamos con denuedo de evitar? El caso es que Tru insistió y lo aceptamos como si fuera el precio de la entrada. Dios sabe que embarcamos en el empeño a los sombrereros, que desplumaron todas las aves de caza de la Costa Este.

—¡¿Máscaras!? —se mofó Loel Guinness en su *château* de Francia mientras acababa su tabla de quesos, momento en que de manera ceremoniosa permitía que Mister, su querido pequinés, se subiera a la mesa para que se tomara su menta—. ¡Qué infantil!

Gloria intentó convencerlo, de veras que lo intentó.

—Querido, Diablito dice que la máscara es el gran igualador..., que permite que la gente se mezcle fuera de sus círculos habituales.

—No tengo por qué mezclarme fuera de mis círculos habituales..., ¿verdad que no, Mister?

El pequinés meneó el rabo y cruzó la mesa para beber agua de la copa de Gloria.

—Diablito se llevará un disgusto, Loel. Asistirá toda la gente importante. Será la fiesta del siglo.

—¿Te ha dicho eso Truman? Espero que escribir se le dé la mitad de bien que promocionarse —comentó entre risas Loel, al que no le gustaba la ficción.

Cambio de táctica:

—Gianni irá. Igual que Stas, Winston, Bill...

—Pues muy bien —repuso Loel sirviéndose una buena copa de burdeos antes de retirarse al sillón de su estudio—. Que se diviertan. Yo estaré en casa, en la cama.

Más tarde nos enteraríamos de que, para consolarse por tener que ir sin acompañante, Gloria se compró en una joyería de París un antifaz de ébano y piedras preciosas por un precio no revelado, antifaz que contrastaba con el vestido blanco con cuentas cilíndricas de cristal que encargó al modisto Castillo, al que eligió porque compartían raíces latinas. Decidió adornar su frágil cuello no con una única gargantilla, sino con dos, una de diamantes y la otra de rubíes. Contento por no asistir a la fiesta, por una vez Loel, famoso por su tacañería, no se quejó.

A Gloria, que se había esforzado por ser original en la elección del diseñador, se le bajaron los humos cuando se enteró de que Babe —por su cuenta, sin saber nada de la decisión de la otra— también se había decantado por Castillo. Y nada menos que por un traje del departamento de modas de Bergdorf's, con lo que la compra europea de Gloria perdió valor. Con la confianza de una perfeccionista, Babe se decidió por un vestido de tubo confeccionado con una mezcla de lana y pelo de camello. Su único adorno: un collar de rubíes facetados (una vez más, de bisutería; guardaba los buenos en la caja fuerte). Los hizo coser al escote de manera que descendieran en majestuosas lágrimas bizantinas. Una raja pronunciada en la falda le confería un sutil *sex appeal*, pues en aquella noche especial hasta Babe deseaba romper moldes.

Naturalmente, fue ella quien lo ayudó a planificar el menú. Truman tuvo la inteligencia de permitir que todas nos sintiéramos comprometidas en algún aspecto, pero, como de costumbre, Babe se llevó la palma.

—Babyling, quiero una mesa de bufet muy laaaaarga servida a medianoche. Y, sobre ella, todo lo que más me gusta. En primer lugar y por encima de todo, este picadillo de pollo —exclamó durante un almuerzo en el Oak Bar—, que picará muy alto en el menú —añadió con una risita.

—Querido, ¿estás seguro? Es un plato muy pesado para...

—¡Claro que lo estoy! ¡Qué caramba! ¡Por una noche les serviré sin el menor escrúpulo un ataque al corazón en bandeja!

—¿Qué tal huevos revueltos con caviar?

Truman se negó.

—Baby, puede que haya ganado un poco de *dinero* —dijo en español—, ¡pero no nado en la abundancia! Gracias, pero reservaré la pasta gansa para el champán —afirmó en alusión a las cuatrocientas botellas de Taittinger que tenía previsto encargar—, ¡y quiero que se sirva en copas de cristal tan redondas y perfectas como las tetas de María Antonieta!

Babe se rio y él esbozó una sonrisa burlona.

—¡¿Qué pasa?! ¡Las diseñaron para imitar su forma! Por tanto... Sí a los huevos fritos, quita el caviar, que es *trop cher*, y añade bollitos y salsa de carne. Y mi *pièce de résistance*: espaguetis con albóndigas —agregó relamiéndose.

Babe se resistió con firmeza (o lo intentó):

—Truman, no puedes invitar a centenares de mujeres a una fiesta de gala, decirles que vistan de blanco y servirles espaguetis con albóndigas.

Truman reflexionó.

—Tienen la opción de vestirse de negro...

—Es un desastre anunciado.

—Pues que caiga el diluvio.

Se negó a ceder en este aspecto. Se mantuvieron las sucias albóndigas, y más tarde, viendo las lluvias que descargaron, nos preguntamos si aquel comentario sobre el diluvio que Tru soltó a la ligera no habría lanzado un maleficio sobre la velada desde el punto de vista meteorológico.

Se mostró igual de implacable respecto a su estricta norma de ¡SIN ACOMPAÑANTE, SIN EXCEPCIONES! Muchos hombres sin pareja declinaron asistir al enterarse de que no podrían buscar a alguien que los acompañara. Truman se mantuvo en sus trece: «No quiero desconocidos en mi fiesta». (O sea: chusma.)

Slim le dijo con toda franqueza que no podía ser. Aunque había vuelto a casarse, esta vez con lord Kenneth Keith, conocía bien el tormento que representaba ser una «mujer de más».

—¡Truheart no puedes —le espetó cuando él le consultó—, repito, no puedes pedir a mujeres adultas que se pongan una puñetera máscara y acudan solas al Plaza! Lisa y llanamente, se negarán. Tienes que permitirles llevar un acompañante.

Entonces Truman se acordó de las cenas.

—¿Cenas?

—Las cenas previas al baile... Así todos llegan en grupos..., ¡nadie se queda solo! Los Paley pueden ofrecer una, y los Burden, ¡y más gente! —Se abstuvo de nombrar Pam y Leland por no ofender a Slim, aunque era lo que pensaba y lo que sucedió.

Slim convino en que el plan daría resultado, si bien hablaba en nombre de las mujeres de más solo en teoría, ya que a ella la acompañaría el apuesto Jerome Robbins. ¿Qué mejor acompañante para un baile que Jerry? Incluso quienes aborrecíamos la danza considerábamos sublimes sus coreografías. Y se había mostrado muy atento con Slim después del disgusto con Leland... Por más que fingiera lo contrario, Slim se preparó para la fiesta de Tru tan a conciencia como las demás. Encargó a Galitzine unos pantalones palazzo, que le mandaron de Capri.

De seda color crudo. Funcionales. Audaces. Bajo su aparente sangre fría estaba tan emocionada como una debutante.

Fue ella quien propuso contratar dos bandas, pues, como es lógico, Truman le pidió su opinión en la parte musical de la velada. Una para los bailes de salón y otra para el desmelene. Se decidieron por la orquesta de Peter Duchin, la banda de baile más solicitada, como antes lo había sido la de su padre. Peter conocía a los invitados de Truman; de hecho, prácticamente pertenecía a nuestro grupo, lo que Tru aprovechó para conseguir una rebaja. Y para la música marchosa, Benny Gordon and the Soul Brothers of Detroit. (Los Brothers cobraron a Truman la tarifa completa, que era muy inferior a la de Peter.)

Lee, Marella y Gloria intervinieron en las primeras fases de los preparativos..., el verano anterior, a bordo de sus yates y aviones. Participaron en la redacción de la lista de invitados, que estaba en continuo desarrollo, y se rieron de quienes proponían sobornos con la esperanza de que se les incluyera. Al acercarse la fecha, las peticiones se convirtieron en exigencias. Quienes habían ofrecido entradas de teatro, estilográficas Montblanc y cheques con cinco dígitos recurrieron a las amenazas. El anfitrión se vio asaltado por los excluidos y la prensa: lo esperaban a la puerta de su edificio cuando entraba y salía. «Era una verdadera cacería. ¡Un zorro pequeñito y un millar de perros de caza rabiosos! Como lo oís: ¡casi me hacen trizas los brazos y las piernas!»

Huyó de Nueva York el martes anterior. Solo Babe conocía su paradero —más tarde nos enteraríamos de que el lugar no tenía nada de misterioso: Sagaponack—, y se nos indicó que si necesitábamos ponernos en contacto con él tendríamos que hacerlo a través de ella.

Aceptamos que, si bien Babe no era la invitada de honor, actuaría como anfitriona no oficial, distinción que quedó aún más de manifiesto al revelarse las listas de las cenas previas al baile y la asignación a los Paley de la principal en un reparto supuestamente igualitario. Tru intentó disimular esa muestra flagrante de favoritismo subdividiendo las cenas por categorías. Los políticos en la de Jean Stein (el biógrafo de Robert Kennedy). Los escritores en la de los Lumet. Los Hayward —Leland y Pam— acogieron al grupo de la farándula, con las lógicas omisiones. Betty le dijo a Slim que prefería cortarse un brazo antes que cenar con Frank después de lo que le había hecho... Tras un compromiso rapidísimo y supersecreto, la prensa había descubierto el romance. Frank dio por sentado que Betty se había ido de la lengua y, asustado, se echó atrás dejando a la pobre en la estacada. Y ahora el Presidente, como era conocido, tenía una nueva señora Sinatra que no podía ser más distinta de Betty Bacall con su voz ronca. ¡Un duendecillo, una niña! ¡Mia Farrow, más joven que la hija de Frank, por el amor de Dios!

Incluso Tru sabía que había que evitar a toda costa mezclar a Slim y a Betty con aquel grupo inflamable; además, las panteras de color caramelo habían dejado bien clara su opinión sobre el lamentable arte culinario de Pam. Así pues, se las incorporó a la lista de Babe, junto con otros favoritos de Truman. Como los Agnelli. Los Radziwill. Vreeland. Beaton. Gloria sin Loel. El agente Dewey y su esposa, Marie, que viajaron desde Kansas para asistir a la fiesta. Hasta Truman y Kay tenían previsto pasar para tomar una copa antes de ir a la suite del Plaza a picar algo, «un plato de ave y una botella», por gentileza del 21 Club.

La única de nosotras excluida de la élite de Babe fue C. Z., ya que Tru la eligió como «hueso» que arrojar a una anfitriona rival que se quejaba de que su lista de comensales era menos rutilante.

Truman había telefoneado nervioso a C. Z.

—Sissy, tienes que hacerme un pequeño favor. El grupo de Meehan necesita una dosis de animación.

—Truman, me importaaaa un cahaaaajo donde cenemos —respondió ella arrastrando las palabras, la mar de tranquila (como él había supuesto que se mostraría)—. Es tu noche.

Por supuesto, C. Z. abordó los preparativos para esa velada incomparable con su despreocupación habitual. Llamó a su «quehido» Mainbocher, quien le envió un modelo sencillo, al gusto de ella. Un vestido de encaje en dos tonos, con falda negra y canesú blanco, que le permitía lucir sus brazos musculados por las horas pasadas con la raqueta. Harta de los tocados desde su época de chica Ziegfeld, la parte de la mascarada no le asustaba ni le entusiasmaba, y su antifaz blanco —con penachos que se elevaban como el chorro de un surtidor— parecía una extensión tan natural de su cabeza como si le hubieran salido plumas.

En cuanto a las mesas, Tru sacó partido de la parquedad. En el centro de cada una decidió colocar un candelabro dorado con enredaderas enroscadas en los brazos. No habría ni una sola flor, con lo que se ahorraría la elevada factura del florista. Y en otra salida genial, lo oyeron justificar la reducción de gastos y proclamar: «Las personas serán las flores».

Cuando el día tan esperado amaneció con una lluvia torrencial, pareció que el único aspecto de la fiesta que Truman no controlaba era el meteorológico. Aun así, restó importancia incluso a eso considerándolo una intervención de Dionisos que otorgaba a la celebración las condiciones más espectaculares.

Por la mañana se registró en el Plaza y comentó contento a los botones que le llevaron el equipaje a la suite: «Me encantan los buenos chaparrones».

Y a los de Kansas les dijo cuando llamaron a su puerta: «Quizá sean los pobres Perry y Dick, que lloran en el cielo porque van a perderse la juerga».

Nadie le contradijo, pero la expresión del agente Dewey dejó claro que en su opinión las almas de Dick y Perry obrarían desde abajo, no desde arriba, si es que existían, las cabronas.

Debido a la multitud de aviones privados que tenían previsto llegar el domingo, el aeropuerto de LaGuardia hubo de cerrar las pistas a todos los demás vuelos entrantes, lo que indujo a creer que Truman se había apropiado del mismísimo cielo. Frank y Mia llegaron de Palm Springs. Gloria y los Rothschild de París. Los Agnelli transportaron desde Roma a los Radziwill y a una representación de aristócratas, con más espacio de la nave ocupado por el equipaje que por los pasajeros. Del mismo modo que Gloria y Babe habían elegido, cada una por su cuenta, a Castillo, Lee y Marella descubrieron que ambas habían encargado el traje a Mila Schön, aunque nadie sabe (aparte de la señora Schön) quién fue la primera en dirigirse a ella. Sin el acaloramiento de la rivalidad de la pareja Paley-Guinness, las princesas Radziwill y Agnelli podían observar a simple vista que el moderno vestido suelto con lentejuelas plateadas de Lee no podía diferir más del etéreo caftán de Marella. Aparte de la diseñadora y del tono iridiscente, por suerte tenían muy poco en común.

Hacia mediodía se vio al anfitrión salir del Colony con Lee del bracete, henchido de satisfacción. Habían almorzado sin prisas, igual que la multitud de invitados al baile que atestaban los restaurantes de moda en Manhattan. Aparecieron tranquilos y serenos, Lee con un vestido-abrigo adornado con un cinto, Tru con un elegante traje gris y los ojos ocultos con gafas de cristales de color rosa. Avanzaron entre la explosión de flashes de los fotógrafos que cubrían las cámaras con sus ondeantes impermeables para protegerlas de la lluvia. Todos llamando a gritos a Truman, pidiéndole detalles.

«Fue lo más inteligente que pudo hacer —recordaría Lee años después de que perdieran el contacto, en alguna de las contadas ocasiones en que nos permitíamos hablar de temas como ese—. No cotorrear por una vez. Cuanto menos les diera, más querrían saber. Que quede entre nosotras: creo que le emocionaban más los preliminares que otra cosa.»

Lee observó cómo Truman, que no sabía guardar un secreto y a quien nada le gustaba más que darse bombo, se limitaba a sonreír mientras lo asediaban a preguntas. Le gritaban. Lo engatusaban. Aun así, el muchacho del traje elegante no dijo ni pío. Siguió caminando hacia el taxi que los aguardaba, subió a él con Lee y escapó de la avalancha.

Entretanto Kay llegaba al salón de belleza de Kenneth, adonde fue a instancias de Truman.

El edificio de la Quinta Avenida donde Kenneth y su equipo domeñaban nuestros mechones era un torbellino de actividad incesante. Guardaban nuestros abrigos de pieles en taquillas refrigeradas, nos conducían deprisa de una sala a otra, nos llevaban veloces a la sauna, nos sacaban en volandas y nos tumbaban para que nos secáramos bajo arañas de cristal de Murano. En aquel manicomio de cabezas famosas que pedían complicados peinados dignos de Versalles, Kay, con un corte de pelo tan cómodo como sus zapatos, pasó inadvertida en medio del trajín. Observó un trasiego de clientas que entraban como mujeres y salían convertidas en seres fabulosos. Al cabo de dos horas se levantó para acercarse al mostrador y pronunció con humildad el nombre de Truman. Cuando las altivas recepcionistas se dieron cuenta de que aquella forastera desaliñada era la misteriosa invitada de honor, se pusieron en marcha de inmediato. La condujeron volando al ascensor para subirla a los cielos, al sanctasanctórum, donde la mimaron y le sirvieron copas de champán.

Cuando Kenneth apareció por fin —tras ensortijar en centenares de rizos los mechones de espléndida herencia genética de Marisa Berenson—, acompañó a Kay a su célebre silla. El peluquero, un hombre de buen gusto que ese día vestía un traje de la sastrería Savile Row, retrocedió para estudiar el rostro de la señora Graham. Esta notó que se sonrojaba bajo la mirada escrutadora de Kenneth, convencida de que la consideraría una birria. Sin embargo, en cuanto el maestro le ahuecó con las manos la media melena propia de mujer mayor se sintió tan seductora como las clientas que se habían sentado antes en esa silla: Jackie, Marilyn y todas nosotras. Kenneth le tocó las mejillas y dictaminó que necesitaba un cardado sofisticado, alto como el de Babe y elegante como el de Lee.

Al cabo de una hora, Kay regresó al Plaza con una redecilla de plástico que protegía la creación de Kenneth (el peinado para aquella velada del que más orgulloso se sintió, según afirmaría más tarde). Fue derecha a su habitación y se sentó al tocador para maquillarse —lo que rara vez hacía— siguiendo los consejos de amigas expertas en la materia.

Se puso el traje de Balmain poco antes de la hora a la que Truman debía pasar a recogerla. Cuando este llamó a la puerta unos minutos antes de las ocho, Kay corrió a abrirla.

Y ahí estaba: el pretendiente enano. Elegante con un esmoquin clásico confeccionado a medida para su cuerpo canijo. Ante él, Kay con un vestido recto de crepé color marfil, mangas acampanadas y cuello alto bordeado de hematites, la misma piedra que adornaba la parte superior de su antifaz. Sencilla, discreta... y, sin embargo, indudablemente glamurosa.

Truman retrocedió unos pasos, se llevó una mano al corazón y observó a Kay como si contemplara la creación más exquisita. Su creación. La heroína a quien había elegido con astucia para su relato. Quien antes era un patito aparecía ante él convertida en un cisne semejante a Marella, Babe y el resto de nosotras.

—Ohhhhhhhh, Kay-Kay —exclamó en el silencio reverente con el que nos examinaba en momentos como aquel y que sabíamos por experiencia que causaba una extraordinaria sensación de ligereza—. Tendrías que verte...

—Todavía no me he visto..., no con todo esto puesto. Estaba esperándote.

—Cierra los ojos —le indicó él—. Si los cierras es aún mejor.

La cogió de la mano para conducirla hacia la puerta del armario, que tenía un espejo de cuerpo entero.

—Ahora... ábrelos.

Los párpados de Kay se agitaron, un tanto pegajosos por el desacostumbrado espesor del rímel. Cuando se vio, con Truman plantado al lado, se le saltaron las lágrimas.

—Gracias, Truman —murmuró—. Gracias.

También él lloraba, como si fuera una enfermedad contagiosa. Se enjugó las lágrimas y regañó a su amiga:

—¡Basta ya de tonterías, Kay-Kay, o tendré que volver a pintarte los ojos!

Deberían haber formado una pareja desigual, en la que los rasgos extremos de cada uno resaltaran las imperfecciones del otro. El cuerpo menudo de Tru debería haber convertido a Kay en una giganta, y la estatura de ella debería haberlo vuelto a él aún más chiquitito. No obstante, cuando entraron en el salón con cortinajes de seda de los Paley, donde Babe había preparado mesas iluminadas por velas y cubiertas de manteles preciosos con multitud de bandejas, Truman y Kay, a quienes en otras circunstancias tal vez hubieran tomado por un dúo cómico, estaban perfectos.

Pese a nuestros esfuerzos —y en efecto estábamos divinas—, el anfitrión y su invitada nos superaron. Nuestro muchacho rubio aparecía envuelto en un resplandor más dorado que nunca. Por algún extraño hechizo, aquella noche estaba más seductor que Gianni con toda su apostura y que Bill con su enorme encanto.

Y Kay..., Dios santo..., ¡Kay! Jamás hubiéramos imaginado que su transformación de pato en cisne fuera posible. Si bien carecía de la complexión de Babe y de la elegante altura de Marella, la simple genética no podía compararse al fulgor de Kay aquella noche, el cual deslumbraba con su potencia. Por primera vez vislumbramos lo que Truman había visto en ella, lo que con su amabilidad y cariño había logrado hacer aflorar. Nuestras rivalidades parecieron esfumarse en presencia de la pareja. Todo carecía de importancia salvo aquella velada, aquel momento. El triunfo de Kay y Tru. Un triunfo que se producía al margen de nosotras..., y de cuya calidez nos alegrábamos de disfrutar.

Se marcharon de casa de Babe al terminar la hora del cóctel, pues Tru dijo que deseaba regresar temprano al Plaza. Y menos mal que salieron entonces, pues con las calzadas resbaladizas y las flotas de coches que se dirigían hacia el hotel llegaron una hora más tarde de lo previsto. Malograda así la cena, cambiaron el plato de ave y la botella por unas cucharadas de caviar.

Poco antes de bajar al salón Truman se acercó al espejo de su suite con un sencillo antifaz negro en la mano.

Hacía unas semanas, de camino al Oak Bar para asistir a una entrevista con el servicio de restauración del Plaza, Truman y Babe habían pasado por delante de Cartier. La joyería había preparado un escaparate en homenaje a los bailes de máscaras donde se exhibían dos antifaces juntos, uno con incrustaciones de diamantes negros, el otro con incrustaciones de diamantes blancos. Incapaz de resistir la tentación, Truman asomó la nariz en la tienda y llamó a un dependiente.

—*Pardon*, cielo. *Combien? Pour les masques?*

—Treinta y seis mil, monsieur —respondió el dependiente. Engreído. Francés. Complacido con la cifra elevada.

Truman lanzó un silbido suave y sonrió a monsieur Cartier.

—*Merci* mil —dijo antes de salir con Babe de la tienda.

Avanzó casi a brincos por la Quinta Avenida, riendo contento y canturreando: «Treinta y seis mil. ¡Treinta y seis mil pavos!». De repente se detuvo en seco y se volvió hacia Babe con una sonrisa misteriosa.

—Babe, eso me recuerda que tengo que hacer un recadito antes del almuerzo, si no te importa...

Recorrieron juntos una manzana hasta la juguetería FAO Schwarz, cuyos escaparates parecieron gustarle tanto como los de Cartier. Sus ojos chispeaban mientras miraba la profusión de muñecos y camiones de bomberos, bicicletas y pistolas..., de plástico, claro está, aunque siempre que veía una se acordaba de los Clutter y de los años que había pasado reflexionando sobre por qué un muchacho tan amable como Perry había apretado el gatillo.

Tras aplastar esos pensamientos —puesto que aquel era un momento de merecida alegría— entró en la tienda con determinación y recorrió los pasillos como un profesional avezado. Se detuvo en la sección de disfraces y sacó de un estante un sencillo antifaz negro. Se lo acercó a los ojos y se volvió hacia Babe con una sonrisa de oreja a oreja.

—¡Treinta y nueve centavos! ¡Chúpate esa, Cartier!

Meses más tarde, al ponerse ese sencillo antifaz y mirarse en el espejo de su suite del Plaza revestida de papel pintado con relieve de terciopelo, al observar su reflejo junto al de Kay, sintió que se le hacía justicia, aunque esto solo podemos imaginarlo. Y con ese gesto esperado desde hacía tiempo comenzó el jolgorio.

Llegamos al Plaza en grupos, según lo previsto, rebosantes de espíritu de camaradería. Alabamos la elección indumentaria de las demás..., y nos sorprendió descubrir que nuestras palabras eran sinceras. No había mujeres «de más» ni hombres «sueltos». Éramos algo más que frágiles seres individuales susceptibles de sentir dolor o el terror de la soledad. Formábamos parte de un hermoso todo rutilante.

Salimos en tropel de los coches, muy animadas, sin importarnos que siguiera lloviendo a mares. Apretujadas bajo los paraguas, dejamos atrás la masa de fotógrafos y mirones apiñados detrás de las vallas y franqueamos las puertas para recorrer el camino que Truman nos había preparado. Atravesamos el vestíbulo de mármol sacudiéndonos las gotas de los abrigos, secando las pieles empapadas. Con el corazón acelerado cruzamos el elegante Palm Court, subimos por una escalera hasta el entresuelo y enfilamos un pasillo donde nos esperaba un equipo de filmación. Se había concedido la exclusiva televisiva a la CBS de Bill Paley, que transmitía en directo desde la entrada. Eso era espectáculo, afirmó Bill, que explotó el contraste entre los ricos y los pobres.

Cuando cruzamos de dos en dos el arco de entrada de un largo pasaje abovedado, nadie podía prever qué ocurriría una vez que llegáramos al final. Abría el desfile Lee, que avanzó entre las velas blancas que parpadeaban a ambos lados de un inacabable pasillo de espejos. Al llegar a las puertas se detuvo ante el último y bajó la cabeza para ajustarse el antifaz. Cuando levantó la barbilla y observó su reflejo, sucedió algo curioso. Si Kay había experimentado la transformación de pato solitario en miembro de una bandada, a Lee le ocurrió lo contrario. En aquel momento se vio a sí misma. A nadie más. Su antifaz con forma de alas alzó el vuelo. Contempló su rostro enmarcado por mechones leonados recogidos detrás de las orejas para mostrar unos pendientes de diamantes que oscilaban como péndulos delicados. Jackie no se encontraba frente a ella ni a su lado, y tampoco ninguna de las demás. Solo estaba Lee. Y en ese instante un fotógrafo enfocó el espejo y captó las firmes manos con guantes de cabritilla que dominaban las alas de cristal. Los labios apretados con determinación un segundo antes de que esbozaran una sonrisa ufana.

A todas nos sucedió lo mismo. A medida que avanzábamos hacia la escalera que nos acercaba a la fantasía monocroma de Truman, nos desprendíamos de la piel colectiva que nos mantenía soldadas y nos introducíamos cimbreantes en seres recién nacidos e individuales. Babe apareció ante la mirada de las cámaras apresurándose por delante de Bill, arrebujada en un abrigo de visón blanco. Esquivó un objetivo y quedó fuera de encuadre al escapar de otro con movimientos nerviosos. Inclinaba su hermosa cabeza como para protegerse de un vendaval mientras Bill, el magnate sonriente, saludaba con un gesto o un apretón de manos a sus colegas, curtidos profesionales de los medios de comunicación. Detrás de él Gloria se lo tomaba con calma y caminaba como la mujer fatal de los salones de baile que había sido en su juventud, contoneándose de tal modo que las cuentas cilíndricas que colgaban del vestido se agitaban como maracas mudas. Avanzaba con tal languidez que las cámaras estuvieron a punto de perderse la aparición de los Agnelli, Gianni con su habitual marcha rápida y Marella siguiéndole el paso. Cuando los objetivos se volvieron hacia ellos, solo lograron captar el destello de las plumas de avestruz de Marella, la estela de vapor que la pareja dejaba.

Slim y Betty se rezagaron, sigilosas, al acecho, observando el lugar como expertas en caza mayor. Slim del brazo de Jerry Robbins, quien, como siempre, más que andar parecía flotar; Betty con su segundo marido, Jason Robards. Este ya buscaba la barra más cercana, si bien las panteras apenas se percataron porque ambas escudriñaban a la multitud, Betty en busca del gusano de Sinatra, Slim en busca de su querido Leland.

C. Z. desfiló por el pasillo con su discreción y naturalidad habituales y, cumplidora, se detuvo a hablar con Charlotte, del *The Times*, y con Suzy, de la revista *Women's Wear Daily* —ambas con vestido de noche, libreta de taquigrafía, gafas y perlas—, ante quienes elogió el éxito de Truman con su lírica imposibilidad de abrir mucho la boca.

—Es un proh-digio. Estamos todos muy orgullosos de él.

—Sí, pero ¿la fiesta no es en honor de la señora Graham? —le preguntó Charlotte.

C. Z. sonrió.

—Quehida, es una fiesta en honoh de la señoha Graham, pero no se engañe: es también una fiesta para celebrahhhh un verdadero éxito editorial. El champán correrá como el Nilo... o, tratándose de Truman, como un interminable río de Ahlabama.

Volvió con Winston y, cogiéndole del brazo, subió por la escalera hacia el monte Parnaso de Truman. Se acercaron al primer control, donde presentaron las tarjetas que acompañaban a las invitaciones originales, y luego al segundo, una mesa colocada a la entrada donde la señora Elizabeth Davies recogía las tarjetas enviadas pocos días antes, una última táctica para prevenir las falsificaciones. La señora Davies disponía de la lista de Truman, pero no necesitaba consultarla: se sabía de memoria los quinientos cuarenta nombres, letra por letra.

C. Z. la saludó con afecto.

—Buenas noches, Lizzie. ¿Ha intentado colarse alguien...?

—Todavía no. De todos modos, la noche no ha hecho más que empezar.

C. Z. se fijó en un hombre alto y fornido que vigilaba la entrada. Era Sidney, el portero de Truman en la United Nations Plaza, con traje de etiqueta y un antifaz negro idéntico al del escritor.

—¡Sidney! —lo saludó efusiva—. ¡Quééé guapo estás! ¡Quééé alegría!

—Buenas noches, señora Guest. Dos de los gorilas del señor Truman llamaron para decir que estaban enfermos, así que Carmine y yo quisimos echar una mano. —Se encogió de hombros con timidez; distaba de ser el matón que se precisaba para la tarea.

—No sé por qué, pero me parece que se te da mejor bailar que hacer de gorila —le dijo C. Z.

Le dio un beso amistoso en la mejilla, lo que provocó que dicha mejilla se sonrojara. Por pura costumbre, Sidney abrió la puerta a los Guest, que se dirigieron hacia el salón de baile.

C. Z. contuvo el aliento al entrar. Una vorágine deslumbrante. Imágenes monocromas. Algunas eran estáticas, mientras que otras formaban una masa fantasmal que se movía demasiado deprisa para que la retina la captara. Demasiado dinámica para la velocidad de obturación y la apertura. En cuanto se le acostumbraron los ojos surgieron manchas de colores que destacaban con viveza por su escasez: las chaquetas color escarlata de los camareros como un revuelo de muletas de toreros. Los relieves decorativos dorados que salpicaban las columnas y el techo. Las cortinas drapeadas de damasco. El jade de las enredaderas enroscadas como serpientes de cascabel en los candelabros. Era la fantasía de un escritor, pensó C. Z.

Mientras esperaban en la cola para saludar al anfitrión, oyó los chillidos con que aquel fantoche recibía a los invitados: «¡Bueeno, bienvenida, cariño! ¡Muchísimas gracias por venir! ¿Conoces a mi querida amiga, la señora Katherine Graham? Kay-Kay, esta es Fulanita de tal...».

La orquestra de Duchin se hallaba en gloriosa actividad y la pista de baile empezaba a llenarse. El repertorio de la banda se basaba en homenajes a las celebridades que poblaban el salón, como era costumbre con una lista de invitados tan selecta. Interpretaron temas del musical *Camelot*, que podían ser un guiño tanto al letrista Alan Lerner como al grupo de los Kennedy; de *My Fair Lady*, que podían estar dedicados igualmente a Lerner o bien a Cecil Beaton, cuyos diseños para la escena de Ascot habían inspirado a Truman el tema de la velada. La banda tocó una versión alegre de «On the Street Where You Live» mientras la cola de invitados avanzaba poco a poco hacia el anfitrión.

C. Z. recordó de repente una noche de hacía décadas, la del estreno de *My Fair Lady*, cuando un muchacho de aspecto extraño se había acercado a ella en el bar durante el entreacto, minutos después de que se interpretara esa misma canción. Lo había mirado con indiferencia y él había decidido conquistarla.

La pareja de delante se alejó y C. Z. se situó ante Truman... Sonrieron. Sobraban las palabras.

—«No me importa que la gente se pare curiosa a mirarme...» —canturreó Truman cogiéndole las manos.

—«Porque no hay ningún otro lugar donde quisiera estahhhhh...» —continuó C. Z., cantando «On the Street Where You Live» y desafinando adorablemente.

—Mi fría dama vainilla.

—Es fantástico, Truman.

—Y tú eres un sueño. Una flor heeeeermosa, como siempre he dicho.

—Estás guaaaaapísmo, qué cahay.

—Ah, qué va —repuso él sonriendo.

—Escúchame: tiene que prometehme una cosa, señoh Capote...

—¿Qué, Sis?

—Que disfrutarás de esto. Hahsta el último segundo.

—¡Lo estoy disfrutando, Sissy! Créeme. —Y sonrió.

Ella se inclinó hacia él hasta rozarle la mejilla.

—Nuncah ha habido una fiesta como esta y nuncah la habrá —le susurró al oído.

Le guiñó un ojo, y Truman le devolvió el guiño, tras lo cual los Guest admiraron a Kay con su vestido de Balmain y avanzaron hacia el salón. Los camareros daban vueltas ofreciendo copas de champán, pero los Guest fueron derechos a la «bahhra», donde C. Z. había propuesto semanas antes a Truman que ampliara la paleta monocroma sirviendo martinis con cebollitas blancas y aceitunas neghas en lugah de verdes. Mientras observaban cómo los bármanes agitaban los cócteles con la eficiencia de una cadena de montaje de una fábrica, C. Z. oyó al lado una voz conocida...

—Vaya, vaya. Nada menos que Lucy Cochrane.

C. Z. olió el cigarro antes de girarse. Había reconocido el leve ceceo. En su mente se había formado la imagen de un hombre delgado de cabello rubio rojizo y sonrisa de conejo.

—Darryl...

Se dio la vuelta para mirarlo. Lo único que quedaba del hombre al que había conocido eran unos dientes ridículos ocultos bajo la capota del labio. El cabello, cano y escaso, parecía haber migrado a las cejas y el bigote, el doble de poblados que en el pasado. Unas gafas de cristales grises le oscurecían los ojos. C. Z. lo abrazó.

Él miró a Winston.

—¿Este es el tipo que dio al traste con tu carrera?

—Nunca tuve una carrera.

—Solo era cuestión de tiempo, Lucy. Cuestión de tiempo. —Apagó el cigarro y tendió la mano hacia Winston—. Zanuck. El gusto es mío.

Winston se la estrechó con firmeza.

—Lucy me ha hablado de usted.

Zanuck se mostró sorprendido.

—Creía que ahora todo el mundo te llamaba a. C. o d. C. o alguna ridiculez parecida. Me alegra saber que el señor Guest te llama por tu nombre de pila.

—Es un hombre que vale la pena.

Darryl sonrió. La orquesta de Duchin empezó a tocar un swing suave.

—¿Concede un baile a un anciano?

Zanuck ofreció a C. Z. la mano, más regordeta que la última vez que ella la había tocado.

C. Z. bebió un trago de martini y dejó la copa al cuidado de Winston.

—Señor Zanuck.

—Señorita Cochrane.

—Señora Guest.

—Sabes que no te lo he perdonado.

—¿El qué?

—Que te marcharas antes de que te convirtiera en una estrella.

—Creo que te ha ido bien —afirmó ella entre risas.

Siguió la mirada de Zanuck hacia la masa irisada de globos que Truman había colgado entre las lámparas de araña de Baccarat.

—No es el Rainbow Room —comentó Zanuck.

—No, pero es genial.

Zanuck la observó y estiró la mano para tocar uno de los surtidores de plumas que le brotaban de la cabeza, lo que le recordó las de los tocados de Ziegfeld.

—La tercera rubia de la izquierda. Eso me dijiste. —Se rieron entre dientes—. No has cambiado nada, hermosa Lucy Cochrane. —Ella se abstuvo de señalar que él sí había cambiado—. ¿Has sido feliz?

C. Z. miró por encima del hombro de Zanuck y en una panorámica general divisó a Tallulah Bankhead, Betty Bacall, Henry Fonda... y una decena más de artistas del espectáculo que se habían pasado la vida persiguiendo con tenacidad ese objetivo. Su mirada fue a parar al bar, a Winston, que le guardaba fielmente la copa. Un hombre equilibrado. Estable. Clavó los ojos en los de Zanuck, ocultos tras las gafas grises.

—Muy feliz.

Él sonrió.

—Me alegro por ti, Lucy Guest.

Cuando la canción se acercaba a su crescendo, Zanuck, en una muestra de la gentileza de que era capaz, llevó a C. Z. volando a la barra para que se reuniera con Winston, quien le entregó la copa. A su lado se encontraban Jason Robards, que pedía un whisky doble, Betty, Slim y Jerry Robbins.

—Betty —dijo Darryl inclinando la cabeza hacia Bacall.

—Darryl —repuso ella con frialdad.

Zanuck se retiró tras dirigir una última mirada a C. Z.

Slim la miró y arqueó una ceja.

—¿Qué tal ha ido?

—Ha sido un paseo por el recuerdo.

—¿No sabes —le preguntó Betty a C. Z.— que fuiste la única a la que Zanuck no intentó llevarse a la cama...?

—¡Tal vez eso explica por qué nuncah me daban ningún papel!

—Me alegro de que no te dieran ninguno. —Winston le rodeó los hombros con un brazo protector—. Y bien, ¿es que no puede un pobre hombre conseguir un solo baile con su mujer?

—¡Que-hido, creía que nunca ibas a pedírmelo!

Mientras bailaban el resto de la rumba con la multitud enmascarada, Slim y Betty miraban y daban sorbos a sus martinis. Observando la escena, Slim pensó que era extraordinario que tantas personas importantes hubieran secundado la idea de Truman. Los artistas eran un caso aparte, puesto que se presentarían hasta en la inauguración de una parada de autobús, pero ver a economistas como Ken Galbraith o a periodistas como Ben Bradlee caminar entre gente como...

En ese momento los vio.

Dio un codazo a Betty.

—Ahí vienen.

A lo lejos: Sinatra con un antifaz de gato con bigotes, del bracete de una jovencita esmirriada con ojos de mariposa. Se dirigieron hacia la mesa principal, junto al escenario, que era la suya, como indicaba la botella de Jack Daniel's depositada por el servicio, ya que Frank contaba con seguidores fieles entre los camareros de Manhattan. El vestido de estilo directorio de Mia desencadenó por todo el salón rumores de que estaba en camino otro pequeño Sinatra (rumores que se revelaron falsos), pese a que ella misma parecía una niña: ojos muy abiertos, como si hubiera salido tambaleante del parque de juegos.

Betty encendió un cigarrillo.

—Como si fuera a durar.

Slim le dio la razón con una risita y de pronto lo vieron.

A él.

Un segundo después que Frank, Leland. Avanzaba hacia la mesa de Sinatra guiado por Pam Churchill... Pam Hayward. Pues ese apellido llevaba ahora y no tenía sentido negarlo. Slim la observó desfilar con un enorme vestido de baile, una monstruosidad de antes de la guerra civil, con lo que parecía una cantidad suficiente de tul para asfixiar a todo un ejército... Slim se volvió hacia la barra, contenta por primera vez de llevar el dichoso antifaz, aunque solo fuera para ocultar las lágrimas. Se arrepintió de haber acudido. Creía haberse repuesto del robo pese a no haber olvidado a Hay.

Notó un tirón en el brazo. Era Jerry.

—¿Qué es esto? ¿Un entierro? Vamos, lady Keith.

Desoyendo las protestas de Slim la cogió de la mano y la arrastró hasta la pista de baile, donde la rodeó con los brazos. El encantador Jerry: con tanta fuerza y al mismo tiempo tanta gentileza. Jerry, que conseguía que quien bailaba con él pareciera en plena forma. En reconocimiento y homenaje a la tía desenfadada por excelencia, Duchin inició «The Lady Is a Tramp», de Rodgers y Hart. ¿Eso era ella?, se preguntó Slim. ¿La colega de los chicos? ¿Por eso lo había perdido? Sentía encima sus miradas: la de Pam. La de Frank. La de Leland. Vaciló. Como si le leyera el pensamiento, Jerry la hizo girar en una serie de círculos y la llevó hasta el otro lado del escenario.

—No los mires. Mírame a mí.

La inclinó casi hasta el suelo y la mantuvo suspendida con sus firmes manos mientras les aplaudían. Cuando volvió a tomarla entre los brazos, la besó en la mejilla.

Slim se sonrojó por la atención recibida.

—Creo que necesito tomar el aire.

Se encaminaron hacia la puerta, donde Truman y Kay acababan de dar la bienvenida a los últimos invitados.

Truman correteó hacia Slim y la apartó de Jerry.

—Oh, Big Mama, ¡¿no es todo muy boooonito?! Ven a ver esto.

La llevó a un patio lateral con claraboya, donde los camareros preparaban el bufet repartiendo las bandejas que llegaban de las cocinas. En un mostrador se ofrecían platos de desayuno: huevos, bollitos y salsa de carne al estilo sureño. En otro, el famoso picadillo de pollo, cuyo aroma a coñac se mezclaba con el olor penetrante de los espaguetis con albóndigas que había al lado.

—No te acerques a esa salsa de tomate —dijo Babe, que apareció en el pasaje abovedado y se acercó a ellos.

—¿Has venido a retirarla, Babyling, con la esperanza de que no me entere? —le preguntó Truman fingiéndose enfadado.

—Solo quería asegurarme de que han puesto a los mejores camareros para servir los espaguetis. Y mucha soda, por si hiciera falta.

Tru toqueteó con cariño las joyas de bisutería que descendían por la parte delantera del vestido de tubo blanco.

—Bueeeeno..., si alguien tropieza y te salpica salsa de tomate en la pechera, imaginaremos que las manchas son más rubíes. —Disfrutando del cálido resplandor de las velas, se echó un baile—. Ah, ¿no estamos pasándolo de maravilla? ¿No es una fiesta magnífica?

Cuando las conducía de vuelta al salón de baile saludando a invitados por el camino, se cruzaron con un unicornio vestido de esmoquin.

—¡Es fantástico, Truman! —exclamó entusiasmado el animal mitológico, que se levantó la máscara para mostrar el rostro de Billy Baldwin, el decorador de Babe.

—¡Billy! —chilló Tru—. ¡Te has superado a ti mismo!

Más adelante se aproximaron dos gatos peludos, uno negro y otro blanco, con las máscaras bien caladas en el cráneo de un hombre y una mujer elegantes. («Los De la Renta», informó Babe a Slim cogiendo una copa de champán de una bandeja que pasaba por su lado en ese momento.) Por encima del mar de cuerpos flotaba un tocado que era un cisne gigantesco: dos cuellos de plumón entrelazados. («La esposa de Bill Cunningham», informó Slim a Babe entregando la copa vacía a un camarero.) Unas orejas de conejo confeccionadas con piel de visón, a juego con el visón que bordeaba el bajo del vestido, pasaron balanceándose. («La querida Candice Bergen —contaría Tru más tarde— con las orejas de Marisa Berenson, ¡nada menos! ¡Marisa se saltó una sesión de prueba y Halston las regaló!».) Le encantaban esos chismes, de los que iba revelando retazos. Una y otra vez se adelantaba correteando y luego volvía sobre sus pasos como una flecha, cual Pan en busca de sus ninfas.

«¡Cariño! —cuchicheaba confidencialmente—. ¡La del vestido de rayas es la que amenazó con abrirse las venas si no la dejaba venir!» Y se esfumaba una vez más.

Babe y Slim vieron que Truman cogía de la mano a Kay para sacarla a la pista, donde los bailarines formaban un torbellino de movimiento. La orquesta interpretaba música animada y Duchin, al piano, se inclinaba desde lo alto para charlar con unos amigos mientras tocaba. Con la tenue iluminación, las cuentas y la quincalla refulgían igual que estrellas y creaban constelaciones tumultuosas que con cada cambio de pareja se reordenaban mientras la órbita de cuerpos seguía balanceándose.

Como rivales de los dioses del Olimpo los observaban desde las alturas, a salvo tras barandas ornamentadas, aquellos invitados que habían sido bastante rápidos para pillar alguno de la media docena de palcos que se alineaban a un lado del salón. A Babe no le sorprendió lo más mínimo que Gianni, Stas y Bill se hubieran apropiado del mejor para que sirviera de base de operaciones a los Agnelli, los Radziwill y los Paley.

—¿Qué me dices, Slim? —le preguntó Irving «Swifty» Lazar—. ¿Te apetece un chachachá?

Cuando Slim se separó del grupito para tomar la pista de baile con Swifty, Babe se dirigió al palco curvo donde Bill charlaba con Gloria. Más solícito aún que de costumbre —pensó Babe— porque la pobre Gloria había tenido que acudir sola.

Se sentó con ellos y apoyó una mano en el hombro de Bill. Él le dio unas palmaditas sin interrumpir la conversación con la señora Guinness..., ni apartar la mirada de su esbelto cuello, alrededor del cual las gargantillas de piedras preciosas se enroscaban como áspides de Cleopatra.

Se acercó el único fotógrafo al que Truman había autorizado la entrada en el salón de baile.

—¿Me permiten...? —les preguntó educadamente señalando la cámara.

Cuando posaron, Babe observó que Bill no se echaba hacia atrás para arrimarse a ella, sino que se inclinaba unos milímetros hacia Gloria. Y fue el brazo de esta el que rodeó como si tal cosa la cintura de Bill mientras las manos de los Paley permanecían visibles sobre la mesa. Gloria y Bill se habían quitado la máscara mientras que Babe, acatando el edicto de Truman, aún llevaba puesto el antifaz blanco de Aldo.

—Querido, ¿dónde tienes la máscara? —preguntó Babe en el instante en que la cámara disparaba.

—¿Dónde tengo el qué? —preguntó Bill a su vez con una sonrisa forzada.

—Y una más...

—La máscara —respondió Babe, que de nuevo volvió a hablar cuando les sacaron la segunda instantánea, lo que indujo al fotógrafo a cortar por lo sano y acercarse a los Agnelli.

—¿Qué pasa con ella?

—Se supone que debemos llevarla puesta hasta la medianoche para que nos «mezclemos» sin sentirnos cohibidos.

Gloria se encogió de hombros y toqueteó las gargantillas que parecían cautivar a Bill.

—La mía me ha provocado un dolor de cabeza espantoso.

—A mí la mía me picaba —dijo Bill.

Reanudaron la conversación.

Babe se levantó, con la máscara en su sitio, y se aventuró en la pista de baile. Se acercó al primer hombre que no conocía y le dio una palmadita en el hombro.

—¿Le apetece bailar? —le preguntó pestañeando con sus ojos de gacela tras las ranuras del antifaz, diseñado ex profeso para exhibirlos.

—Ya lo creo.

El desconocido echó un vistazo a la enmascarada señora Paley y abandonó sus anteriores intereses. Babe sonrió cuando se deslizaron junto al mismísimo maestro de ceremonias, cuya pareja era la princesa Radziwill.

—Ya ves, querida —comentó entusiasmado Truman a Lee observando con aprobación a Babe—, está saliendo a pedir de boca, tal como había planeado. ¡Ese joven podría ser cualquiera! Un caco..., un guardia armado...

Saludó con un gesto de la cabeza a Luciana Pignatelli, que charlaba con Marella en un lado del salón. Como otras invitadas, Luciana llevaba un tocado de plumas, pero en la frente, justo entre los ojos, le colgaba un diamante del tamaño de una pelota de golf.

—Luciana pidió prestado ese pedrusco al bueno de Harry Winston, que se lo dejó encantado para esta noche con la esperanza de atraer algún comprador. Seiscientos mil es la cifra que corre por ahí, ¡aunque sospecho que el bueno de Harry cobrará más que eso!

En homenaje al maestro de ceremonias la orquesta atacó una alegre interpretación de «A Sleepin' Bee», del musical *House of Flowers*, que había triunfado en Broadway y cuya letra había compuesto el escritor. Truman bailó alrededor de Lee y atrajo la atención de todos los de la pista probando algunos de sus pasos de claqué.

—¡El señor Truman Capote, señoras y señores! —anunció Duchin entre los aplausos de la multitud.

Truman hizo una reverencia antes de marcarse un animado two-step con Lee.

—Querida princesa, ¿no es la fiesta más sensacional a la que has asistido?

Ella se rio.

—Si tú lo dices...

El fotógrafo oficial se acercó para retratarlos bailando. Las ondas de lentejuelas plateadas del vestido de Lee destellaban bajo las lámparas. Las gafas de montura de concha del escritor apenas si asomaban por encima de los hombros de su compañera.

—¿Qué estaba diciendo...? Ah, sssssssí... Conque el bueno de Harry accedió a prestarle a Luciana los sesenta quilates siempre y cuando ella accediera a que la acompañaran los esbirros de Harry, y yooo dije que no tenía inconveniente siempre y cuando mandara hombres robustos que accedieran a ponerse una máscara.

Lee miró a Luciana y observó que a su alrededor revoloteaban, en un intento infructuoso por mantenerse en el anonimato, tres hombres con antifaz. El bulto de la pistola se apreciaba con claridad en la chaqueta del esmoquin alquilado que llevaban.

Uno de ellos sorprendió a Lee mirándolo. Al verla pareció olvidarse por completo de sus obligaciones y se acercó para observarla mientras ella seguía bailando con el anfitrión.

A medianoche se anunció la cena, y Lee y Tru se dirigieron con los demás al bufet, donde Babe se sintió resarcida al comprobar que las mujeres evitaban los espaguetis de manera sistemática. Las parejas se juntaban con otras parejas, como suele ocurrir en las cenas sin asientos asignados.

Gloria se encontraba sola en la cola del picadillo de pollo cuando oyó a su espalda una voz jocosa:

—Vaya, casi lo ha conseguido.

Se dio la vuelta y descubrió que era Jack quien hablaba..., el Jack de Truman, que casi nunca se dejaba ver en actos públicos. Vestía esmoquin (algo que solía detestar), prenda que se adaptaba a su ágil cuerpo de bailarín.

—¡Jack! —Gloria lo abrazó—. ¡Qué guapo estás!

—Por una vez. —Jack negó con la cabeza cuando los chefs del Plaza les sirvieron el cremoso picadillo en los platos—. Esta bazofia es un ataque al corazón servido en bandeja. Nunca hace caso.

—El muchacho no se ha quitado el pelo de Monroeville...

—Eso es. ¿Dónde está Pa? —(Así apodaba Truman a Loel).

Gloria se obligó a sonreír mientras avanzaban por la antesala con los platos en la mano.

—Loel dijo que las máscaras eran infantiles.

—No puedo decir que no esté de acuerdo con él. A Truman la mía le ha parecido horrible.

Jack señaló con la cabeza su máscara desechada: una tira de tela negra que asomaba del bolsillo. Gloria se rio al ver que la arrojaba en el macetero de una palmera.

Cuando entraron en el salón de baile con los platos, Jack se volvió hacia Gloria.

—¿Me harías el honor de ser mi pareja en la cena? Por lo visto la mía está un poco ocupada. —Inclinó la cabeza en dirección a Truman, que daba botes entre las mesas, demasiado alterado para sentarse.

Gloria sonrió, contenta con su apuesto acompañante.

—El gusto es mío, señor Dunphy.

Eligieron una mesa al fondo del salón, lo más alejada posible de las mejores, para observar cuanto ocurría con el buen criterio que los unía siempre que pasaban ratos juntos, lo cual sucedía con escasa frecuencia debido a que Jack tenía un calendario estricto y los Guinness no tenían ninguno.

—¿A qué te referías al decir que casi lo había conseguido? —preguntó Gloria.

—A que ha conseguido traer a todo el mundo..., casi. Esa «nueva élite» con la que suele dar la tabarra, una élite basada en el mérito..., en el talento, la inteligencia o la belleza. La cuestión es que reúne a su elenco ideal, logra que todo el mundo se ponga una máscara, está impaciente por ver qué harán cuando se encuentren, tiene la esperanza de agitarlos y mezclarlos en el cóctel social ideal..., y mira lo que pasa.

Sonrió mientras Gloria observaba el salón y advertía exactamente lo que Jack sabía que vería. Mesas separadas según los intereses, la clase o el credo. Profesionales del espectáculo con profesionales del espectáculo. Políticos con políticos. Artistas con artistas. Intelectuales con intelectuales. Se juntaban los actores teatrales y los cinematográficos, los escritores de ficción y los de no ficción, pero las mezclas no pasaban de ahí. Los de la alta sociedad se sentaban aparte, y el grupo se dividía y subdividía, los nómadas por un lado y los hogareños por el otro, e incluso estos subgrupos se disgregaban por regiones. Los italianos estaban juntos, si bien Marella y Gianni se pasaban al bando de los neoyorquinos y los suizos. Hasta los de Kansas tenían una mesa para ellos solos: formaban una élite dentro de una élite por su doble condición como productos de la ficción de Truman. Gloria y Jack intercambiaron una mirada y se echaron a reír.

—¡Jamás en la vida había visto una segregación tan descarada!

—Sí —convino Gloria—. De todos modos, esas personas tan dispares tienen algo en común...

Jack sonrió, ya que su amor superaba a su cinismo.

—A Truman.

Ella asintió, pues sentía ese mismo amor.

—Es extraordinario.

—Sí lo es.

—*Un verdadero original* —dijo en español.

—Diría que nunca ha habido nadie como él.

—Ni lo habrá.

Durante un buen rato observaron cómo Truman revoloteaba entre las mesas y logrando que hasta los asistentes más reacios se ablandaran. Complacidos de que por un momento los bañara la calidez de su mirada.

Jack se levantó.

—Señora Guinness, ¿le apetecería mover el esqueleto?

—Creía que no ibas a pedírmelo. —Gloria sonrió—. Los dos fuimos profesionales en otras vidas, ¿no es así?

Cuando quienes habían sido pareja de baile de pago y bailarín de ballet, respectivamente, se dirigieron hacia la pista, la orquesta de Duchin ya había terminado el primer repertorio de canciones clásicas y el escenario lo ocupaban Benny Gordon and the Soul Brothers, quienes desde el principio cumplieron con su función: proporcionar «marcha desmelenada». Como habían previsto Truman y Slim, la energía cambió, y después de un par de canciones los Brothers de Detroit pusieron a la élite de Manhattan a bailar el twist y el frug.

Gloria y Jack bailaron «Shake a Tail Feather», Jack desatándose con un abandono rara vez visto en él. (Más tarde revelaría que fue la última noche de su vida que bailó, por lo que la ocasión quedó grabada en el recuerdo aún con mayor motivo.) Gloria no cabía en sí de alegría, pues no bailaba con tanta *pasión* desde un pasado que hacía tiempo había borrado de los anales.

—¡Jack, tú sí que sabes moverte! —exclamó haciéndose oír por encima de los metales, del ritmo martilleante y de los chillidos primitivos de Benny Gordon.

Truman y Lee bailaron el frug. Y Slim y Betty bailaron el frug compartiendo a Jerry Robbins, que demostró estar a la altura de Jack. Lee bailó el frug con tanto vigor que se le desprendieron las lentejuelas plateadas del vestido y quedaron esparcidas por el liso parquet. Gloria bailó el frug hasta que el peso de las dos gargantillas en su frágil cuello le provocó una jaqueca espantosa.

Benny y los Brothers tocaron un camel walk, un verdadero filthy shuffle, y animaron a la elegante concurrencia a rechazar el soso twist: «Pongan las manos en las rodillas, una joroba en la espalda y hagan la marcha, la marcha del camello...». Al ver a la señora Paley inclinada y encorvada, mostrando la raja sutil que le había recorrido disimuladamente el muslo durante la velada —una imagen no solo de belleza, sino de carnalidad—, Benny Gordon dejó de cantar de golpe y la contempló admirado.

—¡Uau! ¡Sssssssssí, ssssseñorrrr! Es un bombón de señora.

Envalentonada por el piropo, Babe bailó el camel walk con Jack, Tru y el apuesto desconocido, quien, cuando se quitó la máscara a medianoche, resultó ser un corrector de textos de Random House recién salido de la universidad. Al terminar la actuación los Soul Brothers dirigieron una inclinación reverente a su musa, Barbara Paley.

Babe cruzó ruborizada el salón de baile. Despeinada. Evitando el magnífico palco de Paley, cogió una copa fría de champán de una bandeja que pasaba por su lado y se dirigió hacia el entresuelo.

Una vez allí, a solas, se maravilló de lo que acababa de suceder. La habían considerado deseable, a ella, Barbara Paley. No bella. No estilosa. Sino especial... Algo deliciosamente impúdico. Los ojos que habían clavado la mirada en ella reflejaban anhelo. Codicia. La esencia del deseo, de la necesidad y del resuello, no una tibia admiración.

En ese momento percibió que alguien se aproximaba por detrás.

Que estiraba los brazos hacia ella.

Tenía que ser un desconocido. Alguien que no la conociera, que no la tuviera encasillada y etiquetada. Tenía que ser...

Sin embargo, reconoció sus manos.

Así la buscaba en el pasado..., antes de que dejara de hacerlo sin previo aviso.

Las manos la agarraron por los hombros y le dieron la vuelta. Babe empezó a hablar, pero los labios detuvieron los suyos. Se los mordieron, ávidos: los dientes se hundieron en la carne. La asió por la cintura con brusquedad aplastando el pelo de camello blanco del vestido. Babe lo miró a los ojos y percibió el deseo que había dejado de sentir por ella hacía tiempo. La mirada que reservaba para sus putas.

—Bill...

—No digas nada...

De nuevo Bill le tapó la boca con la suya y bebió su aliento mientras bajaba la mano y la deslizaba por la raja del vestido para subir con avidez por el muslo.

Al salir del tocador acompañada por Luciana Pignatelli (a la que seguían los guardias armados de Harry Winston, que a punto habían estado de entrar con ella en el servicio de señoras), a Marella le pareció vislumbrar unas sombras en un hueco del entresuelo..., aunque se dijo que quizá solo fuera una ilusión óptica.

La iluminación de aquel viejo hotel era tenue..., lúgubre, pensó Marella. Parecía uno de esos lugares donde los espíritus acechaban en los rincones. Se sintió culpable al tener que admitir que, francamente, no le veía el encanto a aquel sitio. Acostumbrada a bailes en verdaderos palacios, el Plaza de Truman resultaba, a lo sumo, pintoresco. ¿Y a quién se le ocurría colocar globos al lado de las lámparas de Baccarat? ¿Acaso celebraban el cumpleaños de un niño? Sin embargo, quería a su Vero y la alegraba que la fiesta lo hiciera feliz.

Volvieron a la mesa de los Agnelli, donde Gianni y su grupo de *amici* se mostraban inquietos.

—¿No encontraríamos por aquí cerca algún sitio que esté abierto para comer algo? Y para echar una partida de cartas.

Deliberaron mientras se esforzaban por pensar en algún local de Manhattan que pudiera satisfacer sus necesidades. Se les ocurrió una docena de sitios de Roma, y aún más de la Costa Azul. La princesa Luciana también tenía ganas de irse, pues ya había recorrido todo el salón de Truman en busca de hombres disponibles y se había hartado de sus guardianes.

Gianni se volvió hacia Marella.

—*Angelo*, ¿vienes con nosotros o prefieres quedarte con Lee, Babe y Gloria? Me hago cargo de que tal vez no quieras disgustar a tu Piccolo Vero.

Marella habría deseado pedirle que se quedara, no perderlo por una partida de cartas. Sin embargo, sonrió.

—*Amore mio* —dijo—, no hemos bailado en toda la noche. ¿Bailarás conmigo antes de irte?

El curtido rostro de Gianni se enterneció.

—Desde luego, *angelo*.

Le cogió la mano y la condujo a la pista de baile, donde, creando el contraste que Truman y Slim habían planeado con sumo cuidado, Duchin había enfriado el ambiente después de la actuación de Benny. La banda ofrecía una interpretación lenta y sensual de «If Ever I Would Leave You», de Lerner y Loewe. Ese espantoso *Camelot*, se dijo Marella, aliviada al menos por que Jacqueline hubiera declinado la invitación de Truman.

Gianni la rodeó con los brazos y aflojó el paso por deferencia hacia ella. La inquietud que había mostrado minutos antes se había visto sustituida por la calma. Marella le puso una mano sobre el corazón, como había hecho otras veces. Lo miró; él sonrió.

—¿Qué ocurre, *angelo*?

—Tu corazón.

—¿Qué le pasa...?

—Es una maravilla lo tranquilo que está.

—Eso es obra tuya.

Marella cerró los ojos y se apoyó en él. Le pareció que, pensándolo bien, el sencillo Plaza de Truman era un palacio suntuoso.

—¡Gio-vanni...!

Un graznido los interrumpió. Breves consonantes británicas. Vocales abiertas. Marella abrió los ojos y vio a la tal Churchill con su ridículo vestido con forma de campana. Parecía a partes iguales un cuervo horroroso y una matrona victoriana de luto.

—Hola, Pamela —la saludó Gianni con cordialidad.

—Giovanni Agnelli. Hace siglos..., siglos. ¡Hola, Marina!

Marella la saludó con un gesto sin molestarse en corregirla.

—¿Te importaría prestármelo? Mi querido Leland quiere marcharse temprano, bueno, todo nuestro grupo. Y me apetece mucho marcarme unos pasos por la pista con un viejo amigo.

Marella se apartó para ceder con gentileza a su pareja.

—Gracias, querida —añadió Pam, con el labio superior enganchado en el colmillo—. Sin duda yo haría lo mismo por ti.

Cuando Pam se adelantó expectante, Gianni cogió a Marella de la mano y la acercó a su lado.

—Lo siento, Pamela —dijo con su agradable voz de barítono—, pero estoy bailando con mi esposa.

De lo más cordial. De lo más educado. Tan cortés que Pamela tardó unos instantes en entender lo que ocurría. Les dirigió una fugaz sonrisa de damisela inglesa, asintió con un leve gesto de claudicación y se retiró a su mesa.

Gianni ofreció de nuevo sus brazos a Marella, que se entregó a ellos y permitió que la envolvieran como unas alas.

—Estoy bailando con mi esposa —repitió él sosteniéndole la mirada.

Marella apoyó la cabeza en su pecho, sobre su acompasado corazón.

No era un «Te quiero», pero casi.

Marella se marchó con Gianni y los *amici* italianos, no sin que antes los guardias de seguridad contratados por Harry Winston los siguieran hasta el pasillo y retiraran de la frente de Luciana el diamante de sesenta quilates. Dos de ellos lo guardaron en un estuche de terciopelo, lo depositaron en un maletín que cerraron con llave y que sacaron del Plaza e introdujeron en una furgoneta blindada.

Lee acompañó al grupo hasta la escalera y quedó con Marella para almorzar al día siguiente. Se despidió de ellos con la mano y se dirigió hacia el salón de baile. Aunque afirmaría lo contrario, no le sorprendió del todo encontrarse en su camino, esperándola, al guardia de Harry Winston que no había dejado de mirarla en toda la noche.

Avanzó hacia él con rostro inexpresivo.

El hombre la observó a través del antifaz negro.

—Me llamó Lee —dijo ella, pese a intuir que el dato carecía de importancia.

Pasó por delante del hombre sosteniéndole la mirada. Una invitación, por decirlo así. Él la siguió hasta el parquet de la pista, donde bailaron el resto de la velada en un silencio férvido.

En los diversos almuerzos que compartimos la semana siguiente, Truman contaría entusiasmado: «Sé de muy buena tinta que ese vigilante de Harry Winston se mostró *fou amoureux* con la princesa Radziwill. El pobre hombre no podía quitarle los ojos de encima. ¡Menos mal que estaban sus dos *amigos*, porque, si no, Luciana se habría fugado en plena noche con el diamante como una *bandita*!». Durante las disecciones que realizaríamos en los almuerzos de la semana que siguió a la fiesta y aun mucho después, exhumaríamos otros tesoros inesperados. Pese a que surgirían nuevas historias, Truman seguiría hablando de Lee, tema que se volvió aún más atractivo cuando nos enteramos de que había abandonado a Stas, lo cual dio pie a conjeturas a posteriori. «¿Sabéis qué? —decía Tru con tono de confidencia inclinándose en una mesa tras otra—, Lee nunca dijo ni pío, pero yo creo que fue entonces cuando comprendió que dejaría al pobre y bueno de Stas para pasar página. Ah, no fue por el vigilante, sino porque se percató de algo que le faltaba y que necesitaba. Quizá cayó en la cuenta de que casándose con Stas se había casado con una versión de su padre.»

Aparte de Lee y el vigilante, hubo otra pareja que encarnó la promesa de experimento social propugnado por Truman. Este se sintió especialmente complacido al saber que uno de sus componentes era su querida Kay-Kay, quien le contó que había encontrado el compañero de baile más inolvidable cuando, por desgracia, la velada ya llegaba a su fin. El hombre no era George Plimpton, ni William Styron, ni Arthur Schlesinger hijo, ni Cecil Beaton, ni Andy Warhol, ni el hosco Norman Mailer, que, vestido con un impermeable arrugado, había estado buscando pelea.

Fue Sidney, el portero del edificio de la United Nations Plaza donde vivía Truman. Se armó de valor para pedir a Kay un baile, que resultó tan agradable que siguieron dos más. Cuando se despidieron, Sidney besó la mano de Kay, como había visto que hacían los caballeros en las películas.

—Gracias, señora Graham, por la mejor noche de mi vida —le dijo con la mayor sinceridad.

Kay contaría más tarde a Tru que se sintió muy conmovida.

Hacia el final de la velada Truman reparó en una mujer que merodeaba junto a la entrada del salón de baile y miraba hacia el interior. Con un vestido de calle negro corriente. Apocada.

Percibió en ella algo que le recordó a un chico de los recados de una revista que, hacía mucho tiempo, se daba el capricho de disfrutar de almuerzos robados en el Oak Bar. Y que subía a hurtadillas al lugar sagrado para contemplarlo y vislumbraba fantasmagorías en su interior. Cuánto le habría gustado que entonces alguien se mostrara amable con él. Que lo invitara a entrar...

Se acercó a la mujer y le sonrió.

—Buenas noches —le dijo.

—Buenas noches.

—¿Se ha perdido, cielo? ¿Puedo ayudarla?

La mujer se mostró avergonzada.

—Lo... lo siento. Verá, he leído sobre la fiesta y tenía muchas ganas de ver cómo era.

Así podría haber sido su madre en los tiempos en que era Lillie Mae.

—Muy bien, pase. ¿Le apetece una copa de champán?

El rostro feúcho de la mujer se iluminó.

—Oh, sí. Sí, por favor.

Truman la cogió de la mano y la condujo al salón de baile. Observó complacido que contemplaba con los ojos muy abiertos el lugar. Su creación. Una galaxia de supernovas de brillo cegador. Belleza y luz. Su diminuto universo.

Hizo una seña a un camarero, que voló hacia ellos con una bandeja con copas de cristal.

—Es champán Taittinger —le dijo con orgullo a la mujer entregándole una—. Cuatrocientas botellas. Y las copas las he diseñado yo mismo.

La mujer asintió y tomó un sorbo largo.

A continuación, sin previo aviso, arrojó el resto del contenido a la cara de Truman. Como si algo se hubiera roto con un chasquido y el cordero extraviado enseñara unos colmillos de lobo.

—¿Cómo se atreve? —dijo ella.

Truman se quedó mirándola estupefacto.

—Pero...

—¡¿Cuatrocientas botellas de champán?! ¡Usted y sus amigos ricos con sus excesos! ¿Qué me dice de los centenares de hombres que volverán a casa metidos en una bolsa para cadáveres o sin un brazo o una pierna? ¿Qué me dice de los bombardeos de Camboya? ¿De los ataques con napalm? ¿De los inocentes niños que arden vivos? ¿Y de los centenares de personas sin hogar que hay al otro lado de estas mismas puertas? ¡Debería darle vergüenza!

Con la filípica de la mujer, el rostro de Truman se había vuelto ceniciento. Sintió que una mano le apretaba el brazo en un gesto protector y al volverse vio a C. Z. y a Sidney, el portero convertido en gorila.

—Sidney —dijo C. Z. con su voz pausada y tono enfático y severo—, creo que esta joven se ha perdido. ¿Tendrías la bondad de llevarla a dar un garbeo..., de cruzar con ella esas puertas y guiarla por la escalera?

—Son ustedes los que han perdido el norte. Son como repugnantes aristócratas..., a punto para la guillotina. Y créame, hermana, la revolución está en camino.

C. Z. bostezó.

—Ah, seguro que tiene razón, quehida, pero no llegará esta noche antes del amanecer. A fin de cuentahhhs, todo tiene su momento y su lugar.

Y dicho esto, sacó a Truman del desaguisado y lo condujo por el salón hasta una mesa, a la que se sentó con él para enjugarle tiernamente el rostro con una servilleta. Las lágrimas corrían por las anchas mejillas encendidas de su amigo.

—Vamos, Truman. No puedo secarte la cara si no pahras de llorar.

—Oh, Sissy. ¿Soy una persona horrible? ¿He hecho algo malo?

—Esa pregunta ni siquiera merece una respuesta.

—Solo quería dar una fiesta..., ¿eso está mal?

C. Z. se puso en pie de repente.

—Levántate.

—No, Sissy. Se ha ido al garete.

—Truman Streckfus Persons Capote, levanta el trahhhhsero de la silla y baila conmigo ahora mismo.

Empleó un tono tan severo que a Truman no le quedó más remedio que obedecer. C. Z. lo agarró con fuerza y lo condujo a la pista.

—Y ahora escúchame, chaval —añadió mientras se movían siguiendo un compás de tres tiempos—. Nada se ha ido al garete. Mira alrededor. ¡Mira lo que has creado! Toda esta gente... ¡Los mejores y más brillantes de todo el puñetero siglo han venido por ti!

—Por Kay... —repuso él con timidez.

—Truman: hemos venido por ti. Por lo que has escrito. Por ser quien eres. Has organizado la mejor fiesta nunca vista. Ha sido un acto de creación, como un libro, una obra de teatro o una pintuha. Hemos venido porque te quehemos. Tú, chaval, has triunfado.

Él la miró. Sintió que su corazoncito estaba a punto de estallar de alegría.

—¿Lo crees de verdad, Sis?

—No lo creo: lo sé. Además —añadió C. Z. sonriendo—, qué puñetahs, eres un genio.

Slim se deslizó por su lado bailando entre los brazos de Jerry y sonrió a su querido Truheart. Entre los diestros pasos de baile de Jerry y el champán de Tru, tenía la impresión de flotar, de que los globos irisados que colgaban de las lámparas de araña habían pasado a ocupar el lugar del suelo. Recorrió con la vista el salón en busca de la persona con la que más deseaba compartir esa sensación. La persona con la que había compartido su vida adulta, su identidad, todo. La persona por la que había renunciado a tanto a fin de devolverle la vida y que sabía de forma intuitiva que habría hecho encantada lo mismo por ella. Vio a Betty sentada sola a una mesa, pues Robards se había pillado tal curda que había tenido que marcharse a casa en taxi. Slim sospechaba que se había casado con él tan solo para curar su orgullo tras lo de Frank. Betty era y siempre sería la señora Bogart.

—Jerry... —dijo Slim—, veo ahí a una dama que podría echarse un baile con un maestro como tú sin destrozarte los dedos de los pies como yo...

Jerry siguió su mirada y le guiñó un ojo en señal de complicidad. Con un movimiento fluido la llevó hacia la mesa de Betty para cambiar una tía colega de los hombres por otra. Betty se mostró sorprendida pero contenta. Slim le cogió el cigarrillo sonriendo.

—La pista es tuya. Déjalos boquiabiertos, nena.

Desde su posición privilegiada al piano, Duchin vio que Jerry sacaba a la pista a Betty. Profesional del espectáculo hasta la médula, sabía captar los momentos importantes en cuanto se producían. Detuvo la orquesta en mitad de la melodía para dirigir la atención hacia Robbins y Bacall. Unas cuantas parejas despistadas siguieron bailando cuando la banda tocó las primeras frases de «Top Hat, White Tie and Tails», de Irving Berlin, pero la mayoría se separó como las aguas del mar Rojo. Betty y Jerry se deslizaron por la pista improvisando lo que parecía un número coreografiado al milímetro. Como decía la canción, apestaban a distinción.

Eso era lo que Slim había querido para Betty aquel verano de hacía años en España. La alegría pura que había percibido en sus ojos cada vez que Betty miraba a Bogart. ¡La vida misma! Una belleza tan profunda que nadie se atrevía casi a respirar en su presencia.

Lee había llevado a un lado de la pista al señor guarda de Harry Winston para observar a la pareja con una sonrisa infantil que rara vez se abría paso en la frialdad que la caracterizaba. Gloria se olvidó de los pinchazos en los ojos causados por la jaqueca, que se le pasó mientras duró la canción. Truman apretó eufórico la mano de C. Z.

—Oh, Sis... —musitó—. ¡Nadie podrá olvidar esto...!

Era un espectáculo digno de ver, como comentaría más tarde a Babe, que seguía haciendo manitas en la oscuridad de un hueco del entresuelo.

En cuanto terminó la canción, el Gran Salón de Baile del Plaza estalló en un aplauso enfervorizado. Consciente de que debía cambiar de ritmo para evitar a Bacall y Robbins el tedio de un sinfín de bises, Duchin pasó a tocar un shuffle sencillo y la pista volvió a llenarse. Betty y Jerry siguieron bailando, riendo y charlando.

Slim sonreía satisfecha. Se volvió hacia la barra y se dio de bruces con...

—Hola, Nan.

Leland. Su Leland. Tan elegante con el esmoquin como siempre. Dios. Todavía tenía la capacidad de dejarla sin aliento.

—Hola, Hay —contestó ella.

Confió en que no reparara en los colores que le subían a las mejillas. ¡Vamos, ni que tuviera doce años! ¡Había estado casada con ese hombre una década, por el amor de Dios!

—Qué pena que no nos percatáramos de la química de esos dos hace años. —Leland señaló con la cabeza hacia la pista, a Jerry y Betty—. Nos habríamos forrado.

Sonrieron y durante unos instantes reflexionaron sobre las producciones que no llegaron a cuajar. Luego se miraron y se echaron a reír. El nerviosismo era palpable, junto a algo más: el alivio. El alivio de estar juntos, aunque solo fuera un momento, aunque fuera circunstancial.

—¿Cómo estás? —le preguntó ella.

—Voy tirando. ¿Y tú?

—Lo mismo.

—Bueno. Dos carcamales que van tirando.

Slim se obligó a sonreír.

—Si lo piensas, no está mal.

Él le devolvió la sonrisa. Ella observó el campo de surcos que era la cara de Leland; los que recordaban se habían ahondado, y de ellos surgían otros como afluentes desconocidos.

—Escucha, Nan... —Leland se interrumpió y se rascó la nunca, un tic que ella conocía bien—. Nosotros ya nos vamos.

A Slim se le cayó el alma a los pies.

—Entiendo. Bueno... Me alegro de haberte visto.

—Frank quiere pasarse por Jilly's, ya sabes cómo son estas cosas. —Leland se removió incómodo.

—Sí. Como digo...

—Pero he pensado que primero... —dijo él al mismo tiempo.

—Me ha alegrado...

—Maldita sea, Nan —exclamó él exasperado—. Estoy intentando pedirte que bailes conmigo antes de que nos vayamos. —Nervioso, se pasó la mano por el cabello plateado, cortado a cepillo en un estilo juvenil.

Slim sonrió. Era el Leland de siempre. Un encanto.

—De acuerdo.

Se dirigieron a la pista, donde a él, que no había bailado en toda la noche, le tocaría recibir, como era natural, el homenaje de Duchin. ¿Qué canción sería?, se preguntó Slim. ¿Alguna de *Al sur del Pacífico* o de *El rey y yo*? A una indicación del piano, la orquesta empezó a interpretar una animada «The Sound of Music», de *Sonrisas y lágrimas*.

Slim miró a Leland y negó con la cabeza.

—¿No es increíble? ¿Aquel lío de mil demonios?

—De todos los puñeteros espectáculos, mira que elegir ese... —convino él.

Ella se deslizó entre los brazos de Leland, que la agarró al estilo formal, e iniciaron un suave two-step al compás de la banda sonora que había puesto fin a su matrimonio. Cuando el popurrí prosiguió con «My Favorite Things», los exesposos ya se reían por lo bajini, y prorrumpieron en carcajadas contagiosas al cruzarse sus miradas.

—¡Basta! —Slim, incapaz de mirar a Leland, soltó unas risitas—. ¡Déjame respirar!

—Tienes que reconocer que fue divertido..., casi una comedia negra.

—Es lógico que a ti te parezca divertido —replicó ella recuperando las ganas de jugar como antes—. ¡Ganaste un dineral!

—No es justo. Te di un porcentaje...

—Hay, creo que al final la reverenda madre sacó más que yo.

Se rieron. Leland la agarró con firmeza por la muñeca y la atrajo hacia sí. Acercó los labios a la oreja de Slim.

—Dios, Nan, echo de menos esto.

La respiración de Slim se atascó de golpe como una bisagra defectuosa.

—¿Qué echas de menos exactamente?

—A ti. Te echo de menos a ti. —Sin más. Con total franqueza.

Ella lo miró a los ojos.

Él titubeó un instante.

—Echo de menos el estar juntos.

—Juntos éramos geniales, ¿verdad? —se permitió decir Slim.

Volvió la cabeza para que él no le viera las lágrimas. Cuando lo miró de nuevo había logrado ahuyentarlas.

—Bueno. —Intentó mostrarse alegre. Radiante—. Ya no puede ser. —En realidad sentía un vacío en las entrañas que nunca desaparecía—. Seguro que eres feliz.

Se permitió mirarlo un instante y entonces lo percibió en los ojos de Leland: era tan desdichado como ella. Él la estrechó aún más y se inclinó para susurrarle de nuevo al oído:

—Siempre has existido solo tú. —Ahí estaba, claro como el agua—. Eres la única.

—Y tú el único para mí. —Eso era quedarse corta, pero ¿qué más podía decir?

Siguieron bailando mientras Duchin concluía el popurrí con el vals «Edelweiss», que a Slim le desgarró el alma. Supuso que a Leland también le conmovería porque siempre adivinaba cuándo sentían lo mismo. Se atrevió a mirarlo a la cara y advirtió que era él quien estaba a punto de... Vio sus ojos, todavía tan azules como cien cielos, empañados por la lluvia.

—Eh... ¿A qué viene esta llantina?

Se permitió acariciar con la yema de los dedos el curtido rostro de Leland. Él se permitió rodearlos con los suyos y observó el dedo que antes lucía la alianza sencilla que él le había regalado y que había sido reemplazada por el anillo de otro hombre.

Mientras sonaban los últimos compases del vals mantuvo la mano de Slim entre ambos, en el espacio situado entre sus corazones.

—Solo quiero que sepas que te amaré hasta la muerte, Nancy Hayward.

—El apellido es ahora Keith —le recordó ella.

La mano de Leland descendió por la espalda de Slim hasta la cintura, donde se quedó.

—Para mí no.

Mientras Leland la estrechaba y la hacía girar por el salón del Plaza en esa última canción de amor que compartían, Slim comprendió que, por más que los maridos fueran y vinieran, ella, al igual que Betty, era mujer de un solo hombre y nunca sería «señora» de nadie salvo de Hayward.

Por supuesto, aquello no fue la vida real. Los retazos de perfección rara vez lo son.

Y naturalmente, no podía durar. Lo sabíamos en aquel momento. Aun así, nunca imaginamos que el otoño sería tan magnífico.

Reconocemos que éramos inocentonas. Que estábamos a punto para la fantasía que pregonaba Truman. Incluso en aquel entonces sabíamos que con medias verdades, alcohol suficiente y el espejismo de la belleza podían subírsenos los humos. En cierto sentido éramos conscientes de que se trataba de una ficción, nada más. Una de las mejores de Truman. Nos había reunido en el hotel a todos nosotros, su elenco de personajes.

Quizá hiciera bien en repetir una y otra vez que su velada no tenía «que ver con *A sangre fría*, cielo».

Marella, por citar un caso, está convencida de que Truman ya pensaba en su futura obra maestra.

«Nos citó aquella noche por una razón —nos ha dicho a cada una de nosotras—. La lista de invitados que le vimos confeccionar... no era más que el reparto de su querida *Plegarias atendidas*. Estaba reuniendo a sus personajes, observándonos mientras interpretábamos nuestros pequeños dramas miserables. Recogía tramas para su *letteratura del pettegolezzo*, se apropiaba de nuestra vida como elemento de ficción.»

Es un razonamiento convincente. No deja de asombrarnos la cantidad de los presentes aquella noche que acabamos en su indecencia de *Esquire* o que fuimos elegidos para aparecer en la obra de la que debía formar parte.

Algunas de nosotras hemos decidido compartimentar, ver aquel baile como una fiesta organizada por un Truman que ya no existe, con lo que el recuerdo permanece sin mácula.

La velada será siempre perfecta por el Truman que fue: no habrá otra que pueda aspirar a igualarla. Pero no volverá a repetirse debido a la persona en la que Truman se convirtió. Se la ha llevado consigo, y eso, por encima de todo, jamás se lo perdonaremos.

Es imposible perdonar que se mancille lo sublime.

19

1961/1972/1979

Lee

Desvaríos de medianoche

Según casi todos, era una noche tibia de primavera, entre la Semana Santa y el Primero de Mayo, y a las flores de los cerezos se les caían las hojas, de modo que esparcían por el suelo flósculos que parecían copos de nieve. Los miembros de la clase política, con sus vestidos de fiesta y sus esmóquines, estaban alborotados. Los señores llevaban la gabardina echada sobre el antebrazo con desenfado. Las señoras se decantaban por estolas de visón que apenas les cubrían los hombros.

Era la primera cena de Estado de los Kennedy en la Casa Blanca —la primera de las cuarenta y tres que darían en los tres años que residieron en ella— y se ofrecía en honor de la hermana de la primera dama, Lee Radziwill —Bouvier de soltera—, y de su marido, el príncipe Stanislas.

En una barra situada en un rincón del Salón de Cenas de Estado se preparaban martinis. Los camareros efectuaban rondas para rellenar las copas, quizá con excesiva eficiencia. Antes de que comenzara el ágape, el vicepresidente Lyndon Johnson ya se había pimplado tres o cuatro bourbons. Había jarrones bajos con tulipanes amarillos llegados de muy lejos, cuyo alegre

color era un reflejo del esplendor de la primavera. Jackie cortaba el aliento con un vestido suelto de color verde Veronés y escote de barca que en la espalda descendía en forma de pico
poco pronunciado. Lee vestía de crepé color crudo. Para ame-
nizar la velada, Pau Casals interpretó la suite número 3 de
Bach. Oleg Cassini, el modisto de Jackie, se apropió del equipo
de alta fidelidad e introdujo el twist en la fiesta, lo que más
tarde el secretario de Prensa de la Casa Blanca pondría empeño
en desmentir.

Ocurrió durante el baile que tuvo lugar después de la cena.

Jackie se encontraba en el Salón Azul cuando Gore Vidal,
como una cuba, se le acercó con sigilo para charlar. En un gesto
que podría interpretarse como una muestra de familiaridad, le
rodeó la cintura con el brazo. Antes de que Vidal se diera cuenta, Robert F. Kennedy ya estaba detrás de él y apartaba el apéndice transgresor de la persona de la primera dama. «Aquí no se to-
leran esas cosas», le espetó Bobby según algunos testigos.

La discusión se trasladó al vestíbulo, donde tuvieron unas
palabras.

—¿Quién lo dice? —se encaró Vidal.

—Lo digo yo. ¡Largo de aquí!

—No se ofende a un escritor —masculló Vidal— sin contar con una venganza en letra de imprenta.

Los del servicio de seguridad le pidieron que se marchara, y
a decir de todos se fue de inmediato, no sin antes...

Era una noche fresca de otoño en Washington, recuerdan otros
asistentes. Las hojas de los olmos cubrían el terreno, y con la
humedad las cubiertas de sus semillas se adherían igual que papel de seda a las suelas de los zapatos.

Los jóvenes Kennedy celebraban en la Casa Blanca su tercer banquete, ofrecido en honor de Gianni y Marella Agnelli, llegados de Turín.

Corrían los negronis preparados en la barra del Salón de Cenas de Estado. Antes de que comenzara el ágape, el vicepresidente Lyndon Johnson ya se había pimplado cinco —¿o eran seis?— bourbons. En todas las salas ardía la lumbre pese a la tibia temperatura. En jarrones bajos de plata había ramos de dalias, una combinación de tonos crepusculares. Jackie estaba bellísima con un vestido de estilo griego amarillo pálido. Lee vestía de seda fucsia. Tras la exhibición de una parada militar en el Jardín Sur, los invitados regresaron al interior, donde Oleg Cassini se apropió del equipo de alta fidelidad e introdujo el twist en la fiesta.

Ocurrió durante el baile que se celebró después de la cena.

Jackie estaba sentada en un sofá del Salón Rojo cuando Gore, tras haber pillado media docena de negronis de las bandejas que circulaban, se le acercó mareado, tambaleante por lo bebido que iba. Le tocó el hombro desnudo y, arrodillándose a su lado, se puso a parlotear sobre la madre de Jackie y empezó a criticarla pese a que apenas la conocía. Cuando quiso levantarse se dio cuenta de que necesitaba apoyarse en algo, de modo que se agarró al hombro de Jackie para impulsarse. Bobby apareció detrás de él y le apartó la mano, con lo que lo desequilibró.

Gore lo siguió furioso por el pasillo.

—Escúchame, niño de papá: ¡no vuelvas a tocarme!

Bobby se rio.

—¿Y quién eres tú, amigo? Sí..., exacto. No eres nadie.

—Soy escritor —masculló Gore según testigos—. Y te diré algo: los escritores siempre tenemos la última palabra.

En ese momento llegaron los del servicio secreto y le pidieron educadamente que se marchara, y Gore se fue con...

Un tercer grupo recuerda una fiesta estival, con el calor abrasador de julio, por lo que a los señores no les resultaba muy apetecible —si es que les resultaba siquiera apetecible— la idea de vestir de esmoquin. A las señoras les preocupaba el peinado, que el cardado se les hundiera como un suflé, y temían que el sudor traspasara la seda y creara antiestéticas ronchas.

Se celebraba una cena de Estado en honor de los Radziwill y los Agnelli en el tercer año del mandato de Jack..., aunque esto no cuadra porque nos consta que Gianni y Marella siempre pasaban los veranos navegando por el Mediterráneo en el *Agneta*.

Corrían los cócteles preparados en la barra del Salón de Cenas de Estado, mai tais polinesios servidos en vasos enormes, si bien Jackie había aprendido a indicar a los camareros que los llenaran con indolencia. (Los animaba a ser menos escrupulosos con Lyndon B. Johnson, que iba por el tercer bourbon sin saber que en realidad estaba pimplando té helado.) Las chimeneas permanecían apagadas, aunque las finas velas de los candelabros reproducían su acogedor resplandor. Las flores aves del paraíso proporcionaban el toque tropical.

Jackie estaba divina con un vestido de tubo azul pálido con un cinto ancho de tela como el de un quimono. Lee vestía de brocado rojo. Un grupo de actores del American Shakespeare Theater interpretó varias obras del Bardo. La compañía de Jerry Robbins ofreció un espectáculo de ballet y Oleg Cassini introdujo el twist en la fiesta.

Ocurrió durante el baile que tuvo lugar después de la cena.

Jackie estaba sentada en un diván del Salón Verde cuando Gore, con varias jarras de mai tais entre pecho y espalda, se arrodilló a su lado para hablar. Hay quien dice que se inclinó hacia ella y farfulló alguna grosería... sobre Jack, sobre Lee o sobre la madre de ambas.

—Gore, creo que deberías irte —le dijo ella con su tenue voz infantil.

—Estupendo —masculló Gore, que se levantó y, debido a la borrachera, perdió el equilibrio.

No logró recuperarlo, de modo que se sujetó a lo primero que pilló..., que resultó ser el lazo del cinto de Jackie. Al asirlo y tirar de él lo deshizo, con lo que descompuso la perfección de la primera dama.

En un santiamén Bobby lo agarró del hombro y lo apartó de Jackie.

—¿Quién coño te crees que eres? —le espetó.

—¡Que te den por culo! —le soltó Gore con idéntica saña.

—¡Que te den a ti, colega! ¡Largo de aquí... y no vuelvas jamás!

Los del servicio de seguridad de la Casa Blanca pusieron a Gore de patitas en la calle, donde empezó a...

Truman, que no había estado presente en la velada en cuestión, solía decantarse por la mezcla de versiones cuando se regodeaba contando la historia. No obstante, pese a que le encantaban las opciones narrativas al hablar de la vergüenza de su enemigo, automáticamente elegía —la mayoría de las veces— una en particular, adaptada a su gusto porque estaba cargada de hipérboles.

Según Truman, aquella misma noche recibió una llamada de su querida Lee, que tenía ganas de chismorrear. Como es natural, debió de adornar la historia, consciente de que Tru se nutría de esos cuentos como un vagabundo feliz hambriento de tales bocados.

—Truman —le dijo entusiasmada por teléfono después de quitarse el vestido de noche y servirse un whisky—, no vas a creerte lo que acabo de ver en *la Maison Blanche*...

Así fue como Truman se encontró bajo la luz ambarina del Bemelmans Bar, del hotel Carlyle, contando esa misma historia a un periodista novato de *Playgirl*, una revistucha pornográfica de tres al cuarto.

—Bueeeeeennnnnno, veráááás, Gore pilló una tajada como un piano, *quelle surprise*, durante una cena en la Casa Blanca, nada menos. Lee estaba presente, así que lo sé de muy buena tinta. Gore fue derecho hacia Jackie, en pleno Salón Este, y le plantó la zarpa en el culo. Luego empezó a insultar a la madre de Jackie, ¡a la que no había visto en su vida! Pues bien, Bobby, que siempre se sintió atraído por la señorita Jacks, fuera o no su cuñada, no estaba dispuesto a tolerarlo. ¡Levantó del suelo al pequeño Gore y lo llevó hasta la puerta, donde lo lanzó a Pennsylvania Avenue! —Tru se interrumpió para reír con ganas—. ¿No es perfecto? Pobrecito Vidal, expulsado por la fuerza de la Casa Blanca, ¡¿para no volver jamás?! —Tomó el último trago del martini y se llevó a la boca una cebollita empapada en ginebra—. Tengo que estar en casa de Lee dentro de una hora. Si quieres puedes acompañarme.

El escritor y el periodista novato de *Playgirl* salieron del Carlyle y recorrieron la manzana, el primero camino de la casa de arenisca roja de Lee para cenar con ella; el segundo tras él.

—Gore el Puta surgió de no se sabe dónde cuando Jack llegó a la presidencia, cuando la posición de la pareja más convenía a sus intereses. Lo invitaron a la Casa Blanca una vez..., y no volvieron a invitarlo. A mí me parece que fueron generosos, dado todo lo que ha largado sobre *la famille* Kennedy...

—Pero ustedes eran amigos al principio, en su juventud, ¿no? Usted y Gore... —aventuró el novato cuando ya se encontraban cerca del edificio de Lee, en la tranquila parte alta de la Quinta Avenida.

Truman contempló las hojas de los árboles de Central Park, fascinado por su belleza: destellaban como llamas que lamieran las ramas. Era en momentos como ese cuando más le gustaba Nueva York. Cuando se ponía nostálgico. Recordó de repente su juventud, su primer encuentro con Vidal. Dos lechuguinos que reclamaban sus derechos en el Oak Bar del Plaza. Un grupo de amigos compartido en Venecia, no lo bastante grande para ambos. Compitiendo para ver cuál se proclamaba líder de la pléyade literaria.

Truman negó con la cabeza mientras la fresca brisa le revolvía los mechones que le quedaban.

—Gore siempre fue más duro que yo. No escatimaría esfuerzos para llegar a lo más alto, haría lo que fuera. Vendería incluso a su madre..., a los lobos..., lo que no quiere decir gran cosa. Su madre y la mía eran alcohólicas. De hecho, es lo único que tenemos en común... Gore sacrificaría a quien hiciera falta para llegar a donde aspira. Yo valoro a las personas que forman parte de mi vida. —Y con un leve estremecimiento causado por una ráfaga de viento cruzó la calzada y despidiéndose con la mano se dirigió a paso rápido al edificio de Lee.

Poco imaginaba Truman que sus chismorreos con el señor *Playgirl* desencadenarían la ira de Vidal y sus abogados. Poco sabríamos nosotras unos días después, en aquel otoño de 1975, que la indecencia de Tru que publicaba *Esquire* llegaría en breve a los quioscos; que Tru estaba a punto de traicionar nuestra confianza. Menos aún podía barruntar él lo que Lee le tenía reservado... Con el tiempo, ella daría a probar al traidor su propia medicina, aunque resulta difícil adivinar si se la dio a propósito o si le administró una sobredosis sin querer.

Lee estaba sentada en medio de un mar de cajas de embalaje, con los fragmentos de su vida esparcidos caóticamente alrededor. Un frío ondular de terciopelo cubría las paredes: la carpa de feria azul cielo en lo alto de la cual colgaba la obra más preciada de la colección Radziwill, *Hombre enjaulado*, de Francis Bacon. Stas la había comprado por muy poco dinero para que el pintor saldara sus deudas de juego. Se la había regalado a Lee cuando ella lo dejó, generoso en la derrota como lo había sido al conquistarla. Hacía cinco años que Lee había dejado a Stas tras quince de matrimonio. Suponía que podía atribuirse a la crisis de los cuarenta, aunque en su momento le pareció algo más que eso. Hasta la impresión de riqueza que le había proporcionado su querido Stas había resultado ser tras la muerte de este solo eso: una mera impresión.

Lee miró el cuadro, la exigua figura vanguardista del hombre atrapado en un espacio reflexivo, y en cierto modo se identificó con él. También ella se sentía atrapada... entre opciones cada vez más limitadas. Mirando *Hombre enjaulado* se acordó de Stas.

Tendría que desprenderse de él, desde luego. Necesitaba el dinero que el cuadro de Bacon pudiera proporcionarle... ¡Ojalá lograra venderlo por un buen precio...! La cantidad precisa para mantener a flote su mundo, que desde hacía años iba a la deriva por océanos de incertidumbre.

—Diseños Lee Radziwill —dijo una voz al teléfono.

—¿Alguna llamada, Sally?

—Ah, hola, señora Radziwill. Sí, el abogado del señor Vidal en referencia a la declaración.

Lee exhaló un largo suspiro. A la mierda Gore. Siempre había detestado a ese canalla, lo poco que había oído contar de él, pues era pariente lejano suyo a través del segundo marido de su madre. Jackie y ella habían coincidido hacía tiempo en que era un liante..., un trepa. Un esnob. Un intelectualoide. Era el hombre más siniestro que conocía.

—Y trece llamadas del señor Capote. Ha dejado mensajes. ¿Quiere oírlos?

¡Por el amor de Dios, Truman!

—No. —Lee se permitió una pausa—. Gracias, Sally. Iré mañana. Por favor, reserva una mesa a las doce en el Vadis para almorzar.

—Muy bien, señora Radziwill.

Lee colgó el auricular y toqueteó un tarjetero de carey de la colección que adornaba la mesa. Había regalado uno a Tru hacía años, el más valioso de todos, una joya victoriana que, según el vendedor, tal vez hubiera pertenecido a Oscar Wilde. Ella había mandado grabar una inscripción: PARA TRUMAN, MI PLEGARIA ATENDIDA. A Truman se le habían saltado las lágrimas y se había llevado el tarjetero a la mejilla.

«Ah, querida princesa, nunca llegarás a saber cuánto significa para mí...»

¡Maldito Truman! ¡Mira que meterla en aquel lío! Si quería irse de la lengua y arruinar su vida, allá él.

Pero, como Jackie le había recordado, Lee no podía permitirse que la implicara.

Truman se había enamorado de Lee —a su peculiar manera— nada más conocerla.

«Oh, la princesa Radziwill —decía efusivamente a quien quisiera escucharlo— es la criatura más femenina que se haya visto..., y al mismo tiempo ágil y fuerte como un joven *garçon*. No hay nada que la princesa no sepa hacer. Sabe actuar. Sabe escribir. ¡Posee un gran talento!»

Ojalá Truman hubiera mantenido el pico cerrado, pensaba a menudo Lee.

«Querida, podemos conseguir que seas muchísimo más importante que Jackie... ¡Te convertiremos en actriz! ¡La estrella más grande que el mundo haya visto...!»

¿No se había empeñado en calificarla de genio?, ¿no la había animado a dar brincos altos como el Everest, cuando ella tendría que haberse conformado con pasitos de bebé? La había impulsado hacia el precipicio mucho antes de que estuviera preparada. Tan solo porque él era un prodigio..., o eso decía el mierdecilla. La había condenado a fracasar antes de empezar.

En los últimos tiempos, Truman no era la persona a la que ella había conocido.

Se presentaba en su casa con el maletín negro de médico en la mano. Se sentaba a comer, sacaba un puñado de pastillas al azar y las ordenaba por colores alrededor del plato: una paleta narcótica redonda. A continuación se las tragaba, una tras otra. Unas veces pasaba del claro al oscuro («como quien se refugia en una caverna acogedora»), y otras del oscuro al claro («como quien toma el sol»). Algunos días se tumbaba en el sofá y alineaba las pastillas en la isla de su barriga, como si subieran por la pendiente y al llegar al pico que era el ombligo descendieran por el otro lado. Lee advertía que sus hijos lo observaban con la mirada fija y aterrada.

Echaba de menos a la persona que Truman había sido. Le habría venido bien una dosis del Truman que se presentaba sin aliento a los almuerzos concertados, con algún plan para hacerla feliz..., para grabar su nombre en el firmamento.

Lee siempre había intuido que era un ser especial, una artista, ya desde la infancia.

Y Truman lo había advertido al vuelo. Él, que sabía lo que era el talento, lo había visto centellear en Lee y había hecho todo lo posible por avivarlo.

Cuando decidió que era perfecta para el papel que Kate Hepburn había interpretado en *Historias de Filadelfia* y montó una obra en Chicago, ¿quién era ella para discutírselo? Truman había asistido a todos los ensayos, sentado en el teatro a oscuras, cuando según quienes los rodeaban debería haber estado escribiendo su siguiente obra maestra. «Lee es mi siguiente obra maestra», le había oído decir ella, y cada vez que la aplaudía con entusiasmo entre las sombras de la sala vacía —«¡Síííííí, Lee! ¡Maravillooooooso, querida!»—, ella le creía. Naturalmente, cuando el público acudió a ver a «Lee Bouvier» (como ella insistió en que se la anunciara) con su vestuario de Saint Laurent y su melena de leona peinada por Kenneth, no fue para verla actuar. Querían ver a la princesa Radziwill, a la hermana pequeña de Jackie Kennedy. Qué más daba. Se agotaron las localidades, ¿no? Cuando sus compañeros de reparto ponían los ojos en blanco (ellos creían que sin que ella se percatara...) y se burlaban de su acento de la escuela privada femenina Miss Porter, las palabras tranquilizadoras de Truman la consolaban: «Cariño, ¿qué esperabas? ¡Envidian tu fama!».

Después del estreno, cuando los críticos declararon con crueldad LEE OFRECE UNA PIFIA DORADA y NO HA NACIDO UNA ESTRELLA, Truman la convenció con ternura de que ya tenían una opinión formada de antemano. «Vamos, querida princesa, las escribieron hace semanas..., ¡antes incluso de que empezaran los ensayos!» Cuando Jackie se las ingenió para estar «fuera de la ciudad» (todo el tiempo que la obra permaneció en cartel), Truman señaló: «¡No soporta que seas el centro de la atención!».

Aprovechando su propia fama, Truman le consiguió un trabajo en televisión y adaptó el clásico *Laura* para la pequeña pantalla a fin de que Lee encarnara el personaje que da título a la película, y la convenció de que había nacido para la cámara. La noche en que se emitió *Laura* pidió a Carson que acogiera a un grupo de amigos en su ático de la United Nations Plaza —unos pisos más arriba del apartamento donde vivía él— para que la vieran todos juntos. Joanne, la esposa de Johnny Carson, deseosa de impresionar, preparó un festín digno de un ejército victorioso. Caviar con blinis y cubiteras con champán. El mejor vodka ruso y un pastel con la efigie de Lee. Había televisores por todas partes, hasta tres en una sala, todos sintonizados en la CBS, preparados para el triunfo de Lee. Tras un discurso ditirámbico de Truman, los invitados alzaron las copas y se acomodaron para ver la película. Solo necesitaron un par de escenas para darse cuenta: Lee no era Gene Tierney.

Uno tras otro, con discreción, primero individualmente o en parejas, luego en fila, los invitados se dirigieron de puntillas hacia los balcones para salir a fumar mientras Tru, Lee y Joanne Carson contemplaban el desastre en silencio.

Lee sabía que Truman la defendía como siempre. Alguien tenía que creer en ella. ¿Y no era halagador que Tru, el genio de su generación, se hubiera convertido en su paladín...? Que Dios lo bendijera. Y luego: ¡maldito fuera! Había confiado tanto en él que lo habría seguido hasta el fin del mundo. ¿Por qué había tenido que cambiar? ¿Por qué había tenido que convertirse en lo que se había convertido? En un ser morboso. Un plasta. Volvía grotesco todo cuanto a ella le había gustado de él. El diablillo se había transformado en un duende retorcido envuelto en una sombra oscura que a Lee le provocaba náuseas.

Había percibido los primeros atisbos de la transformación durante lo que debería haber sido un verano de pura felicidad.

Lee estaba coladísima por el fotógrafo Peter Beard, a quien la revista *Rolling Stone* había encargado que viajara con los Rolling Stones para documentar su tour de *Exile on Main St.*, de 1972. Habían contratado a Truman para que escribiera un reportaje largo sobre la gira, al que dio el título provisional de «Pronto estará aquí». Tomó la frase de un cuadro que había visto. De un austero estilo gótico norteamericano. Un grupo de granjeros que recogen pacas de heno ajenos a la nube de tormenta que se aproxima. («Es una metáfora perfecta», le dijo Truman a Jann Wenner para convencerlo. Demasiado intelectual para el rock and roll, pensó Lee.) Como los dos novios de la recién divorciada princesa Radziwill iban a cubrir los conciertos, la invitaron también a ella. El trío viajaría en el avión de los Stones y se alojaría en los mismos hoteles que ellos. Vivirían con la banda para captar su locura.

Después de las cortes ceremoniosas de Camelot y de la realeza europea, para Lee fue como fugarse con un circo. A los Stones les cayó bien: era guapa, delgada y reservada. La llamaban por el apelativo cariñoso de Radish («rábano»).

Era el sueño de la época: salir de gira con la banda. El avión iba lleno de champán y cocaína. De chicas que follaban con los miembros del grupo en un compartimento privado cubierto de pieles mientras los demás fingían estar demasiado bregados para comentarlo. Participaban en la acción todos los involucrados en la gira, desde los pipas y los electricistas hasta el relaciones públicas, un hombre con gafas.

«Es una orgía tan descarada —se quejaba Tru ante Lee— que resulta casi puritana por su carácter preceptivo. Bostezo-McBostezo. ¿Dónde está el misterio, por el amor de Dios?»

Había un médico particular de San Francisco, un pobre hombre de Timothy Leary, que ofrecía un surtido de pastillas de todos los colores y tamaños, «desde vitamina A hasta sedante Z». En cada vuelo las pasaba por la cabina en una bandeja como quien sirve entremeses. A Truman le encantó al principio, pero la implacable regularidad de la práctica no tardó en menguar el placer. Al igual que el sexo, las pastillas del Doctor Bienestar parecían tan inevitables, tan rutinarias, que Tru consideraba que el aficionado acababa perdiendo su maestría artística.

En cambio le encantó el cóctel favorito de los Stones, la bebida oficial de la gira, el tequila sunrise, que habían descubierto hacía poco en un bar de Sausalito: tequila, zumo de naranja y granadina, una delicia de tres colores. Truman adoraba que imitara un paisaje, que fuera una versión rabiosamente romántica de su habitual bebida de naranja.

Por la noche, durante las actuaciones, Lee y Truman se quedaban entre bastidores, ambos con gafas de sol idénticas; ella con una camiseta de tirantes y vaqueros de campana, o con un mono blanco no muy distinto al de Mick Jagger; él con un llamativo atuendo de niño pijo, a menudo con polos de tonos pasteles y sombrero de fieltro de ala ancha. Lee observó que al principio a Truman le entusiasmaba la energía de los conciertos. Sin embargo, al cabo de unas semanas advirtió que su interés decaía. Poco a poco quedó claro que no había escrito ni una sola letra de «Pronto estará aquí» y pareció improbable que llegara a hacerlo en un futuro inmediato.

Lee lo acompañaba todas las noches cuando se subía a regañadientes en la limusina para viajar con la banda al lugar de la siguiente actuación. La monotonía lo aburría. Empezó a quejarse del volumen del sonido en la zona de bastidores. Pasaba el rato detrás del escenario, haciendo amistad con los tramoyistas..., que según él eran infinitamente más interesantes que los Stones. Le dio por fumar canutos junto a la puerta de los artistas, por charlar con las grupis adolescentes que esperaban atisbar a sus héroes, deseosas de salir del anonimato. De manera indefectible descubría a la periodista del grupo, con ganas de redactar un texto para el periódico escolar. Él le conseguía un pase y le enseñaba los bastidores. «Acceso ilimitado, tesoro.» A Lee le extrañaba que se mostrara más interesado por esos artículos en ciernes que por el reportaje que debía escribir para *Rolling Stone*.

El único momento en que Truman se animaba era hacia el final del concierto, cuando Mick brindaba por el público (el mismo numerito todas las noches), se echaba un buen trago de una botella de Jack Daniel's (gesto que Truman reproducía con su petaca), sacaba la armónica y la banda empezaba a tocar «Midnight Rambler», que a Truman le entusiasmaba.

«De lo que hacen, es lo único que no tiene parangón. Las variaciones de tempo. La narración. Es como una miniópera. Como una *nouvelle*, por decirlo así.» De hecho, Mick interpretaba un personaje, y era arte en vivo excepcional. El tema evocaba al Estrangulador de Boston. Todas las noches, en el minuto siete de la canción, Jagger se quitaba el cinto del mono y se tiraba al suelo tras una sucesión de gritos primitivos proferidos en pleno duelo frenético de guitarras teñido de blues; a los ocho minutos y veintitrés segundos se convertía en el estrangulador DeSalvo y fingía golpear a sus víctimas. Las luces se volvían del color de la sangre. Cuando Lee miraba a Truman, lo veía imitar muy alterado, como si estuviera en trance, los movimientos de Mick. Al aumentar el tempo, Truman iniciaba como un poseso un baile enloquecido con una vehemencia que asustaba a Lee. Los ojos desorbitados, chorros de sudor que le caían de la frente, la camisa empapada. Luego, como si alguien hubiera pulsado un interruptor, Truman recobraba su indiferencia con la misma rapidez e intensidad con que se había abstraído. Daba media vuelta, se dirigía a un camerino vacío y se sentaba en silencio. Pálido. En ocasiones se abrazaba a la petaca, como si buscara alguna escurridiza gota de alivio.

Muchas veces Lee, preocupada, iba tras él. Una noche en que le pareció especialmente trastornado, entró con sigilo en el camerino y se sentó a su lado.

—Truman..., ¿te encuentras bien?

Él la miró en el espejo que tenían delante. Temblaba.

—No sé...

—Pero ¿qué te pasa? ¿Tiene que ver con esa canción en concreto...?

Truman clavó la vista en su propio reflejo, como si buscara algo, y después volvió a mirar a Lee.

—Perry.

—¿Qué?

—Perry Smith. Todas las noches siento a Perry en esa canción. Es como si se apoderara de mí y nos volviéramos la misma persona. La misma alma..., ¿lo entiendes?

—Sí, Truman, lo entiendo.

Lee se dio cuenta entonces de que Truman no estaba bien.

El timbre del teléfono retumbó en casa de Lee y la sacó de su ensimismamiento con un sobresalto.

—Hola. ¿Lee?

—Soy yo.

—Soy Liz... Liz Smith.

Por el amor de Dios... Liz Smith. La columnista de cotilleos —y prolífica— del *New York Daily News*. Una texana simpática y sin pelos en la lengua, de voz grave y gutural, con aire de no andarse con chiquitas, a quien Lee prefería antes que a la variante pretenciosa de los cronistas de sociedad. Aun así, solo le faltaba eso: la maldita prensa.

—¿En qué puedo ayudarte, Liz? Porque imagino que no es una llamada de cortesía...

—No, en efecto. Mira, Lee, se trata de un asunto bastante espinoso... Supongo que será mejor que lo suelte sin más. Es sobre Truman.

—¿Qué le pasa?

—Es sobre la demanda. Con Gore...

¡Joder! Otra vez no. La retahíla de llamadas al despacho debía de responder a lo mismo. Para ella era agua pasada. Era agua pasada desde hacía meses.

—¿Qué ocurre...?

—Bueno —dijo Liz, que volvió a probar suerte—, ya sabes que Gore ha demandado a Truman por difamación y le pide una cantidad de dinero enorme, creo que un millón, por algo que tú le contaste...

—Supuestamente.

—Que a Gore lo expulsaron por la fuerza de la Casa Blanca.

—Liz, las dos sabemos que eso ya pasó a la historia.

—Desde luego, pero...

—Francamente, no entiendo qué tiene que ver conmigo.

—Es que Truman afirma que se lo contaste tú..., lo de que expulsaron por la fuerza a Gore. Parece que la expresión clave es esa: «Por la fuerza». Todo el caso pivota sobre ella.

Lee suspiró. Se dirigió hacia el aparador situado bajo su espléndido *Hombre enjaulado* y se sirvió un whisky. Solo eran las once, pero qué más daba... Que tuviera que soportar ese interrogatorio, con todo a lo que debía hacer frente... Sin dinero. Sin marido. Y pronto sin casa. ¿Cómo se atrevía ese...? En serio, ¿cómo se atrevía...?

—Mira, Liz, no recuerdo que le dijera eso a Truman. Además, Truman no está bien. Lo sabes. Igual que lo sé yo. Es tan claro como la luz del día para cualquiera de nosotros. Está enfermo y necesita ayuda. Creo que está...

—Acaba de salir de un centro de rehabilitación y dice que te niegas a devolverle las llamadas.

—Bastantes problemas tengo yo.

—Sí, desde luego. Mira, Lee, sé que el asunto es muy desagradable, pero me ha pedido que te llame para ver si pudieras recapacitar y declarar en su favor.

—¿E implicarme para que ese pirado de Gore venga también a por mí? Ni lo sueñes. —Lee reprodujo sin darse cuenta las palabras de Jackie—: No puedo permitírmelo económicamente.

—Sí, lo entiendo, pero Truman te quiere mucho y por lo visto espera que lo apoyes... Que digas tan solo que el incidente tuvo lugar. Que digas: «El señor Capote no se lo inventó». Una palabra tuya y Gore no tendrá donde agarrarse.

Lee apuró el whisky de un trago. Sacó un cigarrillo de una caja de plata que había sobre el aparador y lo encendió. En los últimos meses había tratado de dejar el tabaco, pero a la mierda con el intento. Soltó un largo suspiro.

—No puedo, Liz. Más vale que lo sepáis: los abogados de Gore me han citado como testigo, lo que me pone en una situación muy delicada. Truman acabará enterándose tarde o temprano: he firmado una declaración.

—¡¿En favor de Gore...?!

—En favor de mí misma. —¡Dios...! ¿Qué narices le pasaba a esa gente?

—¿Qué les dijiste?

—Que no recuerdo haber hablado siquiera con el demandado, Truman Capote, acerca de lo sucedido la noche en cuestión, y que de hecho no estaba en la sala, de modo que no presencié el supuesto incidente.

—Pero Truman dice...

—Me importa tres carajos lo que diga Truman. No quiero arriesgarme a que me demanden por difamación por culpa de una rencilla que nada tiene que ver conmigo. Truman y Gore se tiran los trastos a la cabeza desde que yo iba a la escuela primaria. ¿Por qué voy a dejar que me mezclen en este asunto?

Estaba furiosa con Truman. Furiosa a más no poder. ¿Cómo se le ocurría suponer que lo arriesgaría todo solo porque él hubiera decidido irse de la lengua? Lee quería que Liz colgara.

—Oh, Dios... Truman te adora, Lee. Eso lo destrozaría.

Lee dio rienda suelta a su ira.

—¡Vamos, Liz! Esto pasa de castaño oscuro. Se acabó. Estoy harta de que Truman se aproveche de mi fama, el muy trepa. Además, ¿qué importa...? No son más que un par de maricas.

Al día siguiente salió a la luz.

Lee había recibido numerosas llamadas telefónicas, y varias personas interesadas por el asunto la llevaron aparte en el Vadis cuando llegó a las doce para almorzar con Jackie. Por lo visto todo Manhattan sabía que había dicho algo a Liz Smith y que esta se lo había contado a Truman. Había asestado una patada al enano durmiente, que de la noche a la mañana juró vengarse y al parecer había conseguido un espacio en *The Stanley Siegel Show* para el lunes a las nueve de la mañana.

La cara de Lee, consciente de que todos tenían la mirada fija en ellas, era un velo de serenidad. Jackie se inclinó hacia su hermana fingiendo dar un sorbo a su aperitivo.

—¿Qué dijiste? —susurró.

—Oh, Dios, Jacks. Tiene que ver con esa ridícula rencilla de las narices entre Truman y Gore. Nada más.

—Tuviste que decir algo que lo soliviantara.

—Tan solo le dije a Liz que qué importaba, que no eran más que un par de... —De repente Lee oyó la frase a través de los oídos de Truman—. Maricas.

¡Mierda! Vio que la sonrisa falsa de Jackie temblaba.

—Dios mío, Lee.

Jackie encendió un cigarrillo y dio una calada con una despreocupación penosamente fingida.

—¡¿Qué pasa?! Todo el mundo lo piensa.

—Todo el mundo lo piensa, pero no todo el mundo se lo dice a las tortilleras que publican chismorreos en el *Daily News*. ¡No eres mejor que él!

—¿Qué entiende él por «vengarse»? ¡Las típicas amenazas de Truman! ¿Qué?, ¿va a incluirme en esa maldita obra suya que sabemos que nunca acabará? ¡Por favor! ¡Mira cómo tiemblo de miedo!

—Esperemos que no tenga en mente algo más gordo.

—Que diga lo que le dé la gana. No hará más que demostrar que tengo razón.

Siguieron comiendo, cada una absorta en sus pensamientos.

Gracias a Dios, el camarero llegó para servirles otra ronda de whiskies.

Lee se había prometido no encender el televisor. No conceder al pequeño terrorista el poder de asustarla. La aguardaba un día ajetreado. Tenía que hacer cajas. Llamar a agentes inmobiliarios. Una cita con los de Sotheby's para hablar del cuadro de Bacon. Una jornada entera para poner coto al desastre.

No permitiría por nada del mundo que Truman y su espectáculo influyeran en su vida. Se tragó un valium con un poco de whisky que había dejado por la noche en la encimera. Pareció calmarla, de modo que añadió un chorrito al café matinal, que por lo demás se tomó solo. Después de dos tazas, a las nueve menos cinco se encontró delante del televisor, sintonizado en la cadena ABC.

Durante los dos últimos días había recibido llamadas telefónicas de aliados preocupados. Corría el rumor de que Truman tenía prevista una acción artística para el programa de Siegel. Estaba preparando un personaje que se proponía presentar: el autoproclamado marica sureño. Bajo ese disfraz pretendía vengarse —le habían contado a Lee—, y había asegurado que tenía motivos para estar muerta de miedo.

Lee experimentaba una inquietante sensación de calma mientras veía los anuncios de lavavajillas líquidos, de comida para bebés y de electrodomésticos para amas de casa. Sin duda, la lealtad de Truman se mantenía intacta bajo el número que estaba montando. Sin duda su amor por ella al final refrenaría la ira.

Cuando sonó el teléfono, Lee se permitió abrigar esperanzas: ¿sería Truman, que llamaba desde el plató con una crisis de conciencia de última hora?

Descolgó el auricular y contestó.

—¿Diga?

—¿Estás viéndolo? —Jackie. Por supuesto.

—Más o menos —respondió Lee, y tomó un sorbo de cafeína adulterada con whisky.

Guardaron silencio cuando un crescendo orquestal anunció el inicio del programa: los trinos del piano de Liberace. Las palabras THE STANLEY SIEGEL SHOW destellaron en unas chillonas luces de neón al estilo de los rótulos luminosos de los casinos de Las Vegas.

Dos sillas giratorias de color naranja aguardaban ante unas macetas con palmeras.

Siegel apareció con un traje azul violáceo. Pese a tener un micrófono sujeto a la corbata a la altura del cuello, llevaba otro largo en la mano para hacer el paripé. Un accesorio superfluo.

—Ni aun esforzándose podría tener más pinta de vendedor de coches de segunda mano —dijo Lee con desprecio.

Jackie no despegó los labios.

Tras una tanda de bromas, Siegel presentó a su invitado.

Truman salió vestido con esmero, observó Lee. Llevaba uno de sus conjuntos «Nina», los reservados para los muchachos sureños buenos: traje de lino claro de Brooks Brothers, chaleco de punto y pajarita. Había llegado al extremo de añadir un canotier, un toque vistoso, como si fuera un personaje recién salido de una obra de Tennessee Williams. Cuando se dirigió hacia Siegel para estrecharle la mano se tambaleaba un poco, pero lo disimuló con unos pasos de baile relajados, como si fuera intencionado.

—Está colocado —le dijo Lee a Jackie.

Truman y el presentador se sentaron en las sillas giratorias, el invitado con cara del *chat qui a mangé le canari*. Lee hubo de reconocer que hacía tiempo que no lo veía con tan buen aspecto. Había adelgazado. Tenía la piel tersa y parecía haber recuperado por arte de magia su ralo cabello (implantes capilares y un lifting, según descubriría más tarde Lee), con lo que recordaba al Truman de hacía décadas. Los ojos le brillaban detrás de las gafas de montura de concha y lucía el lustre saludable de quien pasa horas al sol.

Siegel lo saludó efusivamente. Como a un amigo al que no veía desde hacía mucho tiempo.

—Hola, Truman, ¿qué tal está?

—De maraviiiiilla, cómo no —respondió el entrevistado con acento de paleto sureño.

—Me alegro de poder decir que tiene mucho mejor aspecto que la última vez que lo vi.

—Bueeeeeeno, síííí. He estado en un centro de rehabilitación y, cielo santo, ¡me han curado!

Lee puso los ojos en blanco.

—Bien, nos alegramos de tenerlo de vuelta. Truman, ¿es cierto que fue usted quien nos llamó porque quería contarnos algo?

—Síííí. ¡La verdad es que sí! Pero le advierto de que lo que voy a contar no será muy caballeroso...

—¿No? —dijo Siegel haciéndose el ingenuo.

—Desde luego que noooooo, de ningún modo. Mire: tiene que ver con una muuuuuuuuuy íntima amiga mía. La divina y querida *principessa* Radzilla... Como Godzilla, aunque no es ni mucho menos tan simpática.

—Corríjame si me equivoco, Truman: ¿la princesa Radziwill no es la hermana de la señora Kennedy?

—Ay, Dios —musitó Jackie—. Estaba claro que acabaría metida en esto.

«Cierra el pico, Jacks», pensó Lee, que se mordió la lengua.

—Síííí, señor, Radziwilla es la hermanita pequeña de Jackie Oh-No. ¡Y las dos son unas cazafortunas como no he visto otras!

—Pero, Truman, ¿la princesa Radziwill no es una de sus amigas más queridas?

—Claaaro que lo era, Stanny boy, oh, Stanny boy, pero, veráááás, lo era hace unos días, hasta que la *principessa* decidió llamarme «marica» ante una de las mejores columnistas de cotilleos de la ciudad, la señorita Liz Smith, que es alta como un pino y homosexual como yo. Así que he venido a hablar de este asunto, que he de decir que me tiene pasmado. —Truman empezaba a animarse, disfrutaba de la cadencia de su discurso—. Si la *principessa* tenía tan mala opinión de los maricas, ¿no fue una imprudencia que confiara en mí durante tantos años?

—Dirigió una sonrisa coqueta a Siegel.

—¿Y confió en usted, Truman?

—Ahhhhhhh, síííííí, claro. Me contó sus secretos más sórdidos. Lo que supuso un error trágico por su parte, ya que no soy solo un marica. Soy un marica sureño. Y estoy aquí para decirles que los maricas sureños somos viles.

—Lee... —musitó Jackie al teléfono.

Lee cogió la licorera de whisky.

«El mierdecilla ese...»

—Por desgracia para la princesa Radzilla, este marica sureño no ha hecho más que empezar. —Truman sonrió a la cámara, como si escudriñara la mismísima alma de Lee.

—¡Joder! —dijo ella al ver al asesino dentro de él.

Las que estábamos ante el televisor en el área metropolitana de Nueva York, ya fuera en la alcoba, en el sofá del salón o sentadas a la mesa del desayuno, no nos perdíamos ni una palabra. Aprovechábamos la ocasión como excusa para fumar un cigarrillo o tomar un bloody Mary antes de lo habitual, o para comer un clandestino pastelillo de hojaldre con higos de Rigo's, de Madison Avenue. En bata o ya vestidas. Al teléfono con otra de nosotras, como en el caso de las Bouvier, o digiriéndolo solas.

—Por tanto, usted está aquí porque la princesa Radziwill lo ofendió —aclaró Siegel con su tono de psicoterapeuta cutre—. ¿Es así?

—Reservé una hora y he venido para contar lo que sé. Y créame: lo sé todo.

Truman desvió la vista hacia una mujer que lo miraba desde detrás de las cámaras. Era Sally Quinn, del *Washington Post*: un favor solicitado por Tru a su querida Kay-Kay, que dirigía el periódico desde hacía diez años.

Cuando Liz le había revelado la traición de Lee, Tru había puesto en marcha su plan. Había llamado al equipo de *Siegel*, consciente de que aceptarían enseguida hacerle otra entrevista, y luego a Kay para pedirle un periodista que informara sobre la misión de venganza.

«Kay-Kay, deja que te diga que será un clásico de la comedia de todos los tiempos. Quiero un profesional de confianza que informe de cómo se hace historia.» Sin demasiada convicción, Kay accedió.

En la pantalla, Siegel asintió.

—Bien, Truman, espero que, en honor a esa larga amistad, el asunto no sea demasiado subido de tono.

(«¡Mentira!», nos dieron ganas de gritar. El muy imbécil agradecería que los índices de audiencia aumentaran con otra crisis de Capote.)

—Bueeeeeeno, Stan, la encantadora y etérea *principessa* ha ido demasiado lejos al tacharme de marica después de nuestra larga amistad íntima. Me temo que se supone que los maricas tienen mala leche. Así que allá vamos...

Todas teníamos claro lo que se proponía. Pretendía hundir a Lee. Hacer todo lo posible por acabar con quien lo había traicionado con tanta ligereza después de cuanto él había hecho por ella. Utilizar cada una de las armas que había ido reuniendo a lo largo de los años, y Lee le había proporcionado un verdadero arsenal.

Sally Quinn contaría más tarde que Truman planeó su actuación al milímetro. El *summum* de los monólogos, al que dedicó la atención que solía reservar a sus escritos. Sopesó la cadencia de cada enunciado. Memorizó lo que debía decir. Ensayó la dicción. Y por más que a los observadores pudiera parecerles que estaba grogui, en realidad el aturdimiento se debía a la euforia.

«Ojalá el pobre Stas estuviera vivo para ver el espectáculo de hoy —había comentado Tru a Sally Quinn en el coche, camino de los estudios—. Una vez, cuando hacía todo lo que hice por Lee, cuando le conseguía papeles en películas, contratos para libros y la preparaba para que triunfara, Stas, a quien en mi opinión ella no supo valorar, me dijo que, viendo cómo me desvivía por alguien a quien quería, no sabía qué llegaría a hacer por alguien a quien odiara. Pues bien, estamos a punto de descubrirlo. Cuando haya terminado, toda Nueva York sabrá que esa nena es una capulla narcisista.»

En antena, en directo:

—Ay Diooooos, ¿por dónde empiezo...? Iré poco a poco. No me gustaría que la Princesa Pis tuviera que pedir una ambulancia demasiado pronto... ¡Podría perderse lo mejor! —Ladeó el sombrero con picardía hasta taparse un ojo—. Empecemos por sus numerosos pretendientes..., aunque diría que «conquistas» sería más adecuado en términos estadísticos. En particular las no correspondidas.

Conocía a Lee lo bastante bien para suponer que vería el programa con Jackie, de modo que se lanzó directo a la yugular.

—Pues bien, para empezar, la *principessa* creyó que tenía asegurado a Onassis, así que imagínese lo dolida que se sintió al ver que se lo quedaba la hermana mayor. A ella no le gustaría que le contara esto, pero ¡Radzilla estaba que trinaba...! No es que quisiera a ese viejo arrugado como una pasa, sino que andaba loca por los buques petroleros. Naturalmente, las dos Bouvier lo sedujeron para apartarlo de la querida Maria Callas, que cometió el error de amarlo y poseer además verdadero talento. Y, claro, Lee tiene unos celos espantosos de Jackie, y en algún aspecto Jackie está celosa de Lee. Sin duda a la señora Jacks no le hizo ninguna gracia que Lee fuera tras Peter Beard. ¡Dios! Peter era demasiado ardiente para esas dos reinas de hielo: cuando terminó con ellas las dejó en el suelo convertidas en un par de charcos. Tonteó con Radzilla durante una temporada, hasta que ella montó un pitote al enterarse de que no le era fiel... A Lee le dio por perseguir a las otras amigas de Beard. Como es natural, él la cambió por un modelo con menos kilometraje..., como si eso fuera una sorpresa para las Bouvier, que se creen que hablando con voz infantil conseguirán que olvidemos su fecha de nacimiento y las tratemos como a veinteañeras. ¡Esas dos son unos jamelgos emperifollados para parecer potrillas!

Sonrió con expresión afable: un narrador benévolo. Su actuación poseía una especie de brillantez demente. Al parecer, el único que no disfrutaba del espectáculo era Siegel, que se removía incómodo en la silla. Truman giraba contento en la suya hacia un lado y el otro.

—Entiendo, Truman. Sin embargo...

—En ocasiones ha sido de lo más cómico —prosiguió Truman con acento sureño, imponiendo su voz a la del presentador—. Por ejemplo, Radzilla babeaba con los muslos de Nureyev... ¡Y pensar que no se dio cuenta de que él tiraba para la acera de enfrente...! Imagínese su sorpreeeeeessssa cuando fue a decorar la residencia del bailarín y encontró cajones repletos de fotos de pollas que hacían la boca agua...

—Sí, Truman —lo interrumpió Siegel, impaciente por refrenarlo—. Está bien. Ya vemos que está muy dolido con la princesa...

—Pues claro que estoy dolido, ¡cómo no! ¿«Aprovecharme de su fama»? Evité que esa desagradecida...

—Truman —lo atajó de nuevo Siegel intentando cambiar de tema—, he oído decir que acaba de salir de Hazelden, ¿es cierto?

—Yo... —Truman pareció desorientado. Como si Siegel le hubiera acercado un soplete a las alas de cera y cayera y cayera igual que Ícaro, de vuelta a la tierra.

—Me gustaría saber cómo le va la vida.

El marica sureño parpadeó. Siegel había quebrado la belleza de su cadencia, ensayada con meticulosidad. Se quitó las gafas para frotarse los ojos y por un momento pareció menos marica sureño y más trumaniano.

—Vaya. Debo decir que me ha cortado el rollo.

—Lo siento, Truman —repuso pesaroso Siegel—. Continúe.

—Y luego... —dijo Truman, tratando de recuperar el ritmo—, luego apareció Buckley... William F., y Radzilla... intentó... —Se esforzó en vano por seguir el hilo del guion—. Intentó robárselo a su esposa... ¡pidiendo al envejecido monaguillo consejo espiritual! —Rio con excesivo entusiasmo de su propio chiste.

—Truman, ¿cree usted que ha logrado desengancharse de las drogas?

—¿Y qué me dice de Radzilla? No puedo decir que la vea dejando de empinar el codo.

—Sí, bueno... —Siegel se rio inquieto. Miró hacia la cabina y con una seña indicó al productor que introdujeran una pausa publicitaria—. Reanudaremos la conversación tras unos rápidos consejos de nuestros patrocinadores.

El marica sureño lo miró de hito en hito, agotada su matraca como unas maracas mudas.

Los técnicos pasaron de inmediato a los anuncios y Truman se levantó, desconectó el micrófono y lo dejó sobre la áspera superficie naranja de su silla giratoria.

Sin dirigir ni una sola palabra más a Siegel, se acercó a Sally Quinn.

—Vámonos, cariño. Este sitio es un muermo.

Coda

En la limusina Truman sirvió dos copas de champán, aunque el ritual carecía del aire de triunfo que había previsto cuando había llevado la botella al vehículo.

Sonrió desanimado a Sally Quinn, como un maestro que hubiera estado a punto de ofrecer una interpretación magistral..., que conociera su potencial pero no hubiera alcanzado su meta.

—Era teatro —se lamentó—. ¿Es que no se ha percatado?

—Al parecer, no.

—O sea, es evidente que ese hombre no tiene muchas luces, pero ¡por favor...!

—Por si sirve de algo, te diré que a mí me ha parecido una actuación soberbia.

El rostro apesadumbrado se iluminó. Truman, siempre loco por los cumplidos.

—Pues gracias, cielo. Significa mucho para mí que te hayas dado cuenta de lo que pretendía. Por eso le pedí a Kay-Kay que te enviara como testigo. Lee me despreció, así que me he convertido en una versión exagerada de lo que me acusó de ser. Se suponía que interpretaba a uno de esos alocados mariposones monstruosos que uno encuentra en un bar.

—Es una pena que no hayas podido terminar el número.

—Pero es que lo terminaréééé, cielo. Por eso estás aquí. ¡Aún tengo mucho acumulado dentro de mí y pienso soltarlo! Podemos ir a almorzar a un restaurante agradable o volver *chez moi* y tomar algo. ¿Qué prefieres?

Sally optó por regresar al apartamento de Truman, con la idea de que así este hablaría con mayor franqueza.

Cuando se sentaron ante una tetera en el salón repleto de objetos victorianos, el escritor se relajó y reapareció el show-man. Sally preparó la grabadora y la situó de cara a Truman, que le dirigió una sonrisa tímida.

—¿Estás segura de que quieres oírlo...?

—Desde luego que sí.

—¿Qué partes prefieres? Porque, créeme, tengo información de la buena.

—¿Qué quieres contarme?

—Ah, hay tanto que contar que necesitaría varios días. Sobre los hombres a los que las Bouvier han utilizado. Sobre la sensación que tienen de merecer privilegios. Sobre lo obsesionada que está la una con la otra. Son como los hermanos Kennedy: esas dos transitan los mismos senderos..., desde el punto de vista sexual. ¡Hablan de compartir! Pero no es compartir: es una especie de competición enfermiza. Por favor, ¡si Jackie ni siquiera pudo dar a luz sin que Lee intentara meterse en los pantalones de Jack! Y de todos los viejos cargados de pasta de cuya relación Jackie podría beneficiarse..., ¿va y elige justo al que la hermana pequeña deseaba conseguir...? Lo irónico en este caso es que Bobby había pedido a Lee que rompiera con Ari hacía años. Le dijo que a la imagen del presidente le perjudicaría que su querida cuñada se fuera con ese depravado. No deja de ser irónico que Jackie se lo ligara después de la muerte de Jack y Bobby.

—Resulta todo muy endogámico...

—Cariño, tú no sabes de la misa la media. Es como si esas chicas vivieran, respiraran y pensaran en un «nos» mayestático..., menos en lo que se refiere a la relación entre ellas; entonces cada una va por su cuenta.

—¿Y Lee te ha contado todo eso... a lo largo de estos años?

—Radzilla me lo contaba todo. No se tiraba un pedo sin conocer antes mi opinión. Dios, ¡cuánto quería a esa chica! La salvé, ¿sabes? Muchas veces. Por eso considero una traición que haya pasado de mí. —Truman esbozó una sonrisa triste—. Puedo bromear sobre lo ocurrido y quitarle importancia. Al fin y al cabo, son personas dignas de lástima, y podría crear una buena historia sobre ellas. Pero la verdad es que apoyé a Lee Radziwill cuando nadie más lo hizo. Aparqué mi carrera para dar impulso a la suya. (Y no es que Lee tuviera talento, ¡que Dios la ayude!) Lee no era una buena persona. Nunca se caracterizó por ser cariñosa. De hecho, la mayoría de los que la conocían la encontraba muy fría. La única persona que le interesaba de verdad era ella misma. Era una impostora, una trepa que solo buscaba follar con famosos..., pero la quiero. Yo era el único amigo fiel que había tenido en su vida.

—¿Crees que cometiste un error al elegir a una persona tan traicionera?

—Me equivoqué al confiar en ella. Pensé que estaría a mi lado porque yo había estado con ella en sus momentos de tribulaciones y necesidad. ¡Qué caramba!, si la hubiera tirado a la cuneta cuando estaba hundida, hace años que habría acabado arrollada por el tráfico. La apoyé en sus trabajos chapuceros, en sus aspiraciones fallidas, en sus relaciones con hombres que no le convenían. Y justo cuando necesito que haga lo mismo por mí, va y me traiciona sin pensárselo dos veces. Confiar en esa narcisista ha sido el peor error de juicio de mi vida.

—Entiendo que te sintieras dolido.

Truman asintió, agradecido de que alguien lo escuchara.

—Lee consideró que yo era prescindible. En los últimos años no me he encontrado muy bien. Ah, ahora estoy fuerte como un roble, pero he tenido que ingresar varias veces en el hospital. Supongo que a la *principessa* le pareció que no merecía la pena preocuparse por mí. Pues bueeeeeeeenoooooo. Por desgracia para Lee Radziwill, ¡este marica sureño está vivo y coleando en Nueva York...!

No obstante, cuando las cámaras se alejaron y los magnetófonos se apagaron, una vez emitidas las entrevistas y reproducidas las grabaciones, incluso después de que la prensa recogiera su venganza para la posteridad, Truman se dio cuenta de que le había quedado un agujero en la pared del corazón; que no podía ahogar el dolor de verse rechazado. Rechazado por una persona en la que había confiado con su ser más íntimo y recóndito y que al final había dicho que él no le importaba.

Él tenía un corazón enorme, se dijo. Le pareció que, aun herido, seguía latiendo con tanta fuerza que temía que fuera demasiado grande para su pecho.

Con todo, era consciente del agujero en el que Lee Radziwill había hundido su arpón y de que nunca recuperaría una parte de sí mismo.

20

1980

Variación n.º 10

EL SEÑOR DON TRUMAN CAPOTE
SOLICITA EL PLACER DE SU COMPAÑÍA
EN SU
BAILE DE LA VENGANZA
EL PRIMER DÍA DE LA PRIMAVERA
DE MIL NOVECIENTOS OCHENTA
A LAS DIEZ
ANDALUCÍA, ESPAÑA

ATUENDO:
ARISTÓCRATA ANDALUZ/A
DE ALREDEDOR DE 1860
MÁSCARAS HASTA LA MEDIANOCHE

La siguiente idea se le ocurre cuando dejan de llegarle invitaciones.

Ya casi nadie lo invita, y si bien pone al mal tiempo buena cara, la verdad es que le duele en el alma. Le parece que cinco años de penitencia viviendo como un paria es demasiado tiempo y le gustaría volver a divertirse.

El 21 de marzo. Supone que será el primer día de la primavera. Le seduce la idea de los ritos paganos, sobre todo porque esta vez se asegurará: nada de gente estirada elegida solo por su nombre. No admitirá que eso fue lo que hizo la última vez... En cualquier caso, no habrá Sinatras que se larguen después de las dos para ir a Jilly's, ni ninguna *partenza anticipata* de Gianni y su camarilla italiana —una marcha descortés antes de hora, eso es lo que fue— para jugar a las cartas en la trastienda de Elaine's. Y tampoco acudirá el Viejo Cabrón de Paley, que se negó a mover el esqueleto aunque Babe no abandonara ni un momento la pista de baile.

Esta vez el anfitrión desea un auténtico desmadre. Nada de reglas. Nada de normas sociales. Los chicos con los chicos. Los chicos con las chicas. Las chicas con las chicas. Quizá una combinación de todo lo anterior.

Se imagina el revuelo que causó Stravinski con su magnífica *La consagración de la primavera*, que en su estreno provocó una verdadera sublevación y desencadenó tumultos y caos. Esa partitura terrible y maravillosa de Ígor, inquietante por su disonancia..., con los Ballets Rusos de Nijinski lanzados en un frenesí de danza pagana erótica. Ese es el tipo de arte y vida que Truman tiene en mente. En el cual quien ve, lee o escucha se detiene y piensa: «¡DIOS MÍO!».

¿Acaso no es eso lo que ha empezado a conseguir con *Plegarias atendidas*? Provocar y encolerizar: ¿es esa la función del arte?

Quiere ropas arrancadas en los rincones más oscuros. Que se beba no solo champán, sino que además se permitan todos los otros vicios. Cuencos de porcelana con polvo blanco que levante el ánimo. Esnifarlo, fumarlo y tragárselo. Disfraces en lugar de simples máscaras que los invitados se quitan antes de tiempo, sin dar una oportunidad al experimento de Truman. Corregirá este aspecto en el guateque que está planeando. Será el baile del futuro, despojado de modas y costumbres. Empieza a reflexionar sobre cómo conseguirlo con esa nueva fiesta.

En primer lugar, contratará a los Rolling Stones. «Mick me adora, cielo», alardeará ante quien aún lo escuche.

Imagina una pista de tenis..., toda una hilera de pistas de tenis. Carpas de sedas de tonos vivos importadas de España, con abanicos, muletas de torero y un millón de rosas de papel. En su imaginación aparece vestido como un Don Juan en miniatura y da la bienvenida a las señoras y los matadores de toros mientras un grupo de bailaores flamencos zapatean al ritmo sensual de las guitarras españolas.

A lo mejor descarta las pistas de tenis y hace que los invitados viajen a Andalucía, que seguro que les encanta si no la conocen. (No acertamos a imaginar cómo casan los Stones y el flamenco, pero Truman argumentaría que el plan está en mantillas.)

Por desgracia para él, ni el mejor plan del mundo puede materializarse en el vacío. Necesitaría a sus queridos invitados, que en su mayor parte no se acercarían ni locos a él. Replantea el proyecto a fin de organizar una fiesta tan descomunal que será para las masas. Si la última fue un baile con solo quinientos «amigos íntimos», esta acogerá a mil desconocidos. Acaba de empezar a discurrir cómo llevarla a cabo, a buscar direcciones de gente, cuando sucede algo extraordinario.

Alguien la ha montado por él.

Es el club nocturno del futuro, tal como Truman lo imaginaba, aunque en este lo importante no es la alta sociedad, sino la nueva sociedad. Un mundo igualitario, donde los bichos raros y los marginados valen tanto como las debutantes y las estrellas del rock, los fanáticos de la moda, los actores y las actrices y los miembros secundarios de la realeza.

Una sociedad de inadaptados, exhibicionistas y putarrones... Rechazado por la élite, Truman se convierte en el santo patrón de este nuevo mundo feliz.

Está encantado con el alcance y la perspectiva de ese mundo, hasta el punto de que se olvida de su fiesta.

La primera noche que cruza las desvencijadas puertas art déco queda fascinado. El local tiene una larga historia. Fue una ópera en los años veinte. Un teatro en los treinta. Unos estudios de la CBS en las décadas siguientes. Truman percibe en el éter a los antiguos moradores: los bailarines de Harlem de *Swing Mikado*, y a Jack Benny con sus risas enlatadas. Entre esas mismas paredes se grabó el concurso *What's My Line*, del que Bennett Cerf, el editor de Truman, era colaborador habitual. Bennett murió hace unos años y Truman lo echa mucho de menos. Acude a este espacio para comunicarse de nuevo con su editor y con toda la gente que pasó por la sala antes que él.

El local, rebautizado como 54, lo dirigen Steve Rubell —un paria enano como Truman; aquel moreno, este rubio— y el guapísimo Ian Schrager, el cerebro del plan general. Crean la mezcla perfecta mediante la selección cuidadosa de los invitados. Algo que el muchacho, con sus cuadernos de tapas jaspeadas y sus lapiceros Blackwing, no podría ni soñar. Ya sea atrayendo a famosos o arrancando a aspirantes al éxito de las multitudes que todas las noches se agolpan a la entrada, logran que la bacanal cuente con un elenco perfecto. «Mezclar la ensalada», lo llamaba Rubell.

Al muchacho, por su parte, le alegran las invitaciones. A fin de cuentas, hacía mucho que no recibía ninguna. Le sorprende aún más descubrir que vuelve a ser querido. Y no solo lo quieren: lo saludan con algo parecido a la veneración. Cuando él entra, es como si la corte se pusiera en fila y los bichos raros se inclinaran para adorar a su pequeño semidiós. Fuera cual fuese la sociedad que lo expulsó, no cabe duda de que ha encontrado otra. Una sociedad en la que de nuevo se siente mimado y apreciado.

Aunque sean desconocidos, aunque estén más colgados que las cometas caseras que volaba con Sook en los campos de Monroeville, se da cuenta de que lo conmueve sobremanera que alguien agradezca su presencia. En ocasiones hasta recibe besos de los chicos de los cócteles...; todos esos camareros descamisados con pantalones cortos de deporte conocen el nombre de Truman, y viceversa.

«Caramba, Lance, cariño, tienes unas piernas de fábula. ¡Y con esos preciosos pantaloncitos se ve prácticamente todo...! Gary, sé bueno y sírveme otro vasito de bebida de naranja, por favor... Ay, Dios mío, qué niño más malo..., ¡no! No quiero otra raya... ¡y tampoco quiero que me enseñes tus partes!»

Le encantan los colores y las luces. Los destellos estroboscópicos y las esferas de espejos. Una imagen del Hombre en la Luna que aparece cada hora en una pantalla, con una cuchara llena de cocaína inclinada hacia la nariz.

En las entrañas del sótano se encuentra la sala VIP, donde puede dejarse caer en sofás con famosos de su misma índole. El espacio más inmundo, reservado para los invitados más electrizantes, lo que a Steve Rubell (al estilo de Truman) le pareció gracioso y audaz. Es donde mete a Truman, Andy y Liza. A Mick, Bianca y Halston. Se repantigan en sofás situados justo debajo de la pista de baile, del retumbo constante de la música, de la pulsación primitiva de pisadas fuertes en el parquet, del orgasmo colectivo de la entrega a los excesos.

En los servicios y los rincones oscuros, en las sombras de los palcos, el sexo fluye como el agua que sale del grifo, pero Truman no acude al local por eso. Va para olvidar los sitios donde no se le permite poner los pies.

Claro que se da cuenta de que es un lugar vulgar y chabacano comparado con el salón de Kiluna, con los jardines de Manhasset y con el *Agneta* sobre las aguas azul cobalto de la costa amalfitana. Claro que esos son los espacios que lo motivan..., pero este es al que tiene acceso. La compañía que le queda. Una espléndida barraca de feria grotesca que supera a las que creara hace años en Monroeville.

A los del 54 —o Cinquanta-Quattro, como Truman gusta de llamarlo— les importa tres pimientos quién es Babe Paley. La mayoría no ha oído hablar de la indómita Slim Keith ni de la cobarde Gloria Guinness. Conocen a C. Z. porque ha ido al local con Truman. A él le satisface pensar que con toda probabilidad las demás no lograríamos traspasar los cordones de la entrada. Se nos consideraría demasiado cursis y anticuadas, no lo bastante llamativas para que se nos admitiera entre las paredes con destellos de arcoíris. No tiene nada que ver con la edad. Rubell deja entrar a Gloria Swanson, que pasa con mucho de los setenta y cuyo lunar se ha oscurecido hasta quedar convertido en una espantosa mancha rococó. Igual que a la octogenaria conocida como Disco Sally, que oculta su rostro curtido con gafas de sol, se coloca a horcajadas sobre pedazos de carne joven y baila los últimos éxitos con coloridos vestidos sueltos de estilo hawaiano y botas de caña hasta el muslo..., una novedad, e imposible de olvidar. Casi tan buena como la mujer barbuda, la sirena encerrada en un tarro o la mitad de un hermano siamés en la barraca de feria de la infancia de Truman.

No... Nosotras, su grupo de antes, fracasaríamos en el 54 por las mismas características que él más adoraba: nuestra delicadeza, nuestro garbo. Nuestra discreta elegancia. Saber conversar. (Si parecemos vanidosas o jactanciosas, diremos en nuestra defensa que nos limitamos a repetir los pensamientos de Truman.) Si el muchacho es sincero consigo mismo, reconocerá que eso es lo que más echa de menos, algo que el ritmo retumbante de la pista de baile consigue que parezca un lujo de un lejano pasado social. Añora enredarse en una charla íntima y agradable, que antes constituía su parte favorita de cualquier velada. Ahora se pone su caftán para ir al Cinquanta-Quattro..., el caftán beis que compartió con Babe, regalo de Yves. En ocasiones ni siquiera se molesta en vestirse y se presenta con un pijama de seda. Lleva siempre el panamá y habla a gritos con sus compañeros de asiento para hacerse oír por encima del barullo. Empieza a percatarse de que el estruendo quizá sea una estratagema de Rubell, un intento de proscribir la conversación. Si los juerguistas no logran escucharse unos a otros, es menos probable que reparen en las deficiencias de la compañía.

Claro que la mayoría debe de ir hasta las cejas de alcohol y drogas; de lo contrario, repararían en la vacuidad. No cabe esperar una réplica ingeniosa, y menos una conversación sobre Proust. Tienen que seguir en marcha, acelerados, estimulados, para que las luces continúen pareciendo mágicas, para que la pista de baile siga pareciendo un País de las Maravillas. Nadie se percata de su fugacidad.

Hay distracciones extremas. Las tuberías a la vista a las que se esposa a la gente. Los colchones de plástico desperdigados por el suelo. Las agujas en los servicios unisex. El centelleo de ropa con lentejuelas baratas, no el de canutillos de vestidos de noche confeccionados a medida.

Lo que más le gusta a Truman es subir a la cabina del DJ, donde disfruta observando desde las alturas. A Rubell, que le ha enseñado a poner discos y cómo funcionan las luces, le encanta que el santo patrón ascienda para hacer de Dios durante una hora. Desde esa posición privilegiada los cuerpos que se retuercen en la pista se ven magníficos. Desde esa nueva altura Truman flota sobre ellos, se aleja. Desde la distancia no se distinguen sus expresiones ávidas ni sus ojos espantados. Su desesperación muda. Parecen una parpadeante masa hermosa, no una juventud desperdiciada que se tambalea al borde del abismo. Arriba, a salvo en su refugio, Truman se acuerda de personas desaparecidas a las que también les habría complacido el espectáculo.

Sin duda una de ellas es el bueno de Marcel, que observaría los ritos sociales del presente y haría comentarios perspicaces. Otra es Toulouse-Lautrec, pues el Cinquanta-Quattro tiene algo del Moulin Rouge.

Piensa en el querido Cole Porter, el inteligente Cole, en cómo le habría encantado el ritmo, el pum, pum, pum de los tamtanes, aunque fueran electrónicos. Habría adorado el baile desinhibido de chicos guapos con otros chicos guapos, la sensación de liberación. Y Billie, Lady Day, con la gardenia en el pelo, a quien Truman imagina hablando con Diana Ross, que la encarnó en una película... Quizá interpretaran juntas canciones de amor tristes que quedarían ahogadas por el ritmo vibrante y menos sutil de los éxitos de Gaynor y Summer.

Piensa que le habría gustado compartir ese lugar con Babe, quien, pese a que no le interesaría por considerarlo demasiado chabacano, habría sabido apreciar el espíritu de trascendencia y disfrutado con las historias que él habría inventado.

Algunas noches el señor Capote baja a la pista de baile, donde tiene que reconocer que le gusta desmelenarse. Sin embargo, será el primero en proclamar que detesta profundamente la música disco.

«Cariño, ¿dónde está la melodía? ¿Dónde está la musicalidad? Además, ¡quiero que tenga letra, por favor! *I will survive, I will survive...* ¡Madre del amor hermoso, ya lo hemos entendido! Cole se retuerce en su tumba pinchado en un espetón ante la falta de creatividad.»

El muchacho añora el soul y el rock and roll..., los discos que ponía después de las cenas, cuando bailábamos descalzos sobre la alfombra china de su estudio de la United Nations Plaza. Añora el twist y el frug y el camel walk, pero sobre todo añora las big bands de su juventud.

Truman, que no es de los que se desaniman por una minucia, posee un don especial para abstraerse del retumbo repetitivo de la música disco. Ocupa su espacio en la pista bajo las luces estroboscópicas y acalla la cadencia monótona de «I Feel Love». Mientras los cuerpos casi desnudos giran al ritmo electrónico de la canción, él oye sus propios compases sensuales: el estridente clarinete de Benny Goodman, el desenfreno de «Sing Sing Sing». El impetuoso da-DA-da-de-DA-da, da-DA-de-DA-da de la batería. El imaginativo clarinete de Benn, el estruendo desaliñado de los metales.

Si cierra los ojos puede imaginar que se encuentra de nuevo en El Morocco de los años cuarenta, en la atestada pista de baile, y que pisa los zapatones de Ann Woodward.

En ocasiones, cuando tropieza sin querer con los otros bailarines, vestidos de licra y lentejuelas, estos lo fulminan con la mirada igual que Bang-Bang. Que lo miren con toda la insolencia que les dé la gana; a él le importa un comino.

Ya ha echado alas y vuela muy por encima de la chabacanería de esa gente. Vuela hacia un tiempo y un lugar suyos: un tiempo y un lugar desaparecidos, que recupera en la pista de baile; se eleva aún más hasta un tiempo y un lugar distintos, donde la falta de sensibilidad de los demás propia de la época ya no le afecta.

En ocasiones hace girar a Babe por la pista, y a Jack. Los tres se desmelenan juntos, como hicieron aquella vez en su fiesta.

Únicamente C. Z., que en alguna que otra ocasión lo acompaña al club nocturno del futuro, conoce la verdad, y solo espera que el muchacho sea feliz así.

Vestido con un pijama de seda o un traje de lino blanco sin nada debajo, con el panamá inclinado con gracia sobre un ojo, Truman baila el lindy hop durante horas entre los discotequeros, con chorros de sudor que le caen por el rostro embelesado; baila frenéticos jitterbugs embriagados al son de las big bands de su mente.

21

1983

Fantasía

Chaikovski, opus 20

Sentado frente a Gloria en un compartimento de Turnpike Howard Johnson's, cruza sus piernas de enano, eufórico.

Da sorbos a un salty dog, admirado de su inofensivo tono rosáceo, sonrosado como las tetas de una virgen; Gloria toma un daiquiri del mismo color.

Hacía años que no almorzaban juntos. De hecho, hacía años que no hablaban, pues ella, cautelosa, no quería ofender a Loel, a Babe ni a Bill.

Sin embargo, dadas las circunstancias, después de tanto tiempo, Gloria ha decidido —supone él— echar pelillos a la mar.

Como es natural, se han citado en su restaurante secreto predilecto, demasiado vulgar para las demás. Han decidido pedir exclusivamente almejas, como un almuerzo especial y por nostalgia, ya que el marisco de Howard Johnson's es el favorito de ambos. Mientras se comen la primera tanda de almejas, el muchacho se lamenta de lo mal que está todo.

—¿No te parece, Mamacita, que muchos días no vale la pena ni levantarse de la cama? —Por lo visto solo ha conseguido realizar a medias el esfuerzo de vestirse, puesto que lleva un traje de algodón de rayas azules como los que le compraba su madre pero ha olvidado ponerse la camisa—. Lo digo en serio. En comparación con los viejos tiempos, ¿adónde se puede ir...?

Gloria, que toquetea el tallo de la copa del daiquiri, suspira.

—Sí. Bueno. Cuando éramos jóvenes contábamos con aquellos restaurantes divinos. —(Nos duele decir que los mejores de esos establecimientos han cerrado en los últimos años o han cambiado de manera irremediable al verse invadidos por personas indeseables)—. Con clubes nocturnos maravillosos...

—Y las fiestas... —apunta él.

—Unas fiestas preciosas —afirma Gloria sonriéndole, y Truman comprende que se refiere a su baile. Ella niega con su hermosa cabeza en un gesto de pesar—. Ahora la gente solo quiere ir a la discoteca —añade con evidente desdén.

—Bueno, Mamacita, es que tú no fuiste nunca al Cinquanta-Quattro. Era una buena discoteca..., muy buena. —(Naturalmente, el querido 54 de Truman también ha cerrado sus puertas tras la detención de sus propietarios por evasión fiscal)—. Tenía magia... Me habría gustado llevarte. A C. Z. le encantaba... —Intenta sonar convincente.

—Bah —replica Gloria con desprecio—. No tendría ni punto de comparación con lo que nosotros conocimos.

—No, creo que tienes razón. Es una panda bastante atractiva, pero son flor de un día. No son nada, solo títeres de los relaciones públicas. Sin una pizca de glamour. Carecen de lo que vosotras poseíais.

—¿Y qué era?

—Solemnidad.

Gloria digiere la palabra con un trago de daiquiri.

—O sea, ¿acaso puede alguien de esa panda compararse con Betty Bacall? ¿O contigo, Babe y Slim? Hasta las despreciables Bouvier consiguen que se hable de ellas desde hace décadas debido a la falta de competencia. Esta panda... No son una bandada de cisnes. Ni siquiera son patitos feos: son patos de plástico. Idénticos, fabricados en serie, salidos de una cadena de producción.

—Me parece, Diablito, que debemos aceptar que los tiempos de tus cisnes han quedado atrás.

Reflexionan sobre esta pérdida con veneración muda.

—¿Has pensado alguna vez —musita al final Truman con un dejo de pesar— que todas las personas a las que de verdad aprecias están muertas...?

—Sí —responde Gloria con una sonrisa triste que transmite comprensión.

Él asiente. Siguen comiendo, contentos.

—Te he echado de menos, Mamacita.

—Y yo a ti, Diablito.

—¿Quieres otro daiquiri, cariño? —pregunta solícito.

—Sí, qué caramba... Creo que sí.

—¿Más almejas...?

—Sí, por favor.

Truman hace una seña a la camarera.

—Otro salty dog para mí. La *señora* querría otro daiquiri... y compartiremos otro plato de almejas con beicon, *por favor.*

La camarera lo mira con recelo. Empieza a decir algo, se lo piensa mejor y anota los pedidos adicionales en la cuenta, que vuelve a dejar en su platito, al lado de los condimentos, antes de alejarse arrastrando los pies en busca de las bebidas.

—¡Madre mía! ¡Por la forma en que me ha mirado Flo, cualquiera diría que me he vuelto azul y me han salido seis cabezas!

—Quizá no haya entendido que hayas pedido eso.

—¡Pues que se vaya a la porra! —Truman se gira en el asiento para observar a la camarera del vestido de poliéster—. ¿Cómo se atreve a juzgarnos por querer comer otro plato de esas deliciosas...?

Se da la vuelta y se sobresalta al ver vacío el asiento de enfrente. Mira alrededor en busca de Gloria, pero no hay ni rastro de ella. La campanilla de la puerta de estilo capilla tintinea suavemente, aunque no entra ni sale nadie. La camarera vuelve por fin con una bandeja con almejas, un salty dog...

—Y un daiquiri para su... amiga.

Esa noche cena con Jack en La Petite Marmite, enfrente del edificio de la United Nations Plaza.

—Apenas has probado la comida —le dice Jack al muchacho, que corta la carne en cubitos poco apetecibles.

—Pediré que me la pongan en un recipiente para llevármela. La verdad es que me he empachado de almejas.

—Ah, ¿sí?

—He almorzado con Gloria.

—Truman. —Jack hace una pausa. Luego dice—: Gloria está muerta.

—Sí, creo que lo sabía... —Y añade tranquilo—: ¿Cuándo?

—Hace dos años.

—¿Cómo...? —Corta el bistec.

Jack lo observa preocupado.

—¿De veras que no te acuerdas?

—No..., no estoy seguro.

—De un ataque al corazón. Loel la encontró en el suelo del cuarto de baño, en Lucerna.

—Ah.

—Hay quien dice que hizo lo mismo que tu madre...

—Entiendo.

—Que estaba cansada y decidió poner punto final.

—Mmm...

—Creen que con Seconal.

—Bueeeeeeenooo. —El muchacho intenta clasificar el dato en su mente, junto con lo que sabe que es cierto—. Hemos comido juntos y me ha pedido que te salude de su parte —añade con una sonrisa radiante de satisfacción panglosiana.

Silencio. Jack se levanta.

—Nos vemos en casa —dice, y deja a Truman solo en la mesa para que cavile sobre la pérdida.

El muchacho no tiene la certeza, pero está casi seguro de que Jack lo ha tomado como rehén.

Convencido de que su vida peligra, quiere realizar llamadas telefónicas, pedir refuerzos, pero quedan muy pocos para responderle.

—Quehido —le dice C. Z. desde Palm Beach, con su tono de jefa severa—, Jack no intentah secuestrarte. Todo lo contrario. Así que pórtate bien o antes de que te des cuenta se largará a Verbier en el primer avión que salga.

—Sissy, es que... no para de hablar sobre mí en pasado. Como si ya me hubiera muerto.

—Chaval, tal vez deberías dedicar un poco más de tiempo a la forma en que te expresas tú en lugar de analizar la de Jack.

Silencio.

—¿Truman? ¿Me has oído?

—Sí, Sis.

Truman cuelga el auricular y vuelve a la cama, se tumba y clava la vista en el techo. Observa una espiral de motas de polvo en el aire..., un aire tan denso como ingrávidas son las partículas. Nota que el corazón le va muy deprisa, que se acelera...

Truman se queda quieto. Espira. Despaaaaacio. Despaaaaacio.

Siente el pulso veloz como un... Tiene la imagen en la cabeza, ese medio de transporte que posee Gianni... No una simple lancha motora, sino un... Cuando está a punto de salirle, desiste del empeño. ¿De verdad ha llegado a esto...? Palabras perdidas, metáforas gastadas. Manidas... Imágenes que él nunca habría... Ni siquiera cuando era poco más que un crío con una máquina de escribir cuyas teclas se atascaban, una Remington que había encontrado en su... ¿No es él el escritor que afirmó que toda una obra podía irse al traste por culpa del ritmo imperfecto de una oración? Últimamente parece que apenas sabe escribir su nombre. Lanchas motoras... ¿Eran lo que...? ¿O le han venido a la cabeza porque tenía a Marella en mente? Ha visto algo..., no, ¿lo ha leído?, algo que quería contarle, algo que le pareció que sin duda la divertiría, pero enseguida se le ha olvidado lo que fuera que...

Un dolor agudo. Se aprieta el pecho. Nota que el corazón se le rompe en mil pedazos letales..., como fulminado por un... Su dominio del lenguaje se ha... Parece el aleteo de un...

¡Joder! ¿Es un...? No le vienen las palabras. Ve los objetos en su mente pero no recuerda en absoluto cómo se llaman. A lo mejor si consigue retener el corazón dentro de la cavidad del pecho, como Jackie mantuvo en su sitio los fragmentos del cráneo de Jack en el asiento trasero del coche en una plaza llamada Dealey, desesperada por evitar que se salieran aquellos queridos sesos. Si impide que el corazón le reviente; si impide que su brillante cerebro se le escurra.

Piensa que no hay nada más aterrador que alzarse todos los días hasta las nubes con la intención de arrancar las palabras del cielo... para injertarlas..., no, para fijarlas en la página en blanco de...

Estruja el papel mental.

¡Ay, Dios! El terror..., el puro terror del riesgo, pues era eso, ¿no? Ojalá lograra atrapar las palabras y afianzarlas en la página.

Ya no cree que las palabras y locuciones salgan de él, sino más bien que existen como entes independientes y que lo máximo a lo que se puede aspirar es a atraer a una o más hacia una trampa para usarlas con fines narrativos. Ya no cree que un niño prodigio podría aspirar a ser algo más que un cazador desafortunado. Incluso en ese caso las palabras, al tener su propia mente, podrían negarse a colaborar.

Del mismo modo que los temas pueden optar por resistirse.

Hace tanto tiempo que las palabras no acuden que ha olvidado lo que...

Se detiene. Deja de garabatear sobre los pensamientos de su mente.

Exhala en tres espiraciones entrecortadas el aliento contenido. Está tumbado cuan largo es..., en una cama, en el suelo o en el sofá; ya no se molesta en preparar los almohadones de cretona, un ritual que en el pasado parecía ayudarlo. Lo mismo cabe decir de los blocs de hojas pautadas amarillas, los lapiceros Blackwing y la pesada Smith Corona. Ya no se preocupa por los accesorios. Cuando los reúna, el brillo de la expectativa prometedora se habrá desvanecido y Truman se verá vencido por la fatiga de haber fracasado antes de empezar.

Últimamente Manhattan parece abarrotada.

Cuando no es capaz de fijar las palabras —lo que, reconozcámoslo, le ocurre la mayor parte de las veces—, callejea por la ciudad y se sorprende al toparse con tantos conocidos.

Un día, mientras pasea por la Quinta Avenida ve a una mujer con gabardina ante el escaparate de Tiffany. Del bajo de la prenda surgen sus piernas de gacela y, aun envuelta en la cubierta protectora que viene bien haga el tiempo que haga, es evidente que tiene cuerpo de muchachito. Su cabello corto presenta multitud de tonalidades: beis y caramelo, con mechas de color champán. Las gafas de sol se comen su rostro de duendecillo.

—Holly —musita Truman.

Se acerca con cuidado para no espantar a la asustadiza criatura, pero la torpeza de su cautela surte el efecto contrario. La joven se da la vuelta de repente y lo mira como si lo considerara un acosador que la sigue con sigilo..., quizá un exhibicionista, ya que lleva gabardina. Se aparta de él y Truman advierte enseguida que la muchacha no es quien él creía.

Esa misma semana, en un entorno menos recomendable, se topa con otra cara conocida. Ocurre en el Twilight, un bar clandestino del East Side en los años veinte, adonde acuden hombres mayores para encontrarse con chicos guapos y donde estos se disputan el afecto de aquellos. Truman, que huye al local tras una pelea con Jack creyendo que se contará entre los jóvenes de la clientela, se lleva una sorpresa al ver que es un hombre mayor. Sentado a la barra, encorvado ante un vaso de bourbon, sus ojos de querubín captan el reflejo de un anciano en el espejo de enfrente. Tarda unos instantes en reconocerse. Mientras cavila sobre cómo ha podido suceder, cómo es posible que haya dejado de ser un muñeco dorado para convertirse en una arrugada *Testudo graeca* solitaria en un bar, se le acerca un joven. Tez morena. Ojos que reflejan sensibilidad. Cojera.

—Buenas noches, *amigo.*

La tortuga atisba desde el caparazón al reconocer la voz.

—¿Perry...? —Entorna los ojos en la penumbra de la taberna.

El joven esboza una sonrisa de soslayo que Truman recuerda.

—Claro. Si te gusta el nombre...

—Dios mío... Nunca había sentido tanto alivio. Creía... Te vi... —No soporta decir la palabra «ahorcado», por lo que se limita a sonreír, agradecido porque a todas luces ya no es así—. Supooooooonnngo —reflexiona en voz alta— que me confundí. ¿Cómo estás?

—Fenomenal. ¿Y tú?

—Viéndote a ti, como unas pascuas.

—Fantástico.

—¿Te apetece una copa?

—Sí, gracias —contesta el joven.

Tras un par de whiskies toma entre las manos la cara temblorosa de la tortuga para compartir un beso baboso mezclado con zumo de mamá. Qué cálidos son los labios del joven. Saben a regaliz, a nicotina y a rastros de otros hombres. Cuánto deseó besarlos hace años, cuando acudía a una celda bajo la mirada vigilante de guardias que tal vez le hubieran prohibido el acceso si lo hubieran sorprendido cediendo al interés personal. Lo importante era el libro, más que el deseo, que se encendía y se desvanecía con su fuerza de voluntad. En cambio aquí, ahora, los labios son suyos. Perry...

Se recrea en el beso, con los párpados apretados. Embebiéndose de él.

—Por cierto, me llamo Fred.

—¿Qué? —pregunta la tortuga, con los ojos aún cerrados, extasiada.

—Me llamo Fred, pero puedes llamarme Terry si quieres.

—Perry —lo corrige. Los párpados de tortuga se abren trémulos y entonces ve...

Un joven de rasgos latinos, con los dientes como teclas de piano resquebrajadas. Un pie escayolado, lo que explica la cojera. No es el personaje por el que la tortuga le ha tomado.

—Lo que tú digas, *amigo*...

El joven quiere otro beso ávido, pero ya no es lo mismo. Truman lanza un billete arrugado en la barra y sale corriendo a la calle.

No todos los encuentros son gratos.

En un compartimento del bar del Colony, con la nariz metida en un libro mientras sorbe el *mulligatawny* del cuenco que tiene sobre la mesa, se siente observado.

Una mirada inquietante...

En el otro extremo del local ve a una mujer que lo observa.

Una rubia de bote, sola. Vestida en tonos apagados, pese a lo cual desprende un fulgor de oropel bajo esa apariencia. Labios de brillo perlino. Ojos y mejillas maquillados. La viva imagen de...

—Bang-Bang... —farfulla incrédulo.

La mujer no dice nada. No come nada. No bebe nada.

Solo lo mira fijamente.

Truman hace una seña al camarero.

—Tesoro, ¿cuánto rato lleva la señora Woodward sentada ahí? —Señala con la cabeza hacia la rubia del otro lado del bar.

El camarero se da la vuelta y echa un vistazo a las mesas.

—Hoy no ha venido ninguna señora Woodward, señor Capote. La señora Vanderbilt está en su mesa desde las doce. —Señala con la cabeza hacia la matrona pálida del asiento contiguo.

—No me refiero a la señora Vanderbilt, sino a la señora Woodward, que está a su lado. La señora Ann Woodward.

El camarero se remueve incómodo.

—Lo siento, señor Capote, pero no sé nada de la señora a la que se refiere.

Al otro lado del bar, la rubia sonríe a Truman... ¿con sorna?

—Ann Woodward, ¡maldita sea!, está ahí mismo..., ¡tan claro como la luz del día!

—Ah, sí. Bueno. Desde luego. ¿Quiere que le traiga otra bebida de naranja, señor Capote?

Abstraído, el muchacho asiente.

En cuando el camarero se aleja, Ann Woodward levanta los dedos y los curva para formar con ellos una pistola. Apunta directamente a Truman, y las uñas pintadas de rojo rubí aprietan el gatillo. Él se levanta de un salto y sale como una flecha del restaurante sin molestarse en esperar a que le den la cuenta.

Unas noches después alguien le entra en casa.

Ocurre en Nochebuena. El muchacho se ha asegurado de que le lleven un abeto al piso veintidós. Ha encargado una caja de adornos en Tiffany, y en una tienda de todo a cinco y diez centavos del Bronx ha comprado una estrella plateada para ponerla en lo alto. Se ha permitido imaginar el canto de villancicos alrededor del árbol, infinidad de tazas de ponche de huevo. Regalos envueltos y abiertos, y besos y caricias al amor de la lumbre.

Ha pedido a Jack que vuelva de Verbier para que pasen juntos la Navidad, lo que no ocurre desde hace años. Tru ha llegado a odiar a los suizos, y Jack aborrece Nueva York, por lo que se niega a abandonar los Alpes en plena temporada de esquí. No obstante, al percibir la angustia en el tono de Truman, esta vez accede.

Nada más llegar saca las botellas de licor de los armarios y las mete en bolsas de basura junto con las pastillas de Truman. De momento no descubre la cocaína que, oculta entre las páginas de los libros de los estantes, vuelve aún más gratos los pasajes que a Truman le gusta frecuentar: sus rayas favoritas de Flaubert y Proust guardan otro tipo de rayas que le encanta esnifar a hurtadillas. El muchacho, atolondrado por tener a Jack en casa, se toma unas cuantas pastillas de Torazina para disfrutar aún más de la sensación; pastillas que acompaña con setecientos cincuenta mililitros de vodka disimulada con astucia en un frasco de jarabe NyQuil. Jack repara en la lengua que asoma por un lado de la boca, en los ojos en blanco, y va derecho al dormitorio, del que sale vestido con un traje de etiqueta. Truman le suplica que se quede, pero Jack no parece dispuesto a cambiar el *Macbeth* de Verdi por una tragedia menos interesante en casa.

El muchacho se refugia en su estudio, donde saca del estante *En busca del tiempo perdido*, abre sus blancas páginas y esnifa una raya de farlopa directamente de una magdalena. Al cabo de media hora duerme derrumbado en el sofá victoriano con el bueno de Marcel sobre el regazo.

Son más de las doce cuando lo oye. ¿Una especie de...? No encuentra la...

Aleteo. (Le proporcionamos la palabra como quien lanza un hueso.)

¡Aleteo! (¡Como si le hubiera salido a él solito!)

Golpeteos rápidos..., ¿en la habitación de al lado...? El zumbido... de varias... Un murmullo apagado. Lo que quiera o quienquiera que sea, hay más de uno, no le cabe la menor duda. Cruza de puntillas el pasillo hacia la sala y se asoma al rincón donde se alza su abeto. El escenario en que ha imaginado villancicos y besos y caricias. «Siete cisnes nadando, seis ocas empollando, cinco anillos de oro...» Dirige rápidamente la vista hacia los paquetes colocados debajo, pues le ha comprado a Jack una alianza fina de oro de Cartier y una pajarita azul verdoso, regalos que ha envuelto con primor.

Las ramas del árbol arrojan sombras que se alargan; con suaves susurros siniestros. La ventana está abierta y las cortinas de cretona ondean con el viento. La sangre se le hiela. Pese a no estar en plenas facultades, sabe que no la ha dejado abierta, y le parece aún menos probable que lo hiciera Jack, puesto que forma parte del carácter de este cerrar lo que él abre.

Un rumor detrás del abeto. Las tiras de espumillón se agitan.

Hay alguien o algo escondido detrás del árbol.

—¿Hola? —dice intentando parecer menos asustado de lo que está—. ¿Hola? Os he visto..., sé que estáis ahí...

Las sombras se mueven detrás.

—¿Sabéis qué? Voy a llamar a la policía...

Cuando le da al interruptor de la luz, salta un fusible. ¡Un fogonazo!, en el que le parece distinguir el brillo de varios ojos..., y las luces del árbol se apagan.

Está a oscuras. Solo. Abandonado. Lanza un chillido y huye, corre hacia la puerta y busca a tientas el frío pomo de bronce. Lo gira hacia un lado..., hacia el otro. No funciona.

Le parece oír risas a su espalda, un levísimo zumbido sospechoso.

Vuelve a girar el pomo volcando todo su peso sobre él. La puerta se abre, y él sale impulsado hacia el pasillo. Corre —es un muchacho que en el pasado afirmó que solo corría si lo perseguían— hacia el apartamento de sus vecinos y aporrea la puerta.

—¡Socorro! ¡Ayúdenme! —grita.

Al cabo de un par de minutos su vecino, el señor Rothstein, se asoma con ojos aletargados.

—¡Señor Rothstein, gracias a Dios! ¡Me han entrado en casa! ¡Hay intrusos!

Entra empujando casi al pobre hombre y a su esposa, que aparece en bata y con rulos. Miran sorprendidos al huésped inesperado, cuyo albornoz abierto deja a la vista el cuerpo desnudo. La señora Rothstein, la primera en reponerse, conduce a Truman al interior.

—Truman, pobrecito, ¿quiere que le sirva algo?

—Sí, cielo... Lamento tener que pedirlo, pero necesito con urgencia una copita para calmar los nervios. ¡Y que me dejen llamar por teléfono a la policía! ¡Es posible que los intrusos sigan en casa!

Media hora más tarde, cuando llegan los agentes, Truman se ha bebido media botella de vodka de los Rothstein y está entretenido divulgando la teoría conspirativa de que Jack Dunphy, su «expareja», lo ha tomado como rehén...; peor aún: Jack planea asesinarlo.

—Solo sé que esta noche ha salido para que vinieran a acabar conmigo.

¿Cómo han entrado?

—Ah, cariño, por la ventana. ¡Yo no la dejé abierta!

¿Escalando veintidós pisos?

—Bueno, desconozco sus técnicas, pero seguro que tienen formas de hacerlo. Los cacos no entran solo en las plantas bajas.

¿Podría describir a los intrusos?

—Asesinos.

¿Podría describir a los asesinos?

—Buueenoo... Creo que uno era italiano.

Incluso mientras los describe con todo detalle se da cuenta de que son ficticios. No obstante, una vez metido en harina se convence de que los ha visto. Los policías han ido a registrar el apartamento y Truman se dirige a la señora Rothstein:

—Mimi, acabo de acordarme... ¿Me permite telefonear otra vez? Tengo que ponerme en contacto con Liz Smith, de la revista *New York*. Ella publicará la verdad, y así cuando Jack consiga quitarme de en medio, la gente sabrá qué le pasó al bueno de Caposey...

Cuando Jack llega después de la ópera de Verdi y de una cena tardía (ha alargado la salida con la esperanza de que a su regreso Truman esté dormido), encuentra el piso veintidós del edificio de la United Nations Plaza plagado de policías. Lo interrogan, un trámite normal, y enseguida queda claro que las acusaciones son falsas y que al acusador le falta un tornillo. En cuanto la policía se marcha, Jack prepara una maleta y parte hacia su casa de Sagaponack, una casa que hace tiempo le regaló un muchacho al que amó.

«Pero, Jack, ¿qué hice? ¿Qué hiiiice?», gemirá Truman en las semanas siguientes, sin recordar el episodio, olvidados ya los asesinos.

Jack se niega a ceder. «Si ves cómo algo que quieres se consume hasta la médula ante tus propios ojos, que se te lleve por delante es solo cuestión de tiempo», será lo único que comente sobre el asunto.

La mañana del día de Navidad, el muchacho sube en el ascensor hasta la azotea.

Anoche nevó y es un amanecer frío y claro de diciembre.

Camina hasta el borde y mira hacia la calle. Coches que avanzan como hormigas de fuego rojas. Se acuerda de Maggie Case plantada en ese mismo lugar, antes de que el viento le hinchara el abrigo cuando se tiró y quedó suspendida como en un paracaídas en un último instante de vuelo.

«Tengo dos alas con las que cubrir mi cara... Dos alas con las que alzar el vuelo...» Casi le parece oír un coro baptista de ángeles, sublime como un réquiem. «Alzar el vuelo.»

Mira hacia el edificio de enfrente, donde le sorprende ver una figura, un reflejo de la suya.

Tez oscura. Como la de Perry, aunque no... ¿De qué le suena ese rostro?

El sol se eleva por detrás de la figura de rasgos ensombrecidos y la rodea de un halo de...

Truman la saluda con la cabeza e imagina que la figura le devuelve el gesto. A continuación da media vuelta y se encamina al ascensor para regresar al salón del abeto, donde abre el paquete de la alianza de oro que le ha comprado a Jack y se la desliza en el dedo para tenerla a buen recaudo.

El muchacho ya no está seguro de lo que es real, pero sí sabe lo que es falso.

Lo que es falso, lo que no guarda el menor parecido con la verdad, es un libro repugnante que, según le cuenta su editor, ha escrito sobre él Marie «Tiny» Rudisill, hermana de Lillie Mae y oveja negra. Una tía a la que no conoce. Que propaga mentiras sobre su infancia, que lo califica de anormal y tacha a

Lillie Mae de putón desorejado. Al menos el muchacho tiene quien lo defienda: otra tía a la que sí conoce, Mary Ida, su último pariente agradable, quien ha afirmado que ha utilizado las páginas calumniosas como papel higiénico en su retrete, un gesto que, por extraño que resulte, lo ha conmovido.

Más importante aún quizá: su mayor aliado ha surgido de las sombras del tiempo. Truman siempre ha sabido que a la hora de la verdad lo apoyaría.

—Truman...

Oye su voz al teléfono, por primera vez desde hace años..., ya no recuerda por qué.

—¡Nelle! —Casi llora de lo confortado que se siente al oírla—. ¿Lo has leído?

—¡Jamás había leído tantos puñeteros embustes juntos!

De repente lo invaden el alivio y la nostalgia del pasado. Recuerda en un instante que juntos podían engañar con su astucia a toda la maldita panda. Nelle es su única amiga de verdad, y él, el único verdadero amigo de ella.

No ha transcurrido ni una semana cuando se encuentra en el aeropuerto para subir a bordo de un avión con destino a su tierra natal.

Oír el suave relincho de la niña-potrilla consigue que añore horrores el sur. Que olvide que Nelle vive la mitad del año en Brooklyn, donde rara vez la ve. Que olvide que fue el gran éxito de Nelle —no contemplado en el plan general de Truman— lo que abrió la brecha entre ambos. Capta las voces transportadas por el viento que lo arrastran hacia su tierra, a las conversaciones en los porches, a los cauces de los riachuelos y al paso lento del tiempo.

«Voy a colgarme la mochila al hombro y a calzarme mis zapatos viejos para regresar a mi patria chica, donde vive la gente honrada», cuenta a quien le escuche..., que no son más que su abogado, su editor, el portero Sidney y el dentista, en cuya consulta aguarda hojeando el *New Yorker*: un gilipollas compungido que necesita una endodoncia.

Le satisface observar que la indumentaria ha mejorado mucho en el mostrador de Pan Am desde la última vez que viajó, pues las azafatas han resucitado la costumbre de tocarse la cabeza..., y no con los casquetes de antaño, sino con sombreros de fieltro azul marino.

—Vamos a juego, nenas —dice entusiasmado mientras factura.

Lleva puesto su panamá. Ha llegado a la conclusión de que posee algo de la elegancia sureña, y ese es el motivo por el que lo ha elegido.

—Os parecéis a Ingrid Bergman en *Casablanca,* cuando está a punto de subir al avión para marcharse con Victor Lazlo y dejar al pobre Rick. Yo conocí a Ingrid, claro, y a Bogie. Qué pena más grande que ninguno de los dos esté ya en este mundo.

Miradas inexpresivas.

—Vamos, nenas, ¿no habéis visto *Casablanca*?

Las señoritas de Pan Am niegan con la cabeza al mismo tiempo. Él sonríe.

—Bueno, supoooooonnngo que aún no habíais nacido.

Se asegura de no desprenderse de la bolsa de mano que contiene sus preciadas páginas, esta vez sujeta a su persona, ya que es muy consciente de lo que podría suceder con las distracciones del viaje.

Una vez en el avión, el traje pantalón de la azafata que recorre el pasillo le recuerda a Jagger. Invadido por una insólita nostalgia de una época que no le interesó de manera especial, pide un tequila sunrise como homenaje. Descubre consternado que el sabor le evoca a Lee y que se vuelve amargo en su lengua con el mero pensamiento. Llama a la azafata y, tras cambiar el sunrise por un old-fashioned, se recuesta en el asiento.

Cuando empieza a adormilarse percibe una presencia a su lado. Estira la mano hacia el reposabrazos y siente que los dedos de ella le acarician el brazo. Uñas cuidadas. Pintadas de rojo oscuro, perfectamente pulidas...

Babe.

—Pronto, Truman...

—Babyling.

—Pronto estarás en casa. Piensa en lo bonito que será.

Cierra los ojos sonriendo, asiente... y se duerme apoyado en el hombro de Babe.

Despierta al cabo de dos horas, cuando la azafata lo mueve con suavidad para pedirle que ponga en vertical el asiento y la mesita plegable. Se seca sus ojos aletargados. En el asiento de al lado no hay nadie, tan solo un vaso de plástico con una leve marca de pintalabios, lo que no le sorprende en absoluto. Le parece percibir un tenue aroma a heliotropo que endulza el aire viciado de la cabina, aunque no está seguro.

Cuando baja a la pista por la escalerilla, se da de bruces con el muro de humedad, que había olvidado hace tiempo, de modo que acaba con la camisa y el traje de lino empapados aun antes de recoger las bolsas y de localizar al chófer contratado, que lo aguarda a cierta distancia del ajetreo de las cintas de equipaje con un cartel con la palabra CAPOTE escrita en rotulador rojo.

El chófer, un hombre demacrado que el muchacho cree que es la viva imagen del Hueso y Pellejo de las vías del tren de

Monroeville, le recoge el equipaje: una solitaria maleta Vuitton, baqueteada por el mucho uso. ¿Es posible que...? No, el vagabundo ya era anciano en la infancia del muchacho. Seguro que el pobre Hueso y Pellejo abandonó este mundo hace mucho mucho tiempo, puesto que el muchacho ya es un hombre mayor.

—Al Holiday Inn, *s'il vous plaît* —le dice con su voz aguda desde detrás de la mampara del sedán, pues no pudo encontrar ninguna limusina que lo llevara de Birmingham a Montgomery, y menos aún a Monroeville.

—Sí, señor. Tengo aquí las indicaciones. —El conductor agita un papel en el retrovisor.

Truman echa un vistazo al asiento trasero, aunque sabe que no cabe esperar botellas de ningún tipo, y saca la petaca del bolsillo.

—¿Le importa que tome unos sorbitos de mi fiel petaca...?

El chófer se encoge de hombros.

Truman intenta de nuevo entablar conversación:

—Soy de Alabama, ¿sabe? Bueno, nací en Nueva Orleans, pero me crie en Alabama. —No obtiene respuesta—. Me marché a Nueva York cuando tenía doce años y desde entonces he vuelto en contadas ocasiones. Una vez traje a la desagradable princesa Radzilla para que echara una ojeada a paletolandia, y todo el maldito pueblo creyó que éramos novios gracias a mi padre, que fue contando esa patraña.

Silencio por parte de Hueso y Pellejo en el papel de chófer.

—¿Ha oído hablar de Lee Radziwill? —le pregunta Truman nervioso.

—No, señor.

—Seguro que sí ha oído hablar de la hermana, la señora Onassis...

—Pues no.

Incapaz de impresionar al hombre, el anecdotista canijo se recuesta de golpe en el asiento, y viendo los paisajes feos y monótonos que se deslizan veloces empieza a recordar de qué tuvo tantas ganas de escapar en su momento.

El coche lo deja en el Holiday Inn —una cadena de hoteles que siempre le ha gustado por su bendito anonimato—, y se registra antes de mediodía. Disfruta con el conocido zumbido de la máquina de cubitos mientras llena la cubitera, tras lo cual regresa arrastrando los pies a su habitación, donde se sirve un poco de algo con hielo. Saca los tres pisapapeles de Fabergé que ha traído de su colección, elegidos con cuidado para dar un toque personal al lugar. Dorados parduzcos y verdes que le evocan las hortalizas mini de Babe, las cuales siempre lo animan. Zanahorias, guisantes de olor y mazorquitas de maíz, todo increíblemente minúsculo. Los coloca sobre la mesilla cual objetos de un santuario, convencido de que por la noche destellarán a la luz de la lámpara como botellas del zumo de mamá, del que ha traído una buena provisión.

Se pone un bañador y un albornoz de felpa que descuelga de un gancho de la puerta. Se dirige a la piscina comunitaria, se mete en el agua y empieza a nadar unos largos al estilo perrito. Ha dejado el sombrero en la tumbona porque quizá haga algunas volteretas hacia atrás, ejercicio que en el pasado le gustaba. Desea explorar las cosas sencillas que ha olvidado con los años. Tal vez recupere el apellido Persons; quizá vuelva a vivir en el pueblucho donde los escritores clarividentes e imaginativos pueden expresar su opinión sin desatar un escándalo...

La idea lo entusiasma de tal manera que al llegar a la parte honda echa hacia atrás su cuerpo de pez lebiste y lo oye silbar mientras ejecuta una serie inacabable de giros. No se marea al hacerlos..., lo sabe porque tampoco se mareaba de niño. Es uno de sus talentos especiales. Intenta gritar de alegría bajo el agua, en mitad de la voltereta. Le gustaría reproducir el gorjeo operístico de las ballenas jorobadas que ha oído en discos. Sus chillidos subacuáticos surgen como un silbido esmirriado, nada que ver con la canción, detectada por sonar, de los seres de las profundidades con los que cree guardar cierta similitud. Aun así, disfruta con el sonido de su tenue eco, hasta que se mezcla con otro...

¿De veras creías que podías escapar de nosotras, Truman...?

Gluglú... Gluglú... ¡Mierda!

Eso no —sabemos que dice para sus adentros, pues podemos leerle el pensamiento—; aquí no...

No puedes retroceder hasta el lugar donde empezaste y olvidar que ocurrió. Nunca lo eludirás. ¡Jamás! Vayas a donde vayas, estarás encerrado..., solo. Abandonado...

El muchacho se impulsa fuera del agua para respirar.

De vuelta en la habitación, nervioso, se bebe una copa de bourbon a velocidad agnelliana.

Hurga en la bolsa de mano en busca de un frasco de pastillas, las que sean, y saca tres de colores casi idénticos a los de los pisapapeles de Fabergé que forman el santuario de Babe. Al cabo de unos minutos está tirado sobre la colcha rojiza, flotando en una líquida bebida de naranja. El personal del hotel ha llamado una y otra vez a la puerta, ya que los huéspedes lo han visto retirarse muy agitado. Al no recibir respuesta, les preocupa su bienestar:

—¿Señor Capote? Solo queremos asegurarnos de que se encuentra bien... Señor Capote, abra, por favor.

Los oye como si se hallara encerrado en una caja de resonancia, pero el veneno de siempre le corre por las venas y no es capaz de moverse.

—Señor Capote, vamos a entrar.

Oye que una llave maestra fuerza la cerradura. Oye los pasos cautelosos que se acercan. Cuando el gerente se detiene a su lado y observa el cuerpo paralizado, el muchacho se siente invadido por el terror de que se lo lleven; de que lo metan en un ataúd y lo entierren vivo. Peor aún: quizá quieran robarle las preciadas páginas, que ha tenido la prudencia de esconder en la habitación, a buen recaudo. Recupera de pronto el espíritu combativo, como suele ocurrirle ante el peligro, y ataca: sus recias piernecitas patalean con todas sus fuerzas y por poco golpean en la cabeza al señor gerente, al que rozan tan solo la oreja. En ese cuerpo enano queda saña suficiente para causar daños graves, y por eso el personal del hotel dirá más tarde que se consideraban afortunados. Les cuesta creer que un ser tan consumido posea semejante fuerza; un animal moribundo al que se toca con un palo. Rabioso. Desesperado. El muchacho nota que se le contraen las extremidades y luego... nada.

La tensión dramática decae de forma increíble cuando lo trasladan a toda prisa al Centro Médico Baptista y resulta que solo ha tenido uno de esos ataques que en los últimos años sufre de vez en cuando, motivo por el cual han llegado a aburrirnos. Lo habitual: el aullido de la sirena, la ambulancia y un equipo solícito de médicos. Cuarenta y seis rosas enviadas por el gobernador Wallace y una planta de la tía Mary Ida. Después de dos días en observación le dan el alta, desvanecida ya la *jouissance* de la visita a su tierra.

Como tiene prohibida la entrada en el Holiday Inn por razones obvias, se registra en un motel cercano, el Doby's Hotel Court, de Mobile Road, al lado de la Dixie Highway. Le gustan los bungalows con sus porches postizos. Parece un lugar malhadado para recuperar las fuerzas. Paga una semana por adelantado para alojarse y restablecerse.

Ahí es donde lo encuentra la niña-potrilla. La de extremidades desgarbadas y pelo a lo paje…, las mismas características que él recuerda, acopladas ahora en una mujer de mediana edad. El muchacho no habla, y tampoco ella, sentada a su lado en una mecedora cuyos balanceos hacia delante sirven de contrapunto a los de la silla de él.

Tan solo falta el murmullo de las charlas de porche, pero ya llegará. Siendo dos seres que aman las palabras, apenas parecen necesarias entre ellos.

Durante la cena —pollo frito de un restaurante de comida para llevar; lo comen en bandejas en la habitación a la que se ha trasladado Nelle—, descubren que han tenido el mismo pensamiento.

—¿A qué te recuerda esto? —pregunta ella, con una chispa en los ojos.

Y enseguida:

—A aquel hotel de Garden City. Clavadito.

—Es como si lo hubieran arrancado de Kansas para plantificarlo aquí.

Sonríen al evocar la sensación de llegar juntos a aquella tierra de llanuras áridas después de que Nelle aceptara ser su secretaria para todo cuando el muchacho decidió trasladarse a Holcomb e investigar el caso Clutter. Ella acababa de entregar a la editorial Lippincott *Matar a un ruiseñor*, y el viaje tenía visos de aventura. Una versión adulta de sus fisgoneos infantiles. Poco sabían entonces, en aquella época de inocencia, que al cabo de seis años ambos habrían triunfado como jamás se hubieran atrevido a imaginar, aunque el precio que pagaron es otra cuestión.

La observa de reojo, se fija en la mandíbula fuerte, en la belleza que para él siempre ha existido en ella, si es que la belleza existe en lo corriente. El pretendiente enano de siempre se inclina hacia Nelle.

—Por cierto, ¿llegué a darte las gracias como es debido?

Ella, la Nelle de siempre, se niega a halagarlo.

—No, Truman. La verdad es que no lo hiciste.

—¡Pero si te lo dediqué! «Para Harper Lee, con cariño y gratitud.» ¿Qué...? —Repara en la expresión de Nelle—. ¿Qué?

—«Para Jack Dunphy y Harper Lee» —le corrige ella con su marcado acento sureño—. Creo que teniendo en cuenta todo aquel trabajo me merecía algo más que una «gratitud» no especificada y compartida con Jack, por mucho que lo quiera. Lo único que hizo Jack fue soportarte, lo que, como sabemos...

—... no es poca cosa —dice él.

—... no es poca cosa —dice ella a la vez, y se echan a reír.

—¿Y acaso me diste tú las gracias por el Dill de *Matar a un ruiseñor...*? Quiero creer que sin mí no existiría. ¡Te apropiaste de todas mis peculiaridades! ¡Como una desvergonzada ladrona de almas! Mi apostura, mi forma de hablar, ¡todo mi pasado, maldita sea!

Se finge enfadado, pero ella lo conoce demasiado bien. No es más que una justa verbal. Lanzadas que a él se le da mejor asestar que recibir...

—¿Como hiciste tú con Slim y Babe...?

El muchacho acusa el golpe.

—Eso... es totalmente distinto y lo sabes.

—Ah, ¿sí? —Al ver que el muchacho retira la piel del pollo cerrándose en banda, Nelle cambia de tema—. ¿Cómo está Jack?

Él se encoge de hombros.

—¡Truman! ¿Cómo está Jack? —Esta segunda vez es más bien una advertencia para que suelte prenda.

—Me parece que Jack me odia.

—Lo dudo.

—Pues es verdad. Habla de mí como si yo sufriera una enfermedad mortal.

—A lo mejor deberías escucharle.

—¿Y hacer qué?

—Buscar ayuda, por el amor de Dios. Lo hiciste una vez; puedes volver a hacerlo.

—En reaaalidad no estoy seguro de que pueda.

—Truman, tienes muy mal aspecto. Me preocupas. Seguro que Jack también está preocupado por ti.

—No te rías —dice él casi en un susurro—, pero creo que Jack se metamorfosea en Nina... ¡Te he dicho que no te rías! ¡Lo he visto! Está gritándome, dándome la monserga..., y de repente sale de la habitación como Jack y vuelve con la forma de ella. Lo juro por Dios, Nelle. Se va él y aparece ella. Después se marcha ella y Jack viene a gritarme. Te lo prometo: está poseído por el espíritu de Nina.

—Me cuesta imaginar dos personas más diferentes que tu madre y Jack Dunphy. Mira, Truman: u organizas tu vida, o ahuyentarás a ese pobre hombre.

El muchacho no se molesta en contarle que eso mismo le ha dicho C. Z., ni en hablarle de la Navidad, de los intrusos y los asesinos a sueldo. No le cuenta que seguramente ya haya mandado a Jack a la porra para siempre.

Nelle se ablanda y le pone una mano en el brazo.

—Truman..., he llamado al hospital. Me han dicho que te dio un ataque y que por eso agrediste a aquel hombre.

Silencio.

—¿Desde cuándo?

—¿Mmm...?

—¿Desde cuándo te pasa?

El muchacho empieza a mentir, pero sabe que ella le cala las intenciones..., igual que una mujer de campo que tiene el don de la profecía respecto a su marido.

—Hace dos años.

Nelle abre los ojos de par en par.

—¿Y qué has hecho al respecto?

—Nada. —Con una naturalidad casi festiva.

—Truman...

—¿Quieres que te cuente un secreto, Nelle?

Ella asiente y él baja la voz estremecido de emoción, y a Nelle le recuerda a un niño que en el pasado hablaba del mismo modo cuando deseaba compartir una gran idea.

El muchacho toma aliento antes de transmitir su secreto.

—No se lo cuentes a nadie, ¡o *quel* escándalo! A los que me odian les encantaríííía enterarse de este chisme...

Antes de proseguir la obliga a hacer la cruz sobre el corazón, aquel gesto infantil de suprema solemnidad.

—Me morí el verano pasado. ¡No una vez..., sino dos! —Sonríe orgulloso.

—¿Que qué? —Nelle frunce el ceño con incredulidad, convencida de que está equivocado.

—Me morí literalmente... en dos ocasiones. La primera vez estuve muerto treinta segundos. Luego estuve vivo cuatro horas. Y después volví a estar muerto durante treinta y cinco segundos. Y te diré que no fue nada desagradable. No entiendo por qué de niños nos enseñan a temer a la muerte. Yo he vivido dos muertes, y ambas fueron fascinantes...

—¿Dónde ocurrió?

—En el hospital de Southampton. Me lo contó mi médico, aunque no hacía falta. Lo recuerdo con la misma claridad con que veo esa botella de ginebra.

Nelle mira la botella y piensa (igual que nosotras) que quizá ese sea el problema.

—¿Y bien...? ¿No quieres saber qué pasó?

—Claro que sí.

—En primer lugar, no hay noción del tiempo. Pudieron transcurrir treinta segundos, treinta minutos o, si te soy sincero, treinta días. Pero no es eso. La primera vez estaba en un barco fluvial, como aquellos que antes amarraban en Nueva Orleans, ¿te acuerdas? Y me encontraba en un escenario, en un escenario tosco y viejo de teatro de variedades, con tablones, candilejas, muy rústico. Como el del musical *Showboat*, ¿sabes? Pues bien, llevaba puestos los zapatos con las tapas metálicas de claqué, el frac más maravilloso con faldones y un sombrero de copa alto. Y bailaba como no he bailado en toda mi vida. Era como un último bis esplendoroso. Tú estabas con tu padre y con la vieja señora Metomentodo...

—Te refieres a mi madre.

—Ajá. Y estaban Nina y Joe, Sook y su prima Jenny, pero no había solo gente de aquí. Estaba todo el mundo, y quiero decir «todo el mundo». Aquellas maestras lerdas y anticuadas, y los hombres que me salvaron con sus portafolios y sus test de inteligencia. Robert Frost y el capullo de Hemingway. Todas las personas con las que he trabajado, todas a las que he conocido. Todos los invitados a mi fiesta, desenterradas las máscaras.

Madge y Gladys y Ruthie del restaurante Bobby Van's de Bridge-hampton. George y Gene del Colony. Bogie y Betty y el gran John Huston. Todos aplaudiendo a rabiar, ovacionando mis esfuerzos. Hasta Gore tuvo que aplaudir, ¡y ya sabemos lo poco que le gusta! Las Lapas Bouvier y los hermanos Kennedy, vivos, jóvenes y estupendos. C. Z. y Winston y los duques de Windsor. Gloria y Loel, Gianni y Marella. Mis médicos, abogados y editores, claro está. Ah, y *la famille* Felker: Clay, Gail y la inteligente Maura. Cole y White, de mi barraca de feria de Monroeville. ¡Y aquel odioso Chipper Daniels, que se reía de mi bañador! Mi guapo, guapo Jack sonreía orgulloso. Maggie, Bunky y Charlie J. Fatburger aullaban de conteeento. Dios mío, tanta gente, Nelle... ¡Todas las personas que he conocido aclamaban mi última aparición en el gran teatro de la vida! Leland me miraba entre bastidores y me ofrecía un bolo en Broadway antes de mi...

—¿Estaba Slim? —El acento sureño de Nelle se cuela en la apasionada descripción—. ¿Y Babe...?

El muchacho se interrumpe, dolido. Asiente.

—Mira... —añade Nelle, que saca del bolso un cigarrillo y lo enciende, quizá en un homenaje inconsciente—, vi a Babe... Poco antes de su muerte.

Él la mira sorprendido. Las palabras de Nelle lo han dejado mudo.

—No... me lo habías dicho.

—En aquella época no nos veíamos mucho. Además, dudaba que fueras a reaccionar bien.

Él asiente, empequeñecido.

—Da igual. —Nelle exhala una bocanada de humo—. Fue en una cena. Ninguna de las dos sabía que la otra conocía al anfitrión. En aquella época ella apenas salía... Fue poco antes del final.

—¿Qué ocurrió? —Con voz medrosa.

—Ella entraba en el tocador y yo salía. Nos dimos de bruces. Ella me miró y se echó a llorar. Durante la velada me pidió perdón una y otra vez. Me abrazaba como solo Babe sabía hacerlo y me decía cuánto se alegraba de verme. Pero no dejaba de llorar, y se sentía fatal por no poder contenerse.

—¿Por qué lloraba, Nelle?

—Oh, Truman. Siendo tan listo como eres, parece mentira que seas tan obtuso.

Él la mira parpadeando. Expectante.

—Lloraba porque no esperaba verme... Y no podía mirarme sin acordarse de ti.

Más tarde están sentados en el falso porche, con el chirrido de las mecedoras. No corre ni una brizna de aire. La noche desciende como un velo sobre los tonos violáceos del crepúsculo.

—¿Quieres que te cuente lo que pasó la segunda vez que me morí?

—A ver si lo adivino: Jesucristo te entregó el Premio Nobel.

—No. Fue mucho más sencillo. Estaba en el aeropuerto, facturando con esas jovencitas encantadoras del mostrador de Aeroméxico..., esas del casquete elegante...

Igualito al que llevaba Jackie..., comentario que se ha convertido ya en un estribillo.

—Eso es —prosigue, sin saber hasta qué punto sus historias han pasado a ser nuestras—. Pues bien. Me imprimen el billete, cojo la bolsa y avanzo por una cinta transportadora. Era un pasillo, el más largo que he visto jamás. Y delante de mí, a lo lejos, había una figura... esperando.

—¿Dios?

—Lo dudo, puesto que no creo en él.

—¿Babe?

—No.

—¿Tu madre?

—No. Estoy convencido de que era un hombre.

—Jack.

—Eso es absurdo, Nelle. Vivo con Jack. En el presente.

—De acuerdo. Entonces, ¿quién...?

—No estoy seguro. Había luz detrás de él, lo que me impedía distinguir sus rasgos, pero creo que vi el destello de una ala dorada..., un apéndice ceñido con un Cartier.

—¡Vaya, Truman! ¿Un Cartier? ¿Qué narices pinta Cartier en el cielo?

—No lo sé... —responde él enigmáticamente—. El caso es que me recordó a alguien que conocí. Me porté bien con él, y él, a su vez, se portó bien conmigo.

—¿Qué pasó?

—Perdí mis palabras y él me las devolvió.

Nelle resopla.

—Pues no sé si deberíamos agradecérselo o pedir que lo detengan.

—La cosa duró treinta y cinco segundos. Si se hubiera prolongado tres más, por lo visto habría muerto para siempre.

—Vaya, pues da gracias a tu buena estrella.

—Nelle..., ¿te acuerdas del concurso..., el de la Página Sunshine, que es para niños?

—No dejas que se me olvide.

—Bien, ¿te acuerdas del premio?, ¿el que me prometieron?

—Recuerdo que tuve que pasar la lengua por cien sobres cuando no recibiste lo que quiera que fuera.

—Era un cachorro. Un cachorro de beagle.

—¿Y?

—¿No has pensado nunca que fue una vergüenza que me lo negaran? Durante toda mi vida había querido un perro..., voy y gano uno, ¡y no me dejan tenerlo! Negar a un niño... ¿No crees que fue una crueldad deliberada? No hay nada que deteste tanto como la crueldad deliberada. En mi opinión, es el único pecado imperdonable.

Nelle está perpleja.

—Truman..., de niño sí tuviste un perro.

—¿Sí...? —Como si no diera crédito a sus oídos. Como si Nelle conociera la clave de una parte de su relato que él, enredado en mentiras, cuentos y medias verdades manipuladas, olvidó hace tiempo.

—Una perrita adorable llamada Queenie. Te la compró Sook. ¿No te acuerdas?

El muchacho-hombre niega con la cabeza y se esfuerza con cada átomo de su diminuto ser por distinguir la realidad de la ficción.

A la mañana siguiente le piden que acuda a recepción, donde lo espera un telegrama. Hace tanto que a nadie se le ocurre enviarle uno que experimenta la emoción, ya olvidada, de la vanidad.

Se acerca a mirarlo: LADY SLIM KEITH impreso en el sobre como remitente.

El corazón le brinca encerrado en su jaula de huesos.

¡A lo mejor Slim ha decidido perdonarlo! Siempre ha abrigado la esperanza... No pasa día sin que piense en llamarla por teléfono o en plantarse sin más ante su puerta para pedirle disculpas. Estaba seguro de que con el tiempo lo perdonaría. ¿Cómo ha sabido dónde se encuentra? A lo mejor ese viaje a su tierra natal ha sido como un hechizo que le ha devuelto el refinado favor de Slim. Rasga el sobre, impaciente por saber qué le espera...

ME HAN MANDADO LIBRO DE TÍA TINY.
MUY DIVERTIDO LEER SOBRE TUS PENOSOS
ANTECEDENTES E INFANCIA.

SLIM

Mira fijamente el papel, como si Slim en persona le hubiera sacado la lengua desde el texto y le hubiera mordido la mano que agarra la venenosa misiva.

Vuelve a la habitación donde Nelle está recogiendo sus cosas. Ella lo mira y repara en lo pálido que está.

—¿Quieres que salgamos a desayunar? —le pregunta inquieto.

—Creía que esperaríamos hasta la hora de comer.

—¿Podemos replantearlo...? Es que me apetece desayunar.

—Supongo que sí, pero creía que íbamos a...

—Maldita sea, Nelle: ¡necesito una copa! —explota. A continuación deja caer la cabeza y susurra—: Perdona.

Ella le ve sacar del bolsillo la cajita de rapé y tragarse un número indeterminado de pastillas. El muchacho le entrega el telegrama de Slim. La compasión nubla los ojos de Nelle cuando lo lee.

—Oh, Truman... Lo siento.

—Por favor, ¿no podemos tomar un bloody-blood?

Sentada a una barra del restaurante del hotel, Nelle, que ha entregado a la camarera un billete de diez dólares para que eche un chorro de licor a los zumos de tomate, sostiene la mano temblorosa de Truman.

—¿No puedes acabarlo de una maldita vez? Quizá si lo sacas, si lo terminas, empieces otra cosa y dejes todo esto atrás.

—No... He esperado demasiado. —El muchacho niega con la cabeza, apoyada en una mano esquelética. La mano de un anciano, observa Nelle, pese a que Truman aún no ha cumplido los sesenta—. Después de todo esto, tiene que ser perfecto. No puede ser solo bueno. Ha de ser magnífico. Lo mejor que haya escrito. La suma de todos mis talentos.

—Truman, ese grado de exigencia es devastador.

—En efecto. —Él se inclina hacia ella y expresa en susurros su mayor miedo—: Temo... que me esté matando. —Con el brillo del terror en los ojos.

Nelle acerca la frente a la del muchacho.

—¿Por qué no desistes sin más? Abandonaste *Crucero de verano*..., y luego escribiste *Otras voces*. Este también lo dejaste de lado y escribiste *A sangre fría*. ¿Quién dice que no escribirás nada más?, ¿algo mejor...?

—No puedo dejarlo, Nelle. Se ha convertido en una forma de vida. Terminarlo sería como sacar al patio un perro o un niño hermosos y pegarles un tiro en la cabeza. No volvería a ser mío..., y dudo que pudiera soportarlo. —Mira a Nelle con timidez—. Sueño con él, ¿sabes? Lo veo, igual que te veo a ti ahí sentada. El maldito libro entero.

Nelle observa que los ojos se le vidrian maravillados e imagina sus visiones nocturnas, cuyo esplendor dista de la cruda luz de la mañana en un motel barato ante unos bloody Mary aguados.

—Tiene que ser perfecto. Ha de compensar lo que he perdido.

Ella niega con la cabeza al ver cómo lo devora la obsesión.

—Truman, escúchame: ¿por qué no hablas con ellas, con las que quedan, y reconoces que te equivocaste?

—Ohhhhh, no. Ni soñarlo.

El muchacho se echa a reír. Recupera la determinación de antes, estimulada por el cóctel de vodka y rebeldía. La rabia que siente contra cada una de nosotras, junto con el amor. La furia porque no le entendiéramos.

—En cuanto huelan la debilidad, vendrán a por mí como tiburones que husmean la sangre en el agua. Además, ¿por qué debería retractarme? ¡Tengo razón yo! ¡Son ellas las que se equivocan! Yo me debo a mi arte..., ¡a mi talento!

Ella le acaricia la mejilla, de anciano y de recién nacido a la vez.

—Cuando lo tengo delante, Nelle, es muy hermoso... Me cuesta creer que haya alguien capaz de escribir una prosa tan bella. Debo intentarlo... Seguir con él hasta el final.

—Eso es lo que me preocupa.

—No te preocupes, Belle. Saldré airoso..., ya lo verás.

El muchacho regresa a un apartamento vacío.

Sin Jack. Sin Nelle.

El silencio es lo que más le inquieta. Lo exaspera.

Últimamente no duerme. Dos horas cada noche, como mucho. Tiene los nervios tan crispados que no podría dormir más aunque quisiera. El médico le ha dado unas pastillas contra el insomnio que le gustan porque tienen un nombre poético: Halcion.

Incluso con la falta de ortografía, le satisface pensar que ese óvalo celeste es un pasaporte mágico hacia los días esplendorosos del pasado. Todas las noches, el momento de mayor placer es aquel en que deposita en su lengua el objeto sagrado y se traga los días del alción igual que antaño se bebía el perfume Shalimar de su madre esperando contra toda esperanza ser así objeto de una feliz posesión. Esos momentos son sacrosantos: su comunión especial con cuanto ha amado y perdido.

Cuando regresa de Montgomery, Sidney le lleva el equipaje hasta el piso. Sube las veintidós plantas sobre todo para brindarle apoyo moral, pues se ha dado cuenta de que al muchacho lo asusta realizar solo el viaje. Abre la puerta con las llaves de Truman, enciende la luz y deja la maleta en el recibidor.

—Ya está, señor Truman. Todo listo.

—Sidney... —el muchacho detiene al portero, que se ha dado la vuelta para irse—, ¿me harías el enorme favor de echar un vistazo a cada una de las habitaciones?

—¿Echarles un vistazo...? ¿Para qué?

—Ah, ya sabes... A ver si hay alguien. Te agradecería en el alma que me hicieras ese favor y que en todas dejaras una lámpara encendida.

—Cómo no, señor Truman —dice Sidney, que le sigue la corriente.

Va de una pieza a otra acompañado por el muchacho, que se detiene en el umbral de cada una. De la cocina al estudio y del recibidor a las camas.

—¡Ningún peligro! —dice con jovialidad al salir del boudoir de Truman.

—¿No podrías...? Sé que te parecerá ridículo, pero ¿te importaría mirar en el armario? Y debajo de mi cama. Tengo los nervios de punta desde que me entraron en casa...

Sidney obedece, aunque por el edificio ha circulado el rumor de que no entró nadie en el apartamento, de que no hubo ningún asesino. Fue cosa del señor Capote, que perdió la chaveta.

—Todo en orden, señor —informa Sidney al terminar—. Y no se preocupe: si necesita algo, estoy abajo.

—Fenomenal, Sidney. —A continuación, con tono confidencial—: Y respecto al favorcillo del que hablamos antes de que me fuera..., ¿has encontrado un momentito para hacerlo?

—Claro, señor Truman. Lo encontrará en el congelador.

Truman se muestra aliviado.

—Genial, Sidney. Genial.

Lo acompaña hasta la puerta.

—Que tenga una buena noche, señor.

—Sidney, espera...

Truman se sube la manga, se quita el reloj y lo deposita en la mano del portero.

—Para ti. Bogie tenía uno, Francis tiene uno. Yo tengo... —No recuerda cómo sigue.

—No, señor Truman, no puedo, de ninguna manera.

—No me ofendas, Sidney... Por las molestias.

—Disculpe, señor, pero le considero a usted mi amigo.

Truman se anima.

—¿De veras?

—Claro, señor. Agradezco el detalle, pero ¿por qué no lo guardamos para mi cumpleaños? Es lo que hacen los amigos.

—¡Qué buena idea! ¿Cuándo es, cielo? Lo apuntaré.

—El 5 de julio.

—¡Hecho! —dice Truman con una sonrisa de oreja a oreja.

—Buenas noches, señor.

—Buenas noches, Sidney.

Cierra la puerta y se dirige al estudio, donde saca su maltrecha agenda. Pasa las páginas hasta el 5 de julio pensando complacido en lo cerca que está del Cuatro, día que le encanta por sus explosiones, sus bombas caseras y las llamaradas de las velas romanas. Pasa otra hoja y ve lo que sabía que iba a encontrar: 5 de julio... Barbara Paley.

Claro. El cumpleaños de Babe. Antes de que el desánimo tenga tiempo de instalarse, anota el nombre de Sidney bajo el de ella y va a la cocina.

Abre el congelador, donde encuentra una impoluta botella de Stoli que Sidney le ha comprado en su ausencia. Sin nadie que se lo impida, se sirve una generosa bebida de naranja, ya que su «amigo» ha tenido la amabilidad de dejar también un envase de zumo de naranja en la nevera. Truman bebe con fruición. Saca el pastillero del bolsillo de la chaqueta y se mete en la boca un comprimido lila, seguido de uno verde; juntos se abren como una enredadera de inflorescencias, lo que le recuerda aún más a Babe... Dios, cómo la echa de menos en momentos como ese. Por último, la *pièce de résistance*: la pastilla ovalada de Halcion, que saborea como una monja saborearía el pan eucarístico.

Recorre el pasillo hasta su dormitorio, donde se pone unos pantalones de pijama de seda negra. Al cerrar la puerta del armario ve en el espejo una figura detrás de él.

Asustado, da un respingo: ¡los sicarios! ¡Los asesinos! (En cierto modo sabe que no existen. Sí, hay intrusos en su casa, pero son de una índole muy distinta.)

Empieza a gritar y de inmediato se calla al reconocer la figura.

—Joe... ¿Eres tú?

En el espejo se encuentra Joe Capote, a quien vio cada vez menos tras la muerte de Nina, y al que apenas vio después de que su tercera esposa acosara al niño prodigio. ¿No será un ajuste de cuentas?

Se frota los ojos con brusquedad y se arma de valor para volver a mirar hacia el espejo. Cuando lo hace, la imagen ha desaparecido. No ve al padrastro Joe por ninguna parte. Respira hondo varias veces y saca del botiquín una ampolla de dilantina, que le han prescrito para prevenir los ataques, y en este momento desea evitar uno.

—Dios mío, espero que no haya traído consigo a Nina —musita con un tono de ligereza que está lejos de sentir.

Coge la bebida de naranja y se dirige al estudio. Oye algo... Un sonido suave. Una especie de zumbido.

Al mirar alrededor ve una mariposa nocturna que, atraída por la luz, ha quedado atrapada dentro de la lámpara Tiffany, donde aletea y golpea su liviano cuerpo contra la bombilla. Solo una mariposa nocturna, piensa riendo para sus adentros. Aun así, se sienta en el sofá victoriano, con la pared a la espalda, para que nada se le acerque con sigilo por detrás.

Entonces lo oye bien. No las alas de la mariposa, sino algo que se agita igualmente. Que zumba... Con mayor fuerza. Por encima de ese sonido capta algo parecido a la risa de Babe, una risa ondulante..., y luego la de Gloria. Al darse la vuelta vislumbra lo que imagina que son las sombras de ambas cruzando la habitación, o acaso no sea más que una ilusión óptica. En el alféizar de la ventana, al lado de la cortina de cretona, dos plumas de un blanco inmaculado. De una paloma, arrastradas por el viento desde la cornisa hasta allí, piensa. Sin embargo, cuando estira la mano para cogerlas, se convence aún más de su procedencia, aunque no tenga sentido.

Dos perfectas plumas blancas de cisne.

Regresa temblando al sofá. ¿Una broma? ¿Una broma macabra de Jack, para asustarlo y que así vuelva al buen camino? ¿O no será una estratagema para entrar furtivamente en el apartamento y robarle el preciado manuscrito? ¡Su manuscrito! Prescindiendo de toda cautela corre al recibidor, donde se hallan la bolsa y la maleta, y encuentra esta última abierta, con las entrañas revueltas y todos los objetos concebibles arrancados de sus cavidades. Se detiene..., perplejo, incapaz de entender lo ocurrido. Se lanza sobre la bolsa... y, gracias a Dios, alabado sea el Señor, ahí están.

Ochocientas páginas envueltas en papel marrón...

¡Claro que no las ha perdido! Aprendió esa lección hace años, cuando empezó a oírnos. Regresa al estudio y las desenvuelve, impaciente por asegurarse de que no falta nada. Se acerca el manuscrito para protegerlo de ojos fantasmales y repasa todos los capítulos. Suelta risitas en los pasajes que lo satisfacen. De vez en cuando frunce el ceño con aire crítico; coge un Blackwing para corregir una errata díscola. En otros fragmentos reflexiona con expresión meditabunda, enamorado de su propia prosa. Deposita con cuidado el manuscrito en la mesa y, convencido de que está a salvo, vuelve a la cocina para rellenar el vaso de bebida de naranja.

Se detiene... ¿A qué huele...? ¿A humo de tabaco? Imposible: lo dejó hace años, después de que acabara con Babe. ¿Acaso se filtra por las paredes? ¿Fuman los Rothstein? En estos tiempos, quién sabe. Husmea el aire con la destreza de un sumiller y detecta notas florales en el olor a cigarrillo. Perfume. No uno, sino varios. Las esencias que adoraba en los cócteles a los que asistía, donde las mujeres dejaban una estela de su fragancia distintiva, una señal de su presencia cuando se desplazaban de una sala a otra. Le parece percibir el dulce aroma de jazmín que solía usar Babe, aunque también le recuerda a Marella, si bien el de esta tenía un toque alegre por las primeras notas de bergamota. Capta un indicio del intenso almizcle de Gloria y de la leche de orquídea de Lee, que impregna el aire de peligro. La fresca sencillez de C. Z. y sus nardos, y de Slim y sus gardenias húmedas mezcladas con la malagueta de Leland que persistía en su piel.

El muchacho cruza la cocina con la sensación de que huele un ramo de flores, como si cada una de nosotras hubiera estado en ella y hubiese decidido salir.

Del estudio le llega un ¡bang! Un estruendo abrupto, como un disparo. Vuelve corriendo y ve que las cortinas ondean. El viento ha abierto la ventana, igual que ocurrió la noche de los intrusos. Una ráfaga esparce las hojas del manuscrito, algunas de las cuales se deslizan por debajo del sofá, y el muchacho gatea para recuperarlas.

Asegúrate de que esté todo, Truman. No querrás perder una página...

Da tal brinco que casi no le llega la camisa al cuerpo. Corre a refugiarse en el sofá. El aleteo aumenta de volumen y lo envuelve. Alas... Pares de alas que descienden. Imperceptibles.

Una docena de ojos que brillan en diversos puntos de la habitación, líquidos, de un negro lustroso: una constelación de estrellas. La del Cisne..., la Cruz del Norte.

Sube al sofá a gatas, se sienta, con la pared a su espalda, y fija la mirada. En nada, en todo. En lo que no puede ver pero percibe. Sabe que se halla en presencia de algo, pero ignora qué es. Espera. Y esperamos. Tenemos todo el tiempo del mundo.

—Hola... —se aventura a decir al fin.

Silencio.

—¿Hay alguien?

Silencio, salvo el azote del viento contra la hoja de la ventana.

—¿Nina...?

No.

—¿Babyling...? —dice con una mezcla de miedo y de lo que solo cabe describir como un torrente de esperanza.

¿Y...? —lo ayudamos.

—¿Mamacita...?

Nuestro suspiro colectivo agita las cortinas.

Truman, ¿de veras que ya no nos conoces?

Observamos que su obtuso cerebro empieza a atar cabos, lo que ya había hecho y olvidado tras desechar las revelaciones por considerarlas productos pasajeros del Barbital, la Torazina u otras pastillas. ¡A fin de cuentas, no es tan complicado! (Ojo: tal vez sea un efecto del Halcion.)

—¿Todas...?

De repente siente la calidez de la satisfacción que nos da que haya comprendido.

Espera y nosotras esperamos. Con el oído aguzado, al acecho.

—¿Qué... qué queréis?

Truman, ¿sabías que, pese a poseer una elegancia innegable y un carácter generalmente benévolo, los cisnes luchan como demonios cuando se les ataca, cuando alguien amenaza a sus compañeros o ven en peligro sus nidos...? Pasan de la placidez a la crueldad en un suspiro.

Suponemos que lo sabe —tiene la cabeza abarrotada de datos inútiles sobre animales—, pero, al verse abordado de esta manera, no está seguro de cómo responder.

¿Sabías, por ejemplo, que sus alas pueden romperle un brazo o una pierna a una persona...?

Niega con la cabeza, febril.

¿Sabías que son las aves acuáticas más veloces y que migran en formación en uve? Han aprendido que si se mantienen junto a los remolinos de aire que forma la punta de las alas de sus vecinos

pueden aprovechar la corriente ascendente y avanzar con la fuerza que proporciona el grupo. ¿Te imaginas lo que eso significa?

—No.

Significa que la fuerza reside en la cantidad. Y suponemos que conoces el siguiente dato, porque es de los que te gustan: hay muchos sustantivos colectivos para referirse a ellos. Bandada. Banda. Nube. Parvada, pollada, nidada. En inglés tienen uno que nos encanta: lamentation. *Es poético, ¿no te parece? Sin duda alude al lamento del cisne moribundo...*

Qué rápido le late el corazón. Qué ganas tiene de huir. Le gustaría tomarse otro Halcion, pero teme que le hagamos algo si se atreve a mover un solo músculo.

Sin duda sabrás que los cisnes presienten la proximidad de la muerte y emiten el canto más hermoso en el momento mismo en que expiran. Literalmente, cantan y... finito.

Su pecho se hincha en silencio. Tiene la cautela de no alardear, no sea que lo castiguemos. Claro que lo sabe. Lo sabe gracias a Shakespeare y Tennyson, a Dryden y Proust. Surgen algunos de sus colegas más íntimos. «Semejantes a una bandada de nevados cisnes, que, de vuelta de los prados adonde han ido a pastar, surcan el líquido éter exhalando...»,* casi susurra. No se atreve a poner a prueba nuestra paciencia recitando un fragmento más largo, pero considera que un par de frases no hacen daño.

Bien.

Silencio.

¿Qué hay del libro, Truman? ¿Qué hay de Plegarias atendidas?

—¿Qué pasa con el libro?

(¿Lo que detectamos en su voz es un tono defensivo?)

---

* Virgilio, *La Eneida*, traducción de Felipe Peyró Carrio, Madrid, Edaf, 2009. *(N. de la T.)*

¿Cómo va?

—Muy bien.

¿Lo has acabado?

—No.

¿Te falta poco para terminarlo?

—Sí.

Mentiroso. ¿Has escrito algo..., aparte de aquel bodrio publicado en Esquire*?*

—¡Sí!

Ya sabes que el tiempo pasa...

Notamos que el pulso se le acelera, le vemos apretarse el pecho con una mano.

—¡Basta, por favor! No quiero hablar...

¿Acaso no sientes el tictac del reloj del cielo?

—Creo que casi lo he acabado... ¡Me falta un poco! Solo necesito un día más, un día más para hacerlo bien, para terminarlo..., el estado de gracia definitivo. ¡Pero el tiempo...!

Tic. Tac. Tic. Tac.

—Es como si un organillero acelerara el tiempo moviendo el manubrio cada vez más rápido. Y yo soy el mono encadenado a la caja, obligado a bailar a una velocidad endemoniada, ¡loco por seguir el ritmo! Un día se convierte en una semana que se convierte en un mes que se convierte en un año...

Que se convierte en cinco, en diez, en quince...

—Os lo suplico...

Truheart, ¿te has parado a pensar... en quién escribe a quién?

—¿Cómo?

¿Tú cuentas nuestras historias o nosotras contamos las tuyas?

Parece un acertijo, un infame juego de ventrílocuos.

Ojalá nos hubieras hecho justicia...

—¡Y os la hice! ¡Es hermoso...! ¡Es Proust!

¡Chismorreo!, vociferamos.

Pettegolezzo!, dice Marella.

—¡Toda la literatura es chismorreo! —afirma él a gritos en su defensa—. ¿Qué demonios colorados es *Anna Karénina* sino chismorreo? ¿Y *Madame Bovary* y *Guerra y paz*, por el amor de Dios?

¿Qué harás ahora, Truman? —nos oímos preguntar con desprecio—. *¿Quién eres..., qué eres, sin tus preciadas palabras?*

—Yo... —empieza a decir, pero lo interrumpimos en el apogeo de nuestra ira.

¡Nada! ¡Tan solo un mocoso insignificante de...!

Indeseado, anormal...

Un bicho raro, un monstruo...

Un genio, un fracasado, un drogadicto...

Una maldita cobra letal, disecada erguida...

Solo, abandonado...

—Aterrorizado.

Truman exhala el aliento. Nunca ha estado tan cerca de saber lo que debe ser su libro. Sin embargo, nunca ha estado tan lejos de conseguirlo.

¡Ojalá fuera capaz! Lo ve con claridad: lo que quiere, lo que necesita arrancar del firmamento para inmortalizarlo. Un millar de personajes mezclándose en una *soirée* gloriosa en Shangdu, aquella antigua ciudad china de Mongolia, la Xanadú que Coleridge tenía en mente cuando escribió *Kubla Khan*, también con alucinógenos como un abanico de plumas de pavo real. El muchacho ve ríos destellantes en los que es posible flotar. Trigo oscilante. Mares lapislázuli. Estructuras estilizadas de cristal y acero que se elevan del suelo del desierto. Enormes casas de granjas expuestas al viento, con la belleza de su dispersión. Ve yates, lanchas motoras y aerodinámicos aviones: una forma se metamorfosea en la siguiente. Y a personas... A cuantas ha conocido a lo largo de su vida. Todo lo que ha visto.

Y él se mantiene en equilibrio por encima de todo con el garbo de un funambulista, flota sobre sus visiones, sus hermosas visiones: el mundo perfecto que ha erigido en su mente a partir solo de sus pensamientos.

Nos entran ganas de agitar la cuerda floja.

Nos produce una satisfacción malsana verlo caer y fracasar. Alegría por el mal ajeno, una alegría endogámica dada nuestra estrecha relación. Reconocemos que no hay «nosotras» sin Truman, pero tampoco hay Truman sin nosotras. Se ve obligado a coexistir con nosotras mientras graznamos, gritamos y bramamos. Vive con nuestro resentimiento enconándose en su interior. Somos el cáncer que devora sus entrañas..., lo cual, ahora que nos paramos a pensarlo, plantea un dilema: no podemos existir sin el hospedador y, no obstante, nos conforta destruirlo.

Esto suscita la pregunta de si no estaremos perpetrando una forma morbosa de harakiri en grupo, lo que, para ser sinceras, nos importa un comino. Queremos vengarnos. A toda costa.

—Solo deseaba contar vuestras historias —se lamenta—. Como la novela más sublime. Amaba las personas que erais, seres creados a sí mismos, igual que las grandes heroínas de la literatura, como Karénina y Bovary, aunque mejores. ¡Muuuuuucho mejores! Porque sois reales.

No somos personajes con los que distraerte, Truman. Somos mujeres. Mujeres de carne y hueso. Y escribes nuestras vidas con total ligereza.

—Creedme, queridas, ¡no hay nada de ligereza!

Nuestras vidas... ¡No es ficción! Dijiste cosas horribles...

—¡No las dije yo, sino P. B.! ¡No podéis culpar al escritor de lo que dicen sus personajes!

¿Y a quién narices DEBERÍAMOS culpar?

—No lo sé. —Está llorando—. No lo sé...

Ya sabes que solo hay una cosa que no puede perdonarse...

—¡Sí! ¡La crueldad deliberada! —exclama; *j'accuse, j'accuse, j'accuse*—. ¡Vosotras sois los monstruos! ¿Qué puede ser más cruel que hacer el vacío a alguien?, ¿a alguien que os quería tanto como yo?

No nos dejaste muchas opciones...

—Yo era un artista..., ¡siempre un artista!

¿Hay algún arte que compense esto..., el que nos destroces y te destroces... por algo que nunca acabarás?

—¡Lo intento con todas mis fuerzas! —dice entre sollozos—. Y estoy cansado..., muy cansado.

Tal vez... —Hacemos una pausa para mantener su atención—. *Tal vez no esté escrito que debas terminarlo...*

Silencio.

Porque ya no puedes hacerlo..., ¿verdad que no, Truman?

Niega con su enorme cabeza entre las manos.

—No —susurra, y lo alivia que alguien haya dicho que no puede. Que no puede llevar a cabo la cosa más brillante que desea hacer. Lo conmueve de manera inexplicable que seamos nosotras quienes lo hayamos intuido.

Quieres acabar, ¿verdad?

Un gesto apenado de asentimiento.

—Con todas mis fuerzas. Con todas mis fuerzas.

Ya no parece un funambulista suspendido en lo alto, con la esperanza de mantener el equilibrio, sino una criatura sumergida que, plantada en el fondo del mar, levanta la mirada hacia la luz de la superficie del agua. Y entonces se da cuenta.

Así de sencillo, así de claro. De repente comprende que, sea cual sea el resultado...

A veces es preferible la ausencia de palabras a las palabras desacertadas.

Y de pronto lo oye...

Una espléndida sinfonía de voces que pregonan lo viejo y anuncian lo nuevo. Un crescendo de alegría que sofoca el sentimiento de pérdida y el dolor. Entre graznidos y ululatos, ¡el lanzamiento de la dulce constelación del Cisne! El canto del cisne supremo, quizá el propósito que el muchacho ha perseguido con su trabajo desde el principio.

Oye nuestras voces unidas en un concierto y, sin embargo, capta la de cada una de nosotras tal como nos conoce, como solistas que se imponen al coro. El timbre argénteo de Babe, una melodía conocida, con el tiempo más grave y madura, con el contrapunto de la incertidumbre. El estertor mortal de Slim, el rítmico tableteo de las castañuelas, con bailarines que giran alrededor del minúsculo espacio del muchacho. Oye el grito primitivo de Gloria..., la narración de sus épicas hazañas. Un vals mariachi que se mofa de las mandolinas de casanovas condenados al fracaso. Las coloraturas de las arias apasionadas de Marella, que suben y suben para luego descender en picado y chocar con armonías de lamentos graves que recuerdan un blues. La bocanada de humo exhalada por Lee se eleva en volutas con imágenes de reinas de taberna empapadas en ginebra y excursionistas de medianoche, con el ritmo ondulante del rhythm & blues. Oye canciones antiguas de revista musical que suenan entre chasquidos en un gramófono. El barullo de artistas del espectáculo, de los trinos desafinados de C. Z. Zapatos de claqué sobre tablones desiguales en escenarios de barcos fluviales: *stomp-hop-shuffle-step-flap-step, stomp-hop-shuffle-step-flap-step.* Alaridos de trompetas, estridentes pianolas. Nanas de tono dulce; la voz melosa de una mujer que canta a un hijo no deseado, al que las canciones de la madre se le antojan de lo más tierno por la sonrisa con que lo acuna y estrecha.

Por encima de todo suena el grito dulce de aves acuáticas como el estruendo de instrumentos de metal y de viento madera.

La bandada de Apolo abre sus largas y hermosas gargantas para emitir un último aullido colectivo que asciende por las largas cámaras curvadas, kilométricas, y brota como un millar de rayos de un único sol celestial. Se eleva dirigiéndose hacia el orbe brillante que anuncia la aurora con un eterno gemido de alborozo.

El muchacho nota que dos alas musculosas se extienden por la pared y lo envuelven, con la hora del reloj de Cartier avanzando hacia el alba. Sabe a quién pertenecen sin necesidad de mirar.

—¿Vi-chen-ti? ¿Lo has oído? —Se recuesta en la curva de un ala dorada, que se pliega protectora sobre el pecho hundido del muchacho—. Era *Plegarias atendidas*. Y es hermoso.

Tras estas palabras afloja las manos, y las hojas caen revoloteando al suelo como manojos de plumón. Aún tiene el corazón henchido de emociones, henchido..., pero siente la mente ligera como una pluma.

Flotando sobre las límpidas páginas blancas, durante mucho tiempo una balsa salvavidas asediada y ahora un crucero de placer por relucientes grutas esmeraldas, a través del Egeo, para al final dejarse llevar con languidez por plácidas corrientes de pensamientos gozosamente hueros.

22

1984

Réquiem

El muchacho tiene cincuenta y nueve años cuando al fin va a China.

Es el único país que le queda por visitar, la última parada en una lista de deseos muy viajera. Ocurre en los últimos días sofocantes de agosto, casi un mes antes de su cumpleaños.

Tiene previsto celebrar a lo grande su llegada a los sesenta porque, si bien parece una edad provecta, el muchacho se siente increíblemente joven.

Ahora se aloja en casa de Joanne Carson, una de las pocas víctimas de «La Côte Basque» que aún le dirige la palabra. Es una especie de aduladora de Truman y le encantó que la incluyera en la obra, aunque la retratara como a una cornuda amargada con una gonorrea atroz. Deseosa de que la asocien a la leyenda literaria del muchacho, se muere de ganas de instalarse en el panteón de cisnes, aunque nunca la consideraremos más que un polluelo de segunda fila.

Se desvive por satisfacer las necesidades de su invitado cada vez que se digna visitarla, y durante todo el año mantiene el agua de la piscina caliente como la de un jacuzzi para que, pertrechado con su cuaderno de tapas jaspeadas, se siente en el primer escalón y finja escribir..., lo que él hace con garbo.

Una vez en remojo en el humeante baño de cloro, Truman se pregunta si dispondrá de la energía suficiente para nadar un largo al estilo perrito, ya que así mantendrá el panamá por encima del agua. La mayor parte de las veces se decanta por flotar en una colchoneta de plástico y contemplar la maraña de ramas de eucalipto a través de las gafas de sol de insecto.

Joanne ha llenado su laberíntica casa (una monstruosidad de una planta en un tramo especialmente peligroso de Sunset) de pieles de llama, columpios de mimbre y objetos relacionados con el yoga. En la vivienda, diseñada para evocar un monasterio tibetano, el parpadeo de velas es constante. Antes las encendía solo en ocasiones especiales, pero el muchacho ha afirmado que cada día que pasan juntos es una «ocasión», con lo que las cererías prosperan en Bel Air.

Suponemos que Carson pagará una buena pensión alimentaria, dado que el estilo de vida de Joanne no está en consonancia con la profesión de «nutricionista holística» que ha adoptado en el segundo acto de su vida.

Ha metido al muchacho en ese rollo: le da de comer semillas de cáñamo, leche de tigre y trigo germinado en abundancia. Se precia de que los vicios del muchacho desaparecen cuando está con ella.

«Cariño —dice él a los que quedan de su fatigado séquito—, puede que California te devore las neuronas, pero la comida es de lo más saludable. Todas las mañanas Joanne me prepara un zumo en una máquina especial. De zanahoria, manzana y pomelo, ¡increíble!»

Tumbado sobre una colchoneta en la piscina de Joanne, mantiene en equilibrio un vaso largo de zumo sobre la barriga. Nos preguntamos —al igual que Jack y que cualquiera que conozca al muchacho— dónde habrá escondido el vodka. Mientras bebe y flota con lo que sospechamos que es la tradicional bebida de naranja, sus pensamientos se dirigen hacia la piscina que tuvo en Palm Springs, a la casa del Final de la Sed. El calor implacable de mediodía lo lleva a acordarse de Maggie tumbada bajo el sol del desierto con su lánguido resuello regular. Sabe cómo se esforzó Jack por salvarla al final, cuando la perra tenía paralizadas las patas traseras, y se arrepiente con toda el alma de haber insinuado lo contrario en un momento de ira ciega.

Se acuerda de Jack, al que echa muchísimo de menos.

No a la bruja en que se ha convertido Jack, que lo reprende cada vez que el muchacho acaba en el hospital y que le controla los medicamentos siempre que ocupan el mismo espacio, lo que sucede cada vez con menor frecuencia. No al Jack molesto con él por haber vuelto casta su relación..., y sin duda tampoco al Jack mojigato que, cuando el muchacho quiere enmendar sus errores y hacer el amor, no consigue excitarse porque el rencor le impide funcionar.

Al que desea es al Jack de su juventud.

Cuando cierra los ojos y aspira el olor a eucalipto y el fragante aroma del jazmín trepador de Joanne, el muchacho se permite viajar con la mente. Mientras el calor de agosto le impregna la piel, decide trasladarse a otro lugar de clima bochornoso...

No a los días sofocantes de Monroeville, pese a que a veces viaja hasta allí para visitar a Nelle y a Sook, y también a su madre, que en el Monroeville elegido por el muchacho no lo abandona alejándose en un coche por un largo camino de tierra, sino que se queda con él. Toman el sol sobre la mullida hierba del patio de los primos Faulk y observan cómo los cubitos de hielo se derriten sobre los hornillos en que se han convertido sus pechos. Se balancean juntos en los columpios del porche disfrutando de la armonía de los chirridos que producen con el vaivén. Cuando el muchacho permite la intrusión dramática de una mordedura de serpiente, es su madre quien mata cinco pollos para curarlo con la sangre. Es ella quien le coge la mano y le acaricia el flequillo y le dice que es un niño bueno cuando él bebe a gollete el cristalino zumo de mamá, cuyo fuego le desciende como lava por la...

Pero no es eso lo que decide recordar ahora.

Hoy, tumbado en una colchoneta de plástico en la piscina de Joanne Carson, viaja a lugares más distantes, a paisajes más exóticos. Ha echado alas y vuela para trasladarse a través del calor y de plantas aromáticas hasta una playa aislada de Marruecos.

El muchacho tiene veinticuatro años.

Lo sabe porque hoy es el cumpleaños de Jack, que en el recuerdo pronto cumplirá treinta y cinco, no setenta como ahora.

Se despiertan abrazados.

Ha olvidado lo suave que es la piel de Jack porque hace tiempo que no desliza los dedos por su pecosa superficie. En su fantasía, aprovecha la oportunidad en cuanto se presenta y avanza a besos por los dibujos que adora para encontrar la lógica de los agrupamientos. Jack se ríe. ¡Dios!, hace tanto tiempo que el muchacho no oye esa risa grave y resonante que el corazón casi se le parte de júbilo.

Jack vuelve a quererlo..., el muchacho está seguro. Ha esperado el regreso de ese amor entre conquistas desventuradas, peleas y riñas mezquinas. Entre traiciones y deslealtades. Entre una insoportable soledad.

En los últimos años ha necesitado más que nunca el amor de Jack. Ha necesitado que la persona a la que más ha adorado entienda el alcance de su pérdida. Que sienta con él lo que es verse desposeído. Lo que significa haber hecho sin querer algo tan abyecto para que lo expulsaran por siempre del paraíso. Lo que es verse privado de la posibilidad de enmendar el error, que quizá sea lo que más le haya dolido.

Sabemos que el muchacho es todo corazón. Tal vez ahí resida el problema: un corazón demasiado grande, que revienta de amor ilimitado. Incapaz de dar salida a ese amor, ha acumulado tal cantidad que incluso le impide respirar.

Su corazón parece tan grande como el de una enorme ballena azul, el ser vivo que, según ha leído, tiene el de mayor tamaño. El corazón de las ballenas azules pesa tanto como un avión de reacción, y su lengua tanto como un elefante. La aorta es tan grande que un adulto podría avanzar a gatas por ella. El muchacho se siente como una *Balaenoptera musculus* atrapada en un cuerpo diminuto.

Le duele tener tanto amor para dar y no tener a quien dárselo.

Creyó que Jack lo entendería, pero a Jack se le acabó la paciencia enseguida; su paciencia para esos asuntos ha sido siempre limitada. Se abrió una brecha entre los dos, de modo que, además de perdernos a nosotras, en cierto modo también perdió a Jack. El muchacho no volvería a ser el duendecillo alegre del que Jack se enamoró; estaría siempre marcado por el dolor.

Jack no se enamoró de un muchacho con un corazón de ballena azul roto. La pérdida de Babe, de Slim, de todas nosotras alteró la anatomía del muchacho. Jack no está seguro de la clase de mamífero con el que trata, y esa incertidumbre le impide la relación íntima con él.

No obstante, en los viajes de la imaginación del muchacho, Jack lo ama sin reservas.

Viajaron por primera vez a Tánger para ver a Cecil Beaton. Jack se habría quedado tan ricamente en la casa que tenían alquilada en un acantilado de Taormina, con buganvillas y árboles cargados de fragantes naranjas sanguinas.

Pero Truman quería ir a Tánger y Jack no podía sino plegarse a sus deseos en aquellos primeros días de su relación. El muchacho admiraba a Cecil desde hacía tiempo. Lo había estudiado de lejos, fascinado por el artista que se codeaba con la alta sociedad. «Con la realeza, cielo, ¡nada menos!»

Cecil tomó cariño a Truman, lo adoptó como una especie de protegido. Formaban una pareja cómica: el pijo inglés larguirucho y el alocado paleto enano. Pero entablaron una amistad idílica. Gracias a Cecil, tanto Truman como Jack acabaron incorporándose (para alegría del primero y consternación del segundo) a la comunidad de artistas expatriados: Cecil, Jane y Paul Bowles, y el antipático Gore Vidal, que detestaba al muchacho tanto como lo detestaba...

No, el muchacho no permitirá que rencillas ya pasadas empañen el recuerdo. Aspira una vez más el olor de las glicinas y siente que el aroma ligeramente medicinal del eucalipto calma sus sobrecargados pulmones. Se obliga a retroceder hasta una playa, al día en que Jack cumplió los treinta y cinco.

Ha decidido organizar para su querido Jack y la pequeña ciudad de expatriados una fiesta que tardarán en olvidar. Cecil y él han pasado la mayor parte de las últimas dos semanas en la playa, en la cueva de Hércules, en el cabo Espartel, cerca del palacio de verano de los reyes marroquíes.

Han consagrado sus talentos conjugados a preparar el escenario de una celebración de proporciones colosales. Han revestido de tapices marroquíes el interior de la gruta y cubierto el suelo de arena con baldosas de cemento transportadas desde

Marrakech en un cajón de embalaje. Han conseguido todos los farolillos de la remota ciudad. La iluminación del interior de la cueva convertirá la playa abandonada en el harén de un sultán.

—Cecil —dice el muchacho mientras colocan alfombras y otomanas, narguiles y pieles—, en los harenes solían celebrarse unas fiestas fenomenales. Las pobrecillas eran esclavas, lo que no les impedía divertirse de vez en cuando. Nadaban en hamames marinos, playas privadas como esta, donde tocaban instrumentos musicales, cantaban, pintaban y bailaban como Dios las trajo al mundo...

Cecil le escucha a medias. Le interesa mucho más el aspecto, la imagen, que su significado.

—Cuentan que Hércules durmió en esta cueva antes de realizar su undécimo trabajo: robar las manzanas de oro del jardín de las Hespérides —continúa el muchacho sin desanimarse—. Me importa un comino que tengamos manzanas... o comida, a decir verdad. Es mi fiesta...

—Y de Jack —le recuerda Cecil, con sus breves vocales británicas.

—¡De Jack, claro! Estoy haciendo esto por él, ¿no? —Y añade entusiasmado—: ¡Solo habrá botellas y más botellas de delicioso champán y narguiles llenos de hachís!

Y así sucede que cuando el grupo desciende en la oscuridad por los quebradizos acantilados conducido por marroquíes descamisados con antorchas y descubren la cueva, que resplandece como un cofre de joyas, hasta los más cínicos contienen el aliento. Jack lo observa todo, y el asombro acalla su pragmatismo.

—¡Jack...! ¡Jack...! ¡Mira arriba, Jack!

El grupo se da la vuelta y descubre a Truman en el papel de pachá, sentado con las piernas cruzadas en un palanquín improvisado que sostienen cuatro marroquíes fornidos.

—¡Holaaaaaa, Jack!

Mientras desciende, mientras se acerca, ve a su amado en la playa. Jack se encuentra en un campo de farolillos, rodeado de un halo luminoso. Aunque su rostro queda en la sombra, el muchacho está seguro de que las leves arrugas en torno a esos verdes ojos irlandeses dulcifican su semblante, como suele ocurrir cuando sonríe. Es una imagen que Truman graba a fuego en su memoria para revivirla una y otra vez.

—¡Jack! —lo llama agitando la mano, como si se dirigiera a alguien a quien acabara de conocer.

Así pronunciará siempre su nombre: como si Jack fuera una novedad maravillosa de la que nunca se cansará.

Y en una piscina de California el muchacho sumerge las piernas en el agua recordando una playa de Marruecos donde, bajo la pálida luna, los juerguistas corrían desnudos para meterse en el mar mientras tocaba una orquesta andaluza.

Joanne le ha montado a Truman un «estudio para escribir» en el *ashram* en que ha convertido su casa.

No lo hemos visto, claro está, pero hemos oído hablar de él..., y la prensa sensacionalista publicará más tarde algunas fotografías. Nos sorprende su chabacanería. Que Joanne lo llame «estudio» si quiere, pero nosotras vemos lo que es: el cuarto de la criada. Un espacio minúsculo y escueto junto a la cocina, concebido en su origen para el personal de servicio.

Ha transformado el cuartucho de la criada en el de Truman y tiene en él objetos que no acertamos a entender cómo el muchacho tolera. Para alguien que venera la belleza tanto como Tru, resultan especialmente ofensivos: una butaca de mimbre raída con respaldo con forma de cola de pavo real; una imagen en sepia, de producción en serie, de la Virgen con el Niño (y eso que el muchacho valora las antigüedades y aborrece el arte que él tacha de «propaganda religiosa», según le hemos oído decir en galerías famosas); un globo de una fiesta medio deshinchado, decaído en ese estado de flacidez; una cama de cuatro postes con dosel que parece sacada del dormitorio de una niña de diez años. De los postes metálicos penden dos piñatas kitsch. (Sabemos que a Truman le repugna cualquier cosa que cuelgue desde que vio lo que les ocurrió a Dick y Perry; por las noches, tumbado en la cama, debe de estremecerse al mirar esos burros de papel maché colgados por el cuello.)

Joanne jura que al muchacho le gusta la soledad. Que acude a su casa para recuperar la salud (pese a que ella, la nutricionista, le mantiene la mesilla llena de barritas de Snickers, M&M y bombones de mantequilla de cacahuete que le deja como regalos). «Nada de drogas» en su monasterio, afirma, aunque cabe suponer que no se ha molestado en tomar en consideración el maletín negro de médico donde Truman guarda los frascos de pastillas, que contienen de todo, desde Quaalude a codeína; Dilantina, Torazina y Valium..., lo que se quiera.

«Cielo, adoro mis pastillitas: me hacen sentir muy a gusto. Me tomo unas cuantas y es como si pasara la noche acurrucado con ellas.»

Según Joanne, en su palacio del bienestar integral Truman «no bebe», lo que también dudamos, puesto que es más hábil escondiendo el alcohol ilícito que un camarero de un bar clandestino. Estamos seguras de que a hurtadillas añade licor a todos esos zumos que Joanne no para de ofrecerle. De hecho, la fanática de la salud se quedaría pasmada si se enterara de que los batidos proteicos que Truman se prepara en la licuadora contienen un saludable chorrito del bourbon de la petaca que oculta con discreción.

No obstante, los días en que el muchacho se siente animado van en coche a la playa de Malibú y lanzan al aire cometas caseras, como las que en el pasado hacía volar con Sook cuando él era su «Buddy» en Monroeville. Algún que otro día reúne las fuerzas necesarias para nadar varios largos de piscina al estilo perrito.

Le dice a Joanne que está escribiendo, aunque ella ha reconocido que no ha visto ni una sola página. Le ha oído citar fragmentos de *Plegarias atendidas*, y sospechamos que Truman la engaña, del mismo modo que nos mintió a nosotras. Joanne asegura que una vez vio un escurridizo capítulo desaparecido: el incendiario «Café Kosher Marica Negrata del padre Flanagan abierto toda la noche», con el que el poderoso Clay Felker no logró hacerse.

Tras diez años oyendo a Tru largar sobre esos famosos «capítulos», la mayoría de nosotras sospechamos que no existen..., que no son más que otro cuento del muchacho.

Lee opina que escribió la puñetera obra, las ochocientas páginas, y que las destruyó al ver las consecuencias. Por su parte, C. Z. está convencida de que si tuviera algo escrito se habría apresurado a publicarlo. A estas alturas el muchacho ya no tiene nada que perder. Si Babe y Gloria estuvieran en este mundo para formular conjeturas, seguirían albergando la esperanza de que las hubiera escondido para que se encontraran en un momento oportuno. (Tal vez allá donde estén conozcan las respuestas a estas incógnitas, de las que nos enteraremos cuando nos reunamos con ambas.)

Slim dice que no le extrañaría que no hubiera escrito ni una palabra más después de la calumnia inicial. Sabemos que es increíblemente perezoso... Marella mete baza para apuntar, en el estilo críptico que adoptó tras el episodio de la tienda de antigüedades: «Os prometo que hay más. Me contó lo que tiene previsto decir. Lo ha escrito, y es mortífero».

Siempre dispuesto a manipular cualquier relato en aras del espectáculo, en los últimos tiempos Truman da la tabarra hablando de claves aleatorias, cámaras acorazadas y robos inventados. Se ha mofado de periodistas ávidos contándoles historias de consignas en estaciones. De cajas de seguridad que tiene garantizadas mediante un número indeterminado de pagos. Su editor ha recibido por correo una lista enigmática de lejanas estaciones de autobús Greyhound, y su abogado tiene órdenes de presentar demandas contra los posibles culpables del robo. Con sistemática incoherencia ha plantado las semillas de una conspiración creada a su medida.

Truman y Joanne viajan a diversos países siguiendo itinerarios que él decide de antemano.

«Mañana nos vamos a Barcelona», puede anunciar nada más llegar.

A la mañana siguiente llevaría a su anfitriona una bandeja con *churros* y *café con leche*. Pasarían la tarde sacando libros de arte de la biblioteca y estudiando fotografías de la arquitectura de Gaudí durante el almuerzo, en el que tomarían tapas y beberían un tempranillo. Escucharían discos de guitarra española y analizarían las obras de Picasso y Dalí.

Han estado en París, Berlín, Tokio, Moscú..., sin haber pisado ningún avión.

En el caso del viaje que nos ocupa, Tru revela el destino imitando la famosa frase de Johnny en su *Tonight Show*: «¡Aquíííííí está China!».

—¿Qué parte de China? —pregunta Joanne.

—Shanghái. Me muero de ganas de ir. ¿Sabes que es el único lugar donde no he estado?

Piden por teléfono algo de comer y se lo zampan sentados en el suelo junto a la lumbre, viendo mapas y dibujos de la Gran Muralla. Comen *dim sum* con palillos y miran fotografías del Bund. Del viejo Shanghái de los años treinta, con sus espléndidos excesos. Mientras beben sorbos de té *oolong*, Tru le habla a Joanne de los muchachotes a los que contrató en Monroeville para que cavaran el huerto de su prima Jenny en busca de un tesoro oriental. Le regala un botecito de porcelana para remedios medicinales que ha comprado en una tienda de Chinatown.

Curiosamente, de pronto deja de hojear un atlas para decir:

—Voy a ir de verdad a China.

—Estupendo, Truman. ¿Cuándo?

—No lo sé. Pronto... El caso es que voy a ir...

No menciona el billete solo de ida a Los Ángeles que compró la semana pasada, a un precio más alto que el habitual. No ha contado a nadie —ni siquiera a Jack— que cuando volvió a Nueva York después de que le dieran el alta en el hospital de Southampton, entre las paredes del apartamento de la United Nations Plaza empezaron de nuevo...

Las voces. Nuestras voces.

Se acerca, Truman..., ¿verdad que sí?

No solo nos oye: ha aceptado nuestra presencia como una parte de él.

Pronto estará aquí... Pronto estará aquí...

—¡Basta! —farfulla sin dirigirse a nadie en particular.

Se toma una pastillita color lila, una adquisición reciente llamada Lotusate, que le funciona de maravilla para mantener a raya las advertencias inoportunas.

Truman llegó a casa de Joanne el día anterior con la esperanza de que todo fuera bien, aunque ahora teme que el cuerpo haya empezado a fallarle. Ella supone que se debe a que, pese a las advertencias de los médicos, se ha drogado.

—No —susurra él—. No he tomado nada.

(No es cierto, pero un cóctel de barbitúricos es para él algo «normal».)

Se le ve tan débil que Joanne le prepara una tostada con huevos revueltos, sin más complicaciones. Más tarde Truman le pide la pila de libros suyos que ella regala todos los años por Navidad y que siempre le ruega que personalice.

—Pero si estamos en agosto —dice Joanne.

—Me sentiré mejor sabiendo que ya está hecho.

Cuando termina con las reservas de *Música para camaleones* procede a estampar su firma en pedazos de papel en blanco. Joanne se muestra perpleja.

—Para que los guardes y en el futuro los pegues con celo en los libros —le explica él.

En cuanto termina de firmar los papelillos para los libros futuros, sorprende a Joanne con un pastel y velas, pues ella cumple años poco antes que él.

—Cariño, ¿qué te regalo para tu cumpleaños? ¿Quieres algo en especial?

—Quiero que escribas. Nada más. Por favor, Truman, escribe.

Sí, Truman, escribe, pero no esa bazofia de cotilleos...

Escribe algo que merezca la pena.

Tras darle unas palmaditas en el brazo, Truman sale al sol y pasa la mayor parte de la tarde sentado en una tumbona. Regresa no con un fragmento de *Plegarias atendidas*, sino con un retrato sencillo, escrito de manera exquisita: «Recordando a Willa Cather».

Habla de la literatura de Cather y evoca lo bien que lo trató cuando él era joven. Se conocieron por casualidad en la sala de lectura de la Biblioteca Pública de Nueva York cuando era un don nadie vocinglero. Ahora ella le habla: la voz de una escritora con una cadencia similar a la de él.

Entrega las hojas a Joanne y se retira a su habitación.

—Para ti, Jo. Feliz cumpleaños.

Al día siguiente se levanta y empieza a vestirse para su chapuzón matutino en la piscina.

Es más temprano que de costumbre, apenas las cinco de la mañana. Lo sabe porque ve salir el sol por la ventana del tamaño de un sello de correos.

Las fuerzas le fallan cuando se inclina para ponerse el bañador.

Se sienta en la cama, vulnerable. Nota que su corazón de ballena azul se acelera debido a un embate que no es capaz de controlar.

—¡Jo, Jo! —grita. No obtiene respuesta—. ¡Jo, Jo...! —Cada vez más desesperado, como cuando su madre lo dejaba encerrado en moteles de mala muerte para largarse con sus amantes, el muchacho chilla de verdad—: ¡JO!

Eres el mismo de siempre, Truman.

A nosotras no nos engañaste...

Tendrías que verte...

A diferencia de su madre, a diferencia de nosotras, Joanne acude corriendo.

—Truman, ¿qué pasa...? ¿Qué te ocurre?

Está sentado en la cama, desnudo. Con el bañador de cuadros a medio subir, en torno a las pantorrillas, como una cámara de aire confeccionada de tela que se hubiera deshinchado. Paralizado en el esfuerzo de subírselo hasta la cintura.

Mira a Joanne con ojos inmóviles y asustados.

—Creo que me estoy muriendo —le dice sin más.

Ella le toma el pulso, que es muy rápido, pero pensará lo que pensaríamos nosotras: hay que tomar el dato con reservas; el muchacho siempre ha sido muy nervioso.

Joanne se incorpora.

—Te prepararé un zumo.

El muchacho tira de ella.

—No. Quédate conmigo. Quédate conmigo para que tenga a alguien con quien hablar.

Ella cede y se sienta a su lado en la cama. El muchacho empieza a hablar, aunque solo sea para disfrutar del conocido timbre de su propia voz. Ella le toma el pulso mientras él le habla de todo lo que ama..., de Jack, de Slim y Babe, de su voluble madre. El pulso es rápido: el aleteo de una liviana mariposa nocturna atrapada dentro de la jaula de huesos del muchacho.

—Truman —le dice Joanne, que sigue apretándole la muñeca con los dedos—, creo que no estás del todo bien... Pediré una ambulancia. Te llevaremos al hospital enseguida.

—No, cariño. —El muchacho la agarra del brazo con esa fuerza que parece no poseer.

—Tiene que verte un médico...

Él la mira. Implorante. Convencido.

—Por favor. Basta de médicos. Basta de hospitales. Si me quieres, déjame ir.

Joanne lo mira a los ojos, y se le saltan las lágrimas.

—¿Qué quieres decir con eso de que te deje ir?

—Exactamente lo que crees.

—No puedo, Truman. Necesitas ayuda.

—Jo: que pase lo que tenga que pasar —afirma él, invadido por una repentina sensación de calma—. Quiero irme... Déjame ir.

Joanne niega con la cabeza.

—No puedo... Soy médica. —(No estamos seguras de que ser nutricionista le permita considerarse «médica»)—. ¿Qué diré cuando se enteren de que sabía que estabas en peligro y aun así no avisé a nadie? Me vería en un aprieto.

—Pues no se lo digas, boba.

Joanne contará que notó que se le escapaba un sollozo de la garganta.

—Truman, no puedo. Por favor, no me pidas eso. No soportaría perderte.

Nos sorprende darnos cuenta de que también a nosotras nos inspira lástima en ese estado, como un niño, desprovisto de energía y ambición, succionado por completo de su cuerpo el veneno de la serpiente de cascabel.

—Piensa que me he ido a China. Allí no hay teléfono ni servicio de correos, así que piensa que me he marchado... —dice tiritando—. Tengo frío..., mucho frío. Abrázame...

Joanne lo envuelve en una manta, lo rodea con los brazos y lo mece sollozando en silencio. Él habla en voz muy baja. (Aunque ella no lo oiga, nosotras sí lo oímos.)

Imagina que los brazos de Joanne son los de Jack, que lo estrecha en un gesto protector. O los de su madre, que lo aprieta contra su pecho y lo acuna al tiempo que le dice con tono dulce que es un niño bueno.

Recuerda cuánto deseó estar al lado de Babe al final. Piensa que la habría abrazado y le habría dicho lo mucho que la quería..., que era el ser más hermoso que había visto. Por dentro y por fuera. Que no tuvo intención de hacerle daño..., de hacérnoslo a ninguna de nosotras.

Nos recuerda en fogonazos, instantáneas idealizadas de cada una que guarda como tesoros.

Abrazado a Slim en un tren ruso glacial, arrebujados los dos en una docena de abrigos para conjurar el frío atroz, bebiendo un chupito tras otro del cristalino zumo de mamá, que les desciende como lava por la garganta. Lee en los tiempos en que era encantadora, con un bañador blanco, antes de que se le pasara por la cabeza traicionarlo, ambos con gafas de sol de insecto idénticas tomando sorbitos de piña colada espumosa en cáscaras de coco. C. Z. en su jardín con pantalones de montar y perlas, y con guantes de jardinería hasta los codos que parecen guantes de debutante embarrados, hablándole de las primeras flores que adornarán las ramas que han brotado en primavera. Gloria en Acapulco, con su tez más morena que nunca en contraste con la chilaba de rayas, bajo la techumbre de palapa, donde se desprende de su elegancia cosmopolita y da rienda suelta a la latina que hay en ella, a gusto en su hábitat natural. Marella durante el primer recorrido por la costa amalfitana que realizan juntos, tomando el sol en topless en la cubierta abrillantada, cuando una mariposa, una *Papilio machaon*, se le posa en el pecho desnudo...

Y espera..., ¿no era esa Babe?

Babe acude a él en un centenar de imágenes, todas de golpe, de las que quizá la más imborrable sea la de su hermoso rostro inclinado sobre una íntima mesa de almuerzo, muy cerca de la suya, susurrando...

—¡Babe! —la llama a gritos, y le dice a media voz todo lo que tiene que contarle; lo que no tuvo oportunidad de decirle al final.

El muchacho habla y habla en la cama con dosel, cuyos cuatro postes forman la horca de un par de piñatas que nunca llegará a abrir a garrotazos; las palabras, antes esquivas, fluyen ahora como un fresco torrente de Alabama.

Lo ve todo en fogonazos cinematográficos: preciados retazos de recuerdos. Lo que rememorará... Lo que destellará ante él cuando llegue el final.

Las últimas palabras de *Plegarias atendidas*, que escribió antes que las primeras. La última página, que guarda en un lugar muy especial desde 1954, desde el día en que su madre se quitó la vida. Fue por ella por quien hizo lo que hizo.

«Se derraman más lágrimas por las plegarias atendidas que por las no atendidas...»

Al muchacho le cuesta llenar de aire sus pulmones de cetáceo..., ¿o es su corazón?

Tiene la impresión de que se ahoga. Se imagina en el muelle del río... Se ha caído al agua. En esta variante de la ficción no sabe nadar. No le queda más remedio que dejarse arrastrar por la suave corriente mientras da boqueadas y se aferra a sus recuerdos.

En Monroeville hace un día sofocante,

de esos en que las lagartijas se achicharran en el asfalto,

de esos en que los perritos se abrasan las blandas almohadillas de las patas.

El muchacho tiene ocho años, quizá nueve, y se encuentra en un jardín plagado del zumbido de las abejas. Cava él mismo en el huerto de su prima Jenny, desesperado por abrir un túnel que lo lleve a China.

Arranca tomates redondos maduros de la planta, tomates autóctonos como los que un día, después de nadar, un hombre bueno llamado Jack y él comieron para acompañar una escorpina recién pescada.

Corre por un bosque de cedros en dirección a un arroyo cristalino, donde lava los tomates y los pela, y el jugoso interior queda al descubierto.

A lo lejos ladra un perro, tal vez el beagle que ganó con sus relatos y que nunca recibió. Oye retazos del espiritual negro que cantan en el templo de la Primera Iglesia Bautista de la pequeña población rural: «Tengo dos alas con las que cubrir mi cara, tengo dos alas con las que alzar el vuelo...».

Alzar el vuelo...

El muchacho se baña en el arroyo al son del canto de las cigarras, del cacareo de las conversaciones de porche y del trino de los ruiseñores de Nelle.

Del chirrido de un columpio de porche que recuerda el croar de las ranas toro de la poza donde va a nadar.

De pronto la ve deslizarse por el arroyo: una serpiente.

La misma mocasín de agua que lo mordió hace años, cuando sus primos Faulk Carter y la esposa del granjero mataron cinco gallinas para curarlo mojando la picadura con la sangre de las aves de corral. Observa cómo provoca ondas en el agua con sus serpenteos. Cómo se acerca...

Pero el muchacho no tiene miedo. Mientras el ofidio avanza ondulante hacia él, se queda quieto como un palo, tal como le enseñó su padre: la mar de tranquilo.

A fin de cuentas, es de su misma especie.

¿Seguro que no tienes miedo, Truman?

—¡Basta! —dice en voz alta el muchacho, sin dirigirse a nadie en particular.

La escena cambia; han transcurrido diez años.

Tiene diecinueve, aunque aparenta doce. Se encuentra en un club de jazz lleno de humo, en la Cincuenta y dos Oeste de Manhattan. The Famous Door.

Mira embelesado a Lady Day, que luce en el pelo su gardenia característica, si bien el muchacho decide recordarla como una magnolia pequeña gema, igual que las que Nina tenía en un sórdido apartamento de un edificio sin ascensor del Bronx. Igual que la que Big Daddy sacó de una caja de plástico para prenderla en la melena color caramelo de Big Mama. Observa fascinado a la señorita Holiday, cuyos ojos apagados por la heroína tienen la mirada perdida en el vulgar resplandor lavanda de un foco móvil. Una expresión que el muchacho compartirá al cabo de unas décadas, cuando, con los párpados entornados bajo la luz estroboscópica rosada de la pista del 54, baile un frenético jitterbug embriagado al son de las big bands de su mente.

«Buenos días, tristeza, creía que nos habíamos despedido anoche...»

El muchacho tiene veintinueve años. Está en Italia. Está enamorado...

Se encuentra en una terraza de Taormina. Las buganvillas cubren el estuco, y el aroma de las naranjas sanguinas maduras perfuma el aire.

Un barco de pasajeros llega del continente. En el muelle, un hombre con una maleta al que el muchacho conoce bien: un machote pecoso de cabello castaño oscuro. Un hombre que se había despedido por razones obvias, pero que ha vuelto. Un hombre que ha cambiado de parecer. Un hombre que lo ha elegido y que camina hacia él.

—¡Jack! —grita el muchacho, como si ese hombre siguiera siendo para él una novedad maravillosa.

De la que nunca se cansará.

El muchacho pasa en un instante a la avanzada edad de cuarenta y uno.

Lo sabe porque durante seis largos años ha esperado y temido que llegara este día. Es el día que lo convertirá en artista, pero que lo destruirá como hombre. Aparece otro hombre, un individuo que lleva un arnés de cuero y que avanza cojeando hacia él. Tiembla cuando se le acerca un cigarrillo a los labios y da una última calada. Sonríe al muchacho.

—*Amigo...* —le susurra al oído en español.

Estrecha la mano del policía que lo capturó, como quien se encuentra con un amigo al que no ve desde hace tiempo. Al cabo de veinte minutos está muerto, tras sacudirse al final de la soga, con los ojos desorbitados bajo la delicada máscara negra con que los han cubierto para ocultar la brutalidad de su muerte.

Las imágenes avanzan más deprisa, junto con su pulso acelerado...

Un paseo en coche por los Alpes, con un aire tan frío que le arranca la mucosidad de los pulmones. Una tormenta en Central Park, impresionantes fuegos artificiales.

En los Campos Elíseos, serpentinas que se adhieren a los tacones de aguja como algas empapadas, poco antes de la llamada que le informa de que su madre se ha ido para siempre. Nubes del humo más rojo que surgen de los anteriores intentos de Nina de abandonarlo.

El bar del Ritz de París. Lilas en un vestíbulo.

Un cachorro de bulldog que aúlla en las dunas, aunque no está seguro de si es una perrita llamada Maggie o un perrito llamado Charlie J. Fatburger.

Hope's End: un jardín en el desierto, un paisaje frágil y sediento.

El susurro de las ramas de los árboles del paraíso y la risa de una niña-potrilla que trepa por ellos en un periquete.

Amor, el amor puro y tentador. Luego amor, el violento y tóxico.

Una bandada de cisnes cuyas plumas se deslizan sobre el lago apacible como vestidos largos de fiesta..., o cuyos vestidos largos de fiesta se deslizan sobre la pista de baile como plumas..., no recuerda si lo uno o lo otro.

—Hermosa Babe —musita el muchacho.

Los chirridos de la mecedora de la dulce Sook al inclinarse hacia delante mientras remienda unos calzoncillos largos oyendo la voz aguda y melodiosa del muchacho, que le lee las necrológicas, noticias de personas que han abandonado este mundo y de quienes seguirán adelante sin ellas.

Una anciana con alma de niña y un niñito con alma de hombre muy anciano que hacen volar cometas juntos.

—Sook..., ¡espera! Soy Buddy... ¡Ya voy!

Y luego ahí está: Nina.

Ella misma poco más que una niña, recuperados ya sus rizos del color de la miel. Con labios más rojos que el camión de bomberos de hojalata que un timador llamado Papá le regaló a él. Le da una taza del zumo de mamá y, mientras le dice que es un niño bueno, le acaricia el flequillo blanco que vuelve a coronarle la cabeza...

—¡Mamá! —exclama él.

Cálido líquido amniótico sobre su corazón. ¿O acaso es la sustancia que ha expulsado entre los labios, pues el cuerpo tiene voluntad propia?

Ella le sonríe y le ofrece la mano; él estira su bracito de juguete para agarrarla.

—¡Mamá! —vuelve a llamarla.

El muchacho confunde a Joanne Carson, que lo mece suavemente, con Lillie Mae. Ya ha echado alas y se ha alejado para sobrevolar el Bund.

De repente se encuentra de nuevo en el río de Alabama, un río de corrientes apacibles, en el que flota. Ve que la mocasín de agua da vueltas, pero al muchacho ya no le preocupa. Le parece ver el rostro de un ángel con las facciones en sombra, envuelto en un halo luminoso.

«Señor Angelotti, ¿ya hemos llegado a la ciudad de tus congéneres...?»

—Mamá... —exhala, por tercera y última vez.

Y así, sin más, cuando ella le roza la mejilla con sus tiernos labios, el corazón de ballena azul del muchacho estalla, y sus maleas y su amor dilapidado explotan en una lluvia invisible de confeti carmesí.

Coda

La noche antes de que le estallara el corazón, rebuscó en los bolsillos de su pijama de Fu Manchú y sacó una llave de entre los pliegues de seda.

Se la dio a Joanne sin pronunciar palabra, entre los *wantanes*, el *shumai* y el pollo de los ocho tesoros (el repartidor le había dicho que el ocho era un número de la suerte en la cultura china).

—¿Qué es? —le preguntó ella.

—*Plegarias atendidas* —respondió él sonriendo.

—¿Dónde está?

Truman se encogió de hombros y le dirigió una sonrisa enigmática. Siempre le habían gustado los secretos.

—Ah..., en cualquier parte. Podría estar en una estación de autobuses Greyhound de Houston o de Nueva Orleans... O podría estar en una caja de seguridad de un banco de Zurich o de Wall Street. Una vez lo dejé en la caja fuerte de detrás de la barra del Harry's Bar de Venecia. Pero me lo pensé mejor y lo trasladé a una caja de caudales del Ritz. De hecho... Lo he cambiado de sitio tantas veces que no recuerdo dónde lo dejé al final.

—Entonces, ¿cómo sabré dónde encontrarlo, Truman?

Él reflexionó un rato antes de responder con algo de lo que no nos cabe duda de que está convencido:

—Ah, yo no me preocuparía por eso. Lo encontrarán... cuando él quiera que lo encuentren. —Con una sonrisa de oreja a oreja, mordisqueó un rollito de primavera..., loco de contento.

Agradecimientos

A la creación de un libro contribuyen muchas personas. Sobre todo en el caso de uno que ha requerido diez años de investigación y cuatro de escritura. Como dijo Truman en una frase bien conocida: «Cuando alguien te da su confianza, siempre te quedas en deuda con él». Estoy muy en deuda con los que siguen, que son muchos más...

Ante todo, con mis brillantes cómplices y cisnes honorarios: mi agente, Karolina Sutton, un as que siempre dice la verdad y una intermediaria excepcional, cuya pasión por la buena literatura alentó cada una de las decisiones, y cuya inversión en el largo plazo sirve de estímulo para cuanto vendrá, y Jocasta Hamilton, la única correctora de Truman y sus cisnes, que captó la profundidad y el patetismo que subyacen en su glamour a partir del «tercer whisky y la primera mentira», y que me dejó experimentar y ser libre en la manera de contar sus historias.

A Joan Didion por tener la generosidad de permitir que sus palabras sirvan de introducción a las mías..., palabras que han significado mucho para mí en el transcurso de los años y cuya literalidad viene sorprendentemente al caso aquí.

El germen de la idea para esta obra me llegó en la Provenza en 2006. Gracias a Michael Ondaatje, Alan Lightman y Russell Celyn Jones por la primera inspiración.

El canto del cisne nació en la UEA Guardian Masterclass y se completó en el máster «Prosa de ficción» de la Universidad de Anglia del Este (UEA), y tiene una deuda de gratitud con ambas.

A James Scudamore, el primero que oyó cantar al coro y sin cuyos consejos iniciales probablemente esto no existiría. A Jon Cook, cuya fe en el futuro de esta obra contribuyó a abrir puertas y me permitió seguir adelante en el viaje.

Mis tutores y colegas de la UEA me ayudaron a conducir este libro en sus últimas formas. A Andrew Cowan, encantador de relatos, que formuló las preguntas pertinentes. A Rebecca Stott por invocar a las musas. A Laura Joyce por fomentar colectivos futuros. A Joe Dunthorne por la calma en medio de la tormenta. A Philip Langeskov por mostrar obras nuevas. A Henry Sutton por su apoyo en la recta final. Y a mis compañeros de trinchera, cuyo interés por Truman y compañía fue esencial.

El canto del cisne no habría llegado a ninguna parte sin el reconocimiento de premios y concursos literarios para novelas en curso. Fueron mi trampolín del mundo de la aspiración al de la realización.

Al Bridport Prize: a Kate Wilson y todos los demás. Estoy muy orgullosa de ser la primera ganadora del Peggy Chapman-Andrews Award que publica un libro. A Aki Schilz y a todos los de TLC, en especial a la magnífica Rebecca Swift, ya desaparecida.

A mi «familia» de Lucy Cavendish College Fiction Prize, de Cambridge, en particular a Nelle Andrew, Allison Pearson y Gillian Stern. Vuestra plataforma para mujeres novelistas debutantes es muy importante y me siento honrada de formar parte de ella.

A Candida Lacey, del concurso First Drafts de Myriad, quien defendió este libro cuando era solo un polluelo de cisne, y a Elizabeth Enfield, a quien por suerte tuve como jueza y gané como amiga.

A Richard Lee y al New Novel Award de la Historical Novel Society. Vuestra pasión por la ficción histórica posee un valor incalculable para quienes hacen lo que hago yo.

A Caroline Ambrose y al Bath Novel Award, una fuerza del bien para los escritores.

A mis otros ojos desde el principio: Sarah Newell y Megan Davis. Y a mi grupo de escritura de Londres por la motivación poscisnes: la señora Davis (de nuevo), Emily Ruth Ford, Sophie Kirkwood, Campaspe Lloyd-Jacob, Elizabeth Macneal, Richard O'Halloran y Tom Watson.

A Lucy Morris y Enrichetta Frezzato de Curtis Brown... Como habría dicho Truman: *Merci mille fois!*

A mi fenomenal equipo de Penguin Random House/ Hutchinson: Random House fue la editorial de Capote durante toda su carrera literaria. Ha sido un placer traerlo a casa.

Un agradecimiento especial a Najma Finlay y a Celeste Ward-Best, que anunciaron a los cisnes con toques de trompeta. A Lauren Wakefield por la hermosa y brillante cubierta [de la edición original]. A Sasha Cox y a mi increíble equipo de ventas. Y a Isabelle Everington, que soportó mi perfeccionismo con paciencia y elegancia en la serie de innumerables versiones. Brindo por todas vosotras con un sinfín de negronis.

Aun a riesgo de incurrir en el sentimentalismo, diré que estoy en deuda con los personajes principales del libro, por los que siento un respeto reverencial: Slim Keith, Babe Paley, C. Z. Guest, Gloria Guinness, Lee Radziwill y Marella Agnelli. Sus extraordinarias historias me inspiran la mayor admiración. Y con Truman, cuya prosa me ha servido de estímulo desde la infancia, y que a estas alturas es tanto un álter ego como un amigo estimado, y sobre el que ha sido una verdadera gozada escribir: serás al que más eche de menos, Espantapájaros.

En los últimos años he tenido la suerte de contar con un gran apoyo a mi obra. Por supuesto, recibí noes desde el principio, y vistos en perspectiva fueron tan valiosos como los síes. Nada aviva tanto la capacidad de resistencia como un «No, no puedes».

Por último, a mis padres, que ni una sola vez dijeron «no», solo «sí»: «Sí, puedes». «Sí, lo harás». Esa actitud lo ha sido todo para mí. Vuestro apoyo inquebrantable ha sido mi mayor punto fuerte y mi activo más preciado.

Y a mi querido Dom, que durante los últimos cuatro años compartió nuestra vida con un niño prodigio y seis espléndidos cisnes: una casa abarrotada. La escritura del libro fue muy absorbente, y viviste conmigo cada respiración y cada paso del viaje, por lo que te estoy eternamente agradecida.

En el transcurso de los años he contado con numerosas fuentes que me han sido de sumo valor para recrear el mundo de Capote. Estoy especialmente en deuda con los siguientes autores y títulos:

Las obras completas de Truman Capote, cuyos ritmos se perciben en cuanto escribo. Además: Marella Agnelli y Marella Caracciolo Chia, *The Last Swan*; Aline, condesa de Romanones, *La espía vestida de rojo*; Judy Bachrach, «La Vita Agnelli», en *Vanity Fair*; Sally Bedell-Smith, *Grace and Power*, *Reflected Glory* e *In All His Glory*; Marilyn Bender, *The Beautiful People*; Susan Braudy, *This Crazy Thing Called Love*; Iles Brody, *The Colony*; Gerald Clarke, *Truman Capote: la biografía* y *Un placer fugaz. Correspondencia*; Josh Condon, *The Art of Flying*; Deborah Davis, *Party of the Century*; Diana DuBois, *In Her Sister's Shadow*; John Fairchild, *The Fashionable Savages*; Nick Foulkes, *Swans: Legends of the Jet Set Society*; Alan Friedman, *El imperio Agnelli: su red de poder en Italia*; David Grafton, *The Sisters*; Lawrence Grobel, *Conversaciones íntimas con Truman Capote*; C. Z. Guest, *First Garden*; Gloria Guinness, columnas publicadas en *Harper's Bazaar*; Anthony Haden-Guest, *The Last Party*; Brooke Hayward, *Haywire*; Clint Hill, *Mrs. Kennedy and Me*; M. Thomas Inge, *Truman Capote: Conversations*; Slim Keith y

Annette Tapert, *Slim: Memories of a Rich and Imperfect Life*; Shawn Levy, *Dolce Vita Confidential*; George Plimpton, *Truman Capote: In Which Various Friends, Enemies, Acquaintances and Detractors Recall His Turbulent Career*; Darwin Porter, *Jacqueline Kennedy Onassis: Life Beyond Her Wildest Dreams*; Sally Quinn, «In Hot Blood» y «Hot Blood – and Gore», en *The Washington Post*; Lee Radziwill, *Happy Times* y *Lee*; Lanfranco Rasponi, *The International Nomads*; Susanna Salk, *C. Z. Guest: American Style Icon*; William Todd Schultz, *Tiny Terror: Why Truman Capote Almost Wrote «Answered Prayers»*; Liz Smith, *Natural Blonde* y «Capote Bites the Hands That Fed Him», en *New York Magazine*; William Stadiem, *Jet Set*; y Annette Tapert y Diana Edkins, *The Power of Style*.

Índice

1. 1974. Tema   11
2. 1975. Variación n.º 1   35
3. 1932-¿? Variación n.º 2   57
4. 1975/1955. Variación n.º 3   71
5. 1933-1966. Variación n.º 4   91
6. 1970/1974/1975. Duetos   107
7. 1976. Variación n.º 5   131
8. 1970/1962. Marella   141
9. 1975. Variación n.º 6   185
10. 1958. Slim   199
11. 1960. Septeto   259
12. 1954. Lamento   269
13. 1975. Gloria   287
14. 1978. Variación n.º 7   315
15. 1978. Babe   351
16. 1978. Variación n.º 8   377
17. 1978. C. Z.   399
18. 1966. Variación n.º 9   449
19. 1961/1972/1979. Lee   499
20. 1980. Variación n.º 10   531
21. 1983. Fantasía   541
22. 1974. Réquiem   591

Agradecimientos   615

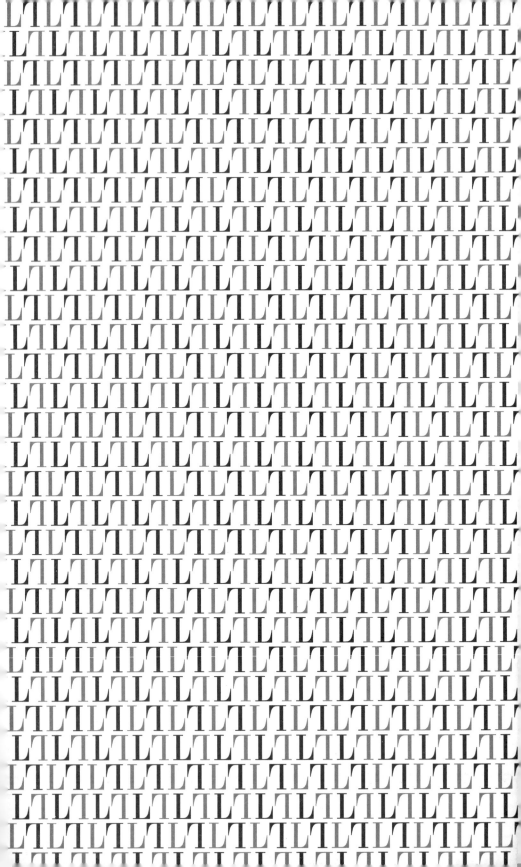